国家出版基金项目
NATIONAL PUBLICATION FOUNDATION

清代雜劇敘錄

下卷

袁世碩題

杜桂萍 魏洪洲 編著

時代出版傳媒股份有限公司
安徽教育出版社

空山夢

德化范元亨直侯著

情槩

末上千古相傳兒女淚別是一般綿麗世間難覓有情人空悲涕鳴鳴悶損眞無地一班兒說是爭非畢竟成何事　男兒那屑受覊縻要放誕風流纔是絕塞空山纏綿中純是英雄氣齷齪者請開眼界聽訴相思

故侯被陷遺女字容娘感凋零隱處鍾山侍御楊

范元亨《空山夢》

梨花夢卷之二

天都 何珮珠 芷香

贈花爐茗碗瓶花書卷等物

小生烏帽青衫北雙〈新水令〉歡仙才如許却遺磨粉香暗上坐舟中介調

腮蓮花一朵蘭珠凝眼角梨玉削肩窩鏡影春波照見

我病伶俜愁煞奴

蕭然人影出晴紗欹枕櫓聲正憶家小樹雨寒蛙去

靜一簾朧夢在梨花我杜蘭仙生成莊貌斑才帶得

仙風道骨腰肢步處柳在靈和氣息吹求蘭開澧水

何珮珠《梨花夢》

驪山傳

【三臺令】蓉圃老人上褒年舊學都荒論語居然未忘奇
女此中藏說破了驚倒邢皇

這本戲叫做驪山傳聽我表明大義那周武王亂臣
十人有一婦人或說是太姒或說是邑姜都講不去
有人把婦人改作殷人說是膠鬲更屬無稽直到曲
阜先生纔考得此婦人是戎胥軒妻姜氏即後世所
稱爲驪山老母者史記載申侯之言曰昔我先酈山
之女爲戎胥軒妻以親故歸周保西垂西垂和睦是
其有功於周可見漢書載張壽王之言驪山女亦爲

俞樾《驪山傳》

第一齣 生辰聞變

（學士）扮梓潼文君上

自古西南形勝地　遶從楚嶠開
疆天文井鬼占分野　地勢梁州表華陽
自愧非才叨重望　承朝命典大邦

嬴秦廢諸侯愛設郡守　職本朝貴循良倚重二千石
下以達民情上以宣主德　嗟我豈其人罷勉希前哲
我文參字子奇廣漢郡梓潼縣人也　文氏本為梓潼
望族代有聞人　我自在孝平皇帝時起家為城門校
尉積優成陟循序迭遷　始為犍為屬國今拜益州太
守廣漢犍為益州雖分三郡實同屬禹貢梁州之域

俞樾《梓潼傳》

馬家河尋兄傳奇(一)

懷遠去惡陳獬填詞

自序

光緒辛巳秋。外舅鄭氏訪予於新安。將行。談及伴越面州兒世。聞之足悒也。荷眾歡然。因一時興。兩四折已成。錢少(?)也。飯顧親之。若悉臧樓。邊如龍瑚如鸧起。雖現於寸紙尺幅。咨突奇突。夏王之駢駢敷。深公之沉視聽。世之君子。不能辨之。

第一折 趨行

（小生破衣帽上引）情天底是轉無情。如此年華如此貧。天既生人天不管。敦人都作首陽人。（白）小生韓五。本係開殷沿堂過活。誰殷雨口洋煙。日用赤遠過得。不料我四折冒眼。竟將浴堂陰狀。因得俺衣不從身。食不從口。欲囹親友借貸。雜人慎太薄。白眼相看。祗有俺三兄在甘肅當官。不免討去一走。（唱介）

（碧玉簫）冷哈哈。衣百結。熱熬熬。腸欲裂。歎殘冬挨過。荒春又接。（咳）眼前親友誰能靠。諒天涯手足情還切。怕祗怕五千里關山難越。（下）

（小生愁眉且同上介生白）路途遙遙。盤費艱難。怎能向蘭州前去得。（旦白）將奴身上衣裙。典當數二公。支取數月房金。亦可上路。（生笑介）道遲使得。但是生意人。最實錢謝。不知願意支取否。見面再說。道遲使得。（老生扮張三公上老生白）韓五貧窩無常。且作路我。（小生上介生白）現值累代書香。月房金。有何見敎。（小生上老生白）現值累代書香。兄何來。且作路我。（小生揖介）道就多辦了數月太多。可將大錢兩串。付與五兄。（小生白）朝冧那裏。不知能慨允否。（老生白）（同下介小生同旦上小生白）我今前往甘肅。多則一年。少則半載。（賢妻在家。漫漫過活。俟我問來。便有出頭之日了。（旦扠淚介）前途保重。妾不能爐餞了（小生行介望小下旦白）兄夫在家尙乘過活。今又遠去。敦奴在家。如何度日也啊。（下小生）

（柳絲搖）路遠山遙。行過荒村又野橋。指鞋介這破鞋兒也厭躬人。不肯跟腳時時掉。腰兒又酸。腿兒又痛。心兒又焦。烟灰吞盡。今宵過癮無錢鈔。

背行李繞場唱上（全白）顏覺困頓。今日早欤。（投店介扮店小二上介白）客人請坐。（全白）快拿飯來吃。（小丑拿飯介小生吃介白）這是甚麼地方。（小丑白）是歸府所。（小生畢介白）府城。怎旣沒有賣洋烟的。（小丑白）你去揚烟挑兩盒來。速飯錢一併給你。（小丑送烟介小生吸烟持槍唱小調介）

（滿江紅）叫一聲青天。歎一聲青天。幾時繞把眼來睁。慾殺風和雨。倚枕夢難成。那烟鬼子公然不怕人。鵲著窗櫺兒幾度來吹燒。恨老奴怎麼不肯早開門。

（唱畢又吸介吸畢數小錢介小丑緊介白）咱遺府官兒。正在此禁小錢。你怎應給相小錢。不看世情。拿你送官。（小生指小丑照介）好混账東西你送誰。（唱）

王仲奇

門人 葉阜民

電話 第二千一百三十九號轉

診所 閶門內下塘楊家院子巷息廬一號

陳獬《馬家河尋兄》

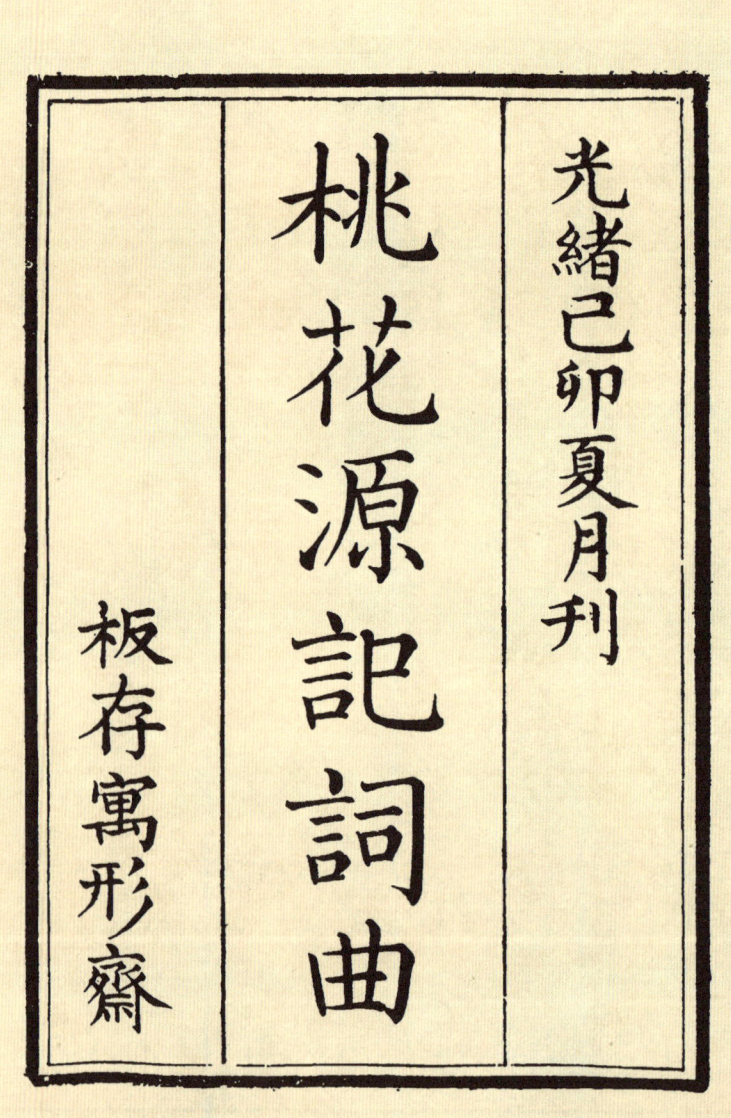

李崇恕《桃花源記》

同亭宴傳奇

陽湖陳烺潛翁填詞

〔蝶戀花〕祖州一去何年返海上求方術士多欺誕好把痴愚塵夢喚空中樓閣成虛幻。神仙也自鍾情慣曲譜離筵白髮驚相看歡場轉眼浮雲散人天遠隔愁無限

第一齣　會眞

〔生星冠霞裳玉佩執拂二仙童持羽扇隨上〕

〔意難忘〕滄海桑田只韶華一瞬歷劫千年逍遙尋洞壑隱約御鸞鵷塵厭俗道參玄隨地悟眞詮說什麼長生不老

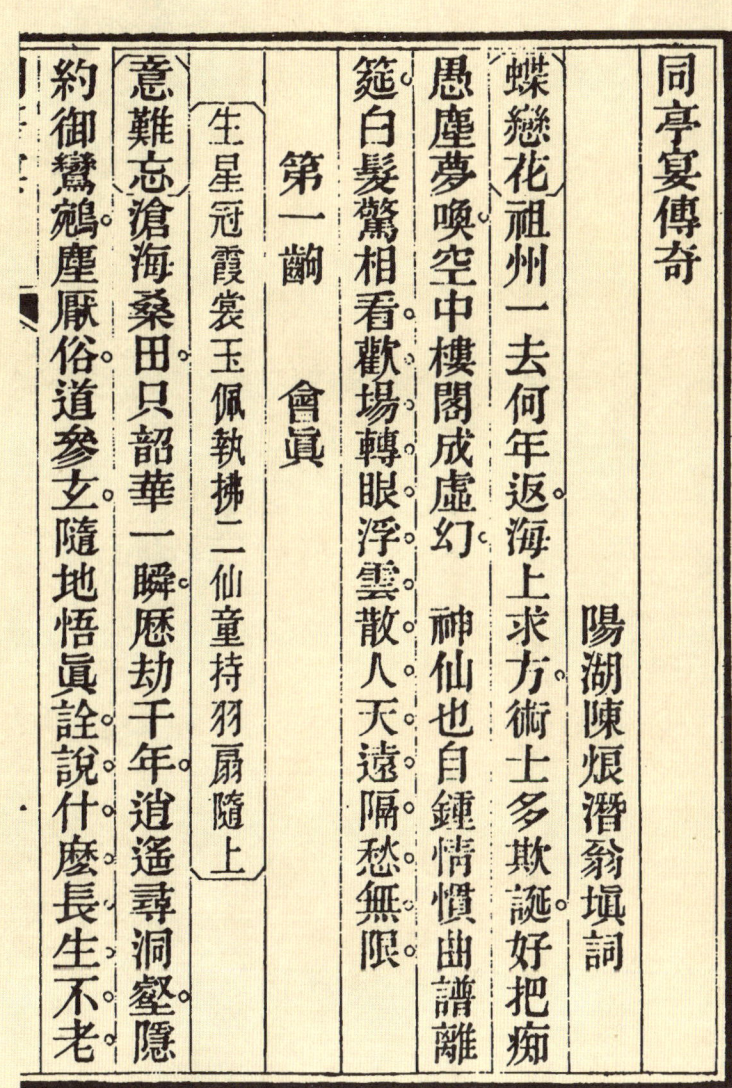

陳烺《同亭宴》

神山引　　　　　　　　　玉泉樵子塡詞

　第一齣　肆聯

生巾服上吐鳳慚稱八斗才尋詩曾上越王臺海潮欲闢霜毫健爲沐韓蘇教澤來小生陽日旦字伯明瓊州人也家傳詩禮名列膠庠黃絹詞新燦爛盈囊錦繡青燈功苦折磨利市襴衫負笈擔簦四方有志乘風破浪萬里輕游昨以訪尋故舊來至雷州游眺數月歸興忽來已與同里龔吳兩君相約託其代覓歸舟挈伴回里想必便有回話也、

吐鳳不凡

許善長《神山引》

靈媧石題辭

昔聞人化石今借石傳人一片煙雲幻千秋面目眞名姝
留小影明月認前身步步虛靈境先生筆有神

　　　　　　　　　　　昆明 汪世澄
　　　　　　　　　歙縣 鄭由熙 曉涵

僝風僽雨碧空破補天不牢石飛墮墮地化爲形影神妍
者媧者態畢眞爲忠爲孝爲節操衣冠罕此巾幗倫詞人
亦具造化手甄陶松煙入蠻臼故是坡老操銅琶肯逐者
卿歌楊柳米顛拜石石不樂先生寫石石能活乾坤撐拄

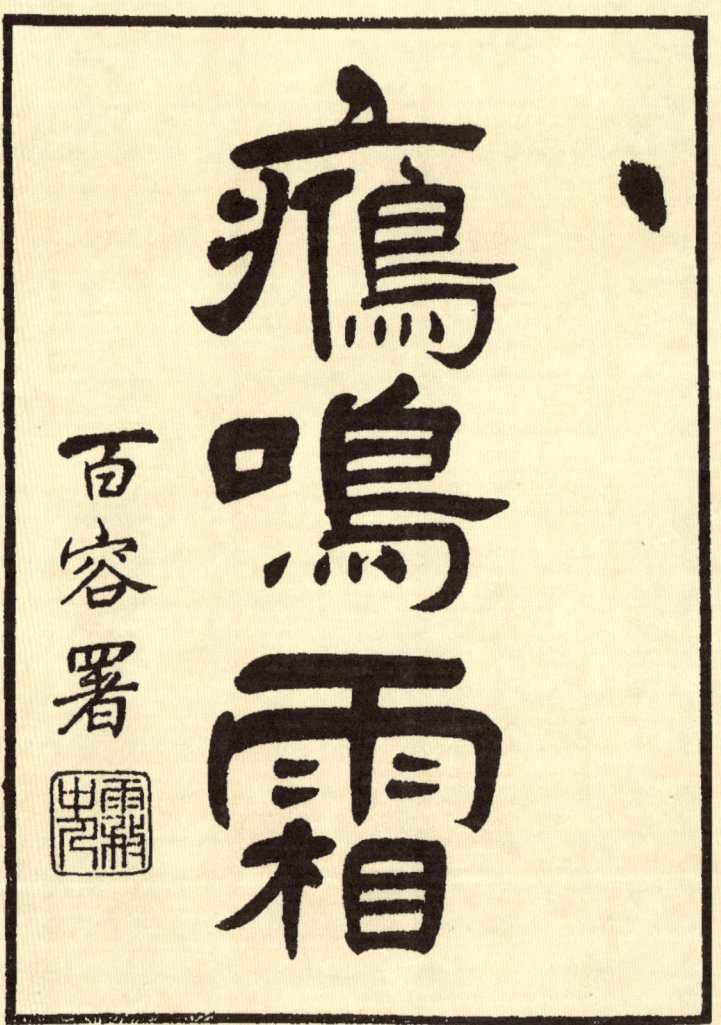

鄭由熙《雁鳴霜》

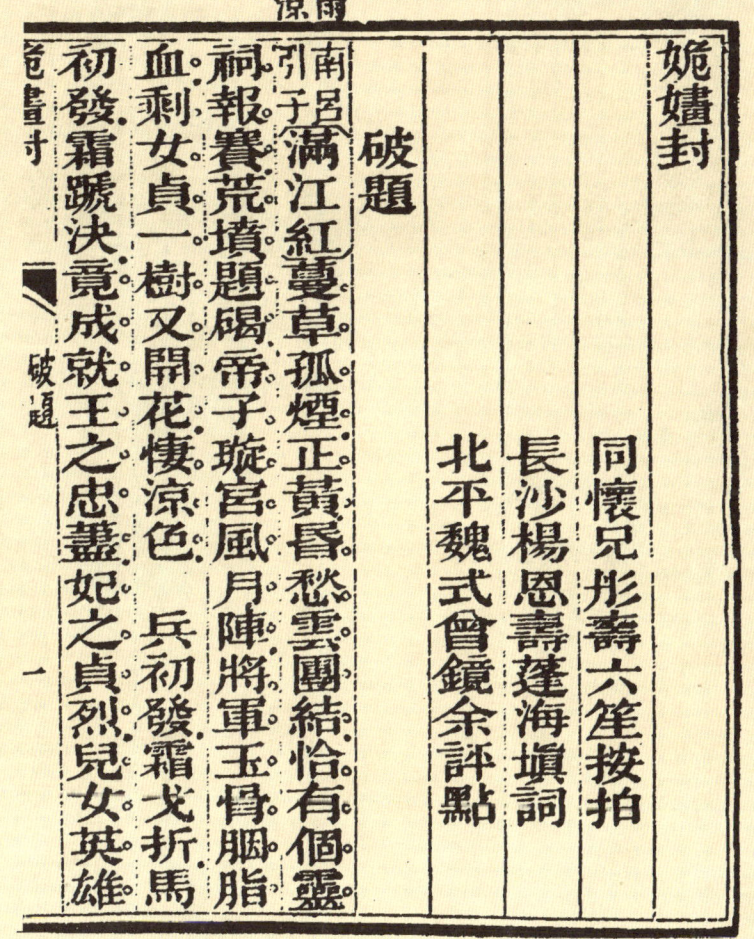

楊恩壽《姽嫿封》

桂枝香

吹篴竹笙人正譜
長沙蓬道人填詞
茶陵慧道人題評

破題

蝶戀花意蕋情根森桂棟天上人間好證蟾宮夢煖
氣噓開冰窖凍少男風裏春痕重 喚作優伶心骨
痛偶遇名流扶向雲霄送內助論勳交口頌諧書合
降翩翩鳳

天香雲外飄

包孕全旨
如是我聞

楊恩壽《桂枝香》

張恨畿《點鬼簿》

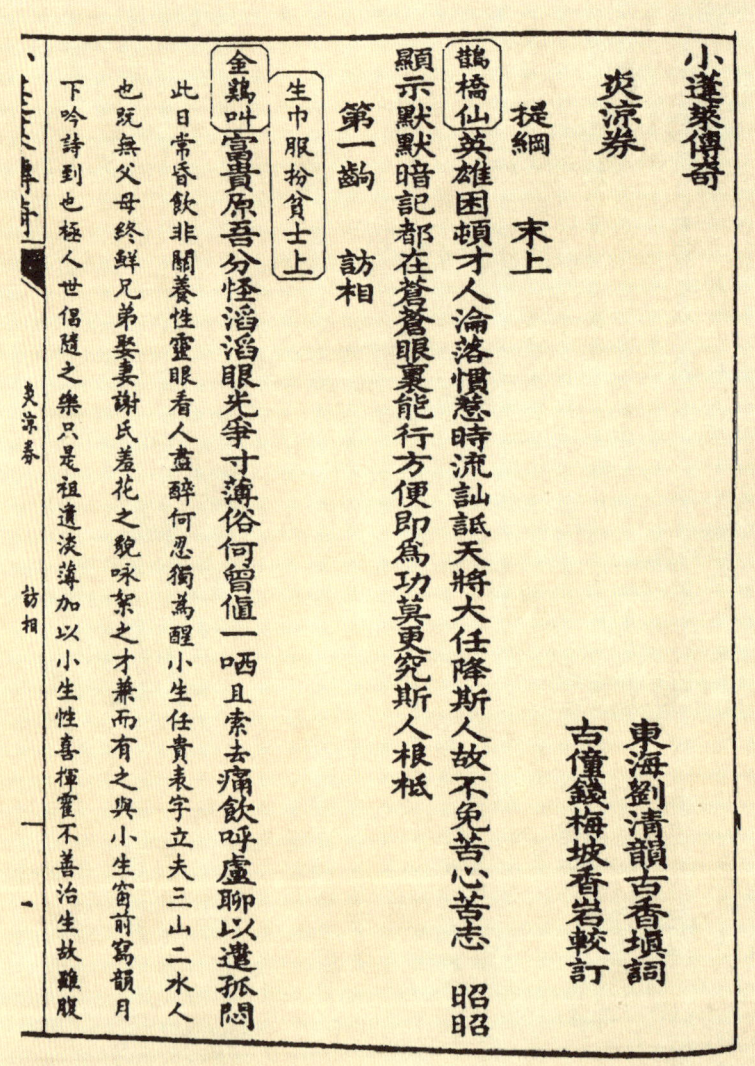

小蓬萊傳奇

炎涼券 東海劉清韻古香填詞
古儋錢梅坡香岩較訂

提綱 末上

鵲橋仙 英雄困頓才人淪落慣慈時流訕詆天將大任降斯人故不免苦心苦志 顯示默默暗記都在蒼蒼眼裏能行方便即為功莫更究斯人根柢 昭昭

第一齣 訪相

生巾服扮貧士上

金雞叫 富貴原吾分怪滔滔眼光爭寸薄俗何曾值一哂且索去痛飲呼盧聊以遣孤悶 此日常香飲非關養性靈眼看人盡醉何忍獨為醒小生任貴表字立夫三山二水人也既無父母終鮮兄弟娶妻謝氏羞花之貌詠絮之才兼而有之與小生窗前寫韻月下吟詩到也極人世倡隨之樂只是祖遺淡薄加以小生性喜揮霍不善治生故雖腹

劉清韻《炎涼券》

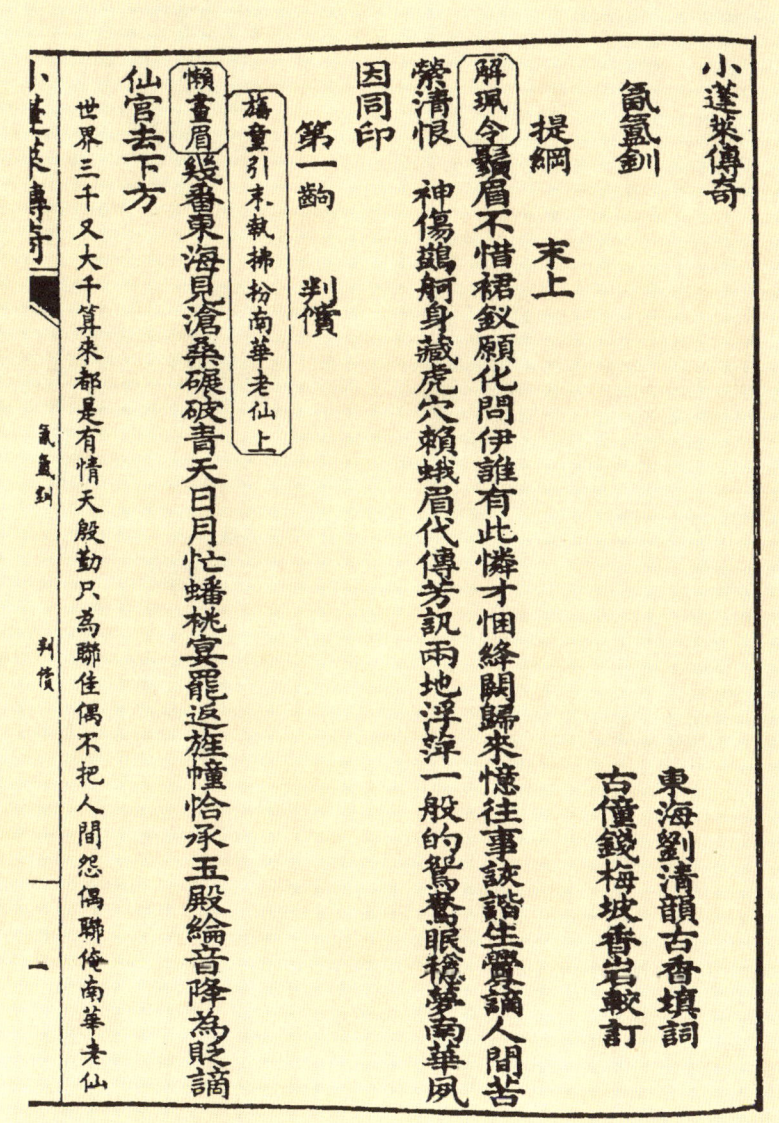

劉清韻《氤氳釧》

傳奇小說 俠女魂（小說之九） 蔣景緘

拒煙　周苣香

（旦病裝扶貼上）（遶地游）春烟欲化倩影消蘭麝。（坐介）（舉手自顧介）看瘦骨難盈把綉幙寒尖唾壺紅瀉那更勞吞吐煙霞燃透蘭膏骨髓枯蓉城仙迹太模糊已拚地下埋長恨莫進元霜伴藥鑪儂家周苣香支那弱質邢上名家長適蔣門夙教靜好顧以慈萱遽謝階桂雙萎門祚凄零嫠菲浸潤積勞致疾煩憂傷人遂遘沈疴莫尋靈藥（歎介）我周苣香盛年荏苒浪擲三三一息懨綿難消九九膝前弱息楊枒葉砧勤足牽愁都堪流淚（拭淚介）昨日隣右陳大嫂勸儂家少吸鴉片數口以飲肺氣他原是一派盛意但是儂家呵

（掉角兒）自生成命薄如花甚靈漿年能天假便饒那芙蓉續命早隨這黑籍蟲沙俺只怕充饑腸甘漏肺潤燥喉飲酖漿誤了年華（

烈女記填詞

續歎弟一

〔旦青衫平頭髻然麻上〕

香徧滿　山中莊院梽皮門兒深鎖煙不放楊花風送捲不待流鶯囀幽閨恰暮天紅織罷向扇求婾閒

〔續麻介生〕小田家百事哀梳頭繼罷向扇求婾閒自理殘鍼線十指難挑斗米間奴家江大姐新篛彭溪村人父親種田爲生母親姓　生我兄妹二人哥哥娶的本村息婦去年出外當兵未囘奴家

龍繼棟《烈女記》

學海潮傳奇

春夢生

敍事

西歷一千九百〇三年十一月二十七號為古巴學生流血之紀念日是日香花歌管舉國若狂事固慘烈然亦古巴自立之一原因乎閱其事者足覘威焉故樂得而紀之

西班牙之撫有古巴也不以其屬地殖民之政略剝削蒼腴而擊力以壓制之土人苦苛法久矣此事則起于西班牙人之報館主筆加但農以固負文名乃襲祖傳專制之謬論日肆攻訐以售其奸究激而成憝古人乃邀戰于凱威士之壚加率駐防軍往殲焉奧加尸歸海灣厚營葬由是仇燄深而駐防人時思一報其前恥適有僧徒以加墓被毀告經及醫學生稽查員欲結西人之敎羅織學生四十八人之罪省古之世族也總督羅百士故庸懦而貪欲得賄而敎之又不敢辦其經獄未成加之子以閱其衙索罪人眾喧塞途詭辯自署後遁統駐防將軍堅大將辦學生八人置之法係以財賄免死問徒方入人之流血也坐之海旁舊兵房之壁前自五尺之量無不貫而流弟者卒葬山地古巴省今追念前烈遂海灣焉乃彼事未久加之子以聞其父墓毀來奔視親往逼查則加墓未稍損蓋經獄也吾及斫石刀折乃易人翕髓入人高故武官具熱血者後親樹之石紀其事已相去二十年矣其側有歌亭近大隕風晨月夕海水湯湯回首千八百七十一年之事相去會幾何而與亡人之紀念其事祝花繫者有餘欷則以三十年來而古巴脫藩羅慶自主矣豈非當日數少年造之福而今日國民食其報也獻人者家屬猶存前因後果及身得見不亦快哉我戊戌庚子去今幾何年矣能無餘悲能無厚望用釋夫流血至慘而與古之人紀念其事祝花繫若有餘欷則以其事紀以傳哥顛爲有心人道焉

（生）夫人言之有理道雪越發下得大了我們塊壘滿胸正常澆之以酒（合）（尾聲）澆愁待把奇愁遺可柰飲水難冷熱煎熬我假日偷閑學少年（仝下）

逮不若條頓民族雖遵道自由幸福美人享得我法人侵享不得他空拳扭得乾坤轉我却待銜石平將東海填古人有亡國之興亡匹夫有責我等亦是國民一分子自當屑起遺俠擒子各自努力雄心遠好準備健兒身手狂著先鞭

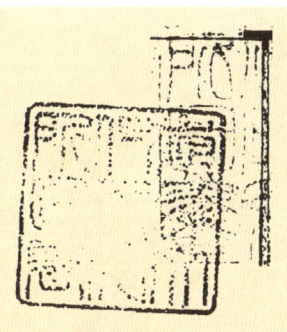

霜天碧　　闇公雜著之一

提綱

鬱金堂上清歌發彈到箜篌怨絃絕噩夢驚飛楚岫

雲舊游悽絕秦淮月兒家生小住淮陰門外垂楊映

碧屛愛學彩鴛抄韻譜肯從司馬逗琴心花枝漂泊

春無賴當筵祇自拈羅帶板渚隋堤春復秋愁心夜

夜屛山外江山金粉豔南朝十幅蒲帆趁晚潮春雨

夢痕迷笛步秋燈影事話蘭橈懷人感事愁如織

徹紅鵑歸未得水閣粧成獨倚欄蕙心絕世無人識

丁傳靖《霜天碧》

軒亭冤傳奇序

恨天難補況乏媧皇冤海空填誰哀精衛半生碌碌幾無行樂之時大地搏搏絕少寄愁之所竊得一支江筆發洩雄心那堪萬斛杞憂沉埋壯志哀女權之墜落灑紅之淚獄成學之淪亡駕回祖國詎料令嚴逮捕竟含不白之冤劇憐案近牽連空灑飛紅之淚獄成七字軒亭竟殺蛾眉恨抱九原鞭界力攻雀角悲得男兒笑罵代抱不不攜殘女界英豪激成公憤縱異日平反黑獄重泉莫返芳魂痛今朝坑煞紅顏坏土長埋俠骨又何怪傷時碩彥憫世奇英弔愛國之靈魂發痛心之社說也乎嗟嗟危詞竦論祇埋表白於一時協律和音自足流傳於後世譜入留聲機器死竟如生演來優孟衣冠呼之欲出此湘靈子所以有軒亭冤傳奇之作也事實情真宮商諧叶錦胸繡口居然妙緒環生麗句清辭畢竟新聲獨創一唱而韻隨風遠再歌而響遏雲行俠氣豪情都來紙上腦漿心血交汙毫端鍊詞則媲美施高譜曲則追蹤湯沈繪聲繪影描摹越郡奇冤公是公非髣髴秋娘歷史丁未中秋同里擬鬘序

越恨　軒亭冤傳奇　序

一百七十九

韓茂棠《軒亭冤》

同情夢傳奇

挽瀾

無眞不是夢大夢卽爲眞是眞是夢境幻出自由神

引夢　且　西女裝

（霜蕉葉）（且扮尤素心西女裝上）彼姝如夢兒女眞情種怨絲病紅花斷送……那裏有……警芳心聲聲曉鐘

湖光山色入舟來十里雞聲曉夢回衹爲女權恩復振幾番憑眺幾徘徊儂家尤素心江南人也系出清門家傳世澤幼承教育今古文通長受文明歐亞交儞平權心醉自治情多慨女獄之沉淪挽狂瀾而乏術好不悶殺人也呵近偕夫子黃漢人僑寓吳門歸帆琴水蓬窗轉側大好看山蘭槳輕徐渾忘作客你看雲波淡蕩晨光希微正是夢殘淡月五更曉水國烟鄉足菱荷好个早涼天氣也呵

（繞池游）荷珠露重曉浴紅香送散淸光迎風舞弄一痕殘月半塘菱種更遙望

小說　同情夢傳奇

一

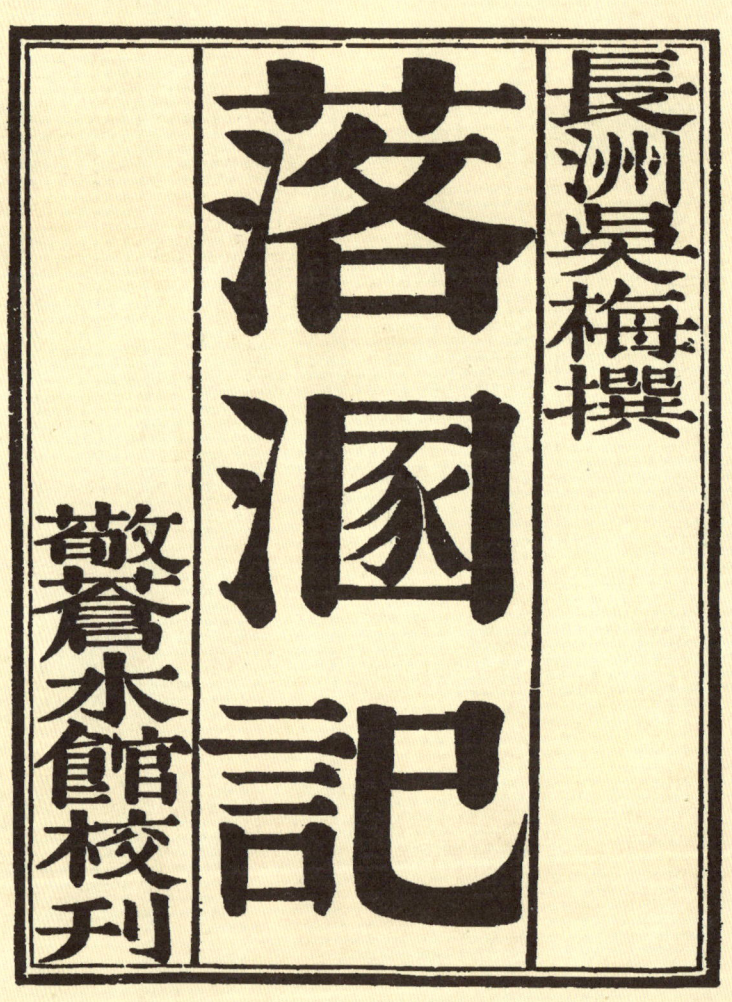

吴梅《落溷记》

碧血花傳奇　　梁溪尊農塡詞

第一齣　酒憤

生巾服上

(雙調)(夜行船)鍾山王氣驚飄蕩賸金粉南朝無恙蝶舞餘香，鵑啼剩血隨着春魂搖漾

(清平樂)茫茫如此沒個埋愁地啼鳥驚心花濺淚又是瘦人天氣年年誤了春光枉數迴盪柔腸獨倚危闌凝睇愁邊暝有斜陽小生孫臨表字克咸別號武公桐城人也家兄備位兵部小生幼隨京邸讀書萬卷工爲倚馬之文磨劍十年未遂屠龍之志我生不辰時事日非九重有宵旰之君盈廷無幹濟之士山河破碎歸夢依然冠蓋京華斯人不出因此棄家浪迹流寓秣陵狂來說劍縱橫文酒之場怨去吹簫跌蕩笙簧之座咳志士淒涼閒處老名花零落雨中看不知者都道我傲慢不羈怎知我傷心人別有懷抱也(行介)今日閒暇無聊不免到酒樓痛飲一回借他人酒杯澆自己塊磊聊當消遣則個

(沈醉東風)莽關山無端悲愴小朝廷前塵淒惘好景無心賞眼看那觚稜半壁，霎時間衰草斜陽只是釜魚幕燕更有何人能居安思危呢桃葉新聲春燈燕子依然是舊日太平景象來此已是酒保有麼(丑扮酒保上)看花須一醉和事只三杯呀不知孫相公降臨失迎有罪(生)好說取酒過來(丑)曉得(丑攜酒具上)(生作飲酒介)

(畫眉序)壓酒柳花香只少吳姬勸客嘗更六朝風月無限淒涼鄉心遠故國青山離恨

王蘊章《碧血花》

上齣　演鏡　　　　　　　　　　　玉橋填詞

（小生西服右手持士的stion 左手持周五十寸橢圓式西洋鏡上）

（如夢令）拋却衣冠骯髒消受文明供養欲做䝉鈚拿new china 先做斬新模樣模樣模樣鏡裏頭顱無恙

士侯第宅皆新主文武衣冠異昔時小生歪挨克原是奧盧叙拿oiagnina 一箇博士弟子員故鄉文譽也自清娛少小賦情却殊流俗霞綃霧綺早登年少之場綵筆華牋久厠詞人之隊買餘春於淺醉不學佛亦不學仙發奇釆於雄文曾讀經也曾讀史張曲江之風度杜記室之清狂敢曰能之竊非神似故往往輕紅擘荔慘綠評花僕本南人自謂不惡無如中年以後婆緯迴腸彗光爍瞬時艱棘刺心苦茶甘念風澤之寖微痛種界之淪替內既惕睡獅之無力外皆稱腐鼠之能欺（歎介）咳小生生在亞東亦居於有機體的高等動物之一誠思常時身被此歐風美雨目擊此國弱家貧你道慘不慘呢—故此發大願心去此故鄉遠事游

斷頭臺傳奇　第一齣　黨爭

感悝

（淨洋裝扮法蘭西山獄黨首領上）

（商調集賢賓）莽英雄殺人真似草　劍花拂海雲遙　腥風催緊　江山向晚　若教俺盡消除叢生的苦惱　只莫非頭顱生王　破得箇千金沽頭血　為神州赤縣洗塵囂（白）歌舞銷王氣　頭顱換國魂　笑他天子貴　不及獄官尊　俺乃法蘭西山獄黨首領羅拔士比是也　少年落魄　民約醉心　沈吟草澤之中　奮躍譏場而上　怎奈我法蘭西祖國　徒見集權政府　相傳數十代專制旄　祗餘納稅國民　製造二十七萬孤寒動物　甚至謳歌窮市　為后不若　為娼　狗續侯冠　畏首還當畏尾　縱有孟德斯鳩祿特盧梭、舌敝唇焦　激揚鼓吹　却好比鸞鶴重霄　任那克洛恩麻尼歐尼克　精敲膿

感悝《斷頭臺》

小說

一家春傳奇

憂亂

（丑衮衣繡裳扮國王上）莫道南風多死聲年來滋蔓眼中呈痛除禍變操何術臣下誰堪萬里城孤家乃切國國王是也襲了先王統系高登寶座駕馭臣民真乃一人之下萬人之上九重端拱玉食萬方倒也自由自在不料宮闈禍起事有難言前日赫赫炎炎只得落房州冷貶孤家當時直覺萬箭攢心毫無生趣差幸秋冬肅殺轉瞬回春中宗召還復歸原位也算意外之福可惡這些國民近年來心醉外間學說變本加厲也漸漸惡靜好動起來不比從前安分守己東也橫議反西也橫議看看涓滴將成江河悶坐介）嘆介）嘆這却如何是好也（起立介）（唱）

（新水令）奮雄威強致他頌舜歌堯越逼得一般兒張牙舞爪沒一箇磨刀鋤逆黨盡

范元亨
(1819—1855)

初名大濡,字直侯,別署問園主人,德化(今江西九江)人。少時聰慧多才,刻苦好學,人以"神童"目之。道光二十六年(1846)優選第一,中副車。咸豐二年(1852)舉於鄉,次年會試落第,即絕意功名,築園歸隱,以名士稱於世。後太平軍攻江西,流寓顛沛,貧病而逝。工詩擅曲,著述甚夥,有《四書注解》《五經釋義》《問園詩鈔》《問園遺集》《問園詞稿》等,另有《紅樓夢評批》。撰傳奇《秋海棠》、雜劇《空山夢》。

傳記文獻:高心夔《傳》(《問園詩鈔》卷首)、范履福《〈問園遺集〉跋》(《問園詩鈔》卷末)、(同治)《德化縣志》卷三十、鄧長風《二十九位清代戲曲家的生平材料——美國國會圖書館讀書札記之四十四》(《明清戲曲家考略全編》下)。

《空山夢》

◆ 劇情概要與本事

劇首署"德化范元亨直侯著"。題目正名爲"狂侍御棄官餘憤痛,慧容娘俠氣偏知重。寄情懷悲唱入番詞,藉禪心解脫空山夢"。分上、下兩卷,共八齣,每卷四齣,依次爲《情概》《梅遇》《游春》《巧夕》《斷梳》《訣閣》《入胡》《想夢》。寫金陵人楊守晦,嘉靖三年進士,以館職擢官御史,因建議邊機與時不合而歸里。春初時節,其往鍾山觀賞梅花,見梅樹下立着一位麗人,生得眉翠唇紅,韵別神清。詢問方知,乃總督九邊定南侯遺女王容述。定南侯以籌邊獲罪,爲賊臣讒寃而死,夫人亦相繼過世,容述飄零無依,遂遁跡空山。楊、王兩人一見如故，容述邀請守晦家中一叙。後二人又結伴游春，容述之美貌惹得王孫公子相思不已。不覺七夕已到，容述約守晦來作針筵之戲。守晦向其求婚，容述以生性孤僻、不肯隨人俯仰爲由拒絕。待容述拜月畢，二人以雙星事爲令飲酒作樂，夜深同入鴛帳。天明，容述對鏡理妝，玉梳墮地而碎，容述驚异傷感，以爲不祥之兆，遂向守晦講述昔日之傷心舊事，表示若能與其相守五載，此後縱使斷梗飄蓬，亦無所遺憾。守晦再三安慰，容述方轉悲爲喜。不久，匈奴寇邊，朝廷詔選美女和親，權相因與定南侯有隙，諷令州郡以容述應詔，即日赴都。守晦無力營救，傷心欲絕。容述已抱必死決心，欲藉機向天子陳述父冤，并效木蘭，重續父親功勳，震懾匈奴。臨行，守晦來閣中話別，二人相對而泣，容述將身邊二婢托付，并勉勵其以悟節悲。初到胡地，王容述見大漠荒寒，古道黄沙，全非江南春色，不免傷感。但想到陛辭時聲容之壯及肩負之使命，又不覺大快。遂在懷遠驛壁上題詩一首，希望有朝一日，楊生能統兵靖邊，此詩可爲之鼓振軍心。某日，楊守晦因不能忘情於容述，遂往鍾山尋訪舊迹，樓臺亭館仍在，往事紛紜而來。後登榻入眠，夢見自己作爲欽差送容述和親，容述令番王率衆跪迎聖旨，宣講皇帝聖德與威儀後拔劍自刎。這時，婢女將守晦喚醒，發現是噩夢一場。

生扮楊守晦，小生扮王孫，旦扮王容述，净扮番王，丑扮内監，雜扮僧人、番卒，小旦、貼旦、老旦、净、副、丑扮侍女，老旦、貼旦、丑扮秦淮衆妓，外、末扮游人、番將。登場人物尚有家僮、婢女、老僕、二婢、御僕、胡婦、胡兵等，俱未分配脚色。

本事不詳。按，齊森華等主編《中國曲學大辭典》言是劇"約作於道光二十一年（1841）"，待考。

● 著録、版本與收藏情況

《古典戲曲存目彙考》著録。現存光緒十七年（1891）冬范履福良鄉官廨刻《問園遺集》附刻本，藏國家圖書館，《古本戲曲叢刊十集》及鄭振鐸《清人雜劇百廿種》第8冊據之影印；又藏於上海圖書館，《中國近代文學大系1840—1919·戲曲集（一）》（上海書店2012年版）據之校印。《中國古典文學名著分類集成》（百花文藝出版社1994年版）亦收入。

● 序跋、題詞與評語

范元亨《〈空山夢〉序》（《古本戲曲叢刊十集》所收本《空山夢》卷首）：

《空山夢》八篇，不知何許人作也。讀其文，感聚散之無常，傷美人之零落，殆有大不得已者歟？女小字曰"容逑"，隱"空谷求之"之意。杜少陵詩："絕代有佳人，幽居在空谷。"當是此所自仿，惟無和親事。容娘之和親，爲朝廷靖邊患，勝老死空谷多矣。作者寫此，悲之耶？抑羨之耶？但其製譜，不用古宮調，知爲曲子相公所訶。然有其繼之，必有其創之。元人樂府，孰非創自己意者？若以爲不便梨園，則名家依譜循聲，可被之管弦者，亦無幾也。《離騷》《九歌》，隨情成音，壯夫握管，何暇爲氍毹計哉？世有知音，當賞之牝牡驪黃外已。

問園主人漫書

種秋天農《〈空山夢〉題詞》（《古本戲曲叢刊十集》所收本《空山夢》卷首）：

隨住生情，因情換境。擬之成法，可謂不倫；核其攸歸，亦無定在。大都綺靡，發爲悲哀。當情文之相生，遂洋溢而莫遏。不歸矩尺，難語正聲；尋彼卮言，或由寄托。楚騷痛哭，玉溪解人，工則不能，意則悲矣。今觀其時而銅琶鐵撥，時而曼竹哀絲，擬世外之纏綿，灑盧龍之頸血，是何意態，感激如斯？然而幻逐情生，夢回烏有，既都無奈，遂付觀空。全無結構之規模，不仿金元之院本。詞窮意竭，泪盡腸枯，傾墨凝殿，停杯變紫。殆所謂自憑悲憤,別作文章者歟?抑果勞人有悟,聊以自娛也?

種秋天農漫題

范元亨《〈空山夢〉自題》(《古本戲曲叢刊十集》所收本《空山夢》卷首):

五百梅花,一個茅廬結。流水空山,小避昆明劫。笑煞書生情恁呆,敢尋常、惜玉憐香,唐突了、月寒花潔。　同心篆,今磨滅;袖花痕,休熨貼。何嘗有、夢裏邊關?強湊出、悲歡離別。祇合向、瓿頭邊一炬焚燒,莫教他、斷腸人又添饒舌。

自題

問園種菊秋農《〈空山夢〉題辭》(《古本戲曲叢刊十集》所收本《空山夢》卷首):

人爲多情始讀書(直侯句),此中消息更模糊。人間兒女紛如蟻,夢到空山夢裏無?

流水空山盡有情,天涯何處哭風塵?英雄旖旎蛾眉俠,總是幽人自寫真。

問園種菊秋農題

問園問竹主人《〈空山夢〉題辭》(《古本戲曲叢刊十集》所收本《空山夢》卷首):

曲成不惜梨園譜,吐屬都頻率性真。若使文章須格律,傷心可也要隨人。

問園問竹主人題

問園傳柑令史《〈空山夢〉題辭》(《古本戲曲叢刊十集》所收本《空山夢》卷首)：

悲歡離合瞬銷沈，始信塵寰夢最深。大地無非情蟻耳，空山獨見女兒心。美人命薄原千古，才子愁多直到今。此是人間腸斷曲，《高山流水》屬知音。

問園傳柑令史題

玉階主人《〈空山夢〉題辭》(《古本戲曲叢刊十集》所收本《空山夢》卷首)：

情到深如此，人間女子奇。濃歡原慟哭，壯往更相思。幻影方成夢，空花即是痴。茫茫天宇外，特寫一蛾眉。

玉階主人題

問園籟虛酒徒《〈空山夢〉題辭》(《古本戲曲叢刊十集》所收本《空山夢》卷首)：

俠氣淋漓絕塞行，從軍慷慨出長城。飄零環珮香千里，潦倒風雲夢一生。滿地干戈猶惜別，空山泉石尚多情。阿容亦是痴兒女，誰解方回痛哭聲？

問園籟虛酒徒題

梅花居士《〈空山夢〉題辭》(《古本戲曲叢刊十集》所收本《空山夢》卷首)：

莫被逃禪誤，春無不落花。夢原非幻境，愁是好生涯。一死情難悟，三生事可嗟。攜來腸斷曲，讀罷夕陽斜。

梅花居士題

借夢軒主人《〈空山夢〉題辭》（《古本戲曲叢刊十集》所收本《空山夢》卷首）：

黃卷金樽了半生，多愁消息未分明。夢回讀罷《空山夢》，始信人間書有情。

文章也自有前因，幻影空花恨總真。不羨蛾眉死君父，獨憐空谷有佳人。

借夢軒主人拜題

翠華女士《〈空山夢〉題辭》（《古本戲曲叢刊十集》所收本《空山夢》卷首）：

隱處空山自不群，漫言生作女兒身。試看兵起蠻荒地，不詔英雄詔美人。

空山一片可憐情，讀到分離淚欲傾。一死寫來郎夢裏，貞魂也要拜先生。

翠華女士拜題

崇光學士《〈空山夢〉題辭》（《古本戲曲叢刊十集》所收本《空山夢》卷首）：

住愁天，離別地。試展新詞。知是阿誰意？正自模糊無所异。反覆尋思，盡是傷心字。　僅幽居，明主弃。流水空山。豈是才人志。知己情懷兒女意。一片啼痕，都是英雄淚。（調寄《蘇幕遮》）

崇光學士題

何珮珠
(1819? —?)

　　字芷香,號天都女史,歙縣(今安徽歙縣)人。父何秉堂(生卒年不詳)官兩淮鹽知事,深於詩學。幼年隨父客居揚州,習聞庭訓,與其二姊何珮芬、三姊何珮玉俱擅詩名,時人方之明代葉氏三姐妹。後嫁天津張氏子,生活境況似不如人意。著有詩詞集《津雲小草》二卷、《紅香窠小草》二卷、《竹烟蘭雪齋詩鈔》一卷以及《環花閣詩鈔》等。又有雜劇《梨花夢》一種。

　　按,齊森華等主編《中國曲學大辭典》推測其生年爲"1814年前後",嚴敦易《何珮珠的〈梨花夢〉》則認爲"道光癸卯(公元一八四三年),她的年齡最大不過在二十五歲左右",即其生年當在1819年左右。學界一般認同嚴氏之説。關於其夫名號,《中國戲曲志·安徽卷》記作"張之元",胡文楷《歷代婦女著作考》等則記爲"張子元",任榮《清代徽州女詩人、戲曲家何珮珠考論》經過辨析,認爲前人對《津雲小草序》有關文字斷句有誤,故所言皆不確。

　　傳記文獻:徐世昌《晚晴簃詩匯》卷一百八十七、惲珠《國朝閨秀正始續集》、沈善寶《名媛詩話》、陳芸《小黛軒論詩詩》、嚴敦易《何珮珠的〈梨花夢〉》(《元明清戲曲論集》)、任榮《清代徽州女詩人、戲曲家何珮珠考論》[《淮北師範大學學報》(哲學社會科學版)2011年第2期]。

《梨花夢》

● 劇情概要與本事

　　五卷,依次爲《贈花》《憶夢》《寫影》《悲秋》《仙會》。每卷卷首署"天都何珮珠芷香"。寫少婦杜蘭香生成莊貌班才，帶得仙風道骨，十齡擅綉，七步成詩。因身爲女兒，不能求取功名，深感悲哀，故喜男子裝束，常假作名士。己亥暮春，與丈夫乘舟北上，旅途寂寞勞苦，向紗帷小臥，夢中見一仙子持梨花索題詩句，醒後情懷難釋。又是一年暮春時節，蘭香無法忘懷往日舊夢，遂於明月之夜，小步園亭，冀與夢中之人重逢，却祇能面對一樹梨花悲嘆無緣。蘭香繪就仙子小影供養，稍慰傷心。不覺春殘夏盡，又值涼秋，蘭香相思成疾，一病經年。她閑步小園，懷想仙子音容笑貌，倍感凄清。又見秋景蕭索，心頭更是不快。後蘭香夢中與梨花、藕花兩仙子相遇。仙子言蘭香本是仙宮姊妹，今小謫人間，并邀她跨鶯同游仙境，最後，夢境爲曉鐘驚破，蘭香醒後倍感凄凉。

生扮杜蘭香夢魂，小生扮杜蘭香，小旦扮梨花仙子，貼扮小鬟輕燕、藕花仙子。

本事當取自作者經歷。按，是劇主要敷演作者"己亥"及次年之事，創作時間爲道光二十年（1840）或稍後。又，《津雲小草》卷下有詩題爲《癸卯嘉平月之十夕展讀浣碧姊獨醒吟六十首……》，"癸卯"即道光二十三年（1843），則知《津雲小草附〈梨花夢〉》當刊刻於是年或之後。

◆ 著録、版本與收藏情况

《古典戲曲存目彙考》《古本戲曲劇目提要》著録。現存道光間覽輝堂原刻本，藏上海圖書館；清鈔本，藏國家圖書館；道光二十年庚子（1840）刻《津雲小草》附刻本，藏北京師範大學圖書館，《北京師範大學圖書館藏稀見清人別集叢刊》第18册據之影印；道光間刻《津雲小草》附刊本，藏上海圖書館，《古本戲曲叢刊十集》據之影印。

◆ 序跋、題詞與評語

程鍔《〈梨花夢〉題辭》（《北京師範大學圖書館藏稀見清人別集叢刊》所

收《津雲小草》附刻本《梨花夢》卷首）：

祇爲三生未了緣，靈槎何處覓游仙。美人聰慧才人筆，一曲《梨花》萬古傳。神仙隊裏舊詩人，摘去釵鈿換角巾。漫説登場同葉子，木蘭原是女兒身。雲想衣裳雪想膚，南柯幻境未模糊。如卿意氣干牛斗，愧煞人間賤丈夫。

味蘭程鍔拜題

張萼《〈梨花夢〉題辭》（《北京師範大學圖書館藏稀見清人別集叢刊》所收《津雲小草》附刻本《梨花夢》卷首）：

滿腔如有怨，姑付曲中論。□是身爲蝶，何妨骨化鴛。月愁圓夜影，雲懶了春痕。一笑仙踪誤，梨花墮滿門。

綠卿張萼呈草

杜守恩《〈梨花夢〉題辭》（《北京師範大學圖書館藏稀見清人別集叢刊》所收《津雲小草》附刻本《梨花夢》卷首）：

一曲《梨花》午夢餘，才人詞藻美人書。世間不少奇男子，欲比卿才總不如。

少亭杜守恩拜題

陸潛《〈梨花夢〉題辭》（《北京師範大學圖書館藏稀見清人別集叢刊》所收《津雲小草》附刻本《梨花夢》卷末）：

笑排場，看裙釵，更了冠裳。藉吐才華，萬斛泪珠難量。俏無聲影韶光。去殢離愁，春夢方長。深院静，爐香細，頓教酣入甜鄉。　休問巾妝帔妝，憐是女兒身，百轉柔腸。刻羽引商，測測聲猶繞梁。泪痕灑作梨花雨，嘆畫眉翠冷張郎。知否麼？前生證果，原是蘭香。

虞山静香氏陸潛倚聲

陳宏勳《〈梨花夢〉題辭》(《北京師範大學圖書館藏稀見清人別集叢刊》所收《津雲小草》附刻本《梨花夢》卷末)：

登場一曲唱郎當，夢雨梨雲盡慘傷。譜入玉簫聲裏聽，二分月色也蒼茫。
角巾釵索兩無分，筆吐奇花舌吐芬。知是才人弄柔翰，靈心如織錦迴文。
藉得梨花讖亦奇，幻身入夢總傷離。情天若使媧皇補，月可常圓石可移。
旖旎年華綺麗才，藉和宮羽寄懷來。爲郎憔悴羞郎甚，唱到雙聲艷玉臺。

燕山夢九陳宏勳拜草

闕名《〈梨花夢〉題辭》(《北京師範大學圖書館藏稀見清人別集叢刊》所收《津雲小草》附刻本《梨花夢》卷末)：

是假却還真，小謫紅塵。相如才調女郎身。幻出梨花春夢短，忒可憐生。　仿佛記前因，無限柔情。好憑仙管展胸襟。紅粉烏紗爭換得，懊煞卿卿。

俞樾
(1821—1907)

　　字蔭甫,號曲園、右臺仙館主人,晚號曲園叟、曲園老人、茶香室說經老人等,德清(今浙江德清)人。道光三十年(1850)進士,因會試試帖詩中有"花落春仍在"之句,爲主考官曾國藩(1811—1872)所激賞,因而成名。入翰林院成庶吉士,散館授編修,又任國史館協修。咸豐五年(1855)提督河南學政,因御史曹澤(生卒年不詳)劾奏其所出試題"割裂經義"而罷官。同治四年(1865)起,先後主講蘇州紫陽、上海求志、杭州詁經精舍等書院,潛心學術四十餘載,以實學課諸生,門下多名士。學識淵博,精於經學,以高郵王念孫、王引之父子爲宗,爲樸學之大家。又工詩文,兼及小說、戲曲。所著内容豐富、類別繁多,包括《群經平議》《諸子平議》《第一樓叢書》《春在堂雜文》《春在堂詩編》《春在堂詞録》《春在堂隨筆》《茶香室叢鈔》《曲園雜纂》《右臺仙館筆記》等,後彙爲《春在堂全書》五百餘卷。所撰雜劇有《老圓》及《二奇合傳》等。

　　傳記文獻:章炳麟《俞先生傳》(《太炎文録初編》卷二)、繆荃孫《俞先生行狀》(《藝風堂文續集》卷二)、《清史稿》卷四百八十二、蔡冠洛《清代七百名人傳》、《近代名人小傳・儒林》、金梁《近世人物志》、陶湘《昭代名人尺牘續集小傳》卷十七、徐世昌等《清儒學案》卷十九、支偉成《清代樸學大師列傳》卷六等。

《老圓》

◆ 劇情概要與本事

　　劇首題"老圓・曲園雜纂第五十",署"德清俞樾"。一折。寫老僧無相面壁三十年，看盡了興廢存亡，由定生慧，以慧觀空。某日，老將李不侯與老妓花退紅偶然相遇，一起往無相處隨喜。前者曾萬里從戎，志在封侯，結果却伏處鄉間，一事無成；後者幼嫻歌舞，一時亦爲北里之尤，而今紅顔老去，再無昔日繁華。撫昔感今，二人皆惆悵不已。無相一見，便説出二人悽凉之心事，并藉歷史上英雄、美人之結局，告誡他們"光陰冷淡味偏長"。二人聞此，塊壘頓消，煩惱盡除。

旦扮花退紅，净扮李不侯，外扮無相。

本事不詳。俞樾《春在堂全書録要·老圓》云："余舊有《老將》《老妓》兩曲，久失其稿，今合而一之。烈士暮年，秋娘老去，固同調也。"據此，知是劇由早年創作之《老將》《老妓》二劇合璧而成，而《老將》《老妓》或當創作於咸豐七年（1857）作者被罷官之後不久。

◆ 著録、版本與收藏情況

《清代雜劇全目》《古典戲曲存目彙考》著録。現存光緒二十五年（1899）重刊《春在堂全書·曲園雜纂》所收本，藏南京博物院、日本慶應大學、日本東洋文庫等，《春在堂全書》（鳳凰出版社 2010 年版）據之影印；作者手稿本，原俞平伯舊藏，鄭振鐸《清人雜劇二集》、《清人雜劇百廿種》第 4 册據之影印。又有《俞樾全集》（浙江古籍出版社 2017 年版）、《俞樾全集·群經平議》（鳳凰出版社 2021 年版）所收排印本。

◆ 序跋、題詞與評語

俞樾《〈老圓〉自序》（《春在堂全書》所收本《老圓》劇首，鳳凰出版社 2010 年版）：

余不通音律，而頗喜讀曲，有每聞清歌、輒唤奈何之意。偶讀清容居士《四弦秋》曲，因譜此，以寫未盡之意，且爲更進一解焉。所惜於律未諧，聲牙不免，紅氍毹上未必便可排當，聊存諸《雜纂》，亦猶《船山先生全書》之後附《龍舟會》雜劇而已。

鄭振鐸《〈老圓雜劇〉跋》（《清人雜劇二集》卷首《題記》）：

俞樾，字蔭甫，號曲園，德清人。道光進士，提督河南學政。罷官歸，專心古學。有《春在堂全集》五百餘卷。爲清末樸學之宗。所作雜劇，僅見《老圓》一本。《老圓》寫老僧點化老將、老妓事，多禪門語。然於故作了悟態裹却也不免蘊蓄着些憤激。

《二奇合傳》

包括《驪山傳》《梓潼傳》雜劇二種，俱爲八齣。

● 劇情概要與本事

《驪山傳》

八齣，依次爲《周廷遣使》《驪山命將》《四將成功》《外邦貢獻》《西王建號》《西域巡游》《天使下迎》《周王功宴》。第一齣前有罄圃老人登場敷說劇本大意，似傳奇之副末開場。寫姬昌君長於岐周，位爲西伯，戊午歲季月改元稱王。數年來，友邦親睦，百姓安樂，祇是北方獵狁、西戎昆夷時來侵擾邊疆，致使戎馬生郊，不能安堵。某日，周文王召鬻熊、姜尚入宮商議。姜尚保舉大將南仲前往朔方，攻伐獵狁。鬻熊則舉薦驪山女坐鎮西陲，以禦西戎諸國。文王大喜，遣散宜生備具書幣，親詣驪山女，商定機宜。驪山女本姜姓，申國人，其父娶於驪山，故有此名。她生而明敏，天文地理無所不通，尤擅兵書陣法。及笄，歸嫁戎主胥軒。胥軒死後，國人奉驪山女爲主。嗣位以來，人民富庶，國勢昌盛。然因地近西戎，時受侵擾。近日，皮山、難兜、戎盧、渠勒四國分道來攻，甚是猖獗。驪山女決定戰和兼用、恩威交濟，命兵分四路，以火攻、水淹、陣圖以及人呼、鼓聲等妙計，殺散衆敵。此間，散宜生已出使到此，傳達了文王捍衛西陲之意，驪山女當即表示願爲周邦守護西境。後驪山女神武威德之名遠布四方，西戎各國不勝欽慕，紛紛派遣使者進呈方物，以示臣服之意。南道自鄯善到莎車，北道自車師至疏勒，無不奉其政令。在大臣的勸諫下，驪山女自定尊號爲西王母。西王母又將國政付與兒子中滿，率衆出關巡閱，歷遍西域各邦。所到之處，物阜民安，多見太平景象；亦有政教未修、風俗未善之國，如卑陸、精絶、焉耆、罽賓等國，即略爲指示，無不信從。西王母一行人過火山、冰山、沙海，領略無邊風景，最後被橫亘天際的常陽山擋住去路。此時，紫薇大帝遣仙吏、天神、天將等前來接引。原來西王母本是大羅天之仙人，今已至歸真之日，遂辭別衆人，飛升而去。周武王平定天下之後，念王業艱難，全賴臣下輔佐，遂召周公旦、召公奭、太公望、畢公榮等，設十大功臣宴。然與宴臣子僅有九人，不足十人之數，衆人不解。武王言自文王以來，依仗驪山女支柱西境，國家方能全力經營中原，厥功甚巨，故納之入十人之數。

登場人物有磬圃老人、周文王、鬻熊、姜太公、文官、武官、女官、驪山女、宮女、左大夫、右大夫、城門官、散宜生、前部將軍、敵兵、後部將軍、左部將軍、右部將軍、陽關關吏、渠叟國使臣、欺羽國使臣、卜盧國使臣、康民國使臣、蕃奴、身毒國使臣、大秦國使者、卑陸國王、精絶國王、焉耆國王、罽賓國王、紫薇大帝、天神、天將、金童、玉女、土人、大鳥、周武王、二内監等，俱未分配脚色。

據劇首磬圃老人賓白等，知是劇乃依《史記》《漢書》相關記載及作者考證結果敷演而成。

《梓潼傳》

八齣，依次爲《生辰聞變》《仗義拒新》《却幣公孫》《奉表漢室》《春天勸農》《學宮講藝》《百齡大會》《遺祠閑話》。第一齣前有磬圃老人登場敷説大意，似傳奇之副末開場。寫漢代梓潼人文參，孝平帝時起家爲城門校尉，後拜益州太守。到任以來，盜竊不生，獄訟幾絕。時值二月初三文參誕辰，正當家人爲其捧觴上壽時，計吏來報，言王莽已廢帝爲定安公，自稱皇帝，建國號曰新，不復有漢。文參聞此大恨，然知火德未衰，漢家必有中興之日，於是將妻子送回梓潼，孤身保守益州，以盡守土之責。王莽先遣赤帝之使來益州，欲收漢家故印，頒新室之印，被文參痛斥一番，逐出境外；又命哀章徵召文參入朝。哀章既是王莽心腹，亦是文參故人。文參知其來意，怒其接受僞職，將之趕了出去。後公孫述據蜀稱帝，見文參不服，便將其妻、子等羈禁成都，命尹融前往益州，威逼文參歸降。文參以身許國，早已將自己及家人的生死置之度外，故不受脅迫，將尹融驅逐出境。這時忽報夫人、公子已到，文參大喜。原來其子文忱居鄉奉母，聽聞公孫述逼死文參故友李巨源，知自家難保，遂雇覓二人冒充自己與母親，然後潛行到此。後東漢建立，皇帝感文參之賢，遣使拜爲鎮遠將軍，封成義侯，益州太守如故。文參上表請求褒贈李巨源父子，并舉薦當地名士薛方、逄萌等人。後文參年老歸鄉，值其百齡壽誕之日，朝廷遣使問安，并送來壽禮。王族、百官、益州舊屬、梓潼父老子弟等紛紛獻上壽酒、壽衣、清歌妙舞及雜戲等。文士們撰成詩賦，繪成圖畫，并將其一生事迹作成院本，又寫入丹青，以爲祝壽之用。文參死後，滇、蜀兩地爲其所建祠廟不下百十處，香火最盛。晋太康紀元二月初三，逢文參生日，遠近瞻拜者衆多，幾乎塞破祠堂。

登場人物有磬圃老人、文參、文忱、夫人、家奴、計吏、赤帝使、四卒、哀章、尹融、漢使、農夫四人、饁婦四人、牧童四人、父老二人、蜀郡太守、蜀郡文學博士、諸生八人、文忱妻、文恭、儒士二人、武士二人、商賈二人、農夫二人、二老人、二婦人、幼童、兩擔夫、啞者、聾者、鄉三老、都鄉正等，俱未分配脚色。

據劇首磬圃老人賓白等，知是劇乃依高朕《修周公禮殿記》相關記載及作者考證結果敷演而成。

俞樾

◆ 著錄、版本與收藏情況

《清代雜劇全目》《古典戲曲存目彙考》著錄。現存清惜陰堂刻本，藏中國藝術研究院圖書館，《傅惜華藏古典戲曲珍本叢刊》第 97 册據之影印。又有光緒二十五年（1899）重刊《春在堂全書》所收《傳奇二種》本，藏國家圖書館、日本慶應大學、日本内閣文庫等，《古本戲曲叢刊十集》據國家圖書館藏本影印。另有《俞樾全集》（浙江古籍出版社 2017 年版）、《俞樾全集·群經平議》（鳳凰出版社 2021 年版）所收排印本。

陳獬
(1821？—？)

字去惡，又字冷髯，號二峰，懷遠（今安徽懷遠）人。生於嘉道間，光緒中葉始歿，行年八十餘。柯愈春《清人詩文集總目提要》定其生年爲"1821—1825年"，未知何據。貢生。陳獬《冷髯五老會記》言其咸豐十年（1860）後"從戎於青、豫"，後"秉鐸於松滋、梁安諸邑"，光緒十五年（1889），曾主講上海。著有《正聲集》《冷髯詩草》等。又有雜劇《馬家河尋兄》一種。

傳記文獻：陳獬《冷髯五老會記》（《申報》1890年6月22日）、徐世昌《晚晴簃詩匯》、（民國）《太和縣志》、張之屏《淮南耆舊小傳初編》〔《學風（安慶）》1934年第2期〕、姚大懷《新見晚清民初傳奇雜劇四種考述》〔《溫州大學學報》（社會科學版）2015年第2期〕。

《馬家河尋兄》

◆ 劇情概要與本事

每折前均題"馬家河尋兄傳奇"，署"懷遠去惡陳獬填詞"。四折，依次爲《趕行》《惱兄》《訪靜》《歸醒》。寫安徽懷遠人韓五本以經營浴堂爲生，因愛抽鴉片烟，又接連遭遇變故，生活變得難以爲繼。他想到兄長韓三在蘭州做官，計劃去尋兄資助。韓五湊足盤纏，勉强上路。在歸德府落脚吃飯時，險些因花用小錢而被抄送官府。後靠哄騙性情寬厚的車夫，搭車抵至東京；渡黃河時故技重施，逃了船費。韓五一路上歷經波折，行至長安，訪其族弟韓立本。在彼處得到少許資助與一夕安眠，并瞭解到韓三已不在蘭州，現已改官成都馬家河，遂改換了行程。不覺又是半月，終於到達馬家河。韓五心想榮華近在眼前，不料韓三知曉韓五為財而來，頗不待見他。韓五受盡冷遇，僅得四兩銀子作歸鄉盤纏，無奈祇得拜訪時任玉門縣典史之故友王鐵珊。到後方知王鐵珊夫人因妻妾爭端含恨自盡，韓五痛斥其友不念夫妻舊情。王鐵珊自覺慚愧，臨行贈與他十二兩銀子。韓五又歷經種種磨難，終於行至河南地界，此時不但身無分文，還疾病纏身，幸得鄉人張貴相助，纔得以返家。韓五至此瞭解了世態人情，明白了求人不如求己，遂下定決心戒除鴉片，勤懇勞作。

小生扮韓五，老生扮張二公、王鐵珊，旦扮韓五妻，花旦扮店婆，老旦扮王鐵珊妻，净扮韓三，副扮韓立本，丑扮店小二，外扮張貴，雜扮車夫、長班。登場人物尚有篙工、戈什、船家等，俱未分配脚色。

據作者《自序》，知是劇乃依其外侄韓氏尋兄經歷敷演而成，創作於光緒七年（1881）秋。

● 著録、版本與收藏情況

現存民國二十五年（1936）《皖事彙報》所收本。

● 序跋、題詞與評語

陳獬《〈馬家河尋兄傳奇〉自序》（民國二十五年《皖事彙報》所收本《馬家河尋兄》卷首）：

光緒辛巳秋，外侄韓氏訪予於新安。予將行，談及伊弟赴蘭州尋兄事，聞之足傷也。笋輿默坐，仰首看山，低頭弄墨，閲一晦明，而四折已成，戲墨也。既而視之，筆意縱橫，變幻如龍翔如鵾起。舉世之情態，畢現於寸楮片墨間。奇矣奇矣！夏王之彝鼎歟？溫公之警硯歟？世多君子，不能辨之。

李鍾承《〈馬家河尋兄傳奇〉跋》(民國二十五年《皖事彙報》所收本《馬家河尋兄》卷末)：

懷遠陳去惡先生，所填《馬家河尋兄詞》四折，描寫炎涼世態，起於骨肉；慷慨贈金，出自友人，以及家庭變端，沿途情狀，繪色繪聲，纖微畢露，洵佳作也。至詞藻之新穎，文氣之舒暢，尤其餘事耳。其"求人不如求己"一語，爲此詞之大關鍵。而先生救世之苦心，亦躍然於紙上。謂爲禹鼎鑄奸也可，即謂爲度世慈航也亦無不可。

時在民國紀元二十有五，阜陽李鍾承謹跋

王 復
(1822?—1861)

　　字彥卿，號愧庵，吳縣（今江蘇蘇州）人。諸生。少習醫，稍長從吳興王二樵（生卒年不詳）學詩及書啓，後由王介紹拜齊學裘（1803—?）門下學詩。一生窮困潦倒，以游幕爲生，曾入江北糧道楊能格（1813—?）處任書辦。咸豐十年（1860），太平軍攻蘇州，挈眷出逃，流寓平望、紹興，事平返回杭州。次年，太平軍再次圍攻杭州，全家餓死城中。工詩詞，詩風清遒，詞旨沉着。著有《烟波閣詩草》《烟波閣詞》。又有雜劇《艷禪》一種。

　　按，《古典戲曲存目彙考》言其"字敦初，號秋塍。浙江秀水（今嘉興）人"，誤。又，張增元《明清戲曲作家事迹考略續編》言其生於道光二年（1822），不知所據；鄧長風《十三位清代戲曲家的生平材料》則推測其生於1822年前後。

　　傳記文獻：（民國）《吳縣志》卷五十六，齊學裘《見聞隨筆》、《蕉窗詩鈔》卷二十七，丁紹儀《聽秋聲館詞話》卷十，葉德均《戲曲小說叢考》，張增元《明清戲曲作家事迹考略續編》（《文獻》1989年第2期），鄧長風《十三位清代戲曲家的生平材料——九五春上海讀書札叢》（《明清戲曲家考略全編》下）。

---《艷禪》---

● 劇情概要與本事

　　一折。寫吳門城裏有一和尚，因其不立名、不取號、不念佛、不看經，祇是一味痴憨，百般游戲，衆人便都叫他"顛僧"。顛僧於朋友一倫，尤爲切己，因此四海論交，十方結客。近年與吴下寒木居士結爲好友。寒木在河陽縣作幕僚，顛僧認爲河陽乃晉人潘岳舊治，曾遍植桃李，必有可觀，於是輕舠一葉，特去相訪。又聽聞寒木近來一肚皮牢騷，都藉婦人醇酒發泄，顛僧亦欲藉機警戒其一番。顛僧泊舟河陽縣驛前，寒木帶着好友小檀奴前來相會。小檀奴與顛僧一見如故，便邀顛僧往歌姬十索娘家小酌，顛僧爽快答應。三人冒雨前往。席間，顛僧飲酒吃肉，毫無顧忌。太痴公子素慕顛僧風采，亦來奉陪。十索娘與廣寒子唱曲助興，氣氛甚是歡樂。最後，顛僧且歌且舞，點化衆人一番，携十索娘而去。

生扮小檀奴，小生扮太痴公子，旦扮十索娘，貼扮廣寒子，净扮顛僧，末扮寒木居士，丑扮鴇母，雜扮蒼頭。登場人物尚有沙彌、丫鬟，俱未分配脚色。

齊學裘《見聞隨筆·王彦卿殉難》云："（王復）曾爲余譜《艷禪》曲一折，久刊行世。"知是劇乃王復爲其師齊學裘而作。趙山林等《近代上海戲曲繫年初編》言是劇約作於咸豐年間，待考。

● 著録、版本與收藏情况

《清代雜劇全目》《古典戲曲存目彙考》著録。現存姚燮《今樂府選》稿本第 38 册所收本，藏浙江圖書館。

束 仙

姓名、生卒、生平事迹均不詳，錢塘（今浙江杭州）人。道光、咸豐、同治間人。撰有雜劇《養怡草堂樂府》。

《養怡草堂樂府》

卷首署"養怡草堂樂府，顧復初題"。包括雜劇《芋佛》《賦棋》《逼月》《平濟》四種，均爲一折。按，劇首有作者同治四年（1865）自序，知是劇當作於此年或之前。

● 劇情概要與本事

《芋佛》

寫衡岳寺懶殘和尚生性疏懶，困時要要，不去看佛念經；閑時吃吃，不怕殘羹冷炙。一日，天降大雪，懶殘掃來枯枝牛糞，煨火烤芋，藉以取暖飽腹。因見芋頭被老鼠損壞，便責打伽藍，罵其日夜痴呆，枉登白蓮一座。李泌在衡岳寺讀書，早見懶殘和尚骨相非凡。這日恰巧夢見伽藍被打，於是準備尋訪懶殘，求他指引。二人對火食芋，懶殘以芋爲喻，指點李泌入世建立功業，經歷榮辱，以參破名利關。天寶皇帝聽聞懶殘之名，遣使臣奉旨徵聘，懶殘淡泊功名，以山中猛虎將使臣驚走。

生扮李泌，末扮皇帝使臣，丑扮懶殘和尚。

本事出自唐袁郊《甘澤謠·懶殘》、宋圓悟克勤《碧岩錄》等。

《賦棋》

寫京兆人李泌字長源，年僅七歲，已身負絕世才華，神童員俶將之推薦給開元皇帝。上元佳節，李泌正在門前觀賞燈火，高力士奉皇帝之命悄悄將之抱入宮中。正值開元皇帝登御樓觀燈，召丞相張説弈棋。皇帝命李泌言明志向，并考其才學，李泌對答如流，以"方若行義，圓若用智，動若騁材，靜若得意"對皇帝所出之"方若棋局，圓若棋子，動若棋生，靜若棋死"。皇帝十分贊賞，意欲授予李泌官職，將其招入翰林，李泌以年小才疏推辭。在張説的勸説下，皇帝最終賜予李泌束帛，准其還鄉，高力士送李泌歸去。

生扮開元皇帝，小生扮李泌，末扮張説，丑扮高力士，雜扮内監。

本事出自唐李繁《鄴侯外傳》（又名《李泌傳》）。

《逼月》

寫宋代詞人柳永原官屯田員外，因風流罪過貶謫杭州後，又愛慕錢塘名妓周月仙，然月仙與黃員外相好。柳永探知周月仙夜夜在杭州城外一船户舟上過渡，於是與船户設謀，將月仙載至花神廟相會。柳永請月仙彈琴唱曲，月仙没有心緒，一再推辭，柳永便自彈鳳尾檀槽，歌咏月仙青樓遭際，惹得月仙頓生愁苦。柳永百般安慰，順便剖白心意。杭州刺史王安石曾規誡柳永勿貪戀烟花，無奈他并不聽從。聞知柳永在花神廟，王安石便道前來攪擾。柳永、月仙慌忙跳墻而出，王安石題詩相諷。王安石離去後，柳永斥責他大煞風景。

生扮柳永，貼扮周月仙，净扮王安石，丑扮船户、花神廟僧。

本事取自《清平山堂話本》之《柳耆卿詩酒玩江樓記》等。

《平濟》

寫神丘道大總管蘇定方隨唐太宗平定天下，晋爵邢國公，專制神丘一面。顯慶五年，海外百濟國逆反，蘇定方率軍平叛。行軍途中，蘇定方與先鋒官任雅相議論海内外政治、文字、禮儀、人物、產物，評騭時政，回憶往昔戰功。唐軍、百濟軍隊對峙於熊津口，一番激戰後，百濟豎旗投降。百濟王庶

束仙

子泰、大元帥禰植戰敗被俘，但前者心猶未服。于是蘇定方宣揚唐朝禮樂文化與民心趨向，百濟王庶子泰最終心悅誠服。蘇定方大奏凱歌，班師回朝。

净扮蘇定方，副净扮任雅相，末扮禰植，丑扮舟子、百濟王庶子泰，雜扮哨船。

本事見《新唐書·蘇定方傳》等。

● 著錄、版本與收藏情况

《清代雜劇全目》著錄。現存同治十三年（1874）刻本，藏國家圖書館。

● 序跋、題詞與評語

東仙《〈養怡草堂樂府〉自序》（同治十三年刻本《養怡草堂樂府》卷首）：

古來詞曲之佳者，《西廂》《琵琶》尚已。余尤愛湯臨川《還魂》一劇，才氣橫溢，得意處純用白描。三百年來，配食元人，可以無愧。乃猶有病其音律偶乖、字句多寡之未符者，豈非以北曲爲南曲之過歟！近人洪稗畦作《長生殿》傳奇，字斟句酌，一準宮譜。説者謂"愛文者喜其詞，知音者賞其律"，考之於譜，良信。余於二子無能爲役，然而玉茗風流，尤令人神往也。

拙宦無俚，填雜劇數種。夫天地間可歌可泣之事，傳不傳亦有數焉。若奪他人之酒杯，澆自己之磊塊，則事又不關古人也。况明知傀儡場頭，隨人起伏。即使文章勳業，足以炫耀一時，能無湮滅，殆未可知。乃僅托菊部以自存，亦自哀其志矣。昔臨川進《還魂記》於其座主，座主擊節嘆曰："有如此才而不講學，可惜也。"臨川曰："門生正是講學。先生講者，性也；門生講者，情也。"然則絲竹兩行，亦何异於皋比三尺哉？世不乏周郎，能顧余誤，願北面以事。

時同治乙丑秋七月七日，東仙序

黃之驥《書〈養怡草堂樂府〉自序後》（同治十三年刻本《養怡草堂樂府》卷首）：東仙

詞場之足資感發示勸懲者，莫如樂府、院本，而世多不解。為此，解之者非淺俚妖豔，得罪名教，即筆鈍才迂，令閱者不快。此事不推玉茗為情天，可乎？

東仙詞人見示新製傳奇數種，樞叟讀之，有觸於懷，遂奮筆書其《自序》後，曰：樂府者，詩之流也。詩發乎情，止乎禮義，故《三百篇》為言情之書。《國風》好色而不淫，《小雅》怨誹而不亂，史公以為《離騷》兼之。則知情之所鍾，正在我輩。而腐儒乃以講學故，等諸太上之忘情，何其謬歟！慨自元祐以來，士大夫擢巍科、居膴仕者，皆衍輯語錄之流，所為詩歌，要不出《擊壤》一派。陳湘真遂謂："終宋之世無詩。其歡愉愁苦之思，動於中而不能自抑者，惟詞曲為獨工。"論雖過激，然與其讀唐以後腐澀無情之詩，洵未若詞曲之長言婉諷，短歌微吟，猶不失"發乎情，止乎禮義"之本也。

理學大儒，若紫陽，若西山，偉矣。而紫陽有《九日》《水調歌頭》，西山有《紅梅》《蝶戀花》，乃皆能洗盡千古頭巾氣，謂非緣情造端而能然乎？故識者謂："詩至於詞曲而詩亡，詩至於詞曲而詩復存。"蓋亦情之自有不可磨滅者在耳。情不亡，故詩不亡。彼講學者乃曰："吾第明吾心之禮義而已，而暇為情役哉！"夷考其行，又皆不近乎人情，而道學之病劇矣。君子思補救之，而其勢有不可以力爭者，則婉為之辭曰："先生講性，門生講情。"落落兩言，已足箴宋以後道學之膏肓，起宋以後詩教之廢疾，延《三百篇》言情之書之脈，以扶持人心世運於不敝。雖其師，有不為之心折者哉？

東仙既效玉茗之為書，又自序以表其微尚，而半生坎坷，沈淪下僚，感喟低徊之意，畢見於字裏行間。蓋詩之比興、風雅之變以及騷人之歌，胥於是乎得之，而其情彌悲矣。嗟乎！滔滔皆是，抑鬱誰語？苟非樞叟，不足以知東仙；苟非東仙，亦不足以發樞叟之狂言也。題詞一解附錄，調寄《垂楊》，依陳西麓"日湖漁唱，銀屏夢覺"一闋體，并乞拍正是荷。

瑤華寄到，正鯉鱗漾碧，一江波淼。字水巴雲，兩心都繫相思草。（筆札往還，先後數日耳。）天涯珍重同襟抱。奈愁起、不堪悲悄。藉傳奇、傾寫衷情，訴舊游知道。　彈指韶光又老。料宮譜按餘，竹酣絲裊。醉墨烏闌，幾回磨勘初成稿。知音那怪塵世少。繼玉茗、流風窈窕。聽長安、曲院蛩聲，人叫好。

櫪叟弟黃之驥拜藁

王堃《〈養怡草堂樂府〉題詞》（同治十三年刻本《養怡草堂樂府》卷首）：

樂府新腔譜【綠幺】，詞華頑艷寄牢騷。勛名風月尋常事，付與才人便不驕。

當筵爭唱《鷓鴣天》，兒女英雄各有緣。講性那如講情好，風流千古拜臨川。

同邑小鐵弟王堃拜題

李崇恕

別署顛悟主人，蔚州（今河北蔚縣）人。約同治、光緒年間在世，生平事迹不詳。今存雜劇《桃花源記》一種。

按，黃仕忠《日藏中國戲曲文獻綜錄》錄有《桃花源記詞曲》，言日本天理圖書館所藏光緒五年（1879）寓形齋刊本，《小序》末鈐有"蘭州李氏崇恕之印"。趙興勤《莊一拂〈古典戲曲存目彙考〉補正》據此定李崇恕爲蘭州人，誤。經查，《傅惜華藏古典戲曲珍本叢刊》第105册亦影印寓形齋本，其《小序》末所鈐乃"蔚州李氏崇恕之印"。

傳記文獻：李崇恕《〈桃花源記詞曲〉小序》（《桃花源記》）。

《桃花源記》

◆ 劇情概要與本事

又名《桃花源記詞曲》《桃花源詞曲》等。四齣，依次爲《探源》《驚漁》《囑別》《訪洞》。寫東晉時，武陵地方有一漁人名黃道真，日弄扁舟，捕魚爲業。一夜泊舟溪邊，天明見有花瓣順流而來，想前途必有佳境，於是沿溪而上。忽然發現一片盛開的桃林，其旁之岩洞，隱約透出光亮。其甚感奇怪，穿過此洞，祇見一片和平富足景象出現在眼前：阡陌交通，鷄犬相聞。這時，一位老公公發現了漁人，得知他誤入此地，便請他往家中小飲。村中之人聽聞漁人到來，亦紛紛前來問訊。原來桃源中人之祖先爲避秦末戰亂來此，因與外界阻隔，不知有漢，無論魏晉。今聽聞漁人講述歷代變遷，皆嘆惋不已。漁人在此飲宴數日後，萌生歸意。臨行，村中人囑咐他勿將此地之人事說與外人知道。漁人離開後，桃源中人作法，用雲迷了洞口，以免外人再次闖入。漁人捕得活鱖，入城賣錢，被武陵太守買去，并召其入衙，問所歷佳境，漁人說了當日誤入桃源情景。太守十分歡悅，命漁人帶着差役再去探聽，漁人祇得遵命而往。

生扮桃源主人，旦扮童子，副扮買辦，丑扮漁人黃道真，雜扮六丁六甲、差役、小生、貼、净扮桃源衆人。

本事見於晉陶潛《桃花源記》及唐王維《桃源行》詩。清石韞玉（1756—1837）《桃源漁父》雜劇、劉龍眙（？—1905後）《桃花源》雜劇與此題材同。據作者卷首之《小序》，知是劇創作於光緒二年（1876）春或之前。

◆ 著錄、版本與收藏情况

《清代雜劇全目》《莊一拂〈古典戲曲存目彙考〉補正》著錄。現存光緒五年（1879）寓形齋刊本，藏天津圖書館、中國藝術研究院圖書館、日本天理圖書館，《傅惜華藏古典戲曲珍本叢刊》第105册據中國藝術研究院圖書館藏本影印。

◆ 序跋、題詞與評語

李崇恕《〈桃花源記詞曲〉小序》（《傅惜華藏古典戲曲珍本叢刊》所收本《桃花源記》卷首）：

從來小説家流，皆傳奇諷托於世，使人觀而不知者衆矣。今主人閑居，以《桃花源記》爲前賢歌咏，美不勝收，而詞曲則無，乃降一等，用昔人之糟粕，供腕下之揮毫，另出機杼，寫梨園之情況。於主人其有寄意乎？曰："未也。"然主人喜怒笑罵，顛狂醉痴，居獨樂之境，而空空象色，是以譜此曲也。

或曰："主人其有超世之心矣，而主人不言，吾儕何歸哉？"乃趨叩主人，則聽室內歌曰："蒼蒼生人於世兮，不須問矣。餐氤氲欲辟穀兮，察生殺之權矣。觀《易》象以敬道兮，孰知吾之胸臆矣？"

吉凶莫辨，光陰若箭。事存破紙，供誰嚼咽？惱彼心情，而主人與客，倏忽不見，乃留斯板片。

光緒丙子歲季春月中浣日，顛悟主人評於寓形齋

李崇恕《〈桃花源記詞曲〉後序》（《傅惜華藏古典戲曲珍本叢刊》所收本《桃花源記》卷首）：

或問主人曰："子不作禮學書勸世，而演此詞曲，得毋自棄爲小說家流，豈不惜乎？"主人曰："禮學書，有過於九經歟？九經之言，洋溢華夏矣。而逐名利場者，視爲具文，又何言哉？又何言哉？且夫導人於至善之地，原不在乎文章體裁（栽）。而《桃花源》劇，智者見之謂之智，愚者見之謂之愚，且使頑夫廉，懦夫立，希必律人爲善也。至若可仕可不仕，可久可不久，抑非主人所能知，乃命之所致，而況於富貴哉？"刊此書時，主人發譜一則。

顛悟主人錄於寓形齋

了因《〈桃花源記詞曲〉題詞》（《傅惜華藏古典戲曲珍本叢刊》所收本《桃花源記》卷首）：

多少英雄消磨盡，榮華畢竟無情。推遷日月使人驚。嘆山河帶礪，博得個虛名。　我這裏清閒遣興，東塗西抹縱橫。但隨他佳客閒評。任毛錐畫景，聊寄托浮生。（調寄《臨江仙》）

了因題

陶潛《桃花源記》（《傅惜華藏古典戲曲珍本叢刊》所收本《桃花源記》卷首）：

晉太原（元）中，武陵人捕魚爲業。緣溪行，忘路之遠近。忽逢桃花林，

夾岸數百步，中無雜樹，芳草鮮美，落英繽紛，漁人甚异之。復前行，欲窮其林。

林盡水源，便得一山，山有小口，髣髴若有光。便捨船，從口入。初極狹，纔通人。復（疑脫"行"）數十步，豁然開朗。土地平曠，屋舍儼然，有良田、美池、桑竹之屬。阡陌交通，鷄犬相聞。其中往來種作，男女衣著，悉如外人。黃髮垂髫，并怡然自樂。見漁人，乃大驚，問所從來。具答之。便要還家，設酒殺鷄作食。村中聞有此人，咸來問訊。自云先世避秦時亂，率妻子邑人來此絕境，不復出焉，遂與外人間隔。問今是何世，乃不知有漢，無論魏晋。此人一一爲具言所聞，皆嘆惋。餘人各復延至其家，皆出酒食。停數日，辭去。此中人語云："不足爲外人道也。"

既出，得其船，便扶嚮路，處處志之。及郡下，詣太守，説如此。太守即遣人隨其往，尋嚮所志，遂迷，不復得路。南陽劉子驥，高尚士也，聞之，欣然親往。未果，尋病終。後遂無問津者。

晋陶潜

陶潜《桃花源詩》（《傅惜華藏古典戲曲珍本叢刊》所收本《桃花源記》卷首）：

嬴氏亂天紀，賢者避其世。黃綺之商山，伊人亦云逝。往迹浸復湮，來徑遂蕪廢。相命肆農耕，日入從所憩。桑竹垂餘蔭，菽稷隨時藝。春蠶取長絲，秋熟靡王税。荒路曖交通，鷄犬互鳴吠。俎豆猶古法，衣裳無新製。童孺縱行歌，班白歡游詣。草榮識節和，木衰知風厲。雖無紀曆志，四時自成歲。怡然有餘樂，於何勞智慧？奇踪隱五百，一朝敞神界。淳薄既异源，旋復還幽蔽。藉問游方士，焉測塵囂外。願言躡輕風，高舉尋吾契。

晋陶潜

王維《桃源行》(《傅惜華藏古典戲曲珍本叢刊》所收本《桃花源記》卷首):

漁舟逐水愛山春,兩岸桃花夾古津。坐看紅樹不知遠,行盡青溪忽值人。山口潛行始隈隩,山開曠望旋平陸。遥看一處攢雲樹,近入千家散花竹。樵客初傳漢姓名,居人未改秦衣服。居人共住武陵源,還從物外起田園。月明松下房櫳静,日出雲中雞犬喧。驚聞俗客争來集,競引還家問都邑。平明閭巷埽花開,薄暮漁樵乘水入。初因避地去人間,更問神仙遂不還。峽裏誰知有人事,世中遥望空雲山。不疑靈境難聞見,塵心未盡思鄉縣。出洞無論隔山水,辭家終擬長游衍。自謂經過舊不迷,安知峰壑今來變。當時祇記入山深,青溪幾度到雲林。春來遍是桃花水,不辨仙源何處尋。

唐王維

劉恭璧

字魚竹,一字心如,別署補恨使者,安宜(今江蘇寶應)人。道光年間在世。生平事迹不詳。著有雜劇《續西廂記》一種。

傳記文獻:劉恭璧《〈續西廂記〉序》(《續西廂記》)。

《續西廂記》

◆ 劇情概要與本事

劇首題"續西廂記雜劇"。題目正名爲"張君瑞慶及第,崔鶯鶯病春妝;小琴童傳捷報,接聖旨大團圓",每折前均署"廣陵山農李少榮批評"。四折,依次爲《續之一·奪魁》《續之二·病妝》《續之三·寄書》《續之四·榮歸》。寫張珙與鶯鶯長亭離別之後,羈留京師已達半載,度日如年,對鶯鶯思念不已,更埋怨老夫人强逼自己博取功名,致使青春虛度。春試結束,他不知中第與否,因關係到其與鶯鶯姻緣能否成就,故爲此廢寢忘眠。發榜之日,張珙派琴童打探消息,忽聽炮聲連響,外邊一片喧嘩,原來隔壁舉子中了狀元、榜眼,張珙不由得大哭,認爲自己已名落孫山。這時報子又來報喜,言其中了探花。張珙大喜,當即寫下書信,派琴童回普救寺報捷。自張珙去後,鶯鶯抑鬱成病,見到張珙書信,病體方愈。她速速寫下回書,連同汗衫、耳枕、玉環、斑管等交給琴童,令其帶給張珙。張珙後任職翰林,負責編修國史。皇帝見其才學優長,龍顏大悅,授之河中府尹,并賞假與鶯鶯完婚。張珙衣錦榮歸,與鶯鶯洞房花燭,成百年之好。

登場人物有張珙、琴童、試官、店小二、報子、紅娘、鶯鶯、老夫人、法本、歡郎、衆官員、杜確等，俱未分配脚色。

是劇乃元王實甫（生卒年不詳）《西廂記》雜劇之續作。明卓人月（1606—1636）《新西廂》雜劇、周公魯（生卒年不詳）《錦西廂》雜劇，清碧蕉軒主人（生卒年不詳）《不了緣》雜劇、查繼佐（1601—1676）《續西廂》雜劇、研雪子（生卒年不詳）《翻西廂》雜劇、周冰鶴（生卒年不詳）《拯西廂》雜劇（已佚）等與此題材同。據卷首作者自序，知是劇創作於道光二十二年（1842）。

◆ 著錄、版本與收藏情況

現存舊稿本，藏中國藝術研究院圖書館，《傅惜華藏古典戲曲珍本叢刊》第 96 册據之影印。

◆ 序跋、題詞與評語

劉恭璧《〈續西廂記〉序》（《傅惜華藏古典戲曲珍本叢刊》所收本《續西廂記》卷首）：

原夫陰晴圓缺，乃天道之常；聚合分離，實人世之幻。故投梭織女，每恨銀河；奔月姮娥，猶虛桂府。況美人香草，悲歡亦過眼之雲烟；雪月風花，富貴本浮生之露電。此《西廂記》泣別於長亭、斷夢於草橋之後也。

然而弄假成真，玉鏡有重圓之慶；將無作有，巫山結同夢之歡。《牡丹亭》中，還魂倩女；《長生殿》裏，再世良緣。填海神工，都可了因緣十二；補天妙術，何妨幻色界三千。而傖楚於綉虎之詞，致續貂之耻，使佳人才子，改做异樣奇形，不獨聖嘆先生所痛恨而删斥之也。璧每於燈炧燭闌之暇，輒誦錦心綉口之文。因恨成痴，轉思作想；自慚伏雌，敢賦雕龍。顧書答秦嘉，尚寫花箋而寄怨；機成蕙蕙，曾托文字以傳情。因不揣庸愚，竊踏班門之弄；另續篇什，偷效西子之顰。若普天下慧業文人，指瑕顧誤，則余之幸，亦

《西廂記》之幸也夫。

　　　　時在道光二十二年歲次壬寅春三月，安宜補恨使者劉恭璧魚竹氏識

李少榮《〈續西廂記〉後序》（《傅惜華藏古典戲曲珍本叢刊》所收本《續西廂記》卷首）：

　　挑燈題曲，臨川締好夢之緣；寄扇傳情，云亭譜同心之調。自來剪紅詞客，唾綠少年，往往攄醒世之雅懷，寫當場之幻態，叠成歌咏，付之管弦。況夫西廂待月，公子聽琴；古寺吟風，佳人寄簡。訂三生之鳳侶，結百歲之鴛盟，洵屬玉鏡良緣，璇閨妙偶矣。惜乎草橋別後，莫傳青鳥之音；遂令銀漢橫來，終梗紅鸞之信。情天有缺，恨海難填，此女媧待煉石之功，月老藉繫繩之手也。

　　魚竹夫子，粲花妙舌，題葉芳懷。唱和之餘，兼工雅律；披吟之暇，間譜新詞。深恐薄幸才人，如逢李益；不願離魂倩女，悔嫁王昌。爰刻羽而引商，更搓酥而滴粉。遂使人間情種，眷屬都成；石上姻緣，團欒共樂。如傳鞠部，鶯聲妙囀歌喉；倘付梨園，鳳紙爭鈔院本。世有鍾子，宜證知音；我周（疑爲"非"）文姬，敢云拍板。

　　　　道光壬寅仲春，廣陵山農隴西郡玉如少榮氏題於醉月西樓

劉恭璧《〈續西廂記〉題詞》（《傅惜華藏古典戲曲珍本叢刊》所收本《續西廂記》卷末）：

　　石上姻緣五百年，悲歡離合過雲烟。多情何必西廂月，也照人間處處圓。
　　　　　　　　　　　　補恨使者魚竹氏心如題

張佩娥《〈續西廂記〉題詞》（《傅惜華藏古典戲曲珍本叢刊》所收本《續西廂記》卷末）：

巧奪天孫組織精，都成眷屬最多情。何時也續《紅樓夢》，唱和新詞過一生。

白門校書張佩娥月仙題

王小雲《〈續西廂記〉題詞》（《傅惜華藏古典戲曲珍本叢刊》所收本《續西廂記》卷末）：

江家彩筆謫仙才，續得姻緣自寫懷。儂愧一生皆俗骨，天臺有路可重來。

廣陵薄命儂王小雲氏題

李少榮《〈續西廂記·奪魁〉折評語》（《傅惜華藏古典戲曲珍本叢刊》所收本《續西廂記》之《奪魁》折首）：

《西廂記》一書，雖卷止十六章，其間離合悲歡，寫得淋漓盡致，實文字之菁英也。夫天地，夢境也；人生，夢魂也。天地有天地之夢，人生有人生之夢。夢中之境，魂中之夢，得失窮通，富貴壽夭，夢各不同，終歸一夢。故此書自《驚艷》至《驚夢》，有始有終，夢境畢矣，夢魂醒矣。不能減一字，亦不能增一字。世傳《紅樓夢》書竊取此法，實為千古才人絕筆。而世之痴男怨女轉以崔張、寶黛未得團圞為恨事，遂有《續西廂》《續紅樓》《復紅樓》等書，愈幻愈奇，醜態百出，幾使才子佳人變作淫婦蕩子。科其罪律，置之十八層阿鼻獄中，不足以蔽其辜也。舊續"金評"云："寫鶯鶯，竟忘其相國千金小姐；寫紅娘，如悍婦罵街。"誠為確論。唯千古才子能知千古才子之心，能批千古才子之書，方能續千古才子之文。

嘗論《詩》之補亡，《離騷》之續，非有大智慧、大識量，不敢作一字，不敢措一詞。所謂補衣無縫，方是天孫手段，方稱千古才子，方知千古才子之心，方能續千古才子之文。吾不意於茫茫天地中，得讀新續四章，其命題仍參用原續意，其原續內有佳句者，摘錄不忍埋沒。其《聖嘆外書》有引用佛語者，概行删去，一片婆心，無微不至。寫鶯鶯，的是前部書之千金小姐；寫紅娘，的是前部書之伶俐紅娘；寫張生，的是前部書之痴情張生。綉口錦心，洵稱天孫手段。

"金評"云："最解功名事，最重功名事，最心熱功名事者，莫如相國小姐之甚也。文不解三年大比爲何事，不解禮部放榜在何時，不解探花及第爲何等大喜，不解未經除授如何候旨。"云云。閲是書者，無不折服斯言。但掩卷試思，開口如何設想，下筆如何措詞，前文如何接笋，勢必思窮力竭，一字俱無。今《奪魁》一篇，【粉蝶兒】三闋，却從赴宴逼試時一片煩惱想來。蓋天下婦女愛女勝於愛男。不問女之有才有貌，相女配夫，而擇婿必曰富家，必曰功名，雖有風流才子當前，卒以貧寒不允。故世間才子，往往因困頓場屋，嘆失好逑。佳人怨恨終身，遇人不淑。論者以爲紅顏薄命，豈知皆其母害之也。張生此時，前思後想，深恐功名不遂，姻緣翻悔，萬慮千愁，一時畢集。故慷慨悲歌，抑鬱頓挫，實承上起下之法。【脱布衫】以下，旅況光景、赴試光景、未放榜光景、將放榜光景、既放榜光景，寫得有水有聲，情形酷肖。而映帶前文，毫無痕迹，靈心慧舌，置之前書中無二。

廣陵山農李少榮批評

李少榮《〈續西廂記·病妝〉折評語》（《傅惜華藏古典戲曲珍本叢刊》所收本《續西廂記》之《病妝》折首）：

大凡文字不在題前，定在題後；不在題前、題後，定在旁面、反面。至題之正面兩三行即無文字，知文之在題前、題後，必須摇曳生情；知文之在旁面、反面，必須烘染得法。蓋文最喜曲筆，如水上波瀾，紆迴有致；文最喜靈空，如天上浮雲，纖塵不染；文最喜蓄勢，如水流閘洞，停蓄得勢；文貴駕馭，如六轡在手，控縱自如。知此法者，可以讀《西廂記》，可以續《西廂》文。

《奪魁》篇後，俗手便疾忙寄書，小姐接書。試思此等文字，有何情致？文略敘兩節，旋即撇去，却從小姐半年望信寫來，因而愁病悲春。雖事理之所無，實情理之所必有也。況張生為小姐一病幾死，今張生半載杳無信息，小姐置之不問，則又事理之所必無也。至於紅娘若何聰明，若何伶俐，而"鬧簡"時受小姐之氣，"拷艷"時受夫人之氣，及至小姐病時，仍云"恨紅娘無端把簡兒、書兒遞"。可憐小小年紀，也是嬌養女子，如何受得許多冤屈？焉得不自嘆命薄，飲泣悲傷？即我代紅娘自思，却是為何，亦欲為之掩泪也。而焚香禱祝，耿耿忠心，小姐雖鐵石心腸，也要感動。於是聯袂同盟，效英皇故事，非文字之添足，實又事理、情理之所必有也。讀此書者，須合看前書，方知此書之苦心。亦須先看前續，方知此續之妙。而筆筆曲，筆筆靈空，筆筆蓄勢，筆筆駕馭，文家三昧盡得之矣。

　　凡人心中之事，有他人不能代白，必須自白者，亦有不便自白，必須他人代白者；有旁人問我，而我不便題及者，亦有藉旁人題及，而我便可問者。如此篇，鶯鶯因張生半載無信，思念成病，滿腹愁腸，如何道出？故【八聲甘州】四闋，全在紅娘口中，方免語病。此不便自白，必須他人代白之謂也。【那吒令】二闋，鶯鶯病睡懶起，寂寞春光，而"張生"二字并榜期信息不便題及，特藉紅娘解勸口中大放厥辭。此藉旁人題及而我便可問之謂也。文下一筆，寫一句，無不設想凝思，斟酌盡善。使讀者於《驚夢》後，定該有此文字，的是天孫補衣妙手。

廣陵山農李少榮批評

李少榮《〈續西廂記·寄書〉折評語》（《傅惜華藏古典戲曲珍本叢刊》所收本《續西廂記》之《寄書》折首）：

　　前續"金評"云："投鼠者忌器。蓋言世之極厭惡者無甚於鼠，而無奈旁有寶器，則一時雖有刺眼刺心之鼠，亦祇得忍而不投。何則？誠恐其傷吾器也。即如鶯鶯，真古今來人人心頭之無價寶器也；若鄭恒，則固人人厭惡之物也。今也務必投之，務必置之死地，此誠爲快事。然筆則累筆，墨則累墨，且不獨累筆墨，并累及鶯鶯，心何忍哉？"斯誠確論。然作者題出鄭恒，又恐累贅，絕不題出安頓，又是一部書中缺筆。勢必擱筆凝思，至於無一句、無一字而後已。今讀此文，却在《寄書》之前作一引子，隨於夫人白中，消去鄭恒一段公案。鶯鶯不知此事，紅娘不知此事，張生更不知此事。滿紙烟雲，毫無痕迹。不禁拍案大叫曰："是真會用筆墨，是真巧用心思，是真得補幹秘訣。"使金先生復生，得讀此書，當必擊節嘆賞。

　　文有三絕筆。安頓鄭恒如蜻蜓點水，毫不費力，此一絕筆也；思念張生，盼望得中，驚聞報罷，猶是上文意思，文却無一句累筆，無一句複筆，此二絕筆也；捷書在手，滿腹言語，却執筆時無從說起，無處問起。體諒人情，描摹入畫，至所寄物件用意，鶯鶯自知，紅娘亦知之，都不說明，却從張生一面，細細猜出，此三絕筆也。此等文字，置之前集中，真不可辨。

廣陵山農李少榮批評

　　李少榮《〈續西廂記·榮歸〉折評語》（《傅惜華藏古典戲曲珍本叢刊》所收本《續西廂記》之《榮歸》折首）：

　　大凡人所處之境，與所經之地，隔數年後，或旁人題及，或自己感觸，未有不凝神追想昔日之情形也。隔數年後，復經其地，回憶前境，而其間之窮通得失、離合悲歡，亦未有不凝神傷感今昔之情形也。若所處之境爲千載難逢之事，所經之地爲生平獨得之奇，則又夢寐所不能離，終身所不能忘者。蓋事理之所必有，實人情之所必然也。即如張生、鶯鶯，無端佛殿相逢，訂三生之佳耦；又無端長亭泣別，感兩地之相思。此何境也？此何地也？回首當年情形如昨，思念及此，有不心神俱往、如醉如痴也？況舊地重逢，佳境又入，天隨人願，夫貴妻賢，昔日之情形如彼，今日之情形如此，未有不凝神追想，動今昔之感也。故【喬牌兒】【沈醉東風】追寫入都光景，【雁兒落】追寫驚夢光景，【折桂令】追寫游殿光景，逐節寫來，描摹盡致。至【太平令】四節，則又藉紅娘口中大書特書，爲崔、張奉旨完姻設色，以飾前書佳期一段佳話，并非重複前文。此皆事理之所必有，人情之所必然也。的是此書應有文字，且并不可無此文字，幾令閱者不知是續出文字，方是《西廂》文字，方是才子文字。吾願天下有情者誦此文字。

廣陵山農李少榮批評

陳烺
(1822—1903)

字叔明,號雲石山人,晚號潛翁、玉獅老人等,陽湖(今江蘇常州)人。邑增生。幼失怙恃,兩兄撫養其成人。讀書勤苦,却屢躓場屋。後以教館爲生,亦曾游幕皖、粵等地。同治十年(1871),以鹽官分發浙江。光緒十六年(1890),督嚴州關,又署三江、龍山鹽務,調辦桐廬關鹽務。光緒二十七年(1901)辭官歸里。晚年定居杭州,究心佛學。工詩善畫,長於詞曲。著有《雲石山房剩稿》《讀畫輯略》等。戲曲作品有《玉獅堂傳奇十種》。

傳記文獻:陳烺《雲石山房剩稿》(稿本)、李寶凱《毗陵畫徵錄》上、謝伯陽《晚清戲劇家陳烺繫年考略》(《學林漫錄》第十集,中華書局1985年版)等。

《玉獅堂傳奇十種》

包括前後二集,其中傳奇五種:《仙緣記》《蜀錦袍》《燕子樓》《海虬記》《梅喜緣》;雜劇五種:《同亭宴》《迴流記》《海雪吟》《負薪記》《錯姻緣》,另附《悲鳳曲》。

◆ 劇情概要與本事

《同亭宴》

《玉獅堂後五種傳奇》之一。劇首題"同亭宴傳奇",署"陽湖陳烺潛翁填詞"。八齣,依次爲《會真》《求仙》《檢籍》《夢警》《避難》《設宴》《述异》《崇祀》。寫秦王嬴政統一天下後,四海稱尊,萬方入貢,榮崇已極,又欲求仙家妙術,取長生之法。於是派方士徐福帶童男、童女五百餘人,駕舟往海中尋找仙山。仙人武夷君見嬴政暴虐，又聽信方士之言，妄冀神仙，致使百姓慘遭荼毒，遂邀集眾仙欲警誡他一番。一夜，嬴政倚枕而眠，群仙招其夢魂反復點化，嬴政認為眾仙所言虛渺，難以憑信，不以為意。魔王及凶神又入其夢中明言警告，他纔有所懊悔。嬴政無道，四海將亂，為躲避鋒鏑，農夫、儒士等紛紛逃往深山，尋找桃源。武夷君派道童為他們指點路徑。始皇二年八月十五日，武夷君招集眾仙大會幔亭山，并令鄉人、婦女同享筵樂。秦亡漢興，皇帝遣使致祭武夷君，當地百姓亦感其德，為之建漢祀亭，以示不忘前恩。

生扮武夷君，小生扮控鶴仙人、道童，旦扮魚道超，小旦扮魚道遠，老旦扮皇太姥，貼旦四人扮董嬌娘、黃次姑、羅妙容、宋小娥，老旦、旦、小旦、貼旦扮逃難婦女、鄉婦，淨扮嬴政、彭令昭、趙大，副淨扮魔王、漁夫、張安陵、錢二，小淨扮劉小禽，末扮張湛、使官、儒士、丑扮徐福、樵夫、鮑公希、孫三，小丑扮何鳳兒、李四，外扮魏王子騫、老農，雜扮鄉人、婦女。此外，登場人物尚有二仙童、侍從、風伯、雨師等，俱未分配腳色。

是劇應據民間傳說附會而成。

《迴流記》

《玉獅堂後五種傳奇》之二。劇首題"迴流記傳奇"，署"陽湖陳烺潛翁填詞"。八齣，依次為《妝樓》《罷宴》《逞兵》《畫諫》《敗北》《沈江》《私葬》《神游》。寫明宗室朱宸濠被分封南昌，號寧藩。他見皇帝年幼，江山不牢，便廣通賄賂，內結奸黨，隱存奪位之心。其正妃婁氏，幼承父訓，頗嫻詩禮，明能鑒物，寬以待人。她見丈夫性情驕肆，喜怒無常，不知將來作何結局，因此常懷隱藏憂。一日，寧王在陽春別院飲宴，向婁妃透漏了篡位之意。婁妃極力勸阻，寧王不聽，宴會不歡而散。不久，寧王以清除君側之名，起兵造反，欲攻取南京，以為根本。江西巡撫王守仁知寧王心懷不軌，早有防備，一面調水陸兵將前去迎敵，一面趁其內部空虛，襲取南昌。寧王戰敗，知大勢已去，方悔不聽婁妃忠言。婁妃被寧王脅置舟中，欲死不得，今聞其

陳烺

損兵折將，危在旦夕，便趁侍女熟睡之際，投江而死。龍王感婁妃貞烈，命水部神將將其尸身保護，倒流三日，送至南昌。婁妃尸身後被南昌德勝門外一漁翁發現，漁翁將其安葬在隆興觀旁邊。上帝憫婁妃忠誠，封爲靈慈英烈貞妃，總管豫章、潯陽水道。一日，她駕臨南昌，見遺丘尚在，故國全非，不禁追憶往事，傷心落淚。最後，返駕赴西王母瑤池宴會。

生扮王守仁，旦扮婁妃，净扮朱宸濠，副净扮趙風子、漁翁，末扮中軍、水神，丑扮郝内監、劉六、漁婆，外扮老僕，雜扮昭容。登場人物尚有四侍婢、内侍、四水卒等，俱未分配脚色。

本事出自《明史紀事本末》卷四十七《宸濠之叛》。清蔣士銓（1725—1785）《一片石》《第二碑》雜劇中亦有婁妃故事。

《海雪吟》

《玉獅堂後五種傳奇》之三。劇首題"海雪吟傳奇"，署"陽湖陳烺潜翁填詞"。八齣，依次爲《拒聘》《忤令》《寄子》《遁迹》《猺宴》《琴訴》《遄歸》《殉琴》。寫南海秀才鄺露家境貧寒，功名不遂，妻子亡后，家中僅剩幼子。鄺露喜吟咏，工琴學，蓄有古琴，珍藏不輕易示人，唯好友顧天民到來，方撫一曲以寄興。當地縣令屢次請鄺露來衙演奏，鄺露知其爲人貪鄙，不肯與之交接。縣令大怒，勾結教官，誣其毁謗聖賢，凌辱官長，申文將之衣衿褫革，還要拿他治罪。顧天民聞知消息，通知鄺露速速逃避。鄺露無奈，祇得將幼子托付天民，奔走粵西。一日來到鬼門關，見亂山空叠，道路分歧，便向樵夫打聽安身之所。樵夫言此處猺洞土司傾義重士，兼好文墨，去必見留。土司見鄺露品概迥异凡流，對其禮遇非常，并請他教授女兒雲嬋娘琴藝。此後數年中，鄺露罄其所學，盡心指授雲氏。某日，鄺露彈奏新譜【塞鴻秋】，嬋娘聽有離聲，知其已有歸鄉之意，便禀告父親，送鄺露返里。顧天民不負所托，將鄺露之子撫養成人，奈地方不靖，戰火已逼近粵中。當地城隍感顧天民誠篤，遣冥判潜入其夢境，告知他兵灾將至，速速逃命。顧天民醒後，即携鄺子逃往他鄉。鄺露歷盡艱辛，返還故里，始知廣州已陷，無家可歸。他滿腔激憤，遂將所作《赤雅》手稿交付書童，然後抱琴投海而死。鄺露死後，上帝憫其忠誠，封爲本境城隍。

生扮鄺露，小生扮顧天民，小旦扮雲嬋娘，净扮冥判，小净扮幹僕，副净扮教官，丑扮縣令、樵夫，外扮土司，丑、末、副净、雜扮樂工，旦、貼旦、老旦、小丑扮女樂。登場人物尚有書童、四蠻姬、鬼卒，俱未分配脚色。

本事待考。

《負薪記》

《玉獅堂後五種傳奇》之四。劇首題"負薪記傳奇"，署"陽湖陳烺潛翁填詞"。八齣，依次爲《懷餅》《刈薪》《斧虎》《冥索》《別親》《尋弟》《途遇》《歸聚》。寫明代靖難之役擾及齊州，當地賈人張民軼與原配妻子離散，隻身逃往豫中，後又另結婚姻。繼室生子名訥，未幾妻亡。復娶牛氏，生子名誠。牛氏生性悍妒，鍾愛親子，却叫張訥每日上山采樵，薪少便加鞭撻。張誠天性友愛，時常規勸母親，善待兄長。一日天寒大雪，張訥無法進山，牛氏不與其飯食。張誠放學歸來，見兄長哭泣，問明緣故，便將懷中麵餅分他充飢，又不顧兄長勸阻，偷偷入山，助兄采樵，以分勞苦。某日，張誠在山中爲虎所襲，張訥雖奮力追趕，砍中虎胯，虎還是銜張誠狂奔而去。張訥號哭不已，自感兄弟爲己而死，回去無法向父母交代，便以斧刎頸。衆樵夫趕緊用衣服爲之包扎，送其回家。張訥已奄奄一息，後游魂一縷來到冥間，尋找弟弟下落，恰遇菩薩至地府拔諸苦厄，遍灑甘露，張訥遂得以還陽。頸傷愈合後，張訥辭別父母，繼續往各處尋找弟弟。半月之後，張訥來到江都，此時足破難行，盤纏也已用盡，祇得裝作啞了，沿途乞討，向金陵而去。張誠當日被虎銜去後又被置道旁，適有張千户經過，收爲義子，帶至金陵。張誠雖屢屢要返鄉尋親，千户皆因其年幼不允。一日，張誠隨千户乘馬往城外游春，遇到了張訥，兄弟相認，二人抱頭痛哭。張訥向千户訴説身世後，方

陳烺

知千户之母即張民軼原配，千户與張訥、張誠實爲同父异母兄弟。三人當即決定奉母返回豫中。此時，牛氏病亡，張民軼貧病交迫，艱難度日。三兄弟回到家中，告知事情經過，張民軼不敢相信，疑是夢中。最後，夫妻、父子團聚。

生扮張訥，小生扮張誠，旦扮張民軼原配，貼扮牛氏，老旦扮菩薩，净扮皂隸，副净扮乞丐頭，末扮李巫、千户，丑扮小丐、行人，外扮張民軼，雜扮衆樵夫。登場人物尚有童男童女、衆僕等，俱未分配脚色。

本事見於清蒲松齡（1640—1715）《聊齋志异》之《張誠》篇。清黄燮清（1805—1864）《脊令原》傳奇與此題材同。

《錯姻緣》

《玉獅堂後五種傳奇》之五。劇首題"錯姻緣傳奇"，署"陽湖陳烺潜翁填詞"。八齣，依次爲《卜葬》《議婚》《悔親》《代嫁》《窺妝》《前夢》《後夢》《榮歸》。寫山東張學古家財富有，宅第如雲，與妻子于氏僅生二女。近有一驚异之事，其東山新阡，自經葬後，家數不利，頻得夢警云："汝家墓地本是毛公佳城，何得久假？"因此遷移讓去。前日有人從此經過，避雨壙中，竟爲積水溺斃。原來死者爲披縣人毛氏，其家境貧困，家人無力營葬。其妻倪氏祇得率子來張府，祈求片壤，以爲丈夫安葬之所。張學古得知死者爲毛公，與夢中之語相符，又見其子毛紀器宇不凡，將來必然顯達，於是不但贈墓地，送葬銀，還請毛紀來家讀書，并資助衣食。母子感激不盡，一再叩謝。數年後，毛紀文思大進，學業將成，張學古又把長女大姑許其爲妻。大姑嫌毛家貧寒，出嫁之日，固執不肯上轎。張學古無奈，見次女深明大義，便與于氏商議，將次女扶上花轎。婚後，毛紀知妻子代姊易嫁，必爲甘貧之人，且她侍姑盡孝，待下寬和，故對其十分敬重。毛紀來濟南參加鄉試，客店店主知其姓毛，甚爲熱情。原來夢中神人來告，言今科解元爲毛姓。毛紀聽後，欣喜不已，不由心生妄念，開始嫌妻子頭髮短少，欲別締姻緣，結果下第而歸。三年後，復來應試，星官又藉店家之口告知毛紀，其上科因易妻一念被黜，今若能悔悟，必中解元。毛紀聞此，惶恐不已，不敢再有非分之想，後果中解元，又捷春闈。張大姑適里中富家，其夫不務正業，專事蕩游，使得家業陵夷，自己一病而亡。大姑聞毛紀登第，自悔一生所爲顛倒，遂削髮爲尼。毛紀與妻子談論前事，不勝感嘆，決定時時周濟大姑，助其香火之資。

小生扮毛紀，旦扮倪氏，小旦扮張學古次女，貼旦扮張大姑、麗女，老旦扮于氏，净扮星官，副净扮儐相、店家，丑扮媒婆，外扮張學古，雜扮魔王。登場人物尚有蒼頭、婢女、儀從等，俱未分配脚色。

本事見於清蒲松齡（1640—1715）《聊齋志異》之《姊妹易嫁》篇。

《悲鳳曲》

署"玉獅老人填詞"。不分折。寫一位說書先生與人講唱浙江烈婦毛鳳姑遭遇事。鳳姑父親亡過，母親改嫁，七歲即被送到衢州府江山縣王家爲童養媳，及至十六歲時，生得如花似玉。她的婆婆素非良善，在鄰婦周氏的唆撥下，希圖多騙錢財，屢次逼迫鳳姑爲娼。鳳姑抵死不從，婆婆就百般痛打，錐子扎身，熱湯灌口，乃至割耳剪舌。鳳姑慘死後，地方紳士聞知此事，具禀知縣。知縣令人開棺檢驗，拘拿人犯，爲鳳姑伸冤復仇。事畢，衆紳士將鳳姑安葬在城外觀音寺旁，立碑建祠，以彰其節。

劇中人物俱未分配脚色。

是劇或據當時真實案件敷演而成。

● 著録、版本與收藏情況

《古典戲曲存目彙考》著録。現存光緒間石印《玉獅堂傳奇十種》本，藏南京圖書館、遼寧省圖書館；光緒十七年（1891）徐光鎣增修《玉獅堂傳奇十種》本，藏國家圖書館、中國藝術研究院圖書館、上海圖書館、南京圖書館，《傅惜華藏古典戲曲珍本叢刊》第 100 册、《古本戲曲叢刊十集》據之影印。

陳烺

● 序跋、題詞與評語

俞樾《〈玉獅堂傳奇前集〉總序》(《傅惜華藏古典戲曲珍本叢刊》所收本《玉獅堂傳奇十種》卷首)：

潛翁陳君負幹濟之才，筮仕吾浙，浮沈下僚，溫溫無所試，乃以聲律自娛。所著傳奇五種，曰《仙緣記》，曰《蜀錦袍》，曰《燕子樓》，曰《海虯記》，曰《梅喜緣》。雖詞曲小道，而於世道人心，皆有關係，可歌可泣，卓然可傳。余尤喜其《蜀錦》《海虯》二種，音節蒼涼，情詞宛轉。視尤西堂《黑白衛》等四種、吳石渠《綠牡丹》等四種，可以頡頏其間矣。

乾隆四十六年，巡鹽御史伊公伊齡阿奉敕於揚州設局，修改曲劇，四年而事竣。從事局中者，有淮北分司張輔、經歷查建珮、大使湯維鏡諸人。使君生其時，與其役，得以厘正音節之得失，考訂事跡之異同，豈出張、查諸人下哉？何至一官落托，徒以引商刻羽，一倡三嘆，自鳴其得意也？然詞曲之工，則人所共賞矣。《陽春白雪》，必有知音，勿如陳子昂之碎琴於市上也。

光緒戊子長夏，曲園居士俞樾序

譚廷獻《〈玉獅堂傳奇後集〉總序》(《傅惜華藏古典戲曲珍本叢刊》所收本《玉獅堂傳奇十種》卷首)：

夫以太史輪摧里巷，則徒詩并散；伶官翟冷樂府，則法曲亡傳。堂上迭鼓應之官，田間歌喝于之唱。聲音通於政事，絕續待於文人。玉茗飄蕭，不逢若士；稗畦蕉萃，疇識昉思。至若東嘉荻帛之言，鉛山忠孝之志，蓋爲其難，庶幾一遇而已。

陳叔明先生，驥德已老，鶴鳴在陰。虱處一官，冶匈中之冰炭；蟬餘千卷，數眼底之滄桑。跌蕩陽秋，揮斥儒墨。藉梨園之塗面，引椽笛以寫心。玉師堂前五種曲，旗亭傳唱，一片城孤；酒所舊聞，雙泪《河滿》。已而獨居深念，老去填詞。新釀初熟，澆壘塊以一杯；舊事重提，數贏文於五指。俄而後五種曲又成。

其一曰《同亭宴》。躍入壺中，費長房之日月；飛來城上，丁令威之人民。若乃采藥年徂，避秦人語；下方華落，仙府酒香。虹飛天際之橋，鳳脆雲中之管。須麋亡恙，世間有此曾孫；歌舞方張，上界未妨行樂。然而西風山水，朝露興亡。惟人間兮可哀，豈神仙爲妖妄？山亭一醉，岐路千年，亦可慨已。

其二曰《迴流記》。咽殘精衛之波，長銜片石；寒澈孝娥之水，來賽叢祠。若乃諷諫田歌，銷沈劫火。瞑九淵而一往，挽東逝以西流。孰弔餒王，不洗降幡之辱；好歌妃子，長流在山之清。曲弄神弦，江通帝子。然而彼君子女，爲百世師，忠愛不愧儒門，精氣始回造化。平章逸事，箋注史家，不可廢已。

其三曰《海雪吟》。七弦調古，五體書工。畸人未死之年，鼓吹從軍之樂。時也蠻烟蜑雨，客子畏人；矛淅劍炊，行歌互答。土司世系，古諸侯之附庸；女子知兵，大布衣爲上客。卒之迹違俗吏，節抗遺民。泠泠海雪之琴，犖犖夜泉之研。依相思岇之知己，謝《燕子箋》之生徒，可以興矣。

其四曰《負薪記》，譜蒲留仙《張誠傳》也。煎同根之豆萁，天潢涕泪；歌隔谷之橫吹，兵間弟兄。何圖隴畔之氓，長同薪采之役。貽危虎口，僅此餘生；急難鴒原，幻成奇遇。至於存九死之皮骨，集一時之笑啼。孝廉許武讀書，祇以啖名；夷、齊首陽誓死，乃由天性。昆弟之奇而正也。

其五曰《錯姻緣》，又譜《志异》姊妹易嫁事也。諸侯嫁娶，從一姓之侄姑；學士詼諧，弄兩姨之大小。未有蚤定鴛鴦之牒，換開姊妹之華。士豈長貧，水幾成覆；大不憐婿，嫁乃先兄。一搞回叠鼓之帆，落子變爛柯之局。至於幾年井臼，將父命以從夫；一旦稿砧，識郎君之官貴。吉符墓兆，女作門楣。昏姻之變而正也。

先生按拍傳聲，得言忘象。一唱三嘆，旨在風騷；五角六張，感兼身世。

陳烺

未絕廣陵之散，重題黃鶴之樓。以視前五種曲，稱心而言，我聞如是。可歌可泣，直到古人；愈唱愈高，別有懷抱。令衆山之皆響，遏輕塵而不飛。作金石聲，擲孫興公之賦；有井水處，歌柳耆卿之詞。

辛卯鞠秋，仁和譚廷獻序

劉炳照《〈玉獅堂傳奇十種〉後序》（《傅惜華藏古典戲曲珍本叢刊》所收本《玉獅堂傳奇十種》卷末）：

《玉獅堂傳奇》，前後凡十種，吾師叔明陳先生所作也。嗟乎！天高地下，搬演傀儡之場；古往今來，曼衍魚龍之戲。人非情移絲竹，那堪消遣中年；詞不律協宮商，曷克流傳大雅？原夫雜劇之作，創自元人；傳奇之名，盛於昭代。黃文暘之《曲海》，博采兼收；葉廣平之《書楹》，尋聲按譜。然而中郎爭唱，每多假托之詞；曇陽寓言，厥有《離魂》之記。大抵歡愉境少，愁苦詞多；抑或兒女情長，英雄氣短。疇陳言之務去，羌古調之獨彈。

先生人海鳳麟，詞林《韶》《濩》。高山流水，賞音未遇鍾期；鐵板銅琶，豪情不減蘇子。於是采稗官之軼事，譜樂府之正聲。猿證仙緣，悟玉環之解脱；袍輸蜀錦，表巾幗之忠勤。廿年節殉，樓中獨宿，空憐燕子；百萬雄誇，海上歸誠，共服虬髯。前生結梅喜之緣，閨閣無慚孝義；異代叙同亭之宴，神仙亦樂兒孫。貞烈爲神，腸斷《迴流》之記；畸才不遇，恨填《海雪》之吟。讀《負薪記》，使人兄弟之愛生；譜《錯姻緣》，使人夫婦之倫篤。胸羅錦綉，筆挾風霜。挽既倒之狂瀾，闡未光之潛德。振聾發聵，竊取勸懲；立懦廉頑，足資觀感。泂才軼王、關，識超袁、李矣。井水能歌，隨風落九天之唾；氍毹試演，繞梁餘三日之音。

光緒庚寅長夏，受業劉炳照謹跋於武林繼園之七十二峰山房徐光鋆《〈玉獅堂傳奇十種〉後序》(《傅惜華藏古典戲曲珍本叢刊》所收本《玉獅堂傳奇十種》卷末)：

歲之菊秋月，爲陳叔明太先生七秩誕辰，同人擬製屏幛，爲我先生壽，浼光鋆以請。先生曰："壽文非古也。近世士大夫亦或爲之，然必名位顯達，功業有足傳於世者，庶幾無愧。僕少孤露，中歲遭兵革，流離播越。至五十，始以鹺官需次浙中。二十年來，宦海浮沈，一無成立。今耄矣，用以自赧，奚足稱慶？子其爲我辭焉。"

光鋆退，竊與同人計議，先生詞意堅決，未便相強。盍思有以慰先生者？先生生平著述甚夥，文詩半皆散失。已刻者惟《玉獅堂五種傳奇》，爲當時所稱賞。而續譜五種，脫稿年餘，每以無力付梓爲憾。今若集資校刊，壽之文字，以炫目前，何如壽諸梨棗，以垂久遠？請以是爲先生祝，先生必樂從焉。

光鋆復以此意告先生，先生怡然曰："子其得我心也，僕敢復有辭乎？"爰集同志三十餘人，鳩貲開雕，閱兩月而告成，從先生志也。

辛卯季秋中浣，門下晚學生徐光鋆謹識

俞樾《〈同亭宴〉序》(《傅惜華藏古典戲曲珍本叢刊》所收本《玉獅堂傳奇十種》之《同亭宴》卷首)：

神仙富貴，二者難兼。兼而有之，惟幔亭一宴。清歌妙舞，鳳脯麟肝，饜飫遍乎雲仍，音響傳於後世。余從前作《廣樂志論》，有云："仿幔亭之例，定緱嶺之期。召异代之兒孫，聚同時之父老。霓旌虹斾，備天上之威儀；霞褥雲祍，見仙家之富麗。"蓋心艷之矣。今得潛老爲作傳奇，使仙迹靈踪表襮於天下，不亦美乎？尤妙者，藉秦皇求仙，作石壁之返照，使人知祖龍之力，可以滅六雄，不可以致群仙。滄海之舟未回，驪山之冢已就。函谷一炬，阿房成灰。其子若孫，曾不得爲咸陽之布衣，何如武夷君之子孫，猶得與山中盛會也。讀此一過，殊令人輕軒冕，傲王侯，有超然高舉之思矣。

庚寅初夏，曲園俞樾序於右臺仙館

李維翰《〈同亭宴〉題詞》（《傅惜華藏古典戲曲珍本叢刊》所收本《玉獅堂傳奇十種》之《同亭宴》卷首）：

至性孩提篤弟昆，神仙也復樂兒孫。闡幽述异潛翁筆，莫作尋常院本論。

品絲評竹日相過，說到臨歧別緒多。（君于役獅江，瓜代在即。）安得紅兒按檀板，尊前一唱當驪歌。

獅江傳播《玉獅詞》，玉茗風流今見之。我亦湘中舊吟侶，豹斑猶惜未全窺。

邵陽李維翰荻淵

劉鼎《〈同亭宴〉題詞》（《傅惜華藏古典戲曲珍本叢刊》所收本《玉獅堂傳奇十種》之《同亭宴》卷首）：

鳳琯鸞笙樂未停，群真同日降雲軿。下方不聽賓雲曲，爭識仙居有幔亭。

樓閣空中結撰新，寓言十九亦微塵。書生或在孫曾列，我亦更生再劫人。

南城劉鼎履塵

馬慶蓉《〈同亭宴〉題詞》（《傅惜華藏古典戲曲珍本叢刊》所收本《玉獅堂傳奇十種》之《同亭宴》卷首）：

塵寰游戲亦偶爾，匆匆日月兩輪駛。忠奸賢醜判幾希，非其所非是其是。

寶劍在匣琴在囊，九垓八埏聊翱翔。榮枯境界各勘破，猛斫利鎖紓名韁。

海寧馬慶蓉澹泉

吴唐林《〈迴流記〉序》(《傅惜華藏古典戲曲珍本叢刊》所收本《玉獅堂傳奇十種》之《迴流記》卷首)：

陳烺

行吟帶荔，吊流放於湘纍；距躍斫衣，托揚狂於漆廧。孤臣報國，烈士酬知。甘三黜而不辭，歷九死其靡悔。然而北走胡而南走越，或挺險以行；朝游楚而暮游秦，每拂衣而去。獨至仳離淑女，憔悴姬姜，暴遇終風，弃嗟陰雨。性含貞固，寧傳累德之詞；身已分明，終守一齊之義。以故綠衣隕涕，廑瘖寐於碩人；紈扇成吟，守箴規於婕妤。伊古有之，然又有甚者。

《迴流》一書，以才人之妙筆，譜軼事於前朝。百折心淒，三升泪下。彼妻妃生於胄族，長孋驕王。江泛知恩，差免娥（應爲"蛾"）眉見嫉；潢池竊弄，早知螳臂無功。屢諫不從，空托良言於畫本；徒死無益，猶期悔禍於強藩。而乃彼昏，不知夜郎自大；王失機地，真成譏燬火焚。巢婦出走，歸已無家；清流畢命，望夫先化。匪崩杞蔞之城，殉主無名；近傀梟姬之石，事有難言。吁嗟闊矣！然而忠貞獨抱，德惠旁流。衵服嚴縫，縱沈淵而逾潔；并刀未斷，儼喝水使倒流。卒逢篝火於宵漁，云是賣珠之舊嫗。深深埋玉，并貽香火於黃陵；赫赫題碑，渥貫絲綸於玄壤。夫而後明夷蒙難，人天共鑒。艱貞處變得仁，溝瀆匪同小諒矣。

迄今柏社已屋，椒錄同焚。商女之唱不傳，水仙之謠誰續？而詞家選韵，委悉爲之傳神；法曲登場，英靈亦當頮首。余習聞本事，謬托賞音。魂招青冢而常留，殞比綠珠而更慘。一聲《河滿子》，每聞歌輒喚奈何；千古傷心人，或藉酒以澆魂壘乎？

己丑冬月，同里吳唐林序

俞廷瑛《〈迴流記〉題詞》(《傅惜華藏古典戲曲珍本叢刊》所收本《玉獅堂傳奇十種》之《迴流記》卷首)：

八駿方揮逐日鞭，忽看滕閣起烽烟。後宮枉抱靈均怨，玉碎珠沈絶可憐。

休疑西子逐鴟夷，休認湘妃殉九嶷。一縷冰魂招不得，滿江風雨黯靈旗。

白髮元龍六十餘，《雍熙樂府》早成書。揮毫更作《賢妃傳》，特與清容補闕如。

平江俞廷瑛筱甫

朱澐《〈迴流記〉題詞》（《傅惜華藏古典戲曲珍本叢刊》所收本《玉獅堂傳奇十種》之《迴流記》卷首）：

往迹荒涼費討論，事關宮壼最銷魂。東風細雨江城路，如雪梨花擁墓門。
精靈不泯自迴流，故國難忘正首丘。椽筆撰成貞烈傳，藏園片石幷千秋。

涇縣朱澐廉昉

劉炳照《〈迴流記〉題詞》（《傅惜華藏古典戲曲珍本叢刊》所收本《玉獅堂傳奇十種》之《迴流記》卷首）：

玉骨沈江浪不腥，當年曾此吊芳靈。逆藩不聽賢妃諫，讓與紅顏照汗青。
片石碑文次第開，清容居士不凡才。而今重補《迴流記》，應有靈風繞筆來。

受業劉炳照光珊

楊葆光《〈海雪吟〉序》（《傅惜華藏古典戲曲珍本叢刊》所收本《玉獅堂傳奇十種》之《海雪吟》卷首）：

嗟乎！抑塞磊落，王郎有斫地之歌；搔首問天，謝朓多驚人之句。而況姿由神授，數遇時艱。演秋駕於故鄉，遂遭白眼；值冬烘之學使，幾黜青衿。四壁無歸，惟聞琴嘯；三河十上，祇嘆囊空。卒之舊日師資，猶廣絕交之論；盈年城守，不虛授命之心。以古方今，會心不遠，而此猶非我叔明先生意所慊然也。

陳烺

先生胸抱驪珠，手披鴻寶。登高能賦，皆六代之文章；吐詞爲經，述先士之盛藻。而乃乍探秘府，遽就卑官。能如柳下之和，不嫌裸裼；善讀《花間》之集，悉協宮商。然必推本性情，激揚孝義。蒼涼恣其遐矚，胸目偏孤；山川觸其衝襟，琴尊妙合。此《玉獅堂》諸曲，俱有遥情；而《海雪》一吟，凄凉獨絶已。

方其摩挲柔翰，跌宕清流。季女斯飢，守貞不字。齷齪隸何知愛士，空作蹇修；守財虜竟辱斯文，遂圖下石。乃使白雲贈客，青山招人，映被靈岩，潛踪嶺嶠。歷峻阪而足繭，懷故國兮神傷。靈均放而作《離騷》，賈生窮而賦《服（應爲"鵩"）鳥》，豈復有過於此乎？昔人遨游洛汭，邂逅陽臺，半屬寓言，非真奇遇。然而宋玉工愁，必藉東鄰自慰；相如作賦，不以長門爲嫌。藉閨內之風流，瀹胸中之磊塊。於是席尊上客，禮備土司。出愛女以弦詩，重才人而進爵。平羌樂奏，信麗質之知兵；竹引詞工，聽雲裳而顧曲。闡魚腠鯛鱅之秘，證子規王母之篇。將以解其牢愁，足可消其陌塞矣。無何而時逢鼎革，室盡睽離。父子爭願爲國殤，夷、齊義不食周粟。而詞中既全令嗣，復假神威。此則先生覺世之苦心，憐才之盛意。

葆光生平綺語，自信天真。羅袖拂衣，難負香閨之知己；甑包嚙雪，親嘗亂日之景光。聞此清歌，能無隕涕？美人香草，四弦傳猺洞之音；羌笛孤城，一曲賭旗亭之酒。

光緒庚寅閏花朝後五日，紅豆詞人雲間楊葆光蘇盦序

劉鼎《〈海雪吟〉題詞》（《傅惜華藏古典戲曲珍本叢刊》所收本《玉獅堂傳奇十種》之《海雪吟》卷首）：

五嶺孤忠獨抱琴，女蘿山鬼托知音。中年哀樂黃門感，亂世蕭騷《海雪吟》。秋老骷髏同入瓮，帳前裙釵亦推襟。名山一卷留嶠雅，凄斷投荒萬里心。

牂牁西溯客心憂，才美誰貽紫鳳裘？幾見蟲魚分五體，可無杵臼共千秋？殊方草木因時變，穨俗文章與鬼謀。我爲畸流向天泣，莫將甘露降南州。

譜入平羌絕妙詞，青袍紅粉不勝悲。戲編《爾雅》箋王母，更拓殘碑訪藥師。碧靿磨穿琴教授，蠻靴飛出女軍諮。英雄至竟輸兒女，石砫當年亦土司。

蕭蕭白髮滯閑曹，老去看花首重搔。銀燭夜填《金縷曲》，玉簫春唱《鬱輪袍》。紫裘腰笛江東去，紅袖翻歌席上豪。獨惜《陽春》嗟和少，祇憑朱格寫霜毫。

南城劉鼎履塵

朱澐《〈海雪吟〉題詞》（《傅惜華藏古典戲曲珍本叢刊》所收本《玉獅堂傳奇十種》之《海雪吟》卷首）：

書記翩翩信軼倫，美人巨眼識風塵。一編《赤雅》搜羅盡，不負征途歷苦辛。

短衣匹馬歷幽燕，羞澀囊空劇可憐。典到南風與綠綺，行厨連日斷炊烟。

東林异己盡誅鋤，植黨營私憤莫攄。要使乾坤存正氣，絕交早寄大鍼書。

涇縣朱澐廉昉

陳祖昭《〈海雪吟〉題詞》（《傅惜華藏古典戲曲珍本叢刊》所收本《玉獅堂傳奇十種》之《海雪吟》卷首）：

絲桐自賞高音，天涯奚屑求知己！漳江綿邈，蠻酋清雅，暫投栖止。地主雖嘉，鄉心難割，言旋故里。嘆中途梗阻，身琴合命，祇同付，東流水。

藉著這般奇氣，好消磨、冷官閑吏。輕敲鐵板，低吹玉管，澆開塊壘。多少精神，咀宮嚼羽，偷聲減字。要移情颯颯，揚清激濁，挽人世。（調寄《水龍吟》）

平江陳祖昭子宣

劉炳照《〈海雪吟〉題詞》（《傅惜華藏古典戲曲珍本叢刊》所收本《玉獅堂傳奇十種》之《海雪吟》卷首）：

庭垂甘露，堂開海雪，罡風吹墮蠻方。才大數奇，曲高和寡，一身人海難藏。熱淚灑灕江。有天涯知己，雲鬟岑娘。《赤雅》書成，桂林三嶠壓歸裝。

半生潦倒名場。祇夜泉硯守，（君有《天風吹夜泉硯銘》，八分書下小行楷"廓湛若"三字，并"明福洞主印"，為王蘭泉先生所得。）綠綺琴張。（有二琴：一曰南風，宋理宗宮中物；一曰綠綺臺，明康陵御前所彈也。綠綺歸某錦衣子。）書遺（去）絕交，（少嘗師事阮大鋮，洎阮羅織東林，乃貽書絕交，侃侃千言。）名傳死節，（父子均殉國難，《南疆繹史》失載。）休教認作（去）詩狂。遺事軼《南疆》。有詞人憑吊，譜入《伊》《涼》。試鼓鷗弦，潮聲終古咽斜陽。（調寄《望海潮》）

受業劉炳照光珊

俞廷瑛《〈負薪記〉序》（《傅惜華藏古典戲曲珍本叢刊》所收本《玉獅堂傳奇十種》之《負薪記》卷首）：

淄川蒲留仙先生著《聊齋志异》，凡四百餘則，漁洋山人獨於《張誠》一則評曰："一本絕妙傳奇。"豈非以其悲歡離合，有足以譜諸詞曲、被諸管弦者耶？然漁洋雖有是語，而作為傳奇者曾無其人。不意遲遲至今，始得之叔明陳君也。

君以才人官鹺尹，從公之暇，惟以著述自娛，先後作傳奇十種。其《負薪記》一種，即采《聊齋》張誠事。以文章之波瀾，為戲劇之關目，翦裁有法，翰采爛然，以視《聊齋》，殆所謂异曲同工者。吾知此劇一出，梨園小部必且競相肄習，而一唱三嘆，使人友于之愛油然而生。其於風俗人心，所裨匪細，雖作《孝友傳》觀可也，傳奇云乎哉！

吳縣俞廷瑛序

陳烺

司馬湘《〈負薪記〉題詞》（《傅惜華藏古典戲曲珍本叢刊》所收本《玉獅堂傳奇十種》之《負薪記》卷首）：

手足相憐出至誠，從知友愛性天成。斧薪自欲同勞苦，誼篤無分異母生。

離合人難自主持，折磨歷盡鬼神知。譜成歌曲傳奇事，羨煞先生筆一枝。

冶城司馬湘晴江

劉炳照《〈負薪記〉題詞》（《傅惜華藏古典戲曲珍本叢刊》所收本《玉獅堂傳奇十種》之《負薪記》卷首）：

《脊令原》上調翻新，黃九才名迥絕倫。（海鹽黃韵珊大令譜《脊令原》傳奇，即《志异》曾友于事。）更譜《負薪》傳至性，當筵誰不泪沾巾？

姜被同溫我獨無，新詞讀罷更欷歔。休言四海皆兄弟，一任庭前荆樹枯。

受業劉炳照光珊

俞樾《〈錯姻緣〉序》（《傅惜華藏古典戲曲珍本叢刊》所收本《玉獅堂傳奇十種》之《錯姻緣》卷首）：

蒲留仙《聊齋志异·姊妹易嫁》一節，相傳實有其事。潛翁吏隱西湖，雅善度曲，乃取其事，譜成傳奇，名曰《錯姻緣》。余讀而嘆曰：此一事有可以警世者二：夫婦人女子初無巨眼，欲其於貧賤中識英雄，良非易易。買臣之妻，既嫁之後，尚以不耐貧賤，下堂求去，況張氏長女尚未于歸乎？然以一念之差，成終身之誤。鳳誥鸞章，讓之小妹；晨鐘暮鼓，了此餘生。清夜自思，能不凄然泪下？是可爲婦女鑒者一。至於男子，當食貧居賤，與其妻牛衣對泣，孰不曰"苟富貴，無相忘"？乃一朝得志，便有貴易交、富易妻之意，秋風紈扇，無故弃捐。讀"上山采蘼蕪，下山逢故夫"之句，能勿爲之酸鼻哉！若毛生者，偶萌此念，尚無此事，似亦無足深咎，然已黃榜勾消，青雲蹭蹬。使非神明示夢，有不潦倒一生乎？是可爲男子鑒者一。

潜翁此作，不獨詞曲精工，用意亦復深厚。异日紅氍毹上，小作排當，聚而觀者，丈夫女子咸有所警醒，夫夫婦婦，家室和平，則於聖世睢麟雅化，或亦有小補也夫！

陳烺

庚寅初夏，曲園居士俞樾序

祝良《〈錯姻緣〉題詞》（《傅惜華藏古典戲曲珍本叢刊》所收本《玉獅堂傳奇十種》之《錯姻緣》卷首）：

瑶想瓊思運不窮，一經妙手剪裁工。幾多離合悲歡事，并入先生十卷中。
似此仙才有夙因，銅琶鐵板邁前人。梨園他日争相演，花樣翻來分外新。

元和祝良謙之

劉炳照《〈錯姻緣〉題詞》（《傅惜華藏古典戲曲珍本叢刊》所收本《玉獅堂傳奇十種》之《錯姻緣》卷首）：

巧將鴛牒試庸奴，悔嫁無端泪暗枯。却笑痴人還説夢，大姨夫作小姨夫。
漫道無神却有神，姻緣顛倒爲何因？從今寄語痴兒女，莫羡當年富貴人。

受業劉炳照光珊

陳瀚丞《〈悲鳳曲〉跋》（《傅惜華藏古典戲曲珍本叢刊》所收本《玉獅堂傳奇十種》之《錯姻緣》卷末）：

《悲鳳曲》，係先君晚年著作。詞成，俞曲園太史慫惠付梓，留以傲世。惟頁數不多，難於裝訂。兹敬附於《十種曲》後，俾免散失。

己巳夏日，瀚丞習之敬志

許善長
(1823—1891)

　　字季仁、元甫，號玉泉樵子，仁和（今浙江杭州）人，原籍浙江德清。道光二十三年（1843）初應鄉試，二十九年（1849）舉優貢。咸豐二年（1852）朝考報捷，六年（1856）任內閣中書，自此宦居京城十餘年。同治元年（1862）任《文宗顯皇帝實錄》詳校官，二年（1863）奉命錄《寶譜》等，八年（1869）外任江西，先後管理河口、湖口、饒郡、吉安等地釐局。光緒二年（1876）署建昌府，六年（1880）、十年（1884）兩署廣信府。其間三任江西文闈內簾監試、武闈監試。性好詞曲，有詩詞集《碧聲吟館倡酬錄》《碧聲吟館倡酬續錄》。戲曲有傳奇《瘞雲巖》《風雲會》《茯苓仙》《胭脂獄》、雜劇《神山引》《靈媧石》。以上戲曲作品與筆記《碧聲吟館談麈》等合集，名爲《碧聲吟館叢書》。

　　按，關於其生卒年，趙景深《許善長年譜略》推測爲1823至1889年以後；周妙中《清代戲曲史》推定爲1823至1886年後；鄧長風《許善長家世及生平補考》則判斷爲1823至1890年後。據（民國）《德清許氏族譜》，知其"生道光癸未正月初六日子時，卒光緒辛卯七月七日辰時"，即"1823—1891"。

　　傳記文獻：許善長《碧聲吟館談麈》、（民國）《德清許氏族譜》、（民國）《德清縣新志》卷八、趙景深《許善長年譜略》（《明清曲談》）、鄧長風《許善長家世及生平補考——美國國會圖書館讀書札記之二十八》（《明清戲曲家考略全編》上）。

《神山引》

◆ 劇情概要與本事

　　劇首署"玉泉樵子填詞"。八齣，依次爲《肆聯》《舟引》《叙姻》《授譜》《粉謫》《裙歸》《藥餌》《琴圓》。寫瓊州書生陽曰旦幼即聰慧，長亦好學，年十三四已入庠序。又有四方之志，常負笈遠游。近往雷州尋訪故友，游眺數月，歸思忽興，便與二位同鄉商人乘船歸里。途中，先是見有黑雲從西北涌來，接着狂風大作，惡浪奔騰，船最終傾仄沉没。陽生則登上一空舟，飄飄漾漾來到一島嶼，攏船靠岸，不知是何地方。信步而行，漸入村落，見一户人家院門半掩，便進門探問。一小鬟問他從何而來，接着一位少年出來打聽情況。陽生表明身份，少年立即將之請入房中，與妻子十姑相見。原來，此地名神仙島，離瓊三千里。十姑爲陽生胞姑，少年即其姑丈晏氏，小鬟乃婢女粉蝶。十姑見侄兒到來，非常高興，向他打聽家中情況。陽生言父母安好，祇是祖母患有痼疾，行動不便，需人攙扶。晏氏帶領陽生觀賞園中風景，陽生見烟雲杳靄，花木繁滋，贊之爲"神仙之鄉"。晚餐亦都是些不知名的鮮蔬美味。明日，陽生前來拜謝，十姑爲之奏《海風引舟》曲，陽生以意會之，恍如身在舟中爲颶風顛簸，不覺心悸神搖，遂向姑母求教。十姑取瑤琴一張，令其對彈效仿。天晚，晏氏夫婦離去，陽生猶自練習不已，漸覺音聲諧暢，不覺手舞足蹈，這時纔發現粉蝶正在身邊，爲之掌燈。陽生見她修眉皓齒，意態嬌媚，遂不能自持，粉蝶亦不甚拒絶。正當兩情纏綿之時，忽聞呼唤粉蝶之聲，粉蝶急忙離開，陽生亦爲自己的魯莽羞愧不已。十姑見粉蝶塵根未斷，便將她遣往人間，以償夙孽。晏氏又傳授陽生《天女謫降》之曲，令其自習。陽生起歸鄉之思，念路途遥遠，歸期無日，不覺泪下。十姑則言此非難事，令他登上故舟，又解下自己練裙當帆，隨即南風大作，祇半日已到瓊州。陽生登岸歸家，説起此次奇遇，家人都很驚奇。原來十姑曾許字晏姓，未嫁而卒，此時方知其已成仙。陽生令祖母服下十姑所贈藥丸，老人頓覺眼目清涼，精神康健。陽生居島數日，世上竟已過去十六年，前聘之吳氏，已嫁他人。陽生屬意粉蝶，却不知她被遣往何處，衹待慢慢尋訪。時光荏苒，一年之後，粉蝶還是杳無信息，陽生衹得娶錢家少女荷生爲妻。洞房之夜，陽生發現錢氏竟是粉蝶轉世，遂彈奏《海風引舟》《天女謫降》二曲，錢氏聞此，方憶起前生事迹。

生扮陽曰旦，小生扮晏氏，旦扮陽十姑、陽曰旦母，貼扮粉蝶、錢荷生，老旦扮毛氏，花旦扮媒婆，雜旦扮丫鬟，净扮水判、舟子，副將扮龔符杜，末扮陽曰旦父，丑扮吳有餘、趙旺、老禮贊，雜扮店小二、四水怪、四神將。登場人物尚有儀從，俱未分配脚色。

本劇由清蒲松齡（1640—1715）《聊齋志异》之《粉蝶》篇敷演而成。按，劇本内頁有"光緒乙酉四月梓於碧聲吟館"，知其刊刻於光緒十一年（1885），則是劇創作當在此前。

● 著録、版本與收藏情况

《古典戲曲存目彙考》著録。現存光緒三年（1877）刻《碧聲吟館叢書》本，藏國家圖書館、中國藝術研究院圖書館、北京大學圖書館、上海圖書館，《傅惜華藏古典戲曲珍本叢刊》第102册據之影印。

● 序跋、題詞與評語

許善長《〈神山引〉自跋詩》（《傅惜華藏古典戲曲珍本叢刊》所收本《神山引》卷末）：

仙風縹紗。把個人海外，吹入瑶島。月老多情，牽引藤蘿，紅絲扳住枝杪。深宵兩兩琴心逗，想暗裏、幽香盈抱。累蝶兒、粉褪烟消，隔斷一塵魂杳。　　無奈鄉關闊絕，便思覓舊侶，誰整歸棹？幸有仙娥，繫上湘裙，頃刻南來風飽。收藏藥裹兼胡餅，已早見、瓊山峰繞。更一年、曲譜團圓，爲寫艷情新稿。（調寄《疏影》）

玉泉樵子自題

汪世澤《〈神山引〉題辭》（《傅惜華藏古典戲曲珍本叢刊》所收本《神山引》卷首）：

遭逢不險不成奇，海上神山忽到時。仙子島中生面熟，侍兒燈畔慧情痴。琴音激蕩魂猶悸，蝶夢惺忪世已移。我久厭塵思遠避，御空安得好風吹？

昆明汪世澤少谷

鄭由熙《〈神山引〉題辭》（《傅惜華藏古典戲曲珍本叢刊》所收本《神山引》卷首）：

神仙寂無爲，有時尚聲氣。所親憩白雲，凡骨亦嫵媚。佳麗再世藥長生，琴弦譜出求凰聲。虛舟瞬息萬千里，子高歸自芙蓉城。爲寫新詞上瑤瑟，如見仙人好顏色。安得胡餅恣豪啖，免被飢驅走阡陌。丈夫意氣殊不凡，破浪當如馬脫銜。鴻毛遇順等閑耳，肯借湘裙作布帆。

歙縣鄭由熙蓮漪

張鳴珂《〈神山引〉題辭》（《傅惜華藏古典戲曲珍本叢刊》所收本《神山引》卷首）：

破浪驚魂定，神山縹緲間。側聞海淸曲，來扣白雲關。鷄黍聯親串，鸞翹想髻鬟。奇緣欣遇合，再世玉簫還。

嘉興張鳴珂公束

許德裕《〈神山引〉題辭》（《傅惜華藏古典戲曲珍本叢刊》所收本《神山引》卷首）：

入耳素琴鳴，奇緣意外成。仙凡驚异遇，姻婭溯前情。海國波濤響，天風環珮聲。一宵神女夢，爲爾謫瑤京。

苦憶庭闈隔，塵心未敢灰。湘裙貽六幅，高挂竟西回。錦瑟一朝御，玉簫再世來。良姻如此締，應不羨天臺。

譜出神山曲，拓開萬古愁。宮商調一室，風雨過三秋。蒲志遺文考，珠厓逸事搜。如逢滄海客，抵掌說瀛洲。

秋諾仙家重，春懷世俗忙。怕將桑濮語，濫入管弦場。徵典惟其雅，言情獨擅長。一般兒女事，不似會真荒。

許德裕韵堂

袁枚《隨園〈神山引〉（原注康熙十五年事）》（《傅惜華藏古典戲曲珍本叢刊》所收本《神山引》卷首）：

陽生泛海海風作，千船萬船水中落。陽生抱得一桴浮，閉眼憑他駭浪流。日暮風停桴泊島，上有神山兩字好。金碧參差屋數間，分明玉指彈冰弦。花裏雲鬟驚有客，風中琴響漸闌珊。一人玉貌來相見，說住瓊州說姓晏。喜遇崔盧中表親，速張王母瑤池宴。夫人手整曉霞妝，道是兒姑第十娘。先詢阿母顏何似，再問眉窗樹可長？不仗蛟蟠翻海水，那能骨肉會龍荒。山前山後教生到，烟草芬芳花月妙。生言歸去挈家來，姑母姑父但微笑。取出青琴彼此彈，天風拂拂海漫漫。新成一曲雲仙謫，聽去雖難學不難。夜深珠露涼風竹，兩美雙雙樓上宿。祇留小玉伴銀燈，未免偷桃學方朔。忽呼粉蝶聲如惱，驚去雙趺奔悄悄。聽得仙姑苦勸聲，塵心已動緣須了。不如折與小桃花，隨他春向人間老。明朝相見臉先紅，祇說歸心一夜濃。仙郎餞別丹三粒，仙女親題信一封。豈不相留情款款，其如人世太匆匆。解下湘裙覆船上，道兒此去應無恙。萬頃琉璃六幅風，蓬萊不忍回頭望。漸漸鄉音入耳聞，迢迢清水變紅塵。滿城親故無多在，已過韶光十六春。衰年大母方愁疾，因由說罷同嗚咽。有婿攜妻采藥行，那知此日人天隔。細看裙是嫁時衣，一片香風捲雪飛。錢家生長初笄女，纔說婚姻便相許。迎來果是舊娉婷，苦問三生記不清。偶然彈到雲仙譋，涕泪千行尚怕聽。

蒲松齡《聊齋·粉蝶傳》（《傅惜華藏古典戲曲珍本叢刊》所收本《神山引》卷首）：

陽曰旦，瓊州士人也。偶自他郡歸，泛舟於海，遭颶風，舟將覆。忽飄一虛舟來，急躍登之，回視，則同舟盡没。風逾狂，瞑然任其所吹。亡何風定，開眸，忽見島嶼，舍宇連亘。把棹近岸，直抵村門。村中寂然，行坐良久，鷄犬無聲。見一門北向，松竹掩靄。時已初冬，墻内不知何花，蓓蕾滿樹。心愛悦之，逡巡遂入。遥聞琴聲，步少停。有婢自内出，年十四五，飄灑艷麗，睹陽，返身遽入。俄聞琴聲歇，一少年出，訝問客所自來，陽具告之。轉詰邦族，陽又告之。少年喜曰："我姻親也！"遂揖請入院。院中精舍華好，又聞琴聲。既入舍，則一少婦危坐，朱弦方調。年可十八九，風采焕映。見客入，推琴欲逝。少年止之曰："勿遁！此即卿家眷屬。"因代溯所由，少婦曰："是吾姪也。"因問其祖母尚健否，父母年幾何矣？陽曰："父母四十餘，都各無恙。惟祖母六旬，得疾沈痼，一步履須人耳。姪實不知姑係何房，望祈明告，以便歸述。"少婦曰："道途遼闊，音問梗塞久矣。歸時但告而父'十姑問訊矣'。渠自知之。"陽問姑丈何族，少年曰："海嶼姓晏。此名神仙島，離瓊三千里，僕流寓亦不久也。"十娘趨入，使婢以酒食飼客。鮮蔬香美，亦不知其何名。飯已，因與瞻眺。見園中桃李含苞，頗以爲怪。晏曰："此處夏無大暑，冬無大寒，花無斷時。"陽喜曰："此乃仙鄉，歸告父母，可以移家作鄰。"晏但微笑。還齋炳燭，見琴橫案上，請一聆其雅操。晏乃撫弦捻柱,十娘自内出,晏曰:"來來,卿爲若侄鼓之。"十娘即坐,問侄願何聞,陽曰:"侄素未讀琴操,實無所願。"十娘曰:"但隨意命題,皆可成調。"陽笑曰:"海風引舟,亦可作一調否?"十娘曰:"可。"即按弦挑動,若有舊譜,意調崩騰,静會之,身似在舟中,爲颶風之所擺簸。陽驚嘆欲絶,問可學否?十娘授琴,試使勾撥,曰:"可教也,欲何學?"曰:"適所奏颶風操,不知可得幾日學?請先録其曲吟誦之。"十娘曰:"此無文字,我以意譜之耳。"乃別取一琴,作句剔之勢,使陽效之。陽習至更餘,音節粗合,夫妻始别去。陽目注心凝,對燭自鼓。久之,頓然妙悟,不覺起舞。舉首,忽見婢立燈下,驚曰:"卿固猶未去耶?"婢笑曰:"十姑命侍安寢,掩户移檠耳。"審顧之,秋水澄澄,意態媚絶。陽心動微挑,婢俯首含笑。陽益惑之,遽起挽頸。婢曰:"勿爾!夜已四漏,主人將起。彼此有心,來宵未晚。"方狎抱間,聞晏唤粉蝶,婢作色曰:"殆矣!"急奔而去。陽潛往聽之,但聞晏曰:"我固謂婢子塵緣未滅,汝必欲收録之,今如何矣?宜鞭三百!"十娘曰:"此心一萌,不可給使,不如爲吾侄遣之。"陽甚慚懼,反齋,滅燭自寢。天明,有童子來侍盥沐,不復見粉蝶矣。心惴惴,恐見譴逐。俄晏與十娘并出,似無所介於懷。便考所業,陽爲一奏,十娘曰:"雖未入神,已得什九。肆熟可以臻妙。"陽復求别傳,晏教以《天女謫降》之曲,指法拗折,習之三日,始能成聲。晏曰:"梗概已盡,此後但須熟耳。嫺此兩曲,琴中無梗調矣。"陽頗憶家,告十娘曰:"侄居此,蒙姑撫養,甚樂。顧家中懸念,離家三千里,何日可能還也?"十娘曰:"此即不難,故舟尚在,當助爾一帆風。子無家室,我已遣粉蝶矣。"乃贈以琴,又授以藥,曰:"歸醫祖母,不惟却病,亦可延年。"遂送至海岸,俾登舟。陽覓檝,十娘曰:"無須此物。"因解裙作帆,爲之縈繫。陽慮迷途,十娘曰:"勿憂,但聽帆漾耳。"繫已,下舟。陽淒然,方欲拜别,而南風競起,離岸已遠矣。視舟中糗糒已具,然止足供一日之餐。心怨其吝,腹餒不敢多食,唯恐遽盡,但啖胡餅一枚,覺表裏甘芳,餘六七枚,珍而藏之,即亦不復飢矣。俄見夕陽欲下,方悔來時未索膏燭。瞬息,遥見人烟,細審則瓊州也。喜極，旋已近岸，解裙裹餅而歸。入門舉家驚喜，蓋離家已十六年。始知其遇仙。視祖母，老病益憊。出藥投之，沈疴立除。共怪問之，因述所見，祖母泫然曰："是汝姑也！"初，老夫人有少女名十娘，生有仙姿。許字晏氏婿，十歲入山不返。十娘待至二十餘，忽無疾自殂，葬已三十餘年。聞旦言，共疑未死。出其裙，則猶在家所素著者也。餅分啖之，一枚終日不飢，而精神倍生。老夫人命發冢驗視，則空棺存焉。旦初聘吳氏女，未娶。旦數年不返，遂他適。共信十娘言，以俟粉蝶之至。既而年餘無音，始議他圖。臨邑錢秀才有女，名荷生，艷名遠播，年十六未嫁，而三喪其婿。遂媒定之，涓吉成禮。既入門，光艷絕代。旦視之，則粉蝶也。驚問囊事，女茫乎不知。蓋被逐時，即降生之辰也。每為之鼓《天女謫降》之操，輒支頤凝想，若有所會。

《靈媧石》

原名《女師篇》，包括雜劇十種：《伯嬴持刀》《忠妾覆酒》《無鹽拊膝》《齊婧投身》《莊侄伏幟》《奚妻鼓琴》《徐吾會燭》《魏負上書》《聶姊哭弟》《繁女救夫》，均為一折。另附《西子捧心》《鄭褒教鼻》二種，亦皆為一折。據作者《〈靈媧石〉自敘》，知是劇當創作於光緒九年（1883）。

◆ 劇情概要與本事

《伯嬴持刀》

劇首署"玉泉樵子填詞"。寫春秋時，吳王闔閭聽聞楚王不顧兩國舊好，暗結秦國，覬覦吳國土地，遂統師東下，向楚問罪。兩軍會戰於柏舉，闔閭指責楚王勾結西秦，背信棄盟，楚王則言秦楚世結姻緣，交往密切，何謂暗結？吳王大怒，率兵與楚王交戰。楚王戰敗，連夜西行，往秦國求救。闔閭搶入楚國王宮，大肆淫掠。秦女伯嬴乃楚平王之妻、楚昭王之母，持刀相拒，以死明志，并斥責吳王無禮，又曉以大義。吳王見此，不敢相逼，率衆退去。

生扮楚王，旦扮伯嬴，净扮闔閭。登場人物尚有兵將、宮女等，俱未分配脚色。

本事見於西漢劉向《列女傳·貞順傳·楚平伯嬴》。

《忠妾覆酒》

寫衛國人主夫仕於周，兩載不歸，其妾巫氏堅貞相守，其妻却與鄰人勾搭成奸。近日，主夫寄來家書，言歸有日。其妻約下情人來家商量，設下毒計，欲待主夫歸來時，誘其喝下毒酒，害其性命，以便二人做長久夫妻。不料，陰謀爲巫氏所知。不久，主夫歸家，妻子假意歡欣，令巫氏端上酒飯爲丈夫接風洗塵。巫氏知酒中有毒，心中兩難，自言自語道："進之則殺主人，是謂不義；言之必殺主母，是謂不忠。"於是佯裝跌倒，將酒壺打翻，有狗搶食地上酒水。主夫責其無禮，令妻子將她毒打，巫氏有苦難言。主夫弟弟本已懷疑嫂子奸情，見狗食過酒水即被毒斃，遂向哥哥報告實情。主夫聽後大怒，將妻子杖死；又感巫氏恩義，欲將之扶正。巫氏拒絕，主夫祇得把她厚幣嫁人，以全其名。

生扮主夫弟，正旦扮巫氏，貼旦扮主夫妻，末扮主夫，丑扮奸夫。

本事見於西漢劉向《列女傳·節義氣傳·周主忠妾》。

《無鹽拊膝》

寫齊國無鹽邑女子鍾離春，幼喪父母，亦無兄弟，面黑背駝，容貌極醜，年四十尚未婚配。她聽聞齊王雖有聖德却驕奢淫逸，遂自詣宮廷進諫。齊王正在漸臺之上縱情歡宴，欣賞春光。鍾離春見到齊王，表示特慕齊王美儀，願充後宮。齊王問其所長，她舉手拊膝，大呼四聲"殆哉"，然後備述齊國面臨的四種危機，即強國環伺，國步艱難；徭役沉重，民疲怨生；賢能間阻，言路閉塞；齊王荒淫無度，殷鑒不遠。齊王聽完，幡然頓悟，下令拆除漸臺，又擇定吉日，準備迎鍾離春入宮爲后。

末扮齊王，丑扮鍾離春，雜扮黃門官。登場人物尚有四宮監，俱未分配脚色。

本事見於西漢劉向《列女傳·辯通傳·齊鍾離春》。元鄭光祖（？—1324之前）《醜齊后無鹽破連環》與此題材同。

《齊婧投身》

寫齊國都城有槐樹一株，爲齊王所鍾愛，齊王令人守之，并頒布法令曰：犯槐者刑，傷槐者死。東城有一女子婧，與父親衍相依爲命，爲了侍奉父親，矢志不嫁。一日，衍酒醉，誤傷槐樹，被捕入獄，性命危在旦夕。婧呼天不應，入地無門，聽聞齊相晏嬰足智多謀，頗有齊家治國之能，爲救父親，祇得報顏忍羞前往相府主動投納，以爲晏嬰姬妾。晏嬰見她滿面愁容，形貌非淫奔之人，知道其中必有隱衷，便令人帶入後堂詢問。婧告知父親的遭遇，并言愛樹賤人乃"傷執政之法，而害明君之義"。晏嬰明日入朝，轉奏齊王。齊王醒悟，傳旨廢傷槐之法，釋犯槐之囚。

正旦扮齊婧，外扮晏嬰，雜扮黃門官。登場人物尚有侍從、內官等，俱未分配脚色。

本事見於西漢劉向《列女傳·辯通傳·齊傷槐女》。

《莊侄伏幟》

寫戰國時，楚王生性放誕，喜聲色之娛，愛神仙之術，惡諫諍之人。今聞高唐地方有神仙出沒，即命駕往觀。楚國女童莊侄年方十歲，父親早亡，與母親相依。她聽聞楚王不修政治，但事閒游，欲趁其南游之際，力諫一番。母親認爲此乃國家大事，莊侄年幼無知，不要多事。莊侄祇得暗中準備。她縛幟於竿，躲在岩谷之下，等待國君到來。楚王經過，見幟，果將其帶來詢問。莊侄便以"大魚失水""有龍無尾""墻欲內崩"，以及"三難""五患"

等說明楚國面臨的嚴重問題,勸諫楚王。楚王納諫,即刻返駕,却有人來報,言"國門已閉,内亂竞作"。

旦扮莊侄母,貼扮莊侄,净扮楚王,丑、雜扮侍衛。登場人物尚有宫監等,俱未分配脚色。

本事見於西漢劉向《列女傳·辯通傳·楚處莊侄》。

《奚妻鼓琴》

寫戰國時虞國人百里奚出奔秦國,一去數年,杳無音訊。妻子萬里跋涉,來秦探問百里奚消息,却無人知曉,祇得以針黹爲生,勉強糊口。一日,相府招她做洗衣婦,談話間,她得知百里奚現任秦國丞相,心中大喜,但不知丈夫是否還念舊日恩情,故未說破,準備見機行事。百里奚入秦後,功成名就,坐享升平,祇因妻子生死未卜,自己獨受鰥居,心中不免怏怏不樂。某日,他在房中觀書撫琴,以爲消遣之時,其妻悄然窺探。百里奚發現了她并將其傳來問話,妻子藉歌聲表明身份。百里奚大驚,二人淒然相認。家丁設下宴席,慶祝其夫妻團聚。

正旦扮百里奚妻子,末扮百里奚,外扮老家人。登場人物尚有僕從、家人等,俱未分配脚色。

本事見於東漢應劭《風俗通義》。

《徐吾會燭》

寫齊國東海女子徐吾家境貧寒,但能守分安常。因鄰人李吾家道充盈,屋宇寬敞,徐吾便與同村女子都來李家紡織。每到夜間,爲方便勞作,她們須各備蠟燭,名曰會燭。徐吾貧甚,不能按時供燭,李吾便當衆請她不要再來。徐吾婉言說明自己的苦處,請求女伴們施惠於己。女伴們聽完,表示願意與她一起繼續勞作。

旦扮徐吾,貼扮李吾,雜旦扮四鄰婦。

本事見於西漢劉向《列女傳·辯通傳·齊女徐吾》。

《魏負上書》

寫戰國時魏國曲沃地方有一老嫗名魏負，其子如耳現任魏國大夫。魏負自幼遵循禮制，關心國事。近日，魏王遣人為太子政選妃，見所進之女十分美貌，便動了心思，竟要自納為妃，而滿朝文武無人敢言。如耳奉命使齊，臨行拜辭母親，言及此事。魏負責問他：國君行如此不義之事，為何不直言匡正？如耳推脫說本想諫諍，不得其間。魏負決定自草一疏，進宮面諫。來到宮中，她告誡魏王，若納太子之妃，必亂男女之大節，壞君臣、父子、夫妻之綱紀，進而禍起蕭牆，民心離散，到時必致強鄰壓境，國敗政危。魏王聽完，慚惶萬分，當即命人將所選女子賜還太子。并傳旨賜魏負粟，加如耳爵秩，以表彰魏負忠直敢諫。

生扮如耳，老旦扮魏負，丑扮魏王。登場人物尚有宮娥、太監等，俱未分配腳色。

本事見於西漢劉向《列女傳·仁智傳·魏曲沃負》。

《聶姊哭弟》

寫戰國時聶嫈、聶政姐弟二人，居於軹深井里，共侍母親。聶政勇武過人，以豪俠自居。韓大夫嚴仲子慕其名，以黃金百鎰為聶母壽，聶政辭之不得，言曰：家有老母，不敢輕易以身許人。后聶母病卒，殯殮事畢，聶政不辭而別，聶嫈心中疑惑，亦未敢明言。近日，韓相俠累被人刺殺，刺客自毀容貌，破腹割腸而死。俠累家人欲尋刺客血親復仇，故將其暴尸於市，以千金懸賞知曉刺客身份者。聶嫈聞此，已知刺客必為聶政。聶政皮面屠腸，使自己面目全非，應是怕連累家人。聶嫈心如刀割，為成就弟弟英名，并泄胸中怒氣，不顧危險，挺身認尸哭弟，最後自刎於聶政尸首前。

正旦扮聶嫈，雜扮四軍士。

本事見於《史記·刺客列傳》及《戰國策·韓傀相韓》。

《繁女救夫》

寫春秋時晉國國君在國中精選工匠，製造強弓。弓匠用時三年，方持弓以獻。晉君引弓試射，竟未穿一札，大怒，欲命武士將弓匠推出斬首。繁女乃弓匠之妻，進宮謁見，以公劉、秦穆公、楚莊王行仁得報事等，請晉君饒恕丈夫；并言丈夫爲造良弓走燕秦、歷寒暑，盡職盡責，不應受此刑罰。晉君認爲弓匠所製弓箭僅能穿透一札，乃勞而無功，繁女言此非弓力之不強，乃射法不當。晉君依據她所言方法重射，果穿七札，不由連聲贊美。於是傳旨釋放弓匠，并賜繁女金三鎰。

生扮晉國國君，旦扮繁女，末扮弓匠。登場人物尚有宮女、太監，俱未分配脚色。

本事見於西漢劉向《列女傳·辯通傳·晉弓之妻》。

《西子捧心》

寫春秋時有女子名施夷光，裊娜輕盈，十分美貌，世居苧蘿村西，人稱西施。西施自小患有心痛之疾，每到病時，便兩手捧心，雙眉緊鎖，却別有一種嬌媚之態。一日，西施往溪邊浣紗，遇到鄰婦東施。東施甚醜，却素羨西施美貌，更想模仿她病中情態。恰好西施病發，她細細觀看，大加演練，并讓鄰人賞鑒。結果，驚得衆人或閉門不出，或逃亡別處。

旦扮施夷光，副净扮鄰人，丑扮東施，雜扮貧、富二人。

本事見於《莊子·天運》。

《鄭袖教鼻》

寫某個春日，楚王與夫人鄭袖在御園中飲酒取樂，召魏國剛剛進獻的美人前來陪宴。美人爲能長承恩眷，趁楚王離開發遣魏國使者之機，向鄭袖打聽楚王對自己是否中意，若有不滿，應如何補救。鄭袖誑她說，楚王很喜歡她，衹是嫌弃她的鼻子，若能以袖掩鼻，定能增其嬌態。楚王還席後，美人果掩鼻不語。楚王詫异，不知何意，令内侍帶美人回宮，然後向鄭袖詢問。鄭袖藉機進讒，言美人掩袖是因爲討厭楚王身上的氣味。楚王大怒，令人速將美人推出劓鼻。武士趕來行刑，美人方知自己奉承太過，上了鄭袖的當，但爲時已晚。

生扮楚王，旦扮鄭袖，貼扮魏國美人，雜扮武士。登場人物尚有宮監、宮女等，俱未分配脚色。

本事見於西漢《韓非子·内儲》及《戰國策·秦策四》。

● 著録、版本與收藏情况

《古典戲曲存目彙考》著録。現存光緒三年（1877）刻《碧聲吟館叢書》本，藏國家圖書館、中國藝術研究院圖書館、北京大學圖書館、上海圖書館，《傅惜華藏古典戲曲珍本叢刊》第102册、《古本戲曲叢刊十集》據之影印。

● 序跋、題詞與評語

許善長《〈靈媧石〉自叙》（《傅惜華藏古典戲曲珍本叢刊》所收本《靈媧石》卷首）：

屈到嗜芰，劉邕嗜痂，性各有所偏也；佝僂承蜩，蛣蜣搏糞，情各有所專也。自古性情之用，未能執一。余之愛詞曲，無乃類是，暇輒爲之。嘗與憨寮主人論列國名姝之可記者，主人曰："元明以來，工此者多矣。如驪姬登臺、敷女進食，皆可排演，已先有爲之者。"因與決擇，得十二人，均有關目，可寓勸懲。余唯唯，燈前酒後，信筆揮灑。人事冗雜，不免作輟，逾月而始成篇。質之主人，主人曰："游戲之文，如是焉已矣。"因思同里項蓮生自序其《憶雲詞》曰："不爲無益之事，何以遣有涯之生？"余之爲此，其亦此意也夫!

光緒癸未秋七月,玉泉樵子自叙於碧聲吟館

趙之謙《〈靈娲石〉序》(《傅惜華藏古典戲曲珍本叢刊》所收本《靈娲石》卷首):

夫中兩殊禀,畢訖合誼。慨妾婦之有道,識巾幗之當遺。妙察所均,閨態非病。矧河間軼事,僅憶談娘;豫章僑人,熟聞《子夜》。老婢之聲可作,女郎之詩自傳。

碧聲館主,鵁鶄不鳴,鴛鴦若待。醇酒觸緒,香草留詞。靡曼施之芳澤,華丹箸其窈窕。冰霜萬里,雷霆一呼。忘刻畫而戒唐突,黜孽嬖而尚貞義。方斯鬚目,繹彼德容。泂乎拂鑒迴影,與隴廉釋情;列錦辨文,令間姒吐氣者矣。萸佩初結,楸勝乍飛。呼《秋水》而識莊,誦小山而感屈。裙帶何處,癡絕望塵;弸環忽成,悵深繋纍。异時韻流玉撥,製想銀泥。惟覺衆篇并作,有上官采麗益新;詞理無滯,隨太守心形俱服而已。

癸未九月,憨寮

許善長《〈靈娲石〉跋》(《傅惜華藏古典戲曲珍本叢刊》所收本《靈娲石》卷末):

余初製此編,與憨寮擬議,擇可譜者譜之,勸懲兼寓,原無成心,非一律彰美德也。乃憨寮命名曰《女師篇》,出示同人。或曰:"十二人者不類。如伯嬴等十人,皆可爲師。而西子爲亡國之孽,鄭袖爲工妬之尤,豈足并列?"余因更名曰《靈娲石》,似於本意無傷矣。或仍以爲不然,必欲刪去此二齣。余不忍割愛,遂附於篇末,亦《三百篇》正變并存之意云爾。

玉泉樵子又識

許善長《〈魏負上書〉自記》（《傅惜華藏古典戲曲珍本叢刊》所收本《靈媧石》之《魏負上書》末）：

自來譜曲家用韻極寬，自《中州音韻》出而略嚴。迨昆山王履青有《音韻輯要》一書，分十九部爲二十一部，決擇更細，法律更嚴矣。余向准此書選韻。此齣依《琵琶》體，"機微"韻參用"支時"數字，原本并入"魚模""歸回"，則余所不敢也。明者鑒之。

自記

汪世澤《〈靈媧石〉題辭》（《傅惜華藏古典戲曲珍本叢刊》所收本《靈媧石》卷首）：

昔聞人化石，今藉石傳人。一片烟雲幻，千秋面目真。名姝留小影，明月認前身。步步虛靈境，先生筆有神。

昆明汪世澤少谷

鄭由熙《〈靈媧石〉題辭》（《傅惜華藏古典戲曲珍本叢刊》所收本《靈媧石》卷首）：

僝風愗雨碧空破，補天不牢石飛墮。墮地化爲形影神，妍者嫷者態畢真。爲忠爲孝爲節操，衣冠罕此巾幗倫。詞人亦具造化手，甄陶松烟入罋臼。故是坡老操銅琶，肯逐耆卿歌楊柳。米顛拜石石不樂，先生寫石石能活。乾坤撐拄完堅貞，不是人間搏土人。

歙縣鄭由熙曉涵

張鳴珂《〈靈媧石〉題辭》(《傅惜華藏古典戲曲珍本叢刊》所收本《靈媧石》卷首):

巾幗鬚眉愧,零璣煉女媧。纏綿托忠愛,歌哭見才華。樂府千秋業,優曇一霎花。何當喚雙鬟,尊酒侑琵琶。

嘉興張鳴珂公束

何煥章《〈靈媧石〉題辭》(《傅惜華藏古典戲曲珍本叢刊》所收本《靈媧石》卷首):

吟館詩成手自編,《女師》一卷又新傳。蛾眉心事留文藻,麟筆精神入管弦。歷宦情知蟬翼薄,憐才心似繭絲圓。可能更製《霓裳》曲,回首觚棱隔衆仙。

應山何煥章端甫

許德裕《滿江紅》(《傅惜華藏古典戲曲珍本叢刊》所收本《靈媧石》卷首):

摘艷薰香,要比作、千秋《奩史》。亦不是、情天寫恨,欲都誇美。窈窕同湔脂粉習,姱音待砭箏琶耳。想連宵、彩筆吐穠華,光簪珥。　門前過,妻顏泚;墻間乞,閨人恥。嘆古今多少,鬚眉泥滓。解穢無須撾羯鼓,揚芬且自搴洲芷。煉雲根、補此漏蒼穹,存微旨。

德清許德裕韵堂

胡盍朋
(1826—1866)

字子壽，一字簪庭，或作簪廷，號澹庵，別署小樵亭主人、勿疑軒主人，沭陽（今江蘇沭陽）人。六歲讀書，日誦千餘言。道光二十二年（1842），補博士弟子員，此後屢赴秋闈不售，後以教館爲生。善飲，一石不醉。聰穎絶倫，又奇氣縱橫。工詩賦，擅詞曲。詩文有《白榆堂詩》《白榆堂賦》《擬十國宫詞》《九秋詩》；戲曲有四種，包括《海濱夢》六齣（存）、《汨羅沙》二十齣（存）、《鶴相知》二十齣（佚）、《中庭笑》四折（佚），合稱《勿疑軒傳奇》。

傳記文獻：吳紹矩《胡子壽先生事略》（《汨羅沙》傳奇）、（民國）《重修沭陽縣志》卷九等。

《海濱夢》

劇首題"海濱夢傳奇"，署"小樵亭主人填詞，得月軒居士評校"。六齣，依次爲《憂思》《誘擒》《探情》《私遣》《夢符》《家祭》。寫漢淮陰侯韓信係韓王之後，才嫻韜略，學貫孫、吳。蒙漢王劉邦拜將，安劉滅項，破趙平齊，建立不世功業，獲封齊王。後以功高見疑，被改封削爵，因此驚憂不已。近日，陳豨叛亂，漢皇親征，吕后臨朝與政。她認爲韓信等人桀驁不馴，難以駕馭，欲求江山牢固，唯有將之誅鋤。一日設下毒計，傳旨韓信，言陳豨已得，騙其入宮朝賀，藉機將他擒拿，誣其謀反。韓信當場請丞相蕭何爲自己辯解，蕭何爲自保，不出一言。吕后遂斬殺韓信，并收其三族。韓信門客季鷹揚乃忠義豪俠之士，危急之際，將韓信三歲季子悄悄救出。本欲投奔蕭何，求其指條生路，又恐他趨附吕后，反爲所害，遂扮作野客，私自謁見、打探。

蕭何本是韓信故友，見他無罪被誅，又闔門被戮，同情落淚。季鷹揚見此，遂表明身份，并言韓信尚有子存世。蕭何當即令他將韓子帶入府中保護，又修書一封，命他們隨使者前往南海，投奔舊友越王趙佗。此前，趙佗曾夢在海濱見一少年將軍，姓韋名生，貌甚英武，前來謁見，表示願在轅門效力，醒後不知是何徵兆。這時季鷹揚帶着韓子求見，并呈上蕭何書信。趙佗見韓子與夢中將軍模樣相像，心中大喜，認爲他是天之所賜，於是收爲養子，封於海濱，賜姓曰韋，更名曰生，以符合夢境。韋生長到十八歲，驍勇异常，從征海島，掃定南蠻，立有大功。趙佗升其爲副將，并令其與公主完姻。時值家祭之日，韋生與公主整理祭筵，往祠堂行禮。二人説起韓氏一門之遭遇，泪流滿面。

生扮韓信，小生扮韋生，旦扮公主，小旦扮吕后，净扮趙佗，副净扮差官，末扮季鷹揚，丑扮院子，外扮蕭何，雜扮武士，旦、老旦、貼、丑扮宫女、門子。

本事見於《淮安府志》所載明張大齡（生卒年不詳）《支離漫語》中有關韓信遺孤的故事，兼采相關傳聞。據作者之父胡翹漢（生卒年不詳）《〈古僮文獻擴遺〉序》，知是劇作於道光二十六年（1846）。

◆ 著録、版本與收藏情況

《古典戲曲存目彙考》著録。現存民國五年（1916）上海國光書局排印《古僮文獻擴遺》第三種本，藏中國藝術研究院圖書館，《傅惜華藏古典戲曲珍本叢刊》第103册據之影印。

◆ 序跋、題詞與評語

胡翹漢《〈古僮文獻擴遺〉序》（《傅惜華藏古典戲曲珍本叢刊》所收本《海濱夢》卷首）：

憶二十年前，先君子爲漢言及淮陰侯有後事，見於某志某書。漢因取觀之，以爲其事如真，固足見功臣之報；即無其事，而有此書，亦足壯義士之心。惜不見於正史，莫如載之傳奇，但使庸人俗士咸爲感泣，斯爲妙尸。余以不諳宮商，卒未能。

及今茲冬仲，因經理先君子葬事，長夜中於兒子盍朋書案，見其所著《海濱夢傳奇》，適爲此事。余每閱一折，爲之泣數行下，非其能令人悲，能令人感也耶？噫！盍朋以弱冠之年，不過於秋風氀氀之後，假以消遣，而運筆竟能入妙，雖爲吾子，亦不得不詫爲才人之極筆也。閱訖大慟，恨不得令先君子見之耳。

丙午仲冬，棘人胡南樵

胡盍朋《〈海濱夢傳奇〉自序》（《傅惜華藏古典戲曲珍本叢刊》所收本《海濱夢》卷首）：

按，《淮安府志》載張大齡《支離漫語》："淮陰侯滅三族，世皆云無後矣。而予會廣中人言曰：'予鄉有韋土官者，自云淮陰侯後。'當鐘室難作，侯家有客匿其三歲兒。知蕭何素與侯知己，不得已爲皇后所劫，私往見之，示侯無後意。相國仰天嘆曰：'冤哉！'泪涔涔下。客見其誠，以情告，何驚曰：'若能匿淮陰侯兒乎？中國不可久居矣，急往南粵。我與趙佗善，佗亦重淮陰侯，必能保此兒。'遂作書遣客，匿兒於佗，曰：'此淮陰侯兒，公善視之。侯功塞宇內，必不絕其後。'佗養以爲己子，而封之海濱，賜姓韋，用韓之半也。今其族世豪於海壖間，有趙佗所賜之詔，鄭侯所遺之書，勒之鼎器。夫呂氏當惠帝末，已無血蔭，而淮陰侯至今存，是亦奇聞，史家不識也。惜其客名不傳，比於嬰、杵，有幸有不幸耳。"張大齡所載如此。

逮順治初年，聞蘇州司李吳百朋之父字思穆，爲粵西縣令，巡行山峽間，見少年將軍廟，英風雅概，敬而拜之，命工修飾其堂廡。即有土官率宗族數百人，稽首稱謝，云廟神即淮陰侯子。當呂后難時，蕭相國馳書托孤於南海尉佗，佗封於此地，子孫繁衍，自漢至今，奉祀不絶。因舉相國與佗書及佗所賜敕諭以示吴，甚以爲异。後與趙君時揖言之。趙晚年爲吏部司務，客游淮上，舉以告人。岸齋張君，淮上山陽人也，與聞此事。後在燕臺遇余梅洲編修，余亦云："韓侯之後韋土官在廣西，地與廣東接壤。"説皆與大齡《漫語》相合，事益爲不虛矣。岸齋著《淮南擬樂府》四十七首，中有《韓侯客》詩，即言此事。

道光丙午，余假館玉茗堂。凉秋九月，鄉試失意，與湯君蔭藻夜話，偶舉此事。湯君囑爲長歌以紀之，予謝未能，因述岸齋《樂府》以告，湯君固請。是夕，卧不成寐，月色穿櫺，秋風瑟瑟，寒氣逼人，就枕上敲詩，至曉不就。明夕燈下，乃就前事填詞一折。後於諸生請業之餘暇，即拈筆爲之，或成半首，或成一首。越八日而稿粗脱，携示湯君，曰："此可以作長歌否？"湯君稱善，并加評語。余曰："勉承君囑，但宮商未協，不足爲外人道也。"湯君曰："何傷乎？倘非誤拂琴弦，安得周郎一顧？我乃五柳先生，尚抱無弦琴矣。"余笑而退。是爲序。

海西胡盍朋子壽氏自識

附張鴻烈岸齋《樂府》一首：

漢業成，韓侯滅，悔不當時聽蒯徹。孤兒存，吕將絶，有客能憑三寸舌。説鄭侯，悲且悦，送客尉佗走南越。吕族誅，兒爵列，易韓爲韋綿瓜瓞。韋姓昌，客名缺，無名有名真豪杰。

得月軒居士《〈海濱夢〉評語》（《傅惜華藏古典戲曲珍本叢刊》所收本《海濱夢》）：

第一齣《憂思》評：此折出色寫淮陰侯。《開場》引子開口一句，描出當年英姿颯爽之概。【宜春樂】一曲，前後兩意，藉末口洗他千古不白之冤。尾聲末句，當起文種等於地下，同聲一哭。

第二齣《誘擒》評：【風馬兒引】末句，語極奇警；【金絡索】次曲末數語，描摹當下情形，入神入化；末曲語語有金石聲。

第三齣《探情》評：寫韓客探情，情真語摯，高出戰國舌士多多。經營慘澹，徒賞其韵之鏗鏘，猶不識其語妙天下處，終出下乘。

第四齣《私遣》評：【嘉慶子】以下四曲純是往來書啓，看之祗是說話，唱之則成歌曲。《琵琶記》"丹墀陳情"一表，"拐見紿誤"兩書，斯其繼武。【川撥棹】一曲，寫蕭相公義私情，兩無所愧，通首無一懈筆。

第五齣《夢符》評：寫越王語語英雄，寫韓客語語豪俠，寫生妙手。末數語，藉末口罵盡若輩。

第六齣《家祭》評：收拾前文，點水不漏。寫小生、寫旦處，語語可人。蓋不如此，不足爲淮陰佳兒、佳婦矣。末句自作總評甚得。

第六齣《家祭》末之總評：淮陰之死，蕭相實爲吕后所劫，然亦與有責焉。故藉小旦口責之曰："說鹽梅賴汝羹調，却原來伴食堪貽笑。"藉生口責之曰："送你個庸臣號。"藉外口責之曰："口已如緘，心空似火，早難言成敗非由我。"若後無寄書一事，厥罪奚辭？幸得手書遠送，投往南粵。乃藉末口原之曰"有心人幸得個蕭丞相"，藉小生口原之曰"謝魚書萬里江天外，鳥窺籠早放綫，南溟始奮凌雲翮"。惜史家不載，後人但云"成則蕭何，敗則蕭何"也。

吳紹矩《胡南樵先生事略》（《傅惜華藏古典戲曲珍本叢刊》所收本《海濱夢》卷首）：

先生諱翹漢，字南樵，自號南里樵人。世居沭陽縣東鄉章家集，爲義門明經之子。生而穎异，讀書過目成誦，詩古文詞下筆千言立就，未嘗起草，枚工馬速，兼擅史家三長。爲飲中大户，盡一石不醉，酣歌高唱，睥睨大談，臧否人物，少所許可。顏延之狂不可及，而世無不爲之下者。其清德隆器，有以饜飫於人心，非一朝一夕之故也。通天文學，尤湛粹經術，淹貫諸史。其《日記》有云"某日默誦某經一部"，其寢饋之深可知。於"四子書"著《特解備存》一書，發漢、宋諸儒疏注所未發。《詩》《春秋》均有評本，於史有《建元錄》《閏唐紀年》等書，邃志殫精，比於張守節之治遷史、顏師古之攻班書。其爲文如畫家寫意，意到筆隨，而閎遠肅括，蘊藉典雅。常者川停岳峙，怪者海飛霆擊。蓋鑱腸抉腎、濯筋洞髓於六藝之微，而指與物化者也。與邑中魁宿袁石琴先生耆英、耿澍屛先生徵雨齊名，交誼亦特厚，時人方之季漢之"三君"、盛唐之"三杰"，其傾倒一世之人心，而爲學者所宗仰如此。惟潦倒名場，以明經終其身。仲梓村先生會賓，少時與先生爲消寒會，作《呵筆》題，有句云："縱教羅錦綉，終竟藉吹噓。"徐子容先生廣緒亦有句云："未信才名天下少，品題畢竟藉烏紗。"蓋傷之也。

義門先生以清乾隆五十九年甲寅歲試，受知於仁和胡希呂文宗高望。是年十二月初九日，先生生。越十九年爲嘉慶十七年壬申，先生以歲試受知於滿洲文芝厓文宗甯，卒於道光二十七年丁未七月十五日，年五十有四。子四人，長子康先生盇晉，次子壽先生盇朋，次子修先生盇省，次子遠先生盇續。著述極富，惜多散佚，至不能舉其名，所及見者，惟《蔭樵詩稿》殘葉約一卷，《錐末錄》、又《續錄》若干卷，鈎摘群經大義、旁通互證約千條。閱晁家令言兵事中"兵法"一段，有所會於心，揣形度勢，自製《格棋譜》一卷。山陽魚通甫先生序行其《星槎時藝》若干卷，餘第存其目，見子壽先生《示弟詩》詩附後。

古僮吳紹矩鐵秋

胡盇朋《檢讀先君子遺稿，書寄子康、子修、子遠》（《傅惜華藏古典戲曲珍本叢刊》所收本《海濱夢》卷首）：

創業貽後人，所期在述事。傳經貽後人，所期在繼志。述事良獨難，繼志尤不易。昔吾先君子，道德文章備。艱難矮屋中，秋風十六次。才與命相違，黃鐘乃長弃。生平所著作，祇今藏篋笥。爾雅著擷英（《爾疋擷英》），錐末録精義（《錐末録》）。建元備六朝（《建元録》），閏唐黜五代（《閏唐紀年》）。評點《三百篇》（《詩評》），詩學真能繼。批注十二公（《春秋批》），樵史或援例（《樵人野史》）。集解四子書（《四書特解備存》），文集猶純粹（《星槎制藝》十卷）。更於詩酒間，餘暇及游藝。戲爲《升官圖》，官禮知大義（《周禮升官圖》）。戲爲《格棋譜》，兵法差可記（《格棋譜》并"十圖"）。蹉跎數十年，無力堪永世。嗟余昆季中，惟余稱早慧。少孤爲客間，庭訓多荒廢。未能讀父書，手澤空滋愧。幸從殘帙篇，略辨之無字。安得及吾身，刊布存一二。無如十九年，三度衫痕淚。坐久青氈寒，歸來黑貂敝。況復畏折腰，不慣謀生計。舊業漸已荒，遺經恐久墜。持此語弟昆，緣纓流涕泗。燈火時相親，努力須加勵。競爽稱二難，微名希一第。倘許振家聲，此願有時遂。

吳紹矩《胡子壽先生事略》（《傅惜華藏古典戲曲珍本叢刊》所收本《汨羅沙傳奇》卷首）：

　　胡先生諱盉朋，字子壽，一字簪廷，自號小樵亭主人，又號勿疑軒主人。世居江蘇沭陽縣東鄉章家集，爲義門先生之孫，南樵先生之子。同氣四人，兄子康先生盉晉，弟子修先生盉省、子遠先生盉績。諸郎蘭玉彬彬，世傳祖硯，連枝競爽，奕葉重光。雖第守書生門户，無名德重位，然陳馬、班之先業，述崔、應之門風。以言公望，則祖孫四世，咸真秀才；究其傳薪，則父子一集，成克家志。吾邑如雙窰耿氏、小店張氏，世習青箱之業，集編連珠之名，固皆與先生家世頡頏上下，後先輝映者也。

　　先生自幼聰穎絕倫，六歲讀書，日千餘言。年十二，工詩，賦《游仙詞》："小山桂子爲誰香，拾得仙人搗藥方。若道黃金丹是假，何由鷄犬白雲鄉？"心地如一片光明錦。明年，詠《烏絲欄》，有云："書生自有平治法，已

胡盉朋

學周家畫井田。"又云："文章也有簪花格，祇在循規蹈矩中。"寄托遙深，蔚然大器。又明年，年十四，翁年四十有六，見先生分詠《五色詩》，嘆爲傑構。謂自念少壯以前，僕病未能，亦自成七律如干首，云終不似少年口吻，尚未可與競長。因爲一詩題其後，中四語云："笑我詩真如病驥，看渠勢已欲攀龍。譽兒未肯成王癖，倩客伊誰是葛龔。"天倫樂事，何減小坡之於大坡？誦義山"雛鳳清於老鳳聲"句，嘆昔少陵年十四出游翰墨場，香山年十五有志詩賦。天挺文豪，其生固有自來哉！

先生以道光二十二年壬寅，年十七，受知於歷城毛伯雨文宗式郇，補博士弟子員，淬然若刃之新發於硎。益肆力於詞章之學，上通腐史古今之變，下擷選樓駢儷之華。觀書則洞垣一方，下筆則旁薄萬彙。年二十一，館婦翁湯希哲先生允明玉茗堂，著《海濱夢傳奇》，紀淮陰侯客竄遺孤於南粵王事。南樵先生深器之，謂雖吾子，不得不詫爲才人極筆。年二十三，秋風不得意，感蒲留仙之記《葉生》，慨然曰："文章憎命，古人豈欺我哉？"爰著《鶴相知傳奇》以自況，自序有云："鍾期既死，不彈流水之琴；謝傅云亡，遂斷西州之路。"蓋先生負振奇磊砢之奇抱，猝不得激昂傾吐，故不免有昌黎磨蠍身宮、東坡磨蠍命宮之慨。年二十六，著《汨羅沙傳奇》，淒馨哀艷，幾欲悲齸犿而泣鬼神。先師建陵老人謂其泛濫《山海經志》，柏翳九牧所不能名之，神奸物怪，絡繹奔赴腕下，許爲東塘、藏園後身。時金陵張漱石先生，先先生爲《懷沙記傳奇》，淋漓擊越，周浹旁皇，使三閭千載英靈，搬演活現於廣場氍毹上。先生如驂之與靳，畫疆長雄。不意屈子歷二千年後，得兩先生爲之設色傳真，纍欷增嘆，俾千古孝子忠臣、才人學士，下至行夫走卒，同呼湘纍之冤魂而一慟者也。

惟是先生一生心血，敲詩填詞而外，尤邃於賦學。《淮南鴻烈》，字挾風霜；漆園寓言，道在屎溺。不規規於唐律，而自然協律，如銀鐐釪釚之在鎔，如騄駼驪駩之在馭，且醇而愈肆，恢之彌廣，龔定盦論王仲瞿，所謂"如百千鬼神、奇禽怪獸，挾風雨、水火、雷電而下上"者。鄉先進李嘯溪先生映庚未通籍時，與先生同合一契，嘗謂先生賦："於吳、顧諸賢最爲晚出。藉往事抒胸臆，悼古之作居多。其間魚龍百怪，眩然不可迫視。其體裁則或而合傳，或而論贊，以及碑版、金石，無美不臻，無奇不有。自有律賦以來，蓋未逆知夫變化之妙。至於國朝，浸至於先生如此之盛也。"知言哉，知言哉！

惜乎，先生才愈奇而數愈奇！雖歷屆督學使者，無不擢冠名場，以爲胸海都人士魁壘大師。而先生衹以座稟學官，六度槐黃，劉蕡不第。羅橫侘傺，江東竟無知名；杜默文章，奕世乃有定價。所謂不有得於今，必有得於古；不有得於身，必有得於後。不遇，何足爲先生病？所不得不爲先生垂涕太息者，方干無命，又復柳州無年。而先生廑廑以四十有一齡終矣。迄今，其孫曾陵夷衰微，漸以不振，弓冶簀裘，盛極難繼，傷已！先生距生於道光六年丙戌正月二十四日，卒於同治五年丙寅十月十五日。配湯孺人，子二，長斯恩，邑庠生；次斯拔，廩膳生，均墓草久宿。先生著書，今存者：《白榆堂詩》若干卷，《賦》若干卷；《十國宮詞》一卷，弟盉續注；《九秋詩》一卷。傳奇四種：一、《海濱夢》，六折；二、《汨羅沙》，二十折；三、《鶴相知》，二十折；四、《中庭笑》，傳《孟子》"齊人"章事，四折，戲墨云。

邑後學吳紹矩曰，鄉聞先師建陵老人言："吾沭賦學，自族伯慈雨考功開其先，袁穎亭先生始神而明之，是能搖筆散珠，動墨橫錦者，後則吾友胡君子壽、郝君次門，皆能鉤心鬥角，試輒冠軍。"先師之言如此，此吾沭賦學之源流也。自先師以道光二十五年乙巳，試《嶧陽孤桐賦》，受知於涇陽張文毅公後（公諱芾，字黼侯，號小浦）。咸豐七年丁巳，子壽先生以試《胸山立石賦》，受知於臨川李小湖文宗（聯琇）。先師次門郝先生亦取童古冠軍、青一衿。同治三年甲子，楚卿張先生以《公會齊侯於夾谷賦》，受知於濟寧孫松坪文宗（如僅），食餼。最後以吾家少槎明經（鴻志）衍其支流。次門先生稱不容口，嘯溪李先生亦許爲當世有心人、吾鄉大手筆。此吾沭賦學前後衣鉢相承，小子所略稔之大凡也。而以胡先生爲際中興而集大成。先生《白榆堂賦》，允與先師《建陵山房詩》，爲沭陽文學史上永占名山兩大盛業，不廢江河萬古

胡盉朋

流矣。

至傳奇之作,則斷推先生爲吾沭之開山手。後惟劉古香女史清韵《小蓬萊》廿四種傳奇,見稱於德清俞曲園先生,謂"得元人三昧",爲先敘行十種,事在光緒二十六年庚子。次則先師郝先生有《棗周丹原先生》長短句,有《棗古香女史索畫》南北曲一套,引商刻羽,可以被之弦管。其他則嵇中散廣陵嗣響,歌絕人間久矣。

聞先生之爲人,如史公傳郭解,短小精悍,爲飲中大户,一石不醉,奇氣縱横,不可一世。有時從毛公博徒、薛公賣漿家游,輕世肆志,跌宕於山巔水涯間,狂若不可方物。惟於建陵先師,則如戴良見黄叔度,悵然自失;謝子微見許子將,遇便盡禮。是以先師聞先生訃,哭以詩曰:"與人微婞直,於我獨和柔。"先師之以善感人,與先生之果於服善,相因而并見。

鐵秋吴紹矩

附子壽先生分咏《五色詩》(時年十四):

《青》

池塘草色入簾來,染得衫痕一領裁。附郭山光初過雨,穿花人迹半生苔。墻留好句紗宜護,座有嘉賓眼共開。未得銅錢推萬選,海東俊秀孰高才。

《黄》

大麥南風幾度催,誰將書法换鵝來。夏忙舉子槐初放,秋到重陽菊自開。樓上鶴偕仙客去,江干竹本女兒栽。笑他四十年中客,不待炊梁夢不回。

《赤》

鴨爐宿火未成灰,何事燈花簇簇開。山色胭脂誇北地,仙家名字記丹臺。御溝流葉緣重結,高閣飛霞句敢裁。知否杏林香遍滿,托根曾向日邊栽。

《白》

籬下何人送酒來,玉杯獨醉上瑶臺。西江夜月懷知己,南國陽春少和才。

鐵脚間行寒咽雪，石心偏解笑吟梅。銀床冰簟難成寐，有客敲門使鶴開。

《黑》

烏花有約到春來，一枕甜時午夢回。天外風生滄海立，人間詩待片雲催。千秋文字留殘墨，大地山河付劫灰。鬢影少年猶未變，好吹鐵笛醉餘杯。

附南樵先生《五色詩并序》（時年四十有六）：

次兒盍朋，年甫十四，與同人詠《五色詩》，竟成佳構。自念少壯以前，僕病未能也。時余鄉試失意後，閱之狂喜，不覺技癢，亦成五律以寓意，然終不似少年口吻，尚未可與競長也。呵呵。

《青》

蔚藍天色起層陰，滿地苔痕展齒侵。回首江邊峰隱隱，關心河畔草深深。不逢知己誰留眼，所惜吾身尚此襟。最羨雲中飛鳥路，烟霄一瞬渺難尋。

《黃》

滾滾長河繞故關，蕭蕭落葉滿空山。夢回枕上梁初熟，笛倚樓中鶴未還。漫望取金懸肘下，幾人有色上眉間。東籬獨剩秋容好，靜對斜陽解笑顏。

《赤》

隔簾人正剔銀釭，初日芙蓉透綺窗。二月杏花明上苑，九秋楓葉落吳江。歡陳舞袖情何限，詠到飛霞句少雙。莫問丹台名在否，醉顏多倚木蘭艭。

《白》

苦吟怕見鬢星星，送酒人來肯獨醒。秋曉烟痕橫半嶺，夜神月色可中庭。誰曾夢到瑤臺上，我有詩來羽客聽。欲索梅花相對笑，東方曙色上疏櫺。

《黑》

指點秋山挽髻螺，搔頭短髮亦無多。片雲催處詩方就，一枕甜時夢乍過。此日莫嫌髮易斷，半生久向墨中磨。《太玄》自守揚雄老，鐵硯成坳水聚渦。

再作五律：

《青》

幾時足下片雲生，夜照空然太乙星。坐老一氈人寂寂，燒殘斷簡字熒熒。陽關柳色含愁態，司馬衫痕有淚零。何似離離原上草，東風吹到便芳馨。

《黃》

夕照初沉月吐芒，閑歌金縷曲難忘。江干竹滿瀟瀟影，籬下花開采采香。春日柳陰來客聽，午風槐下有人忙。却將幼婦詞書罷，落葉成茵坐石床。

《赤》

燒影疑連兩岸楓，一燈明滅畫樓中。袖旁染唾花偏好，葉上題詩句自工。幟色千人驚漢壁，火光三月想秦宮。床頭剩有丹砂在，爐竈重開九轉功。

《白》

玉人何處不神仙，海外銀臺望渺然。詠雪堂前風起絮，彈琴江上月流天。軍無寸鐵空三陌，佛有毫光照大千。和靖先生非太素，梅妻鶴子亦塵緣。

《黑》

濃烟九點指齊州，玄圃誰曾汗漫游。病眼有花人易老，殘毫無彩客將投。薛端談笑呼盧易，蘇季歸來攬鏡愁。劉氏牡丹嫌太俗，那知翰墨自風流。

復閱兒詩再題一首：

鳳毛人羨謝超宗，不道登樓上一重。笑吾詩真如病驥，看渠勢已欲攀龍。譽兒未肯成王癖，倩客伊誰是葛龔。放汝須先一頭地，可能出手振英鋒。

附胡盉朋《報許琴湖伯英》：

琴湖見余所著《汨羅沙傳奇》，戒余讀《楚詞》。

嘗笑杜必簡，銜官屈宋高著眼。又笑李長吉，奴僕命騷有此膽。長吉才猶評過當，杜公語乃公然敢。豈知美女時花色（見杜牧《李長吉詩序》），多從香草美人得。文章何處哭秋風（長吉讀《天問》得句），可和七字真胎息。杜公文孫有工部，光芒萬丈過乃祖。也從屈宋宅邊來，山中秋興思夔府。始信狂言滿座驚，位置雖高吾弗取。我想三閭未遭謗，當時憲令供草創。手筆遠過上官徒，才華不數左倚相。惜哉後世詞無傳，傳者《離騷》廿五篇。龍門列傳載其二，選樓弃取見或偏。王氏《章句》洪補注，林注突過考亭前。收取二招歸屈子，千秋定論真卓然。萬三千又四百字，二十七篇文乃全。更有八十四家評點定，得此善本稱新編。瓣香子弟三人耳，景差唐勒宋子淵。我從少年好奇想，每思出筆相規仿。畫圖百幅尚傳蕭（蕭尺木有《楚詞圖》），評語五長偏愛蔣（蔣之翹有評語五則）。蔣君評語首悲壯，漸離擊筑荆卿唱。淒惋中有哀蠻愁，幽奇處有山鬼狀。艷逸走馬春風前，仙韵吹笙緱嶺上。讀《離》更續《反離騷》，手持鐵板歌跌宕。旁人和我作諛詞，謂能翻出新花樣。琴湖愛我情何長，笑我聲聲歌斷腸。既非太白仙人流夜郎，又非洛陽年少過沅湘。及時行樂何自苦，不病學呻毋乃狂。與其高摘屈宋艷，不若濃薰班馬香。況復澤畔行吟本奇絶，未許腐儒工盜竊。王劉崔蔡音已蕪（沈休文說），諫懷嘆思意不切（朱子說）。東坡才大無古今，尚慚不及萬分一（東坡自說有此）。惟有《卜居》《漁父》篇，先聲似開兩《赤壁》（王鳳洲說）。究竟木葉洞庭波，蹈襲終嗤謝希逸（孫月峰說）。君看梅花不入騷，頓比芷蘭品地高。名士風流歸我輩，空在痛飲稱人豪（陳眉公語"痛飲酒，讀《離騷》，便可稱名士"）。初聞此語疑鶻突，將毋誚我讀未熟。又或君才古為徒，周秦以下書不讀。感君此言三復思，始誤君胸有清濁。同是人間第一聲，韓娥碑勝唐衢哭。《遠游》那及《逍遥游》，試取《南華》更娱目。請聽鐵脚道人誦《秋水》，豈比雪庵和尚聲斷續。丈夫有泪不輕彈，從今定應高閣束。縱使平生習見未能忘，就中惟取《漁父》滄浪曲。

胡盍朋簪廷

李慈銘
(1830—1894)

　　初名模，字式侯，後更名慈銘，字㤅伯，號蓴客、蕁客、蓴老，室名越縵堂，故別署越縵、越縵生、越縵老人，又署霞川花隱生等，會稽（今浙江紹興）人。道光三十年（1850）補博士弟子員，此後屢入秋闈，不第。咸豐八年（1858），變賣田地，捐報郎中。同治九年（1870）中舉，光緒六年（1880）中進士，以戶部郎中原資叙用。光緒十六年（1890），補山西道監察御史。中日戰事敗後，感憤扼腕，卒於官。少有异才，年十二三即工韻語，長殫力於學，於書無所不窺。博涉經史，又長於文學。及至居京，文名日隆。著述頗多，有《白華絳跗閣詩》《杏花香雪齋詩》《越縵堂文集》《霞川花隱詞》《蘿庵游賞小志》《越縵堂日記》等，雜劇有《桃花聖解盦樂府》。

　　按，《清代雜劇全目》《古典戲曲存目彙考》言其生於道光九年（1829），不確。其確切出生日期爲道光九年十二月二十七日（1830年1月21日）。

　　傳記文獻：平步青《掌山西道監察御史督理街道李君蕁客傳》（《樵隱昔寱》卷十八）、《清史稿》卷四百九十一、徐世昌等《清儒學案》卷一百八十五等。

《桃花聖解盦樂府》

　　包括雜劇《舟觀》《秋夢》二種，均爲一折。

● 劇情概要與本事

《舟觀》

　　一名《蓬萊驛》。劇首題"桃花聖解盦樂府第一種"，署"會稽越縵堂李慈銘籑客稿本，蕭山鍾駿文校刊"。寫武林少女施弄珠隨父作賈浙東，居紹興鑒湖，被會稽秀才茲純父聘爲副室，因鄰人仇壬妄構事端，婚事不諧。後仇壬作伐，弄珠嫁與黃姓牙郎。不到一年，丈夫資財蕩盡，弄珠被賣入教坊，陷身樂籍。父母又遭寇難，不知存亡。如此忽忽三年，弄珠終日愁苦，感傷致病，假母祇得將之送往暨陽就醫暫避。近因新觀察使將次到任，弄珠被喚回承值。弄珠本想泊舟蓬萊驛，却被已爲驛丞的仇壬趕走，因其要在此迎接觀察使大人。其實，新觀察使就是茲純父，茲登第後優蒙聖眷，一歲七遷，由鳳閣舍人等升任御史大夫、浙東觀察使，并持節越州刺史。茲純父在蓬萊驛見過地方官員後，換了巾服，登岸查看風俗。來到媚仙橋，恰遇弄珠在此泊船，二人尚未搭話，就被仇壬驚散。仇壬爲巴結茲純父，將弄珠進獻。弄珠得以與茲純父相認，并哭訴淪落經過，表示因自己守身不堅，致有如此玷辱，今請畢命於前，以償宿志。茲純父聽後，令仇壬出銀三千，爲弄珠贖身，并遣人暫送弄珠歸舟，以五日爲期，必來相迎。

生扮茲純父，小生扮柳嗣徽，正旦扮皇甫侑，小旦扮施弄珠，老旦扮周亞，净扮韋安業，副净扮鄭元素，末扮中軍，副末扮蕭淹，丑扮仇壬，外扮李綽，小外扮韓潜，雜扮舟人、驛卒、船夫、從人、親將、劉赫之、吐突輝、薛雄、程萬傑。

按，據作者《越縵堂日記》及爲此劇所作《自記》《跋》、周星譽所作跋語等，知是劇本事當出自唐人小説《支生傳》。然查閱相關書目，未見《支生傳》及其著錄信息。又，考本劇人物茲純父籍貫與作者一致，姓名與作者號"蒓客"亦有關聯，或"茲純父"之名當由此化出，"支生"疑爲"茲生"。又，李慈銘《越縵堂日記》"咸豐十年（1860）七月二十二日"云："終日填《舟觀傳奇》樂府，徹夜而成，演唐小説所載支純父、施弄珠事也。支以越人爲浙東觀察使，不知在唐何時。吾郡歷代圖志中亦無其人，或係影托之説。予喜其事，附而成之。"知是劇創作時間爲咸豐十年（1860）。

《秋夢》

　　劇首題"桃花聖解盦樂府第二種",署"會稽越縵堂李慈銘蕁客稿本,蕭山鍾駿文校刊"。寫江南書生莫嶠客京師,已逾一載。今寇警又起,久無家書,思親心切,不免神傷。目下秋風蕭索,病體未瘳,夜已近午,方沉沉睡去。夢中見情人柳嬰娘鬼魂來尋。原來嬰娘與莫嶠兩小無猜,曾有花前一諾,後兩情乖隔,嬰娘抑鬱而終。今嬰娘謫期已滿,將返兜率宮中為司花侍女,特來與莫嶠話別。莫嶠見嬰娘,驚喜萬分,遂與其同歸家園,尋覓舊日踪迹。二人見衆人簪花持柳,嬉戲游春,又見龍舟競渡,鷁舞雲回,驀然間似回到了少年時代。不覺四更已過,嬰娘將情人送入帳中,灑淚而別。莫嶠夢醒,對嬰娘縈念不已。

　　生扮莫嶠,旦扮柳嬰娘,雜旦扮侍婢,雜扮舟人,小生、貼旦、雜扮游人。

　　是劇或據作者生平情事敷演而成。李慈銘《越縵堂日記》"咸豐十年(1860)七月十三日"云:"晴,大風。陳珊士近作《哭張郎》樂府,叔子嫌其未盡,為填《酹梅》一齣。予以今日之夢,忽忽有感,亦填《秋夢》一齣。"知是劇創作時間為咸豐十年。

◆ 著錄、版本與收藏情況

　　《清代雜劇全目》《古本戲曲劇目提要》著錄。現存清末崇實齋刻本,藏國家圖書館、天津圖書館、中國藝術研究院圖書館,《傅惜華藏古典戲曲珍本叢刊》第104冊據之影印。又有光緒三十二年(1906)《游戲世界》第五、六期所載本,光緒三十三年(1907)上海《小說林》第二、三期所載本,阿英編《晚清文學叢鈔·傳奇雜劇卷》(中華書局1962年版)據之排印。

◆ 序跋、題詞與評語

　　李慈銘《〈桃花聖解盦樂府外集〉自記》(《傅惜華藏古典戲曲珍本叢刊》

所收本《桃花聖解盦樂府》卷首）：

庚申初秋，閒居京師。風雨積晦，賓客不來，當門草長，沒砌苔迹。日與東鷗主人分據敗榻，琅琅讀書聲，與窗外老樹數十株，自爲秋籟相答和。時江浙日警至，家書杳然，念輒心悸。因讀稍倦，則分題作樂府雜劇，以延寸晷之景。素不識曲，依譜填之，按於宮商，亦往往有合。所作多得於茶餘燭爐時。會海上事又急，夷舶入據津門，都人士相率避去，而兩人益讀且作不已。每一篇成，互相嘆賞，絕不以時事參懷。惟老僕質衣鬻米，一啓關而已。知我罪我，其在斯乎？

會稽蒓老自記

李慈銘《〈舟觭〉跋》（《傅惜華藏古典戲曲珍本叢刊》所收本《桃花聖解盦樂府》之《舟觭》卷末）：

余嘗見唐小説載支觀察、施弄珠事，當其單車上道，所眷被奪，冷落之況，爲之感唏。及持節錦歸，邂逅津館，遽捐萬金，竟脱其籍攜去，不覺慨然於前後榮悴之殊，爲之忽笑忽涕。惟稱支已離家十餘年，年已老大，又銜驛吏仇壬構郤之憾，竟致其死，皆於情事有未能愜，故稍爲變易，以就觀者。其中載僚屬名氏甚詳，而按之史傳，殊無可考，浙東廉使亦無其名。又稱支嘗官鳳閣舍人，其爲觀察時，官文昌左丞。按，唐改中書省爲鳳閣，尚書省爲文昌省，皆在高宗龍朔時，旋即改故。而觀察使之名，在玄宗開元末，由黜陟使改置。然唐人傳記，多喜爲鳳閣、文昌之稱，蓋一代稱謂固如此也。唐自憲宗諱純，凡"淳""醇"等字皆避，則支事當在永貞以前。余既感其事，又喜所載皆吾鄉人事，爰爲譜之樂府，以傳無窮，事之有無，不足深究耳。

越縵自跋

李慈銘《〈舟靚〉又跋》（《傅惜華藏古典戲曲珍本叢刊》所收本《桃花聖解盦樂府》之《舟靚》卷末）：

原《傳》支君之遇施弄珠，在蘇州驛舍，而仇壬以潤州司户參軍攝丹徒尉。支因屬浙西觀察使，謫之爲杭州武林驛吏，未行，杖殺之。予因移之越地，所以爲傳奇也。改支爲兹，則竟例其人於子虛烏有矣。

又記

周星譽《〈舟靚〉跋》（《傅惜華藏古典戲曲珍本叢刊》所收本《桃花聖解盦樂府》之《舟靚》卷末）：

人生瑣屑恩怨之故，有道者視之，誠不滿其一哂。而功名之士，方其勛藏太室，佐正揆席，聲施極於海朔，自視若無足異；而獨於窮時，一顧盼之恩，一睚眦之隙，輒流連鄭重，斤斤焉不能一刻忘。嗚呼，此其故可感矣！

長安西風，槐市積葉。秋氣肅枕，安居易悲。蕁客因讀唐小說《支生傳》，忽忽有觸。夜起蘸炬，通昔而來，次夕脱稿垂示。僕不能言文之所以工，顧讀之而使吾心之悲喜愉怨，一若受節於子文，而吾不能自主。吾不審蕁客讀《支生傳》時，與吾讀蕁客此文時，其所謂忽忽有觸者，果同焉否也？又不審千古後之讀此文者，與吾心又果同焉否也？嗚呼，不重可感哉！

七月下旬，漚老譽書

周星譽《〈秋夢〉跋》（《傅惜華藏古典戲曲珍本叢刊》所收本《桃花聖解盦樂府》之《秋夢》卷末）：

至人無夢，忘情也；愚人無夢，不及情也。安豐有言："情之所鍾，正在我輩。"情也者，其夢之帥乎？越縵生幼痼於情者十餘年，已而悔之。近方研經學道，痛自砭治，絶口不言情。秋室伏景，屏俗勿營，感寂入幽，忽忽而夢。既寐，述夢中狀，爲雜劇樂府。東鷗生受而誦之，憮然曰："善哉乎！情譬水也，堤而過之，孰若順而導之。使情之泛濫而失其閑者，納諸歸墟，斯日習於情而幾乎忘焉，殆夢忘之矣。則《秋夢》一篇，其越縵防情之學乎？"僕昨夢糞穢盈廁，占其兆，謂當獲財，不知於六夢七情當何屬也？請越縵生爲僕詮之。

漚公跋

周星譽《〈秋夢〉後跋》（《傅惜華藏古典戲曲珍本叢刊》所收本《桃花聖解盦樂府》之《秋夢》卷末）：

詩降而詞，詞降而曲，況斯下矣。搢紳學士，屏之弗談，而一二鄉曲唇吻之徒，又率意爲之，曲之爲道，遂以日晦。由是推之，詩若詞，趨异而陋則同。僕嘗謂天地間既有一種文字，必有一種真理包蘊其間。善爲文者，先即其理，目擊而心存之，積久生悟。方其既悟，於是伸紙蘸筆，追此理於冥茫之中，驅以靈心，弋以快腕，直使我之精神氣力，與天地之理呼吸膠固，發而爲文，斯其所以歷千古而不敝也。

僕閑以此語質蕘客，蕘客撫掌曰："此語非君不能言，非我不能會。"故其於文章，未嘗苟作，作即無勿工。日者偶讀元人傳奇，悄然有感，紬經之暇，輒擬爲之。謠（似應爲"淫"）思古意，哀感頑艶，幾幾與玉茗翁《驚夢》《叫畫》諸曲較分刌之出入，下者猶與《南柯》《紫釵》二夢争長。人但賞其用意之婉篤，措詞之綿麗，以爲才人極筆，不知其移情蕩氣，有溢於字句之外。僕亦不能言其故也，殆所云悟之通於理者矣。吾師乎！吾師乎！

漚公再書

籋齋《〈秋夢〉識語》（《晚清文學叢鈔·傳奇雜劇卷》所收本《越縵生樂府外集》之《秋夢》卷末）：

此會稽李㤊伯慈銘先生之遺著也。先生爲我國近世一大文豪，其詩文詞之刊布於世者，若《越縵堂文集》《白華絳跗閣詩詞》，有井水處類能諷之，獨雜劇院本則不少概見。昨歲偶於郡城汪氏聯珠閣得《蓬萊驛》《星秋夢》二種雜劇，讀之，其淫思古意，哀感頑艷，幾與法國囂俄《秋葉》《晚霞》諸曲争校分刊。玉茗《四夢》，清容《九種》，殆不足云。我國若尊悲劇家，先生其祖之矣。茲於小說林社報出版時，亟爲刊登，以餉我國青年之嗜悲劇者。

籀齋附識

鄭由熙
（1830—1898後）

　　字曉涵，一字伯庸，號獻嵐，又號堅庵，別署獻嵐道人。室名安遇軒、晚學齋、暗香樓。原籍安徽豐口（今歙縣），后寄籍江寧（今江蘇南京）。馮譽驄《晚學齋詩集序》云："鄭君曉涵，少習爲詩，慨然慕夫以詩鳴者。然試於有司，屢躓，不得躋館閣，鳴國家之盛。"咸豐三年（1853），太平軍攻破南京，鄭回徽州避難，後輾轉到江西信州。同治間優貢，以軍功保用知縣，先後知江西瑞金、新昌、靖安等縣長達二十年，卒於官。與許善長（1823—1891）、汪宗沂（1837—1906）等交游。始好駢儷，後精研古文、詩、詞、曲，亦擅書畫。著有《晚學齋集》二十六卷，另有《晚學齋詩鈔》四卷、《安遇軒詩鈔》等。又有戲曲作品三種，即《霧中人》《木樨香》傳奇和《雁鳴霜》雜劇，合稱《暗香樓樂府》。

　　按，關於鄭氏生卒年，江慶柏《清代人物生卒年表》記其生年爲道光二年（1822），卒年不詳；柯愈春《清人詩文集總目提要》稱"鄭由熙生於道光七年（1827），卒年不詳"；張增元《清代戲曲作家事迹考略（續編）》認爲"鄭由熙約生於道光七年（1827），卒於光緒二十四年（1898）以後"。朱萬曙《清代曲家鄭由熙的生平和創作》據鄭氏《生日感懷》一詩，推其生年爲道光十年（1830），又認爲"鄭由熙卒於光緒戊戌（1898）後是比較穩妥的說法"，今從。

　　傳記文獻：（民國）《歙縣志》卷七及卷十五、《安徽通志稿》卷三十四、鄭由熙《晚學齋集》、朱萬曙《清代曲家鄭由熙的生平和創作》（《戲曲研究》第75輯，文化藝術出版社2008年版）。

《雁鳴霜》

◆ 劇情概要與本事

一名《花葉粉》。劇首署"梁安湖上醉漁正譜,天都歟嵐道人填詞,新建心香居士評訂"。八齣,依次爲《聽讀》《婚農》《寫經》《餉黍》《繪浣》《填詞》《貞和》《彙傳》。寫丹陽女子賀雙卿,自幼聰慧好學,奈家境貧寒,無力延師,祇得賣些針指,購些碑帖詩詞,又時往鄰塾竊聽先生講書。母親認爲詩詞無益,勸她學些耕織之事。後來,雙卿嫁給綃山周全爲妻,周全目不識丁,以作田耕種爲生。自到周家,雙卿曉來汲井晨炊,晚來績麻紡綫,又要餉農荷鋤,辛勤操勞,因此日漸消瘦,然婆婆、丈夫仍嫌其身弱多病,做事不力。雖如此,雙卿亦安貧守命,毫無怨言。平日略有詩詞,雙卿祇用鉛粉寫在花葉之上,要它易毀易枯,不留痕迹。一次打稻歸來,秋光如畫,頗愜幽情,恰好一隻孤雁飛鳴而過。雙卿據此填就《惜黃花慢》詞,以寄隨遇而安之志。當地有一官員名聞人璧,素知雙卿才名。一日散步綃山,正遇雙卿在門首浣衣,見她亂頭粗服,却是秀外慧中,風采不凡。回衙後,便將其浣衣光景繪成一圖,又題詩一首,喚夫人一同賞玩。夫人更是憐才,命丫環將此圖送與雙卿。雙卿認爲詩、圖俱好,但因男女之嫌,不肯接受,祇是當場在花葉上另作和詩一首,并送上幾首往日舊作以報知己之情。聞氏夫婦誦讀雙卿詩詞,言其爲天授之才,對其《孤雁》詞更是贊賞不已。二人悲嘆雙卿人生遭際,決定替她抄集流傳,以使其才不致埋没塵埃。

生扮聞人璧,小生扮阿利,旦扮賀雙卿、夫人,老旦扮雙卿母,貼扮丫鬟,净扮周全父,副净扮阿杜、周全母,末扮先生,丑扮周全,外扮教書先生,雜扮老嫗、書童、僕人。

本事見於清史震林(1692—1778)《西青散記》及許善長(1823—1891)

《碧聲吟館談麈》所錄《雙卿事略》。據作者《〈雁鳴霜〉自序》，知是劇創作於光緒十四年（1888）。

◆ 著錄、版本與收藏情況

《古典戲曲存目彙考》著錄。現存光緒十六年（1890）刻《暗香樓樂府》所收本，藏中國藝術研究院圖書館，《傅惜華藏古典戲曲珍本叢刊》第105冊據之影印；國家圖書館亦有收藏，《古本戲曲叢刊十集》據之影印。

◆ 序跋、題詞與評語

鄭由熙《〈雁鳴霜〉自序》（《傅惜華藏古典戲曲珍本叢刊》所收本《雁鳴霜》卷首）：

韓子曰："凡物不得其平則鳴。"蟲鳥鳴於春秋，風雷鳴於冬夏，皆鳴也，皆不平也。然未可以概論。東施之顰，自信妍於西子，有醜之者，輒謂無目。巴人之唱，自信雅於《陽春》，有俚之者，輒謂無耳。雖自鳴，未有與其鳴者也。若雙卿者，庶幾可以鳴，乃所為詩詞，皆粉書於葉，雖鳴而不欲人之聞其鳴。聞者輒咨嗟太息，若不得不為之鳴。栩園所謂雖鐵石心腸，有不能已於言者也。

余讀《篋中詞》，見選錄《孤雁》一闋，溫柔敦厚，風雅之遺。以氣格論，易安應讓一頭地。因憶《栩園談麈》，曾載《西清散記》所錄詩詞事迹。才由天授，又復厄窮堙鬱，為人所難堪，殆斯世之真不平者。諸子雖各為之鳴，然皆類列，非特書，其鳴不彰。余非能鳴者，然好為人鳴，與諸子同。爰掇拾其事，譜為《雁鳴霜》院本，瑣瑣然為之鳴。竊念詩詞既在人間，安知非好事者搜羅裒集，俾傳於世？故末齣藉繪圖人為收場結束。雖涉傅會，亦想當然語也。或曰："君之鳴庶幾彰矣。第不識東施之顰乎？巴人之唱乎？"曰："余雁聲也，霜晞聲嚆，霜淒聲切，不自知其鳴而鳴也。賞音者，其在烟

鄭由熙

江蘆葦間乎？"

光緒戊子首夏，歈嵐道人自序於東湖寓廬

劉光煥《〈雁鳴霜〉序》（《傅惜華藏古典戲曲珍本叢刊》所收本《雁鳴霜》卷首）：

夫鬱伊萬感，凡物鳴其不平，凄斷一聲，使人愴然涕下。芳歲徂而嚴霜被，商飆振而朔雁翔。月冷鐙昏，形景獨吊，歌殘酒濁，壘塊頻澆。目渺渺以愁予，天蒼蒼而莫問。誰能遣此？輒喚奈何。彼遲暮之美人，善懷之女子，有不觸緒傷心，聞聲動魄者乎？

有賀雙卿者，產自農家，居然嬌女。甘泉涌醴，不問源頭；蓬塊生芝，原無荄蒂。聆吟聲而若悟，有似書痴；訂綉譜而翻新，自成針絕。摘花插髮，丰姿則楚楚可憐；倚竹臨風，衣袂亦飄飄欲舉。香溫粉膩，書殘芍藥之箋；蘸碧研青，題遍芭蕉之葉。可謂擢孤芳於荒穢，標逸韵於空山者矣。洎而女貞已字，姑惡時聞。郎是牽牛，妾能挽鹿。拋將鉛黛，椎髻來前；浣罷碧紗，捧心善病。腰支酸透，猶嫌餉饁來遲；麥黍炊成，却被曇烟熏損。雖極劬悴之況，曾無觖望之嗟。猶復篤嗜風騷，不忘結習。以絕豔驚才之筆，寫哀鳴避弋之情。落葉亂飛，秋心如訴。則所作《孤雁》詞一闋，何其悲也！觀其役精委宛，托興幽微。《小弁》《鸎斯》，尚覺怨懟；薋菔蘭茞，敢判薰蕕。纍纍鮫泣之珠，點點鵑啼之血。譬諸韓娥之哭，雍門之歌，不是過焉。

嗟乎！黃崇嘏不變男兒，趙才人竟歸廝養。屈令僕於州吏，辱名士之馬曹。顛倒不倫，古今同慨。鸞栖枳棘，孰辨鏘和；鴳搶枋榆，翻來嘲笑。不有風人寫照，誰傳憐子之心？應知幼婦工辭，中有受辛之字。是以張衡不樂，乃為《四愁》；陶令閒情，寄之一賦。此歈嵐道人《雁鳴霜》院本所由作也。其製局嚴而有體，其綴藻婉而多風。寄感喟於無端，空中傳恨；溯雅音於協律，字外生稜。禰正平之枹鼓參撾，王處仲之唾壺盡缺。被之弦管，繞梁定有餘音；載在《玉臺》，此種斷推壓卷。乃知作《列女傳》者，不必更生；撰《遺芳集》者，復生牛女。不待登場學步，始現化身；即茲低唱淺斟，如聞太息。洵偎師之肖像，愷之之傳神已。而乃索我卮言，弁之簡首。本無誤曲，不煩過事吹毛；既遇賞音，何妨互爲擊節。則且和歌《白雪》，僭坿青雲，等糠秕之在前，笑積薪之居上。仰天擲筆，殷深源何事；書空倚柱，憂時魯漆室。初非欲嫁，若雙卿者，作《離騷》佚女觀可也，作《莊》《列》寓言論可也。

光緒己丑年冬月，江夏劉光煥拜序

余瑞璋《〈雁鳴霜〉跋》（《傅惜華藏古典戲曲珍本叢刊》所收本《雁鳴霜》卷首）：

此吾外舅獻嵐先生感雙卿之遇而作也。先生抱鴻博大雅之才，工詩古文詞，著書等身。閑出其餘，成樂府數種，以擄寫懷抱，《雁鳴霜》其一也。而顧以不悉雙卿事始末，讀者或疑爲寓言八九。歲己丑，璋秋試金陵，假館青谿退廬，適丹陽賀子安茂才與同下榻。一夕酒次，舉雙卿事并及《雁鳴霜》之作。子安慼然曰："此吾族所自出也。適金壇綃山周氏，才不偶命。《曲阿詩綜》曾載詩詞事略，迄今且百數十年，漸即澌滅。遲之又久，將湮没不傳。得君舅特筆表幽，吾族感且不朽。行將歸訪遺軼，以屬於君。"蓋既悲女史之遇之窮，而亦重致慨於憐才者之不數覯也。越明年春，子安書來曰："女史歿久矣。生卒始末，故老鮮道其詳。《詩綜》自雁兵燹，無重刊者。《潤州詩録》不列事跡，家乘例不得載，邑志以綃山隸金壇，又不爲立傳。僅附見於《藝文志》載，所著有《雪壓軒集》。今其書亦風飄雨蝕，與粉書花葉，同蕩爲寒烟冷灰，而渺不可復見矣。"璋於是益嘆女史之遇之窮，而又重爲女史幸也。

夫古今來才人畸士，懷貞抱愨，湮鬱老死於荒烟蔓草，與鼯鼪狐兔爲鄰，而不遇於時者，何可勝道？即幸而遇而不用其才，用之又不盡其用，使之困阨屈抑，窮愁著書，以消耗其壯心，激宕其志氣，藏之名山，傳諸其人，或不幸而風飄雨蝕，散佚淪沒，不一見知於世者，又何可勝道？今雙卿一弱女子，雖賦才不偶，知者寥寥，而曠世相感，猶獲見賞宗工，被諸弦管，使天下後世，相與讀其文而想見其人，則不得謂女史之不幸而所遇之終窮也。然則是編之作，先生即不僅為雙卿慨，固足以傳雙卿矣，宜賀氏之族感且不朽也。校讎役畢，舉所聞於子安者以實其事，俾讀是編者無疑於子虛烏有云。

光緒庚寅夏五月，受業婿六合余瑞璋謹跋

鄭由熙《〈雁鳴霜〉識語》（《傅惜華藏古典戲曲珍本叢刊》所收本《雁鳴霜》卷末）：

製曲，當考律於《大成九宮譜》，選韻於《中州音韻輯要》，旁參《元人百種》諸書，則分唱、合唱之例，陰平、陽平之音，抗墜疾徐，庶幾無謬。余於此藝，既非專家，諸書又非尋常坊肆所能購，興之所至，任意弄翰。僅就習見《四夢》《九種》各曲，仿佛腔拍，歷年成院本三種。意在書事書人，寄托豪素，非欲淺斟低唱，風月賞音也。同郡友湖上醉漁見而擊節，謂事關懲勸，義合興觀，非瑣瑣兒女子語。為付剞劂氏，殆阿好歟！倘欲被之管弦，傅之粉墨，登氍毹場，探喉而出，俾市人咸知觀感，婦孺亦解笑啼，則拂弦顧誤，自有公瑾其人，操觚家未遑盡能事也。

光緒庚寅夏五月，天都歗嵐道人識於荊波寓廬

許善長《惜黃花慢》（依曲中雙卿韵）（《傅惜華藏古典戲曲珍本叢刊》所收本《雁鳴霜》卷首）：

莫補情天。嘆化工弄巧，异樣新鮮。艷姿爭羨，慧根素具，偏逢厄運，苦海無邊。怨容消盡辛勤耐，遇姑惡、誰更生憐？抱恨眠。奈何境界，孤雁

爲緣。　　晨炊晝餉難言。又病魔暗擾，歲歲年年。帕羅齊鬢，碧衫襯體，芳情錦思，都付雲烟（節本詞語）。畫圖寫出凄清景，謝騷客、重話纏綿。趁宦閑。種成玉（于具切）暖藍田。（君方讀禮閑居。）

鄭由熙

仁和許善長栩園

鄭由熙《前調和作》（《傅惜華藏古典戲曲珍本叢刊》所收本《雁鳴霜》卷首）：

夢雨迷天。正暗蘂焰剔，蓓蕾花鮮。爨琴慵撫，盡編倦展，新詞絕妙，叫雁愁邊。皺池春水干何事？恁禁得、憔悴堪憐。悄未眠。洞簫怨咽，知甚因緣？　　冤禽最好無言。便石銜大海，填滿何年？鳳栖叢棘，燕酣鬧杏，花飛絮捲，過眼雲烟。問天默默空呵壁，任終古、纏恨綿綿。夜更闌。淺斟醉倒屯田。（栩園書至，漏已三下。）

獻嵐道人

許善長《雙卿事略》（節錄《談麈》）（《傅惜華藏古典戲曲珍本叢刊》所收本《雁鳴霜》卷首）：

金壇史悟岡《西清散記》云：雙卿者，絹山女子也。世農家，生有夙慧，聞書聲即喜笑。十餘歲習女紅，異巧。其舅爲塾師，鄰其室，聽之，悉暗記，以女紅易詩詞誦習之。學小楷，點畫端妍，能於桂一葉寫《心經》。年十八，山中人無有知其才者，第嘖嘖艷其容。

嫁周姓農家子，目不識丁。舅姑又勞苦之，不相惜，而雙卿未嘗有怨容。嘗以芍藥葉粉書《浣溪紗》云：“暖雨無晴漏幾絲，牧童斜插嫩花枝。小田新麥上場時。　　汲水種瓜偏怒早，忍烟炊黍又嫌遲。日長酸透軟腰支。”又《濕羅衣》云：“世間難吐是幽情，泪珠咽盡還生。手撚殘花，無言倚屏。鏡裏相看，自驚亭亭。春容不是，秋容不是，可是雙卿。”一日餉黍遲，夫怒揮鋤，因爲《孤鸞》一闋云："午寒偏準，早瘧意初來，碧衫添襯。宿鬢慵梳，亂裏帕羅齊鬢。忙中素裙，未浣摺痕，邊斷絲雙損。玉腕近看如繭，可香腮還嫩。　算一生淒楚也拚忍。便化粉成灰，嫁時先忖。錦思花情，敢被爨烟薰盡？東菑却嫌餉緩，冷潮回，熱潮誰問？歸去，將棉曬取，又晚炊相近。"時雙卿正病瘧，暮携畚具自場歸，見孤雁哀鳴，投圩中宿，乃西向立而望，其姑自後叱之，墮畚於地。雙卿素膽小易驚，久疾益虛，聞暗響即怔忡。乃爲《孤雁》詞，調《惜黃花慢》，云："碧盡遙天。但暮霞散綺，碎翦紅鮮。聽時愁近，望時怕遠，孤鴻一個，去向誰邊？素霜已冷蘆花渚，更休猜、鷗鷺相憐。暗自眠。鳳皇縱好，寧是姻緣？　淒涼勸你無言。趁一沙半水，且度流年。稻粱初盡，網羅正苦，夢魂易警，幾處寒烟。斷腸可似嬋娟意，寸心裏、多少纏綿。夜未闌。倦飛便宿平田。"詩亦幽秀。其絕句云："今年膏雨斷秋雲，爲補新租又典裙。留得護郎輕絮煖，妾心如蜜敢嫌君？""細紉麻鞋綫幾重，采樵明日上西峰。乍寒一夜風偏急，莫向郎吹盡向儂。""冷厨烟濕障低房，爨盡梧桐謝鳳皇。野菜自挑寒自洗，菊花雖病奈何霜？""命如蟬翼愧輕綃，舊與鄰娃一樣嬌。阿母見兒還認否？苦黃生面喜紅消。"有爲雙卿作《浣衣圖》者，賦七古，雙卿和其韻云："月魂滴艷綃山側，細切霞膏咽冰臆。紅粉蒸爲窈窕雲，青天盡變芙蓉色。家住華陽第八天，舍西流水舍南田。手撚香絲嫩如雨，欲繫鴛鴦問可憐。妾容憔悴郎顏老，小庭土白塵難掃。牡丹貧賤不成花，却將富貴輸芳草。曾記桑陰學種瓜，與郎消渴餉郎茶。夜涼帶病開窗坐，放月吹鐙暗績麻。書生漫負憐才癖，妾在田家靜安帖。雨後黃鸝乍一聲，春愁喚上青青葉。雪意陰晴向晚開，床前無地可徘徊。縱教化作孤飛鳳，不到秦家弄玉臺。斜羅仄布零星片，自綻寒衣費針綫。白烟遮夢抱梅花，繁霜夜洗佳人面。"

悟岡載其詩詞數十首，要皆怨而不怒。且平素寫詩詞以葉不以紙，以粉不以墨，取其易敗易脫，不欲存手迹也。用心亦良苦矣。昔宋廣平賦梅花云：

"顧瞻圮墻，有梅一本，敷葩於榛莽中，喟然嘆曰：'斯梅托非其所出群之姿，何以別乎？若其貞心不改，是則可取也已。'"吾謂如雙卿者，即遇鐵石心腸，恐亦有不能已於言者。或云："雙卿，姓賀，丹陽人。"

鄭由熙

秦 雲
(1833—1890)

原名楨，字貞木，改名雲，字膚雨，一字小汀，別署西脊山人、胥母山人、秦七詞孫，長洲（今江蘇蘇州）人。諸生，候選訓導，授修職郎。曾游幕浙江。工詩善書，與朱塏（生卒年不詳）、汪芑（1830—1889）合稱"吳中三山人"。著有《伏鸞堂詩剩》、《裁雲閣詞鈔》（附《詞餘》）、《富山樓詩鈔》、《百衲琴》（與秦敏樹合撰）、《西脊山人詩稿》、《十國宮詞》、《瑶臺仙夢記》等。另有雜劇《筆談》一種。

傳記文獻：李放《皇清書史》卷九、林葆恒《詞綜補遺》卷二十二等。

《筆談》

● 劇情概要與本事

劇首題"筆談一齣"，署"西脊山人填詞"。寫管城子曾爲中書令，自解組歸田，便以石田數頃耕食，與楮先生、松使者、石處士結爲莫逆交，晨昏聚首，所談無非文字。某日，書齋清閑，管城子往街坊上散步游玩，偶遇去富商家做客的孔方。二人共話，爭言自己與人之好處，指責對方與人之害處。管城子言蓬門寒士與自己相親者，可登高第，可列高位，更可著作等身，名標文苑。孔方則言與自己日相角逐者，可家中多鈔，享用美食華服、嬌妻美妾，甚至入貲爲官、身登廊廟。管城子聽後，甚是不服，指斥孔方損官員之清操，陷商人於風濤，間親朋之情好。孔方反唇相譏，言管城子害人嘔心瀝肝，容枯形槁，淪落風塵之中。最終，二人不歡而散。

生扮管城子，副净扮孔方。

本事不詳，當據唐代韓愈《毛穎傳》等敷演而成。據作者《〈筆談〉劇本序》，知是劇應創作於同治十年（1871）五月。

◆ 著錄、版本與收藏情況

現存同治十二年（1873）刻《瀛寰瑣紀》第六卷所收本，藏國家圖書館、上海圖書館、山東大學圖書館。

◆ 序跋、題詞與評語

秦雲《〈筆談〉劇本序》（同治十二年刻《瀛寰瑣紀》第六卷所收本《筆談》卷首）：

毫端言富，文人洵堪華國；床頭金盡，壯士遂爲削色。所以白鳳一夕，口夢吐於揚雄；青蚨萬貫，胸成癖於和嶠。甚至手執綠沈，度鳥飛兔走無閒晷；身求赤仄，視鯨波鳥道爲坦途。孰能甘於才盡，擲還景純；慕其風高，選學劉寵者哉？至於名署棗心，品珍栗尾。珊瑚作架，翡翠爲床。鋒掃千軍，力扛百斛。神鬼因以驚泣，風雲助其揮灑。足使鶉衣窮士，謝白板以揚眉；蠹簡寒儒，步青雲而吐氣。甚或馬卿獻賦，頓免四壁之貧；呂氏懸書，肯以千金之贈。況更江花鄭草，經風霜而不枯；屈艷班香，偕雲日以常麗。是故健揮詩筆，存少陵皮骨而猶操；含盡吟毫，嘔李賀心肝而不已。乃若形取龜文，質輕鵝眼。半兩五銖之式，銅芽鐵葉之稱。窮鬼見而顏開，貪人重而身忘。空來囊裏，起愁城於月地化天；有向杖頭，變樂國於繩樞甕牖。無怪牽牛聘室，借天帝而莫償；騎鶴升霄，作神仙而尚戀。

然而，常見綉口詞家，錦心騷客，晨揮犀管，夕染兔毫。碑版雖工，誰賞心於黃絹；文章憎命，苦障眼於紅紗。縱懷丘遲一束之錦，而不能易尺布；雖抱東阿八斗之才，而難以求粒米。遂使金多之子，直堪輕鸚鵡才人；竟教銅臭之流，足以傲駕鴦都尉。至此則孔方兄因而得志，管城子爲之短氣矣。

秦雲

更見粟紅貫朽之家，肥馬輕裘之輩，金銀雖富而才窘，文綉雖美而形穢。處以文梁綺戶之華居，而未許闖曹、劉之堂室；饜以熊掌駝峰之珍味，而偏靳嘗韓、蘇之糟粕。故探諸詞林藝海，錢神有時而不通；游乎詩國騷壇，錢刀至是而無用。始信才藻之華，華於錦衣鮮服；著作之富，富於金穴銅山。至此則管城子因而生色，孔方兄爲之低首矣。

竊慨夫握筆詞人，空歌《白雪》；數錢姹女，祇愛青銅。安得起狗監於九原，投筆者免沉淪之嘆；輟繩營於一世，守錢者懷施濟之心。聊以炎涼感慨，托諸彩筆金錢；且將嬉笑怒罵，摹出梨園菊部。

同治十年歲在辛未夏五，西脊山人自序

秦雲《〈筆談〉劇本題詞》（同治十二年刻《瀛寰瑣紀》第六卷所收本《筆談》卷首）：

篳門寒士突無烟，錦綉篇章不值錢。笑倒豪華年少子，五陵裘馬自翩翩。
怪底家兄世共呼，此生憑汝判榮枯。黃金白鏐知多少，換得才華一斗無。
容易駒光百歲身，床頭阿堵弃如塵。輸他一管生花筆，吐出文章萬古新。
未辦腰纏十萬多，窮年握管嘆蹉跎。傷心今古才人泪，付與優旃一曲歌。

西脊山人自題

蓉湖漁隱《〈筆談〉劇本跋》（同治十二年刻《瀛寰瑣紀》第六卷所收本《筆談》卷末）：

西脊山人所著詞曲，久已流播藝林，繪（應爲"膾"）炙人口。此劇其未刻稿也，寫筆與錢之利害，包刮殆盡，不可再增一齣，此真絕唱。至其曲筆之妙，遠可追踪關、王，近得接迹孔、洪。望附刊《瀛寰瑣紀》，以廣其傳。俾有心人付諸優孟衣冠，登場唱演，未始非懲戒人心之一助焉！

蓉湖漁隱命福兒錄寄

佑 善
(1834—?)

字孚齋，號天民、天香主人，別署孚齋主人。滿洲正黃旗，鄭親王烏爾恭阿（？—1846）之孫、端華（1807—1861）之子。咸豐四年（1854）賜二等侍衛。同治十一年（1872）授侍衛什長。光緒十七年（1891）任復州城守尉，十九年（1893）調鳳凰城守尉，明年革職。精通漢文，工詩詞，并能倚聲作戲曲，時人稱其爲"八旗才子"。曾參與京師著名的八旗文人詩社"探驪詩社"活動。著有《漪蘭詩詞集》以及雜劇《鑒花亭》等。

傳記文獻：《愛新覺羅宗譜·丁》等。

《鑒花亭》

● 劇情概要與本事

劇首署"孚齋主人題詞初稿"。八齣，依次爲《稱周》《懷肉》《鳴冤》《賦詩》《賞花》《神怒》《燈游》《天戮》，分別搬演有關唐代武則天、韋后的八個獨立故事。劇本目錄後言："時道光二十九年九月十五日，稿於含爽齋，漪蘭室錄。"知是劇創作時間爲道光二十九年（1849）。

《稱周》

寫武曌自幼入宮，甚得太宗皇帝寵愛，後被驅出宮闈，披髮入寺。太宗駕崩，高宗來寺拈香，復遇武曌，後召入宮中，立爲皇后。高宗崩後，武曌廢中宗爲廬陵王，自立爲則天皇帝，改國號爲周。某日，武曌追憶當日與先皇同游共賞之情景，深感今日之寂寞、凄凉。遂將舊日情人秦懷義與內侄武三思召入宫中，取樂追歡。

《懷肉》

寫唐朝開國功臣秦叔寶喜添重孫，擺下宴席以招待前來賀喜之官員。席上有肉餡饅饅，奸人游醫、杜蕭暗中將之放入懷中，然後向則天皇帝告發叔寶父子違反禁屠之令。武曌宣叔寶之子懷玉上殿，不但言其無罪，還賜彩緞十端、玉璧一雙，并告誡懷玉：以後會客，要有所選擇，似杜、游之輩，少與之來往，方保無事。

《鳴冤》

寫酷吏周興、來俊臣、索元禮誣陷同僚蘇良嗣、狄仁杰、安金藏同謀造反。武曌認爲狄仁杰爲忠義之臣，不會參與其事，祇將蘇、安二人嚴加審訊。周興等反復對蘇、安用刑，二人倔強不屈，大聲鳴冤不已。

《賦詩》

寫深秋時節，武曌傳旨上官婉兒及張昌宗、張易之、武三思等到御園中飲宴賦詩。她先設定了"美人浴"等九個艷麗題目，令衆人選作。武曌與婉兒先後完成，衆人誇贊不已。

《賞花》

寫武曌擁着暖爐飲酒，大醉，發旨令御園中百花齊放。明日，園中百卉果然盛開，祇有芍藥、牡丹未曾發芽。武曌怒二花不遵皇命，下令將之炙燒。結果，芍藥被炙而放，牡丹則依然毫無動静。武曌更加生氣，將之謫往江南。

《神怒》

寫安樂公主約下太平公主鬥草，又聽聞海南有維摩結之鬚可勝所有世間之草，便派林茂往彼處剪取。維摩結被割去鬍鬚，非常生氣，率領力士飛臨大唐皇宮，用風吹走鬍鬚，又打死了林茂。安樂公主恐懼，跪地求饒。

《燈游》

寫元宵節之夜長安大放花燈，韋后、太平公主、安樂公主率宮女改換華服，扮作富豪人家姬妾在外游賞。各地狂徒聞知，紛紛藉機偷覷、劫取宮娥，一時間宮女走失不少。

《天戮》

寫韋后妖淫，鴆殺了中宗，臨淄王之子李隆基起兵進攻臨安，討伐韋后。李隆基兵勢勇猛，韋后恐懼，請求饒命，不允，被殺。隨後，上官婉兒、太平公主亦被正法。

生扮秦懷玉、蘇良嗣、張易之、劉幽求，小生扮韋陀、李隆基，旦扮武曌，小旦扮上官婉兒，貼扮宮娥、安樂公主、太平公主、韋后，老旦扮寧氏，淨扮安金藏，副淨扮秦懷義、周興，末扮秦叔寶、黃門官、張昌宗、維摩結，付扮武三思、杜蕭、馬秦客，丑扮游醫、林茂、楊軍均，雜扮院子、役人、四雲童，丑、付扮兩太監，生、小生、外、淨扮衆官員，丑、付、淨、副扮四鬼，末、小生、付、丑、淨、副淨、雜扮游人。

◆ 著錄、版本與收藏情況

《清代雜劇全目》著錄。現存道光二十九年（1849）漪蘭室朱墨稿本，藏中國藝術研究院圖書館等，《傅惜華藏古典戲曲珍本叢刊》第 90 冊、《古本戲曲叢刊十集》據之影印。

佑善

楊恩壽
(1835—1891)

　　字鶴儔，號蓬海、朋海、朋澥，一號坦園、蓬道人，長沙（今湖南長沙）人。七歲入塾，從父兄習《十三經》及作文之法。咸豐四年（1854）始注弟子員籍，八年（1858）考優。此後五赴鄉試，不售，先後入郴州知州魏式曾（生卒年不詳）幕及其兄楊彤壽（生卒年不詳）幕。同治九年（1870）中舉，十三年（1874）會試不第。光緒元年（1875），入雲貴總督劉岳昭（1823—1883）幕，後授湖北鹽運使銜，升候補知府。光緒三年（1877）充湖北護貢官。光緒四年（1878）初，越南使節裴文禩（1832—?）過其居，相與唱和月餘。刻二人酬唱之作爲《雄舟集》，并選裴詩入《雲龍集》。同年，入雲南巡撫杜瑞聯（1831—1891）幕。光緒七年（1881）返鄉，再未離湘。生平著述頗豐，編有《坦園叢書》，包括詩、文、詞、賦及戲曲等。其中戲曲創作尤爲突出，撰有雜劇《姽嫿封》《桂枝香》《桃花源》、傳奇《理靈坡》《再來人》《麻灘驛》，合稱《坦園六種曲》。另有傳奇《雙清影》《鴛鴦帶》，均存。戲曲論著有《詞餘叢話》《續詞餘叢話》。此外，尚有《坦園日記》及小説集《蘭芷零香録》等。今人王婧之整理有《楊恩壽集》。

　　按，關於其生年，《清人別集總目》定爲道光十四年（1834），朱德慈《〈清人別集總目〉續訂（補）》據《坦園詩録》相關記載，認爲楊恩壽生於道光十六年（1836），江慶柏《清代人物生卒年表》也認可此説。劉于鋒《楊恩壽戲曲研究》據楊恩壽墓碑碑文等，證明其準確生年爲道光十四年，可從。

　　傳記文獻：楊恩壽《坦園日記》《先考行略》、（同治）《長沙縣志》卷二十二、劉于鋒《楊恩壽戲曲研究》（南京師範大學碩士學位論文，2011年）。

《姽嫿封》

◆ 劇情概要與本事

劇首署"同懷兄彤壽六笙按拍，長沙楊恩壽蓬海填詞，北平魏式曾鏡餘評點"，題目正名爲"衆庸奴暗招真狗盜，勇元戎明收汗馬功，賢藩王死配忠臣廟，女將軍生膺姽嫿封"。六齣，依次爲《花陣》《葠謀》《哭師》《完節》《殲寇》《證仙》。第一齣前有《破題》，似傳奇之副末開場。寫明嘉靖時期，恒王藩列青、齊。其王妃林四娘者，素習六韜三略，曾帶領宮女演習陣圖。數月之後，恒王御園檢閱，見其軍容齊整，陣法嫻熟，遂封林妃爲姽嫿將軍，以專閫內之政。當地有名寇魁者，久懷異志，竊據山岡，本想興兵下山，衹因恒王駐在青州，阻其去路，故不敢妄動。後與苟軍師商議，以金銀暗結城內一班紳士，約其裏應外和，攻取青州。恒王猝遇賊警，無餉無兵，難戰難守，甚是憂愁。此時受賄紳士假言有賊兵前來投誠，籲請恒王出城招撫。恒王不聽林妃勸阻，冒險出城，結果中伏殉難。林妃聞訊，斬殺投敵紳士數人，祭奠恒王。她自知孤城難保，遂傳集女兵出城迎敵，戰敗，自刎而死。後朝廷派靖逆將軍平亂，曲阜人孔有徵亦招募鄉勇配合剿賊。賊敗，寇魁被誅，苟軍師被梟首示衆。皇帝下旨建忠烈專祠，奉侍恒王及林妃、遇難宮女，以配享千秋。迎神吉日，已成仙人之恒王、林妃按下雲頭，雙雙入廟，接受文武官員、青州百姓及恒邸內監等祭拜。

生扮恒王，小生扮靖逆將軍，旦扮林四娘，老旦、小旦扮左右翼長、村婦，淨扮寇魁、武官，末扮孔有徵，副末扮文官，丑扮苟軍師，雜扮四太監、四嘍囉、四士紳，小生、丑扮內侍，末、副淨扮老民。登場人物尚有二內侍、宮女、四女將等，俱未分配腳色。

本事出自《紅樓夢》第七十八回恒王與林四娘故事。按，楊恩壽《麻灘驛序》云："游幕武陵，客有談周將軍雲耀者，勇敢善戰，其婦亦知兵。乙卯守新田，以輕出受降而死，婦亦戰以殉之，當即演成雜劇，詭其名於説部之林四娘。"據作者《〈姽嫿封〉自序》，知是劇撰於咸豐十年（1860）仲夏。

● 著録、版本與收藏情況

《古典戲曲存目彙考》著録。現存版本較多，主要有同治九年（1870）刻《楊氏曲三種》所收本，藏首都圖書館；光緒元年（1875）長沙楊氏刻《坦園六種曲》所收本，藏國家圖書館、南京圖書館、遼寧省圖書館；光緒間長沙楊氏刻《坦園全集》之《坦園傳奇六種》所收本，藏湖南圖書館等，《古本戲曲叢刊十集》據之影印，王婧之點校《楊恩壽集》（岳麓書社 2010 年版）據之整理排印。

● 序跋、題詞與評語

楊恩壽《〈姽嫿封〉自序》（《古本戲曲叢刊十集》所收本《姽嫿封》卷首）：

庚申仲夏，薄游武陵。公餘兀坐，無以排遣。偶記姽嫿將軍已事，衍爲填詞。每成一折，即郵寄回家，索六兄爲余正譜。鈔寫成帙，置篋中且十年，幾忘之矣。頃因刊《桂枝香》，搜得原本，并以付梓。時六兄遠官邕管，余亦將理裝北上，每檢斯編，不勝風雨對床之感。顧安得弟與兄偕歸田里，展紅氍一丈，命伶人歌此曲以娱親，儻亦萊衣之樂哉。至姽嫿，雖見《紅樓夢》，全是子虛烏有。閱者第賞其奇，弗徵其實也可。

長沙蓬道人自序於坦園花韻軒

王先謙《〈姽嫿封〉序》（《古本戲曲叢刊十集》所收本《姽嫿封》卷首）：

在昔綉幰油絡，高凉建百越之麾；氈甲裳旗，沙里樹黄龍之栅。完顏運矢石於城下，命婦一軍；紅玉執桴鼓於江中，樓船百里。灌能督戰，陸亦先登，類皆彪炳旗常，發皇簡册。然而鴛鴦隊裏，曾無速化之陰磷；鵝鸛陣中，豈有不揚之兵氣？若乃欑槍芒大，留劍答君；金鼓聲淫，引刀效死。貞心炳如日月，亮節固於山河。則趙姊含反斗之悲，磨笄以報襄子；毛后奮空壁之勇，彎弧而拒姚萇。

前美彰焉，嗣徽闖矣。乃有續宋稗之閒談，記明藩之遺事。林外留其仙眷，黃家號以四娘。丁女神光，胡芳將種，結淑儀於青社，驚真氣於白亭。秉含靈握文之英，洞圖居方正之妙。習騎射以教侍妾，劉后知兵；嚴部署而令美人，吳姬斂笑。時則卧邊亭之鼓，滅幽障之烽。海嶠笙歌，遙連午夜；岱宗鸞鳳，齊舞清暉。恒王則油戟停驅，雕屏坐列，呼寵妃為隊長，擬壯女是新軍。六院皆奇，布花鬘而作陣；十旄俱建，施錦障以成圍。舞出宮腰，營真細柳；移來仙步，軍盡凌波。縱聞鼓而止聞金，前視心而後視背。叱咤輕，則蘭麝生於口角；威容熾，則雲霞爛於亭臺。立號將軍，肇嘉娡嬃。醉月坐花之候，僮婢三撾；刀光燭影之旁，君王一笑。捷將蒸竹，爭誇處女神奇；敕到錦袍，不賞平陽歌舞。宮惟講武，館不忘憂。武鄉侯肯用巾幗相遺，李光顏豈以女色為樂？洵磐宗之盛事，枝昵之美談也已。

無何，動漁陽之鼓，驚破《霓裳》；灌西谷之堤，壅來縑幔。蚰蜒墊塞，龍武軍孤。書白土於洛陽，封徐內應；鑄金枷於梨樹，結贊陰權。報國納光弼之短刀，受降按蕭王之輕轡。師將授子，楚鄧曼見而長嘆；送不出門，越夫人立而飲泣。蓋不待三軍紛雨，一纛愁雲，而早已毀此娥媌，厲填土去笄之節；思君陴側，作挾弓帶劍之辭。俄而松柏哀於國人，福祿斟於凶虜。金甌破碎，花泪驚瀽；錦瑟淒涼，刀頭罷唱。既不能引麓度曲，如朝雲之吹散生羌；復不能持節登車，似馮嫽之說降外域。黃泉碧血，妾身願得同歸；素甲白縞，姊妹因而合隊。信蛾眉之肯讓，黳面尋仇；餌虎口以橫挑，張拳冒刃。陣皆設牝，鬼豈忘雄？卒之百騎奮而猶屏，兩甄鳴而更敗。精士垂盡，夜將仍飛；游魂不歸，皓齒何在？君子人也，臨大節而稜然；丈夫女哉，蹈

楊恩壽

危機而不顧。以視呂將軍買刀賒酒,但報私仇;潘將軍同坐齊鑣,罕傳戰績。此尤一時之冠絕,隻千古而無倫。

嗟夫!皇覺一飛,國維四立。然而二十五宗之屬,騰笑桐山;三百餘歲之間,銷聲珪社。燕王畫炭,徐姬但解續鬟;國主稱戈,妻妃空聞製曲。若茲之焕焕蕭傘,增重宗英;揚揚綉旗,流光女史。始則飛蟲同夢,軌秀天嬪;終則寡鵠悲鳴,義成地道。實足式蕃閫以引訓,峻徽音而永嘆。所由高陽傳淥水之歌,杜老詠青州之血者矣。

夫蒙莊《秋水》之篇,不談忠義;宋玉《高唐》之賦,衹說風流。猶且馨逸來今,蜚騰衆目;況乃立女之重,陳人之綱。寫出宮詞,仿佛風飄神雨;吹來急管,恐教鬼哭天陰。娘子稱兵,不復張鄂司小隊;夫人崇義,恨未奪企地佩刀。能無興百世之風聞,泣數行而感動也哉!

客有寄懷荒忽,引興無端。蜀國搜奇,樊梨花不妨有墓(在松潘廳界);秦州覽古,王寶釧何必無窑(在長安城外)?蒼狗白衣,空諸事變;金聲玉色,視此精神。東坡姑聽妄言,班固漫稽世典。試看褰裙逐馬,不愧雍容小妹之名;笑他開府置官,空負貞烈將軍之號。

同治九年歲在上章敦牂嘉平月,王先謙益吾甫序於雲安驛館

《桂枝香》

◆ 劇情概要與本事

題目正名爲"齷齪賈威收夏楚,諸名士豪洗冬烘。俊優伶貞抱秋心,狀元郎名高春殿"。八齣,依次爲《拜塵》《議寶》《浪酒》《流觴》《憨偵》《酸潑》《鼎宴》《離筵》。第一齣前有《破題》,似傳奇之副末開場。寫姑蘇才子田源,年僅二旬,即登一第,計偕北上,臘盡始抵京邸,寄居宏濟禪寺。幸遇高卓然、史南湘二位詩人,與其携酒評花,消磨歲月。田源慕京城聯錦班

李桂芳。李桂芳乃金陵人也，行年十七，色藝雙絶，名震京師。田源雖未與之相識，但已相思不已。一日，李桂芳在太和園做場，田源無錢買座兒，祇得站在戲園門口窺望。不想被桂芳所乘馬車撞倒，二人得以相識。桂芳久聞田源才名，今見其舉止不俗，容貌端莊，又感其殷殷相待之意，遂請來一談。得知田源客囊蕭條，桂芳情願資助，并勉其努力前程。田源此時轉愛爲敬，視桂芳爲畏友。銀號老闆潘其觀貪戀桂芳美色，携箋片魏聘才前來吃酒，調戲桂芳。桂芳强忍怒火，假言歡笑，將之灌醉後，騙走許多銀錢。桂芳欲助田源一臂之力，便前往通州搜羅舊債，不料日暮城閉，祇得暫宿城外。恰好當日乃放榜之期，桂芳不知田源高中與否，患得患失，一夜無眠。天剛亮，便喚起車夫，進城打聽消息，方得知田源高中狀元。田源舅父張召義進京朝覲，聞訊，擺下酒席爲田源作賀，并邀高卓然、史南湘作陪。席間，田源細訴與桂芳相識、相知過程，以及桂芳對自己的周濟、照料等，衆人皆嘆桂芳慧眼識人，更贊其俠骨柔情。後田源補授陝西巡撫，携桂芳一同前往。

生扮田源，小生扮梅子玉，旦扮杜琴言，小旦扮李桂芳、張翠官，貼扮袁寶珠、朱慶官，老旦扮高卓然，净扮車夫、潘其觀，副净扮俗老斗，末扮徐子雲、張召義，副末扮史南湘，丑扮田安、魏聘才、院子、二喜，雜扮奴僕、賣花郎、農夫等。

本事出自清陳森（1792？—1848）小説《品花寶鑒》中田春航與伶人蘇惠芳故事。按，《古典戲曲存目彙考》認爲："田乃影射乾隆間畢秋帆。秋帆會試下第，名旦李桂官一見傾倒，要主其家，朝夕追陪激勵。後秋帆以狀元及第，當時因稱桂官曰'狀元夫人'，見楊掌生《辛壬癸甲錄》。"據王先謙《〈桂枝香〉序》末所署"同治九年歲次庚午十二月既望"，知是劇當作於同治九年（1870）十二月或之前。

◆ 著錄、版本與收藏情況

《古典戲曲存目彙考》著錄。現存版本較多，主要有同治九年（1870）刻《楊氏曲三種》所收本，藏首都圖書館；光緒元年（1875）長沙楊氏刻《坦園六種曲》所收本，藏國家圖書館、南京圖書館、遼寧省圖書館；光緒間長沙楊氏刻《坦園全集》之《坦園傳奇六種》所收本，藏湖南圖書館等，《古本戲曲叢刊十集》據之影印，王婧之點校《楊恩壽集》（岳麓書社 2010 年版）據之整理排印。

◆ 序跋、題詞與評語

楊恩壽《〈桂枝香〉自序》（《古本戲曲叢刊十集》所收本《桂枝香》卷首）：

秋日新晴，閒窗遣興。偶閱《品花寶鑑》，摘取桂伶往事，填南北曲如干，閱十日而成。持以示客，客滋疑焉，以爲："填詞院本，類多闡揚忠孝節烈，寓激勸之意，使閱者有所觀感，此奇之所由傳也。子獨多夫伶人，特爲傳之，厥旨安在？"余曰："否否。桂伶操微賤業，能辨天下士，一言偶合，萬金可捐，雖俠丈夫可也。是烏可不傳？且田君以偉男子乞食長安，當時所謂負人倫鑒者，未嘗過而問焉。卒令乞憐鞠部，成豪俠一日之名，斯亦足以羞當世矣。感憤所積，發而爲文，豈僅爲梨園子弟浪費筆墨哉？"客唯而退。爰記於簡端。

蓬道人識

王先謙《〈桂枝香〉序》（《古本戲曲叢刊十集》所收本《桂枝香》卷首）：

夫黃河引吭，揚旗亭之芬；青童念世，入廣陵之夢。知音苟存，風塵非污；情感所結，因緣斯會。從來韵事，都在歌場，詞人艷稱，亶其然矣。況乃三生石上，別有精魂；萬人海中，特標奇賞。此君小异，不撫掌而即知仙；君子何嫌，願交魂而羞送抱。泥憶雲而香遠，木擇鳥以枝榮。方雅爲之解顏，鄙薄聞而短氣。遂使玉堂金室，王夷甫藉作清談；兼之月扇雲衣，劉夢得錄爲《嘉話》。其爲傳播，夫豈尋常？

若夫千紅萬綠之郊，小袖禿衿之客，仙步紆鬱，花貌參差。飛上九天，鳳皇叫矣；坐觀千古，丹青杳然。惹戲蝶之娟娟，繞飛螢之個個。騁將素練，少陵還有纏頭；解却羅襦，于髡願聞薌澤。顧乃摧折自守，飄飄獨立。冰霜扶其弱質，雲水洗其清矑。尋杜牧於維揚渡頭，識馬周在新豐逆旅。替舒華幔，宵張有味之燈；密界烏絲，朝課深情之帖。果使王唱第一，郗策無雙。喚作夫人，捐溧陽公之老眼；論伊内助，發隨園叟之清歌。

嗟乎！江山憔悴，尚有文人；絲管流連，都非樂地。方其蕭辰偃蹇，塵鞅淒凉，鬱鬱剛腸，茫茫俗物。軟裘快馬，擁他赤縣官曹；妍迹丹唇，送出綺窗歌笑。窮巷生魚之地，不立王商；古原咏草之章，罕逢顧況。子真襢裼，鬼亦揶揄。遂乃良游寫懷，哀弄睦耳。安石寄情於吹竹，子野叫絕於聞歌。寸心欤傾，兩美適合。奪羅虬之秀句，《紅兒》百篇；埽白傅之閑愁，《陽陶》一曲。

然而高歌望子，對青眼以增悲；酒杯借人，照朱顏而自惜。實途窮之隱痛，非情累之不遺。此吾蓬海所爲擲簡，哀來搖毫涕下者矣。是則情以雙奇，義以獨貴。塵夢那知鶴夢，桃花肯逐楊花？啓夕秀於長安道旁，占春色於少男風裏。嚼爲宮徵，含鷄舌以生芬；肖就榮華，向蟾宮而證果。一掬英雄之泪，灑遍當場；千秋風月之詞，助誰下酒？客有彈成艷曲，還應想入雲花；惹得名香，從此不知蘭麝。

　　　　　　同治九年歲次庚午十二月既望，長沙王先謙序

《桃花源》

● 劇情概要與本事

　　劇首署"同懷兄肜壽麓生正譜，長沙楊恩壽蓬海填詞，宜昌吳錦章雲穀論文"，題目正名爲"老老少少今日的秦朝人，疏疏密密古時的桃花樹，忙忙迫迫閑裹的武陵漁，渺渺茫茫眼前的仙源路"。六齣，依次爲《漁唱》《農歌》《逢源》《假館》《詢古》《餞賓》。第一齣前有《破題》，似傳奇之副末開場。寫武陵漁人生長湖山之上，往來樵牧之間，飢食倦眠，常與明月清風爲伴。時值二月中旬，春光明媚，其與漁兄、漁弟相約，於岸邊柳樹下席地而坐，飲酒閑談。説起近來淝水一戰、苻堅敗亡之事，衆人甚是歡悦，同時又對東晋不修武備、仍事宴安擔憂不已。不覺夕陽西下，三人分別。武陵漁人見沿江一帶都是桃花，明日便掉舟緣溪而去，盡情賞玩。不知走了多久，一座小山擋住去路，漁人泊船登岸，但覺淑氣宜人，仙風御我。山窮水盡之際，一條小徑映入眼簾。漁人側身而入，行數十步，便睹天光，土地平曠，屋舍儼然，又是一番天地。見前方有一村落，漁人欲到彼借宿一宵。原來此處名桃花源，有一群躲避始皇暴政的秦人定居在此。這裏有鷄犬桑麻，無官府賊盜，衆人逍遥其間，身世兩忘。桃源衆人見漁人到來，甚是熱情，輪流做東，設酒殺鷄款待他。一日，漁人受邀往前村閑話，衆人向其打聽外面消息，竟然不知秦朝已亡。漁人遂細緻講述了自秦失天下直到東晋遷都江左之史事，衆人聽後，嘆惋不已。漁人住了幾天，便要回去，桃源老人等備下酒菜，爲之餞行。席間，桃源中人又將秦朝時事編成曲子，令兒童按節而舞，藉以侑酒。漁人贊其爲陽春白雪，乃《離騷》《九歌》之遺。臨別，桃源中人特別囑咐漁人，勿將此地説與外人。

　　生扮武陵漁人，小生扮漁弟、桃源老人孫子、打柴童子，二旦扮娥皇、女英，四旦扮女神，老旦扮桃源老人妻子，旦、小旦扮養蠶母女、築城人婦，淨扮桃源老人，副淨扮農夫，末扮漁兄、桃源主人，丑扮牧童、沽酒童子，雜扮秦始皇、徐福、男夫、童子、風伯、雨師，副淨、副末扮桃源中人，衆扮文武官員、童男童女等。

本事出自晉陶潛《桃花源記（并詩）》。明許潮（生卒年不詳）《武陵春》，清石韞玉（1756—1837）《桃源漁父》雜劇中部分關目、劉龍膶（？—1905後）《桃花源》雜劇之《源流》折、李崇恕（生卒年不詳）《桃花源記》、魏荔彤（1671—？）《桃花源》雜劇與此題材同。按，據作者《〈桃花源〉自叙》，知是劇撰於光緒元年（1875）中秋。

● 著録、版本與收藏情況

《古典戲曲存目彙考》著録。現存光緒元年（1875）長沙楊氏刻《坦園六種曲》所收本，藏國家圖書館、南京圖書館、遼寧省圖書館；光緒間長沙楊氏刻《坦園全集》之《坦園傳奇六種》所收本，藏湖南圖書館等，《古本戲曲叢刊十集》據之影印，王婧之點校《楊恩壽集》（岳麓書社2010年版）據之整理排印。

● 序跋、題詞與評語

楊恩壽《〈桃花源〉自叙》（《古本戲曲叢刊十集》所收本《桃花源》卷首）：

光緒新元，雲貴制府劉公述職南歸，調余往滇，襄籌善後。五月之杪，隨之而西。道經武陵，適制府病暑，爰止旅館而休焉。長晝炎蒸，塊居無俚。同人有賦《桃花源詩》者，余謂："前有靖節，後有輞川，我輩自當閣筆。"顧亦忍俊不禁，輒填南北曲六折，藉以消夏，非敢出偏師與晉唐人爭勝也。

昔靖節之《記》之《詩》，原是寓言八九。後人就縣治之西，穴山爲洞，并植桃花以實之，已覺無謂。余又從而衍之，逐一登場，幾若確有其人其事，豈非無謂之尤邪？顧就世外人說興亡，談榮利，舉人間世無足攖吾心者，或亦熱腸中清涼散也。閱者其不愚我乎！

中秋夕，楊恩壽自叙於武陵行館

張懋畿
(1836後—1864)

　　字薊雲，號木瓜道人，漢州（今四川德陽）人，後遷居成都。少賦異姿，髫齡即工詩賦、帖括。弱冠補博士弟子員。咸豐十一年（1861）拔貢，補教習。曾入成都將軍崇實（1820—1876）幕，又入四川布政使劉蓉（1816—1873）幕，隨劉赴任陝西襄辦戎務，後因病告歸，旋歿，年僅二十餘歲。一生豪縱不羈，著有《皖游草》《回蜀紀程詩鈔》《錦里閑吟集》《冬青書屋古文時文》等。尤妙音律，有戲曲《木瓜道人五種》，包括《鬧科場》《袁浦花》《點鬼簿》《菊花仙》等，其中《袁浦花》《點鬼簿》《菊花仙》有傳本存世。

　　按，《古典戲曲存目彙考》言其"生平事迹未詳"，梁淑安、姚柯夫《中國近代傳奇雜劇經眼錄》言其"約爲同治、光緒年間在世"，錢仲聯《清詩紀事》則將其錄入《嘉慶朝卷》，皆不確。據姚大懷《張懋畿及其〈點鬼簿傳奇〉考述》考證，其生年當在道光十六年（1836）與二十一年（1841）之間，卒於同治三年（1864），可從。

　　傳記文獻：吳汝綸《張薊雲墓碣銘》（《吳汝綸文集》卷一）、黃彭年《張薊雲哀詞（并序）》（《陶樓文鈔·雜著》卷十四）、（同治）《續漢州志》卷九、（同治）《重修成都縣志》卷五、姚大懷《張懋畿及其〈點鬼簿傳奇〉考述》（《文化遺産》2013年第5期）。

―――――┃《袁浦花》┃―――――

● 劇情概要與本事

卷首署"大人填詞""成都張懋畿薊雲著"。一折。寫西蜀書生宗級棠秉性痴情，客居袁浦。好友張沱江爲清河縣正堂，最近補官南河，風流瀟灑，曾與宗級棠一起游覽烟花之地。宗級棠與雙和部女伶銀官相戀，張笑他太痴，并勸其不可拖泥帶水。宗級棠不以爲然，稱自己眼力高明，得識知己不易。不久銀官果真移情於河道總督吳公子。宗級棠猜想銀官或因嫌自己年齡較大而變心，於是前去探訪，以求究竟。不料銀官與吳公子情深繾綣，已嫁入吳府。宗級棠尋銀官不得，欲找張沱江解悶，半路被吳公子、銀官婚轎撞倒，又恰好遇到張沱江派家僮張升送來書信，張升對其情事早有耳聞，順勢打趣。宗級棠拆信閱讀，亦是張沱江作詞相嘲。宗級棠既感懊惱，又覺悔恨。

末扮宗級棠，小生扮河道總督吳公子，小旦扮銀官，净扮門官，丑扮婢子、家僮張升，雜扮車夫。

本事不詳。劇末下場詩後所附詩云："大人此作廿年前，舊譜新安第四弦。繼起大江東去調，坡翁有子說斜川。"知此詩當出自張戀畿之子，則該劇曾由張戀畿之子整理。又據跋語，知是劇由張戀畿之孫張培齡刊行。

● 著錄、版本與收藏情况

《古典戲曲存目彙考》僅錄《木瓜道人五種》，未言此劇名目。現存成都昌福公司印行本，藏首都圖書館。

● 序跋、題詞與評語

張培齡《〈袁浦花〉跋》（成都昌福公司印行本《袁浦花》卷末）：

先大父夙精音律，舊作《鬧科場》《袁浦花》《菊花仙》《點鬼簿》傳奇數種并詩鈔四卷。培齡髫齔隨家嚴宦閩，珍諸行箧，今歲旋川省墓，復携之歸。秘藏數十年，往返萬餘里，非遇識者，雖親故未肯輕示也。近見昌福公司所印《點鬼簿》及探源公司列於《世界觀》中之《菊花仙》，皆先大父遺稿。蓋昔年流傳於親友處者，非全豹也。昔先大父年少英材，每以時事寓之筆墨，句斟字酌，與一時同儕，於文字之暇被以管弦，非僅以意造，騁騖辭華。蜀中先輩尚或知之。培齡不能發揮先德，久思付諸梨棗，而力薄未果。幸當時之流傳，因以全稿付之昌福公司主人排印裝訂，都爲一集，以公諸世。其詩鈔四卷與詞曲無關，當續爲印行云爾。

孫培齡子年氏敬跋

《點鬼簿》

◆ 劇情概要與本事

封頁題"點鬼簿傳奇"，劇首署"溧水濮文暹青士評訂，成都張懋畿蓟雲填詞，涪州陳光綸少竺正譜"。目錄頁於劇名下標注"仿元人四齣院本"。劇末附《正副脚色》《替代脚色》《各脚裝式》。四齣，依次爲《書困》《夢招》《輪迴》《封典》。第一齣前有副末總述故事梗概。寫漢光武帝時期，小茂才年方弱冠，然已學富五車。某日天氣晴朗，小茂才一邊飲酒，一邊翻閱《漢書》。閱至漢高祖稱帝後殺戮功臣之事，不禁一陣氣惱。後倦意襲來，小茂才往帳中休息。五殿閻羅包文正與九殿閻羅等欲去朝拜幽冥教主，臨行前吩咐判官請小茂才代其審訊一日。判官與小鬼各自穿戴頭巾、藍衫，裝作讀書人模樣，來到小茂才夢境，請其春游。小茂才懷疑二鬼并非讀書人，出題考察，二鬼巧妙應付，之後小茂才隨二者來到森羅殿，方纔瞭解其真實用意。小茂才改換服裝，登堂審案。四宗案件中有一宗是韓信與彭越等告發劉邦、吕后，小茂才遂宣劉邦、吕后上殿詢問。審問明白後，罰劉邦轉世爲漢獻帝，一生受盡欺負；吕后轉世爲伏后，最終屈死無人搭救。同時判韓信爲曹操、黥布爲孫策、彭越爲孫權，又將光武帝判爲昭烈帝，以收拾漢獻帝殘局。小茂才又准許韓信之請，將漂母判爲蔡文姬，將蕭何判爲伏完。另外，還將該案干證張良判爲孔明，將陳平判爲龐統，將黃石公判爲黃承彥；令商山四皓中一位做水鏡先生，其他三人做隆中三友；又令項羽爲關公、樊噲爲張飛。小茂才與判官、小鬼站在高處看上述諸人一一投胎轉生。上帝因小茂才判案有功，龍心大喜，命黃門官持節前往，封其來世爲司馬炎，好將天下三分歸爲一統，今生則連中三元。判官、小鬼將小茂才送至帳中，小茂才醒來，發現是南柯一夢。

生扮小茂才，小生扮張良，正旦扮呂后，貼扮陳平，老旦扮漂母，净扮判官、項羽，副净扮黥布，小净扮彭越，末扮高皇，副末扮光武帝、韓信，付扮樊噲，丑扮書童、小鬼，外扮蕭何、黃石公、黃門官，雜扮商山四皓。

本事出自元刊本《三國志平話》引子及明馮夢龍（1574—1646）《古今小説》卷三十一《鬧陰司司馬貌斷獄》。清徐石麒（1612？—1675後）《大轉輪》、嵇永仁（1637—1676）《憤司馬夢裏駡閻羅》雜劇與此題材同。

◆ 著録、版本與收藏情况

《古典戲曲存目彙考》僅録《木瓜道人五種》，未言此劇名目。現存成都昌福公司印行本，藏國家圖書館。

◆ 序跋、題詞與評語

張懋畿《〈點鬼簿〉自序》（成都昌福公司印行本《點鬼簿》卷首）：

蜀有二奇伶。歲辛亥，予自廣陵返，猶及見之。曰胡伶者，喜《梅花三弄》，人呼曰"胡江城"。曰羅伶者，能小詩，得句云："白雲羅青山，拂拂開東堂。"人呼曰"羅東堂"。然此二伶，皆習於大調，又皆爲眉人殆慕，東坡銅弦鐵板而爲之乎？後胡伶投舒頤部，爲項羽；羅伶投態紅部，爲阿瞞，揣摩聲口，盡態極妍，紅氍毹上，輒動人功名之感，故成都曲部頭推舒頤、態紅爲首二部，又推《千金記》《三國志》爲首，蓋爲兩伶言也。楊忠武通侯孫公子小梁孝廉家樂林泉部皆十齡内童子，凡百十人，富矣。欲與二部角勝，予曰："不能也。二部多演漢事,取境甚高。兩伶者,又略能讀史傳,揣摩處幾於阿堵傳神,曷於前後漢事中作一翻案文字,足以賅二部所長？耳目一新,彼非恐其不真,此非恐其不假,則兩伶之揣摩聲口,盡態極妍,皆塵羹矣。"小梁曰："有是哉！"予初未有意也,適見漫叟新刊趙甌北晚年訂本詩《詠淮陰釣臺》云："曹瞞轉世親翻案,呂后償冤伏后來。"偶有所觸,引而伸之,竟夕成一齣,越日而譜成,被之管弦,果爲同人擊節。

聞陳星齋明經云,前乎此有《半日閻羅》與此略同,予未之見。星齋遠去,無從問,不知爲說部,爲南詞,亦同爲傳奇也？嗟乎！漢高殺戮功臣,與夫阿瞞傾移漢鼎,皆千古大獄,論不勝論。佛氏輪迴之説,又屬荒渺難憑,吾人多薄之。第藉此無稽之談,演作當場笑柄,剪裁配偶,略見文心,有如醫者主方,君臣配藥；庖人治饌,左右奏刀。於嘻笑怒罵之中,仍不失勸懲之意,是故作者意也。彼漢高諸人者,特文章之料耳,觀者毋泥迹焉。小梁兄朗山北部喜談兵顧曲,時謂小梁曰"皆兵法也,此君惜不爲將",予聞之甚慚。

木瓜道人薊雲漫書

張懋畿《〈點鬼簿〉凡例大則》(成都昌福公司印行本《點鬼簿》卷首):

一、元人院本有四齣爲一回者,徐文長《四聲猿》、毛西河《連廂詞》、蔣心餘《四弦秋》《一片石》多仿之。今人不常演全堂,喜每部中摘取二三齣演之,時伶謂之一"圍",誤。"回"爲"圍",古樂意也。詳載《綴白裘》。茲曲蓋仿諸此。

一、《九宫譜》謂北曲盛於金元,南曲盛於前明。明以前有全部北曲者,明以後有全部南曲者,北《西廂》、南《西廂》之類是也。近人多喜南北并用,其實通部北音多而南音少也。茲曲分四齣,齣分四套,南北各兩套,銖兩持平,通遵《九宫大成譜》。凡套中曲牌有兩體者,及牌中叶韵有可平可仄者，悉遵譜式鈎出。

一、【雙調·步步嬌】南曲一套，【好姐姐】後囊有【香柳娘】一隻，填詞家多刪去，以其爲過曲也。今仍從時刪去而添在下齣。合之前齣，遙遙爲一套耳，故仍用微齊韵。茲曲計四套者，首二齣共爲一套，第四齣【中呂·粉淡兒】爲一套，第三齣【黃鐘·醉花陰】係南北合套，爲兩套也。

一、微齊韵屬唇音，度曲家所謂嘻嘴皮也。於律爲姑洗，於音爲徵羽，於管弦爲五六，宜於雙調、角調，茲故用於南曲。佳灰、歌麻韵屬喉音，度曲家所謂口開些也，於律爲夷則，於音爲宮商，於管弦爲四合，又易犯凡乙，宜於黃鐘、大呂，茲故用於北曲。海內曲子相公諒不河漢我也。

一、填詞家喜用襯字。《九宮譜》謂襯毖字不可過於本字者，謂唱者言也，儈父膠見，妄下雌黃，不知文章之好醜不在襯字之有無。曲中首推玉茗。玉茗曲中，襯字極多，甚有多至每句中十五六字者，如《冥判》【混江龍】是也。更有襯字不依平仄句法上下割裂者，如【步步嬌】首七字係兩句。讀元無名氏"樓閣重重"句、"春風晚"句，明王文成"宦海茫茫"句、"京塵渺"句，而玉若（應爲"茗"）《驚夢》則作"裊晴絲"句、"吹來閑庭院"句，即見一斑矣。而無失其爲玉茗者，是在善譜者也，大抵南曲和平襯字少，北曲激裂襯字多，故《九宮》於北曲多不點板，善乎！《納書楹》凡襯字不作旁書，一如本文點板，真通品哉！吾友絢秋山人精於音律，善譜工尺，予嘗與之論曰："是在移腔以就字，不可移字以就腔。"荷蒙許可，茲曲工譜悉成於山人之手，故通體無改字。以余粗知音韵又通體無拗字云。

一、茲曲出場人數雖多，然皆此上彼下，其中可以替代，實祇不過十餘人耳。茲恐伶工混目，特將曲中正脚、附脚即彼此代脚另書卷尾，并將各脚裝式附後，便於一目了然。

薊雲漫筆

龍在田《〈點鬼簿〉題辭》（成都昌福公司印行本《點鬼簿》卷首）：

要將饒舌效東坡，舊案全翻亂點多。半壁東南空悵望，閒情祇說漢山河。興來搦管寫悲腸，傀儡登場逐隊忙。世態而今都是鬼，此書莫漫笑荒唐。

合州龍在田海珊

郗之杰《〈點鬼簿〉題辭》（成都昌福公司印行本《點鬼簿》卷首）：

田駢素侈談天口，臣朔無妨傳滑稽。故鬼揶揄新鬼笑，世人漫相畫泥犁。鄧攸得子荀妻老，我有連篇補恨詩。安得輪迴同一轉，不留缺陷在生時。

巴縣郗之杰俊夫

楊奎棨《〈點鬼簿〉題辭》（成都昌福公司印行本《點鬼簿》卷首）：

年少張郎，逞才華、詞填數闋。休看作、稗官野史，盲嫗（應爲"謳"）小說。卷裏自存經濟意，筆端具有廣長舌。把漢家、終始事翻新，真奇絶。

從頭仔細評閱。文人筆，粲花付。梨園扮演，定諧音節。智蠢賢愚都盡現，科律宮調俱清切。好教伊、牛角執騷壇，心先折。（調寄《滿江紅》）

江安楊奎棨又星

王煦《〈點鬼簿〉題辭》（成都昌福公司印行本《點鬼簿》卷首）：

滿腹牢騷，漢祖英雄，冤殺淮陰。翻真王假王，兩場局面；新按舊按，一樣文心。項羽烏江，張良黃石，春夢覺時烟雨深。阿瞞出，現一番果報，茹古涵今。　　盤中薄手中擒，墨影幢幢鬼轉人。怪優孟衣冠，幾朝搬演；牽絲傀儡，若個追尋。許大將才，十面埋伏，還向三齊覓賞音。休絮説，看引商刻羽，傳播詞林。（調寄《沁園春》）

華陽王煦少曾

何潤垣《〈點鬼簿〉題辭》（成都昌福公司印行本《點鬼簿》卷首）：

名下無虛士，飄然思出群。新詞翻故鬼，往事鑒今人。搏兔皆全力，雕龍此後身。宮商聊小試，即此見經綸。

眉州何潤垣種香

祝裕《〈點鬼簿〉題辭》（成都昌福公司印行本《點鬼簿》卷首）：

往事翻新案。弄生花、一枝彩筆，盡情點竄。能令高皇千載下，難避閻羅公斷。真個是、讀書得閑。人世浮生原是夢，又何妨、夢裏生泡幻。眼光巨，舌花燦。　不如意事常多半。恨無人、獨具隻眼，別開生面。藉此文章學游戲，吐盡生平憤悶。本來面目今皆換。試登場，逢人作戲，看裝扮，凈丑末生旦。嘲笑處，堪噴飯。（調寄《賀新郎》）

固始祝裕芸樵

索俊《〈點鬼簿〉題辭》（成都昌福公司印行本《點鬼簿》卷首）：

展卷愴懷咏《大風》，千秋遺恨未央宮。當年果報真如此，盡在先生典簿中。
果然有殿是森羅，鐵案翻成縱放歌。莫道黃州工說鬼，雄才原可勝東坡。
妙緒無端托鬼神，才人大筆竟生春。緣渠消得韓侯恨，我道曹瞞是好人。
我亦傾心小茂才，輪迴不負亂書堆。安排曲部當場舞，鐵笛銅琶唱一回。

同里索俊檢齋

李德迪《〈點鬼簿〉題辭》（成都昌福公司印行本《點鬼簿》卷首）：

君居蜀北我江東，絮果萍踪兩地同。觀世誰能空色相，補天無計問蒼穹。
理從虛渺探彌確，調為窮愁奏愈工。愧煞旗亭徵畫壁，獨無彩筆儷春風。
鶯鶯才名自昔傳，《鬱輪袍》後此新篇。修成慧業心如匠，煉就情根骨亦仙。鐵板銅琶蘇學士，曉風殘月柳屯田。願將一例陽春曲，譜入鐃歌快著鞭。

太湖李德迪簡侯

張懋畿

李蕙《〈點鬼簿〉題辭》（成都昌福公司印行本《點鬼簿》卷首）：

點鬼登壇小茂才，夢靈蜂擁上前來。看他扮演當場跳，大快人心該不該。
嫡派皇孫認一家，漢家中葉亂蓬麻。吳臣魏士紛然擺，剩個陵原開野花。
言語顛狂著了迷，山梁雌雉叫晨雞。功成破格推恩賞，洪武他年套舊題。
一試提兵點將才，開場轉替古人哀。狂呼大笑稱奇怪，舊案從新翻轉來。

（集夫子本詞句）

同里李蕙碧秋女士

濮文暹《〈點鬼簿傳奇〉評語》（成都昌福公司印行本《點鬼簿》各齣末尾）：

第一齣：此楔子一個也。楔子雖小，處處都有埋伏也。（青士）

第二齣：首齣濃，次句（齣）淡；首齣密，次齣疏；首齣緊，次齣鬆；首齣曲多白少，次齣曲少白多。深淺法耳！（青士）

第三齣：全部精華聚於此矣。崑崙山發脈，蜿蜒綿亙，水秀沙明，至此處結成一個絕大明堂，一點吉穴。（青士）

第四齣：又翻出一段對面文字，打諢處皆是正鋒，非徒解頤而已。看他通部五十七人，全數登場，不嫌重複，何也？（青士）

張懋畿《〈點鬼簿〉考本》（成都昌福公司印行本《點鬼簿》卷首）：

《史記》、《前漢書》、《後漢書》、陳壽《三國志》、裴松之《三國志注》、《資治通鑒》、《朱子綱目》、《唐書》、《宋史》、《明史》、唐詩、宋語錄、漢魏叢書、唐小說、宋稗彙編、宋張南軒先生集中《諸葛公別傳》、顏師古注《火藏真經》、淡迷道人《玉歷鈔傳》圖本、羅貫中《演義》。

張戀畿《〈點鬼簿〉正副脚色》（成都昌福公司印行本《點鬼簿》卷末）：

生部

正脚：小茂才

副脚：張良、陳平、田橫、孫策、周瑜

旦部

正脚：天女

副脚：吕后、漂母、伏后

净部

正脚：判官

副脚：黥布、彭越、霸王、樊噲、周勃、朱家、關公、桓侯、曹操、孫權、許褚

丑部

正脚：小鬼

副脚：書童、程昱、譙周、陳壽

末部

正脚：漢高祖、韓信

副脚：漢光武、漢獻帝、漢昭烈、蕭何、黃石公、四皓、范增、蒯徹、滕公、曹參、酈生、黃門官、孔明、龐統、伏完、荀彧、張遼、張昭、甘寧、闞澤、黃承彦、司馬徽、崔州平、石廣元、孟公威

張戀畿《替代脚色》（成都昌福公司印行本《點鬼簿》卷末）：

小茂才：不代。

判官：不代。

小鬼：不代。

書童：代程昱、陳壽。

漢高祖：代一皓、范增、漢獻帝、荀彧、司馬徽。

漢光武：代韓信、一皓、漢昭烈、曹參、崔州平、張昭。

蕭何：代黃石公、滕公、黃門官、伏完、張遼、黃承彥。

呂后：代漂母、伏后。

黥布：代霸王、關公。

彭越：代樊噲、桓侯。

張良：代田橫、孫策、周瑜。

陳平：代天女。

蒯徹：代一皓、孔明、闞澤、石廣元。

酈生：代一皓、龐統、甘寧、孟公威。

周勃：代曹操、譙周。

朱家：代許褚、孫權。

張懋畿《〈點鬼簿〉各脚裝式》（成都昌福公司印行本《點鬼簿》卷末）：

小茂才：方巾玉色衫。

書童：丫髻。

判官：赤鬚，無翅烏紗帽執筆簿。

小鬼：赤髮，虎皮裙。

漢高祖：蒼髯，黃褶巾黃對巾團龍褂。

呂后：黃對巾團龍褂。

漢光武：黑鬚，冕旒金黃龍袍。

韓信：五柳黑鬚，金黃龍袍披髮手持平頂冠。

黥布：黑面大髯，綠蟒袍披髮持平頂冠。

彭越：小黑面短髯，黑蟒袍披髮手持平頂冠。

漂母：青衫手持竹籃。

蕭何：白鬚，丞相帽白蟒袍。

張良：無鬚，綸巾執扇。

陳平：無鬚，華陽巾。

黃石公：白鬚，高冠黃道袍持杖拂。

四皓：各白鬚，持拂隨意配道袍。

霸王：黑面八角盔黑甲持矛。

樊噲：小黑面將軍盔戰裙。

范增：白鬚，紗帽紅袍。

蒯徹：黑鬚，尖翅紗帽。

周勃：大鬚，盔鎧。

滕公：白鬚，方龍冠蟒袍。

田橫：無鬚，英雄結箭袍。

曹參：黑鬚，紗帽紅袍。

朱家：禿髭，包巾帶劍。

酈生：無鬚，巾服。

黃門官：白鬚，紗帽紅袍持旌節。

漢獻帝：同漢高祖。

伏后：同呂后。

伏完：同蕭何。

孫策：無鬚，將軍盔白鎧。

漢昭烈：同漢光武。

孔明：黑鬚，綸巾羽扇。

龐統：淺髯，華陽巾黑袍黃縧。

關公：長髯，紅面鳳翅冠綠袍。

桓侯：黑面虯髯，壯士巾黑蟒袍。

曹操：蒼髯，大粉面丞相帽紅蟒袍。

荀彧：同范增。

程昱：小粉面圓翅紗帽。

許褚：禿髯，盔鎧。

張遼：蒼髯，冠帶。

孫權：赤鬚，帝王冠紫龍袍。

周瑜：無鬚，紫金冠白蟒袍。

張昭：同曹參。

甘寧：黑鬚，盔鎧。

闞澤：黑鬚，巾服。

譙周：大粉面尖翅紗帽團花紅袍手持降表。

陳壽：小粉面圓翅紗帽團花青袍手持《三國》一本。

黃承彥：同黃石公。

司馬徽：同四皓。

崔州平：同四皓。

石廣元：同四皓。

孟公威：同四皓。

天女：仙裝艷服滿頭花翠。

汪宗沂
(1837—1906)

　　初名恩沂,字仲伊、咏春、咏村,號弢盧、韜盧子,歙縣(今安徽歙縣)人。光緒二年(1876)舉人,六年(1880)進士,簽分山西爲知縣,因病歸鄉。光緒九年(1883),入李鴻章(1823—1901)直隸總督府爲幕僚。後歸鄉,多次主講於蕪湖中江書院、安慶敬敷書院、歙縣紫陽書院、黟縣碧陽書院。弟子有許承堯(1874—1946)、黃賓虹(1865—1955),另與戴望(1837—1873)、陳獨秀(1879—1942)等相交。長於經學,漢宋并重,又兼善詩文、戲曲等。著有經學著作《周易學統》《尚書今古文輯佚》等,詩集有《黃海前游集》《韜盧詩略》。又有《禮樂一貫録》《金元十五調南北曲譜》等,今存雜劇作品《後緹縈》。

　　傳記文獻:汪福熙《汪宗沂事略》、劉師培《汪仲伊先生傳》(《碑傳集補》卷四十一)、(民國)《歙縣志》卷七、王揖唐《今傳是樓詩話》、黃賓虹《汪仲伊先生小傳》(《黃賓虹文集·雜著篇》)、章梫《汪宗沂傳》(《一山文存》卷五)、金天翮《汪宗沂傳》(《廣清碑傳集》卷十五)等。

《後緹縈》

◆ 劇情概要與本事

　　劇首題"後緹縈南曲",署"歙縣汪宗沂仲伊填曲,泰州夏嘉穀少舫評點"。十齣,依次爲《承歡》《聞逮》《籲天》《拒媒》《阻訴》《草狀》《輕舟》《上書》《出罪》《家慶》。第一齣前有《開端》,爲副末開場。寫蔡蕙小字大姑,生長儒門,性情孤高,嫻熟閨訓。父親蔡孕琦因才學充貢,母親王氏賢淑良善，蔡蕙有姐妹五人，没有兄弟。一日，家人團聚，蔡孕琦與夫人感嘆無子煩惱，蔡蕙好言寬慰，又對父母、姊妹吟誦班固《緹縈詩》，衆人感動落泪。蔡孕琦性情耿直，得罪小人繆器。江蘇撫院派差人本是捕拿蔡琦，繆器却送訪通報，將差人帶至蔡孕琦家。王氏生病，蔡蕙正在家中憂思，差人捆綁蔡孕琦勒索錢財。蔡蕙索要捕人牌票，發現罪犯與父親姓名、官位皆不相符，但差人依舊堅持將蔡孕琦帶走審訊。分別之際，蔡孕琦慨嘆没有兒子前去申冤，于是蔡蕙決定學漢代緹縈，爲父申訴。蔡孕琦因措辭不善觸怒訟官，被革除功名，改發上元縣審訊，又因縣里索賄不成，被判死罪。蔡蕙從夏到冬，日日在神前祈禱，天寒地凍，百般辛苦。此前，蔡孕琦、王氏夫婦已將蔡蕙許與監生繆澔，繆家料想蔡孕琦難以出獄，派媒婆至蔡家催婚。蔡蕙一心憂思父親，無意婚嫁，便拒絶媒人，并決意從此斷絶婚姻之事。皇帝將蔡孕琦由斬決改爲監候，石麟回家報信。蔡蕙聞知後，準備進京告狀。繆器擔心蔡蕙翻狀，前去與侄兒繆德商量。二人倚重吏目衙門勢力，命地保阻攔蔡蕙出門。不得已，蔡蕙祇好先讓石麟赴京，爲蔡孕琦送上銀兩接濟。康熙皇帝看望淮揚河工，已到江南，王阿舅將此信報給甥女蔡蕙。蔡蕙與母親商量，由王阿舅將蔡蕙帶到揚州告御狀。二人乘坐前往南京的便船停靠揚州，發現康熙已經離開揚州，前往常州。王阿舅不願繼續前往，此時石麟又傳來信息，稱蔡孕琦亦阻攔女兒前去告狀。蔡蕙堅持己意，請王阿舅、石麟到蔡孕琦獄中勸説，終於徵得父親同意，趕往常州。正值官員、百姓歡迎康熙巡幸，蔡蕙頭頂狀紙鳴冤，懇請皇帝令在京法司或直隸巡撫重新提審父親之案。康熙覽狀後，將該案移交扈從大臣直隸巡撫于成龍復訊。後因于成龍扈從北上，改派兩江總督傅公審訊。八月前後，蔡孕琦罪名得到超豁，恢復原官，繆德、繆器二人則被官府追拿。蔡蕙與使女前往瓜洲口迎接蔡孕琦，父女相見後，蔡孕琦稱康熙、諸臣皆贊蔡蕙爲當今緹縈，并頌揚皇帝仁德。蔡蕙向父親呈上四年來受恩簿，以待來日一一報答。一年後，王氏誕下二子蔡滋、蔡苾，蔡蕙心事圓滿。正在一家團聚之日，朝廷降旨派遣泰州知州柯榮庚送來"旌表孝女"匾額，繆澔也來迎親，蔡蕙與父母泣別。

正生扮柯榮庚，小生扮繆澔，武生扮侍衛，正旦扮蔡蕙，老旦扮王孺人，小旦、貼扮蔡蕙二妹，净扮女使、媒婆、衙差、奶子，副净扮繆器、媒婆，末扮地保、王阿舅，丑扮婢女、繆德，外扮蔡孕琦，雜扮僕人阮南、僕人石麟、更夫、舟子、耆老四人，生、末、净、小生扮在籍官員，中净、末扮二公差。

本事出自康熙二十八年（1689）揚州府泰州蔡孝女救父事，王士禛《居易錄》、夏嘉榖《蔡氏旌孝錄》以及（嘉慶）《揚州府志》、（道光）《泰州志》等多載此事。據劉貴曾《〈後緹縈〉叙》，知是劇當完成於同治十二年（1873）夏四月或之前。

● 著錄、版本與收藏情況

《古典戲曲存目彙考》《莊一拂〈古典戲曲存目彙考〉補正》著錄。現存光緒十一年（1885）泰州夏氏刻本，藏國家圖書館、北京大學圖書館等。

● 序跋、題詞與評語

劉貴曾《〈後緹縈〉叙》（光緒十一年泰州夏氏刻本《後緹縈》卷首）：

《後緹縈》者，歙汪君仲伊之所作也。君學綜九能，術研七始。洞秒銖於律呂，聖譯能通；闡穾奧於宮商，天弢自解。凡《咸》《英》《韶》《濩》之奏，趙、代、秦、楚之謳，莫不搜逸掇殘，希泠倫之絶響；審音考度，定樂府之正聲。固已志覃古初，思牟造化矣。後以肄樂之暇，深訓俗之心，取泰州蔡孝女事，譜入聲歌，被之弦管。

孝女以蓬門弱質，痛椿庭奇冤，一疏陳情，九重鑒隱。青衣伏道之際，哀擬叫閽；玉輅巡方之年，仁施解網。厥後賽祠營奠，勒石旌閭，孝行聿彰，恩綸疊錫。凡茲概略，悉載斯篇。用清新莊雅之詞，傳貞亮婉孌之志。最其大要，有三善焉。

粵自小海輟唱，雜曲之類以繁；《白雪》罷歌，散樂之名競作。勸懲旨失，觀感意微。遂謂詞摭實而難工，事蹈虛則易巧。誣中郎爲薄幸，記衍《琵琶》；泥漆園之寓言，夢尋蝴蝶。厄詞日出，古義浸衰。茲則博訪耆英，近稽志乘。表傷槐之女，徵舊説於齊嬰；嘉河津之姝，核傳文於中壘。卞和剖玉，不受燕石之蒙；離婁鑒珠，能辨魚目之僞。其善一也。

玉陽仙史之編，元曲略備；吳興臧氏之本，百種能存。舊式相沿，成規不紊。自倚聲家循流忘初，炫奇逞博。玉茗《四夢》，寫綺靡而傷繁；靜山《雙忠》，狀艱危而失實。辭餘則意晦，文勝則情漓。茲則摹鄭德輝之院本，音自協乎《九宫》；仿馬致遠之新詞，制匪逾乎十折。易文繡爲疏布，禮不忘初；返大輅於椎輪，轍猶守舊。其善二也。

譜區南北，德符著《顧曲》之言；調析异同，挺齋成《中原》之韵。或乃哀集兩體，強就五聲。越調忽雜以正宫，笙笛亦參以弦索。洪昉思《長生》之劇，節度或乖；陽初子《紅梨》之詞，分刌多舛。主名無定，韵叶斯訛。茲則專取南音，不屬北響。選聲入妙，無筝琶溺濫之譏；研律造微，有琴瑟專一之用。燕雁代飛，各循其逵路；淄澠异派，能別其瀾漪。其善三也。

或謂："道貴探原，言必酌雅。昌黎應制，且自比於俳優；子固通儒，詎求工於韵語？茲之所述，立意雖厚，托體終卑。"然而談詞家之宗派，僅嗣響於齊梁；溯曲律之先聲，實討源於漢魏。曲不如詞，詞不如詩，非定論已。君於太常掌故，曲臺聲容，既勒有成書，昌明古誼；纂茲小品，亦具別裁，祇導和於元音，非求工於俗目。昔者升庵博物，曾廣雅奏於《太和》；西河傳經，亦擅英辭於《連相》。讀是曲者，或可指爲半豹之斑，詎可目爲雕蟲之技也哉！

同治癸酉夏四月，儀徵劉貴曾識

袁錦《〈後緹縈〉跋》（光緒十一年泰州夏氏刻本《後緹縈》卷末）：

昔年作客安宜，同郡劉恭甫大令寓書垂問，囑搜吾邑蔡孝女事實，云："汪君仲伊將爲《後緹縈南曲》。"爲書報之時，孝女祠祀久廢。同里夏丈少舫遂有《旌孝錄》之刻。光緒丙子，過白門，恭甫以仲伊院本見示，題四截句歸之。癸未秋，邑侯程公捐廉俸百金，以城内之振如庵改建孝女祠，復其祀事。祠實蔡氏舊地，夏丈《孝女祠記》中言之甚詳。祠落成，而仲伊副本寄至，夏丈既加評點，以祠中他款付梓，命錦校之。掃盡穢纖，立言有則，始信名賢筆墨，關繫匪輕。茌苒十年，兹編付梓，洵屬海邦佳話，惜恭甫未及見也。卷中漚宧主人，即恭甫别號，遂并識之。

光緒乙酉冬，泰州袁錦跋於棣樹

陳作霖《〈後緹縈〉題辭》（光緒十一年泰州夏氏刻本《後緹縈》卷首）：

萬乘南巡萬物春，煢煢弱女志能伸。拜章夕入恩朝降，千古緹縈有替人。記得羈游江北時，慈烏聲急雨絲絲。泰城南去橋邊路，古木荒寒孝女祠。維揚志乘事難忘，譜入宫商更擅場。絕勝是非身後錯，《琵琶》一曲演中郎。

江寧陳作霖雨生

朱紹頤《〈後緹縈〉題辭》（光緒十一年泰州夏氏刻本《後緹縈》卷首）：

水雲先生真天人，便便腹笥經紛綸。六藝絕學闡律吕，濁宫清徵調五均。閑來倚聲譜院本，乾坤正色摹松筠。觥觥孝女蔡氏子，縲絏無罪悲其親。嚴霜岸户白日短，孤兒籲天天爲春。立志願與古人競，千秋何者幗與巾。緬維聖祖盛功德，堯舜在上無冤民。沾被醲化不自覺，頌聲之作今方新。獨怪漢文亦令主，三代以下純乎純。緹縈一書肉刑廢，史册浩浩如其仁。胡爲樂府不稱述？但瑞赤雁夸白麟。馬班倘使不著作，豈非主德終沉淪？先生用意特忠厚，文字要共山嶙峋。況乃列女有佳傳，天禄劉向今其倫。讀罷掩卷再三嘆，誰謂今日聞《韶》《鈞》？泰州城遠惜未到，空想祠廟羞蘩蘋。我欲更爲《神弦》詞，詞成却恐神酸辛。

汪宗沂

溧水朱紹頤子期

秦際唐《〈後緹縈〉題辭》（光緒十一年泰州夏氏刻本《後緹縈》卷首）：

手定宮商傳絕學，由來古樂少人知。更從院本翻新調，一曲中聲譜盛時。
古木斜陽孝女祠，問誰駐馬讀殘碑？史家彤管幽光發，壓倒才人筆幾枝。
艷體難登大雅堂，言情說夢遞當場。藏園嗣響分明在，文到無邪翰墨香。

江寧秦際唐伯虞

繆祐孫《〈後緹縈〉題辭》（光緒十一年泰州夏氏刻本《後緹縈》卷首）：

欲傳孝女肫誠志，恭頌聖朝寬大恩。昭雪人才施法外，旌揚典又到蓬門。
不淆南北《九宮譜》，分明重濁問輕清。哀音凄婉感頑艷，允矣先生移我情。

江陰繆祐孫柚岑

朱孔彰《〈後緹縈〉題辭》（光緒十一年泰州夏氏刻本《後緹縈》卷首）：

孝女陳書感聖君，緹縈軼事續前聞。康熙天子時全盛，刑措原來勝漢文。
曲演《琵琶》聲自宮，何須羽換更宮移。他年芟盡繁華唱，定抵曹娥絕妙碑。

長洲朱孔彰仲我

袁錦《〈後緹縈〉題辭》（光緒十一年泰州夏氏刻本《後緹縈》卷首）：

艇子清秋住石城，騷壇艷述《後緹縈》。海邦軼事翻弦管，譜出凄孤蔡女聲。（敝邑孝女蔡氏名蕙，上書事在康熙二十八年。）

书成冤若历诸艰，弱质公然睹圣颜。此曲也应天上有，六飞重过九龙山。

阐幽传补海房文，（张海房太史旧作《孝女传》，近刘君恭甫作传较详。）乐府篇章属水云。一梦廿年征倚伏，与君添作旧传闻。（咸丰初，邑某侵毁孝女祠，梦女责之曰："吾祠终不废，廿年后汝室墟矣。"今果然。）

雅调清声继孔洪，荒祠俎豆复淮东。《神弦》迓日赓新曲，少女徵题属蔡邕。（光绪癸未，夏丈少舫谋邑侯程公悦甫，以西门大街振如庵改孝女祠。是秋，官绅致祭，事详程邑侯并夏丈两记中。）

泰州袁锦子文

臧穀《〈后缇萦〉题辞》（光绪十一年泰州夏氏刻本《后缇萦》卷首）：

忆昔吴陵童试时，缇萦救父教成诗。国朝蔡蕙继其后，曾惜场中人不知。（李小湖师于故友试卷中曾及此。）

少舫先生扩所闻，（同治甲子，夏丈少舫辑《蔡氏旌孝录》付梓。）一编盥诵快香焚。陋轩诗集蒙携赠，（夏丈曩曾以《吴野人诗集》见赠。）今日重披南曲文。

九龙山畔御舟停，演出悲号不忍听。寄语世间儿女辈，挑灯应废《牡丹亭》。

江都诒孙臧穀

黄树臣《〈后缇萦〉题辞》（光绪十一年泰州夏氏刻本《后缇萦》卷首）：

社鼓神弦孝女祠，《后缇萦》曲按新词。铅山诗老应心折，此是人间第二碑。

新声十折谱南昆，妙笔天教付水云。任使闾阎儿女换，千秋歌泣仰遗芬。

前哲遗文手自搜，书刊《旌孝》好传流。（夏丈少舫刊有《蔡氏旌孝录》。）寄园家学渊源在，旧有藏书万卷楼。（夏丈令祖春舟公著有《寄园诗集》，姜先生桐轩序称："邑中藏书之家，首推夏氏。"非虚誉也。）

臣家痴叔旧同袍，（咸丰初，从堂叔麥生君为海陵狱吏，与丈至好。）两世通门结誼高。相贈囊書識公意，歸舟爲我壓風濤。

長白建侯黄樹臣

朱域《〈後緹縈〉題辭》（光緒十一年泰州夏氏刻本《後緹縈》卷首）：

奇筆擅傳奇，不厭百回讀。樂府叶宫商，梨園被絲竹。嬌小一女郎，生長文姬族。痛父冤莫伸，天閽思叩告。茹素復毁容，夜禱神祇篤。仁廟適南巡，上疏龍山曲。至行感天心，平反勵風俗。于以雪戴盆，恩全出狴獄。大府體皇仁，反坐鄉閭服。舉室慶團圞，連年綿似續。兩弟英嶷姿，家聲日以足。于歸夫期年，神傷終不禄。旌表立崇祠，年湮任樵牧。黄公闡幽光，始輯《旌孝録》。更賴賢有司，祠宇重規復。地址本昔居，烝嘗從此肅。緹縈千載後，蔡蕙繼其躅。漫謂桃潭深，深情君占獨。

歸安朱域德甫

程秉釗《〈後緹縈〉題辭》（光緒十一年泰州夏氏刻本《後緹縈》卷首）：

冰雪清詞善寫生，登場重睹女緹縈。試從古樂推新樂，宫調分明有正聲。中郎有女擅詞章，伯道無兒默感傷。辛苦人前争曲直，不知黄雀伺螳螂。匆匆挽髻就江船，一疏精誠達九天。疆吏公明朝政肅，康熙皇帝太平年。

績溪程秉釗蒲孫

顔馴《〈後緹縈〉題辭》（光緒十一年泰州夏氏刻本《後緹縈》卷首）：

清辭一字一兼金，誰識先生用意深？收斂史才歸樂府，感人尤易是聲音。呼天不被守閽呵，想見清時省釋多。我讀斯篇忽垂涕，傷心不獨爲曹娥。女子偏能脱父囚，男兒竟未復兄仇。（吴野人事，見《陋軒詩》。）新詞若向吴陵演，應有詩魂地下愁。

集問《東皋》人莫識，（元末馬士麟居泰之樊川，有《東皋集》，其書久佚，惟鄉先達陳硯薌先生有手錄本。）鄉尋古士事難稽。（敝居西南有"古士鄉"，相傳三字爲董香光書，州志不載緣起。今并三字不復存。）陋邦文獻多零落，安得先生盡品題？

泰州顏馴仁卿

程樸生《〈後緹縈〉題辭》（光緒十一年泰州夏氏刻本《後緹縈》卷首）：

一卷新詞勝畫圖，文章歌哭豈殊途？寫生不假丹青手，里巷謳吟動鳥烏。
字字都成血淚篇，管弦譜與萬人傳。聖朝軼事誰能說？該覺前賢讓後賢。

歙縣程樸生石洲

徐巽《〈後緹縈〉題辭》（光緒十一年泰州夏氏刻本《後緹縈》卷首）：

大雅誰能起？想軒轅、采風入樂，言情持禮。千載楚詞傳屈宋，香草美人滿紙。縱才子、文章吊詭。正變由來非异轍，要刪除、面目留真髓。忠孝語，何妨綺？　新聲十折誠觀止。甚紛紛、郢書燕說，搜神談鬼。刊落浮華歸本色，漫道偏驚里耳。信鄭衛、繁音易靡。歌哭要令關世教，寫一腔、血性忘譽毀。彤管煒，君知矣。（調寄《賀新涼》）

歙縣徐巽齊仲

洪文翰《〈後緹縈〉題辭》（光緒十一年泰州夏氏刻本《後緹縈》卷首）：

一枝斑管怒花生，譜出宮商韵自清。也似《琵琶》傳孝婦，不教擲地亦金聲？
試看泣籲龍舟日，何异陳情象闕時？前有緹縈後蔡蕙，兩人赴急勝男兒。
海角叢祠傍舊廬，魂歸東閣昔曾居。女巫奏曲翻新調，至性猶堪泣里閭。
《旌孝》一篇曾付梓，南詞十闋又鋟梨。闡揚孝行勤讎校，卓絕西溪與貴溪。

歙縣洪文翰筱圖

劉淇《〈後緹縈〉題辭》（光緒十一年泰州夏氏刻本《後緹縈》卷首）：

薜蘿被門樹遮屋，中有靈妃不敢哭。生無災難養金閨，莫把深恩款骨月。興門之男衰門女，雪虐風饕見松竹。世間傀儡縱多棚，瓠史緹縈愁誤曲。環谷先生調宮商，吳陵孝女為旌揚。熱戲不教羼樂府，新聲獨自按《霓裳》。細寫真形隸本事，豈同盲說誣中郎。龍山峨峨岳阜崎，五花爨弄悲登場。楊椒山妻趙括母，學識皆從讀書有。吳娃越女鬥針神，班《誡》七篇供覆瓿。不然清麗《易安詞》，寵柳驕花稱妙手。北宮環瑱猶輝煌，伏生書傳成朽朽。誰持院本宣陰教，歌吹竹西換雅調。獅筋弦奪奸回魂，麟皮鼓振混沌竅。試看和聲盛世鳴，何來冤語天閽告？因書立功丈夫志，叱咤陳巫摹鬼笑。往偕張子尋荒祠，洪君亦示旌孝詩。不解推琵與撒笛，一篇冰雪哦傳奇。皖公山色秀在目，他時問字江舟艤。乞借施旄衍至行，犧牲玉幣勞典司。（仲伊先生時主講敬敷書院。）

五河劉淇茗生

洪元綏《〈後緹縈〉題辭》（光緒十一年泰州夏氏刻本《後緹縈》卷首）：

絲竹中含金石聲，梨園新唱《後緹縈》。漢文復見雍熙世，救父重瞻孝女生。

一疏何由動聖顏，端緣至行重如山。秋風回首毗陵路，古木寒烏夕照殷。

崇祠迤邐峙城西，曲徑重尋路不迷。手擷白蘋供俎豆，廊陰細讀舊碑題。

彩筆何殊班孟堅，新詞十闋托冰弦。壽梨竟遇知音賞，此曲流傳五百年。

歙縣洪元綏述荂

吳寶鎔
(1838—？)

　　字新叔，號希玉、蔗農，原籍安徽歙縣，後寄籍浙江仁和（今浙江杭州）。光緒五年（1879）正貢，十一年（1885）中舉，即選訓導，主講德清清溪書院。光緒十八年（1892）中進士，用爲知縣，簽發江西。後以教職歸部銓選。善詩文，能作曲。著有《繭蕉盦詩鈔》七卷、《繭蕉盦詩餘》一卷。又有雜劇《太守桑》。

　　傳記文獻：李瀚昌《〈太守桑傳奇〉跋》（《太守桑》）、林葆恒《詞綜補遺》卷十、《清實錄·德宗實錄》卷四百八十三。

《太守桑》

● 劇情概要與本事

　　又名《勸桑》《太守桑傳奇》。卷首署"錢塘吳寶鎔蔗農填譜，長沙李瀚昌石貞校刊"。一折。寫廣西貴縣人陳璟，深具文才，胸懷家國，現任處州府知府。處州地瘠人貧，文化不興，陳璟爲此大興農桑、教育，提倡節儉，注重教化。同時，刻《栽桑摘要》，捐獻俸銀以購運桑秧，又召集麗水縣知縣范道生、縣丞楊兆乾、典史吳爾厚、處州府經歷黃晉年等官員到四鄉帶領百姓植桑養蠶、織布經營。雷參府、程二府、朱委員、府教授等文武官僚也來相幫效力。百姓深受感動，願遵奉其令以作報答。陳璟前來宣揚節儉勤勞之道，勉勵耕織，散發秧苗。百姓皆跪下相迎，決心努力農桑；村婦、營兵、牧童也管束豬、馬、牛，不損桑樹。處州府漸漸富裕。趁陳璟出城稽查之際，百姓特來叩謝，又準備酒食敬獻，并依次演唱采桑曲、飼蠶曲、繰絲曲、紡織曲、祀神曲，每户又送上布匹以示敬意。陳璚稱教養乃自己分內之事，婉言推辭。一番推讓下，陳璚收下其中一匹，將其他布匹變賣，充作舉賢費用。最後，陳璚又讓夫人、女兒親自紡織以激勵百姓。

生扮陳璚，小生扮黃晉年、生員，老生扮府教授，貼扮幼女，老旦扮朱委員，淨扮營兵、雷參府，末扮楊兆乾、客商，付扮程二府、村婦、工匠，丑扮吳爾厚、牧童、畬婦，外扮范道生、老農，雜扮家丁。

本事來自當時實事，意在贊美處州知府陳璚之善政。按，陳璚（1827—1906），字鹿笙，一作六笙、鹿生，號澹園，晚號老鹿，貴縣（今廣西貴港）人。咸豐十一年（1861）廩貢，同治四年（1865）以軍功簡任浙江杭嘉湖道。光緒十二年（1886），因牾觸上官而遷處州知府。曾三署台州知府，官至湖南按察使、四川布政使等。工書法，兼畫墨梅。晚年寓居杭州，自號西湖寓公。著有《隨所遇齋詩集》，存《澹園吟草》一卷。是劇所附李瀚昌《跋》及吳正濂《題辭》等，均撰於光緒二十二年（1896）秋，知作品完成於此時或之前。

● 著錄、版本與收藏情況

《清代雜劇全目》《古典戲曲存目彙考》著錄。現存光緒間稿本，《清代雜劇全目》言爲傅惜華舊藏，藏地待查；光緒二十二年（1896）季秋澧陽刊本，藏首都圖書館。

● 序跋、題詞與評語

李瀚昌《〈太守桑傳奇〉跋》（光緒二十二年澧陽刊本《太守桑》卷末）：

右《太守桑》曲一卷，吳蔗農明府所以美觀察陳公守括時善政也。蔗農傲岸不可一世，獨於此加詳焉，其必實有可傳矣。天下之患，不在無善政，在無實心。實心所嚮，靡堅弗破。吾聞陳公守台州，犯群疑，殄巨盜，勒碣腐鼠山頂，勛業照人。括州，浙之磽瘠區也，乃更憊心罷精，興利百世。如此，《桑》曲之作，蓋可忽乎哉？今天下多事矣，天下之人皆師其實心，以爲天下，庶於時有豸云。

光緒丙申秋日，長沙李瀚昌署尾

吳正濂《〈太守桑傳奇〉題辭》（光緒二十二年澧陽刊本《太守桑》卷首）：

《喜遷鶯》

括州古郡，介甌越之間，民豐物阜。企望雙旌，瞻依五馬，幸遇鬱平賢守。慈惠比肩召父，仁愛追踪杜母。君不信，聽《勸桑》一曲，碑留萬口。

舉首。望一帶，嬝娜柔枝，新綠分榆柳。墻下成陰，宅邊弄影，奚止閒閒十畝。從此飼蠶煮繭，喜煞丁男子婦。都道是，祇恩深衣被，綿延不朽。

丙申重陽後三日，舊治年家子吳正濂詩傅敬謹倚聲

何 鏞
(1841—1894)

　　字桂笙，一字薈升，別署高昌寒食生，室名琴趖山房，山陰（今浙江紹興）人。幼有神童之譽。補博士弟子員，未幾食餼。後屢試不第，遂絕意進取。同治七年（1868），曾於詁經精舍肄業半載。後遷居滬上，任《申報》主筆。《何桂笙小傳》言其"持論明通，頗似陳同甫、辛稼軒一流人。性喜詼諧，則又東方曼倩之亞也"。與俞樾（1821—1907）相契，與王韜（1828—1897）爲金石文字之交。長於撰述，著有《琴趖山房古近體詩》《琴趖山房詩餘》《琴趖山房紅樓夢詞》《劫火紀焚》《齒錄》《一二六文稿》等。又有雜劇《乘龍佳話》一種。

　　傳記文獻：《何桂笙小傳》（《申報》1894 年 12 月 8 日）、高瑩《何桂笙五十壽序》、馬尚驥《壽鏡吾的兒女親家、〈申報〉老報人何桂笙》（壽永明、裘士雄編《三味書屋與壽氏家族》，浙江大學出版社 2010 年版）。

《乘龍佳話》

◆ 劇情概要與本事

　　八齣，依次爲《下第》《龍牧》《傳書》《屠龍》《還宮》《賓筵》《歸里》《乘龍》。寫湘中書生柳毅上京應試，再次秋風報罷，欲賦歸興，奈無盤費。聽聞涇川縣令乃其同鄉，便前往告貸。行至涇河邊，見　牧羊女了掩面悲泣，十分淒慘，遂上前詢問端的。原來，此人本是洞庭龍女，自適涇川小龍後，頻遭強暴；公婆又助紂爲虐，將龍女痛打，并剝去衣服，趕逐出來，命其在河灘上看守羊群。龍女見柳毅頗有俠氣，於是向其講述心事，祈求其爲自己投書洞庭，要父親洞庭君及叔父錢塘君前來救援。柳毅慷慨應允，不久來到洞庭邊上，依龍女所言，隨巡水夜叉前往龍宮。其書童不知實情，認爲主人被水怪拖走，急忙趕回家去，向柳妻韓氏報告。洞庭君與夫人久未得女兒消息，正在擔憂，聽聞有人送信，急忙請上相見。柳毅呈上書信，并告知龍女遭遇。洞庭君夫婦聞之傷心落淚，哭聲驚動了錢塘君。錢塘君性如烈火，聞侄女受辱，立刻興師問罪，誅殺了涇河小龍，將龍女迎回洞庭。洞庭君爲柳毅在凝光殿大排宴席，又以歌舞助興，并要龍女親自爲柳毅捧觴，以酬高誼。席間，錢塘君強行要柳毅娶龍女爲妻，柳毅不受脅迫，當即拒絕，并就此告別。柳毅一進家門，發現妻子已死，家人見柳毅都驚懼不已。原來韓氏自柳毅走後，内傷外感，卧病在床，又誤信丈夫溺斃，故驚嚇而亡。柳毅傷心不已。不久，柳毅續娶盧家小姐，新婚之夜，發現盧家少女竟是龍女。最後，洞庭君遣人迎接柳毅夫婦共赴洞庭，永享富貴長生。

生扮柳毅，旦扮洞庭龍女、韓氏，老旦扮洞庭君夫人、婢女，净扮錢塘君，副净扮大樹將軍，末扮太監，付扮涇河小龍、儐相，丑扮書童、小軍、太監，外扮洞庭君。登場人物尚有水怪、水卒、小監、宫女、軍士等，俱未分配脚色。

本事見於唐李朝威傳奇小説《柳毅傳》。宋元南戲《柳毅洞庭龍女》，元尚仲賢（生卒年不詳）《柳毅傳書》雜劇，明黃惟輯（生卒年不詳）《龍綃記》傳奇、許自昌（1578—1623）《桔浦記》傳奇，清李漁（1611—1680）《蜃中樓》傳奇與此題材同。

● 著録、版本與收藏情况

《清代雜劇全目》《古典戲曲存目彙考》著録。現存光緒十七年（1891）上海石印本，藏中國藝術研究院圖書館，《傅惜華藏古典戲曲珍本叢刊》第110冊據之影印，阿英編《晚清文學叢鈔·傳奇雜劇卷》（中華書局1962年版）亦收録。

◆ 序跋、題詞與評語

何鏞《〈乘龍佳話〉序》（《傅惜華藏古典戲曲珍本叢刊》所收本《乘龍佳話》卷首）：

自有京調梆子腔，而昆曲不興，大雅淪亡，正聲寥寂。此雖關乎風氣之轉移，要亦維持挽救者之無其人也。昆班所演，無非舊曲，絕少新聲。京班常以新奇彩戲炫人耳目，以紫奪朱，朱之失色也宜矣。三雅昆班，近年來無人過問。去年秋，諸同志有欲振興正雅者，招昆班來滬開演。初時亦不乏顧曲之人，兩月以後，坐客漸稀，生涯落寞，漸將不支。班中人以爲舊戲不足娛目，奚將舊稿翻新，而卒無補於事。

余慨夫雅樂之從此一蹶，恐難復振，因自撰《乘龍佳話》傳奇一本，取《唐代叢書·柳毅傳》中事，點綴成之，與李笠翁所著《蜃中樓》絕不相蒙。惟曲文取其少而易，排場取其奇而新，凡燈彩腳色，悉心處置，不使有重複牽強之弊。雖不敢自詡知音，然以較諸京班中之新戲，全係鋪排，別無意義者，覺迥乎不同。奈以填譜者濡遲時日，且老伶工皆不知通變，但知守舊，不欲謀新。至今年二月，昆班停歇，此曲仍未付氍毹，意頗惜之。及門黃隉生茂才亦爲扼腕，因慫恿附入畫報，并爲各繪一圖。庶幾不能實見之於歌臺者，猶得虛擬之於報簡，并使見此戲者，不僅海上諸同志，其聲音笑貌直可播諸萬里而外，傳諸百世之遥，亦一大快意事。而正聲之所維繫者，亦將以是爲千鈞之一髮焉。遂許之，而叙其緣起如此。

光緒十有七年太歲在重光單閼、日月會於析木之次，古越高昌寒食生自識

劉清韵
（1842—1905）

字古香，小字觀音，沭陽（今江蘇沭陽）人。少時隨父劉蘊堂（生卒年不詳）業鹽海上，遂家朐浦（今江蘇連云港）。幼慧，父親鍾愛之，六齡延師教之讀，子史百家，靡不淹貫。年十八，歸沭陽錢德奎（生卒年不詳），相敬如賓，以筆墨相憐重。多病不育，以耿逸卿（生卒年不詳）所生之女錢敏才（生卒年不詳）爲繼，又以奩資爲錢德奎納妾。別營一室，曰"小蓬萊仙館"，終年弦誦不絕。晚年窮愁窘迫。詩詞、戲曲、書畫兼擅。著有《小蓬萊仙館詩鈔》一卷、《瓣香閣詞》一卷、《瓣香閣詞補遺》一卷、《小蓬萊仙館曲稿》一卷。所作傳奇凡二十四種。以其中十種求序於俞樾，爲俞氏所推重，并得以刊行，名爲《小蓬萊傳奇》。另十四種，僅存《望洋嘆》和《拈花悟》二劇，餘者未見傳本。

傳記文獻：劉清韵《〈小蓬萊仙館詩鈔〉自叙》（《小蓬萊仙館詩鈔》）、俞樾《劉古香女史詩序》（《春在堂雜文》六編卷七）、王詡《〈小蓬萊仙館詩鈔〉叙》（《小蓬萊仙館詩鈔》）、周丹原《〈小蓬萊仙館詩鈔〉傳》（《小蓬萊仙館詩鈔》）、（民國）《重修沭陽縣志》卷十、姚柯夫《女作家劉清韵生平考略》（《文獻》1983年第4期）、苗懷明《記晚清女曲家劉清韵兩部曾佚失的戲曲作品》（《古典文學知識》2002年第4期）等。

《小蓬萊傳奇》

包括戲曲作品十種：《黄碧籤》《丹青副》《炎凉券》《鴛鴦夢》《氤氳釧》《英雄配》《天風引》《飛虹嘯》《鏡中圓》《千秋泪》。其中《炎凉券》《氤氳釧》《天風引》《飛虹嘯》《鏡中圓》《千秋泪》歸爲雜劇，其他歸爲傳奇。

按，關於劉清韻戲曲集之名稱，稍有爭議。嚴敦易《〈小蓬萊〉傳奇十種》[《中國近代文學論文集·戲劇卷（1919—1949）》]云："汪鳴鑾署檢作《小蓬萊閣》，章鈺題封面書簽則云《小蓬萊仙館》，但書中均作《小蓬萊》，故知應以'小蓬萊'三字爲準。'閣'與'仙館'，實係汪、章輩之擅增也。"而姚柯夫《女作家劉清韻生平考略》則認爲，周丹原爲劉清韻所作《傳》中提及劉清韻室名爲"小蓬萊仙館"，劉清韻《〈小蓬萊仙館詩鈔〉自叙》末署"己丑秋仲清韻自記於小蓬萊仙館"，這兩則材料"至少可以證明：'小蓬萊仙館'確係劉清韻居室之名，用來做她的十種傳奇的總稱，淵源有自，并非'汪、章輩之擅增也'"。細察文本，目錄和正文中皆題"小蓬萊傳奇"，當以此爲準。

◆ 劇情概要與本事

《炎涼券》

劇首署"東海劉清韻古香填詞，古僮錢梅坡香岩較訂"。八齣，依次爲《訪相》《閨唔》《失舟》《彰善》《聯美》《平蠻》《榮歸》《宴舊》，劇首以【鵲橋仙】一曲爲《提綱》。寫南京書生任貴滿腹才華，人人言其將來必致顯貴。豈知父母去世後，任貴不善治生，又吃酒賭錢，很快便蕩盡家產，陷入飢寒交迫之境，祇得依靠妻子謝氏十指爲生。親族疏遠，僮僕逃散，任貴受盡俗人嘲諷與詆毀。關中俠士陳杰却與之一見傾心，二人相約一起前往玄帝廟觀賞桃花，恰遇到在此飲酒的富家子弟貴公子和富大爺，以及幫閒夏才等。廟中老道士風鑒如神，言任、陳二人乃將相之才，前程未可限量。由此，老道士受到貴、富等人嘲罵。一日，任貴薄醉歸來，與謝氏賞月閑話，謝氏勸他早赴秋闈，博取功名。任貴言李子虛已代籌科費，不日將與之同舟赴省。謝氏大喜，將自己所藏青蚨二千一并送上，以備零星之用。任貴如期而至，尋遍碼頭，却不見李子虛雇船，向夏才打聽，方知李與貴公子、富大爺兩日前已乘舟離開。任貴進退無門，一時激憤，打算托人將青蚨寄給妻子後投水自盡。正好米行主人陳仁美經過，聽聞其遭遇，將之請回店中，又邀集衆鄰友，爲其湊下盤費，擺酒餞行。任貴連捷後，移居京城，不到十年已身居揆席。謝氏爲慶祝丈夫四十初度，欲替他把侍兒瓊娥、玉姐收爲側室，任貴則將二人許配故人陳仁美之子陳瑚、陳璉，并將陳氏兄弟留京讀書，助以膏火，又保舉俠士陳杰爲平蠻將軍。陳杰大獲全勝，凱旋。數十年後，任貴年老，屢次上疏乞休，方准給假調養，特旨着其子任繼入閣。臨行之日，皇帝又遣太子、親王、駙馬等在長亭送別。任貴歸來，泊舟碼頭，聽聞岸上喧嚷，便派人打聽。原來，任貴當日應試，曾在此坐石守船，發迹後，衆人便名此石爲"登雲石"。每逢開場，出闈之士子便爭坐此石，以求吉兆。任貴聞此，向夫人說起當年失舟之事，不由感慨世態之炎涼。任貴自還鄉里，心閑意適，魂夢俱清。應酬稍暇，折柬邀請舊日鄰友前來府中相聚，衆人飲酒閑話，盡醉而歸。

生、老生扮任貴，生扮任繼，小生扮陳仁美、陳瑚、太子，旦、老旦扮謝氏，旦扮任繼妻，小旦扮瓊娥，貼扮玉姐，净扮陳杰、罰惡判官，副净扮貴公子、蠻王，小净扮富大爺，末扮李子虚、院子，副末扮陳璉，丑扮夏才、國師，雜扮功曹、衆官，副净、外扮張古撇、老道士、賞善判官，貼、雜扮僕人、米客，丑、貼、雜、净扮衆朋友，生、末、小生、外扮將官，末、净、丑、雜扮衆老友。登場人物尚有童子、力士、役卒、婢女、儐相、蠻兵、探子、兵卒、内侍、歌女等，俱未分配脚色。

本事待考。

《氤氳釧》

劇首署"東海劉清韵古香填詞，古僮錢梅坡香岩較訂"。十齣，依次爲《判償》《訪美》《遺釧》《劫美》《驚釧》《驚札》《悟因》《舟憶》《誥圓》《證因》，劇首以【解珮令】一曲爲《提綱》。寫修文郎金棕亭、馬雲客在塵世時，愛香案吏張船山之才華，曾言願作絶代麗姝爲其執箕帚，及同歸天上，張船山每以此相戲。某日蟠桃宴上，船山大醉，復申前說，信口詼諧，致使監席使者失聲大笑。上帝震怒，將船山等謫向人間，教他受些風流魔障。張船山、金棕亭、馬雲客及監席使者分別降生爲陶元璋、黃佩芬、白玉英及其兄白健。南昌書生陶元璋幼有神童之譽，狀元及第後，早登仕版。今因鳳侶未諧，遂乞假遍覽名區，尋訪佳人。一日到達成都，聽聞此地有位林下大老名黃山，其女黃佩芬乃絕世佳人。黃佩芬母夢中曾得仙女所贈氤氳釧一雙，并言佩芬不可妄自許人，將來不問近地遠方，要有綢繆玉的方可匹配。故佩芬年已十七，猶待字閨中。陶元璋聞此大喜，前往黃府拜謁，并把玉石獻上求親。黃山欣然應允，將綢繆玉一塊與氤氳釧一隻互換，以爲定婚信物。陶元璋歸鄉途中，在氤氳使者暗中指引下，遇到了白玉英。白玉英乃瓊州人，自幼與其兄白健跟隨父親學過一些韜略。父母死後，兄妹被土豪凌逼不過，殺死仇人後，帶領數十名家將前往海中飛來島落草。白健聽聞黃佩芬美貌，帶着妹妹等來到成都，欲要劫娶佩芬做壓寨夫人。陶元璋一見白玉英，便爲其容貌所傾倒，呆望之際，被白健喝退，慌亂中把氤氳釧等物遺失。白玉英撿得氤氳釧，覺此物好生眼熟，并對元璋懷想不已。不久，白玉英設計劫走佩芬，不料二人一見傾心，結爲异姓姐妹。偶然間，佩芬發現了玉英腕上氤氳釧等物，認爲陶元璋已死，便要自刎。幸得婢女説明當日情景，方使心神安定下來。陶元璋回到南昌後，擇定吉期，收拾洞房，準備迎娶佩芬。忽然接到京報，朝廷要他立即出使泰西。接着，黃山書札又至，言佩芬不知去向。陶元璋在意亂心迷之中，踏上出使之路。氤氳使者點化白健，白健記起前生之事，遂將佩芬連同玉英一起送歸成都。半載後，陶元璋出使歸來，途中接到黃府書信，言黃老爺已將佩芬、玉英送往京城，準備與陶元璋同日花燭。陶元璋聞此大喜，不久即與佩芬、玉英奉旨完婚。數十年後，三人劫滿。南華老仙奉旨，將之接引上天，換回本形，指示因果。三人醒悟，同歸仙班。

生扮張問陶、陶元璋，小生扮尹元，旦扮金棕亭、黃佩芬、長班，小旦扮馬雲客、白玉英，净扮白健，末扮南華老仙、陶旺，丑扮氤氳使者、媒婆、

劉清韵

儐相，外扮月老，雜扮換形使者、長年、黃福，小生、副净扮水、陸二頭領，丑、貼扮二家將。登場人物尚有童子、院子、四女兵、兵卒等，俱未分配脚色。

本事來自清袁枚（1716—1798）《隨園詩話補遺》卷五、梁紹壬（1792—？）《兩般秋雨庵隨筆》卷八。按，梁氏之記云：船山先生詩才超妙，性格風流，四海騷人，靡不傾仰。秀水金筠泉孝繼忽告其所親，願化作絕代麗姝，爲船山執箕箒。又，無錫馬云題燦贈詩云："我願來生作君婦，祇愁清不到梅花。"以船山夫人有"修到人間才子婦，不辭清瘦似梅花"之句也。其傾倒之心，愛才而兼種情，可謂至矣。先生戲成二律以謝云："飛來綺語太纏綿，不獨青娥愛少年。人盡願爲夫子妾，天教多結再生緣。累他名士皆求死，引我痴情欲放顛。爲告山妻須料理，典衣早蓄買花錢。""名流爭現女郎身，一笑殘冬四座春。擊壁此時無妒婦，傾城他日盡詩人。祇愁隔世紅裙小，未免先生白髮新。宋玉年來傷積毀，登墻何事苦窺臣。"亦詞壇一則雅謔也。

《天風引》

劇首署"東海劉清韵古香填詞，古僮錢梅坡香岩較訂"。十齣，依次爲《賈訓》《容炫》《颶變》《歌酬》《具擲》《儲遇》《宮贅》《榮騁》《慈祭》《養圓》，劇首以【離亭燕】一曲爲《提綱》。寫福建莆田人馬俊，風神俊爽，才調縱橫，曾獲"綉虎"之名，又有"俊人"之號。本待讀書上進，求取功名，奈被父親馬忠及母親吳氏一再強逼，祇得弃儒從商，行賈於江、閩、廣之間，獲利頗豐。後來，在幾個做外洋生意夥伴的慫恿下，馬俊決定乘船前往海外貿易。不料，途中遇到颶風，舟船傾覆，幸得水卒救助，漂到了大羅刹國。羅刹國人奇醜無比，反以馬俊容貌爲醜陋，不敢與之接近。祇有一位告休的執戟郎不隨流俗，延之家中，尊爲上客。又爲馬俊裝出一副假面目，遍邀當道，極力揄揚，竟使馬俊名達王庭，獲授下大夫之職。一日，馬俊往執戟郎府中飲宴，席間表達了思親之意。執戟郎告訴他，此處不遠有海市，賈人年年到彼處采購珍寶，爲天下各國凑集之所，可修封家書托人帶回中華。馬俊辭官，隨賈人同赴海市。恰巧龍王東陽君世子來游，見到馬俊，甚爲驚異，載與俱歸。東陽君知馬俊爲文學之士，請其爲海市作賦。馬俊一揮而就，東陽君大爲嘆賞，招之爲婿，馬俊才名亦傳遍四海。東陽君又大開海市，爲愛婿散心。馬俊觀賞了珊瑚林、靈珠圃，見到徐福所乘之船、張騫所浮之槎，以及明妃所彈之琵琶等，最後游覽了滿是奇珍異寶的海市。此時距馬俊遭遇風浪已一年有餘，父親馬忠每日到港口打聽消息。馬俊生辰之日，母親吳氏做下羹飯，望空遥祭兒子，傷心痛哭。這時，馬忠帶回兒子的書信，方知其已做了龍宮駙馬，夫妻大喜。最後，東陽君遣使接馬忠、吳氏到龍宮，一家團聚，共享天倫。

生扮馬俊，小生扮水將、東陽君世子，旦扮宫主，貼扮明璫，小旦扮翠羽，老旦扮吳氏，净扮蜃精，末扮馬忠、東陽君，丑扮書童、鮫人頭領，外扮羅刹國執戟郎，雜扮守珊瑚林二員役，外、丑、副净、雜扮羅刹國貧民，末、净、老旦扮羅刹國新中進士，净、丑扮龍宫侍婢、守靈珠圃二員役，小丑、末、雜、老旦扮各路客人。登場人物尚有老少奇形婦女、水卒、舟子、客商、醜婢、侍臣、舞女、衆鮫人、二武士等，俱未分配脚色。

本事出自清蒲松齡（1640—1715）《聊齋志異》之《羅刹海市》篇。關德棟、車錫倫編《聊齋志異戲曲集》（上海古籍出版社1983年版）收入該劇。

《飛虹嘯》

劇首署"東海劉清韵古香填詞，古僮錢梅坡香岩較訂"。十齣，依次爲《家宴》《遇賊》《墮井》《蒙救》《快刺》《追悼》《開壙》《薦幕》《凝盼》《重圓》，劇首以【踏沙行】一曲爲《提綱》。寫中州人金誠曾舉萬曆甲榜，官至光禄寺少卿，因見朝政日非，以病乞歸林下。流光迅速，不覺已過五旬，可喜兒子金大用髫齡入泮，媳婦尤庚娘秀外慧中，一家人平安度日。某年節届新秋，幽蘭早放，金大用夫妻備下酒筵爲二老介壽，忽家人傳報，言流寇離此僅百里之遙，城外居民已紛紛逃竄。金誠當即命人備下車騎，帶着家人火速出城，往南方暫避。結果遭遇亂軍，僮僕驚散，車馬失却。正當狼狽之時，遇到了揚州人王十八。王本是江湖大盜，以妻子唐柔娘爲掩護，趁着戰亂，做些坑財害命的勾當。王十八見庚娘姿色過人，心生歹意，假意殷勤將乾糧奉送，還主動提出同舟渡江，邀請金氏一門往自己家中暫避。金氏父子甚是感激，當即帶着家眷，隨其連夜乘舟而去。舟子藉着夜色，將船駛往四無村舍的黄蘆蕩中，王十八等不顧大用等苦苦哀求，先後將金誠夫妻、大用三人打入水中。唐柔娘見此，不願再做賊人妻婦，投水自盡。後金大用及唐氏被人先後救起，而金誠夫婦則雙雙溺斃。當地有位隱士名尹仁，得知金大用遭遇，主動出資爲其父母料理後事。又知唐氏有意於大用，便撮合了二人姻緣，留其在莊上暫住。自公婆、丈夫葬身碧濤，庚娘强忍仇恨，佯裝歡喜，騙取了王十八的信任，等待機會爲家人復仇。一回揚州，王十八便迫不及待要與庚娘成親，庚娘趁其意亂情迷之際，騙他喝下藥酒，又手刃其全家，用王氏兄弟人頭祭奠家人，然後留下血書，説明原委，投河自盡。噩耗傳來，金大用悲痛不已。南岳夫人感庚娘貞烈，遣旌善童子接走其魂魄，後又托夢樵夫、漁翁，令他們打開庚娘墳墓，庚娘復生。樵夫等見庚娘孤苦無依，指點她往鎮江投靠耿夫人，尋求庇護。耿夫人本無子女，見庚娘百媚千嬌，心靈手敏，便將其收爲義女，對其十分憐愛。尹仁將大用薦於好友袁大勳，袁大勳正奉旨剿賊，對大用甚爲器重。後來，金大用辭幕南下，改葬了二親，又到庚娘墓前拜祭。舟行之中，正遇到前往金山還願的庚娘，二人相見，抱頭痛哭，備述别後經歷。耿夫人大喜，吩咐安排筵席，令大用與庚娘、柔娘重拜花燭。

　　生扮家將，小生扮金大用，旦扮尤庚娘，貼扮唐柔娘、旌善童子，老旦扮金大用母、耿夫人，浄扮李四、袁大勳，副浄扮王十八母，末扮中軍，丑扮王十八、漁人，外扮金誠、尹仁，雜扮舟子、王十九、張三、外、生、浄、丑扮鄰人。登場人物尚有婢女、衆難民、書童、菱花、荷錢、翠荷等，俱未分配脚色。

本事出自清蒲松齡（1640—1715）《聊齋志異》之《庚娘》篇。關德棟、車錫倫編《聊齋志异戲曲集》（上海古籍出版社1983年版）收入該劇。

《鏡中圓》

劇首署"東海劉清韵古香填詞，古僅錢梅坡香岩較訂"。五齣，依次爲《餞游》《留婚》《圖形》《感畫》《合璧》，劇首以【滿江紅】一曲爲《提綱》。寫濠梁書生南楚材，父母已逝，又無兄弟。妻子薛氏出身儒門，性格溫柔，才情敏捷，與其情意相投，似神仙佳偶。南楚材父執趙琬現爲潁州太守，寄書相招，南生準備前往拜謁。臨行，薛氏備下酒席，爲丈夫餞行，彼此千叮萬囑，依依惜別。趙琬年過五旬，僅有一女，年已及笄，尚未問字。他聽聞南楚材才貌雙全，風流蘊藉，有心招爲東床。今將楚材請來相見，果然外貌甚佳，又索以詩篇，楚材揮筆立就。趙琬藉故離席，請幕友李湘芬轉達結親之意，南生則婉言相拒。趙琬入席，再示招贅之意。楚材推辭再三，奈李湘芬十分擔撥，楚材祇得寫下一封含糊家書，寄給妻子，一報平安，二取雙蓮玉珮以作聘禮。薛氏久無丈夫消息，甚是牽掛，今讀來信，更添惆悵，問明實情後，甚惱丈夫之薄情。於是對鏡臺寫就小像一幅，并題詩一首，連同二人定情信物之雙蓮珮一起寄出。楚材看過詩、畫，明白了妻子的凄涼處境及怨恨之意，當即決定辭別趙琬。及至家，南楚材又是哀求，又是作揖，薛氏祇是不理。待楚材下跪賠罪後，夫妻方和好如初。楚材後將趙琬書信轉交妻子，薛氏看完，爲太守真情所感，命丈夫修書應允趙氏婚事，并一同前往潁州迎娶趙氏。

小生扮南楚材，旦扮薛氏、長班，副净扮老奶公，末扮院子，丑扮李湘芬、書童、儐相，外扮趙琬，雜扮童了、馬夫，老旦、副净扮喜娘。登場人物尚有書童、暈碧、裁紅、四婢女等，俱未分配脚色。

本事來自唐范攄《雲溪友議》卷上之"真詩解"條，《太平廣記》卷二百七十一亦載此事。

《千秋泪》

劇首署"東海劉清韵古香填詞,古僮錢梅坡香岩較訂"。四齣,依次爲《題峰》《賞概》《累官》《偕隱》,劇首以【昭君怨】一曲爲《提綱》。寫武林人沈嵊夙擅奇才,天生傲骨。時值重陽,與好友元不識相約酒店飲酒。元不識勸他入場應試,沈嵊謝絕,獨自携酒往巾子峰絶頂登高而去。沈嵊痛飲高吟,悲嘆沉淪,不覺大醉。明日,被家人扶到考棚應試,宿醉猶未清醒,爲驅逐考棚中腐敗之氣,將昨日《登高詞》題在壁上。此舉被前來查看考場的地方官宋兆和看到,宋見其才高氣雄,便請到花廳詢問,并與其共填數曲,以志奇遇。沈嵊才思敏捷,揮筆立就,宋嘆服不已,遂把他取作案首,并請學臺以第一名讓沈嵊進學。從此,宋兆和公事餘暇,便與沈嵊談古論今,連朝縈夕,將近一載。一日,宋忽接到文書,方知上司參其飲酒賦詩、不理民事,竟使其受到革職處分。宋兆和不但不惱,反做一面大旗,寫着"飲酒賦詩,不理民事,奉旨革職"十二個大字,插在船頭,連夜收拾回去。沈嵊得知,堅持與其同往。後來,宋兆和將祖遺田宅付族人管理,率妻子隱於天台山下。此地途迂徑僻,水秀山幽,且鄰居們爲人質樸,猶有太古之風。待安定之後,宋兆和與鄰人備下酒席,爲沈嵊餞行,督促其出山建功立業。

生扮宋兆和,小生扮沈嵊,旦扮門子、長隨,貼扮幼童、沙彌、牧童,净扮樵翁,副净扮富愚,末扮元不識、韓聰、宋誠,丑扮刁全貴,外扮老翁、老僧、田父,雜扮役卒。

本事見清陸次雲(1636?—?)《北墅緒言》之《沈孚中傳》。

● 著録、版本與收藏情况

《古典戲曲存目彙考》著録。現存光緒二十六年(1900)上海藻文書局石印本,藏中國藝術研究院圖書館等,《傅惜華藏古典戲曲珍本叢刊》第106册、《古本戲曲叢刊十集》據之影印。

● 序跋、題詞與評語

俞樾《〈小蓬萊仙館傳奇〉序》（《傅惜華藏古典戲曲珍本叢刊》所收本《小蓬萊仙館傳奇》卷首）：

丁酉之春，余在西湖。海州張西渠大令以其同鄉劉古香女史詩詞見示，余爲序而歸之。聞女史尚有傳奇廿四種，余請觀焉，則以十種來。問其餘，曰："在家中。"女史，海州人，而所適錢君梅坡，沭陽人，距吾浙絕遠，致之固非易也。是年秋，天大霖雨，洪澤湖溢。女史所居圮於水，於是傳奇稿本皆沈霾於泥淖瓦礫中，不可復得。其存者，止此十種矣。

余就此十種觀之，雖傳述舊事，而時出新意，關目節拍，皆極靈動。至其詞，則不以塗澤爲工，而以自然爲美，頗得元人三昧。視李笠翁《十種曲》，才氣不及，而雅潔轉似過之。此外十四種，既不可見，則此十種之幸存者，可不爲之傳播乎？

杭州吳君季英，風雅好事，新得石印機器，願摹印以廣其傳。婁縣楊古醞大令，又願任校讎之役。時古醞方權知龍游，簿書旁午，丹鉛不輟，亦可知其游刃之有餘。惜西渠已作古人，不及觀其成矣。女史胸中，如有記事珠，能將湮沒之十四種重寫清本，以成全璧，尤余與吳、楊兩君所欣望也。

光緒庚子仲春，曲園俞樾（時年八十）

俞樾《〈小蓬萊仙館傳奇〉跋》（《傅惜華藏古典戲曲珍本叢刊》所收本《小蓬萊仙館傳奇》卷末）：

傳奇例有下場詩，茲則缺焉。古醞欲爲補之，而余有趙孟視蔭之意，意在速成，援清容居士《九種曲》例，謂可不作，乃止。摹印既成，又書數語於後，勿使古醞之負諾責也。

曲園居士又書

《望洋嘆》

◆ 劇情概要與本事

　　劇首題"望洋嘆傳奇",署"東海劉清韵古香填詞,古僮錢梅坡香岩較訂"。六齣,依次爲《軔游》《探志》《訓子》《海延》《樓祭》《夢訪》,劇首以【踏莎行】一曲爲《提綱》。寫建陵書生王翊,滿腹經綸,然功名未成,遂前往朐浦游歷。湘潭人周詒樸,現在海上任鹽官,素好風雅,遠近名士知其憐才,紛紛前來執贄。屈指槐黄已近,又到衆人回鄉參加秋闈時節,周詒樸與子蓮亭折簡邀請邱履平、王菊龕、王翊、劉殿勳、張溥齋等前來暢談。說起未來打算,衆人志向不一。邱履平欲投筆從戎,建功沙場;張溥齋願待秋闈後,放情詩酒,栖隱岩谷;王翊決定繼續進取,追求功名;王菊龕則打算返回故鄉,不踏京塵。若干年後,黑水洋龍君年紀衰邁,上帝敕其子代理職守。龍君見龍子祇解酣嬉,不知世務,欲尋一名師教導之。正巧,水將所呈册籍中有張溥齋之名,張溥齋數應三日後水解,再罰居水府十年,方得超拔。龍君知其爲飽學之士,遂傳令備下車杖,到洋面迎接溥齋。張溥齋久居京城,家計十分蕭索,又被京債催逼,便由津沽附輪船南下。途中睏倦,伏案小寐,夢中見龍君遣人來請。醒後,果然巨浪滔天,張溥齋將兒子勸勉一番,登車赴龍宮而去。幾十年後,王翊婚宦早成,今退守鄉園。因厭家中繁雜,遂於城外別構草樓栖身。一日,翻閱《建陵山房詩鈔》,憶及昔日海上諸友,今已大半凋零,不勝傷感。其中,邱履平從戎後,曾隨征高麗,終數奇不偶,客死津沽。反不如王菊龕弃置功名,飄然歸去,半生評花品月、飲酒賦詩。周蓮亭遭遇寇亂,一門慘死,令人心酸髮指,其父周詒樸因之抑鬱而終。張溥齋舟過黑水洋,竟被洪濤捲去,渺無影迹。王翊至此不忍再讀,遂作下祭文一篇,焚香斟酒,望空憑吊,并願夜深人静之時,能在夢中與諸友相晤。待其入夢，果有仙童持帖來請，言王菊龕約其蓬山小叙。王翮隨童子乘鶴飛升，過了弱水，果見菊龕、蓮亭、履平在蓬萊島高峰上并列迎候，原來三人死後俱已成仙。隨後，四人往龍宫尋訪張溥齋，受到龍君盛情款待。張溥齋久慕蓬萊，衆人便携之往蓬萊第一峰芸華宫游覽。這時，王翮問起周誥樸境况，衆人言其已證果西方，爲堅瓠佛。説着，堅瓠佛遣人送來甘露一瓶、天魔舞一部，以助清興。王翮感良朋厚惠，願歸去後滌塵心、更俗念，以求他日再與諸友同登瑶京。最後，衆人將王翮送回。

　　生扮王翮，小生扮王菊龕、張溥齋子，旦扮周蓮亭，貼扮龍子，四旦扮龍宫女樂、天女，浄扮邱履平，末扮張溥齋，丑扮劉殿勛、桂兒、夜叉，外扮周誥樸、黑水洋龍君、陳忠，雜扮僕人、侍臣、夜叉、水卒、仙童，貼、丑、小旦扮仙童。登場人物尚有童子、水卒、衆鬼魂、黄金力士等，俱未分配脚色。

　　本事來自作者同鄉文人王子揚事，同時敷演與王相關其他文人之事迹。按，王翮（1823—1906），字子揚，沭陽（今江蘇沭陽）人。同治時舉人，曾四上公車。歷山陽、鹽城等地教諭、海門訓導等，光緒五年（1879）主講懷文書院，咸、同間館於朐浦，與湘潭周誥樸（1798—1864）、真定王蔭祐（生卒年不詳）、漢陽劉殿塤（生卒年不詳）、海州邱心坦（1840？—1903）、粤東張守恩（生卒年不詳）等切磋，交往甚密。

● 著録、版本與收藏情況

　　現存民國二十八年（1939）謝方同鈔本，江蘇沭陽詩詞協會據此謄寫印刷。另，華瑋編輯、點校《明清婦女戲曲集》（"中研院"·中國文哲研究所2003年版）、李志宏等編《清末藝壇二杰——現代軍樂創始人李映庚與中國劇壇第一才女劉清韵研究》（澳門文星出版社2003年版）均收有其排印本。

序跋、題詞與評語

張潤珍《〈望洋嘆傳奇〉叙》（民國二十八年鈔本《望洋嘆》卷首）：

傳奇之作，權輿於唐之樂府，而濫演爲元代之詞曲。除高則誠《琵琶記》揚權貞孝外，類皆伸紙搖墨，假神經怪牒，避實蹈虛。明則湯臨川其表表者，他亦多驅幻筆寫空境，甚至略無姓氏可稽。之勝國孔季重郎中箸（著）《桃花扇》，力矯其失，詞壇實錄，一洗凡響。踵而起者，如董恒嚴《芝龕記》、黃韵珊《帝女花》、彭建南《影梅庵》諸作，或則衷諸國史，或則采諸私家雜著，辜較從前劇本，純以改頭換面，扮演爲笑嚎者，則漸跂乎實矣。同邑劉古香女史，邃於詞曲。哦詩作畫之暇晷，嘗撰《小蓬萊》廿四種傳奇。前十種，曾見賞於德清俞蔭甫太史，序刻行世，餘則劫於馮夷陽侯，九鼎淪泗，千夫莫取，不可謂非詞曲場一厄運也。歲丁巳，余避債治南舊十字橋，有以女史所譜《望洋嘆》傳奇抄本贈者，閱之，乃搬演鄉先哲王子揚孝廉，近四十年事。停雲朐浦，乃嘯雨秦東，詩友吟朋，歌離吊夢，此其最新最確院本。與太史序行各種，所謂皆傳述舊事者，余覺前猶鄰於虛想，而後則更徵諸實境。嘻！十編《午夢》，葉小鸞閨閣長才；一首《紅箋》，女相如文壇健將。他日有柱史丈人，金饋考典，搜滄海之遺珠，訪璇幃之逸稿，則科白雖小道，或可緣隙奮筆，附入龍門樂書，而歌舞海國滄桑前之名人軼事也歟？是爲叙。

沭陽張潤珍瑟濃氏撰

謝方同《〈望洋嘆〉識語》（民國二十八年鈔本《望洋嘆》卷末）：

此卷於沭城失陷後九日，日機向各區投彈轟炸村莊，（黃黎墩、馬屯、□□等處都被轟炸。）余處在百無聊賴空氣中，始將此抄畢。

國曆□□七月，民二十八年一月十七日，一吾識

《拈花悟》

● 劇情概要與本事

劇首題"拈花悟傳奇",署"東海劉清韵古香填詞,古僮錢梅坡香岩較訂"。四齣,依次爲《悼婢》《聚仙》《宴真》《葬花》,劇首以【如夢令】曲爲《提綱》。寫閨中少女劉三妹,嬌小年華,温柔性格,受父母愛重,被視同掌上明珠。一日曉妝初罷,見房中海棠、蘭花盛開,便將花韵花情細細領略一番,題詩一首。婢女玉奴送來花把兒,無意中言及亡婢芒兒,劉三妹不勝傷感。原來,芒兒出身蓬門,自小被父母送入劉府爲奴,服侍三妹。二人相伴七年,形影不離,感情深厚。後來,芒兒母親將之嫁於村郎,不久即被折磨而死。其實,芒兒本天上惜紅仙史,祇因蟠桃宴後,王母賜游御園,兼許花下携樽,又各賜瓊花一枝,惜紅被衆仙子作弄得大醉,遂與司香玉女嘲笑分顔,竟將瓊花踏得粉碎,被御園仙吏參奏。王母大怒,欲除其仙籍,永歸輪轉。衆仙子代爲乞恩,就中玉虚仙子保救尤力,方得小示警懲,從寬暫謫。恰好玉虚轉世爲三妹,惜紅亦降世,與之結下七年主婢之緣。惜紅近已謫滿歸班,而三妹憐芒兒夭折,每每爲之悵惋。花宮總司因此大啓花宫,令惜紅引三妹夢魂先到集艶亭小憩,説明前世因果;再設宴廿四番風殿,作一群芳大會。席間衆仙女紅嬌粉膩,玉映珠輝,令人迷離惝恍。三妹心中樂甚,不覺連進數觴,竟至沉醉。後以百花輿送歸,醒來恰是一夢。但見身邊尚有花宫總司所贈如意花一枝,方知真是遇仙。遂命婢女製下紗囊,備下翠帚鴉鋤,往園中葬花。葬畢,往天香館,陪同父母觀賞牡丹。

旦扮劉三妹,小旦扮惜紅仙史,貼扮瓊奴,老旦扮花宫總司,丑扮玉奴,丑、雜扮二仙女。登場人物尚有二仙童、衆花仙、雲童等,俱未分配脚色。

是劇當據作者個人經歷敷演而成,具體本事待考。

◆ 著錄、版本與收藏情況

現存民國二十八年（1939）謝方同鈔本，江蘇沭陽詩詞協會據此謄寫印刷。另，華瑋編輯、點校《明清婦女戲曲集》（"中研院"·中國文哲研究所2003年版）、李志宏等編《清末藝壇二杰——現代軍樂創始人李映庚與中國劇壇第一才女劉清韵研究》（澳門文星出版社2003年版）均收有其排印本。

徐 鄂
(1844—1903)

字午閣，一作五各，號棣亭，別號汗漫道人、汗漫生，嘉定（今上海）人。自幼喪父，母葛氏將其撫育成人，并爲之開蒙。咸豐十年（1860），被太平軍擄至南京，逃歸後，母已殉節死。後將書房命名爲"誦荻齋"，以示不忘母恩。光緒十一年（1885）中舉。（民國）《嘉定縣續志》言其："游幕燕、趙、齊、豫、贛數十年。舉凡賑災、治河、試士、考禮諸要政，其所規劃措施，皆洞中機宜。平生大著作、大學問，多爲人發泄而已，不預其名。以功叙同知，保知府，指分浙江補用。年六十卒於家。"工詩文、書畫、詞曲，精算術。著有《奇門反約》《奇方放觀》《吉良合璧》《隸體尋源》《經界求真》《籌算洪田》《平方捷密》等。戲曲作品有《梨花雪》《白頭新》《洛水犀》《點額妝》，合稱《誦荻齋曲》。其中《梨花雪》傳奇、《白頭新》雜劇曾以《誦荻齋二種》之名刊行，《洛水犀》《點額妝》已佚。

傳記文獻：（民國）《嘉定縣續志》卷十一《文學傳·徐鄂》、鄧長風《七位明清上海戲曲作家生平鉤沉》（《明清戲曲家考略全編》上）。

《白頭新》

● 劇情概要與本事

劇首題"誦荻齋第二種曲"，署"嘉定徐鄂午閣填詞，茂名楊彥深淪靈評點"。六折，依次爲《守義》《誓貞》《館衛》《訪庵》《署婚》《廷表》。寫淮安山陽人程勳著因貿易作客都門，與平谷劉登庸成莫逆之交。程勳著子允元年二歲，生得頭角崢嶸，眉目清秀，劉登庸見而异之，遂將周歲女兒與之結親，程家也以白玉雙環易劉女紅箋八字。劉登庸擢升蒲州知府，挈眷赴任，又爲允元納粟捐監，以便其能應試京兆。後程勳著忽然病亡，允元扶櫬南歸。不久母親又逝，允元煢煢孑立，寒苦無依，衹得課徒自給。此時，劉家亦遭遇變故，登庸父子相繼歿於任所，劉女竟不知存亡。程允元感劉氏昔日恩情，堅守婚約，鰥居自誓，年復一年。原來劉女自父兄死後，變賣琴書，典鬻釵珥，扶雙櫬北返。甫達津沽，囊鏹已空，又告貸無門，欲歸不得，乃厝旅櫬於鄉祠，寄孤身於尼寺。自此，淨室深藏，長齋自誓，每日做些針指以爲糊口之計。十年來，雖有豪門巨室慕其名色，前來求親，都被其嚴詞拒絕。時光荏苒，程允元行年五十七歲，爲好友趙鵬所薦，現在衛總曹曉白處做西賓，脩脯較豐，主賓甚洽。一日，程允元藉主人起運漕糧之機，乘舟北上，欲探訪劉女消息。某日來到天津，偶然從旗丁口中得知劉女在紫竹庵苦守事，當即前往，并奉上劉女庚帖求見，不料劉女拒絕相見。允元衹得回船，向東家求助。曹曉白將此事告知天津知縣俞汝成，俞汝成感程、劉二人貞義，遂囑托妻子將劉氏接到署中，多方婉勸，始得允從。又擇定吉日，將二人帶到大堂成婚。婚後，曹曉白將使女采茱送與允元作小星，以爲嗣續之計，劉氏也一力慫恿，程允元祇得允從。後來，茱姬產下一子，允元更是感念良朋義重，妻子盛德。後來，允元夫妻守義懷貞之事驚動朝廷，皇帝遣人賜銀三十兩，并旌其閭曰"儀貞之門"，以勵風化。

　　生扮程允元，小生扮趙鵬、僕人，旦扮劉氏，老旦扮妙蓮師太、閹人、儒學教諭，小旦扮家人、采茱，雜旦扮小尼，貼旦扮旗丁妻，淨扮曹乃東，副淨扮何媽，儐相、儒學訓導，末扮禮生、山陽知縣，丑扮旗丁、禮房，外扮俞汝成、禮生，雜扮二僕、二嫗，衆扮儀從。

　　本事見於清王棫（生卒年不詳）《秋燈叢話》、李元度（1821—1887）《書程允元暨妻劉貞女事》、黃鈞宰（1809—1876?）《金壺浪墨》等。清李天根（1680?—1753?）《白頭花燭》、吳恒宣（?—1783?）《義貞記》傳奇與此題材同。

◆ 著録、版本與收藏情況

《古典戲曲存目彙考》著録。現存光緒十三年（1887）大同書局石印本，藏中國藝術研究院圖書館，《傅惜華藏古典戲曲珍本叢刊》第108册據之影印。

◆ 序跋、題詞與評語

徐鄂《〈白頭新〉本事按語》（《傅惜華藏古典戲曲珍本叢刊》所收本《白頭新》卷首）：

鄂按，允元事載《禮部則例》中，近人雜録記其者不少，余獲見祇此兩篇。黄爲淮人，所聞應較確矣，而年月銓次，反不及李公之詳。其以"津令"爲"津守"，以"義貞"爲"義烈"，皆失實者也。蓋得之里巷傳聞，而江督之《疏》、春官之《書》，猶未之見耳。至玉環之聘，官牘所不及詳，而鄉曲婦孺能言之者，容是實事。余製《白頭新》院本，列二君文於卷首，以備當世參考焉。

徐鄂識

徐鄂《〈白頭新〉識語》（《傅惜華藏古典戲曲珍本叢刊》所收本《白頭新》卷首）：

《梨花雪》院本既成，假次青集以證之，并見所書山陽程生夫婦事，蓋余囊所聞者，而未能悉其顛末若是之詳也。時眉聲爲楊容師延，往吉林裏校。燈窗寂坐，索居寡歡，爰就其事，演《白頭新》雜劇六折。自三月既望，訖四月朔末，半月而竣。

夫古今來奇事之足傳者，惟其難耳、罕耳。若程與劉，可謂絶無而僅有矣，宜鉛槧家爭筆之也。夢丸之説，固涉不經。或因程生尚有後人，故桑梓間猶樂爲附會乎？以劉女之賢，豈不計及於嗣續之大，爲之置媵容，非情所必無,因於末折及之。以是爲勸世也可,以是爲補陷也亦無不可。

丁亥四月,嘉定徐鄂識

秦本楨《〈白頭新〉跋》(《傅惜華藏古典戲曲珍本叢刊》所收本《白頭新》卷末):

丁亥客瀋陽,適楊蓉浦先生按試吉林,招往襄校。上巳倘裝,逾月遄返。甫下車,公子淪靈即告曰:"午丈《誦荻齋詞曲》,又成《白頭新》一種,盍就觀焉?"心竊訝其神速,亟詣之。已袖稿過予,還寓一揖外,不遑他。及展卷雒誦,如徑入松篁,笙竽自韵;如舟行茗雪,風水成文。其結構也,滅裁縫之針綫;其運用也,化朽腐爲神奇。而趙友之懇摯,曹弁之粗豪,何嫗之附熱,妙尼之使乖,旗丁夫婦之鄙俚,即賓白科諢,亦各爲之頰上添毫。文入妙來,何施不可?故能於《梨花雪》外,另闢蹊徑,抑何變化之不可測耶!往歷邊外,群山蒼莽,彌望荒涼,夢繞故鄉。暮春三月,輒嘆丘希範"雜花生樹,群鶯亂飛"二語,不著一字,盡得風流。不圖行塵未浣,竟於此卷中仿佛遇之。即以此爲移贈何如?

浴佛日,寶山秦本楨跋

附《欽定禮部則例》(《傅惜華藏古典戲曲珍本叢刊》所收本《白頭新》卷首):

"旌表"條載,乾隆四十二年江督高晋具題,江寧淮安府山陽縣監生程允元,兩歲時與直隸平谷縣人劉登庸之女結婚。後程允元回南,登庸身故,眷口流寄天津。女至煢獨無依,彼此音問不通五十餘年,各堅守前盟,矢志不回。後程允元在漕船教書,隨船北上,行抵天津,聞里人傳説,有貞女劉氏隱迹尼庵,細訪始知即係原聘妻室劉氏。當經該縣聞此异事,隨傳劉氏至署,再三勸諭,令當堂與程允元合卺,隨幫南下回淮。經部覆准,奉旨旌表,給銀共建一坊，并給與"義貞之門"字樣。

附李元度《書程允元暨妻劉貞女事》（《傅惜華藏古典戲曲珍本叢刊》所收本《白頭新》卷首）：

程允元，江蘇山陽人，監生。父勳著，以懋遷客都門，與故蒲州守劉登庸善。登庸，直隸平谷人，以其子妻允元，即貞女也。時康熙六十一年，允元二歲，貞女甫周晬。居亡何，允元隨父南歸。父尋卒，登庸及其子亦相繼卒。貞女流寓天津，路遠音耗絕。至乾隆四十二年，相違五十餘年矣。允元以幼聘婦未婚，義不肯別娶，授徒自給。貞女自父兄物故後，煢獨靡依，巨室聞其賢，爭委禽，里嫗悠恿之，貞女誓不改字，僑寓尼庵，蟄深室，藉針黹度日，雖十歲童未覿觀其面也。是年，允元館大河衛前幫漕弁所，課其子讀。四月，隨漕艘抵津，會津人嘖嘖稱劉貞女為淮安程生守貞狀。允元咤曰："噫！是殆吾聘妻劉氏者邪？"走尼庵訪之信，貞女拒弗見。漕弁知而异之，移牒天津令，令召劉氏入署勸諭之，乃就公堂與允元合卺成禮。隨漕幫南下，江督高公晋以狀聞，疏略云："士敦百行，惟節義足振綱常；女守三從，必貞信斯維風化。今山陽縣監生程允元，暨聘妻劉氏，訂絲蘿於黃口，諧花燭於白頭。守義懷貞，五十年來如一日；完名全節，二千里外有同心。史册罕傳，古今僅覯。良繇聖世中和，位育教化涵濡。是以膠庠，成正士不二之志；允諧巾幗，有完人從一之操。終遂夷考其行，實應旌法。謹與撫臣某，合辭陳請。"詔曰："可。"乃賜帑金三十兩，表其閭曰"義貞之門"。

繫曰：夫婦，人倫所造端也。觀允元夫婦之事，豈不難哉？以彼相去二千里，越時五十餘年，較然不欺，卒各成其志。始願蓋不及此，抑不料彼此各持此心若一，契也。語云："天定勝人，人定亦勝天。"烏虖，信哉！余覽近人筆記述其事，謹銓次書之，冀以厚人倫，砥薄俗云。

李次青元度

徐鄂

附黃鈞宰《金壺浪墨·白首完婚》一則（《傅惜華藏古典戲曲珍本叢刊》所收本《白頭新》卷首）：

同邑程允元，少游直隸，議婚於劉氏，未娶而歸，留玉環一雙爲聘。女父登庸書庚帖付之，約以三年爲期。及允元抵家，而登庸卒，女幼失母，至是益煢獨，轉徙天津，靡所依恃。鄰人妄傳允元死，將以爲利。女聞之，朝暮飲泣，誓以身殉，而苦無確音。或微言諷令改字，則哽咽不食，毀容素服，屏居尼庵，以針黹度日，備歷茶苦。蓋南北音問斷絕者三十餘年。先是允元家居，怙恃繼歿，久不得登庸耗，又極貧困，屢欲踐約不果。中年以往，議婚者踵至，允元亦執義不納。他日附糧艘課徒北上，行抵天津，聞有貞女劉氏，隱迹尼庵中，詢之，果登庸女。玉環在耳，允元亦出庚帖爲證。鄰里皆喜，促議婚期，而劉女不可，曰："吾守父命，吾矢吾心耳。遲暮之年，行將就木，豈有五六十老女子作新婦妝哉？"天津守聞而异之，召劉至署，使眷屬再三勸慰，助以奩金，鼓吹送歸允元所。合卺之夕，兩新人傴僂成禮，鬢髮如銀，儐相扶持，與花燭紅妝相映射。遠近觀者皆感嘆，詫爲僅事。事聞，予旌建坊曰"義烈"。他書載此事，謂劉夢觀音予丸，孕而生子，則天河所未聞也。

黃天河鈞宰

劉龍躭
（？—1905後）

字書傳，眉山（今四川眉山）人。光緒三十一年（1905）尚在世。平生好佛，與華陽傅世煒（？—1908）相友善。其他事迹待考。著有雜劇《桃花源》《懶閑天籟》二種。

按，《洛陽戲曲志》稱其爲河南洛陽人，不知所據。

傳記文獻：劉龍躭《桃花源》、傅世煒《續修大覺禪院第二舍利塔志銘》。

《桃花源》

◆ 劇情概要與本事

又名《桃花源傳奇》。卷首署"眉山劉龍躭書傅甫填詞，門人校刊"。四折，依次爲《源頭》《源本》《源流》《源尾》。劇前有《詩引》陳述故事梗概，類似傳奇之標目，詩後爲題目正名："始皇帝惡焰滔天，秦才人巧緣避地。莽漁父幸入桃源，陶隱君喜爲筆記。"劇末附《源流》内【秋蕊新】各曲。

《源頭》寫秦始皇經過十年征戰，終於一統天下。某日上朝，丞相李斯上奏，言儒生都是一伙亂臣賊子，請將之坑殺，并焚其書；將軍蒙恬爲保萬年安享，奏請修築長城；方士徐市爲報天恩，奏請出海求仙；内侍趙高啓奏阿房宮築成，請皇帝游覽。秦始皇皆准許施行。太子扶蘇聽聞李斯奏議，認爲不可，一再諫止，秦始皇祇答應不焚《周易》而已。扶蘇則假傳聖旨，禁止焚書坑儒。結果觸怒皇帝，被派去與蒙恬修築長城。次子胡亥騎鹿前來參見，自稱所騎爲馬。秦始皇驚問緣由，趙高謊稱皇子身同仙人，而鹿是仙人之馬。秦始皇認爲趙高頗有見識，委命其輔佐胡亥。之後，秦始皇至阿房宮，先觀李斯焚書坑儒，又餞別徐巿東行出海。

《源本》寫戰國說客魯仲連救趙平燕後，隱居於桃花源。燕太子丹遣荊軻刺秦失敗，潛逃途中，遇魯仲連，與其同隱桃花源，一起彈琴讀書。一日，孟姜女因爲丈夫修築長城，勞役而死，遂將城墻哭倒。面對官府追查，欲投河自盡，被曾與張良擊打秦王車駕、現今流落江湖的壯士救下。後逢出游的魯仲連、太子丹，互相言明來由後，壯士與孟姜女也決定一起歸隱桃花源。

《源流》寫秦始皇後十數世，武陵江頭一漁夫沿江上溯，爲山洞所擋，於是弃船入洞，出洞後視野開闊，竟是桃花源。前一日，桃源中人鐵樵夢到前人預言當有客人來訪，第二日果然見到漁夫到來，便爲其講述桃花源由來、風俗，邀請其到家用飯。路上遇到幾個婦女采桑歸來，她們商量各取自家酒食款待漁人。又遇到牧童小三兒，小三兒將牛讓給漁夫騎。小三兒之父名魯道，乃魯仲連之後，每晚爲桃花源中人說書講學，甚至猴、猪等動物也通人性，前來聽講。魯道向漁夫演說道情，闡發明心見性、修身養性之道。漁夫頗受感發，準備回去搬取家小來此隱居。衆人又贈許多禮物送別。

《源尾》寫東晉詩人陶潛曾爲彭澤縣令，因不願爲五斗米折腰，辭官歸鄉。前一日出游蓮社，聽人講說桃源故事，於是準備形諸文字。太守王弘遣白衣送酒，陶潛便趁興作《桃花源記》并詩。句讀過後，送與夫人翟氏吟誦。翟氏稱贊桃花源爲第一等隱居之地，桃花源人是第一等風雅名流，并認爲陶潛作記賦詩的深意在於啓示人們桃花源不須外求，在自己内心中即可望見。陶潛深以爲然。好友惠遠、劉遺民來訪，二人對陶潛新作詩文甚爲欣賞，欲將之刻印。翟氏準備酒筵，邀請陶潛對菊小酌，忽然聽到有人吟誦王維《桃花源行》詩，故事至此結束。

生扮徐巿、魯仲連、魯道、陶潛，小生扮扶蘇、燕太子丹、鐵樵，旦扮宫娥、孟姜女、魯大嫂、翟氏，貼扮鐵幺妹，小旦、花旦扮采桑婦人，净扮秦始皇、壯士、惠遠，末扮蒙恬、劉遺民，付扮李斯，丑扮趙高、漁人、胡亥，雜扮内侍，童扮小三兒。

本事見於晉陶潛《桃花源記》、《左傳·襄公二十三年》所載杞梁妻之事、《史記》中之《秦始皇本紀》《李斯列傳》《蒙恬列傳》《魯仲連列傳》《留侯世家》、《晉書》《南史》《宋書》中之《陶潛傳》等。

● 著錄、版本與收藏情況

《清代雜劇全目》《古典戲曲存目彙考》《古本戲曲劇目提要》著錄。現存光緒間刊本，藏國家圖書館。

―――――――――|《懶閑天籟》|―――――――――

● 劇情概要與本事

卷首署"眉山劉龍貽書傅甫填詞"。一折。寫懶散人六根清淨，學習書劍不拘執泥古，常在吳山楚水間笑傲林泉，不計較窮通得失。又有名窮忙者，整日費盡心機，追逐功名利祿，家藏萬貫，位列三台，畢生忙忙碌碌，又希圖死後萬世留名。窮忙聽說懶散人安閑自在，前去訪探，以求指教。懶散人依次分剖衣食、妻妾、子孫、居所等事之弊，認爲集狐千腋不過備寒溫，山珍海錯一下喉嚨也會變成糞，自古來，除了文王之外，沒有全人，宮殿建造再美，也禁不起大火焚燒。又述說自身曾胸懷建功立業之志，但幾番折挫後，終於看淡功名，既不欲參觀海域、圖畫衆國，也不願探奇訪勝、避世隱居，漠然於參佛修道、誇伎鬥巧，如今祗享受粗茶淡飯、無身無心之樂。最終又以天下萬事皆由命定之理，"太山喬岳立身，青天白日居心，流水行雲應事，光風霽月待人"之法點化窮忙。

小生扮懶散人，丑扮窮忙。

本事待考。

◆ 著錄、版本與收藏情況

現存光緒間刻本,藏國家圖書館。

歐陽淦
(1879—1907)

字鉅源，一作巨元、鉅元，別署遽園、茂苑惜秋生、惜秋生、惜秋等。原籍安徽（或曰湖南），占籍江蘇蘇州。出身孤寒，曾爲書傭。然早慧豐才，十五六歲即補博士弟子員。光緒二十四年（1898）赴上海，結識李伯元（1867—1906）。李伯元賞其才華，聘其入報館工作，後協助李伯元編輯《游戲報》《繁華報》《綉像小説》等報刊。居滬期間，日事冶游，後罹惡疾而卒。文思敏捷，今存小説《負曝閑談》、傳奇《維新夢》《拿破侖》、雜劇《新上海》等。又與龐樹松（1879—?）合作撰寫《玉鈎痕》。

按，關於其生卒年，孫楷第《中國通俗小説書目》等記作"1883—1907"；王學鈞《歐陽鉅源與李伯元的兩度合作》據包天笑《釧影樓筆記》《補述茂苑惜秋生事》《釧影樓回憶録》等相關記載言："歐陽鉅源於1907年死時虛齡29歲，則他當生於光緒五年（1879）。"可從。

傳記文獻：魏紹昌《茂苑惜秋生其人其事》（《光明日報》1962年7月14日）、包天笑《釧影樓筆記》（《小説月報》1942年4月第十九期）、包天笑《補述茂苑惜秋生事》（香港《大公報》1962年8月1日）、包天笑《釧影樓回憶録》、陳無我《老上海三十年見聞録》、王學鈞《歐陽鉅源與李伯元的兩度合作》（《明清小説研究》2005年第1期）。

《新上海》

◆ 劇情概要與本事

劇首題"新上海"，署"惜秋"。僅存《觀賽》一折，未完。寫時值西人賽馬之期，一班游人趁着晴和天氣，乘馬車前往觀看。途中但見人聲喧嚷，車水馬龍。來到張園，祇見門外已堆積了許多車輛，裏邊聚集了士農工商各色人等。店中夥計也忙着收拾碗筷，招攬客人。後見天色已晚，衆人歸去。

貼扮妓女，生、净、丑、末各扮游人。

本事不詳。據其首刊時間，知是劇完成時間當在光緒三十年（1904）或之前。

◆ 著錄、版本與收藏情況

《古典戲曲存目彙考》著錄。現存光緒三十年（1904）《二十世紀大舞臺》第1期所收本。

《玉鈎痕》

按，是劇乃與龐樹松合撰。參看本書"龐樹松"條。

蔣景緘
(？—1914)

又名寄生（或爲字），筆名鋌夸，錢塘（今浙江杭州）人。曾任上海《輿論時事報》及其副刊《圖畫新聞》主筆，又爲《江漢日報》等撰稿，還曾與李涵秋（1874—1923）、貢少芹（1879—1921?）共同創辦《花花報》。因染喉疫去世。其他事迹待考。擅小説創作，著有《鳳厄春》、《金篛葉》、《迷龍劫》、《費娥劍》、《自由鏡》（又名《情孽》）、《蘆花棒喝記》、《幽蘭怨》、《身外身》、《電妻》（原名《美人肝》）、《湖海飄零記》、《靈鶼夢》、《火星飛艇夢》、《殘夢齋隨筆》、《帽影釵光録》、《快活之旅行》、《千古恨》、《秭歸聲》、《天界共和》（與貢少芹合著）、《妖像記》等二十餘部；編譯小説有《黃金舌》《水底鴛鴦》《紅薔薇》《瀝血鴛鴦》等；戲曲作品有雜劇《俠女魂》。

傳記文獻：姚大懷《近代曲家曲目考補九題》（《文化藝術研究》2021年第4期）、莊逸雲《蔣景緘小説創作初探》[《中國文學研究》（輯刊）2015年第1期]。

《俠女魂》

據卷首《叙例》，知該劇係敷寫清末秋瑾、胡仿蘭等八位女英雄事迹，似應有八折，今僅見五折，依次爲《足冤》《拒烟》《探獄》《兵解》《贈金》，均爲一折。

◆ 劇情概要與本事

《足冤》

劇首題"足冤·胡仿蘭"，署"蔣景緘"。寫胡仿蘭雖爲女性，思想却很開通，認爲同胞姊妹纏足乃損害健康、自求桎梏之舉。不但自己放開小脚，還普勸戚畹放足，爲之惹惱婆婆程氏。程氏將胡仿蘭幽囚一室，逼其自裁。幸得義媼徐氏潛通書信給胡仿蘭娘家，其兄遣車來迎，却被程氏搶白一番，無功而返。程氏見徐媼來家，便來撒潑扭打，徐媼掙脱而去。仿蘭言女兒幼小，尚需自己照料，程氏却不顧仿蘭苦苦哀求，强逼其服下鴉片，令其痛苦死去。

旦扮胡仿蘭，老旦扮徐媼，丑扮程氏。

本事來自清末女子胡仿蘭生平事迹。按，胡仿蘭（1880—1908），沭陽（今江蘇沭陽）人，十八歲嫁給徐姓，生一子二女。喜歡翻閱新報刊及西洋物理、歷史書籍。後因自己放足，并勸説他人放足，招致公婆不滿，被鎖在房中，服毒自盡。

《拒烟》

劇首題"拒烟·周苣香"，署"蔣景緘"。寫邗上女子周苣香出生名家，長適同鄉蔣寄生。因親人離世，煩憂不已，加上積勞過度，遂染沉痾，醫藥無靈，凶多吉少。鄰居陳大嫂見此，勸其吸食鴉片，以斂肺氣，即使由此上癮，總可保住性命。周苣香一再拒絶，誓不入口。一日，陳大嫂携帶烟具，又來蔣宅相勸，却聽到苣香控訴鴉片危害，及情願病亡亦絶不吸食此物的決心。陳大嫂甚是羞愧，摔碎烟具而去。

生扮蔣寄生，旦扮周苣香，貼扮丫鬟，老旦扮陳大嫂。

本事當由作者經歷敷演而成，男主角"蔣寄生"與作者同名。

《探獄》

劇首題"探獄·張佛香"，署"蔣景緘"。寫在滬求學的女子張佛香與哥哥張宸溯江北歸，途經京口，聽聞記者杜課園被當道羅織罪名，陷於丹徒質所，準備前往探視。又受人之托，先將《杜課園初集》送至報社。來到小閘口，揚子江報社夥計懼禍，拒絕接收。二人祇得進城。路上，張佛香聽聞杜課園因組織新聞，觸犯世忌，纔遭此大禍，甚是不平。杜課園入獄兩月，并不沉淪，常與二三難友縱談時事，勉以愛國。張佛香見此，對杜課園更是崇拜。三人暢敘多時，張佛香兄妹興盡而返。

生扮杜課園，小生扮張宸，旦扮張佛香，丑扮店夥計，雜扮挑夫、四獄友。

本事應出自杜課園蒙冤入獄之時事。按，杜課園，原名鐸，字木天，原籍太原，寄籍揚州。少聰穎，性耿直。於社會公益事莫不引爲己任。光緒三十年（1904）創辦《揚子江叢報》，指摘時弊，爲當道所忌。因發表《警察怪現狀》，對鎮江創辦的警察事業黑幕多有揭露，而且人物均用真名實姓，故被羅織罪名，下獄監禁。

《兵解》

劇首題"兵解·鑒湖女俠"，署"蔣景緘撰"。寫紹興太守桂福爲求升官發財，藉皖省革命事，誣陷本城秋瑾女士爲革命黨人，將之下獄。又奉上司之命，準備趁夜將之殺害。秋瑾寧死不屈，大罵桂福心醉官途、荼毒士林。標統李益智率兵將秋瑾押往軒亭口斬殺。秋瑾就義後，衆仙女將之魂靈迎歸帝鄉。秋瑾雖魂歸天上，其自由、女權思想猶然不改。

旦扮秋瑾，副净扮李益智，丑扮桂福，雜扮二獄卒，貼、老旦、小旦、小生扮仙女。登場人物尚有四隨從等，俱未分配脚色。

本事來自秋瑾事迹。按，秋瑾（1875—1907），字璿卿，號競雄，別署鑒湖女俠，山陰（今浙江紹興）人。曾留學日本，積極參加留日學生組織的革命活動。又參加光復會、同盟會，并在上海創辦《中國女報》，以開通風氣、提倡女學。後因安慶起義失敗被捕就義。清韓茂棠（1880—?）《軒亭冤》（今存）、古越嬴宗季女（生卒年不詳）《六月霜》（已佚）、傷時子（生卒年不詳）《蒼鷹擊》（已佚）、華偉生（生卒年不詳）《開國奇冤》（已佚）等均演述相同題材。

《贈金》

劇首題"贈金·段佩環",署"蔣景緘撰"。寫浙杭段佩環幼居滬上,長適武陵俞品璋,常因不能以廣厦之萬間分同胞爲一痛。一日,見森林中有人自經,段佩環趕緊上前解救。原來,此人名王麂日,紹興籍,來游省會,將入府中學堂肄業。豈知一病數月,已過考期,又身無分文,無顔歸鄉,遂有此舉。段佩環聞知,極力勸阻,并將自己所得俸金悉數相贈。王麂日感激而泣,贈詩一首相謝。段佩環不求後報,拂袖而去。

旦扮段佩環,末扮王麂日。

本事待考。

◆ 著錄、版本與收藏情况

《清代雜劇全目》《古典戲曲存目彙考》著錄。今存宣統元年(1909)《揚子江小説報》第1—5期所收本。另,阿英編《晚清文學叢鈔·傳奇雜劇卷》(中華書局1962年版)收錄其中《足冤》一折。

談小蓮
(？—1913)

名珵熙，字小蓮，一作筱蓮，號澹盦，別署白雲詞人，武進（今江蘇常州）人。邑庠生。光緒二十三年（1897）旅居上海，次年任《求我報》主編。光緒二十九年（1903），李伯元（1867—1906）主編《綉像小説》，談氏協助之。光緒三十二年（1906），創辦《小説七日報》。光緒三十四年（1908），參與《國華報》的籌辦，致力於"戲曲改良"運動。宣統二年（1910）春赴關外，民國二年（1913）冬客死吉林。工詩文，擅丹青篆刻，於小説、戲曲一道尤爲傾心。今有文言志怪小説集《澹盦閑贅》存世。戲曲作品有雜劇《風月空》、傳奇《孝娥記》（佚）及時事劇《潘烈士投海》，其中《潘烈士投海》被名伶孫菊仙搬演場上，影響甚大。

按，《古典戲曲存目彙考》言談氏爲海鹽人，誤。又，李錫奇《南亭回憶錄》言其"仕至黑龍江管署總文案"，待考。

傳記文獻：談珵熙《澹盦閑贅》、王學鈞《李伯元與白雲詞人談小蓮》（《明清小説研究》2003年第2期）、胡瑜《近代戲曲家談小蓮事迹考》（《文教資料》2009年第18期）等。

《風月空》

◆ 劇情概要與本事

劇首題"風月空雜劇"，署"白雲詞人"。一折。寫某日，有二人在上海街頭相遇，坐下談天，説起當今世事，感覺無一不假，特別是上海地方，更是假中之假。十里洋場，車聲似水，人勢如潮；四馬路一帶，書樓茶館、酒館妓寮不知多少。其中花天酒地、醉生夢死者，看似没有一個是窮人，其實個個都是貧人。最有名的幾家妓女目下雖風光無限，然一切都不堅牢；簽片們看着衣履鮮美、舉止闊綽，其實不過東挪西借，撮土填巢罷了。其最後結局都將是爲官的一場空、富貴的金銀盡。

净、丑扮上海人，丑脚賓白用蘇州方言。

本事待考。據首刊時間，知是劇當創作於光緒二十三年（1897）。

◆ 著錄、版本與收藏情況

《清代雜劇全目》《古典戲曲存目彙考》著錄。是劇最早發表於光緒二十三年十月二十七日（1897年11月21日）《游戲報》。現存陳無我《老上海三十年見聞錄》（上海書店1997年版）所收本。

龍繼棟
(1845—1900)

原名維棟，字松岑，又字松琴、松親，號槐廬，別署槐廬生、味蘭簃主人，臨桂（今廣西桂林）人。父龍啓瑞（1814—1858），道光二十一年（1841）狀元，官至江西布政使。十三歲喪父。同治元年（1862）鄉試中舉，次年春試不第。同治九年（1870）再次赴京，次年選户部候補主事。光緒六年（1880），受雲南報銷案牽連被奪職遣戍，後因李鴻章（1823—1901）援手得以放還。曾任《古今圖書集成》校讎，主持尊經書院等。與王鵬運（1849—1904）、唐景崧（1841—1903）、謝元麒（1836—?）等交游、唱和。繆荃孫《前户部候補主事龍君墓志銘》稱其"博涉群籍，喜馳騁文詞，通小學，工篆隸"。著有《槐廬詞學》《槐廬詩學》等，曾輯刻《經德堂全集》（又名《龍氏家集》）。戲曲作品有雜劇《烈女記》和傳奇《俠女記》二種，合稱《味蘭簃傳奇》（又稱《味蘭簃二種》或《味蘭簃二種曲》）。

按，關於該劇作者，梁淑安、姚柯夫《中國近代傳奇雜劇經眼錄》，齊森華等主編《中國曲學大辭典》等定爲"味蘭簃主人"；《古典戲曲存目彙考》、周妙中《歷代曲家年里字號室名綜表》等定爲"醉筠外史"；鄧長風《二十三位明清戲曲家的生平材料》又據顧雲臣（1829—1899）的《抱拙齋詩存》卷下《題韋伯謙同年業祥〈江烈女傳奇〉》詩，認爲韋業祥曾作《江烈女傳奇》。黃義樞《〈味蘭簃傳奇〉作者考辨》對以上説法進行了考辨，認爲該劇作者"當爲龍繼棟無疑"。可從。

傳記文獻：繆荃孫《前户部候補主事龍君墓志銘》（《藝風堂文續集》卷一）、鄧長風《二十三位明清戲曲家的生平材料——美國國會圖書館讀書札記之四十五》（《明清戲曲家考略全編》下）、黃義樞《〈味蘭簃傳奇〉作者考辨》（《戲曲研究》2010年第1期）等。

《烈女記》

◆ 劇情概要與本事

又名《彭溪浪》《彭溪恨》《彭溪傳奇》《烈女記傳奇》等。稿本劇首署"槐廬生龍松琴撰",刻本則署"清醉筠外史撰"。八齣,依次爲《續嘆》《貸金》《澥遇》《姻阻》《圖歡》《宵逸》《續餌》《環樓》。第一齣前有《標目》,似傳奇之副末開場。寫湖南新寧縣彭溪村女子江大姊,父母種田爲生,哥哥出外當兵未回,嫂子又臥病在床,生活甚是艱難。大姊整日織梭搓麻以貼補家用。她自幼與同縣吳奎子訂婚,吳子從征未歸,所以大姊十六歲尚未出嫁。縣中有一劣紳名錢自豪,家有顯宦,財傾半城,橫行鄉里,恣情聲色。某日經過彭溪,見大姊貌美如花,便心生不良之意,先後以錢財餌其父母。江大姊之母見錢眼開,瞞着女兒將錢員外請到家中,欲強迫大姊順從之。事情緊急,大姊宵走吳家,尋求保護。錢員外又利誘吳奎夫妻,二人亦爲貪財無恥之徒,竟將大姊鎖於樓上,而宴錢員外於樓下。大姊爲免被侵辱,自縊死。

旦扮江大姊,老旦扮江大娘,副净扮錢自豪,丑扮家僮、舟人、吳婆,小丑扮吳奎,外扮江老兒,雜扮錢府管家。

本事來自同治初年湖南新寧之時事。據作者《〈烈女記傳奇〉跋》,知是劇作於同治十年(1871)冬。

◆ 著錄、版本與收藏情況

《古典戲曲存目彙考》《莊 · 拂〈古典戲曲存目彙考〉補正》著錄。現存稿本,藏湖南圖書館;光緒七年(1881)刻《味蘭簃傳奇》本,藏中國藝術研究院圖書館等,《傅惜華藏古典戲曲珍本叢刊》第103冊、《古本戲曲叢刊十集》據之影印。另有光緒間鉛印本、民國二十二年(1933)北平青梅書店排印本。

◆ 序跋、題詞與評語

韋業祥《〈烈女記傳奇〉序》(《傅惜華藏古典戲曲珍本叢刊》所收本《味蘭簃傳奇》之《烈女記》卷首):

夫堅金在冶,百煉彌剛;潤璧沈淵,千年必煥。光幽逾發,節苦乃貞。《烈女記傳奇》之作,蓋重感於此矣。

烈女某氏,扶夷人也。鄉同季羋,譜并梅妃。生小蓬門,十三織素;年光華綺,二八初笄。冰玉毓其幽姿,竹柏挺其貞性。小姑居處,寂本無郎;嬌女心情,少惟憐母。摽梅七實,恒迫吉以無愆;文杏一枝,尚遲春而未嫁。然且貧家作苦,季女恒飢。悵壓綫之年年,每停機而唧唧。辟纑夜績,或分鄰女之光;提甕朝行,不濯文君之錦。給女紅於十指,貧有生涯;謝帝綠於雙眉,妝憐時世。空閨夜靜,絕少尨驚;香徑春深,何來雉餌?乃有五陵劇族,三姓豪宗,彼虎而冠,如蜂肆螫。慣倚將軍之勢,調笑胡姬;豈真嘉偶之求,願言淑女。閑來溪上,詫西子之浣紗;不是漢臯,效鄭生之乞佩。然而辭未申夫感悅,拒已見於投梭。固宜息狼子之野心,醒蝶兒之痴夢矣。爾乃馬長卿之綠綺,不逢俊賞於佳人;秋胡子之黃金,能炫寧馨之老嫗。母兮天只,忍將姹女論錢;彼何人斯,強效公孫委幣。債臺廣築,西江水詎潤窮魚;巧械潛張,北山羅偏驚飛鳥。嗟乎!貧窮則父母不子,此恨可知;婚姻無媒妁之言,相逼何甚!斯即蚤拚九死,寧非自竭孤貞。

然而下將出鍛,非屢淬不足厲其鋒;荼蓼含辛,非歷試無以徵其苦。況莫愁是盧家少婦,羅敷亦秦氏有夫。但許潔身,何妨變計?於是閑關暗度,凄惻宵征。奔月而逸去素娥,向夜而飛來紅綫。竟脫秦關百二,完璧而行;任教步障十重,留春不住。覿姑嫜於堂下,妾身本自分明;遠父母於閨中,婦道通乎權變。太息離娘之草,甘作寄生;可憐連理之枝,自傷獨活。猶謂鳳巢無恙,可以藏嬌;豈期虺毒弗摧,尚能為厲也乎?嗟乎!錢何術而通神,花何辜而落溷？翁真老悖，乃奇貨之可居；士本無良，況多財之爲祟。縱探巢之虐，誰憐驚鵲無枝；笑貪餌之愚，乃致引狼入室。斯時也，困在笯之鸚鵡，有力難飛；慘叫夜之鵑啼，哀鳴誰訴？剩有一椽樓小，栖此殘魂；七尺梁空，寄斯薄命。三從已矣，一死奚辭？於是斷紅尺組，玉質長捐；慘綠半規，珠光竟碎。嚴霜塞地，摩笄之慘千年；冷霧霾空，葬玉之冤終古。天乎若此，傷如之何？

夫青陵臺有淫雨之謠，金谷園有明珠之曲。起黃鵠夜中之詠，題彩鸞橋上之詩。亦皆彤管徽流，紫綸光映。然或倉猝而殉一時之變，或纏綿而敦同穴之懷。未有衿鞶未御，已貞不二之操；冰蘗屢嘗，不改靡佗之志。如斯完行，鬱此長湮者也。烏虖！縱竭江流，難洗湘靈之泪；不填滄海，那平精衛之冤？聽彭溪嗚咽之波，瞻峴岫凄涼之月。孰不欷歔遺躅，仰止清風？是以才人吊古，思勒貞銘；詞客興懷，用繙樂府。筆端五色，開成旌節之花；笛裏雙聲，吹裂孤生之竹。無實不記，有奇斯傳。從茲留軼史於稗官，播新聲於菊部，聞之者能不酸鼻，閱之者定復裂眦。斯亦渡恨海之仙航，補漏天之靈石也。謂余不信，請看法曲之登場；愧我無文，聊贅蕪言爲嚆矢。

同治十年仲冬月既望，醉筠外史撰

龍繼棟《〈烈女記傳奇〉跋》（《傅惜華藏古典戲曲珍本叢刊》所收本《味蘭簃傳奇》之《烈女記》卷末）：

古人有父母勸改適者，有翁姑逼改醮者，有夫私貨其婦者，而絕無骨肉相謀爲賤行如此。烈女之死，有以哉！烈女不通書，大節昭然，愧盡天下奇男子。其始逸也，既全孝，復全身。其後決於一死，有毅然不可奪志之概。果行育德，非烈女，其誰與歸？

烈女之死，里人莫敢道其事者，蓋在同治二三年之間。勢紳至今巍然，而烈女之丘，蔓草荒烟，無人識者。余居其里甚久，卒不知烈女。去年冬，

龍繼棟

始克聞之，匆匆志於篋。今年仲冬望後，成《俠女記》。與友人話烈女，友曰："是可以傳也，盍詞之？"籌燈按譜，凡十五日而畢。醉筠之序，遂先成矣。

烈女不遇於父母、舅姑，其夫者，亦甘心貨之。書中父商夫成，皆假設之爾，實筆下所不忍言矣。

記中如烈女稱"某姊"，烈女稱其父母曰"爺"、曰"娘"，其父謂其母爲"幾娘"，其姑稱烈女爲"某嫂"，皆方言也。

是記以傳烈女，使文人墨客、孺子婦人無弗知者，則傳奇貴焉。書中如《圖歡》不出陸婆，《續餌》亦然，不肯以筆墨爲此等人浪費也。《緩樓》竟無下場，使天下貞女、古今烈婦同聲一哭。後之演梨園者，無嫌此書唐突也。

辛未十二月，自記

朱寓瀛《題槐廬生〈烈女記〉院本（龍松琴同年撰，記彭溪江烈女事）》（光緒二十七年刻《金粟山房詩鈔》卷三，載《清代詩文集彙編》第759冊）：

濁霧曖月光，不改明蟾潔。眾草鋼蘭芽，愈顯奇香烈。卓哉江氏女，克創千秋節。始羞秋胡金，終銜精衛石。尊章與父母，相愛莫知惜。骨肉一何愚，天地一何窄。我讀槐廬詞，感慨重於邑。古今貞孝事，多少稱殊絕。不遇闡幽者，總付荒榛棘。即茲烈女心，豈計名不滅。一朝表其奇，滿紙遂惻惻。當年侘傺狀，如見復如識。直可風世人，奚止慰幽魄。所願知音士，普聽此歌闋。寫以綠筠箋，吹以紫雲笛。女有屈原心，詞真董狐筆。

袁昶書一通（《越風》1936年第19期）：

《袁爽秋致龍松琴書·其三》

昨夜讀大著《樂府》二冊，讀至江烈女事，不勝髮指眥裂。烈女得椽筆闡揚，超出三界，定可從南岳魏夫人游。而所謂劣紳者，安得借紅綫利匕首，一取其頭，以爲飲器，方爲大快。大筆生氣凛然，可泣可歌，弟异日擬援退之美元侍御表旌甄濟例，爲文記之，先繳侍右。日內匆匆，不及走别，賤文《外篇》二册，收到，蒙雕續朽鈍，彌自愧耳。

鐵崖按：江烈女，新寧人。父業農，幼字吳氏，未婚。同族勢豪忠淑，素漁色，利誘其父母欲强污之，烈女不得已，夜奔夫家，匿於樓上。未幾，忠淑又以巨金啖其夫與翁姑，烈女微覺，遂先自縊。鄉黨無敢言者。松琴時居新寧，聞之憤甚，爲譜《烈女記》以傳其事。書中錢自豪者，即指忠淑也。

顧雲臣《題韋伯謙同年業祥〈江烈女傳奇〉》（《抱拙齋詩存》卷下，載《清代詩文集彙編》第 709 册）：

恨骨久蒿萊，豪奴未冷灰。門庭皆鬼域，冰玉自泉臺。貞木心先死，奇花禍竟胎。香名傳樂府，多謝鳩爲媒。

龍文彬《題〈彭溪浪〉傳奇》（《永懷堂詩鈔》卷一，載《清代詩文集彙編》第 684 册）：

父不諒兒心，母不諒兒心，拚將白璧酬黃金。兒身未分明，倉卒拜舅姑。方幸窮鱗脱密網，那知漆室投明珠！天地豈不廣，難容孱弱軀。鴻雁非無情，莫寄尺素書。從父從夫一無恃，兒身不死復何俟？月光黯，燈花落。兒緣非差兒命薄，林鳥不用叫姑惡。槐廬感憤吹鐵笛，盲風怪雨寫騷筆。千秋寄文千秋節，彭溪之水流不竭。

龍文彬《江烈女傳》（《永懷堂文鈔》卷七，載《清代詩文集彙編》第 684 册）：

烈女江氏，湖南寧鄉人，居彭溪。家故貧，幼字同村某氏，年十六未嫁。邑有豪紳某，一日經女門，見而心艷，謀私之，不得當。會女父，常貸豪金，莫獲償。至是，豪索逋亟，父哀求，豪貌憐之，復貸之金，陰爲女餌也。父會其意，商之女母。知女性端嚴，將飲豪於室，而迫女就之。女微有聞，思潛遁以免，迷無所之。稔知夫外出，徑奔舅姑所，舅姑驚駭。女告之故，以爲可恃無恐耳。是夕，豪怏怏歸，怨甚。無幾，偵女所在，嗾鄰媼復持金啗其舅姑，以必致女爲詞。舅姑亦利之，深慮女之再逸也。至期，錮之小樓，而飲豪於其下。烈女計無所出，遂自經。既死，里人無有敢道其事。桂林龍孝廉繼棟聞而譜諸詞，於其父母舅姑之名若氏，隱而他假，蓋有不忍書者，亦以達烈女之志也。又謂，事在同治一二年間，故死之月日，莫得其詳云。

自古女婦之烈，見於史傳，或死所天，或死所暴，未有合父母、舅姑自殘骨肉，以厭一豪蠹之求如烈女者。嗚呼，何其酷也！或疑烈女早自引決，免再逼於舅姑。予謂，信國之脫京口、疊山之遁建陽，豈知天命之必不可回，而卒不免以死殉哉！方烈女之初逃，苟可以全吾身與全親之名，雖冒嫌疑不恤，況其爲身所從托者乎？至其後之迫，以不得不死，夫豈烈女所及料者乎？近聞都城有李氏女，所遭略與烈女同，卒以奔夫家得完其姻，事固有幸不幸與？

李建昌《題龍槐盧華棟〈彭溪恨傳奇〉爲江烈女作》（南京圖書館藏1917年南通翰墨林書局刻《明美堂集》卷二之《俊游餘草》）：

西京中壘博群書，女史千秋貴永譽。一例文章關教化，莫將纖說比虞初。
彭溪秋水碧瀟瀟，月苦風凄恨未銷。除是梨園新樂府，芳魂如縷倩誰招。

朴珪壽《題龍槐盧〈彭溪傳奇〉後》（《韓國歷代文集叢書》所收本《瓛齋先生集》卷四，景仁文化社1999年版）：

姜烈女，湖南新寧縣彭溪村人也。父業商，遭兵亂，失資歸農。烈女幼約婚於同縣吳姓，從征未歸。烈女十六歲尚未嫁，縣有土豪曰錢員外，富而

龍繼棟

有權，知烈女有殊姿，故以財餌其父，從而脅求之。烈女急迫，宵走吳家。錢豪又利誘吳家翁姑，於是閉烈女於樓上，而宴錢豪於樓下。烈女知終不可免，遂縊焉。事在同治二三年。而錢之伯高官也，一鄉噤不敢言。龍繼棟號槐廬，婦家在新寧，故聞其詳而哀之，演爲傳奇。

　　丙子春，從燕使之回送示，要余題評。姜大姊完節，須立一佳傳，以續中壘之編。今乃詞之曲白之演爲傳奇，欲使文人墨客、孺子婦人無不觸目盈耳，感激嗟嘆，繼以憤惋，從以唾罵。一以裨補風教，一以誅斥奸頑，得風人之旨，嚴董狐之筆，是爲作者苦心爾。若夫纏綿凄惻，不忍終讀，文字之妙，且不暇論矣。彞倫綱常，王政所先。前明洪武中，有軍人脅取民婦，有司知而故縱，明祖怒之，盡行處斬。如斷此案，則未知當何以處之？《彭溪傳奇》向得李菊人攜示，披讀之餘，不勝激慨。聊題數語，請松琴大人正之。

洪炳文
（1848—1918）

字博卿，號棟園，別署棟園居士、綺情生、祈黃樓主人、花信樓主人、慕忠堂主人、雪齋主人、保華主人、保鑒堂主人、悼烈主人、悲秋散人、情禪居士、洪崖仙子、悟因主人等，瑞安（今浙江瑞安）人。諸生，屢試不售，以館幕爲生。光緒三十二年（1906）優貢。宣統元年（1909）授浙江餘姚教諭兼訓導，三年（1911）入南社。勤於撰述，曾編輯《史漢晉書掞華録》《左傳分類法戒録》《國朝先正事略吾師録》《花信樓訪稿》等。著有《花信樓公事稟稿》《棟園家訓》《瑞安鄉土史譚》《花信樓文稿》《花信樓詩稿》《花信樓詞稿》《花信樓散曲》《十國春秋小樂府》《東甌采風小樂府》《花信樓燈謎》《空中飛行原理》等。創作戲曲作品達三十四種，今存十九種，包括《信香夢》《水岩宫》《後南柯》《芙蓉孽》《警黃鐘》《電球游》《後懷沙》《懸崿猿》《古殿鑒》《普天慶》《撻秦鞭》《秋海棠》《荆駝憾》《四時樂》《吉慶花》《白桃花》《孝廉坊》《木鹿居》《天水碧》；十五種劇作未見傳本，包括《再來緣》《三生石》《留雲洞》《黑蟾蜍》《無根蘭》《女中杰》《簫鸞配》《衆香園》《晚節香》《簪苓記》《月球游》《孝子亭》《靈瓊圖》《清官鑒》《懷沙記》。其中《信香夢》《芙蓉孽》《警黃鐘》《電球游》《後懷沙》《懸崿猿》《古殿鑒》《普天慶》《撻秦鞭》《秋海棠》《荆駝憾》《四時樂》十二種屬清木所撰雜劇。另有彈詞二種：《長生曲》《四弦秋》。

傳記文獻：《瑞安縣志稿》卷十九、孫衣言《候選訓導洪君墓誌銘》（《遜學齋文續鈔》卷四）、洪震寰《洪炳文及其著作》（《中國科技史料》1985年第4期）、沈不沉《洪炳文年表》（《洪炳文集》）、姚大懷《洪炳文文學研究》（華東師範大學碩士學位論文，2010年）等。

《信香夢》

◆ 劇情概要與本事

一名《信香秋夢》。一折。寫羅陽花信樓主人，少喜翰墨，長益憐才。歷年撰樂府多種，恨無同調共賞。壬寅上巳，偶識吳門吟香館主人李寄堪，二人情性相投，結爲知己。去歲孟冬，寄堪隨侍杭州，二人分別，荏苒又是一年。一日，樓主正思念李生，恰好李生寄來一書，乃其自撰雜劇《羅陽秋憶》。劇中備述二人訂交之由、定盟之始、送別之情以及別後之景等，意緒綢繆。樓主讀後，離恨縈心，悵惘不已。後來睏倦，入帳安歇，夢中見寄堪來訪，并帶來大著《青衫怨》傳奇共賞。

生扮花信樓主人，小生扮吟香館主人，丑扮僕人。

本事來自作者經歷。按，李遂賢（1881—1939），字仲都，號寄堪，別署仲子、香山居士、吟香館主人，吳縣（今江蘇蘇州）人。溫州同知李濱（1855—1916）子。光緒二十五年（1899）補諸生，肄業於蘇州、溫州、杭州等地書院。光緒三十四年（1908）又肄業於浙江法政學校。民國間任職於鐵路局及交通部。後退居北京。知音律，善繪畫篆刻。輯纂《古餘府君挽詞初編》。著有《古餘府君事略》《學說》《十三經說義》《達生編韵言》《客夢留痕集》等。撰傳奇《青衫怨》、雜劇《羅陽秋憶》等。又，據是劇卷前所附洪炳文與李遂賢之彼此贈詩，知花信樓主人與李寄勘別於癸卯冬，即光緒二十九年（1903）冬，則此劇應作於光緒三十年（1904）。

◆ 著錄、版本與收藏情况

現存民國初年油印本，已殘，藏溫州市圖書館，沈不沉編《洪炳文集》（上海社會科學院出版社2004年版）據之整理排印。

● 序跋、題詞與評語

洪炳文《洪炳文贈李仲都》(《洪炳文集》所收本《信香夢》卷首)：

重三燈火鬧春城，忽遇青蓮市上行。朋輩相邀看射虎，李將軍自此知名。
(去春觀燈謎相識。)

鐵筆工夫非偶然，偏能神妙到毫顛。訂交自是逾金石，却笑青田石不堅。

醉綠詞壇細品評，社中相應盡同聲。延陵門下真如市，無异秀才望榜情。
(君開"同聲詩鐘社"，初名"醉綠社"。)

栽竹裁紈巧樣妍，清冰同潔月同圓。出君懷袖來持贈，聽到秋風便弃捐。
(社中贈紈扇。)

設色摹神媲化工，龍眠猶憶舊家風。天然好景天然畫，寫入冰紈便面中。

旖旎芳情本絕倫，詞中人屬意中人。金釵十二能題咏，可否怡紅是後身？

社友聞風各踵門，主賓相對并忘言。春燈會後直消夏，茶滿磁甌花滿園。
(夏初召集同仁於曾氏怡園爲燈光之會，時花盛放。)

兒女私心怨別離，痴珠到底是情痴。何曾寄我新翻本，快睹才人絕妙詞。
(君許《青衫怨》傳奇見示。)

家學淳風莫浪猜，就中奇想本天開。淡交君子原如此，乞取君家水錶來。
(自製水錶)

自從瓦特創雙行，汽罨今時製最精。機件中間開闔處，得君指示便分明。
(許以《汽罨圖》見示。)

幻景凌虛比蜃樓，神仙難到屢回舟。適園夢境無憑準，乞藉丹青作臥游。
(拙撰《適園記》乞君繪圖。)

臨行饋贈比投醪，未報瓊瑶愧木桃。菊有黃華君未主，重陽佳節不登高。
(君於八月往白門，重陽後始歸。)

偶得魚書在武林，一千里外有同心。蠻箋有限情無限，却比桃潭水更深。

（秋間，文在省，得君通知，話別在即，良久憮然。）

未許他鄉遇故知，良朋覿面竟難期。勾留同在春江上，君太先時我後時。（九月廿四到申，越日離滬，君先一日過滬，相訪未值。）

昔憑翰墨通情愫，會擬金蘭訂後盟。一事便宜容占否？君須爲弟我爲兄。

鰤生官步入官軒，撤去關防是特恩。三府開門應久待，莫將懶惰責司閽。（昔省第一區通守温州主任不通廣音，閉門待客，時有"三府開門"之諺。）

轉瞬霜風便歲寒，首途旦旦祝平安。珂鄉當有豚兒在，當作君家子姪看。（小兒就讀吳中。）

勞燕分飛雖异地，鱗鴻南北自通書。棟園家食如無事，便托星郵問起居。（別後直時通音問爲佳。）

休論瓦釜與黃鐘，濁世知音實罕逢。院本商量須拍正，煩君爲我作先容。（拙撰傳奇，煩君就正有道。）

息壤尋盟願力堅，再來何必飲靈泉。仙姑靈氣龍湫瀑，他日同游了鳳緣。

七絶二十首，録呈仲都仁兄大人吟壇，即求誨政，并送榮行。

時在光緒癸卯孟冬翔日，棟園洪炳文書於花信樓

李遂賢《李仲都贈洪炳文》（癸卯冬將隨侍至浙，留別洪棟園主人）（《洪炳文集》所收本《信香夢》卷首）：

先輩高名貫耳雷，天教海國識荆來。虞卿早訂名山業，廷佐咸推不世才。問字偶然親履杖，聯交何幸契苓苔。聲聲驪唱催人急，滿地霜華菊正開。（初擬九月首途。）

良緣天假訂交奇，猶記燈棚射覆時。祇有季心能愛友，却憐衛玠善情痴。詞壇橫掃千軍隊，贈句高吟十叠詩。相見太遲相别早，惹人惱煞是分離。（識君方匝歲也。）

茫茫滄海感狂流，孰把奇功砥柱收？濟世大才君獨勉，入時新樣我同羞。

情因真摯難爲別，說到將離祇益愁。珍重臨歧須記取，等身莫負志千秋。

醉綠題紅雅韵賡，忝操牛耳共齊盟。騷壇角逐無餘子，鹿邑詩歌有正聲。踪迹萍蓬容易散，因緣金石始終貞。何時再誦珠璣句，好拂吟箋付驛程。

檀板新歌樂府篇，雕蟲餘技盡堪傳。鈞天奏罷無凡響，甌海觀來有夙緣。三日餘音留俗耳，千秋絕唱賴高賢。《陽關》一曲君休拍，江上青峰意惘然。

君返羅陽我入吳，參差行迹各征途。春江交臂嗟難遇，秋水盟心誓不渝。千里魚書休落寞，一聲玉笛意踟蹰。衝波艇子歸何處？不是西湖便范湖。（時之浙之吳，尚未決計。）

江南庾信最攻愁，況復離懷萬緒抽。一別斗山勞慕蟻，三年甌海悵浮鷗。寡交我亦憐岑寂，真契誰能叶應求？退步想來聊自慰，臨歧猶得小勾留。

大雅追隨近一年，無端分袂各愴然。丹青未屬雲林稿，梨棗空傳司馬編。（囑繪《適園圖》，索閱《青衫怨》。）細檢奇書歸鄴架，恐忘瑣事記雲箋。臨行歷歷安排就，天與從容十日緣。

四疊琳琅好護持，每吟團扇放翁詩。壓裝價比千金重，留別吟成十幅遲。瓜代有緣徵去日，萍逢未敢訂來期。贈君壺漏分明在，記取思君十二時。（予製水錶，贈棟園。）

渭城歌處太匆匆，南北奔馳類轉蓬。此日分飛渾似燕，前番爪印已迷鴻。東嘉景物添新咏，西竺湖山訴舊衷。何日名聲君秉鐸，再隨宣轍謁詩翁。（棟園新選教諭。）

吳門李遂賢仲都書於東甌

《芙蓉孽》

● 劇情概要與本事

封面右上角題"瑞安洪棟園先生著"，下署"汀州羅華題眉"；題目下署

"東甌洪棟園填詞，吳縣李仲都正譜"。《提綱》曰："辨劫運佛祖説自由，遵判斷鬼魂完公案。申禁令鴉物斷萌芽，攄捆忱花神陳謝表。"十齣，依次爲《佛偈》《毒痛》《鬼哄》《花訴》《冥判》《佛悔》《仙拯》《毒銷》《獄釋》《花圓》。寫某日西天佛祖釋迦如來登臺説法，弟子維摩尊者前來叩問，言在南天門外俯觀下界，見南贍部洲地面黑風上衝，漫天蔽日，却是爲何？如來言此乃鴉片流行所致，皆因人事，并非天意。維摩願下凡察看，伺機普度衆生，如來許之。祥符知縣何仁愛見吸食鴉片之百姓與日俱增，遂上書開封知府，極言鴉片之危害，并請嚴令禁止。知府表示國家與外國有通商條約，准予進口鴉片，非個人之力所能挽回，頗感爲難。何因此憤然辭官。陰司地獄枉死城中衆多因吸食鴉片而死之冤魂，向閻王狀告芙蓉花神毒害蒼生，閻王不明就裏，乃傳罌粟花神等至陰司質對，方知并非花神之責。經判官查證，冤鬼等陽壽未盡，閻王遂命衆冤鬼到陽間搭救吸食鴉片之將死者，救得一人，便記一功，最後論功行賞，准其投生富貴人家，衆冤鬼領命而去。維摩到人間暗中查訪，編出道情六首，對士、農、工、商、兵、婦演唱，勸其戒烟，衆人深受感動，紛紛自願遵從。閻王按照衆冤鬼之不同功績，許其還陽，并言今後中外合禁鴉片。最後，花神請石曼卿作表敬謝冥王。

生扮道士、開封知府、石曼卿、吕洞賓，小生扮何仁愛、芙蓉花神、黑如漆表弟，正旦扮花王，貼扮門子、虞姬，小旦扮門子，搽旦扮罌粟花神，老旦扮中軍、地藏王菩薩，旦、貼、老旦扮妓女，旦、小旦、雜旦扮花神，净扮佛祖、閻王、中軍副將，副净扮武判、黑如漆弟，末扮維摩、吳縣知縣、值日神，副末扮長洲知縣，丑扮堂倌、酒保、黑如漆，外扮文判、江蘇巡撫，雜扮四羅漢、士農工商、從人、地方士民、鬼卒、黑籍鬼魂、夜叉、功曹、八仙、四農民、四工人、四商人、四兵上、羅浮仙蝶、中净、净、小生、外扮花燈，小生、旦、貼、小旦扮書院生童。登場人物尚有儀從等。

是劇當以時事敷演而成，具體本事不詳。據作者《〈芙蓉孽〉樂府自序》末所署"光緒三十年甲辰，芙蓉生日"，知是劇創作於光緒三十年（1904）。

◆ 著錄、版本與收藏情況

《古典戲曲存目彙考》著錄。現存民國二年（1913）溫州公報館石印本，藏溫州市圖書館，沈不沉編《洪炳文集》（上海社會科學院出版社2004年版）據之整理排印。

◆ 序跋、題詞與評語

洪炳文《〈芙蓉孽〉樂府自序》（《洪炳文集》所收本《芙蓉孽》卷首）：

天下物性，反常則爲妖孽，傳曰："妖由人興，故有妖。"所謂妖孽者，皆敗亡之咎，徵發於此而應於彼者耳，而與妖孽無與也。且妖孽之興也，但在一時而非在畢世，徵之一二人，而非在千萬人，其爲害小矣。若夫鴉片之物也，耗骨枯髓，甚於妖狐之媚人；傷心鑠肌，無异螟蝗之爲孽。中土四萬萬人，吸者幾半，嗜之者，直如布帛菽粟之不可一日無之。以爲療病提神，不以爲害，而以爲功，奉之爲金丹，敢目之以妖孽？噫！惑矣！

夫孽必有障，鴉片之迷人，甚於酒色，是孽障也。孽必有根，外洋售之，源源而來，中土種之，綿綿不絕，是孽根也。欲袪其障，除其根，非具法眼、提慧劍不可。太甲曰："天作孽，猶可違；自作孽，不可活。"鴉片之孽，天作之歟？人作之歟？肇於外洋而盛於中土，外洋禁之而中土嗜之，諉之於天可乎？

或曰：世之稱鴉片也，艷之曰"阿芙蓉"，而子目之爲妖孽，毋乃過歟？則將應之曰：世之以芙蓉稱之者，以表面觀之，固儼然芙蓉也，而以内容驗之，實則鴆毒也。以此比芙蓉，玷芙蓉矣。

先正嘗言，鴉片不禁，百年以内，我中國無可練之兵，無可籌之餉。富者吸之，安於偷惰而不能守成；貧者吸之，無以爲生而流於盜賊。欲不貧且弱，焉得乎？以一花之微，馴至國計民生，坐是而不振，人心風俗因此而益漓，貽笑於外人，見欺於鄰國，非細故也。雖美之曰"芙蓉"，直謂之"花孽"可也。編成，無以名之，遂名之曰《芙蓉孽》。

　　　　　　光緒三十年甲辰，芙蓉生日，保華主人自序於懺孽庵

洪炳文《〈芙蓉孽〉例言》（《洪炳文集》所收本《芙蓉孽》卷首）：

一、是編以鴉片之禍關人事不關天運，即曰"劫數"，亦當以人力挽回之。宗旨如是，一編之中，三致意焉。閱者幸勿厭其煩絮。

一、"毒物遍產於佛國"云云，説本海寧王氏士雄《隨息居飲食譜》"鴉片"條下，并非杜撰。

一、棉花、番薯、洋豆入中國，鴉片亦即隨之，此説見之於某氏筆記，亦非杜撰。

一、禁烟一事，此時并未舉行，編中云云，乃作者希望之詞，本非實事。然能如其法以行之，則又未始不可禁。無其事而有其理，并非不經之説。

一、是編所有情節，大都虛擬，不得不托之鬼神仙佛，以鋪張其事。閱者幸勿以《西游》《封神》目之。

一、是編於架空之中，間有實徵之語。徵實處多説理，枯寂無味，不能填曲，祇得以賓白述之。

一、編中四民與兵所有小詞、道情，應以文言道俗，然雅不如俗，故不嫌其俚。

一、編中於吸烟之人，大都規勸之語多而譏刺之詞少，庶不失詩人忠厚之意。

一、鴉片之害，與國計民生大有關係，序文中已明言之矣。如有少年自愛之士，偶爾染指，觸目驚心，力求戒斷者，則不佞將下風頂禮，感激無涯。庶是編之作爲不虛云。

一、作者於鴉片一物，從未入口、染指，其中趣味甘苦，未曾領略，誠恐描寫不真。

一、是編以《佛偈》《佛悔》《毒痡》《毒銷》《花圓》先後呼應爲之經，

以《鬼哄》《冥判》《仙拯》《獄釋》穿插錯綜爲之緯。

一、編中佛祖是主，冥王是賓，何大令、蘇知府、撫部爲賓中之賓；罌粟花神是主，水木芙蓉是賓，虞美人又爲賓中之賓。維摩爲救苦大仙之影子，地藏王又爲維摩之影子；花王爲佛祖冥司之影子，烟鬼公呈爲謝表之影子。第二齣小令爲第七齣道情之影子，第二齣四民兵丁爲第七齣四民兵丁之影子，第二齣烟館、第七齣酒樓爲第三齣枉死城之影子，醫生施藥爲救苦大仙弟子送藥之影子，冤鬼暗中救護又爲醫生送藥之影子。有佛祖爲之開場，不可無花王爲之結束；有何大令之愛民，不可無黑知縣之反對；有八仙之冷眼，不可無救苦大仙之熱腸；有維摩之辯才，不可無罌粟神之供口；有冥司之惜物，不可無花王之憐才；有冤鬼之陳情，不可無地藏王之超度；有虞姬自述之駢詞，不可無曼卿謝表之驪體。賓主分明，陪襯恰當，原因結果，伏綫埋根。作者固有心貫串，閱者幸勿泛眼相加。

一、是編雖係說部，實則於世道人心大有關係。勸誡者爲佛、爲仙、爲儒，是謂三教。受戒者爲士、爲農、爲工、爲商、爲兵，是謂四民。維摩現菩薩身而爲說法，何大令現宰官身而爲說法，救苦大仙現善男子身而爲說法，罌粟花神及花王現美人身不對衆說法，却是爲衆說法，純是一片婆心、一腔熱血，勿目之爲莊叟寓言，豐干饒舌。

一、編中主義宗旨及說理評議之處，多在講白之中，均以藍筆圈點之，以清眉目。

一、編中每齣大旨，均於齣尾評語中敘明，庶令閱者易於領略。

陳祖綬《〈芙蓉孽〉傳奇題詞》（《洪炳文集·戲曲劇本題咏》，據宣統三年閏六月四日溫州日新印書館排印本《撻秦鞭》卷首移錄）：

花信樓主人富著述，精音樂，說部傳奇流傳甚夥。茲編《芙蓉孽》樂府，廣東方謫諫之言，闡我佛慈悲之旨，苦口苦心，無微不至。願瀏覽者以金科玉律珍之，毋以紅腔紫調玩之，則庶幾晨鐘一覺，喚醒一人是一人也。謬題俚詞，即希郢政爲幸。

烟霞窟宅號神仙，不斷愁根被孼纏。安得楊枝長灑水，火坑滅焰放青蓮。

人不如花花亦瞋，乞靈偏自向花神。一槍抵得虞兮劍，生死甘心托美人。

佛家具有通天眼，照見諸魔入世來。可怪桂枝香遍灑，藥爐丹盡劫餘灰。

天然鬼趣畫圖成，黃種中間黑種萌。不是撒鹽施手段，誰披雲霧見天青？

古春堂居士

王岳崧《題〈芙蓉孼〉樂府》（《洪炳文集・戲曲劇本題咏》，據宣統三年閏六月四日溫州日新印書館排印本《撻秦鞭》卷首移錄）：

博卿姻兄大人慨念時艱，潛心樂府，著有傳奇十數種。岳崧取而讀之，皆爲有功世道之文。近又著成《芙蓉孼》《後南柯》兩種，藉物抒懷，危詞警世。即此可見仁人君子之用心，固不獨藻麗爲工，詡爲玉茗風流已也。奉贈俚詞兩闋，錄請大吟壇誨政。

《金縷曲》

最足移人處。莫良於、里巷歌謠，深情淺語。棣園主人心有感，製就等身詞譜。便指點、世人迷路。咀嚼宮商雖小技，救時心、悉自毫端露。風人旨，勸懲寓。　朝廷令甲成虛具。反輸茲、傀儡登場，醒人無數。互市當年張毒焰，香草美人争慕。到處是、腥風蠻雨。劫運難回齊束手，轉移權、乃付騷壇主。游戲筆，中流柱！

王岳崧

張陔《題〈芙蓉孼〉傳奇》（《洪炳文集・戲曲劇本題咏》，據宣統三年閏六月四日溫州日新印書館排印本《撻秦鞭》卷首移錄）：

孼海深，深不測；孼種來，來無極。天生毒物禍中華，一朝嗜之久成癖。

中華四萬萬人民，可憐半入廢民籍。

　　阿芙蓉，製鴉片；海禁開，商務戰。輪舶火車通，內地傳之遍。進口關稅加，風氣爲之變。

　　生利家，言自種；競爭場，供日用。出產稱大宗，可與絲茶共。優勝劣敗之大舞臺，多少蒼生戕獄訟？

　　紫霞膏，尋樂趣；媚人燈，成臥具。灼肺薰腸，吞雲吸霧。自詡學衛生，誰知遭劫數。安得文明人，微言開覺悟！

張陔

李遂賢《題〈芙蓉孽〉傳奇》（《洪炳文集・戲曲劇本題咏》，據宣統三年閏六月四日溫州日新印書館排印本《撻秦鞭》卷首移錄）：

　　大著拜誦數十百過，欽佩之至！熱心愛力與夫先見之明，恒人實不能及，一經點石，必傳無疑，不僅洛陽紙貴已也。兩載因循，近始奉繳，以弟愚昧，加以事冗心粗，相巨製毫無贊助。間有一二參酌於字句之間，恃愛亂道，幸恕狂瞽是盼。

　　章安花信樓主人，中國新民一分子。保華具精神，傳奇協角徵。文章道俗情，組織成歷史。言由人事不由天，此乃作家大宗旨！大筆何淋漓，名詞何痛快！或者涉詼諧，或者間白話。不是老生常談，不是《聊齋》志怪。乃是一篇有功世道文，繪聲繪影如圖畫。暮鼓晨鐘，發揚學界。告爾同胞，挽回腐敗！杜孽緣，除孽債。孽障祛，孽根壞。團體堅，勿自懈，人格成，望風拜。大問題，在勸戒！吁嗟乎！黃種人心今不古，孽海頹流誰砥柱？原因結果證由來，古調獨彈授菊部。中華民智如未開，何不登臺演我《芙蓉孽》樂府？

李遂賢

陳茗香《〈芙蓉孽〉各齣評語》（《洪炳文集》所收本《芙蓉孽》）：

第一齣《佛偈》末：此齣處處爲下文埋根，語語爲下文見影。其辨人事、天意處，頗多樸實説理之語。筆意於《閲微草堂》爲近，持論平允，見道精深。不當以説部小之。陳茗香謹注。

第二齣《毒痛》末：此齣描寫烟寮初開之光景，四民醉迷之情形，俱從維摩眼中看出，口中述出，足見佛祖所言真實不虚。末又以豫中大令之請禁，去官百姓之挽留，當日諒必有其人其事者。雖曰想當然之語，實在情理之中。可見下僚屬吏，不乏循良也。

第三齣《鬼哄》末：此齣先寫烟鬼之追悔，冤鬼之受苦，各人口供各自不同。而求除毒，求投生，其希望則無不同。可見有癮之人，不早戒斷，一到此間，後悔莫及。輕生之人，不肯耐忍，因忿忘身，一入此城，必須替代。故冥司責其孽由自取，與佛祖所言，不約而合。各曲窮形盡相，乃吴道子《地獄變相圖》也。

第四齣《花訴》末：此齣爲花神訴冤，爲芙蓉洗耻，口供抗辯，各不相下。因以"芙蓉"名篇，故於此花之誤傳，到案之辯白，着筆頗多，是緊切題面法。

第五齣《冥判》末：此齣寫兩邊供詞之各執，冥王判斷之公平。至藉體還陽，暗中勸解，記功抵罪，尤爲奇事奇想，奇案奇斷。總以鴉片之害，孽由自作，於人無尤。曲中詞意警醒，怵目驚心，是勸戒烟第一等文字。

鬼魂藉詞具控，意在投生免代，非真心要除毒根也。冥王衹令其有出世之時，彼已心願甘結，更無他詞。若世之斷獄者，必畏其衆，且强勉勸花神，令其絶種，是衆鬼之願未償，罌粟之冤莫白，兩造均不得其平矣。

第六齣《佛悔》末：此齣寫維摩下凡，察看情形，在佛祖面前自背履歷，備述世人遭劫而樂，全然醉夢。佛祖言其自取，居士仍請搭救，直至説到保支那即保佛教，佛祖始爲之動聽，爲之預算。居士辯才，洵不可及。

支那人與佛法相關云云，此論極正大，讀《巫山十二峰》曲，語語警醒，得未曾有，爲全部中最出色處。

上數折之曲，亦能警醒，真一篇勸世文，是一宗解脫語。

第七齣《仙拯》末：此齣以八仙開場，氣象熱鬧，而談及超度世人，多不肯去者，則以世人多負心也。惟救苦大仙素具熱腸，責無旁貸，蓋合我佛慈悲之旨，聖賢悲憫之衷，而爲一者也。

道情六折，詞取諧俗，不厭其俚，歌中語出自然，一味天籟，文言道俗，遜此警切。成作中亦有以俚歌代曲者，故不另填牌子。

第八齣《毒銷》末：此齣寫黑太爺烟癮之深重，戒斷之艱難，恐怕之形，戀棧之意，歷歷如繪，與何大令相去天淵。將來到此日子，若輩情形，所在多有，以弟代兄，真真奇想。一試便破，作僞何益？

此爲上下并禁之正面文字，撫部之召四民及兵士勸諭云云，正與上齣道情相叫應。一詳一略，一勸世人，一諭部民，身份不同，口氣各异。

第九齣《獄釋》末：此齣寫衆鬼在人世施藥救人，事竣稟復，各人各樣，記功銷罪亦各不同。是謂陰陽同禁正面文字。

烟鬼投生，爲事甚易，枉死城中銷去替代一節，爲事甚難。以冥司素重輕生之例，不能爲數人而破格故也。冥司令其在世救人，則此罪可銷，投生有日，不須頂替而獄清矣，故以"獄釋"爲齣目云。

第十齣《花圓》末：此齣係花王訊問花神案由結果，罌粟神歷述情事如背履歷，并詳序如何結案，均以曲傳之。語皆剝換，不落前曲窠臼。又以謝表一事推重石曼卿，足令地下詞人十分生色。

編名"芙蓉"，故以石仙爲結束，回龍顧祖，緊貼題面，不致拋荒搏挽周密。

《警黃鐘》

◆ 劇情概要與本事

劇首署"祈黃樓主人（洪棟園）"。凡十齣，依次爲《宮嘆》《鄰逼》《議和》《醉夢》《廷諍》《敗盟》《閨俠》《誓師》《計捷》《團圓》。第一齣前有《卷首宣略》，載【滿江紅】一曲，似傳奇之副末開場。寫自黃封國女主高密氏即位以來，朝政不修，外侮頻仍，加之用人不當，致國勢日漸衰弱。蜜部大臣烏里瓜裏通外國，強鄰元封、胡封趁機奪取東山、西山二地，并要求通商互市。黃封國不得已，遂與胡封國簽訂了喪權辱國之和約，而朝野上下依然醉生夢死，不知國之將亡。東宮太子瓊英憂心國事，然獨力難支。退休女官謝瑤芳、蘇蘊香聯合女俠竺凌霄謁見太子，共謀退敵強國之道。適胡封國敗盟，烏里瓜見奸謀敗露，以禦敵之名投奔外國；黃封國提督黑心干出師不利，陣前被俘，亦投降胡封國。黃封國女主這纔幡然醒悟，詔旨東宮為征東大元帥，謝、蘇二人為副元帥，竺氏為參謀，帶兵迎敵。謝、蘇分別運用奇謀，不戰而屈人之兵，俘獲敵國將領及兵士，繳獲甲仗輜重無數。竺凌霄夜入敵營，斬取烏里瓜、黑心干之首級，并遺書胡封國王，威脅其不得再構邊釁。胡封國見大勢已去，祗得簽署城下之盟，答應賠款罷兵。

生扮封體堅，正旦扮高密氏，旦扮瓊英，小旦扮謝瑤芳，武旦扮竺凌霄，雜旦扮宮女，貼扮蘇蘊香，貼、小旦扮宮女，淨扮辛螫，副淨扮孟毒氏，中淨扮侍婢，末扮兵士、中軍，副末扮烏里瓜，丑扮剌朵顏、黑心干，外扮黃通理、聖旨官，雜扮二侍女、宮監、家僮、吃喝嫖賭諸人、探馬、蝶使、男女村民，老旦、付扮婢女，末、副淨扮二公使，生、淨、丑、末扮士、農、工、商。此外，登場人物尚有隊子、中軍、兵士、卒子等，俱未分配脚色。

本事來自時事，又采以寓言形式敷演而成。按，是劇最早連載於上海《新小説》9—17號（1904年8月—1905年6月），據此知其創作時間當在光緒三十年（1904）至三十一年（1905）間。

◆ 著錄、版本與收藏情況

《古典戲曲存目彙考》著錄。最早連載於光緒三十年至三十一年（1904—1905）上海《新小説》9—17號。現存光緒三十二年（1906）新小説社排印本,《鄭振鐸藏珍本戲曲文獻叢刊》(國家圖書館出版社 2017 年版)第 46 册據之影印,阿英編《晚清文學叢鈔·傳奇雜劇卷》(中華書局 1962 年版)據之排印,沈不沉編《洪炳文集》(上海社會科學院出版社 2004 年版)據排印本轉錄。又有宣統三年(1911)上海群學社圖書發行所排印本;永嘉鄉著會鈔本,藏溫州市圖書館。

◆ 序跋、題詞與評語

洪炳文《〈警黃鐘〉自序》(《洪炳文集》所收本《警黃鐘》卷首):

《警黃鐘》者何?警黃種之鐘也。黃種何警乎爾?以白種強而黃種弱也。黃種何以弱?以吾四百兆人,日醉生夢死於名韁利鎖之中而不自知,如燕雀之處堂,醯雞之舞瓮,不自知其弱,遂終不能強。吁!可憐已!憐之故思設法以警之。警之奈何?《記》有之:"鐘聲鏗,鏗以立號,號以立橫,橫以立武。君子聽鐘聲而思武臣。"《孟子》有言"金聲也者",聲之爲言宣也。古人覺世,必取物之善鳴者,假之使鳴,如遒人之木鐸,即此意也。《風》《騷》而後,最善鳴者莫如詩,宋元以來則以詞曲鳴,皆文人之善鳴者也。詞曲者,詩之餘,其佳者能激發人心,動人以忠愛之念。詞曲雖小道,或可爲警世之用。非鐘而亦鐘,故作者效之,而假此以鳴者也。其體則院本傳奇,其事則子虛烏有,其義則風人托興之旨。言者無罪,聞者足戒,某嘗竊取之矣。他日者,梨園子弟弦管登場,使觀者恍然於黃種之受制於白種,殆如黃蜂之受困於胡蜂,而急思有以挽回之,振作之,則忠君愛國之念,油然而生。彼蜂群尚如此,而況人群?女子尚如此,而況男子?《傳》曰:"蜂蠆有毒,而況國乎?"此言雖小,可以喻大;一杵蒲牢,發人深省,故名之曰"警鐘"。警鐘之鳴,爲黃種而作也,故名之曰《警黃鐘》。

洪炳文《〈警黄鐘〉例言》（《洪炳文集》所收本《警黄鐘》卷首）：

一、動物之中，國體之堅，惟蜂爲最，故以蜂爲喻。黃封者，黃蜂也；胡封者，胡蜂也；元封者，黑蜂也。假藉諧聲，是傳奇中應有之義，并非牽強附會。

一、群中以雌爲主，凡采花釀蜜，皆以雌蜂。雄蜂不能采花釀蜜，惟知食蜜，名曰相蜂。相蜂過冬不死，則群蜂飢。兹編稱女主臨朝，即本此意，并非沿歐洲大國有女主之説。

一、云烏大臣者，猶言烏有先生也；黑提督者，猶言子墨客卿也，并無所指，閲者不必滋疑。

一、士、農、工、商人等十七字令詩，均爲插科打諢，并無所指，閲者幸勿見罪。

一、梨園中本有正旦名目，而傳奇則無之。曰旦者，即正旦也。兹編派旦脚過多，因另加"正"字以別之。曰旦者，即俗稱"當家旦"是也。又有"武旦"名目，傳奇亦無有，以無所分別，特加"武"字，以別於他旦。蓋捨傳奇而從梨園名目，以便於派脚色也。

一、是編情節甚多，故講白長而曲轉略。以鬥笋轉接處曲不能達，不得不藉白以傳之，并非討便宜也。

一、末二齣《計捷》《團圓》云者，蓋言自强以禦侮，團體以立國，皆將來虛擬之辭，作者之希望也。曲終奏雅，庶愜觀者之意。

洪炳文《自題〈警黃鐘〉樂府》（《洪炳文集·戲曲劇本題咏》據鈔本《警黃鐘》卷首移錄）：

《滿江紅》

蕞爾黃封，固猶是、軒轅遺族。奈兩大、胡元鄰國，強凌弱肉。巾幗獨慮恢復志，朝廷忍受要盟辱。惜幺魔世界化蟲沙，戰蠻觸。　　蕉鹿夢，伊誰續？《南柯記》，重翻曲。彼文人涉筆，感懷而作。牖户無忘桑土徹，桃蟲應念弁蜂毒。慨黄民醉夢未曾醒，從今覺。

洪炳文《跋〈警黄鐘〉》（《洪炳文集·戲曲劇本題詠》據鈔本《警黄鐘》卷首移録）：

舉世滔滔我獨醒，黄封耻作小朝廷。蜂群藉作人群看，午夜鐘聲好細聽。

蜂蟻由來團體堅，《南柯記》後此餘編。若教驚醒黄民夢，待譜新聲入管弦。

闕名《〈警黄鐘〉齣末評語》（《洪炳文集》所收本《警黄鐘》）：

第三齣《議和》末：此折叙黄封國大臣負朝廷，壅遏軍報，及外國不以公法相待，致不能據理以争，皆由東宫及公使口中述出。雖欲翻悔，亦已無及。

凡兩國勢均，始有和議。如此要盟脅迫，總在勢力範圍内，豈能歷久不渝？結尾僅以宫監持和約與公使，勉强了事，焉得謂之和乎？不能戰又焉能和耶？受脅而和，其爲和也可知矣！

第四齣《醉夢》末：此折寫國民醉夢，鼓舞太平。大吏如此，下僚可知；士人如此，工商可知；當兵如此，營制可知。見端甚微，爲禍甚巨，可爲寒心。

此折以副浄、丑、末等上場，長於打諢插科，每不便於填曲，故以九首十七字令詩代之。前人成作，亦有一齣之中無曲，非自我作古也。閲者諒之。

凡丑脚所唱之曲，大都爲【字字雙】等牌子，句法與十七字相類，以無甚款曲之故。若填别調，寫來與原曲神氣口吻不甚相合。成作每遇丑、副浄之曲，獨短獨少，正爲此耳。

第五齣《廷諍》末：此折寫謝、蘇二女士之熱腸愛國，東宫之極力先容，終爲二奸臣所蔽，言不聽，計不從，三人固無可如何也。迫至敗盟之後，始翻悔二臣之誤國，亦已晚矣。

女士諫疏，既按曲譜，又合節奏體裁，最難著筆。稍有遺漏，亦限於韵、囿於句、拘於格耳。閱者諒之。

二奸不自責而反責人，誣以黨人，陰險之至。君主不悟，何也？

第六齣《敗盟》末：此折寫二國敗盟，二奸欺君，東宮料敵，皆極力描寫，淋漓盡致。

二奸立身不敗之地，不背約則將以黨禍嫁人，背約則聲言迎敵。降番而去，兵潰被擒，仍謀彼國將帥之職，所謂吾輩富貴自在，正此之謂。有臣如此，雖欲不亡，其可得哉！

東宮料敵，實見微知著。齣末加以慨嘆收場，真令愛國孤臣同聲泣下，是爲下文過渡處。其言一時文武官吏，窮形盡相，乃么么世界中一部《官場現形記》也。

第七齣《閨俠》末：此折以閨俠爲宗旨，寫得竺女士熱血俠腸，一時莫匹。而挽之爲國宣力，却不肯爲聶、荆之事者，何也？意謂兩軍對壘，決無恃小術之理，紅綫之事，其明證也。若茲編亦藉彼以制勝，所謂修內政、禦外侮諸大事，皆可不必，轉令人主惟劍術之是尚，亦滋流弊。傳奇雖小道，立言亦須斟酌。

此編生脚未有出場，不合梨國規矩，因補出吏、刑二尚書，一保一參，爲下齣張本，亦是應有之義。

黃封國王至此亦自悔用二臣之失當，而服東宮之知人。故三人之薦，自無不聽。與前此偏任二臣時，迥乎不同。

第八齣《誓師》末：此折寫正、副元帥等三人，慷慨從戎，從容發令，誓師時寥寥數語，已足見一腔熱血，與士卒敵愾同仇。勇氣如此，又有兵略，焉得不勝！

此折白文甚短，而上場搬演，則晷刻頗多。以操場走陣，對仗厮殺，如臨大敵，殊費工夫。俗語謂武場戲是也。故賓白須略短，方與別齣時刻相差不多。

第九齣《計捷》末：此折寫二帥從容布置，各以計勝，所謂鬥智不鬥力也。及其成功，全是不戰而屈人之兵，并不藉劍俠之力。可見白種雖強，苟吾計得行，亦無不可取勝之理。世之畏夷如虎者，殆智出二女子之下耶？蜜毒發遲，故劫蜜在先而約戰在後，菊毒發驟，故散花在後而劫營在先。命意遣詞，皆有步驟，二者一而已矣。

第十齣《團圓》末：此折團圓，乃言團體之圓，非他本收場之團圓也。頭緒多，複述繁，最難收束。全部團圓亦在於此，故以之終篇云。黃封有臣如此，不憂外侮矣。

一結提明作者主意，尤為一部宗旨。餘音繞梁，三日不絕。

《電球游》

◆ 劇情概要與本事

又名《信香重夢》。封頁題"電球游樂府"，署"好球子編"。三齣，依次為《乘球》《園覿》《夢回》。寫花信樓主人收到好友吟香居士《三秋圖》曲譜後，睹物思人，懷想不已。這時倦意來襲，悄然入夢。夢中聽聞電學堂新發明的電球已接至金華，當即決定搭乘前去訪友。居士得知故友乘坐電球而來，甚是驚奇，言新習得催眠新法，有似造夢，可將人送往心中嚮往之處。花信樓主人頗有些不信，言《適園圖》正是心中最適之境，可往一試。居士令其入帳歇息，然後對帳操作。果然，二人夢魂相隨入園，遇到蘅芳、懺紅二女史。女史本來對主人、居士有愛慕之意，今日相逢，便不作兒女嬌羞之態，施禮相見，又與其在園亭中敘談心曲，步韻賦詩。正在歡樂之時，居士突然挽起樓主就要離去。樓主雖不解，亦祇得與蘅芳等匆匆而別。樓主醒來，責問吟香居士爲何如此無情？這時，電局郵差來報，言西北風大，勸樓主快快乘球歸去。臨別，居士送上石榴、金腿、豆豉等物，樓主單留下石榴兩顆、豆豉一包，以持歸示人，爲曾至金華之憑據。二人揮手而別後，樓主再次醒來，睡意朦朧中，出帳尋找居士，在僕人的提醒下，方知一切都是夢境。

生扮花信樓主人，小生扮吟香居士，旦扮蘅芳女史，小旦扮懺紅女史，丑扮僕人，雜扮電局郵差。

本事待考。按，據是劇封頁右欄所署"光緒丙午季秋"，即光緒三十二年（1906）九月，知是劇創作於本年。

◆ 著錄、版本與收藏情況

現存鈔本，藏溫州市圖書館，沈不沉編《洪炳文集》（上海社會科學院出版社 2004 年版）據之排印。

◆ 序跋、題詞與評語

洪炳文《〈電球游〉自序》（《洪炳文集》所收本《電球游》卷首）：

電球之製，曷仿乎？曰：仿自花信樓主人之臆想也。主人何以作是想？則以主人素喜格致製造之事，凡有新法，每思推究。有友吟香居士，在千里之外，遠莫能致，結想而成夢也。然則夢境甚虛，何以知其可製而爲此說也？曰：夢境雖虛而理境則實。理實若何？以爲人身有空氣壓力百五十磅，故不能升空。及以氣球上升之力亦百五十磅與之相抵，凡物重力以相抵而相定，球中之氣，能托百五十磅，則人身可以托浮在空際而不墜。多一人則加球中之氣，力多寡相配有比例。

安球之法，則於現有電柱之上，加設一電綫，有瓷叉以架之，球之下用傘以遮雨，傘之下用籃以盛人，籃之下有瓷圈以貫電綫。球至柱邊，綫略升，既過，則仍架於叉。用瓷者，取其不傳電也。欲行此球，彼此發電，一推一吸，與電報同理而可以乘人，與電車同用而不用造路。遇不能造車路之處，用之甚便。多球則可以乘多人，形如聯珠，魚貫而行，不虞凌躐。

球之行也，如流星，如炮彈，循綫以行，瞬息千里。或遇逆風，則球欹而籃正，不虞偏側。凡有電杆之處，皆可爲之。兩頭有臺有梯，以便人上下。

獨是主人之力不能備球，是以但有其說而不聞厄材。主人之巧又不能製球，是以但有其理而不見其用。世有般、倕者流，因是説而研究之，改良之，未始非製器前民之一助也。以主人曾夢乘是球，游行竟日，遂名是編，謂之《電球游》云。

光緒丙午九秋下浣，棟園居士自序於花信樓

洪炳文《〈信香重夢〉曲譜自序》（《洪炳文集》所收本《電球游》卷首）：

蓋聞之夢生於因，因生於想，信香之夢何因乎？曰：在《羅陽秋憶》也。《信香重夢》何想乎？曰：在《鴻爪秋心》也。

客曰：吾子與吟香，交久而情親，其見夢也宜矣。若適園中二女子，乃子夢中未相見之人，何以入夢耶？余曰：天下有其想便有其事，有其事便有其人。天下大矣，安知無二女士其人者？如溫氏之慕坡公，俞二姑之訪玉茗，此外姓名淹没寂寂無聞者，所在多有。是圖中之人，安能責其有，安能決其無耶？佛言"如夢幻泡影，如露亦如電，應作如是觀"，彼二人者，作如是觀者可也。譬之空花一現，轉眼成空，明霞麗天，逾時即滅。心中有此人，即夢中有此人，亦何足异之有？若夫壁間之畫可游，意中之人可晤，近時精神之學，想能爲之，初非僕之誑語也。事奇、夢奇、人奇，殆不可以無傳焉，以有前《信香夢》曲譜在，故編竣之後，名之曰《信香重夢》。

光緒丙午九秋下浣三日，花信樓主人識

洪炳文《〈電球游〉例言》（《洪炳文集》所收本《電球游》卷首）：

一、理想小說，貴乎徵實。是編之說，事虛而理實，不同於寓言八九之類，故可入理想小說門。

一、編中云云，大都朋友兒女倡和之語，多是言情之作也，故又可入言情小說門。

一、催眠術中，今已數見不鮮，第以他人精神，入圖畫中與之同游，尚不多見。將來此術益精，必有能為之者。是亦理想之一端也。小說中有《環游月球》一種，已風行海內，不知人身在炮彈中，豈不悶殺？在炮中發出，豈不熱殺？飛行空中，豈不震殺？而人反喜而閱之者，以人情喜新，不責以理想也。電球可行，其與此種小說怪誕不經者，奚啻霄壤！

一、編中二女士詩在《適園記》之內。閱是編者，須再閱《適園記》，方知二女士所由來。

一、是編因《三秋圖》而作。閱是編者，須再閱《三秋圖》，方知信香二人之履歷，故是編又名《信香重夢》。

一、是編名為理想、言情，實則夢史也。凡小說中未有無夢者。是夢乃小說中一特別之境界也，一過渡之時代也，一未來之影子也，一化身之妙法也，一身外之幻緣也，一無形之歷史也，一獨聽之留聲機器也，一獨觀之電光影戲也。傳奇者，傳奇事也，非夢則不奇，非奇則不傳。世有嗤為夢境無憑者，之人也，不知夢，并不知傳奇，為小說中之門外漢，以閉門羹待之可矣。

一、是編若但云製球、行球之法，而不言乘球，是謂之電球學，不可入小說部。故必言乘球，乃合說部之宗旨。

夢史氏《〈電球游〉總評》（《洪炳文集》所收本《電球游》卷末）：

夢史氏曰：花信樓主人，蓋妄人也。其心以為電球可製，遂結想而成夢；

以爲電球可用，遂夢乘之而去。嘻！何其妄也！主人又痴人也，己則喜夢，又强拉其友與之同夢，又以園中二女士亦邀之入夢。既作《記》以張之，又填曲以傳之。始夢吟香之來，又夢訪吟香而去。其覓袖中物，既以夢爲真；又索《三秋圖》，是以真爲夢。夢中説夢，何其情之痴也！主人嘗題友人《紀夢質言詩》，有云"噫嘻！三千大千世界，何人何時何事而非夢，苦海恒河衆生衆"之句。夢時固夢，即醒時亦何嘗非夢？所謂浮生若夢也。其意謂兩間之内，一無形色，惟夢而已矣。古今之遥，一無人物，惟夢而已。夢史氏知之，特爲之論列如此。

又曰：吟香居士，蓋情人也，羅陽之憶，是爲倡首。曲中情深文明，善於言情者也。居士又才人也，《三秋圖》寫作俱佳，繪事亦妙，善於用才者也。其意謂宇宙之内，所有纏綿固結者，惟情而已矣。古往今來，爲人傾倒欣慕者，惟才而已矣。以妄人、痴人而與情人、才人遇，於是感其情、慕其才，而妄人、痴人受惑矣。以情人、才人而與妄人、痴人遇，於是恕其妄、憫其痴，而情人、才人受累矣。欲袪其惑，脱其累，當若何？則爲之誦《般若經》，曰："是故空中無色，無受想行識。"又曰："依般若波羅蜜多故，心無挂礙，無挂礙故，無夢想究竟。"維時妄人、痴人、情人、才人咸來問法，乃爲之正告之曰："佛者，覺也。使先覺，覺後覺，佛將以斯道覺斯民也。"我聞如是，請居士下一轉語。

洪炳文《〈電球游〉第一齣評語》（《洪炳文集》所收本《電球游》第一齣末）：

好球子曰：近時電車、電機有之矣，而不聞以電運球；氣球、飛船有之矣，而不聞以球需電。電球之製，中外未之前聞也。緣主人平時嘗夢飛，張兩手如翼，御空而行，離地二三丈，栩栩然極魚躍鳶飛之樂。醒時每惜其爲夢。蓋屢屢如此。《内經》云："上盛則夢飛。"《易》曰："本乎天者親上。"

夢生於因，亦各從其類也。予語主人曰："子好球乎？斯球也，殆吾子之介紹也。其有功於子，子其爲之作傳奇。"主人曰："唯。"

洪炳文《〈電球游〉第二齣評語》（《洪炳文集》所收本《電球游》第二齣末）：

情史氏曰：蘅芳吐屬，莊重不佻，其情真；懺紅言詞，多涉風趣，其情痴。主人與之倡和，兩下心投意合，重訂後約，非吟香之硬行拆開，蓋幾幾漸入情魔矣。昔《南柯記》末齣，淳于生與瑤芳公主雲頭答話，依戀不捨，忽契元禪師上場，從中間猛行砍開，淳于生遂立地成佛。今吟香之強拖主人，令其歸去，蓋與契元禪師同一用意，懸崖勒馬，非有定力者不能也。觀此，乃知吟香爲主人之益友。

《後懷沙》

劇情概要與本事

封面中間書"後懷沙"，右題"光緒丙午孟秋"，左下署"憤廬題"。正文於題目下注"傳李烈士爭晋礦蹈海事"，并署"悼烈主人編"。今存《驚電》一齣。寫山西人李培仁，昔年肄業於本省師範學堂，不久游學日本。每每側身北望，慨祖國之沉淪，憂將來之時局，常常中夜彷徨，背人飲泣。一日天陰欲雨，李培仁正在藉酒澆愁，同鄉會送來信函。原來山西爲京城右臂，控山帶河，形勢雄峙，所產煤礦甲於中華，馳名歐美，洋人對此垂涎不已。上年，在當地官員未參與的情況下，縉紳與意大利福公司訂立合同，意圖開采，旋復終止，後又變爲由英國商人開采。晋人不服，山西巡撫遂致電外交部，懇請籌辦晋礦，自設總公司。外交部却強迫晋人承認外國采辦事宜。信函所言，正是此事。李培仁看完，擔心不已，怕英人占去山西利源，而當地百姓祇落得民生困窮。

生扮李培仁。

本事來自時事。按，李培仁（1866—1906），留日學生，山西陽高縣人。光緒三十二年（1906）秋，得知清廷將山西多地開礦權利批准給英國公司後，感到救國無望，身揣絕命書，在日本東京新宿海二重橋下跳海自盡。"李培仁蹈海"事與國內的反抗活動相呼應，終於逼退了英國公司，保礦運動取得勝利。據劇首所署"光緒丙午孟秋"，知是劇當創作於光緒三十二年秋。

● 著錄、版本與收藏情況

現存鈔本，藏溫州市圖書館，沈不沉編《洪炳文集》（上海社會科學院出版社 2004 年版）據之排印。

● 序跋、題詞與評語

闕名《〈後懷沙〉之〈驚電〉齣評語》（《洪炳文集》所收本《後懷沙》卷末）：

此折寫烈士接電之後，慨嘆憂慮，焦灼萬分，均於曲中傳出。身居异國，情戀同胞，此中心曲，誰堪告語？如楚國靈均日吟澤畔，懷沙之志，已於此時寄之。

《懸嶴猿》

● 劇情概要與本事

劇首署"祈黃樓主（洪棟園）"。五齣，依次爲《島栖》《誡猿》《島別》《歸神》《展墓》。寫鄞縣人張煌言於魯王監國時官拜兵部尚書之職，組練一軍，以求恢復。後魯王薨於金門，張煌言知無力回天，遂散軍於南田縣島，自己則削髮爲僧，避世於南田懸嶴一古剎中。時值六月十九日，距思宗殉國已逾三月，張煌言排列香案，更衣行禮。回想明朝覆亡經過，認爲正是流寇猖獗、皇帝昏庸、奸臣弄權等致天下大事不可爲。張煌言在寺中蓄養之雙猿頗解人意，每日在樹梢瞭望，遇有官兵偵視即在樹上高叫，以便主人先行遁匿。溧陽人羅倫本爲張煌言舊部，因戰亂失散，聞其匿於懸嶴，乃與張煌言舊僕楊冠玉尋踪而至。清廷懸賞捉拿張煌言，其舊部數人降清後，潛入懸嶴，尋獲張煌言及羅倫等，二猿見主人被執，相繼投水而死。張煌言等被解至杭州，清將百般勸降，皆抗節不屈，遂與羅倫等一并被殺害於鳳凰山下。杭州城隍于謙遣風雲雷雨之神等，將張煌言魂靈迎歸天上，玉帝封其爲懸嶴之神。若干年後，錢塘女子汪端敬慕張煌言忠孝義烈，趁着踏青時節，携帶祭品往南屏展墓。祭畢，向婢女説起張煌言一生經歷及其身後之事，最後又將其絶命詞數章在墓前展讀。

生扮張煌言，小生扮羅倫，旦扮汪端，貼扮侍婢，净扮中軍，副净扮張杰，末扮老僧、值日功曹、僕人，副末扮張煌言舊將，丑扮楊冠玉，外扮于謙，雜扮二猿、張煌言舊將、四神、士農工商、轎夫、小生、貼扮侍從，小生、小旦扮沙彌。登場人物尚有判官二人、鬼卒四人、劊子手等，俱未分配脚色。

本事見清初翁洲老民（生卒年不詳）編《海東逸史》等所記張煌言事，又據乾嘉時女作家汪端（1793—1839）《南屏吊忠烈公（煌言）墓》詩給予敷演。按，張煌言（1620—1664），字玄著，號蒼水，鄞縣（今浙江寧波）人。南明弘光元年（1645），與錢肅樂等奉魯王監國，起兵抗清，拜兵部尚書，據舟山沿海一帶。康熙二年（1663），魯王薨於金門，張煌言感無力回天，乃解散餘部，隻身隱居於南田懸岙（今浙江象山南），不久被叛徒出賣，殉難於杭州，葬於鳳凰山荔子峰下。乾隆四十一年（1776）追諡忠烈，入祀忠義祠，收入《欽定勝朝殉節諸臣録》。有《張蒼水集》存世。又，據陳茗香《〈懸嶴猿〉題詞》之"甲辰年後又甲辰"句後小注云"公就義在康熙甲辰，樂府編成今甲辰"，知是劇創作於光緒三十年（1904）。

● 著録、版本與收藏情況

《古典戲曲存目彙考》著録。現存梅氏勁風閣鈔藏本，藏温州市圖書館。連載於光緒三十二年（1906）九月至十二月上海《月月小説》一至四號，光緒三十三年（1907）《月月小説》出版單行本，阿英編《晚清文學叢鈔·傳奇雜劇卷》（中華書局1962年版）收入，沈不沉編《洪炳文集》（上海社會科學院出版社2004年版）據之排印。

● 序跋、題詞與評語

洪炳文《自題本傳奇卷首》（《晚清文學叢鈔·傳奇雜劇卷》所收本《懸嶴猿》卷首）：

頻年扈蹕歷重洋，監國君臣剩一航。猶是崖山風雨夜，拍天駭浪葬孱王。

錚錚鐵石比心腸，一曲悲歌和牧羊。（見末齣）爲愛鳳凰山色好，黄花時節近重陽。（公自四明至杭州，方巾葛衣，終日南面坐，不言不食，唯啜水而已。九月初七日臨刑赴市，遥望鳳凰山一帶，始一言曰："好山色！"索筆賦絶命詞數章，挺而受刑。年四十有五。見《東海逸史》。）

惟有雙猿妙解人，來依窮島一孤臣。國家曆數俱先定，前有庚申後甲申。（元順帝少時依僧寺，有老猿三十六來爲執役，及帝去，猿俱跳擲而死。後帝崩於庚申，在位三十六年，人稱之爲庚申帝，適符猿數。見《庚申外史》。明亡於甲申。申禽爲猴，猴亦猿屬也。感雙猿事，涉筆記之。）

千古英雄盡浪淘，冤禽銜石尚悲號。一編當作西臺哭，异代知心有謝翱。

何時憑吊到南田？化鶴魂歸海外天。二百卅年如夢過，甲辰年遇甲辰年。（編中言，公於甲辰六月，散軍南田之懸嶴。於是年九月，抗節杭州。屆今甲辰，已二百四十年，太歲適合。若非偶然，亦异事也。）

譜出新詞付妙伶，感時又見孔云亭。疑從巴峽瞿塘路，聽到哀猿第五聲。（昔徐青藤道人有《四聲猿》傳奇，茲編出，則增四為五矣。）

陳茗香《〈懸嶴猿〉題詞》（《晚清文學叢鈔·傳奇雜劇卷》所收本《懸嶴猿》卷首）：

隆準無依臣無主，蘭草無根國無土。（宋鄭所南畫蘭多不著土，人問之，泫然曰："地已為人奪去矣。"）廈將傾時木難支，天有缺時石難補。宋明末造若合符，龍種豈與他人殊？半壁江山思恢復，不在中原在海隅。魯王猶是朱家子，舟山願奉朱家祀。誓師酹酒事勤王，海上忽聞義旗起。金門奄忽遺詔來，散軍休士鬩蒿萊。猿兮猿兮能守望，空林窮島鳴聲哀。男兒不屑無名死，抗節乃在武林市。留取丹心照汗青，文山而後一人耳。佚事流傳孰寫真？甲辰年後又甲辰。（公就義在康熙甲辰，樂府編成今甲辰。）青藤《四聲》今嗣響，（徐青藤道人有《四聲猿》樂府。）興酣落筆如有神。菊部排場新聲出，（梨園子弟此劇已能演習。）擊節高歌唾壺缺。公若有靈顧曲來，大舞臺前一輪月。

　　　　　　　　　　　　　　　　　　　　陳茗香

陳祖綬《〈懸嶴猿〉題詞》（《晚清文學叢鈔·傳奇雜劇卷》所收本《懸嶴猿》卷首）：

窮島萍浮一首陽，逋臣雖去蕨薇香。誰歟酹酒西泠冢？聽到啼猿便斷腸。

　　　　　　　　　　　　　　　　　　　　梅儂

唐鳳林《〈懸嶴猿〉題詞》（《晚清文學叢鈔·傳奇雜劇卷》所收本《懸嶴猿》卷首）：

龍種飄零孤臣苦，南北軍書空旁午。金門驀地哀詔來，半壁江山又無主。君不見馬阮儔，處堂燕雀不知愁？君國重事等兒戲，悉竊朝冠愧沐猴。魯王本是朱家肉，珠山本是朱家鹿。分所當爲豈不爲，胡勿當年思文陸？海角孤軍壁壘開，螳臂當轅殊可哀。史公以外張公耳，明季忠烈幾人哉！武林市中黯夜月，于岳祠邊好埋骨。棱棱生氣振秋霜，千載英靈同不没。吾聞公有猿兮爲公守，生死不渝常左右。隨人意旨能通靈，精誠所感誠非偶。昔者晉卿有臣獒，陸機入洛仗黄耳。人心獸面尚如此，甲申之際誰義士？樂府譜成哀猿詞，託興亦是風人思。公靈化鶴一歸來，懸罌山中明月時。醉中擊節高歌灑熱血，如意西臺從今缺。我方掩卷發三嘆，豈止《四聲》稱妙絶？

白雁高飛江南秋，六橋烟冷芙蓉愁。霹靂夜遶鎮南塔，杜鵑啼月聲啾啾。宋明末造如一轍，愧殺朝冠皆沐猴。王孫芳草飄泊盡，海嶠猶有孤臣留。蒼水苦心比信國，舟山形勢同厓州。金門忽頒遺詔至，真龍化骨誰爲收？背城藉一誓勿去，絜水獨抱杞人憂。容齋欲將貞忠傳，樂府一一勞披搜。菊部排場歌且舞，生氣棱棱千古道。曲中有誤靈來顧，雲車風馬海東頭。

鳳林

《古殷鑒》

◆ 劇情概要與本事

　　封面正中書"古殷鑒樂府"，左下署"保鑒堂主人編"。二齣，依次爲《泣留》《鄰逼》。寫古巴民、政二黨争鬥，竟引發戰争，官軍失敗，舉國騷然。美國總統羅斯福欲藉調兵助剿之名前來干預，古巴總統巴爾瑪堅拒。不料美國以保護商務爲名，直逼夏灣拿城，又遣兵部大臣德輔等爲專使，與兩黨領袖磋商，未果。德輔又提出建議三款，政黨認爲不公，大起反對。巴爾瑪見此，宣告退位，各部臣工亦紛紛告休。一時間，人心惶惶。議員多魯斯、將軍蒙得護以及兩黨領袖，爲了國家穩定，想勸説總統復位，於是入總統宫中求見，巴爾瑪祇是不肯，衆人祇得散去。很快，德輔率軍進入古巴，宣布暫攝古巴政府治權。多魯斯聞此，悲嘆強權世界，公理蕩然無存，深爲國家前途感到擔憂。

生扮多魯斯，小生扮蒙得護，净扮波薩，副净扮德輔，末扮格勃提，丑扮探子，外扮巴爾瑪，雜扮議員四人，末、副末、老旦、丑扮民、政兩黨領袖。

是劇乃據當時報紙上發表之古巴時事新聞撰寫而成。按，據今存鈔本首封右欄所署"光緒丙午孟冬月"，即光緒三十二年（1906），知是劇創作於當年冬。

◆ 著錄、版本與收藏情況

現存鈔本，藏溫州市圖書館，沈不沉編《洪炳文集》（上海社會科學院出版社 2004 年版）據之排印。

◆ 序跋、題詞與評語

洪炳文《〈古殷鑒〉小引》（《洪炳文集》所收本《古殷鑒》卷首）：

昔唐太宗云："以古爲鑒，可鏡得失。"《詩》云："殷鑒不遠。"古巴亂事，凡有國者之殷鑒也。故編成名之曰《古殷鑒》。

洪炳文《〈古殷鑒〉例言》（《洪炳文集》所收本《古殷鑒》卷首）：

一、是編原本日報，情節關目不能臆造，以免失實。

一、報中敘事，尚未詳盡。如巴總統既爲政黨反對，何以民、政二黨，均各至宫，環求復位？其中必另有情節。報未敘明，殊難編演。

一、報中下半，均爲記者議論。美兵登岸會散之後，國中作何對付？尚未之及，編中祇得作歇後語。如再有大關目，另當續編，以紀其事之始末。

一、巴君以反對之故，遂任眾紳痛哭環求，終不肯聽，似乎忘情國事者。

不如多魯斯爲衆央求，熱心愛國，故編中以多君爲主。

一、是編以先刊登爲宜，遲則明日黃花，已成陳迹。失晨之鳴，識者嗤之，先睹爲快，閱者有同情焉。

洪炳文《〈古殷鑒〉跋》（《洪炳文集》所收本《古殷鑒》卷末）：

大凡人國，兩黨交爭，未有不召大亂者。況在列強之世，藉口保護，不能抵拒。事平之後，要求利益，逼開口岸，勒索兵費，暗萌干涉，皆於本國有大損，敵人有大利。黨人但呈一己之私，不顧公家之事，大亂甫定，外患紛來，雖欲悔之，已無及矣。亞聖謂："國必自伐而後人伐之。"古巴之事，非明驗歟？雖然，古巴小焉者也，殷鑒不遠。在厥後之世，凡有國者，請以古巴爲鑒。觀世變者，請以兹編爲鑒。

《普天慶》

◆ 劇情概要與本事

二齣，依次爲《歡迎》《預備》。寫安徽太平人萬年清，早歲讀書，中年橐筆，每每憂心國事。今秋旅居上海，小飲市中，聽聞上諭有立憲預備一事，不禁額首臚歡，嵩呼稱慶。時值慶祝立憲之期，萬生便到商會、學堂、練兵之新營等處游覽一番，各處都爲立憲而編排節目。山西聞喜人賀中興乃萬生朋友，二人相遇，對立憲後之國家前途充滿希望。此時，寓居滬上之學界、商界及官場中人等將發表演説，萬生亦登上高臺，備述立憲之宗旨、準備立憲之要領以及富國強民之術。

生扮萬年清，小生扮賀中興，丑、副净、副末、末扮衆人。

本事來自時事。按，清政府於光緒三十二年（1906）下詔預備立憲，次年在中央籌設資政院，在各省籌設資政局，各政治團體紛紛發表宣言，宣傳君主立憲政體。是劇當創作於此期，或在光緒三十三年（1907）。

◆ 著錄、版本與收藏情況

《古典戲曲存目彙考》著錄。現存鈔本，藏溫州市圖書館，沈不沉編《洪炳文集》（上海社會科學院出版社 2004 年版）據之排印。

《撻秦鞭》

◆ 劇情概要與本事

四齣，依次為《浮像》《感懷》《撻秦》《夢圓》。劇首有提綱四句："死奸相替身沉水府，活夜叉負像現江濱。鞭撻秦千古快人心，神示夢三生了公案。"寫江海龍王奉上帝之命巡視長江，見彩雲冉冉而來，原來是潮神伍子胥的車駕；又見香雲一縷升起，乃舜江之神曹娥經過。不久龍王來到安徽地面，覺隱隱有些臭氣，便派巡海夜叉前去細查。夜叉言臭氣正是從江中浮出的鐵人身上發出，將其打撈上來一看竟是秦檜遺像。龍王不知其為何潛身此地，先後宣左司賞善判官與右司罰惡判官問詢。罰惡判官言此像乃泥犁獄中秦檜魂靈所化，和泥塑成跪像，被打落深淵，受六百年水牢之苦。今此劫已滿，又須到人間受世人唾罵、便溺之辱。龍王遂派烏龜將之送至江濱，交土地收領。浙江人華忠清致仕以來，游歷鄂皖，浪迹烟波。此日華忠清正在安慶，趁着天氣晴明，出外游春，見江上洋輪往來，如入無人之境。感時撫事，不由得心中凄愴，認為這都是奸臣妄陳和議之策，致錦綉江山被外族作踐。這時他看到了漁翁打撈上來的鐵像，認出是秦檜，遂將鐵像痛打一番。龍王命夢神引華忠清去見地藏王，地藏王即召何立、岳飛、岳雲及秦檜鬼魂等相見，以證明秦檜仍墮泥犁地獄受苦。

生扮華忠清，小生扮伍子胥、岳飛，旦扮銀瓶小姐，老旦扮王氏，貼扮曹娥、男裝小將軍，淨扮龍王、漁翁、秦檜，副淨扮武判、牛將軍，小淨扮蝦兵，末扮值日神、何立，副末扮蟹將，丑扮夜叉、家僮、濟癲，外扮文判、夢神、土地，雜扮鬼卒、游人、隊子，小生、旦、貼、老旦扮四游人。

本事來自上海某報所載，具體名稱暫不詳。據作者《〈撻秦鞭〉自序》末所署"時在光緒戊戌清和月上元三日"，知該劇創作時間當在光緒二十四年（1898）四月。

◆ 著録、版本與收藏情況

《古典戲曲存目彙考》著録。現存宣統三年（1911）閏六月四日溫州日新印書館排印本，沈不沉編《洪炳文集》（上海社會科學院出版社 2004 年版）據之排印。

◆ 序跋、題詞與評語

洪炳文《〈撻秦鞭〉自序》（《洪炳文集》所收本《撻秦鞭》卷首）：

金鐵，重物也，置之水中不能浮也，此物性之常，無可易者。物反常則爲妖，妖由人興，於是乎有不能浮之物而浮者，其在五行，謂之"金不從革"，曰"咎徵"。怪物之所憑歟？氣機之感召歟？則不可得而知之也。如近時滬報所列《杖責秦檜》一則，得毋類是歟！夫長江東西五六千里，而像之浮，何以適在安徽？鑄此像時，度亦數百餘年。而像之見，何以適在今日？莫之爲而爲，莫之致而致者，天也。某公以忠義之氣，卜車杖責，觀者如堵，咸撫掌稱快，足見三代直道之公，猶在天壤。若檜者，雖有孝子慈孫，百世不能改也。獨怪已死之檜，人皆罵之詆之，而方來之檜，人多事之諂之。後之視今，亦猶今之視昔，則惑之甚者也。嘗觀戲劇中有《掃秦》一齣，是詆檜於生前，攻發陰事，人不及知而檜獨知之。某公之鞭是責檜於身後，淋漓痛快，檜未必知而人皆知之。世之身秉國鈞者，亦何樂而爲檜之續耶？或曰：

吾子好舉忠義節烈之事，編爲樂府，浮像受鞭一節，固絕好一大關目也，盍試爲之。余應之曰：自來精誠所至，金石爲開。浮像，奇聞也；撻像，奇事也。有奇斯傳，傳乃可久。异時傀儡場中，多一鞭秦之故事，又愚夫愚婦所抵掌樂道者也。欺君賣國之臣，倘聞之而愧悔，則是編之傳，亦猶《小雅》怨誹之旨歟！編竟，遂述問答之語於簡端。

時在光緒戊戌清和月上元三日，慕忠堂主人自識

洪炳文《〈撻秦鞭〉例言》（《洪炳文集》所收本《撻秦鞭》卷首）：

一、鞭秦一事，關目甚佳，而當時情節則甚短，因加意點綴陪襯，得成四齣。所增曲折，幾十之七八。此傳奇體例，亦多如是，閱者幸無以空衍見譏。

一、蔣氏《紅雪樓九種》，傳生存之人，如顧瓚園孝廉《空谷香》之事，直書原人姓名，全無藉飾。惟《一片石》《第二碑》傳婁妃事，當時方伯諸公，以錢易彭，以季易吳，并撰者以薛易蔣，餘則阮、伍諸人，均仍原名。以事關表彰貞烈，不妨直書。而先達諸公，則假藉他姓，不敢直斥其名，有失尊敬之禮。茲編特仿斯例，如岳王均稱武穆，不復書名。所云華公，亦猶以錢易彭、季易吳之意。

一、是編鐵像能浮，本是异事，安知非鬼神使之？故中間不得不假神道以圓其說。若以文人狡獪之術目之，殊非作者本意。

一、《精忠譜》原有《掃秦》一齣在前，編是者易犯其壘。茲編不拾前人牙慧，致涉雷同。看題以生前死後分界限，雖判若兩人。

一、是編間有涉及時政，大都感憤之意多而譏刺之詞少。且所以鞭秦之故，亦由激而然。若一味掩飾，恐犯時忌，諱而不言，有何旨趣？中間講白曲文，任情吐露，知我罪我，聽之而已。

一、是編係傳奇忠義故事，於旦脚本無上場。因於首齣陪以曹娥，末齣陪銀屏小姐，則脚色具備。

一、昆曲多用蘇白,以昆爲蘇屬邑之故。蔣氏《九種》,不盡用蘇白,間涉江右土音。茲編講白,亦不強效蘇州人口語,猶越人越吟之意。

李遂賢《題〈撻秦鞭〉》(《洪炳文集·戲曲劇本題咏》據宣統三年閏六月四日溫州日新印書館排印本《撻秦鞭》卷首移錄):

賊檜之頭人欲殺,賊檜之肉人惡食。六州頑鐵鑄何年?墓門長跪無人色。冥冥之報何昭彰,萬人唾罵猶未極。金不從革妖或憑,忽然鼠竄皖江北。巍巍古道忠清公,天壤共欽三代直。秦頭棒喝平王鞭,身前難誅身後力。吁嗟大義薄雲霄,今古奸雄心膽裂。天鑒不遠鑒在茲,掃秦公案從今結。演成樂府廣流傳,一編可當董狐筆!

李遂賢

吳錦城《〈撻秦鞭〉題詞》(《洪炳文集·戲曲劇本題咏》據宣統三年閏六月四日溫州日新印書館排印本《撻秦鞭》卷首移錄):

皖江江頭風夜吼,濁浪排空搖山阜。老蛟激水長鯨波,翻動沉沙鐵未朽。是何怪物甚奇醜?腥風滾滾奔童叟。細讀銘背認蝌蚪,賣國老奸記誰某。格天閣上稱勳臣,女直指揮作功狗。岳家軍召天水空,冤獄釀成莫須有。千古公憤在人心,已死權奸誅身後。鍛煉不饒長舌婦,屈膝荒墳兩怨偶。不知何時脫鎖紐,浙東不脛皖北走。琥珀拾芥磁引針,沙門善神豈傳授?棱棱風節忠清公,痛憾胡氛揚塵垢。和戎時局多掣射(似爲"肘"),未報涓埃除稂莠。秦頭棒喝沒奈何,怒氣撞胸滿牛斗。吁嗟乎!六州鑄錯鐵不消,賊檜今經幾擊掊?覆車藉鑒宜引咎,鳩茲勿作遁逃藪。

吳錦城

李一鳴《題〈撻秦鞭〉樂府》（《洪炳文集·戲曲劇本題咏》據宣統三年閏六月四日溫州日新印書館排印本《撻秦鞭》卷首移錄）：

秦頭壓日日無色，一統山河半壁立。荷枷披鎖跪庭前，權聚六州鑄頑鐵。橫江毒霧天溟濛，抱頭竄入水晶宮。馮夷駭走陽侯怒，鼓浪驅向東海東。從此浮沉乘潮上，隨波逐流依蕩槳。金不從革妖或憑，五行豈真無應響？巍巍忠直大銀臺，主講文壇玉尺裁。春來曳杖閑散步，突有腥風撲鼻來。回頭忽見鐵漢賊，萬段碎尸求不得。今朝錚錚落跟前，任爾脱逃何處匿？倩人撈取跪泥塗，義憤填胸膽氣粗。手中惜少昆吾劍，爲吾聖朝行天誅。蹴之無言雙膝屈，似聽嚶嚶忍泪泣。濤頭白馬來伍員，勸仿平王鞭六百。檜兮賊兮苦低頭，甘受鞭笞了不羞。鐵膽悝松今安在？贏得赤身背血流。萬衆聚觀各動色，鼓掌揚眉來擊節。消磨萬劫墮泥犁，應有權臣心膽裂。棟園仙才錦綉腸，大開樂府叶宮商。由來鐵案南山重，暫托黃粱夢一場。（謂是編以《夢圓》吊場）。我愛詞華工潤色，大書特書董狐筆。鞭秦一闋永流傳，從此《掃秦》公案結，（謂自題詞有"算《掃秦》公案未曾完，從今結"之句，故云。）我師歸里已挂冠，百年頤養總平安。他時高坐强臺上，想見掀髯帶笑看。

李一鳴

張組成《題〈撻秦鞭〉樂府》（《洪炳文集·戲曲劇本題咏》據宣統三年閏六月四日溫州日新印書館排印本《撻秦鞭》卷首移錄）：

烏乎！檜賊惡貫靡滔天，婦孺三尺不知憐。身前慣抱權利想，身後長跪墓門前。祇憐頑鐵抑無辜，鑄就佞臣七尺軀。風塵消受復消受，苦厄豈知辱泥塗？雙膝屈下蜀山兀，儼然不知是鐵骨。牛溲馬勃恒河沙，拾把填滿奸邪窟。無端竄入長江中，又遭天譴怒陽馮。浙東皖北揚尸走，任憑濁浪勢排空。突來腥風天際過，弄得大官苦荷荷。棒喝不動揮不去，何來八面夜叉十地魔？疑是三閭大夫聞鷄欲起舞，靈魂不死赫然怒。疑是精衛銜石填海東，冤情無訴裝一肚。否則定是潮州鱷，昌黎往矣肆餘虐。否則定是永州蛇，百變蛟龍出丘壑。靈耶，异耶，鬼蜮耶？黑風刮面認不得。政界變潮激動腦氣筋，原來認得鐵漢賊。斗然激怒忠清公，凛凛殺氣牛斗衝。鐵骸銘背今尚在，不比當年始皇頑石視夢夢。切齒加上子胥鞭，鞭得負痛口流涎。恨不碎作萬段尸，鼓起洪爐熱火煎。我想鐵券本是金玉牌，御製銘勒表忠骸。不然鐵板銅琵琶，騷壇鼓舞洗愁懷。爲何杞梓變作荊棘材？居然懸挂秦鏡臺。即使平王肉尸鞭，跳脱到此焉能留禍胎？豈非巨憝總是犯天誅，哪管枯木與朽株。萬鞭千鞭消盡心頭氣，叱咤風雲大丈夫。賈生憤世原有由，漸離擊筑世所求。感慨歔欷九州錯，藉鏡鑒形我心憂。巍巍銀臺訴其魂，棟園先生濯其源。一編樂府金花觀，淘汰二十世紀大千奴隸之鈍根。從此鐵血世界人人尚競争，四大自由氣縱横。鐵兮，鐵兮，殷鑒在兹原不遠，掃秦鞭秦一重鐵案使我心怦怦！

張組成

張組成《跋〈撻秦鞭〉樂府（己亥）》（《洪炳文集·戲曲劇本題咏》據宣統三年閏六月四日溫州日新印書館排印本《撻秦鞭》卷首移録）：

帚掃秦兮鞭撻秦，今人何必讓前人。奸雄孽報都如此，愧煞千秋賣國臣！借得文通筆一枝，好將奇事譜新詞。他年借與梨園唱，想見揚鞭撻背時。

張組成

張蓁《題〈撻秦鞭〉樂府》（《洪炳文集·戲曲劇本題咏》據宣統三年閏六月四日溫州日新印書館排印本《撻秦鞭》卷首移録）：

組織風波疑獄，三字斷送英雄。枉逞老奸手段，罪孽天通。　鐵骸誰銘背？沉浮大海東。死後遭鞭撻，纔雪精忠。（《雪花飛》詞一首）

張蓁

洪炳文《自題〈撻秦鞭〉卷首》（《洪炳文集·戲曲劇本題咏》據宣統三年閏六月四日溫州日新印書館排印本《撻秦鞭》卷首移錄）：

錯鑄何年？枉聚此、六州頑鐵。恨薰天宰相，口鉗朝列。三字風波冤獄定，兩宮朔漠音書絶。惜奸臣，身後墮泥犁，無人説。　東窗事，凄惶色。南渡事，前車轍。想羞顏屈膝，伊誰摸刻？喝棒當頭難愧悔，短棰鞭背應流血。算掃秦公案未曾完，從今結。（《滿江紅》詞一首）

洪炳文

《秋海棠》

◆ 劇情概要與本事

三齣，依次爲《花淚》《花判》《花弔》。寫神州香集國中一位秋海棠花神，自恨身爲女子，不能如男子一般建立功業，定傾扶危，由是終日憫憫，盈盈垂淚，遂自號淚秋女史。一日，結義姐妹木蘭花神來訪，女士言欲興辦女學，以輸進文明，强盛種族，爲此借得洋槍四十隻，不裝子藥，祇備學生操練。木蘭花神認爲當今之人少見多怪，或有嫉妒之徒因此在外造言生事，不可不防。然女士決心以身許國，不避利害禍福。不久，女士果被官府捉拿，以私立學堂、暗藏軍械、謀爲不軌、密約起事之名受審。審理此案的花判官本是女士的結義兄弟，但他爲避嫌及逢迎上司，竄改供詞，栽贓誣陷，將女士問成死罪，并在夜間三更時分將之綁赴市曹殺害。臨終，女士大罵一場，大哭一回，慷慨就義。最後，以木蘭花神到墓前祭奠好友作結。

旦扮秋海棠花神，小旦扮木蘭花神，貼扮婢女，副净扮花判官，末扮家僮，丑扮馬夫，雜扮四衙役、船夫。登場人物尚有劊子手二人，俱未分配脚色。

據作者自序，知是劇本事來自巾幗英雄秋瑾（1875—1907）之遭遇，劇中秋海棠實爲秋瑾之喻也。據作者《〈秋海棠〉例言》，知是劇完成於"女士之事近將一年"之際，即光緒三十四年（1908）。

◆ 著録、版本與收藏情況

《古典戲曲存目彙考》著録。現存宣統三年辛亥（1911）冬月瑞安務本局石印本，沈不沉編《洪炳文集》（上海社會科學院出版社2004年版）據之排印。又有民國三年（1914）上海《小説月報》第一至十二期連載本。

◆ 序跋、題詞與評語

洪炳文《〈秋海棠〉自序》（《洪炳文集》所收本《秋海棠》卷首）：

有《三百篇》而後有詩歌，有詩歌後而有詞曲，三者體制各殊，而爲勸懲之用則一。《傳》曰："温柔敦厚，詩教也。"又曰："《小雅》怨誹而不亂。"凡此，皆詩人忠厚之旨，比興之義也。由是言之，楚騷《九歌》所云"香草美人"，皆忠君愛國之用以寄托，非實有其事也。若夫女士之事，夫人已知之矣，其不正斥其名，明言其事者，有合乎詩人忠厚之旨。所云海棠、花判、木蘭諸名詞者，則有合於詩人比興之義。楚騷而後則有莊生，寓言八九與靈均之托體同一用意，亦非實有其事也。兹編所云，言之者無罪，聞之者足戒，所謂主父譎諫，此編有焉。抑又聞之萬物之情，近春者樂，近秋者哀，其取乎秋者何？悲秋也。悲秋云者，睹物思人，情不自禁也。編竟，遂本《風》《騷》之旨，取物興懷，遂以《秋海棠》名其編。

光緒戊申三月下浣，悲秋人志

洪炳文《〈秋海棠〉例言》（《洪炳文集》所收本《秋海棠》卷首）：

一、女士之事近將一年，此編纔出，不幾爲明日黄花，失晨之鳴乎？曰：去歲報章所列，筆記所載，衆口喧呶，迄未定論。迨至營兆以後，名流憑弔，作爲詩歌，乃爲女士之結局。故此編以《花吊》終篇，而女士之事乃畢。

一、近人有以一事而兩三人相類者，勒成一書，名曰"孿史"。茲編所云，謂指女士可，即非指女士亦無不可。故人名、地名、官名均用假托。

一、佛以過去、現在、未來三世界指示衆生，爲之説法。吾知前乎女士而以開新獲咎者，以茲編所云，吊過去之人可也。後乎女士而以憤時被禍者，以茲編所云，儆未來之人可也。但云指現在之女士，未免太泥。佛言"一切有爲法，當作如是觀"，吾願閲是編者作如是觀可矣。

一、畫家有繪形繪影法。去歲報章雜記所列，繪形之法也；茲編所云，繪影之法也。繪形肖其迹，繪影肖其神。前所記者爲女士之真身，茲所編者爲女士之小影。形乎，影乎？迹乎，神乎？非罔衆不能知，非莊叟不能述矣。請以質世之讀是編者。

水心居士《題〈秋海棠〉傳奇》（《洪炳文集·戲曲劇本題咏》據宣統三年瑞安務本局石印本《秋海棠》卷首移録）：

熱甚心頭血。有無窮、悲時眼泪，目眦皆裂。雄辯高談驚四座，推倒一時豪杰。嘆三字、獄成誰雪？不幸此身爲女子，論人材、也是錚錚鐵。肝膽在，頭顱絶。　齊婦含冤霜六月。古今來、天理人心，永難磨滅。我友悲秋心感慟，樂府才名無匹。便對着，秋風嗚咽。一字一珠成一泪，似龍門、列傳誇游俠。一回讀，唾壺擊！

洪炳文《自題〈秋海棠〉傳奇》（《洪炳文集·戲曲劇本題咏》據宣統三年瑞安務本局石印本《秋海棠》卷首移録）：

一木難將廣厦支，豺狼當道問狐狸。練成十萬貔貅士，不斬樓蘭斬女兒。
東瀛負笈正西來，且喜文明女界開。兩字平權三字獄，美人竟上斷頭臺！
黨禍株連舉國狂，陰風暗淡日無光。覆盆冤獄同齊女，慘慘應飛六月霜。

埋玉經年墓草青，誰將杯酒酹南屏？一編譜出悲秋曲，檀板登場不忍聽。

闕名《〈秋海棠〉各齣評語》（《洪炳文集》據宣統三年瑞安務本局石印本《秋海棠》移錄）：

第一齣《花泪》末：女士熱心學務，憂國憂時，竟以此事蒙禍，時局可知，人心可知。

第二齣《花判》末：此折曲文，均從女士口中傳出。以副淨腳色、口吻、胸懷，一無足取，故有白無曲。

花判為女士痛罵，足快人心。堂堂一問官，其意識見解，竟出女子之下。吁！可愧矣！

十九世紀以來，冥司辦事員，均已如此，宜乎人間仕途，今不如昔，陰陽一理，良可喟然。

第三齣《花吊》末：女士展墓，乃是餘文，然四曲歷敘情事，哀感頑豔，令人不忍卒讀。可作尾聲，可稱後盾。

《荊駝憾》

● 劇情概要與本事

本劇與《四時樂》及清周樂清（1785—1855）《補天石傳奇·紉蘭佩》之《仙援》折合抄爲一本，封頁上書"散曲"。全劇未完成，僅有"生"登場，唱【一枝花】一曲。

劇名下注曰："代北直人述庚子拳匪亂後流離情景。"可知該劇主要演述義和團運動等。

◆ 著錄、版本與收藏情況

今存抄本，沈不沉編《洪炳文集》（上海社會科學院出版社 2004 年版）據之整理排印。

---────《四時樂》────---

◆ 劇情概要與本事

不分折。寫游藝齋主人少好詩書，長通音律。一日天色嚮晚，又下起小雨。主人用過酒飯後，見那班愛好絲竹歌唱的朋友都不來相聚，倍感寂寞。這時鄰友申湘舟叩門來訪，主人大喜，將左鄰棟園居士所撰《擬天台仙子寄懷劉阮》新曲與之分享。二人一吹一唱，演習一番後，又約定明日邀棟園居士來此觀聽。

小生扮游藝齋主人，貼扮申湘舟，丑扮書僮。

是劇應據作者日常生活情事改編而成。

◆ 著錄、版本與收藏情況

今存抄本，沈不沉編《洪炳文集》（上海社會科學院出版社 2004 年版）據之整理排印。

蔣倬章
(1848—1925)

又名鹿珊、鹿山，字六山、樂山，蘭溪（今浙江金華）人。十三歲爲秀才，有神童之譽。曾南北游歷。辛亥革命時期，與康有爲（1858—1927）、蔡元培（1868—1940）、章太炎（1869—1936）等皆有往來，參加浙江光復會；後與秋瑾（1875—1907）聯絡進行革命活動，并有詩詞酬和。曾在金華成立鐵甲幫，呼應秋瑾的反清鬥争。進入民國後，致力實業救國，先後創辦金華北山林牧公司、蘭溪繆源煤礦公司、梅溪排運公司等。性豪爽，善雄辯。工詩，著有《春暉堂文集》十卷、《梅溪詩話》十卷、《嵩陽雜俎》八卷、《六三曲譜》四卷、《鐵甲山人詩録》二十卷等，多散佚。現存雜劇《冥閙》一種。

傳記文獻：《蘭溪市志》《辛亥革命志士——蔣六山》等。

《冥閙》

◆ 劇情概要與本事

劇首署"蔣鹿山稿"。一折。寫當年張獻忠割據四川，將全川婦人小脚一齊砍下，當作一盤朝天蠟燭燒將起來。衆婦人死後到了陰司，怨氣難消，一起往閻羅王處告狀。一告張獻忠斷脚之暴行，二告李後主爲纏足之始作俑者。原來，南唐後宫之人偶因戲耍，用帛將足纏繞，後主風流貪色，對此甚是喜歡。此舉由此風行世間，形成纏足陋習，女性爲此飽受折磨。天公惱世人不營正業，將一雙脚兒弄得寸步難挨，且亂加裝飾，暴殄天物，故藉張獻忠這番殺戮，警醒婦人，令其永不纏足。然此後無人將此事演説，官府亦未加禁止，纏足之習猶然遍行街市。閻羅王聽完婦人們陳説，告訴衆人，張獻忠已復七煞星原位，不久又要降生人間，纏足婦人恐要遭殃。說完，從無間地獄傳來李後主鬼魂，問其補救之法。後主認爲要除此害，必須下界文人廣爲演說，普勸世人都不纏足，方可免未來之禍。并修書浙水鐵甲山密溪岩洞之黃猿老祖，請其著書演說，救中國二萬萬女子於火坑。最後，衆冤魂投生而去。

小生扮李後主鬼魂，净扮閻羅王，雜扮內監。登場人物尚有衆婦人鬼魂、鬼卒等，俱未分配脚色。

未見本事。據發表時間推斷，該劇當創作於光緒二十八年（1902）。

◆ 著録、版本與收藏情况

《清代雜劇全目》著録。現存光緒二十八年十一月十五日（1902年12月14日）《新小説》第二號所收本、光緒三十年七月初一日（1904年8月11日）《萃新報》第四期所收本。又與《嘆老》同附於《警黃鐘》後，光緒三十二年（1906）由新小説社出版合訂單行本。

胡薇元
(1850—1924)

字孝博，號詩舲，又作詩林，別署壺庵、跛翁、玉津居士、七十二峰隱者、百梅亭長、天雲居士等，籍貫山陰（今浙江紹興），隸籍大興（今北京）。光緒二年（1876）舉人，次年（1877）中進士，待選吏部。先後講學於南充朱鳳書院、嘉州九峰書院等。光緒十二年（1886），授廣西天河知縣。光緒二十年（1894），補四川西昌知縣，調補巴縣知縣。後歷任資陽、成都、華陽、開縣知縣，涪州知州，宣統元年（1909）署鳳翔知府。宣統三年（1911）以後隱居成都，潛心著述。善詩文，工詞曲。著有《天雲樓詩》《鐵笛詩詞》《玉津閣叢書甲集》《導古堂文集》《玉津閣文略》《授經室文定》等。戲曲作品有《壺庵五種曲》。

按，《清代雜劇全目》等作"胡元薇"，言其爲"浙江山陰人，道光咸豐間人"，誤。

傳記文獻：高賡恩《胡玉津先生家傳》（《三州學録》）、鄧長風《胡薇元和他的〈壺庵五種曲〉——美國國會圖書館讀書札記之四十》（《明清戲曲家考略全編》下）、姚克《〈壺庵五種曲〉作者胡薇元小考》（《文獻》1988年第2期）、劉于鋒《胡薇元年譜簡編》（《明清文學與文獻》第九輯，社會科學文獻出版社2020年版）。

《壺庵五種曲》

包括雜劇《鵲華秋》《青霞夢》《樊川夢》三種、散套《繙書樂》《壺中樂》二種，并附《壺庵論曲》。按，劉于鋒《胡薇元年譜簡編》言《鵲華秋》等三劇作於光緒三十一年（1905），待考。

劇情概要與本事

《鵲華秋》

劇首題"壺庵五種曲之一"。四齣，依次爲《義贈》《廉陷》《捷征》《菽奉》。寫山東人劉恩長作宰南部，因歲荒請免積欠糧石，遭上官駁斥，氣憤身亡。又因虧纍銀一萬四千兩，被文書催繳，累及家屬。後任胡濬濟困扶危，慨允代填，又贈銀三百兩，劉家方得扶櫬還鄉。本來，胡公集齊邑紳，議請分年償付，藩司照准。不料，後任羅某全翻已准之案。胡公無力籌完，祇得命人將祖產變賣寄來，尚不知能否足數。胡濬子龍威秋闈中式，聽聞父親因交款被劾，打算立即趕赴西川料理。在衆親友勸說之下，胡龍威方勉強上京，後得中進士，以部郎選用。但他不及到部，便星夜前往蜀中，將親友所送賀金千兩先行代父繳納。後來，大司農將胡龍威薦於瀋陽將軍兼總督宗元，并隨宗元移鎮成都。宗元賞其才識宏遠，品行高潔，屢欲具摺特薦，胡龍威則堅欲養親，不肯出山。

生扮胡龍威，老生扮胡濬，老旦扮劉恩長妻，末扮宗元，副末扮驛使，外扮寶文慶。登場人物尚有衆親友、家丁、衆報人、衆軍等，俱未分配脚色。

本事取自作者自身經歷。劇中"胡濬"即胡薇元之父胡壽昌（生卒年不詳），曾任蓬州縣令；"胡龍威"則爲作者自喻。

《青霞夢》

劇首題"壺庵五種曲之二"。四齣，依次爲《謫降》《解組》《緣證》《歸神》。寫崇霞聖姥宮之青霞仙子，凡心偶動，墮入塵寰，轉生爲雙江張氏青霞。聖姥曾言其與胡龍威有十年良緣，青霞遂慕而歸之。胡龍威早年登第，然不以功名爲意。妻子見之，勸其歸真反樸，胡龍威遂解組還鄉，日日徜徉於山水之間。半載後，因父親在蜀染病，胡龍威夫妻去往蓉城奉養。長途跋涉，旅途勞累，再加上此前喪子之痛，青霞病逝。胡龍威思之三月，好夢終虛。終於在其亡百日後，忽然見之。二人攜手同行，來到一境近仙真的崇閣廣殿，青霞言二人塵緣已盡，珍重而別。龍威方將相從，瞥見佛像威嚴，惕然而醒。自此，夢中之境，歷久彌新，龍威懸摹七寶莊嚴，鏤成花印，悟徹三生虛幻。

生扮胡龍威，旦扮青霞仙子。登場人物尚有衆仙女，俱未分配脚色。

本事來自作者自身經歷。按，張青霞應爲胡龍威之妾氏。

《樊川夢》

劇首題"壺庵五種曲之三"。四齣，依次爲《薦召》《三遷》《拘囚》《西隱》。寫胡龍威作宰三巴，二十年來與百姓憂樂同心。自父親逝後，無志進取，將以烟波終老。奈上司、故交等交章推挽，祇得入京朝見，以道員在任候升，後授興安知府，近又調往關中首郡。胡龍威雖知時事艱難，還是任運而行，認爲若萌去志，便是臨難苟免，倘到勢不可爲，甘同玉碎、不爲瓦全，以盡平日讀書立身之正。後新軍入踞，大局立壞，都統陣亡，衆官逃竄。胡龍威臨危受命，坐待官衙，不肯投降。亂軍將其書畫、衣物等洗劫一空，并將龍威押赴刑場，以其全家性命相威脅，胡龍威不屈。危急關頭，經當地紳耆、百姓力保，方逃過一劫，被寄交咸寧監禁。五個月後，經楊開甲、柳應元及百姓等陳説再三，胡龍威方獲得自由。因南北兵阻，祇好結伴赴川，尋桐鄉父老。從此，閉門讀書，一意課子教兒。

生扮胡龍威，小生扮常芾棠，末扮魏偉勤，净、副末、丑扮亂軍頭目。

本事來自作者自身經歷，可參看高賡恩《胡玉津先生家傳》。

◆ 著録、版本與收藏情況

《清代雜劇全目》著録。現存光緒至民國初刻《玉津閣叢書甲集》第六種本，藏中國藝術研究院圖書館，《傅惜華藏古典戲曲珍本叢刊》第110册據之影印。

● 序跋、題詞與評語

半聾居士《〈壺庵五種曲〉跋》(《傅惜華藏古典戲曲珍本叢刊》所收本《壺庵五種曲》卷末):

半聾居士曰:昔凌仲子在揚州曲局修曲譜,又定金元人南北曲,論定別裁。於近人推洪昉思《長生殿》爲第一,及明人康對山、王渼陂、李中麓、沈青門、陳秋碧爲佳,梁伯龍《浣紗記》、張伯起《紅拂記》、鄭虛舟《綉襦記》,皆直逼元人,而雅不喜《玉茗堂四夢》,以《牡丹亭》爲下。至《驚夢》《尋夢》世所瓣香奉之者,幾同躍冶之金。僕質之壺庵,則謂湯義仍用韵依《南九宫》,與《中原音韵》不合,此當分別言之。《琵琶》,曲人之曲也;《西廂》,才人之曲也;《浣紗》《紅拂》,曲人之曲也;《笠翁十種》,曲人之曲也;《九種曲》《長生殿》,才人之曲也。僕謂精律吕者,詞未必工;工於詞者,詞工而調或相犯。然則君之此曲,亦才人之曲也。壺庵以爲知言。

馮煦《〈壺庵五種曲〉題詞》(《傅惜華藏古典戲曲珍本叢刊》所收本《壺庵五種曲》卷首):

平子工愁,安仁感逝,仙骨瘦無一把。忽漫相逢,携手錦官城下。歸與賦、一舫乘潮,奈東望、瞿唐似馬。且爲立,斯須神武,有冠終挂。　遥知季子幽栖,飲明湖初淥,湘雲都化。謡詠方叢,新樣蛾眉休畫。巴峽遠、雨暗鐙昏,問甚日、西窗同話?君記否,軟紅香土,尚沾吟帕。(右調《月華清》)

奉題詩舲先生詞卷,即用集中《寄惲孟樂》韵,并懷子脩杭州。余亦將廣《招隱》矣,録塵正是。

乙巳六月朔,金壇馮煦

陳亙《〈壺庵五種曲〉題詞》（《傅惜華藏古典戲曲珍本叢刊》所收本《壺庵五種曲》卷首）：

壺庵先生《五種曲》甫經脫稿，值予過訪奇疆園，青苔午潤，綠樹秋陰，就而讀之。不意紅塵十丈中，尚有低徊慨嘆如桓大司馬者，不待金尊檀板，寫付旗亭，固已妙香四溢矣。因用元遺山《摸魚兒》詞韵，賦此就正。

亙塵寰、綱常名教，大都情性相許。秦川蜀國勾留客，宦轍幾經寒暑。烟霞趣，離別苦，老天最憫痴兒女。文山有語。記孔曰"成仁"，孟云"取義"，熱血自來去。　湖西路，不比漁陽鼙鼓。桑田依舊平楚。堂廉邈遠嗟何及，虎口飽經風雨。天應妒，怎肯與、強梁軟媚俱黃土。高標萬古。定然有畸人載筆，來訪隱君處。

吳興陳亙

陳亙《〈壺庵五種曲〉跋》（蔡毅《中國古典戲曲序跋彙編》卷九）：

自桑海變遷，文字駁落，不特爲古文者日少，即雅歌投壺，亦幾於曠絶矣。蓋自金元迄今六百年來，爲之者固鮮，矧茲束書高閣之日。無怪流風一墜，遂不可復□。魁岸振奇之士，鬱塞無憀，閉戶嘯歌，聊以自娛者，固亦有人。

予與胡詩林先生生同里，仕宦又同在一方。隱退後，歲時過從。見其撰述閎富，《易說》《古易求遐考》《三禮雅言》《授經室文》《定罃經館詩》《衡門詞公法導源》《陝西山川考》諸作，已刊未刊者，美不勝收。而尤嗜其《壺庵五種曲》，以爲近世宿儒，一鄉孤秀，幽徑偶闢，倏焉已塵，良可嗟惜。因携歸，爲厘定印行。誠欲此已碎之金、可語之石，與巢父詩卷，長留天地間也。至其砥節植義，足令頑廉懦立，讀者自能辨之。

胡君魯瞻則云："錦城絲管，自昔有名。倘遇知音，布諸氍毹之上，俾先生輩白髮遺老，躬睹身外之身，其必掀髯一笑。"斯言也，予固信之。

己未閏七夕，陳亙西庚氏識於成都

胡薇元《壺庵論曲》（《傅惜華藏古典戲曲珍本叢刊》所收本《壺庵五種曲》卷首）：

曩讀涵虛子所記顧曲名家，不下五百餘種，今所存不及百種。南中時行【寄生草】之類，辭多俚淺，可誦者十之二三耳。元人如喬夢符、鄭德輝輩，均以四折散套雜劇擅名，多工小令。馬東籬之"百歲光陰"，張小山之"長天落彩霞"，一時絕唱也。

元人工北曲，是其蒜酪本色。明人康對山、王渼陂，以北調擅絕，不染指於南。元美初學填曲，延師閉戶三年乃出，其專精如此。

章丘李中麓太常，亦填詞名手，與康、王相善。今誦其所作《寶劍記》，生硬不諧，蓋以《中原音韵》叶南曲，不知南音之有入聲也，見誚吳儂也亦宜。

南曲以"窺青眼""人別後""四時春"爲最古。吳中宗匠沈青門、陳大聲、祝枝山、唐六如及臨朐馮海桴、梁伯龍、張伯起輩，俱當行名家。今傳誦"東風轉歲華""東野翠烟銷"是也。

陳大聲名鐸，字秋碧，金陵人，官指揮使。所作"碧桃花外一聲鐘"全套，綿麗不減元人。

明丘文莊，理學中人，忽高興填詞，曰《五倫全備》，手筆淺俚。大司馬王端毅微規之，大觸其忌，使御醫劉文泰特疏劾其怨望，王遂去位，非君子之所宜爾。

周憲王明藩邸所作雜劇，名《誠齋樂府》，雖警拔稍遜，而調入弦索，猶有金元風範。《綉襦記》《玉玦記》，出鄭山人若庸手，所謂"虛舟先生"，度曲高手，與教坊頓仁齊名。頓曾隨武宗入燕，盡傳北方遺音。沈吏部《南九宮》盛行二三百年，《北九宮》惟頓老知之耳。

南曲簫管唱調，不用弦索，所云"高不揭，低不咽"。好腔妙囀，以簫管輔之，既諧疾徐之節，且助轉換之勞，務頭音轉無不入妙矣。凡時手所用之簫管，可入北調弦索，不入南詞，蓋南方不仗弦索爲節奏也。王實甫《北西廂》與簫管合，王本南人，其他北曲則入笑林。"望蒲東"引子，"望"字北音作"旺"，"葉"作"夜"，"急"作"紀"，"叠"作"爹"，凡從弦索入者，遇清唱則字哽而喉劣，癸甲間存昆調寥寥，小香、楊三而外，蛩蛩如絲，皆爲弦管所遏抑矣。

《玉茗堂四夢》一出，家傳户誦，幾令《西廂》減價。凌仲子在揚州修曲譜，則謂其任意用韵，《游園》《驚夢》乃同躍冶之金。蓋若士以沈吏部《九宫》爲秘，凌教授則以周野哉《中原音韵》糾之，皆奉一先生之説，遂以爲定評也。

北九宫名《太和正音》。楊升庵填詞極工，今刻本《太和記》，按二十四氣，每季六折，用六古人事，齣既曼衍，詞太冗長，不入弦索，似非用修手筆。

何元朗謂《拜月亭》勝《琵琶記》，以其字字穩貼，與彈搊膠粘，南曲之入弦索者。其《走雨》《錯認》《拜月》，問答往來，不用賓白，固是高手。至旦而"鬢雲堆"，摹擬嬌憨情態逼真。《琵琶》惟《咽糠》《描真》，可與抗手，餘則不及已。

《西廂》才華富贍，北曲大本之最，終是肉勝於骨，遂讓《月亭》一頭地。而《拜月》以後，爲俗工删改，非復原本矣。

僕待銓郎署，年未三十，與炳半農、姚貽孫，過從龍樹院。半農，宗室覺羅，官都察院，年已八十，隱居南窪，精音律，始學填曲。己丑過津沽，姚貽孫、于晦若招曲中一媪，工北曲大套，其粗婢銀兒，貌醜而音遏雲，曲中關捩妙竅，備得真傳。今又三十年，于、姚皆謝世，不知星散何所。

金元以此取士，每出一題，任人填曲，多祇四折。蔡中郎婿牛丞相，亦其一題，本未專指伯喈，播入江南，故陸放翁有"夕陽古道"之咏。自高則誠撰《琵琶記》而後，伯喈蒙垢。元人以鄭、馬、關、白爲四大家，鄭伯輝、馬東籬以四折雜劇擅名一時,亦散套也。

壬午、癸未,與顧遠翁、蔡千禾、馮蕙衿,皆在岐紫蕙將軍署,酒闌茶熟,又復縱談南北曲。今皆歸道山,僕亦觀河皺面。昨與友人徐君季同言及茲事,乃彙錄生平所填雜劇散套一册,以質知音。

賀良樸
(1861—1937)

字履之，號簣公，晚號簣廬，別署南荃居士、梅雨吟榭等，蒲圻（今湖北赤壁）人。貢生。同盟會會員。民國七年（1918），蔡元培（1868—1940）聘請其爲北京大學導師。民國九年（1920），參與創辦中國書法研究會。又先後任北京藝術專科學校、北京美術專科學校、武昌藝術專科學校教授等。民國二十六年（1937），盧溝橋事變發生後，憂憤致疾，雙目失明，不久溘然長逝。工山水花鳥，亦擅人物。宣統元年（1909），其畫作曾被駐意大利公使吳挹清（1879—1937）帶到羅馬畫賽會，轟動一時。民國初年，與吳昌碩（1844—1927）合稱"南吳北賀"，又與齊白石（1864—1957）并稱"北賀南齊"。長於詩曲，戲曲作品有傳奇《海僑春》（存）、《醒獅魂》（稿本，殘）和雜劇《嘆老》（存）。

傳記文獻：阮璞、阮旭東《武昌藝術專科學校部分人和事》（《新美術》2001年第3期），陳昆《湖北美術學院圖書館藏畫背後的故事》（《武漢文史資料》2014年第7期），劉禎、趙哲群《賀良樸劇作略論》［《江蘇師範大學學報》（哲學社會科學版）2022年第1期］。

《嘆老》

◆ 劇情概要與本事

劇首署"南荃居士"。一折。寫混沌國有位名陳腐的老人，冉冉龍鐘，四肢如廢，五官不靈，受盡別人譏笑、唾罵。今日有個少年登場，要爲混沌國開竅。聞此，陳腐甚是歆羨。混沌國處於內憂外患、風雨飄搖之中，國人猶然不覺，陳腐也曾想轉過童來，有所作爲，但難阻自身衰老、死亡之勢。面對生機勃勃的歐美衆少年，更是羞愧難當。最後，他告誡將要登場的英雄少年休如自己一樣昏眊、顛倒，勉勵他奮力挣扎，提挈山河，將混沌國改造成一個富强、光明之地。

老生扮陳腐。

未見本事，當爲寓言劇。采用擬人化手法，以一個"幅巾、絺袍、眇目、跛足"的老人陳腐象徵舊中國，以將出之英雄少年象徵新國魂。按，此劇後經作者稍加改動，作爲傳奇《海僑春》第一齣《國魂》。又按，《清代雜劇全目》將是劇作者定爲蔣鹿山，誤。據首刊時間，知是劇當完成於光緒二十八年（1902）。

◆ 著錄、版本與收藏情況

《清代雜劇全目》著錄。初載光緒二十八年十二月十五日（1903年1月13日）《新小説》第三號，又載同年《黄帝魂》一書中，後被寅半生輯録進《天花亂墜》卷七"曲"類。光緒三十二年（1906）新小説社將其與《警黄鐘》《冥鬧》合訂爲單行本發行。阿英編《晚清文學叢鈔·傳奇雜劇卷》（中華書局1962年版）據《黄帝魂》本轉録。

陳時泌
(1865？—1929後)

字季衡，武陵（今湖南常德）人。以游幕爲生，常年奔走。光緒二十七年（1901），應知縣趙潤生（1850—1905）之聘，至湖南常寧襄校試卷。光緒三十一年（1905）夏，嘗至巴丘。宣統元年（1909），以中書科中書的身份被委派至江蘇巡撫陳啓泰（1842—1909）處幫辦文案。民國三年（1914）考取知事一職，分發江蘇任用。民國十四年（1925）4月，出任崇明縣外沙行政委員，民國十六年（1927）3月被驅逐。民國十八年（1929）曾呈文教育部，要求取締世界書局發行的小學國文讀本第5册。工詩擅曲，今存雜劇《武陵春》《非熊夢》二種。

傳記文獻：陳時泌《〈武陵春傳奇〉自序》（《武陵春》）等。

《武陵春》

◆ 劇情概要與本事

劇首題"武陵春傳奇"。八齣，依次爲《漁訊》《難旋》《路遇》《拳叙》《叙洋》《拳根》《戰略》《雜譚》。寫武陵漁人早歲攻讀，壯年從戎，曾歷京華冠蓋之場，從燕趙悲歌之地。今見承平無事，便在武陵源買下小小扁舟，釣魚度日。某日，其進城賣魚，聽聞歐洲七國洋兵闖入北京，皇上與太后去年七月已西幸長安去了。漁人好生不解，於是趕到陽關大道等候北來士人，詢問此事之顛末。有一在國子監肄業的湖南書生避亂南返，路過桃源洞口，正巧與漁人相遇。漁人首先向他打聽兩宮之安危，監生掩面悲泣，説兩宮倉促西行，備受顛簸流離之苦，又在漁人詢問之下，詳細剖析了庚子事變的前因後果。原來當時耶穌教傳入中國後,教徒與普通百姓發生了很多矛盾。官府昏庸暗弱,處理教、民爭端時往往偏袒教徒,致使百姓冤屈難平,於是紛紛加入義和拳。地方官員此時又認爲民心可用,袒護義和拳勇,放縱其種種過激行爲。義和拳一再挑釁,毀壞教堂,戕殺教士,而官兵又當街殺死日本、德國公使,遂致列强憤怒,聯合來攻,津、京相繼不守,兩宫祇得西狩。監生説完告辭,漁人則感慨不已,認爲"洋人日横一日,皆由中國人心不好,上天震怒,假手於他,降此浩劫",遂作幾支小曲,唱於衆人,以正人心、端士習、崇樸學、舉循吏、勸睦鄰、束教民等。

老生扮武陵漁人,小生扮國子監生。

是劇本事不詳,當據"庚子國變"時局敷演而成。按,光緒二十六年(1900)六月,八國聯軍以打擊義和團爲藉口入侵北京,瘋狂劫掠,慈禧太后携光緒帝及大臣等外逃,至次年九月簽訂喪權辱國之《辛丑條約》,這個歷史事件被稱爲庚子國變。據作者《〈武陵春傳奇〉自序》,知是劇作於光緒二十七年(1901)二月,時清廷尚在與西方各國談判中。

● 著録、版本與收藏情況

《古典戲曲存目彙考》著録。現存光緒二十七年(1901)鈔本,藏國家圖書館;光緒三十年(1904)裕湘機器局排印本,藏國家圖書館、中國藝術研究院圖書館,《傅惜華藏古典戲曲珍本叢刊》第110册據之影印,阿英編《庚子事變文學集》(中華書局1959年版)亦收録。

● 序跋、題詞與評語

陳時泌《〈武陵春傳奇〉自序》(《傅惜華藏古典戲曲珍本叢刊》所收本《武陵春》卷首):

時泌早年好吟咏,近好談經濟,凡遇有關時局升降得失之故,輒爲長短句。北轍南轅,足迹所至,十數年如一日。湘陰縣公趙柳溪司馬,桂林名進士也,辛丑二月,移官常寧,延時泌襄校試卷。適先期十數日至,花明晝永,客窗無事,因取上年庚子變局,爲南北曲八齣,名曰《武陵春傳奇》。雖茲事始末源流,諸缺未備,尚字字徵實,無一影響語。惟詞氣抑揚高下之間,多輕重失當耳。覽者不吝,隨筆抹正,下教是幸。

光緒辛丑歲花朝日,武陵陳時泌季衡自序於常寧縣署之西偏

閻鎮珩《〈武陵春傳奇〉序》(《傅惜華藏古典戲曲珍本叢刊》所收本《武陵春》卷首):

武陵陳君季衡出示近著傳奇二種,於庚子西幸之變,既歷著其本末,又設言倭人助戰於我,一舉平俄,獻俘告廟,而皆假武陵漁人爲名,蓋即相如《子虛賦》所稱"烏有""亡是"之意也。

自中國禮義之俗陵替衰微,士大夫不知君父之宜尊,而甘結援於外夷,彼亦貌厚而心薄之,命之曰"奴隸"。上自執政大臣,下至郡邑小吏,晏然受奴隸之名而不耻,如是而望國勢之復強,安可得乎?勾踐困於會稽而歸,君臣日夜臥薪嘗膽,以求復強吳之怨。今之世,不見有文種、范大夫其人,蓋已久矣。上下爭利,貪欲無厭,僥幸全其富貴身家,而不顧民人之困於倒懸,此豈有意於生聚教訓,以備國家之緩急者乎?昔淵明當義熙之季,去懷愍之事遠矣,然未嘗不追念而默傷之。其記桃花源,稱述武陵漁人,蓋寓言以見意而已。中原數千里淪爲犬羊异域,而內復有強臣之丁紀,視犀土亂朝,儳焉不可終日,誠得地如桃源者,斯可以托其身矣。士君子生當亂世,能效淵明之高節,庶幾不愧爲完人。若夫蕩平戎鹵,中外乂安,必待天心厭亂而後可,非今日所敢議也。

石門閻鎮珩題

陳時泌

鄭藻《〈武陵春傳奇〉序》（《傅惜華藏古典戲曲珍本叢刊》所收本《武陵春》卷首）：

乙巳夏四月，在陳君肖皋家遇先生，縱談世局，夜半乃散。次日，於旅次得讀《武陵春傳奇》一卷，都八齣，始《漁訊》，終《雜譚》；《非熊夢傳奇》一卷，都八齣，始《遼警》，終《夢明》。細繹兩書，發孤憤於彈詞，演忠愛於樂府，白石、遺山之繼起者也。藻頗知五聲二變之學，擬按曲步調，取正變之音，協宮商之律，擇詞譜入琴操餘曲，用唐人工尺，代律呂之法，審疾徐高下，吹籥笛笙塤，分配檀板，曲曲演出，豈不大快！殊（疑脱"料"）先生回巴丘甚速，是以有志未逮。然先生之心，凡識字知書者，一讀而知為孤憤忠愛也，何必起詞還宮，求逸志於絲竹之末耶？不揣固陋，敢以蕪語，以志向往云。

長沙紹華鄭藻

李瑞清《〈武陵春傳奇〉題詞》（《傅惜華藏古典戲曲珍本叢刊》所收本《武陵春》卷首）：

萬里風濤一釣舟，武陵春色滿溪頭。休言避世桃源好，流水飛英處處愁。

江右梅龕李瑞清

鄧承鼎《〈武陵春傳奇〉題詞》（《傅惜華藏古典戲曲珍本叢刊》所收本《武陵春》卷首）：

武陵春暖氣初融，傍岸漁舟收釣筒。底事忽醒塵世夢，又添雙淚滿江紅。
元龍豪氣老江湖，萬里風塵賞自孤。憂樂未忘天下任，敢將時事論《潛夫》。
一曲銅琶唱不休，滿腔忠愛寄瓊樓。星辰隱伏天機發，慚愧帷中借箸籌。
孤憤紛紛逞少年，連雞未獲飽尊拳。可憐熱血郊原灑，一死難償誤國愆。
莽目腥飛海舶烟，權時悔禍謝蒼天。和親自古非長策，厝火積薪憂益煎。

莫怨津迷夾岸桃，蒼生屬望在吾曹。行施五餌單于繫，滄海一竿連六鰲。

寧鄉峙青鄧承鼎 陳時泌

陳天聰《〈武陵春傳奇〉題詞》（《傅惜華藏古典戲曲珍本叢刊》所收本《武陵春》卷首）：

十萬聯軍入帝鄉，六龍西馭勢倉皇。書生不少勤王略，徒向溪頭話夕陽。
多事漁人問短長，從來理亂本無常。何如一葉烟波去，釣得鱸魚換酒嘗。

閩中肖皋陳天聰

沈德寬《〈武陵春傳奇〉題詞》（《傅惜華藏古典戲曲珍本叢刊》所收本《武陵春》卷首）：

憂患丁年飽歷過，重提舊事涕滂沱。書生鹵莽春秋筆，那管人間忌諱多。
聚鐵應知鑄不成，傳神妙手寫來真。猶驚彈雨槍林裏，恐有宮車晚出聲。

雲間炯甫沈德寬

董昌達《〈武陵春傳奇〉題詞》（《傅惜華藏古典戲曲珍本叢刊》所收本《武陵春》卷首）：

武陵原上春如海，鴨綠江邊夜似年。獨有幽人寄懷抱，風濤滾滾釣絲傳。
一片腥羶入國都，六街三市血模糊。信陵果有回天力，卧內何人竊虎符。
角祿無端爲李蔡，鞅非竟自作袁晁。局中黑白能分晰，手挽銀河御六韜。
誰將三箭定天山，胡馬南來此閉關。十萬橫磨新試劍，樓蘭已斬血痕殷。

江夏筱厚董昌達

繼昌《〈武陵春傳奇〉題詞》(《傅惜華藏古典戲曲珍本叢刊》所收本《武陵春》卷首)：

武陵溪水，怎變作、傷時清淚？問石破天驚，干卿何事，那不漁竿閑倚。多少乾坤興亡感，根觸自家心裏。嘆九列巨公，三河年少，釀風烟起。
重計。緇塵紫陌，茫茫誰語？聊譜出新詞，唾壺慷慨，不似紅兒旖旎。玉輦扶雲，金鰲捧日，莫再鼓鼙聲死。算一色、春雨桃花，都把舊年愁洗。（調寄《二郎神》）

滿州蓮畦繼昌

《非熊夢》

劇情概要與本事

劇首題"非熊夢傳奇"。八齣，依次爲《遼警》《夢輿》《特遇》《草檄》《誓師》《凱旋》《款約》《夢明》。寫俄國人覬覦遼東之地已久，後藉"殺胡匪"一事，兵據奉天，迫令商民人等門首懸挂俄旗。警信東來，舉朝震動，盈庭聚議，束手無策。武陵漁人聞此，憂心不已，認爲與其坐受脅迫，不如拼命一戰。但位卑言微，無力挽回，祇得倚着蓬窗一枕黃粱。玉帝念其本爲忠孝神人、文章哲匠，特飭太白星君幻化爲一渡遼統兵大員，與漁人夢中勾當奉事，以俾他發舒志氣。太白星君又傳來夢神，命其接引漁人生魂，又以元帥身份聘其爲參謀，并待之以禮，詢其戰、和之策。漁人認爲奉省之事，乃國家存亡所繫，祇得聯合日本與俄拼死一戰。但事前應與日約法三章，以免事後其貪得無厭，索要無度。元帥聞之大喜，請漁人擬訂照會日本之書信及征伐俄人之檄文。出征之日，漁人進言大帥，要他洗去舊日統將之積習，申明號令，信賞必罰。大帥一一遵行，并請漁人調度一切。行軍途中，直省行營將弁、團練鄉兵，甚至當地馬賊、土匪等紛紛前來帳前效力。中、俄會戰，俄軍戰敗。俄國遼東總督被擒，又被打上囚車，解送京師。不久，俄國乞和，答應償軍費、還侵地、還路礦利權等。朝廷宣布停戰，封元帥爲平俄侯，漁人以五品京堂候補等。最後漁人醒來，回憶夢中所歷，猶興奮不已。

生扮武陵漁人，老生扮太白星君，旦扮夢神、美國洋人，净扮馬賊、法國洋人，副净扮土匪、德國洋人，丑扮俄督、英國洋人，外扮團練練長，雜扮童兒、直省行營將弁、俄軍兵將。

未見本事，當據沙俄入侵奉天事敷演而成。按，光緒二十六年（1900）八國聯軍侵華，俄國趁機占領東北，直至日俄戰争後方被趕走。據作者《〈非熊夢傳奇〉序》，知是劇應作於光緒三十年（1904）二月。

◆ 著録、版本與收藏情况

《古典戲曲存目彙考》著録。現存光緒三十年（1904）裕湘機器局排印本，藏國家圖書館、中國藝術研究院圖書館，《傅惜華藏古典戲曲珍本叢刊》第110册據之影印，阿英編《庚子事變文學集》（中華書局1959年版）亦收録。

◆ 序跋、題詞與評語

陳時泌《〈非熊夢傳奇〉序》（《傅惜華藏古典戲曲珍本叢刊》所收本《非熊夢》卷首）：

時泌既成《武陵春傳奇》之二年九月，而奉事又起矣。是時，時泌在華容講席，念大局之阽危，憤壯懷之莫遂，爰將奉事爲諸生演爲論説，以冀激發其志氣，而備國家异日緩急之需。未幾，解館來省。時已冬暮，天寒夜永，來日大難，俯仰身世之間，不無慨嘆。於是取前所爲論説之意，復演傳奇一部，名曰《非熊夢》，亦酒後耳熱，聊以自壯已耳，非敢有所希冀也。

光緒三十年甲辰春二月，武陵陳時泌季衡自序於長沙寓次張通典《〈非熊夢傳奇〉題詞》(《傅惜華藏古典戲曲珍本叢刊》所收本《非熊夢》卷首)：

人間莽莽成何世，天下紛紛老此才。獨有孤懷憂禹甸，苦思奇計救堯臺。平生大節兼忠孝，湖海扁舟自去來。努力英雄造時勢，文明天眷亞東開。

湘鄉張伯蒓通典

雷飛鵬《〈非熊夢傳奇〉題詞》(《傅惜華藏古典戲曲珍本叢刊》所收本《非熊夢》卷首)：

善卷壇口雲深處，中有元龍百尺樓。詩膽放開天地窄，酒懷消盡古今愁。笑看人世爭倀虎，恥向國門歌販牛。風急天高誰作健？非熊驚夢起漁謳。

嘉禾雷筱秋飛鵬

劉鳳苞《〈非熊夢傳奇〉題詞》(《傅惜華藏古典戲曲珍本叢刊》所收本《非熊夢》卷首)：

滿腔悲憤托填詞，不獨文奇事亦奇。樓閣五雲彈指現，燈殘酒渴夢醒時。
潞澤談兵意氣雄，海波萬頃挾長風。男兒第一開心事，竟有非熊入夢中。
一局殘棋可奈何？時危力挽魯陽戈。鐘聲幾杵驚殘夢，起舞中宵感慨多。
唾手平俄亦快哉，功名竟欲上雲臺。垂綸尚有磻溪叟，醒眼看君說夢來。

同邑劉采九鳳苞

沈德寬《〈非熊夢傳奇〉題詞》(《傅惜華藏古典戲曲珍本叢刊》所收本《非熊夢》卷首)：

熱血盈腔那得灰？文琴周夢不勝悲。羨君高臥扁舟穩，新自天山決勝回。

湖海元龍意自奇，幅巾旄節總相宜。一枰預算分明在，留待他年次第施。　　陳時泌

雲間沈炯甫德寬

劉承薰《〈非熊夢傳奇〉題詞》（《傅惜華藏古典戲曲珍本叢刊》所收本《非熊夢》卷首）：

卧榻酣眠可奈何？黄粱熟後又南柯。世間不少痴人説，翻笑春婆誤老坡。
大地風潮涌似雷，夢夢天意費疑猜。人間果有非熊兆，我亦聞雞起舞來。
玄黄血戰地天通，瀛海波濤在眼中。鐵馬金戈喧故紙，英雄都變可憐蟲。
帝醉鈞天客翦鶉，茫茫海國起黄塵。秋風吹散滄桑泪，遼海歸來獨愴神。
紅羊劫逼警啼鵑，凄絶遼東路幾千？非種未鋤心盡死，移山蹈海恨年年。
中原萬姓類俘囚，夢裏靈魂許自由。安得功成朝上帝，與君同跨赤麟游。
英雄淪落美人冤，璞玉凋殘瓦缶喧。一夕無端魂九逝，高丘回首泪潺湲。
鐵板銅琶醉幾場，哀絲豪竹總堪傷。眼前幻夢何須醒，醒後難尋救國方。
樂府歌成泪欲零，騷情雅怨吐芳馨。我來祇當游仙曲，説與他人不忍聽。
如此江山剩落暉，新亭風景認依稀。可憐噩夢爭王室，射虎屠龍願竟違。
桃花曾説武陵春，漁父空留劫後身。吊夢歌離須自重，漫將筆墨掃前塵。
蘭荃一紙惹相思，文采風流信可師。歲暮荒江人寂寞，微波何處解通詞？

同邑劉琴軒承薰

蔣壽彤《〈非熊夢傳奇〉題詞》（《傅惜華藏古典戲曲珍本叢刊》所收本《非熊夢》卷首）：

如此江山，且不似、當年秦晉。空太息、幅員遼闊，都無乾净。仙洞何方容隱匿，妖氛遍地皆蹂躪。嘆吾曹、生在亂離時，難安頓。　萇弘血，向誰噴？靈均泪，傷時恨。恨一拳捶碎，樓臺灰燼。天遣黄巾成禍種，人經紫塞添愁悶。痛兩宫、麥飯款征途，疇相贈。

紅樹鱸魚，莫貪戀、故鄉烟水。試北望、匈奴犯闕，兜胸悲起。夢蝶莊周情本幻，熊飛呂尚才堪倚。請長纓、竟繫越王歸，書生耳！　申天討，雪羞恥。富才藻，工書史。把半生隱恨，譜成宮徵。此日雖疑蕉下鹿，他年定躍潭中鯉。願前途、努力愛春華，輝桑梓。（右調《滿江紅》）

善化蔣蓉生壽彤

廖恩燾
（1865—1954）

  字鳳舒，號懺庵，一號半舫翁，筆名珠海夢餘生、懺綺盦主人等，惠州（今廣東惠州）人。幼年隨父廖竹賓赴美讀書，通曉英文。光緒五年（1879）回國，專修國文，後補諸生。光緒十三年（1887）開始從事外交工作，曾任駐古巴總領事。民國時期，再持節古巴，後又代朝鮮總領事、駐日本代辦使事等。晚年曾在汪精衛僞政權中任職，民國三十五年（1946）移居香港。著有粵語詩集《嬉笑集》、粵謳《新粵謳解心》、詞集《懺庵詞》《懺庵詞續集》《半舫齋詩餘》《捫虱談室詞》《影樹亭詞》等。又有雜劇《學海潮》一種、京劇《團匪魁》《維新夢》二種。

  按，《古典戲曲存目彙考》以"春夢生"出目，言其"姓名、里居均未詳"。王少華《周祥駿的抗俄雜劇》，梁淑安、姚柯夫《中國近代傳奇雜劇經眼錄》等推測"春夢生"爲江蘇睢寧人周祥駿（1870—1914）。夏曉虹《晚清外交官廖恩燾的戲曲創作》考訂"'春夢生'乃是廖恩燾1903—1904年編撰與發表曲本時的專用筆名，他以此名至少刊出了《團匪魁》《維新夢》與《學海潮傳奇》三部戲曲作品"。可從。又，關於廖之生年，說法較多，羅忼烈《憶廖恩燾·談〈嬉笑集〉》與夏曉虹《近代外交官廖恩燾詩歌考論》均判斷爲同治四年（1865），當從。

  傳記文獻：王韶生《詞壇祭酒廖恩燾》（《當代人物評述》）、劉以鬯《香港文學作家傳略》"廖恩燾"則、劉紹唐《民國人物小傳》第20冊"廖恩燾"、羅忼烈《憶廖恩燾·談〈嬉笑集〉》、夏曉虹《近代外交官廖恩燾詩歌考論》（《中國文化》2006年第2期）、夏曉虹《晚清外交官廖恩燾的戲曲創作》（《學術研究》2007年第3期）等。

《學海潮》

◆ 劇情概要與本事

劇首題"學海潮傳奇"。四齣，分別爲《文妖》《黨獄》《市哄》《流血》。前有《楔子》一齣，似傳奇之副末開場。寫西班牙殖民古巴時期，擔任報館主筆的西班牙人加但農爲了博取個人前程，大肆宣揚專制，壓制土人，引發衝突，結果在凱威士被古巴人所殺。從此，古巴駐防軍與古巴學生黨等結下仇恨，伺機報復。某日，守護加但農墳山的僧徒與當地警察官枉報加墓被附近醫學院學生掘毀，古巴總督羅百士藉機將四十餘名學生逮捕，然得到財賄後，又將學生釋放。古巴駐防官堅大拿聞知大怒，率兵勇圍攻總督府。羅百士從後門倉皇逃走。堅大拿將爲首八名學生問斬，勒令其餘捐金贖死，發配遠方。又命西班牙軍將高德微拉監斬。高德微拉知學生冤枉，不願助紂爲虐，遂拔劍斫地，致使刃斷，拒絕奉命。堅大拿見此，親自監死八人。

生扮高德微拉，净扮堅大拿，副净扮羅百士，末扮費得力高靈魂，副末扮軍將，丑扮加但農，副丑扮警察官，雜扮防勇。

本事來自西班牙殖民古巴時期鎮壓哈瓦那大學醫學院學生的流血事件。按，夏曉虹《晚清外交官廖恩燾的戲曲創作》認爲是劇"應撰於1904年二月出版的《維新夢》完稿後不久"，時作者爲古巴總領事。

◆ 著錄、版本與收藏情況

《古典戲曲存目彙考》著錄。原刊光緒三十年（1904）至三十一年（1905）《新民叢報》第四十六、四十七、四十八期合訂本及第四十九號。

◆ 序跋、題詞與評語

廖恩燾《〈學海潮傳奇〉叙事》（《新民叢報》所刊《學海潮》卷首）：

廖恩燾

西曆一千九百〇三年十一月二十七號，爲古巴學生流血之紀念日。是日香花歌管，舉國若狂。事固慘烈，然亦古巴自主之一原因乎？聞其事者足觀感焉，故樂得而紀之。

西班牙之撫有古巴也，不以其屬地殖民之政略，剝削膏脾，而蠻力以壓制之，土人苦苛法久矣。此事則起於西班牙人之報館主筆加但農。加固負文名，乃襲祖傳專制之謬論，日肆攻訐，以售其奸宄，激而成變。古人乃邀戰於凱威士之壚。加率駐防軍往，殲焉，舁加尸歸海灣厚營葬。由是仇益深，而駐防人時思一報其前恥。適有僧徒以加墓被毀告，誣及醫學生。稽查員欲結西人之歡，羅織學生四十人入之罪，皆古之世族也。總督羅百士故庸懦而貪，欲得賄而赦之，又不敢辨其誣。獄未成，駐防衆擁集督衙索罪人，衆喧塞途。羅欲脫身事外，乃詭辭，自署後遁。統駐防將軍堅大拿縛學生八人置之法，餘以財贖免死，問徒。

方八人之流血也，坐之海旁舊兵房之壁前。自五尺之童，無不往觀而流涕者。授高德微拉刀，命斬之，高曰："吾不能殺無辜，寧斷吾刃。"斫石，刀折，乃易人槍斃八人。高故武官具熱血者，後卒，葬山地古巴省。今追念前烈，遷海灣焉。乃彼事未久，加之子以聞其父墓毀，來奔視，親往遍查，則加墓未稍損。蓋誣獄也。

兵房後毀，土人留其片壁，樹之石，紀其事。已相去二十年矣，其側有歌亭，近大堤。風晨月夕，海水湯湯，回首千八百七十一年之事，相去曾幾何，而興亡旦暮間耳。

夫流血至慘也，而古之人紀念其事，祝花擊鼓，若有餘歡。則以三十年來，而古巴脫藩籬，慶自主矣。豈非當日數少年造之福，而今日國民食其報也歟？八人者，家屬猶存，前因後果，及身得見，不亦快哉！我戊戌、庚子，去今幾何年矣，能無餘悲？能無厚望？用繹其事，紀以傳哥（應爲"奇"），願爲有心人道焉。

唐咏裳
(1867—1939)

原名曰贊，字健伯，一字裏伯，小字多壽，號懪公、恨廬，别署健堂老人、霓譜、與辛稼軒同日生等，錢塘（今浙江杭州）人。貢生，光緒間任浙江大學堂監學官。工篆刻，擅詞曲。著有《特健藥齋外編》《鹹酸橋屋詞》《疏花深夢草堂媚鐵》等。又有雜劇《七襄機》、傳奇《名利場》《淄川夢》等。

按，關於其生卒年，朱德慈《近代詞人考錄》據唐咏裳《庸謹堂文存》所附《健堂老人六十以後年譜》，定爲"1867—1936"；姚大懷《新見晚清民初傳奇雜劇四種考述》則據唐咏裳《鹹酸橋屋詞》所附《庸謹堂歲華紀感》，以及1939年2月23日《申報》所載，定爲"1867—1939"，可從。

傳記文獻：唐咏裳《鹹酸橋屋詞》、朱德慈《近代詞人考錄》、姚大懷《新見晚清民初傳奇雜劇四種考述》[《溫州大學學報》（社會科學版）2015年第2期]等。

《七襄機》

劇情概要與本事

劇首署"與辛稼軒同日生填詞"。四折，依次爲《乘槎》《拷枕》《集仙》《賜讖》。第一折前有《宣略》，似傳奇之副末開場。寫織女星君奉上帝旨意，與隔河斗牛宮石鼓結爲夫妻，年年七夕，沿例一會，餘則守在雲錦宮中，與織機相伴。時值七夕，鵲橋已架，織女令梁玉清看守宮門，并織就未完的天衣，自己則帶着艷雲往會牛郎。下界漢武帝要采摘珊瑚寶石，派遣博望侯張騫尋覓河源。張騫來到大宛國，遍詢土人，均未知其地。他心中鬱悶，於七夕獨往海邊探尋，與巡海之西海龍王相遇。龍王贈他貫月仙槎，令其依附仙槎之上，疾行而去。張騫頃刻萬里，見到了正在珠樓貝闕中織布的梁玉清，誤認爲她是織女。玉清對張騫有顧盼之意，遂將計就計，冒稱主人之名，將支機石相贈，并言不可漫示外人，祇東方朔有一覽之緣。張騫得石後，乘槎原路歸去。某年七夕，石鼓向織女索及昔年相贈之七寶仙枕，織女回宫後遍尋不得，袖占一課，數應艷雲舞弊，復俯視人寰，見下界太原地方有七條寶氣衝天，遂喚艷雲勘問。原來，三五年前，艷雲見太原書生王翰在月下徘徊，一時不能自主，竊下塵寰，并假冒天孫之名與之相會。後懼怕天譴，便盜取寶枕送他，與之永訣。艷雲又供出玉清私贈張騫支機石之事。織女認爲玉清昔年有下嫁孝子董永，織縑百匹、代償身價之功，可抵此過；而艷雲所犯重大，本待將之謫入輪迴，念及主僕之情，遂遣人押往月宫，跪織登科記，終日不得離開機杼。又是一年七夕，西王母召集石鼓、織女參加瑶臺盛會。因王子喬、陶安公、上元夫人、東海麻姑之軼事與七夕相關，故其也一同受邀。正在宴飲之時，成武丁、王方平等一班散仙也來謁見西王母，被王子登、郭密香所拒。某年七夕，郭子儀見大唐國事日非，自己却不能掃除宵小，立功報國，遂往酒館買醉。歸來後，遇見携玉清返回宫中的織女，便以長壽清貴相求，織女賜福。最後，織女看到滿路乞巧之人，聯想到自己因散巧而受盡誣謗，故準備訪求文人以辯不白之冤。

小生扮張騫，旦扮織女，小旦扮梁玉清，貼扮艷雲，净扮西海龍王，雜扮二仙女。登場人物尚有四水卒、鳥雀等，俱未分配脚色。

本事見於《太平御覽》卷八所引《集林》。元王伯成（生卒年不詳）《張騫泛浮槎》雜劇（已佚），清舒位（1765—1815）《博望訪星》雜劇、蔡榮蓮（1805—1846）《支機石》與此題材同。據作者《〈七襄機〉自叙》末所署"時光緒庚寅七月七日，霓譜自叙"，知是劇撰於光緒十六年（1890）七月。

◆ 著録、版本與收藏情況

《古典戲曲存目彙考》著録。現存民國五年（1916）《希社叢編》第六、七輯所收本。按，唐咏裳《鹹酸橋屋詞》"自題辭"注其曾於光緒三十年（1904）刻於上海，今未見。

◆ 序跋、題詞與評語

唐咏裳《〈七襄機〉自叙》（民國五年《希社叢編》第六、七輯所收本《七襄機》卷首）：

牛女一事，散見諸説。星辰也，而夫婦之，毋乃愼歟？顧業夫婦矣，而凡歧其説者，不概可删乎？乘槎客到，詎可私贈張騫；織縑人來，烏得復妻董永？而尤可惡者，莫如《墨莊漫録》之留枕太原也。凡斯誣衊，天孫飲恨矣。顧既有其事，不能從削。秋暑逼人，放浪樂府，爰爲斡旋，虛實參半，譜成是劇，組織亦甚費苦心。珪月當空，珠露四溢，瓜果設庭，焚一瓣香祝而告之，天孫其不以我爲浪費筆墨乎？

時光緒庚寅七月七日，霓譜自叙

唐咏裳《〈七襄機〉自題》（民國五年《希社叢編》第六、七輯所收本《七襄機》卷首）：

銀潢安在，縹緲蓬萊。烏有槎客，突如其來。即無牛女，實乃星辰。太原留枕，荒謬絕倫。七月七夕，仙踪匪一。貫穿道書，天衣縫密。如響斯應，因物以付。昏暮乞憐，不在此數。

庚寅仲秋，健伯自題

劉 鈺

字步洲,江陰(今江蘇江陰)人。生平事迹不詳。著有雜劇《海天嘯》。

傳記文獻:劉鈺《〈海天嘯傳奇〉序》(《海天嘯》)。

《海天嘯》

原名《日本新曲》,又名《大和魂》。劇首題"海天嘯傳奇",署"江陰劉鈺步洲甫著"。凡八齣,依次爲《追父》《訣兒》《訓子》《授徒》《斥埭》《蹈海》《拒友》《救俠》。每齣譜一日本史事。按,該劇序言云是劇分上、下二編,共十六齣,然今僅見八齣,未知其餘諸齣完成否,待考。

● 劇情概要與本事

《追父》

劇首署"第一齣",劇名後注"菅原刈谷姬"。寫菅原氏官至右相,聖眷優隆,後爲怨家藤原時平所諂,被奪爵爲民,遠流筑紫。其女刈谷姬念父親離家日久,萬里孤行,無人照料,遂决定易裝改形,不顧安危,前往追尋。追至北河内郡中蹉跎村時,得知父親已南下三日,刈谷姬抖擻精神,又繼續徒步南行。

小旦扮刈谷姬,丑扮老農。

本事來自日本歷史。按,菅原道真(845—903),出身世家,歷任翰林學士承旨、遣唐大使(未成行)、權大納言等,纍官至右丞相,成爲繼吉備真備之後日本歷史上第二位儒學家庭出身的高居從二品的廷臣。昌泰四年(901)一月被貶配到偏遠的太宰府(今福岡縣),僅由年幼的子女隨同。延喜三年

(903) 二月二十五日,歿於貶所。

《訣兒》

劇首署"第二齣",劇名後注"楠木正成"。寫足利尊氏竊踞鐮倉,高舉叛旗,直指京師,其餘諸賊皆揭竿響應,致使羽書叠至,首善戒嚴。楠木正成奉旨鎮守神戶、兵庫之間水陸咽喉,行至八幡神社駐旌,發付兒子楠木正行回鄉,以免老妻懸盼。兒子欲從父征戰,楠木正成不允,且教之以與國家同存亡之道理,勉勵其移孝作忠,日後爲國盡力,楠木正行遂歸。楠木正成則以烈士暮年、壯心不已之志,拔隊逈行,前往兵庫大營。

老生扮楠木正成,小生扮楠木正行,雜扮家將矢田彪、九鬼吉、尾崎信義、池尻一郎。

本事出自日本古典文學名著《太平記》。按,楠木正成(1294?—1336),明治時代起被尊稱爲"大楠公",爲鐮倉幕府末期到南北朝時期著名武將。楠木正成一生竭力效忠後醍醐天皇,在湊川之戰陣歿,成爲後世忠臣與軍人之典範,被視爲"軍神"。

《訓子》

劇首署"第三齣"。寫楠木正行自櫻井驛歸家後,令健仆數人,絡繹探報。豈料湊川之役中兵庫大營潰敗,楠木正成殉國。不久,賊兵又破都城,天皇出狩。楠木正行得此消息,悲痛欲絕,認爲局勢已無可挽回,欲以劍自刎,以盡忠君孝父之志。幸得母親楠氏及時趕到,奪劍阻之,并言其有"三不可死":一是父志未成,二是國仇未報,三是母親年老;又勉勵正行投筆從戎,聯合義軍,守護天皇,徐圖恢復。楠木正行謹遵母命,鼓忠勇之氣,欲舉兵勤王。

小生扮楠木正行,老旦扮楠氏,小旦扮丫鬟。

本事出自日本古典文學名著《太平記》。按,楠木正行(?—1348),楠木正成之子，日本南北朝時代著名武將。其父被稱爲"大楠公"，楠木正行則被稱爲"小楠公"。一生繼承父親遺志，與足利尊氏作戰。

《授徒》

劇首署"第四齣"，劇名下注"德富蘇峰"。寫如藤州荒尾村宮崎寅藏，自幼崇尚自由民權，以放蕩不羈觸怒校長，遂去。後之大江義塾，受業於德富蘇峰。德富自設義塾以來，無非要鍛煉國民氣質，使人人均有平等完全的權利，故以天賦人權爲教育生徒宗旨，務令其不自弃、不侵人。這與寅藏平生追求相契合，寅藏漸樂不思蜀。某日，暑假開學，德富先生登臺演講，告訴衆生人類三大自由即思想、言論、著述，以及擇業、結社自由等是不能限制的，然行爲自由是有邊界的，遂以法蘭西革命史爲例，解釋自由權界不分、上侵下奪的危害。

生扮宮崎寅藏，小生扮吉村五郎，净扮德富蘇峰。登場人物尚有甲、乙、丙、丁諸學童，俱未分配脚色。

本事來自日本明治時期歷史。按，宮崎寅藏（1871—1922），即宮崎滔天，是肥後國玉名郡荒尾村的鄉士宮崎政賢的第八個兒子。明治十八年（1885）加入了德富蘇峰的大江義塾，開始接觸自由民權運動思想，并由此開始關注亞洲的革命運動。按，德富蘇峰（1863—1957），日本著名的政治家，早期主張平民主義，日清戰争時期轉而主張皇室中心主義，鼓吹對外侵略，其思想對當今日本右翼勢力仍有很大影響。

《斥堠》

劇首署"第五齣"，劇名下注"武士妻"。寫細川勝元與山名宗全分張旗鼓，鏖戰頻年。又各徵兵十多萬，絡繹入京，燒殺搶掠，幾無虛日。前日軍符飛下，檄令諸國丁壯充軍，婦女斥堠，以備不虞。奥原朗古自嫁武門，頗嫻武術。一日往堠臺巡夜，與同行婦人說起斥堠之事，奥原朗古認爲男女本

劉鈺

有同等之權利，都有保家護國之義務，并言自古以來紅袖隊裏出了很多豪杰。後來，奧原朗古登堞，橫槊四望，感嘆群雄割據，六十一州無乾净之土；自己願毀家紓難，盡室從公，剪鏾群凶，建立功業。

旦扮奧原朗古，小旦扮斥堠婦。

本事當基於日本戰國時代初期應仁之亂（1467—1477）敷演而成。按，應仁之亂的主角是室町幕府三管領中的細川勝元與四職中的山名持丰（山名宗全）。又按，奧原朗古其人事迹不詳，作者藉之宣揚性別平等、建立功業等思想。

《蹈海》

劇首署"第六齣"，劇名下注"橘媛"。寫日本武尊奉父親景行天皇之命，率領海軍十萬，征討蝦夷。不料，行抵相模，腥飈怒吼，濁浪排空，檣傾楫摧，人力難施。武尊妃嬪橘媛亦隨軍泛海，見此跪請捨身入水，爭權與海若。武尊顧念比翼之盟，堅持不允。橘媛勸武尊割一時之愛，以保全十萬生靈。遂摳衣仗劍，躍入水中。武尊大哭不已。不久，海波丕揚，狂飆頓息。武尊認爲這是橘媛精誠所感，傳令鼓棹前行。

生扮日本武尊，老生扮武内宿禰，旦扮橘媛，净扮水軍將領，外扮舵師。

本事當來源於日本古典文學作品《古事記》《日本書紀》。按，日本武尊是日本古墳時代（250—592）的英雄人物，曾東征西討，爲大和王權開疆拓土。其妻橘媛是穗積氏忍山宿禰之女，和日本武尊生有一子，名稚武彦王。

《拒友》

劇首署"第七齣"，劇名下注"西鄉隆盛"。寫日本海軍學生山本權兵衛，聞恩師西鄉隆盛欲與政府爲難，正在招集敢死軍同時舉義，問罪東京，意在殺盡一班專恣之徒，擴充日本武裝，重唱征韓主義，遂星夜回鄉，馳赴軍前效力。來到鹿兒島，借宿驛站，遇到東鄉平八郎等人。他們昔日曾受西鄉氏栽培，故今前來相助。西鄉隆盛昨夜返自高城，中途聞變，猝不及防。而大勢即發，不可復收。西鄉隆盛不願隻身脫戾、歸咎他人，祇得分謗同人、犧牲一己。山本等入門拜見，說明來意。西鄉大怒，斥其荒唐，言送衆人入海軍學校，是爲了日後抵禦沙俄，拯救同胞。故勸山本等自愛惜身，速速回轉。最後，衆人揮泪而別。

生扮山本權兵衛，老生扮西鄉隆盛，小生扮伊集院五，净扮柴山矢八，副净扮東鄉平八郎，末扮上村彦之丞，外扮片岡七。登場人物尚有小僮，未分配脚色。

本事改編自日本西南戰爭（1877）前夕之歷史。按，西鄉隆盛（1828—1877），作爲新政大總督、征伐大元帥，以"清君側"爲名發動戰事，反對明治政府，後失敗自殺。

《救俠》

劇首署"第八齣"，劇名下注"望東尼"。寫福岡人望東尼早入佛門，然心繫君王。自高山晉作倡議舉兵，削幕府威權，振王綱顛覆，望東尼爲之奔走。奈逆黨構讒，勢成反噬，同盟志士多遭奇禍，望東尼亦屢被刑訊，流配姬島。但她壯心不滅，時時盼望高山氏能捲土重來，廓清君側。一夜，望東尼用鮮血寫下貝葉經，準備寄往各故友家中，供墓前焚化，以表誠敬。這時，高山氏派權藤幸坐等前來搭救望東尼出獄。最後，高山氏傳令起鼓，親迎望東尼。

生扮高山晉作，老旦扮望東尼，净扮權藤幸坐，副净扮泉三津藏，末扮吉野應四郎，外扮多田莊藏。

本事源於長田偶得《日本維新豪杰情事》，又見於野村望東尼之《姬島日記》，記日本幕末（1853—1867）史事。按，望東尼，即野村望東尼；高山晉作，當爲高杉晉作。

劉鈺

◆ 著錄、版本與收藏情況

《清代雜劇全目》《古典戲曲存目彙考》著錄。現存光緒三十一年（1905）《小說林》排印本、民國二十五年（1936）文盛堂書局排印本。

◆ 序跋、題詞與評語

劉鈺《〈海天嘯傳奇〉序》（《小說林》排印本《海天嘯》卷首）：

昔朱明革運，紹興遺老朱舜水先生浪游日本，爲水戶幕賓，源光國待以師禮。時適日本編纂歷史，先生備顧問，深感夫赤穗諸俠之復仇，乃譯坊間所演之劇本，題曰《日本忠臣庫》，是爲吾國人譯述日東小說之濫觴。蓋慷慨慕義之情出於人之天性，朱先生痛本朝之破裂，其身世與四十七義士同，而烈烈轟轟做一場則又四十七義士所獨。寓公海外，顧影生憐，恢復難圖，壯心不死，於是托之傳奇，以自寫其不平。

今者先生往矣，而二百餘年來，我國民氣之不奮，日甚一日。呰窳縮朒，膜視他族之憑陵，儼成社會之習慣。究其原理，實無人焉以提倡尚武精神。上以文求，下以文應，弱冠弄柔翰，致爲繻弛筋骨之媒。藤田東湖云：「寧爲武愚，勿爲文弱。」其語蓋深可味也。然則，日本其武愚國乎？非也。我觀日本武士道，源流實起於神人二代。當時無論朝野，舉國皆兵。其人咸知崇拜祖先，畏敬君上，而具有勇武、信實、簡質諸德，實爲大八洲人種之特徵。至於中世，丕振武功。應神以後，儒教流傳，思想益固。貞觀、延禧而降，武家有特別之教育，構成特別之倫理。迨鎌倉開霸行武門政治，創立制度，而武士道於以完成。時有臨濟、曹洞兩禪宗，流入域內，高上超脫，了徹死生，益收武士修養之效。北條泰時，有勇將、達吏、名僧十二人，合編《貞永式目》一書，備陳三義，一敬神而知愛國，二信佛而尚仁慈，三守分而盡忠實。此種武士儀式，其後織田、豐臣二氏，至江戶武士，咸師範之。及南北朝，新田、名和、菊池、土居、得能諸氏，皆感動風烈，奮德邁進，以成真武士資格，而尤以忠勇義烈、誓殲國賊之楠木一家爲代表焉。德川氏興，獎勵武門教育，復有《成憲百條》及《武家法度》《諸氏法度》諸作，勸仁義忠孝，兼學文武，并具智勇，又重禮儀、尚節儉、致忍耐，以正義爲萬事之主宰、萬行之準的。苟合於正義矣，或殺身，或殺人，挫強扶荼，以保四海之平和，而圖三民之安樂。江户幕府由是安享三百年之昌平。然則日本之尚武，實爲倫理學之精英、道德家之模範也。愚乎？不愚乎？

不佞固弱國中之弱民，又弱民中之代表者也。一旦思袪弱以武吾，并思武吾同族，以進而武吾國，談何容易？然本此旨以鼓吹社會之一部分，則亦吾人應盡之天職也。爰撫拾東瀛史事，不揣譾陋，排演成篇，共得雜劇十六齣，分爲上下二編。本忠義慈孝之風，寫雄武俠烈之概，俾我國上下社會閱是書者，如睹海邦人物，激發武情，或有"舜何人，予何人"之嘆。則余雖雞肋不武，亦將投袂奮起而爲之執鞭矣。

光緒三十一年仲冬月上浣，著者志

劉鈺《〈海天嘯傳奇〉例言》（《小説林》排印本《海天嘯》卷首）：

一、是稿原名《日東新曲》，自熱血動物采入《揚子江白話報》，易其名曰《大和魂》，今易名爲《海天嘯》。要之"大和魂"者，日本平城朝始有此語。至德川時代，提倡國學者盛稱之，殆所以表尊皇愛國之精神，調仁義忠誠之氣魄，與日本所稱武士道者，實已融合爲一焉，洵足代表日本國民之道德也。

一、是稿宗旨在激發吾國社會志氣，提倡尚武精神，補述日本正史之所遺而不載，或載而不詳者，務爲之一一筆繪其神情，彌縫其疏略。又於每齣之後，附加批評，然不敢過涉煩冗，貽誚通才。

一、是稿雖稗官野乘之流，而引用地名、人名，無一鑿空杜撰者。當今事事崇實，何堪臆說欺人？故雖一屋一園，亦必確有證據，俾閱者如置身場中。

一、凡曲本第一齣必以本書主人翁登場，所謂正生、正旦也。是稿本係雜劇，故不拘拘常例。

一、是稿詞浮於意，注過於評。蓋初學雕蟲，不免麒麟楦之誚，且於脚色、花名、砌末、位置均有凌轢缺漏，屢雜糾闐之弊。唯幸大雅正之。

劉鈺《〈斥埭〉自跋》（《小說林》排印本《海天嘯》之《斥埭》齣末）：

此曲雖是爲唐人春愁秋怨詩作翻案，然煮鶴焚琴，未免太煞風景耳。

自跋

劉鈺《〈救俠〉自跋》（《小說林》排印本《海天嘯》之《救俠》齣末）：

作者按，望東夫家，姓野村氏，夫名新三郎，同爲福岡人。夫没後，望東削髮爲尼，游歷京畿間，喜讀馬場支英所著《公武沿革志》，故夙奉尊王主義。日本維新之始，望東與有力焉。其事迹略載日本長田偶得所著《日本維新豪杰情事》。此外尚有津岡村崎、黑澤李公，亦以女子而助維新之業者，當另作傳，兹不屢入。

步洲劉鈺自跋

贅儂《〈追父〉批注》（《小說林》排印本《海天嘯》之《追父》齣末）：

日本當醍醐帝時，菅原道真爲右大臣，負綜核名。藤原時平忌之，與源光等讒於帝，謂其欲廢帝而立其婿親王。帝怒，貶之伊豆。道真作《和歌》哀訴法皇（即醍醐帝禪位後削髮改稱者）有朱雀院。法皇大驚，欲爲伸辨。而閽者不爲通，卒不得達。道真男女二十三人，流徙各异處，舉國冤之。後以旱灾歲久，帝悟其枉，乃釋歸。苅谷姬爲菅公季女，嘗追公，經大阪府之北河內郡。今其地有蹉跎神社，在蹉跎村中振里，社中祀菅公父女像，以志孝思。

又，大阪天滿大工町，昔本叢林。天曆間，里人屢夢菅公愛玩浪華（大阪別名）梅花，驚其靈迹，因披榛莽，即梅樹下建祠，以祀菅公，名曰江梅殿。府北有北野之網數天滿宮，爲菅公被配時，途次敷設漁網，以賞風光之處。其西有露天神社，在曾根崎蜆橋北，亦祀菅公，俗稱改初天神。以公謫經此地，觸事行吟，有"天涯泪如露"之句，後人建祠，因取爲名。

梅田即大阪火車站處，當姬之追父不及也，哀思憔悴，一病幾危。嗣後間關轉徙，繭足裂膚，卒達配所，謁見老父。里人之以"蹉跎"名其村社者，本爲姬追父不及之紀念，實係後來之事，今先於老農口中點出，不過取其現成傅會耳。

又，聖德太子所建之道明寺，爲土師八島連舍宅，改爲精舍，即名土師寺，亦在大阪，令女僧覺壽居之，即菅公姊也。今寺中亦祀菅公與覺壽二位。

贅儂《〈訣兒〉批注》（《小說林》排印本《海天嘯》之《訣兒》齣末）：

大阪三島郡島本村，爲楠公父子分手之地，即山崎道中一驛站也，距山崎火車站不甚遠。相傳延元間，有八幡祠於此。公自京師赴兵庫路八祠，訓子訣別也。老路西民屋間，舊有枯松一株，爲公樹旂之處，今僅存基址矣。明治九年十二月，士民醵金，勒碑於此，刻"楠公訣兒處"五字，并記英國公使白氏之悼文於碑陰。當後嵯峨帝臨崩時，因寵愛龜山帝，遺命其子孫承統，而付後深草之裔以封邑。北條貞時則議後深草與龜山二統迭承，限十年禪更。嗣後南北分爭，實基於此。至足利氏猶沿其例。凡讀日本史者當自知之。又湊川爲楠公戰歿處，與弟正季同死。地在兵庫、神户間，上有七字碑，曰"嗚呼忠臣楠子墓"，爲瀨光國所題。櫻花數百樹，楠公手植者也。至今日人尚推楠公爲南朝第一忠臣云。

劉鈺

日本所用流鏑馬，爲武士馬上彎弓之一種。

贅儂《〈訓子〉批注》（《小說林》排印本《海天嘯》之《訓子》齣末）：

南朝僅有金剛山尺土，其局勢不逮北朝什之一，日本人所稱猫額大之地也。且其時人心已失，士卒籠東。然終能相持數十年者，唯賴楠木氏、新田氏、菊池氏數家子孫，相繼以忠義激勵殘軍，故能屢撲屢興。搘柱偏安之局，非獨神器在南，當世奉爲正統而然也。楠木公忠勇性成，楠夫人粲花舌慧，此二齣真是寫生妙手，各肖人情。

按，日本自南北分離，南主三代，北主六代，其間閱五十七年。南朝勤王之師，僅據於楠氏之金剛山，與新田義宗、義興（皆義貞子）等，同輔弱主。正行奉慈命，守護吉夜行宮，屢破細川野氏、山名時氏兵。後與其弟正儀、正時等，并同族百四十餘人，抗足利氏軍，決死戰。河南四條畷之役，大破敵將高師直兵。自晨及夕，卒以衆寡不敵，身蒙數創死，年二十三。敵軍於是進迫吉野，焚行宮，天皇避難，時王平三年正月也。又按時人所譯日本近世史，尊氏以楠公首級贈河內，其子正行見之，直起而持入佛堂。母怪其狂也，窮詰之。正行欲自刃。此語頗誕，事亦不情。今據癸卯東京園游會活人畫，并無持首入堂事，故不敘入云云。

贅儂《〈授徒〉批注》（《小說林》排印本《海天嘯》之《授徒》齣末）：

此齣寫蘇峰以同等平權設教，樹國民自治之基，宏獎青年，發人志氣不少。入後演述革命事實，俱用正史，不肯加一傅會之詞。寥寥數曲，包括絶大奇文，爲小說中別開生面，固不當作傳奇讀也。

按，宮崎寅藏爲日本維新時大俠，隱迹梨園，步武團十郎之後，自號白浪庵滔天。交游遍歐美，其志在聯絡亞東同種國，以拒白人，故欲從改革支那入手。嘗往來閩、粵、南洋諸島，潛結社會黨員，爲秘密之運動。惜時機難得，厥志未成耳。渠嘗自言大江義塾，實自由民權之天國。其塾生程度，年長者無論矣，即十二三齡之童子，亦出而爲演壇辯士，説格林宻、華盛頓、羅拔比丹敦、可布亭、布拉依脱等，皆振手動眉，淋漓傾倒，實足使先天的自由民權家咋舌驚奇。故每值土曜日之演説會，彼直不敢登壇，托病逃去，亦可見其師若弟之學識何如矣。

劉鈺

贅儂《〈斥堠〉批注》（《小説林》排印本《海天嘯》之《斥堠》齣末）：

按，日本鈴木光吹所著《明治以來國秀錄》，武陵趙氏譯之，以是爲東洋女權之萌芽。其實非也。日本上古婦女，已饒有勇武、信實、簡質之德，與男子無殊。天熙大神以後，有神功皇后，其最著者也。藤原時代，頗流於淫靡惰弱。至鐮倉時代，武士道勃興，而武門婦女復其勇敢、貞操、堅忍、和雅諸德，略不遜於男子。源平、北條諸家之妻妾，皆以武勇清節著，又其證也。然及室町時代而衰。中經戰國，至江户時代，復振武門教育。而武勇、忠貞、勤儉之德，遂以復興。烈婦賢女之名，彪炳史册。武門妻女，無不習武術，修武教，以護身之匕首、薙刀、弓矢爲嫁奩之重寶。維新時代，猶有此風。然迄於今日，忠貞和雅非不逮昔，而務爲優美，漸流柔弱，未聞有通武教者，矧武術耶？上流婦女競爲病院看護婦與遺族救助人，所謂女子之道德，非無進步，惜其以此沾沾自是，而於女權之基礎，則退步反深。今不古若遠甚，尚何萌芽之足云。故書其沿革改略於後，一以存日本古婦女之真面目，一以見武士道之與女子風有關係焉。蓋日本女權之不始於今也，信矣。

地頭，爲武家之役名，始自鐮倉幕府，爲地方之領主，其上有總地頭轄之。

贅儂《〈蹈海〉批注》（《小説林》排印本《海天嘯》之《蹈海》齣末）：

此篇可補《燠儂歌》之缺。

史言日本武尊征東夷，泛海相模，風濤大作。寵姬橘媛投海，暴風遂止。及熊襲凱旋之日，舟經碓日嶺，東望懷思橘媛，嘆曰："吾嬬已矣。"後人因號東陲爲吾嬬國。

贅儂《〈拒友〉批注》（《小説林》排印本《海天嘯》之《拒友》齣末）：

日本之忠勇義俠，莫若南洲翁，惜不免失之悻悻，而門弟子誤會厥指，至於一激再激，猝然爆裂於翁之所不及防。讀史者當原其心也。是以肥後之入，熊本之圍，亦勢不得已，而成此倒行逆施之舉。蓋翁固感情中人，其爲情而死也，不忍獨脱罪戾，以陷同志，寧甘身敗名裂，以殉諸人。此正翁所難能可貴之處。其好俠尚勇之風，尤爲日本男子中之奇士，殆德富蘇峰所謂"英雄兒之有真骨頭"者乎？此一案夙爲日本社會上之秘密事機，當日俄開戰前，始暴露於上村將口中。蓋實不忍久没翁之爲國儲才，捍禦他族之一片苦心耳。今日者，東鄉、山本諸君竟收全效於征俄一役，非食翁之贈而何？又其時如別府晋助、村田新八、池上四郎、池邊吉十、松甫新田等，雖亦經翁斥退，而半途仍復折回，隨翁戰没。蓋一則因於私恩之必報，一則感於公義之當圖，各具熱腸，同稱義烈。而要不得不歸功南洲之玉成汲引，至令人畏敬愛慕若斯也。翁雖於明治二十二年已經天皇昭雪，特贈正三位。然世之論者，不免尚有微詞，如南洲《絶命詞》云："白髮衰顏非所意，壯心橫劍愧無勳。"世遂疑其夙懷非分，發露哀鳴，而不知其別有所指也。或謂南洲欲學源來朝，畫虎不成反類狗，與當時史家所論定者同一鍛煉深文，於是翁之心迹轉晦矣。讀翁詩，有"我家遺法人知否，不爲兒孫買美田"，此殆"匈奴未滅，何以家爲"之志也。翁豈謾詞以欺世哉？

將此曲摹寫南洲心事，覺鬚眉奕奕，如見其人。閲者幸勿病其煩冗也可。

又云：明治初年，日本政府之威望，固未能靖懾人心。而南洲以尚武精神提倡薩摩慓悍兒，以至激成大禍。或亦當時之教育，於國民道德之觀念上，太不完全。故種此因者，得此果歟！是實毋庸諱也。然由斯以譚，吾中國之教育家，蓋當凛凛於茲，引爲龜鑒矣。

劉鈺

丁傳靖
(1870—1930)

　　字秀甫，或作琇甫、秀夫、琇夫，號闇公，又號招隱行脚生，別署滄桑詞客、鬼車子、貪嗔痴阿羅漢，丹徒（今江蘇鎮江）人。幼時隨嗣父長期旅居揚州、南京等地，後曾七應江南鄉試，皆無功而返。光緒二十三年（1897）得中副貢，三十二年（1906）任鎮江府中學堂教習。宣統二年（1910）經陳寶琛（1848—1935）推薦，爲禮學館纂修。宣統三年（1911）秋，聞武昌事起，歸里，復任鎮江府中學堂教習。後再赴京任馮國璋（1859—1919）秘書，專司總統酬應之詩文、函札等。曾與吳梅（1884—1939）討論曲學，吳梅《瞿安筆記》謂其劇作"詞采葩發，雅近倚晴，而於聲律之道，則茫乎未有所聞也"。著述多爲史傳類，如《清大學士年表》《清軍機大臣年表》《清六部尚書年表》《清督撫年表》《歷代帝王世系宗親譜》《清代名人齒表》《東林別傳》《兩朝人瑞錄》《江鄉漁話》《闇公雜著》《福慧雙修庵小記》《宋人軼事彙編》《張文貞公年譜》等。工詩文，善戲曲，精書法，著有《闇公詩存》《闇公文存》《秋華堂詩文》《紅樓夢本事詩》，以及傳奇《滄桑艷》、雜劇《霜天碧》《七曇果》等三十餘種。其中《霜天碧》創作於清末，《七曇果》則爲民國初作品。

　　傳記文獻：丁家沂《丁闇公訃告》、陳寶琛《清副貢丁君闇公墓志銘》（《闇公文存》）、葉玉麟《闇公丁君傳》（《闇公文存》）、丁永選《丁傳靖年譜》（《鎮江文史資料》第29輯）、江慰廬《丁傳靖年表》（《文教資料》1992年第6期）。

《霜天碧》

◆ 劇情概要與本事

又名《霜天碧傳奇》。劇首署"闇公雜著之一"。六齣，依次爲《碧怨》《碧遘》《碧合》《碧嫁》《碧誓》《碧歸》。寫江右女子楊碧憐，生得花容月貌，可惜誤墮風塵，年年浪絮風萍，處處歌場酒陣。見紅顏易老，良緣不就，碧憐感傷不已。前年來到金陵，住在秦淮水閣，得遇洛陽秦生，三月流連，兩心繾綣。碧憐本想以身相許，但知道秦生伉儷情深、兒女成行，猶豫不決，最終忍痛謝絕。湘潭人盧思敬爲官江南，因面詆上司被抑，以教職選用。一日清閑無事，往秦淮河畔尋訪佳麗，偶遇碧憐，一見有情，遂約定來日相訪。二人相見，互訴平生經歷，知同爲天下淪落之人，遂彼此相憐相惜。當晚，楊碧憐留盧思敬在家中，并托付終身。盧思敬對其甚是寵愛，事事依從，爲免其拘束，便將之養在外宅。光陰似箭，忽忽又是一個年頭。某日小廝來報，言盧思敬驟得暴病，十分沉重。楊碧憐急忙乘輿探望，果見其肌膚銳減，不似平時模樣，不禁傷心落泪。盧思敬想到自己死後，碧憐將孤栖無依，亦擔心不已。楊碧憐則言若有意外，自己情願爲其殉節，盧思敬聞之非常感動。不久，盧思敬亡故，其妻派人傳話，言楊碧憐名分未正，不算盧家之人，或去或留，聽其自便。楊碧憐見盧家無情，也就收起了殉節的念頭，後在僕人的勸説下，乘舟回到淮城，重操舊業。

生扮盧思敬，旦扮楊碧憐，貼扮鄭媛媛，老旦扮周麗娟，净扮老僕，中净扮花二，末扮王素琴，丑扮范媽媽，外扮吳蘭芬，雜扮二僕、舟子等，净、丑、小净、末扮趙老爺、錢大人、孫大人、李老爺。

本事未詳。按，吳梅《瞿安筆記》言是劇爲"角伎碧娘而發"，未知所指，待考。又，據首刊時間推斷，是劇當創作於光緒三十四年（1908）。

◆ 著錄、版本與收藏情況

《清代雜劇全目》《古典戲曲存目彙考》著錄。現存光緒三十四年（1908）《競業旬報》第三十五期、三十六期本；民國二十四年（1935）《闇公雜著》所收本，藏國家圖書館、首都圖書館、東洋文化研究所。

◆ 序跋、題詞與評語

丁傳靖《自題〈霜天碧傳奇〉》（光緒三十四年《競業旬報》所收本《霜天碧》卷首）：

鬱金堂上清歌發，彈到箜篌忽弦絕。噩夢驚飛楚岫雲，舊游凄絕秦淮月。兒家生小住淮陰，門外垂楊映碧潯。愛學彩鸞抄韵譜，肯從司馬逗琴心。花枝漂泊春無奈，當筵衹自拈羅帶。板渚隋堤春復秋，愁心夜夜屏山外。江山金粉艷南朝，十幅蒲帆趁晚潮。春雨漲痕迷笛步，秋燈影事話蘭橈。懷人感事愁如織，啼徹紅鵑歸未得。水閣妝成獨倚闌，慧心絕世無人識。浮萍風絮偶相逢，《子夜》歌聲變《懊儂》。三叠新詞總惆悵，衹憑青鳥訴離踪。別來空憶章臺柳，莫愁衹合盧家有。微聞季布諾千金，此事卿終呼負負。連理花開喜并頭，紅閨鎮日意綢繆。香車重過青溪渡，銷盡年時萬斛愁。世事悲歡如轉轂，鬼車夜聞香巢哭。天上新成白玉樓，人間枉置黃金屋。當時珍重好腰身，不肯明珠輕許人。兩載可憐王謝燕，雕梁轉瞬又成塵。樽前不幸讖言中，聰明終受天工弄。郎君家世舊邯鄲，累儂并入黃粱夢。聞道魚軒促大歸，下堂縞袂泪空揮。不堪春盡沾泥絮，更逐東風上下飛。關心猶有江南客，消息傳聞感今昔。決絕雖無故舊情，飄零終爲傾城惜。淮濱北去古徐州，百尺崢嶸燕子樓。我是香山老居士，一詩望爾到千秋。

吴梅《〈霜天碧傳奇〉評語》(《吴梅全集·理論卷·筆記》，河北教育出版社 2002 年版)：

丹徒丁琇甫（傳靖）善詩詞。余寓金陵日，琇甫尊人適爲江寧教官，因偕柳貢禾君訪之，談諧竟日。君博覽典籍，鬚眉如戟，一見即知爲有道士。臨行又贈我《滄桑艷》《霜天碧》二種曲，皆君所手編者。余携歸讀之，則詞采葩發，雅近倚晴，而於聲律之道，則茫乎未有所聞也。《滄桑艷》譜陳圓圓事，搜采極精。《霜天碧》則爲角伎碧娘而發，無甚關係。余謂貢禾曰："琇甫才大如此，而不知妄作，吾當有以正之。"貢禾曰："何不移書曉之？"余欣然命筆，即囑貢禾致之。

蘇源

字問渠，彭城銅山（今江蘇徐州）人。一生清貧，游幕多省，漂泊無定。曾寄寓於上海虹口。著有雜劇《東郭傳》一種。

按，《東郭傳》封面所署"若泉"，因與"源"字音義相近，與"問渠"亦意義關聯，推其可能爲蘇氏之號。另，劇本卷首有作者於宣統二年（1910）所撰序，知其應生活在清末民初。又，序後及卷末跋語後所鈐"臣蘇源印"，透露其應有官職；序末署"彭門蘇源叙於袁公路浦之官廨"，袁公路浦位於今江蘇淮安，推測蘇源應在此地爲官或作幕。

傳記文獻：蘇源《〈東郭傳傳奇〉序》（《東郭傳》卷首）、《〈東郭傳傳奇〉跋》（《東郭傳》卷末）。

《東郭傳》

◆ 劇情概要與本事

又名《富貴緣》。劇首題"東郭傳傳奇"，署"古彭門蘇源撰，濮陽藍石生增注、馬文範校正，寶豐李孔堂外評"。十回，依次爲《妻妾處室》《早起瞷夫》《施從所之》《無與立談》《墦間乞餘》《中庭訕泣》《君子觀之》《求富貴》《利達者》《妻妾不羞》。仿《桃花扇》體例，前附《先聲·總提本傳》，後附《餘唱末韵·歸結東郭》。寫齊人身長七尺，力舉百鈞，却因好吃懶做，田產蕩盡，祇得以乞討過活。家中有一妻一妾，俱是講究廉恥之人，齊人不敢讓她們知道自己行乞之事，酒足飯飽回家，便誆說是受田戴、景丑、公行等貴族之邀赴宴，不覺酒醉。齊人稱與顯貴往來，却不見有人登門回訪，齊妻由此心生懷疑。一日齊人外出，其妻尾隨，欲一窺究竟。但見丈夫無論是在齊東野人的講席，還是綿駒的教唱之所，與人拱手見禮，皆無人理睬。齊妻見狀，心生惆悵。後齊人見田戴、王驩在壠斷上一邊遠眺，一邊對酌，便在壠下乞要酒肉，飽餐一頓後，醉卧墳間。齊妻回家後，羞愧難言，不住地長吁短嘆，齊妾納悶，幾番猜疑後，齊妻衹好和盤托出。齊妾自覺顔面喪盡，想要一頭撞死，被齊妻攔下，二人決定一同羞辱丈夫。齊人歸來，多次叫門不應，進門後作勢要責打妻妾，妻妾二人對其嘲罵，揭露其東郭乞食行徑。齊人使出乞討手段，軟語相求，仍被推出家門。妻妾二人稱衹有求得富貴，纔准許其歸來相見。田戴弟仲子不欲與不義者同流，改姓爲陳，携帶妻子避居於陵。後因想念母親，歸家探望，并送上自紡麻綫、自織草鞋爲禮。正逢淳于髠得官，饋送田戴一隻鵝，田母令殺鵝以待仲子。陳仲子認爲此鵝爲不義之物，不願食用，但礙於母親情面，衹好强吞數口。田戴譏笑弟弟言行不一，陳仲子羞愧難當，出門將肉嘔吐，發誓再不登兄長之門。途中遇到求其薦舉的齊人，被糾纏不過，衹得告之近日蓋邑招募人馬伐燕，可以應徵。經一番考校，田戴將齊人收作壯士。齊人聽聞田戴好利，便夜晚逾牆進入盆成括家，偷得五百兩銀子，獻給田戴，獲封千總。齊人後被伐燕元帥沈同任命爲前部先鋒，攻討燕國。燕君子之戰敗，逃往他國。沈同與齊人凱旋。齊人向淳于髠、王驩等送上燕國寶器，求許功名。齊王遂封齊人爲東郭君，妻妾俱封東郭夫人。齊人改換成往日乞討模樣，想要回家試探妻妾，又被妻妾趕出家門。此時正好書吏、衙役前來迎接齊人上任，妻妾得知實情後羞愧不已。不久，齊人派院子、梅香接取兩位夫人，至此一門顯貴。

生扮陳仲子、書吏，小生扮尹士、子之，老生扮景丑、陳賈、院子，旦扮齊人妻，小旦扮齊人妾、賽西子，貼扮慕少艾、梅香，老旦扮田母，黑净扮齊人，副净扮齊東野人、王驩，末扮田戴、儲子，副末扮沈同，丑扮淳于髠、院子、老役、地方，外扮綿駒，雜扮奴僕、投軍之人、旗牌官、差官、彩匠、厨役、木匠、打掃夫。此外，登場人物尚有院子、丫鬟等，俱未分配

蘇源

脚色。

本事見於《孟子》卷八《離婁下》"齊人有一妻一妾"章。明孫鍾齡（生卒年不詳）《東郭記》傳奇，清傅山（1607—1684）《齊人乞食》《驕其妻妾》雜劇、顧彬（生卒年不詳）《齊人記》雜劇、熊超（1736？—1788後）《齊人記》雜劇與此題材同。據卷首自序，知是劇應作於宣統元年（1909）秋至宣統二年（1910）十月之間。

◆ 著錄、版本與收藏情況

《古典戲曲存目彙考》《明清傳奇綜錄》著錄。今存鈔本，藏國家圖書館。

◆ 序跋、題詞與評語

蘇源《〈東郭傳傳奇〉序》（國家圖書館藏鈔本《東郭傳》卷首）：

舉世界而名之曰大戲場，刻甚；指官場而比之曰如戲場，尤刻甚。至以官場而貽笑、貽羞，反見鄙於戲場，直不屑打扮裝點，現身說法，則刻之刻而又刻者。何也？官界者，世界上之極貴顯、極尊榮、極有權勢者也。入則高堂廣廈，文綉膏粱，侍妾如雲，僕從如雨，鳴鐘而坐，列鼎而食；出則輿馬騎卒，旗旄弓矢，武夫前呵，從者塞途。喜有賞，怒有罰，順之則生，逆之則死。即紳商學界中，猶且尊之曰大人，曰先生，曰老爺。若降而至於優伶輩，見之即目為天神，亦不為過。乃祇以勢利熏心，廉恥喪盡，無論遺臭萬年，玷污青史，即當時亦人人笑駡，卑不足齒，直令梨園子弟，反鄙夷之，曰："爾何曾比予於官界，我何不幸而輸以官場脚色？"嗚呼！伊誰之咎也？

曾不思宇宙內事，皆性分內事。天地生人，生之以辦天下事也。既為天地所生之人，即為天地辦事之人也。如仕宦中文武兩途，文者所以辦天下事，實乃裁乎天下事也；武者亦所以辦天下事，實則輔乎天下事也。故《周禮》曰："爵以馭具貴，貴其能辦天下事也；禄以馭其富，富其所以辦天下事也。"

迨至各出經濟，各展才華，文者用其發縱指示之謀，武者施其追殺禽獸之力，治定功成，勳業卓著，國家乃酬之爵以假其權，頒之祿以濟其用，必在我有以副國家之期望，在國家乃有以酬我之勳勞，初何嘗有所謂特別榮華者。自後世官品日下，宦途益雜，蠅營狗苟，賄賂公行，生不秉天地之正氣，學不本聖賢之遺風，不知自重，祇見勢位爲尊榮，不計事功爲何若，鑽刺逢迎，無孔不入。如清河守之呼二天，昌邑令之懷夜金，趙師睪之雞鳴犬吠，許及之之由竇屈膝，甚至拜老師，認義父，因寺婦，交僕隸，極之吮癰舐痔，贈妾饋女，極卑鄙不堪之醜，以冀貪緣攀附，得邀寵幸於權門。噫！身雖貴，品則無矣。

況國家當君主時代，皆據四海爲私產，其必煩我以出山者，爲家業圖久遠，欲勞我也，非欲榮我也。縱令設位以誘天下士，豈爲爵祿之無所施捨乎？吾人懷才以問天下事，豈爲圖區區之利祿乎？以萬幾待理，需我孔亟之身，轉自作媚骨柔腸，奔走伺候之人，何覥不知恥之極也！又況"恥"字一字，在官界尤爲國家興亡之本。能知恥，厲廉隅，壯風節，正氣凜然，遇上可以正百官，遇下可以正萬民。不知恥則薰於利欲，事上必諂，斷不能直陳利害，破除私見，率天下而共圖自強；遇下必驕，斷不能却金懸魚，興利除弊，恤民命而培植國本。勢所必至，理有固然也。且汲汲求利祿，將爲身謀乎？人生不過百年，容身之外，皆爲餘物，喪畢世名節，爲半生溫飽，孰輕孰重，孰得孰失？即至人生難免之時，尤不能自握分毫，有何用？將爲子孫謀乎？殊不思子孫而愚，雖遺田宅，必不能守，勢必益過，玷辱門風。子孫而賢，其才猷位望，將必有更勝我者，雖遺產業，不屑藉祖宗之庇蔭，更何用？乃迷而不悟，偏以卑污苟賤、寡廉鮮恥者，見譏當時，貽羞後世。若蔡京之子孫，轉自稱爲蔡襄後，名節之宜重，廉恥之宜尚，品行之宜高，而利祿之不足一謀也，彰彰矣。

孔子列國周流，所遇多士大夫，知其進身出處，不得其正，用發鄙夫一章，推患得患失之心，曰無所不至，固早知宦途中之澆風有不堪明言者也。

蘇源

孟子客卿於齊，目擊夫稷下臨淄，官長駢闐，盡摇尾乞憐，投刺昏夜，驕人白日者，因憑空結撰，著《齊人處室》一章。極之齊人不知自羞，而妻妾羞之；妻妾羞之，而同官不知代爲之羞，則舉國皆不知羞者。曾不若筆之簡篇，俾後世讀之，引以爲戒，而自勵節廉。此孟子憫宦海之茫茫，而立説著書，作暮鼓晨鐘，唤醒世人之本旨也。

己酉秋，源同友人自江右回，游幕數省，逆旅僑居，爲救貧計。乃親見夫奔競成風，高材捷足者，媚嫉壅蔽，真不能容一二迂儒得以栖枝。因舉《孟子》"齊人處室"章，編爲戲文，復郵寄里中諸師友，加以討論、修飾、潤色，以共抒其憤懣不平之氣，而爲唤回苦海計。卷成，既顏曰《東郭傳》，盡態極研（應爲"妍"），神情宛肖，俾厚顏者返而知愧，或存古道於萬一。則此傳之作，謂爲醒世也可，即謂爲勸世也亦無不可。將付梓，爰舉作傳之本意，括顛末而爲之序。

宣統庚戌十月朔，彭門蘇源叙於袁公路浦之官廨

蘇源《〈東郭傳傳奇〉跋》（國家圖書館藏鈔本《東郭傳》卷末）：

共一卷，計兩萬三千零五十五字。

記者蘇源，字問渠，江蘇銅山，現寄寓虹口朱家木橋寶華里三衢俞再林先生醫室。

《東郭傳易名富貴緣目録》（國家圖書館藏鈔本《東郭傳》卷首）：

先聲　　總提本傳
第一回　妻妾處室
第二回　早起瞷夫
第三回　施從所之
第四回　無與立談

第五回	墦間乞餘	蘇源
第六回	中庭訕泣	
第七回	君子觀之	
第八回	求富貴	
第九回	利達者	
第十回	妻妾不羞	
餘唱	歸結東郭	

以上目錄，原名《東郭傳傳奇》，本祇八回，經仲模氏截長補短，增至十回；復經性三氏取富貴夤緣之意，易名《富貴緣》，又加以《先聲》《餘唱》，裁制均平，共成十二齣，蓋仿《桃花扇》之例也，增以《閑咏十二首》；復經海觀氏加以評語，藉醒閱者心目；又經聚五氏核定脚色，排成腔板，訂定成卷，聊以博大雅一哂耳。特此告白。

古彭城蘇源撰，銅山藍石生增訂、馬文範重校，寶豐李孔堂外書

《〈東郭傳傳奇〉出場脚色》（國家圖書館藏鈔本《東郭傳》卷首）：

儲子末　齊人黑净　其妻旦　其妾小旦　東野副净　綿駒外　淳于髡丑　景丑老生　陳賈老生　尹士小生　王驩副净　田戴末　陳仲子生　陳母老旦　賽西子小旦　慕少艾貼　沈同副末　子之小生　書吏生　差役丑　地方小丑　丫環貼　餘人俱用雜

以上脚色，皆係孟書上所有之人，并非別處牽拉。唯賽西子、慕少艾，不過在孟書藉用耳。至於書吏、差役、地方、丫環及餘人等，何嘗實有其人？隨手拈來，便覺生色，聊以博大家一笑云爾。

銅山苗聯發核定

《〈東郭傳·先聲·總提本傳〉評語》（國家圖書館藏鈔本《東郭傳·先聲·總提本傳》末）：

開場一詞，撮提大要，意總旨全局，有多少感慨鄙夷之意，特作局外指點。此爲一呼，末回應結，章法最爲謹嚴。

是傳所引皆齊人、齊事，不出《孟子》一書。中間以陳仲子作關紐，是要緊所在。以王使人瞯夫子章儲子入手，天然來路，先將正意提明，次以孔子爲法，絕大議論。又引"晏子"一事，恰與本傳映合，鋪叙最爲分明，斷語尤覺諦當。《先聲》《餘唱》，本仿《桃花扇》一部傳奇，筆凛《春秋》，不得以小記目之。

《〈東郭傳·妻妾處室〉評語》（國家圖書館藏鈔本《東郭傳》第一回《妻妾處室》末）：

從飲食上起，不過口腹之徒耳。中間隨手帶出無數齊人，俱是下文伏筆，總爲富貴利達者作引。信手拈來，都成妙諦。真是說得天花亂墜，目眩神迷，言及日後做官，眼光直射到末二回。一篇之虛實在此。傳中多集《孟子》成語，尤佳。其章法字句，俱不見一毫潦草。

起首二詞，令人解頤，道白尤妙極趣極。妻妾兩相私嘆，亦理所固然。中一段分三層，第二層不重，第一層伏下七回，第三層標出孟子不與驩言，特筆也。末一段善戲謔兮，"夢"字與後呼應，是此傳之歸宿。

言世卿必帶出仲子，可見仲子是此傳出色之人。以後齊人投足蓋邑，田戴乃齊人之主，故先言之。王驩實正意所關，特重言之。淳于髡與沈同亦頗要緊，餘俱襯托。蓋髡乃驩之亞，"尖薄"二字下得當。沈同爲伐燕主帥，故曰武。陳賈必曰老，以其老臉皮厚爲王解慚，與景丑用老生脚色同。"士誠小人"，故曰小尹士。俱見書法，安得以戲詞而忽之耶？

齊人本無姓名，人者貶詞也，亦統詞也，猶秦人、越人、楚人、宋人之類。後稱齊將爺、齊老爺，即以齊爲姓。求富貴利達者，八、九兩回皆就此一人說，人字又以作名，奇。故九回內言齊人伐燕，非節外生枝也，實繳章首"齊人"二字，巧妙之至。（以南柯夢結，則戲也、夢也，一而已矣。）

蘇源

《〈東郭傳·早起瞯夫〉評語》（國家圖書館藏鈔本《東郭傳》第二回《早起瞯夫》末）：

寫"起"字，不脫"早"字，妙在一波三折。《浪淘沙》一詞，雅煉清切，貼定"春"字，爲下文清明上墳，私瞯乞食張本，所謂安插一絲不亂。妻妾二人家庭私語，情景如話。蓋其妻心中有所疑，欲瞯其夫，則不得不起，起又不得不早，心事謀之於其妾，其妾亦樂見真實耳。何齊人還在夢中而不知耶？

你我不出戶庭，怎知外邊之事，作一頓筆。其妻以好智慧告之，筆先一縱。而更以國人衆多，一女流如何去得，又作一頓筆。其曰"雖千萬人，吾往矣"，筆復一縱，足見文之不平處。前人有言："文似看山不喜平。"信然。

觀下場詩，二人語意不同，總在世人自爲警醒。

《〈東郭傳·施從所之〉評語》（國家圖書館藏鈔本《東郭傳》第三回《施從所之》末）：

野人說書，全爲求富貴利達者引路。髡與景丑，皆其人也。二人事實，却從互相推許中指出，何等靈妙！

說書兩段，本是一段，妙不使之相連以作對偶，好與下回相配。是人也，非特好奇，乃當時枉己徇人之輩，創此不經之論，污辱聖賢，藉口以自解耳。

此回論古，是罕所聞；下回談今，是多所見。步步引人入勝。

《〈東郭傳·無與立談〉評語》（國家圖書館藏鈔本《東郭傳》第四回《無與立談》末）：

遍國無立談之人，不得空寫，提出齊東野人、高唐綿駒作主，遂藉聽書聽曲，引出淳于、景丑、陳賈、尹士等，點綴國人，便不枯寂。使"所之"二字，皆有著落，"遍"字亦說得透。前回是主，此回是賓。而曲中二詞，亦分賓主，以格而論，又是前奇後偶，明人當自辯之。此二齣，閱者不可錯過，全是寫遍國中無與立談，卒之東郭之景象，正是其妻瞯良人所之之情形，為此一部之關節過板處，切記切記。

《〈東郭傳·墦間乞餘〉評語》（國家圖書館藏鈔本《東郭傳》第五回《墦間乞餘》末）：

此回正面，有繪月繪影、繪水繪聲之妙。乞墦登壟，合并寫來，是一是二。其運用成語，自然風趣，點綴齊地，筆亦古落。末用成句作收，別開生面，機趣橫生。妙在與其妻怒衝衝回家反對，吾於此，嘆觀止矣。組織《孟子》，多多益善，巧不可階。

自三回至此，賓多主少，須知虛者實之、實者虛之之法。賓位即是主位。三回齊人於未說書前即見。四回在教曲後、聽歌前，此在祭畢登壟後，或隱或見，安置煞費苦心。究之，無一非齊人隱處皆有其妻在。

此回除【排歌】【出隊子】二詞外，餘俱是科白，與前回同一機杼。但前二回俱以其妻結，收足"瞯"字，此却以齊人結，別有意味。然末一語，作女人行唱，又宛然以其妻歸形之，妙妙！

此是王驤正傳，田戴作陪，齊人特影子耳，其妻是實。何也？登壟斷即是乞墦間，莫錯認主人翁。

《〈東郭傳·中庭訕泣〉評語》（國家圖書館藏鈔本《東郭傳》第六回《中庭訕泣》末）：　蘇源

此回以其妾起，齊人收，作一小結。而結處即是起處，奇絕。猜度數事，故設疑陣，總是乞餘襯托之筆。"訕泣"字，寫得恰好。文至此，似乎盡矣，孰知因一"求"字，更生發不窮。

此與《早起》回俱過峽之文，彼尚兩疑，此則全信。彼處説到"瞷"上，此則逼向"求"去。欲求仲子，奇想天開，嫌貧愛貴，人有同情，於齊婦何尤？

《〈東郭傳·君子觀之〉評語》（國家圖書館藏鈔本《東郭傳》第七回《君子觀之》末）：

爲陳仲子立傳，移賓作主，却是補敘法。於求富貴利達者作反背之勢，何恰有此异人异事以成此傳奇？中間夾帶淳于髡、沈同二人，不惟回應前文，全是後文提筆。

"君子"二字，本孟子自謂，礙難出場，故先聲藉諸子述其大意。首舉孔子，斷以願學，示人以取法也。次及游説之徒，便入本章。又用晏子一層，更與本文相關，是此回之正解。此以仲子實之，雖非其倫，用來極有情趣，是仲子爲孟子替身，獨醒獨清，實齊國之矯矯者，故稱爲巨擘，不得以矯廉輕之，橫擔於此，亦中流之砥柱也。

以上寫"乞"字，窮形盡相；以下寫"求"字，盡致極情。此處偏説一孤介之仲子，與前後落落不合，是反正相生法，每回皆有映合。首回吃燒鵝，爲此傳言也。五回中兩言之，無非爲此。六回望其薦舉，提入下部尤妙。以仲子聯絡田戴，以田戴聯絡齊人，齊人爲妻妾所激，亦幸遇燕之亂耳，故末回云"遭時勢，陡蒙恩寵"也。

此回如橫雲遮嶺，如皓月當空，使前後有草蛇灰綫之妙。補足前文，即埋伏後文。然著意却在田戴身上，蓋戴爲仲子之兄，實齊人之主，因伐燕而調兵，因不足而補募，是戴爲下數回之綱。插入此回，使第十回有根。

寫仲子性情冷落，其中却甚熱鬧。言物則織屨、緶纑、食李、饋鵝；言人則伯夷、子產、孔子，更有母妻兄弟之樂。節外又生出淳于、沈同來，其伐燕調兵，奇闢之至。且一"鵝"字，用螬蚓實襯，用豚魚虛襯，更以宋、薛、齊王作證，筆意濃厚。殺鵝、食鵝、吐鵝，又分數層瑣事，均入情入理，運化孟語，纍纍如貫珠，何興會飆舉若是！

《〈東郭傳‧求富貴〉評語》（國家圖書館藏鈔本《東郭傳》第八回《求富貴》末）：

此回係上下過峽，齊人自乞墦後即尋仲子，至此相遇，得斷續之法。以後在蓋邑發迹，全由仲子之歸聞伐燕一事所致，故仲子爲此書之眼目關鍵。前後更以投軍衆人相襯，是旁面烘染法，極有逸趣。

此與下回俱以齊人起，標明求富貴利達之人也。鋪張本領，有色有聲，軍器即用本色，妙妙！"躲藏""喊娘"等語及"般樂飲酒"句，軍情慢矣。結段却極嚴肅威武，又是反正相生法。

沈同挂帥，七回中虛提，至此末段出場。【破陣子】【朝元歌】二詞，雅健之至。田戴是賓中主，沈同是主中賓。時當用武之際，潑皮膽大者自能重用，況更走捷徑乎？以後偷銀送禮，皆捷徑也。

《〈東郭傳‧利達者〉評語》（國家圖書館藏鈔本《東郭傳》第九回《利達者》末）：

前半以偷盆成括寫"利"字，後半以伐燕寫"達"字，想入非非。作賊一段，描摹精工。二百兩便能成事，廉士之兄，何不廉也？此之謂捷徑，齊人何以得此秘訣？

"要想做官，先學做賊"，二語奇而確。孟子不云今之民賊乎？爲官者尚名之曰賊，凡作鄉勇者，其不爲賊也鮮矣。

蘇源

《〈東郭傳·妻妾不羞〉評語》（國家圖書館藏鈔本《東郭傳》第十回《妻妾不羞》末）：

首回，妻妾笑齊人嘴臉。六回，以嘴臉軟求妻妾。八回，田戴重其漢仗，但悦其身長九尺而已，即仲子言相貌身材爲時尚之器，究未明其所以然。此回在老役口中，畫一行樂圖，補得極妙。則大鬍子、圓眼睛，其一臉橫肉可知。

【點絳唇】二枝，情景兼到。前二詞，慕多於怨；後一詞，怨多於慕，二人之心可想見矣。提明"秋"字，更於第二【浪淘沙】中"春"字相應。蓋伐燕本五旬而舉，齊人自投軍以至得封，大約不過半載耳，其用字精細如此。

迎新官，接夫人，自相對待，如文之結束。好在改裝回家一折，不惟回應有情，使文筆不平，且見書役各處相尋之故，并得妻妾意外驚喜之神。至夫人亦換衣裝，真可破涕爲笑矣。

傳中用半句話，最峭。如八回中之"我喊娘"，"我"字先一斷，再用"我麽"一宕。九回"我的門禮哩"，本一句，院子方説出"我的門"三字，齊人即連應"有、有"。此回之"還向我討食"，或"討錢"才是一句，偏以"討"字吞住，皆傳神之筆也。

《〈東郭傳·餘唱末韵·歸結東郭〉評語》（國家圖書館藏鈔本《東郭傳·餘唱末韵·歸結東郭》末）：

上回大意已盡，此不過收拾全局，以作餘唱，與《先聲》相似。書差、地方，兩番私語，虛實不同，極詳略錯綜之致。前回妙在半吞半吐，不敢説，其張口擺手，神氣絶佳。此雖説明，又妙在四顧低聲上，凡傳中傳神處，皆不可忽。

首回以與飲食提出十人，似實而虛。此回以請飲食歸結十人，似虛而實。外益以時子、匡章，則實中仍虛，究之南柯一夢耳。孟子爲子虛之談，此亦作痴人之語。【尾聲】更與開場一詞相應，是大結穴。妙有遠神，須玩其層層繳上處。

繳上人名，亦分三層，王驩是主，田戴次之，藉登壟斷齊人口中言之，何其輕妙！次以東野五人爲陪筆，後段以沈同爲主，髡次之，餘人爲陪筆。蓋十人中，祇算六人爲實，田戴上已繳過，公行莊暴首回空提，時子於八回末言及，匡章於九回首言及，四人皆未出場，餘皆前文所再見者。仲子是此傳之賓，故另作一層歸結。其云祇有於陵清凈，即首回中獨有孟老叟古板不過之意。故曰暗結《孟子》，觀"兼金不受"一語，便知。

藍石生《富貴緣閑詠十二首》（國家圖書館藏鈔本《東郭傳》卷末）：

《總提本傳》
無端放眼發高歌，爲把書詞細揣摹。醜態不堪妻妾見，斯人翻恨至今多。

《妻妾處室》
何須逐逐苦鑽營，恒産方能過一生。顯者不來常醉飽，猶疑終動婦人情。

《早起瞷夫》
深宵坐待月沈西，喔喔窗前雞亂啼。生怕開門人暗曉，綉鞋軟踏路旁泥。

《施從所之》
直欲從頭辯假真，無心人觸有心人。誰言蹤迹難尋覓，莊岳之間步後塵。

《無與立談》
接踵摩肩道路長，良人此際正奔忙。緣何舉國若狂甚，默默無言眼四張。

《墦間乞餘》
奔走臨淄萬戶勞，青松黃土又東皋。驀然變作乞兒態，亂葬崗頭笑老饕。

《中庭訕泣》　　　　　　　　　　　　　　　　　　　　　　　蘇源

乘興而來敗興回，入門先已氣成灰。中庭幾點傷心泪，結局如斯命所該。

《君子觀之》

舉世紛紛實可憐，勸君志氣要爭先。旁人冷眼觀無盡，終日鑽營亦枉然。

《求富貴》

無如名利久薰心，富貴多從分外尋。百計營謀迷不悟，任他笑罵至於今。

《利達者》

水上浮鷗鏡裏花，當前赫濯便相誇。龍爭虎鬥知多少，一枕黃粱夢不差。

《妻妾不羞》

婦女無知亦解愁，轉欣夫婿得封侯。誰能樂道忘人勢，免向閨中取怨尤。

《歸結東郭》

炎涼世態久成風，特藉齊人醒瞶聾。壟斷至今傳笑柄，始知亞聖教無窮。

　　　　　　　　　　　　　　　　　　　　　　　　　　　銅山藍石生著

陳天華
(1875—1905)

原名顯宿，字星台，一字過庭，別號思黃，新化（今湖南新化）人。自幼喪母，隨父讀書。後入新化資江書院、長沙岳麓書院學習。光緒二十九年（1903）留學日本，入東京弘文學院師範科。先後參加拒俄義勇隊、軍國民教育會等組織，創作彈詞《猛回頭》、散文《警世鐘》等以宣傳革命思想，影響甚大。光緒三十年（1904），與黃興等人組織革命團體華興會，回國策劃武裝起義，事泄未果，復避難日本。次年（1905）八月，在東京參與成立中國同盟會，爲同盟會機關報《民報》撰寫了《獅子吼》《國民必讀》《中國革命史論》等文章，大力宣傳資產階級革命派理論觀點。十一月，日本政府頒布《取締清韓留日學生規則》，打壓留日學生的政治活動。陳天華憂憤交集，奮起反對。十二月八日，在日本大森海灣投海自盡。著有小説《獅子吼》、雜劇《黃帝魂》等。

按，《清代雜劇全目》《古典戲曲存目彙考》均以"陳星台"出目，後者言其字里、生平未詳。不確。

傳記文獻：宋教仁《烈士陳星台小傳》（《宋教仁集》）、楊源浚《陳君天華行狀》、馮祖貽《鄒容　陳天華評傳》。

《黃帝魂》

◆ 劇情概要與本事

一折。寫一位身着軍服、腰帶佩刀的新中國英俊少年，在"萬國平和，閑暇無事"之時，追叙當年革命先輩爲推翻腐敗墮落的清王朝進行的殊死鬥争，也抒發了對歐亞各國干涉中國内政的憤怒，同時希望新一代少年憂深思遠，采取革命手段，讓三色國旗雄飛海外。

小生扮新中國之少年。

未見本事。此劇爲小説《獅子吼》開首之"楔子"，據龍華《陳天華與〈黄帝魂〉雜劇》(《中國文學研究》1987年第3期)推斷，此劇創作於光緒三十年（1904）。

◆ 著録、版本與收藏情況

《清代雜劇全目》《古典戲曲存目彙考》著録。現存光緒三十二年（1906）《民報》所收本。

袁祖光
(1875—1930)

字小俛、驥孫,號瞿園、曉村,別署曖初氏,太湖(今安徽太湖)人。自幼勤敏好學。光緒二十年(1894)舉人,二十九年(1903)進士,欽點吏部文選司主事,保升員外郎、直隸州知州,遷湖北省候補道尹。光緒三十三年(1907),東游日本,考察政治,經友人許世英(1873—1964)介紹,加入同盟會。民國初年,當選爲衆議院議員。後隨許世英主皖,任省府秘書長,旋調豫、鄂、皖三省帑捐局局長。性情瀟灑,不事奔謁。工詩文,擅作曲。著有《瞿園詩草》《瞿園詩餘》《綠天香雪簃詩話》《端木詩》《摘星詞雜》《古今齊諧》等,戲曲有《瞿園雜劇》《瞿園雜劇續編》。據其《〈瞿園雜劇初編〉序》云,尚有《西江雪》《神山月》《玉津園》《雙合鏡》《支機石》《鴟夷恨》《紅娘子》等七種劇作,未見傳本。

按,吳曉鈴《清代戲曲提要八種》、周妙中《清代戲曲史》、莊一拂《古典戲曲存目彙考》等均言袁氏名蟬,字祖光。劉于鋒《晚清詩人袁祖光史實考》認爲:"從袁祖光的詩集、戲曲作品、詩話等作品的署名來看,并無'袁蟬'之名。從相關履歷、傳記等資料來看,也無'袁蟬'之名存在……袁祖光不宜稱'袁蟬'。"又,關於其生卒年,《古典戲曲存目彙考》言其"約同治十三年前後在世",袁懷民《袁祖光身世小考》認爲其生於同治六年(1867),左鵬軍《晚清民國傳奇雜劇史稿》記作"1868—1930"。劉于鋒《晚清詩人袁祖光史實考》據張文森《著浧吟社同人小傳》相關記載等,推測袁祖光生年爲光緒元年(1875),可從。

傳記文獻:(民國)《太湖縣志》卷十七、《清代科舉人物家傳資料彙編》之《袁祖光朱卷》、張文森《著浧吟社同人小傳》(南江濤選編《清末民國舊體詩詞結社文獻彙編》)、袁懷民《袁祖光身世小考》(《望江文史資料》第2

輯，1988 年版）、劉于鋒《晚清詩人袁祖光史實考》（《玉林師範學院學報》2019 年第 3 期）等。

《瞿園雜劇》

包括雜劇《仙人感》《藤花秋夢》《孽海花》《暗藏鶯》《賣詹郎》五種，均爲一折。按，袁祖光《〈瞿園雜劇初編〉序》言："癸卯後，客京師，傭牘之外，笨車簸塗，恒苦無暇，暇亦不能構思。花晨酒夕，朋輩嬲觀場，或有感觸，信口吾吾，伸指拍几。每劇作小套一二則，仿古人《四聲猿》《龍舟會》之例，有《仙人感》《藤花秋夢》《金華夢》《暗藏鶯》《長人賺》《東家顰》《西江雪》《神山月》《玉津園》諸目。"癸卯即光緒二十九年（1903），知《瞿園雜劇》撰於此年後。

◆ 劇情概要與本事

《仙人感》

劇首題"雜劇第一"，署"瞿園戲編"。寫純陽真人於一千九百〇一年十一月十五日又過岳陽樓，祇見白雲昏曉，煤烟繚繞，岳州城將變成歐人商埠。西人及其宗教、文化等紛紛涌向湖南内地。反觀中國，盜賊遍地，英雄則無一人。文人、儒士們祇會追逐功名，所言所行全不出前人故套。最後，真人見君山一點、微霽青青，尚是舊游風景，便順風直飛過湖山而去。

末扮純陽真人，雜扮西人、新舉人、新進士。

未見本事，當爲作者感傷時事之作。

《藤花秋夢》

劇首題"雜劇第二"。寫蓬生自春來京，充選銓曹，日日在熱鬧場中迎來送往。今日新秋天氣，值宿小藤花館，簿書半日，悒悒無聊。昨有友人黃半痴寄書一封，勸其拋棄紅塵，同歸林谷。蓬生對此不以爲意，本想修書回絕，恰日已亭午，便倚枕小睡片時。夢神知其道心未定，便引他入夢境之中經歷一番。蓬生夢魂來到一座深宅大院，其中賓客滿堂，笙歌沸耳，旁人告知這正是蓬生之新造府邸。接著，當年他所繫戀的紅紅、翠翠等四位京都佳麗，都被選入府中，紛紛唱曲爲其祝壽。正當蓬生志得意滿，與眾人筵樂之時，忽然被亂兵驚散。蓬生一路奔來，四面炮雨槍林、天昏地暗，又被高山攔住去路。老僧閑我指引他登上一葉小舟，飄蕩在大洋之上。蓬生正不知如何是好，空中傳來似爲黃半痴勸他還山之言語，此時蓬生情願遵從。最後，蓬生夢醒，看透世情，壯心全灰，入山學道。

生扮蓬生，旦扮紅紅，小旦扮翠翠，老旦扮素素，貼扮青青，淨扮閑我，末扮夢神，丑扮僮兒，眾扮拳匪。

未見本事，當與作者經歷有關。唐沈既濟《枕中記》小說、元馬致遠（1251？—1321 後）《黃粱夢》雜劇、明湯顯祖（1550—1616）《邯鄲記》傳奇等均有與此相似之關目。

《孽海花》

劇首題"雜劇第三"。一名《金華夢》。寫賽金花初住姑蘇，艷名高揚，偶遇前科狀元金雯青，被納爲小星，寵擅專房，人稱狀元夫人。金雯青奉使歐洲，挈其同往，一路上珠香翠膩，月殿天宮，任其恣肆游覽，好不風光！孰料回國後，金雯青一病而終，賽金花不能自守，竟再落風塵。庚子歲重到燕臺，又遭兵燹，賽金花不惜身軀，保全京國，同時也再墮情場，益添孽障。自此以後，時乖運退，因家中丫頭鳳齡夭折事，被判回姑蘇原籍。近日金貲用盡，祇得在閶門江上租一隻小船孤苦過活。一日黃昏，賽金花回想往事，愧恨欲死，不久倚鐙而眠。夢中，已爲修文郎的金雯青前來探望，并責怪她不能爲己守節。賽金花極力辯解，祈求原諒。這時瓦德西與鳳齡的鬼魂亦來索命，賽金花恐懼求救。金雯青判瓦德西與鳳齡超生而去，又將賽金花引到孽鏡臺前照影，使她明白一切都是三生簿上所注定者。最後，賽金花醒來，發現是噩夢一場。

生扮金雯青鬼魂，旦扮賽金花，貼扮鳳齡，副净扮瓦德西鬼魂，雜扮隨從。

本事見於清曾樸（1872—1935）《孽海花》小説。

《暗藏鶯》

劇首題"雜劇第四"，署"瞿園戲編"。寫陰氏小鶯本是西番種族，其父陰應度分封鎮西大臣，駐扎西番。母親尤氏生下姊妹三人，恰恰嫁了華氏三兄弟。大姐阿芙、二姐阿蓉隨大郎、二郎留在公公節度任上，小鶯與新贅小郎留在尤氏之側。小鶯施展水磨工夫，已將小郎引入彀中。一日，小郎出門後，尤氏告知小鶯，華家公公寄來書信，要與陰家絶婚，并迫使大郎、二郎將二位姐姐休回，遂吩咐小鶯待小郎回來後，見機行事。小郎亦收到父親手書，言阿芙、阿蓉已將大郎、二郎纏得骨瘦神疲，奄奄欲死，今要小郎亦割斷情愛，將小鶯休弃。小鶯聞此，又哭又鬧，還要吞芙蓉膏自盡。小郎心軟，決意瞞過父親，明休暗不休，在此與小鶯繼續逗留，并修書暗約二位兄長來此，與陰氏姐妹團聚。

小生扮華小郎，小旦扮陰小鶯，老旦扮尤氏。

本事待考，當爲作者憂心國人嗜吸鴉片之害而作。按，芙、蓉、鶯暗喻鴉片及英國，華氏三兄弟指國人。

《賣詹郎》

劇首題"雜劇第五"。一名《長人賺》。寫和羅國人嗎拉噠本是歐洲商家子弟，自幼隨師父們飄洋印度，以拐奴騙賣爲生。後來生意慘淡，没奈何，順風來到中華上海碼頭，恰遇徽州人詹五來此閑逛。詹五身材高大，合英尺丈二有餘。嗎拉噠認爲其奇貨可居，便將之哄入内堂，用蒙汗藥麻翻，連夜運回本國，用其賣看騙錢。和羅國女王聞有這種奇人，即時將之宣入宮中，停留數日，賞嗎拉噠金寶無數。嗎拉噠又帶着詹五遍走南洋各國。某日來到檀欒國，檀欒國人身體矮小，祇有三尺來長，見了詹五，甚是稀奇，紛紛入圍觀看。桃花相國亦遣人傳訊，要詹五入府伺候。衆人贊詹五身軀高大，且能唱曲作戲，不愧是中國人才。正巧近日國王專求變種，欲國人化矮爲長。桃花相國便上奏朝廷，多選王室貴族女子，廣建府第，封詹五作矮邦駙馬，專司創造人種之事。國王准奏，果封詹五爲檀欒國大駙馬。

小生扮院子，副净扮嗎拉噠，丑扮詹五，外扮桃花相國，生、净、末扮矮人，衆扮檀欒國人。

本事見於《倉山舊主筆記》及《噯餘小志》各一則。

◆ 著錄、版本與收藏情況

《清代雜劇全目》《古典戲曲存目彙考》著錄。現存光緒三十四年（1908）鉛印《瞿園雜劇五種》本，藏國家圖書館、上海圖書館、南京圖書館、中國藝術研究院圖書館等，《傅惜華藏古典戲曲珍本叢刊》第111册據之影印。

◆ 序跋、題詞與評語

袁祖光《〈瞿園雜劇初編〉序》（《傅惜華藏古典戲曲珍本叢刊》所收本《瞿園雜劇》卷首）：

余性不喜聲伎，於紅氍毹場、工尺譜未甚考究，而酷嗜元、明、國朝名人南北套曲。十年前，游吴、楚、湘、汴，搜羅善本百數十家，握管輒一效顰，擬《雙合鏡》《支機石》《鴟夷恨》《紅娘子》傳奇數種，各數十齣。以筆稚腕弱，排場多誤，未敢出與周郎一顧也。

癸卯後，客京師，儐牘之外，笨車簸塗，恒苦無暇，暇亦不能構思。花晨酒夕，朋輩躙觀場，或有感觸，信口吾吾，伸指拍几。每劇作小套一二則，仿古人《四聲猿》《龍舟會》之例，有《仙人感》《藤花秋夢》《金華夢》《暗藏鶯》《長人賺》《東家顰》《西江雪》《神山月》《玉津園》諸目。自忖際文明競爭、風雲騰踴之日，未克以寸長贅諸人才。後不得已，思付梨園子弟輩以傳。鏡裏東施，可醜孰甚，仍蓄初志，恥以戴琴桓笛，求售於紅十丈間者，忽忽又六載矣。

番禺沈太侔，詞曲家三折肱者也，索閱一過，慫惥付刊，謂："詞人托諸譎諷，鳴所獨鳴。曲本彈詞，子虛烏有，供幾輩頑鈍窮迂，下酒噴飯，亦結習所宜然，不必深諱。"因勉徇所囑，擇稿本完全者，排印數則。非敢云莊生寓言也，東方俳優也，劉四罵人也，亦聊以戲吾之戲，且與友人之樂戲吾戲者，共覓一消遣之法而已矣。

瞿園自述，時戊申三月既望

袁祖光《〈瞿園雜劇〉題辭》（《傅惜華藏古典戲曲珍本叢刊》所收本《瞿園雜劇》卷首）：

《水龍吟》（自題）

男兒不作夔龍，鬢絲無賴催人老。金門大隱，文章賤賣，筆花將槁。幾度逢場，先生南郭，濫竽才調。算團圓畫餅，好官滋味，夢不見，侏儒飽。

十丈軟紅難掃。錦氍毹、許多年少。個中局外，如真似戲，幾篇殘稿。閱遍華鬘，勘穿塵夢，老僧微笑。付蕢江竹管，橫吹不斷，一聲聲好。

《賣花聲》

冷暑耐吾曹，萬事鴻毛，閑花閑酒福能消。唱到《陽春》人不懂，白（應為"自"）已推敲。　　著作等身高，也算勳勞，中郎家世舊檀槽。同是推袁今日事，我占風騷。

沈宗畸《〈瞿園雜劇〉題辭》（《傅惜華藏古典戲曲珍本叢刊》所收本《瞿園雜劇》卷首）：

《壺中天》
夕陽多處，颺絲絲烟柳，亂愁難理。漫怨西風淒緊甚，一笛玉關塵起。天壤伊誰，無端歌哭，演出傷心史。冰弦彈折，銅仙分與鉛淚。　說甚冠蓋京華，知音識曲，我輩猶賢爾。忍譜新腔催醉舞，腸斷杜鵑聲裏。君是當年，《西樓》于令，畸也初明是。且商宫呂，任他吹縐池水。

沈宗畸太侔

張丙廉《〈瞿園雜劇〉題辭》（《傅惜華藏古典戲曲珍本叢刊》所收本《瞿園雜劇》卷首）：

《金縷曲》
吾道傷沈陸（用成句）。怪無端、是丹非素，瘦紅肥綠。啼煞蜀鵑天不管，恣意雨雲翻覆。更逼處、潛滋他族。一枕藤陰眠未穩，驀心頭、涌起彈棋局。千萬恨，楚騷續。　西風滿地狂塵撲。更那堪、藏春塢裏，花飛鶯粟。兒女英雄都一例，胯下泥中受辱。并譜入哀絲豪竹。元氣淋漓真宰訴，想空山、定有精靈哭。共我擊，漸離筑。

張丙廉頑夫

胡熙壽《〈瞿園雜劇〉題辭》（《傅惜華藏古典戲曲珍本叢刊》所收本《瞿園雜劇》卷首）：

《水龍吟》
京塵浣盡春衫，多情無奈春風老。夢華一瞥，淒凉如此，春花半稿。流水高山，曉風殘月，幾人同調？問中郎詞筆，竟成底事，空自嘆，仙蟬飽。
時世蛾眉誰掃？醉喧闐、輸他年少。閑愁閑恨，襟前舊泪，袖中新稿。

玉笛長歌，錦袍狂放，衢悲髦笑。便江南花落，從頭細說，有誰知好？

胡熙壽諤臣

袁祖光

王在宣《〈瞿園雜劇〉題辭》（《傅惜華藏古典戲曲珍本叢刊》所收本《瞿園雜劇》卷首）：

《滿江紅》

　　鼙鼓漁陽，回首痛、管弦凝碧。淒涼聽，梨園舊曲，淚如鉛滴。酣醉擊殘燕市筑，俳諧脫露陳思幘。把一腔恨事付填詞，聲情激。　　風流話，旗亭壁。哀怨譜，伊涼笛。儘悲歌當哭，歔欷今昔。圓海《春燈》誰逐臭，臨川《玉茗》應爭席。料《琵琶》不作《鬱輪袍》，君休息。

王在宣彥遠

趙調梅《〈瞿園雜劇〉題辭》（《傅惜華藏古典戲曲珍本叢刊》所收本《瞿園雜劇》卷首）：

《探春慢》

　　蠻觸紛爭，雞蟲得失，一笑壺盧而已。公子憑虛，衣冠優孟，愛管他人閒事。欲遣春愁去，算祇有文章游戲。明知戲也還真，旁觀常作如是。名士有何滋味？任伏几呻吟，蠹魚枯死。君譜紅牙，我聆《白雪》，強付杜家知已。料理尊前曲，將十斛儒酸都洗。拚醉花叢，啼鵑行，勸歸矣。

趙調梅壽臣

徐旭《題〈瞿園戲本〉》（《傅惜華藏古典戲曲珍本叢刊》所收本《瞿園雜劇》卷首）：

京國風塵想見之，五年郎署老袁絲。直將燕趙悲歌氣，寫入齊梁樂府辭。天上紫雲原易散，人間紅豆總相思。珍珠爲換盈盈曲，藉重章臺舊柳枝。

徐旭茗樵

余棨《讀〈瞿園雜劇〉奉題小詩》(《傅惜華藏古典戲曲珍本叢刊》所收本《瞿園雜劇》卷首)：

妙合《南華》理，文奇不在多。龍鸞騰筆墨，神怪入包羅。游戲從時好，詼諧破睡魔。願將簪袓（疑爲"組"）卸，袍笏試新歌。

余棨節高

張丙廉《再題〈瞿園五種〉四截句》(《傅惜華藏古典戲曲珍本叢刊》所收本《瞿園雜劇》卷首)：

錦瑟華年逝水過，聊將幽恨寄春婆。花陰睡足斜陽覺，醒眼人間涕淚多。
昏鴉一片亂投林，葉底黃鸝自好音。爲愛留香簾不捲，隔窗烟語碧紗深。
驚飈吹起劫餘灰，滿眼狂花劇可哀。紅粉青袍同墮落，傷心竈下哭琴材。
香蘭縷縷楚騷魂，于令《西樓》未足論。（國初，袁籜庵于令以《西樓記》傳奇得名。）一代風流兩才子，隨園而後又瞿園。

張丙廉頑夫

附袁祖光《沁園春》一闋（值小藤花館）(《傅惜華藏古典戲曲珍本叢刊》所收本《藤花秋夢》劇末)：

何處偷閑，生悔年來，車喧馬嘩。記沅湘放逐，楚天凉雨；黃霾雜遝，燕塞悲笳。醉裏尋芳，愁中看劍，頹卧胡姬賣酒家。豪如故，笑元龍湖海，半世天涯。　嗟呀留滯京華，又潦倒微官一念差。感東華門外，幾多霜鬢；軟紅塵裏，無數烏沙。小室清凉，連番僝直，屈指秋期已及瓜。閑中味，任新蟬聒破，午夢藤花。

附《倉山舊主筆記》一則（《傅惜華藏古典戲曲珍本叢刊》所收本《長人賺》劇末）：

詹五，安徽歙人也。修八尺有餘，從其兄以販茶客滬。西人偉之，餂兄以重利，載詹以行。比至歐洲，某巨族奇其狀貌，贅之為婿，畀以數萬金。旋巨族死，詹挾重貲，載女婢等返滬。復事茶業，資本甚豐，居華屋，擁嬌麗。損貲得五品花翎，冠蓋輝煌，公然廁搢紳之列。《傳》有云："以身發財。"其詹五之謂乎？

又附《嚶餘小志》一則（《傅惜華藏古典戲曲珍本叢刊》所收本《長人賺》劇末）：

長人詹五性樸質，傭於滬，貧無以自存。歐人异之，挈而歷歐洲。數載返滬，則纍纍重貲，妻妾數人，居然富家翁矣。有某國女，名金枝，長不及四尺，頗有面首。詹復娶之為妾，每招搖過市，仿西人携手同行之例。觀者無不失笑。一長一矮，天假之緣，殆可謂巧於撮合歟。

《瞿園雜劇續編》

包括雜劇《東家顰》《鈞天樂》《一綫天》《望夫石》《三割股》五種。據袁祖光《〈瞿園雜劇續編〉叙》末所署"宣統紀元臘月朔日，瞿園自叙於綠天香雪簃"，知是五種雜劇之編撰時間不晚於宣統元年（1909）。

● 劇情概要與本事

《東家顰》

劇首題"瞿園雜劇第七種"。一折。寫苧蘿村女東施，與美女西施隔水為鄰，但生得肥腮紫臉、闊鼻粗眉。她得知西施自做了王妃，遍身綾羅，滿頭珠翠，非常羡慕，也想學得幾分，博一場老大富貴，於是去求乾娘指點。乾娘説西施的美人訣是以顰見長，所以要東施照着西施的宫妝畫册，一一摹擬演練。東施爲了能像西施一樣捧心而顰，決定服下西施治療心疾之藥，果然心疼不已，遂將西施之顰仿效得十分相像。

丑扮東施，老旦扮乾娘。

本事當據《莊子》《太平寰宇記》等敷演而成。按，是劇應爲諷刺維新變法而作。

《鈞天樂》

一折。寫春秋時晉卿趙鞅乃蓋世豪雄，壯年英鋭，繼祖宗之功，握大國之權。他本係皋狼將軍轉世，子孫合有霸王之分。天帝降下玉旨，宣其魂魄，欲警悟一番。趙鞅朝見天帝，天帝特賞鈞天廣樂一部，令瑶臺侍者與璇宫侍者導其細細欣賞。於是衆仙童、仙姬、武士等紛紛登臺，爲之表演《萬國會同》《三元混合》《八方奏凱》之章。趙鞅聞此，志得意滿。宴畢，天帝又令趙鞅改换戎裝，圍場校獵。趙鞅先是射殺熊羆一頭，再射虎不中，順風趕下，却陷入虎穴之中。虎化作仇人陽虎，斥責趙鞅背約負盟，命令亂兵將其殺死。幸得趙氏祖先成季、宣孟之鬼魂前來救助，趙鞅方逃過一劫。天帝念其殄滅熊羆有功，特賜冠帶，并賜觀幻戲，以示將來。於是，趙鞅在戲臺上見到後世子孫趙武靈王與宋太祖。一聲霹靂過後，天門洞開，屬下迎接趙鞅而去。

生扮趙鞅，小生扮子晣、趙武靈王，老旦扮仙官，净扮宋太祖，副净扮游天使者，末扮陽虎、王良，丑扮嬖奚，外扮子將、董安于，雜扮金甲神、天山神將。登場人物尚有仙童、成季、宣孟等，俱未分配脚色。

本事當來自《史記·趙世家》。

《一綫天》

劇首題"一綫天小劇"。一折。寫日本古詩人近藤道原生前爲一班小人所排擠，運會不濟，報國無門。因酷嗜《離騷》，遂將一腔忠憤化作一卷《騷吟》。死後，弟子將其衣冠葬於鹿兒古島，其魂靈亦依附於此。誰知鹿兒大王乃徇私舞弊、混淆黑白之神，因近藤沒有一文紙錢敬贈，遂將之留滯於深壑之中。這裏陰風慘慘，毒霧沉沉，近藤終日祇得與餓鬼爲伍。他忠忱不改，誓言即便化泥作沙、千簸萬揚，也不屈服。一日，趁風停鬼寂之時，他將《騷吟》重新記憶一遍，以消遣悶懷。這時一道白光閃過，原來是神靈持燈引他前行。近藤見燈光之下有一樹紫藤蘿花，頓生同病相憐之感。接着，一聲霹靂之後，一綫青天從石罅中漏了出來。近藤重見天日，欣喜不已，不由得感謝天地、神靈。

生扮近藤道原鬼魂，雜扮神卒。

是劇取自日本古代詩人近藤道原的傳說，具體本事待考。

《望夫石》

包括四齣一楔子，依次爲《送別》《櫻會》《望遠》《化石》。寫日本鐮倉人鶴崗愛哥，年方二九，容貌無雙，秉性聰明，兼通禮儀。幼年定與富山五郎爲妻。成禮合婚剛盈半月，富山五郎即被徵召入伍，北征鰕夷。愛哥祇得備下酒肴，在看櫻樓上爲丈夫餞行。五郎言此行恐無生還之日，勸妻子另行婚嫁。愛哥則指着樓前僵石道：心如此石，絕不回轉。自五郎去後，愛哥鉛華不施，獨守空幃。不覺一載有餘，五郎寄來書信，言鰕夷已平，不日將返回故里。然數月之後，五郎依然杳無音訊。一日，愛哥在窗邊眺望，想起丈夫臨別時的不祥話語，更加挂肚牽腸。天色漸晚，愛哥又到院中僵石上凝望，聽到有士兵們乘船歸來，却無丈夫的名字。某夜，愛哥在睡夢中見到了五郎披血帶箭的鬼魂，驚醒後斷定丈夫已經戰死沙場，便決定爲丈夫殉節，於是來到院中，對石一拜，觸石而死。忽然電閃雷鳴，風雨大作，神丁將石壓在愛哥屍身之上。天亮雨霽，鄰人見愛哥化石而死，紛紛稱贊其節烈，都來參拜。

生扮富山五郎，旦扮鶴崗愛哥，净扮蓮月，雜扮風、雨、雷神，老旦、小旦、貼、丑扮東洋女子，外、末、小生、副淨扮日本少年，小旦、貼、丑扮鄰人。

本事待考。

《三割股》

劇首署"瞿園戲編"。一折。寫北京城大善人文老員外妻子早逝，有三子一女。三子俱爲京員，出差在外，單留下三個媳婦與女兒在家服侍。員外近來病勢沉重，除入了學堂的二媳婦對此不太關心外，其餘三人都盡心盡力，四處爲員外求醫問藥，拜佛許願，但都不靈驗。三人見員外病情漸趨危急，十分擔心，於是各自從臂上割下肉來，爲員外做藥引。

旦扮鍾氏，小旦扮三娘子，貼扮小姑，淨扮靜慧，外扮文員外，雜扮童兒。

本事待考。

● 著錄、版本與收藏情況

《清代雜劇全目》《古典戲曲存目彙考》著錄。現存光緒三十二年（1906）《著作林》月刊所載本；宣統元年（1909）豐源印書局排印《晨風閣叢書甲集》所收本，藏中國藝術研究院圖書館，《傅惜華藏古典戲曲珍本叢刊》第111册據之影印。

● 序跋、題詞與評語

袁祖光《〈瞿園雜劇續編〉叙》（《傅惜華藏古典戲曲珍本叢刊》所收本《瞿園雜劇續編》卷首）：

今之世，無地非戲也，無人非戲也，無時非戲也，無事非戲也。戲場未有如今之遼廓也，戲態未有如今之奇幻也，戲中之色目未有如今之風雲會合、雷霆奮迅，與人以不可測也。

余亦戲局中之一虱耳！不敢議登場者之孰主孰客，孰是孰非，孰黑孰白，若某則合戲之排場，若某則舛戲之體例也者。第於每戲結局時，取其事之可歌可泣、可恨可恥、可感可興者，一一陰識之。故傳《東家顰》也，譏戲之不得其似也；傳《鈞天樂》也，惜戲之有始而無卒也；傳《一綫天》《望夫石》《三割股》也，痛戲中之人之不達時務、悠悠抱其志以終古也。均之，皆處無可如何之時，而後有此戲也。人以爲眞也，吾戲視之；人亦以爲戲也，吾以戲中之戲視之。至於無戲非戲，而戲乃眞焉。吾惡知夫非戲之謂戲者？非即非眞之謂，眞耶？吾又惡知夫人之戲、吾之眞有以异乎？吾之戲，人之戲耶？戲也，眞也？吾不得而辨之，人亦無從而詰之。向猶冀有樂戲吾戲者，與之優游乎戲之中，傲睨乎戲之外，於絕無聊賴之處，籌一消遣之法也。

今則閱戲愈多，而戲之途亦愈窮。人各有戲，吾不敢强同人之戲，人亦不屑俯就吾之戲。於是吾之戲，乃戲中之極迂極腐，盡人唾之罵之，訕之笑之，至於千萬世後，而終莫之一顧矣。然吾亦自戲吾之戲云爾。

宣統紀元臘月朔日，瞿園自叙於綠天香雪簃

金綬熙《讀〈東家顰曲本〉奉題二絕句》（《傅惜華藏古典戲曲珍本叢刊》所收本《東家顰》劇末）：

本來面目最相宜，學步西家已可嗤。西子捧心還捧腹，笑他乃復效東施。

媚人有術未全工，摹仿蛾眉大致同。才識名場眞秘訣，能如婦女是雄英。

桐鄉金綬熙勺園

黄第《题〈东家颦戏本〉》（《傅惜华藏古典戏曲珍本丛刊》所收本《东家颦》剧末）：

也無奇醜也無妍，眼底心頭各判然。忘却自家真面目，學人顰笑總堪憐。
一分心病一分慵，病到深時味轉濃。便有妍皮裹媸骨，可堪憔悴對春容。

古熙黄第半痴

戴述经《读〈东家颦剧〉赘语於右》（《傅惜华藏古典戏曲珍本丛刊》所收本《东家颦》剧末）：

東鄰何粗醜，西鄰何嬝娜。同在鏡中看，各有雙眉鎖。昨覓幻形術，花容換蓬顆。芙蓉出水鮮，楊柳迎風嚲。製成雙美圖，盈盈對花坐。昔醜今乃妍，式穀似螟蠃。本質不自寶，乞此妍皮裹。膏沐雖足憑，效顰計已左。脉脉照菱花，有人已無我。

大雷戴述經惺吾

黄兆枚《题〈东家颦曲本〉》（《傅惜华藏古典戏曲珍本丛刊》所收本《东家颦》剧末）：

別是人間一段春，本來無果亦無因。天風吹落吳宮粉，偷上蹣跚勃屑身。
浣紗人在浣紗灘，灘水東流一綫殘。餘唾有香將却死，化形容易化魂難。
可憐啼笑可憐聲，描盡風流總未成。一曲晨鐘三百杵，苦心撞醒乞憐生。

長沙黄兆枚芥滄

袁祖光《〈望夫石〉跋》（《傅惜华藏古典戏曲珍本丛刊》所收本《望夫石》剧末）：

曲本以"望夫石"命名，本至常之事，無奇可傳，不過爲吾輩繪一幅頑固行樂圖耳。日本維新四十餘年，聞至今尚有黃髮遺民頹卧空山，老死不變者。我國變法，觥觥少年則效歐美，徙周孔之經而畔漢宋之學者，比比皆是。安得持破篋遺編，遍訪深山窮谷之野人，握手欷歔共語也。

曖初氏記

黃甲第《讀〈望夫石〉劇，率拈絕句，簡曖初》（《傅惜華藏古典戲曲珍本叢刊》所收本《望夫石》劇末）：

> 蟬吟枯樹老成凋，瓦缶黃鐘各自調。唱到無聲嗚咽處，大家熱淚下如潮。
> 滄海無端忽變田，望洋興嘆自年年。登高流盡君山涕，直是媧皇石補天。

晋熙黃甲第半痴

六噫先生《讀曖初氏〈望夫石〉書後》（《傅惜華藏古典戲曲珍本叢刊》所收本《望夫石》劇末）：

> 東風綠遍蘼蕪路，多少鞭絲趁好春。不信祇君懷抱惡，有人攬轡幾逡巡。
> 冷然一曲賞音稀，別有傷心發古悲。欲索解人還問石，百年容有點頭時。

六噫先生

闕名《〈三割股〉跋》（《傅惜華藏古典戲曲珍本叢刊》所收本《三割股》劇末）：

是劇傳三女子割股事，毅然行之，毫不遲疑，而於文氏郎君，則以出差在外，爲之出脱。夫三郎君，固京員也，京曹獲外差，非易易事也。有老且病之父，而營求出差，於高堂無所顧戀，其心已不可問矣。鍾氏出場第一句曰"遠迢迢不歸來的夫婿"，此《春秋》嚴首惡之例也。

觀人者，必於其所類。其所不類者，非其禀不類，實其趣不類也。三賢毀身救親，同時并舉，此蘧伯玉耻獨爲君子之意也。《詩》曰："教誨爾子，式穀似之。"諺曰:"蓬生麻中,不扶自直。"處衆賢之間,其一人獨汶汶無所聞,豈非孝烈門庭之缺憾歟?余撰《三割股》之文,怏怏不怡者纍日,爲文氏之次婦惜也。定之爲新界女學生,非敢臆爲武斷也,抑亦不如是,不足以標异於三者之間耳。

孫寰鏡
(1876—1943)

　　字静庵，一作静安，號寰鏡廬主人、民史氏，無錫（今江蘇無錫）人。早弃舉子業，後赴上海，投身報界，宣傳共和，甚有時名。光緒三十年（1904）加入興中會，又入同盟會，從事反清活動。曾任上海《警鐘日報》主筆，與章太炎（1869—1936）、蔡元培（1868—1940）、柳亞子（1887—1958）等過從甚密。又曾與陳去病（1874—1933）共創《二十世紀大舞臺》雜志。辛亥革命時，參加了武昌起義，後因時局混亂，隱退還鄉，創辦園藝研究所等。著有《明遺民録》《夕陽紅泪録》《寰鏡廬野乘》《太平天國人物志》《江湖異人録》等。又有戲曲二種：《安樂窩》《鬼磷寒》。

　　按，關於其生卒年，齊森華等主編《中國曲學大辭典》注其約生於1880年；趙永良主編《無錫名人辭典》將之生卒年標爲"1878—1943"；左鵬軍《晚清民國傳奇雜劇考索》根據錢基博《明遺民録》之序文考訂其生於光緒二年（1876），可從。又，阿英《晚清文學期刊述略》認爲《安樂窩》劇作者"亦姓王，但非王國維"，疑誤。本書暫將之歸於孫寰鏡名下。

　　傳記文獻：錢基博《〈明遺民録〉序》（孫静庵《明遺民録》）、無名氏《鶯花雜志慨辭》（《鶯花雜志》）、左鵬軍《晚清民國傳奇雜劇考索》等。

──**《安樂窩》**──

◆ 劇情概要與本事

　　劇首署"静庵"。僅成第一齣，名《唱歌》。寫西太后幼年父母早亡，弱質無依。入宫後，荷蒙聖眷，不久即承雨露之恩，侍寢西宫。不料，皇帝蒙塵熱河，崩於離宮。自此，她攝政兩朝，總理政務。又造萬壽寺，建頤和園，窮奢極欲，盡情揮霍，不管百姓死活及府藏空虛。中日戰爭後，國事日非。義和團事起，她狼狽西奔。近日，西太后對漢人頻思革命之潮流甚是擔心、愁悶，遂宣總管太監李公公前來解悶。李將新鮮小調【揚州調】唱與她聽，詞中備述西太后以往經歷及荒淫之事，太后認爲此曲有些像新黨口氣，懷疑李公公不忠。李趕忙解釋、請罪。

女丑扮西太后，副丑扮李公公。登場人物尚有内侍，未分配脚色。

未見本事。據劇本内容和發表時間推斷，是劇當創作於光緒三十年（1904）或稍前。

◆ 著錄、版本與收藏情况

現存光緒三十年（1904）《二十世紀大舞臺》第 1 期本，藏國家圖書館。

《鬼磷寒》

◆ 劇情概要與本事

劇首署"寰鏡廬主人"。僅成第一齣，名《陷城》。寫曼珠國親王生於虎豹叢中，長於魑魅隊裏，賦性怪异，秉性淫毒。曾率兵久擾中原，又狼進於燕薊，攻玉門，屠咸陽。今一路向南殺來，真是勢如破竹，氣乘樓蘭，其劫物最愛金銀，殺人如同草芥。目下，大隊人馬又殺到某城之下，擂鼓攻打。城破，衆人殺奔前去。

净扮曼珠國親王。登場人物尚有衆軍士，俱未分配脚色。

未見本事。按，劇本以净扮曼珠國親王，"曼珠"爲"滿族"之諧音。

◆ 著錄、版本與收藏情况

現存光緒三十年（1904）《二十世紀大舞臺》第 1 期本，藏國家圖書館。

麥仲華
(1876—1956)

字曼宣，號曼殊室主人、曼殊庵主人、瑛齋、瑛庵、玉瑟齋、瑛齋主人、玉瑟齋主人等，順德（今廣東佛山）人。著名維新派人物麥孟華（1875—1915）弟。諸生。光緒二十年（1894）拜康有爲（1858—1927）爲師，入萬木草堂讀書。戊戌政變後流亡日本。光緒二十五年（1899）6月參加康門弟子"十二人江之島結義"。同年與康有爲長女康同薇成婚。繼而留學日本，就讀於陸軍士官學校，後游學英國。學貫中西，才識過人。民國之初，歷任司法儲才館秘書、香港電報局局長、廣州電政監督等職。著有《戊戌奏稿》《皇朝經世文新編》《戊戌政變記》。譯著有《回天綺談》等，戲曲作品有《血海花》。

傳記文獻：梁淑安、姚柯夫《中國近代傳奇雜劇經眼錄》，左鵬軍《晚清民國傳奇雜劇考索》。

《血海花》

◆ 劇情概要與本事

劇首題"血海花傳奇"。僅存第一齣《嚼雪》。寫巴黎少女菲立般·瑪利儂，出身清門，早受教育，喜讀英雄傳記，醉心共和政治。二十五歲與里昂人羅蘭結婚。羅蘭俠道熱腸，職任工業監督。婚後，二人志同道合，情深意篤。某日天寒飛雪，瑪利儂在家擁爐賞雪，羅蘭自外歸來，夫妻熏香小坐，對雪談心。説起路易十四登基以來，政府專政，國事日壞，新近嘉郎執政，增加租税，妄起公債，致使神人共怨，民不聊生，夫妻十分憤慨。他們又説到美國已實現獨立，創建共和，法國也要走這條路。於是二人有感於國家興亡、匹夫有責，決心幹一番事業。

生扮羅蘭，旦扮瑪利儂。

本事見於梁啓超（1873—1929）《近世第一女杰羅蘭夫人傳》。俞天憤（1881—1937）《法國女英雄彈詞》與此題材同。據首刊時間推斷，該劇創作時間爲光緒二十九年（1903）正月之前。

◆ 著録、版本與收藏情況

《清代雜劇全目》《古典戲曲存目彙考》著録。刊於光緒二十九年（1903）正月《新民叢報》第二十五號。阿英編《晚清文學叢鈔·傳奇雜劇卷》（中華書局1962年版）收入。

馮 煥
(1877—1950後)

　　字緒承，梁溪（今江蘇無錫）人。十歲學詩，十五歲學作八股。清末科舉廢詩文後，習英文。光緒二十九年（1903）前後，於上海震旦大學學習法文。長期寓居上海，曾任上海錫金旅學校長，又掌教於上海共和女校，爲英文專修科主任。民國二年（1913）弃學從工，就職於上海郵務局，任八仙橋分局局長等。始終關心桑梓，參與籌建無錫旅滬同鄉會，擔任理事、專職主任等職，并任同鄉會籌辦的大成劇社副社長。民國十八年（1929）將其歷年發表在《申報》《新無錫報》上的詩文、詞賦、戲曲等，彙輯校勘，成《燕石觚翰》一書，其中包括傳統戲曲五種，即《賞中秋》《外國人查鼠疫》《薊門落泪》《歲闌金盡》《傷端陽》；時事新劇十一種，即《選舉新劇臭得意》《時事新劇袁世凱》《北軍歸向民軍》《時事新劇端方》《張勛投降民軍》《五大臣五更調》《救荒佟佟調》《慶賞元宵滬江郎》《時事新灘簧》《時事新灘簧救濟米荒》《應時灘簧》。著有雜劇《中秋一夕話》《一二八傳奇》及道情《樊提學使檢定教員》。其中《賞中秋》《外國人查鼠疫》創作於清末。

　　按，劉于鋒《晚清文人戲曲研究》之"附録一"據鄭逸梅《飯會與粥會》一文中相關記述，推斷馮焕生於光緒七年（1881），不確。馮焕《劉子焕寰録示〈消夏吟〉四章，勉步原韵得自述五十三字》詩注云："竊思緒承今年五十有一，鬚髮皆黑，神志俱清，何敢云壽！"該詩原刊入民國十六年八月十八日（1927年9月13日）《新無錫報》，據此推知其生於光緒三年（1877）。

　　傳記文獻：馮焕《燕石觚翰》、《無錫旅滬同鄉會填報社會團體登記表》（藏上海市檔案館）、劉于鋒《晚清文人戲曲研究》（南京師範大學博士論文，2014年）等。

《賞中秋》

◆ 劇情概要與本事

今存第一齣《玩月》。寫江蘇書生馬焌，自幼勤奮讀書，壯歲清貧度日。雖孤身落拓，兩手空空，却能時常欣賞美景、吟詩作曲，倒也逍遥快樂。中秋之夜，他供上鮮花，斟滿清茶，擺下月餅、白藕，向姮娥禱告，祝願人間無恙。

生扮馬焌。

未見本事。按，劇中主角名馬焌，字諸永，顯係從"馮焕""緒承"變化而來，由是觀之，是劇當爲作者自身經歷之摹寫。

◆ 著録、版本與收藏情况

現存宣統三年八月十六日（1911年10月7日）《時報》附刊《滑稽時報》第122號所收本、宣統三年八月十五日（1911年10月6日）《申報》所收本。馮焕《燕石瓿翰》（上海世界書局1929年版）收入。

《外國人查鼠疫》

◆ 劇情概要與本事

又名《治病》。一折。寫因鼠疫嚴重，四位外國醫生乘車來到上海租界，在天保里查鼠疫之事，以諷刺當時中國官員没主張。

生、净、丑、末各扮醫生，貼扮女僕。

未見本事，應是作者感慨時事而作。

◆ 著錄、版本與收藏情況

原刊於宣統三年閏六月二十八日（1911年8月22日）《啓民愛國報》，馮煥《燕石觚翰》（上海世界書局1929年版）收入。

龐樹松
(1879—?)

　　字棟材，一字檽農，號病紅，別署獨笑、病紅山人，室名小長離閣、靈蕤閣，常熟（今江蘇常熟）人。光緒二十六年（1900），與黃人（1866—1913）及弟樹柏（1884—1916）在蘇州組織"三千劍氣文社"，以文會友，評論時事。同年，又與黃人等籌辦了蘇州首份日報《獨立報》，任該報經理。宣統元年（1909）南社成立，其爲發起人之一。辛亥革命前後辦詩鐘社，民國初曾主《無錫日報》筆政。在《游戲報》《寓言報》《花世界》等報刊發表文章。民國二年（1913），逢黃興（1874—1916）興師討袁，與南社衆人親往南京聲援。著有《鼠嚇正編》《靈蕤閣詩話》《紅脂識小録》《儂雅》《吳檮杌》等。又與歐陽淦（1879—1907）合撰《玉鈎痕》雜劇一種。

　　傳記文獻：（民國）《常熟縣志》、阿英《晚清戲曲小説目》、左鵬軍《近代傳奇雜劇作家作品考辨五題》（《文學遺產》2001年第1期）。

《玉鈎痕》

◆ 劇情概要與本事

　　劇首題"玉鈎痕傳奇"。十齣，前八齣由龐樹松所撰，依次爲《感義》《集宴》《籌捐》《裂册》《寫蘭》《催香》《選地》《題碑》；後二齣由歐陽淦（惜秋生）所作，即《座玉》《吊冢》。寫海上名妓林黛玉、陸蘭芬、金小寶、張書玉四人，因見落花飄零而觸景生情，自傷身世，遂募建"花冢"。選地葬花，題碑吊冢，藉此抒發自己淪落風塵的傷感。

　　旦扮林黛玉、陸蘭芬、金小寶、張書玉，貼扮丫鬟。

未見本事，當據上海時事敷演而成。按，據歸宗郙《〈玉鈎痕傳奇〉敘》末所署"戊戌冬，常熟歸宗郙蔭閣甫敘"，戊戌即光緒二十四年（1898），知是劇完成於此前不久。又，《晚清戲曲小說目》《古典戲曲存目彙考》《中國近代傳奇雜劇經眼錄》均著錄此劇爲龐樹柏、歐陽淦合撰；左鵬軍《近代傳奇雜劇作家作品考辨五題》考訂爲龐樹松、歐陽淦合撰，可從。

◆ 著錄、版本與收藏情况

《古典戲曲存目彙考》著錄。現存陳無我《老上海三十年見聞錄》所收本，僅存《集宴》《寫蘭》《吊冢》三齣。又有光緒間《游戲報》所收本，暫未見。

◆ 序跋、題詞與評語

歸宗郙《〈玉鈎痕傳奇〉敘》（陳無我《老上海三十年見聞錄》所收本《玉鈎痕》卷末）：

霜嚴月黑，涼草如刀。紅心滿地，秋墳蕭蕭。獨不見蘇小小、真娘之墓道乎？嗟乎！者局好結果，如梁紅玉輩有幾？面前強歡，面後掩泣，秋魂倏飛，化爲胡蝶。生也賣笑生涯，死也一抔藁葬，可痛哉！痛渝於賤，痛夫靡厥家，痛生前歡情移，而渺不知其所，游絲一縷，不辨是空是色，尚復望人家清明候，趁紙錢風麥飯梨花祭耶？昔人有步出金閶門，傍山塘行者，睹兩流燈舫歷歷，放聲大一慟，植立三日不蹶，情痛也。數弓蒿萊，鵑血淋漓，敝蓋多情，矧茲女士。

戊年冬，滬上金校書紹薌暨諸校書放大蓮華，結大善果，集衆議，建叢花義冢。相地擇穴，廣爲勸布，期藏事後已。异哉！支那四萬萬人之愛力，不漲於丈夫而於女子耶？吾友龐子感焉，作傳奇八齣，倏笑倏悲，凄楚動人，詞意豈清容而媿之，直北宋人手筆。書成，屬予序。

夫此一妓冢耳，而興感人若此，熱力一薄，薄焉復遏，橫感而決。《詩》詠美人，《騷》言佚女。龐子多情者，龐子蓋有深痛也。玉鈎古道，魂兮歸來。茲事體細，詞葩而正。使人知校書之微，其愛力有如此者。

戊戌冬，常熟歸宗郵蔭閣甫叙

龐樹松

陳無我《〈玉鈎痕傳奇〉說明》（陳無我《老上海三十年見聞錄》所收本《玉鈎痕》卷首）：

李君伯元，以花冢之舉，自創議以迄落成，其中情事，不乏可歌可泣、可觀可愕。復發起徵撰《玉鈎痕傳奇》，共分十齣。首《感義》，紀某名士暨林黛玉創議之始。次《集宴》，爲林、陸、金、張四校書集議於一品香。三《籌捐》，紀分派捐冊。四《裂冊》，紀高月鴻非特不肯書捐，且將捐冊毀裂，擲諸地下。五《寫蘭》，紀金小寶寫蘭助義事。六《摧香》，紀蘇妓陳黛玉被惡鴇凌虐致斃。七《選地》，紀購買義冢地址。八《題碑》，紀此事之終始及集捐各校書姓氏。九《瘞玉》，紀林校書等決議，首將陳黛玉葬入花冢。十《吊冢》，花冢告成，四校書前來吊奠，爲一部書結穴。經虞山病紅山人龐樹柏、茂苑惜秋生歐陽鉅元兩君合撰成書，文情悱惻，傳誦一時。惜稿已闕佚，茲僅搜得《集宴》《寫蘭》《吊冢》三齣，錄於左方，俾後來者觀覽焉。

陳栩
(1879—1940)

原名壽嵩，一作壽同、嵩壽，字昆叔，後改名栩，字栩園，號蝶仙，別署天虛我生、太常仙蝶、惜紅生、櫻川三郎、國貨之隱者等，錢塘（今浙江杭州）人。曾中副貢，後弃舉子業，專心著述。光緒二十一年（1895）任杭州《大觀報》主編，二十七年（1901）起，先後開設萃利公司、石印局，創辦圖書館，組織文學社團飽目社等。光緒三十三年（1907）在杭州開辦著作林書社，出版《著作林》雜志。宣統元年（1909）起，依次在紹興、靖江、淮安等地任幕客及下級官吏。民國元年（1912）署鎮海知縣，不久辭職返滬。民國三年（1914）始，又歷任《游戲雜志》《女子世界》《申報·自由談》等期刊主編。民國七年（1918）成立家庭工業社股份有限公司，發展民族工業。民國二十八年（1939）作客成都，因病返回上海，不久去世。陳栩博學多才，著述甚豐，涉及詩、詞、文、戲劇、小說、彈詞等文體。著有《天虛我生詩詞曲稿》《栩園唱和錄》《瓜山竹枝詞》《栩園文稿》《栩園詩剩》《栩園詩話》《耳順集》《栩園新樂譜》《音律指掌》《九宮曲譜正宗》《考正白香詞譜》《學曲例言》，小說作品有《玉田恨史》《美人泪》《黃金崇》《火中蓮》《情網蛛絲》《瓊花劫》《嫣紅劫》《井底鴛鴦》《不了緣》《孽海疑雲》等。新劇劇本有《錯姻緣》《生死鴛鴦》《風月寶鑒》等，傳奇劇本有《桃花夢》《花木蘭》《桐花箋》，雜劇劇本則有《落花夢》、《自由花》、《媚紅樓》、《白蝴蝶》（已佚）。除《落花夢》《白蝴蝶》創作於民國時期外，其餘均撰於晚清。

傳記文獻：王純銀《天虛我生小史》（《社會之花》1924年第1期）、許瘦蝶《記陳蝶仙》（《永安月刊》1948年第104期）、陳小蝶《天虛我生傳》（《中國紙業》1940年10月10日）、董智穎《陳蝶仙研究》（華東師範大學碩士學位論文，2005年）。

《自由花》

陳栩

● 劇情概要與本事

劇首題"自由花傳奇"。各齣前均署"天虛我生著"。五齣，依次爲《逼遁》《捕花》《旅店》《酒樓》《鬧學》。寫少女花懊儂出身官宦之家，專尚新學，不願受到傳統女德之束縛，因此遭父母、兄弟多方貶抑，言其爲閨門敗類。其兄花蠱、花蝨爲了鑽營，欲將其嫁與豪紳蔣天龍爲室。懊儂不願，向父親花全表明心意，花全竟言女兒不知羞恥，對其大加訓斥。花懊儂與婢女紅芸裝扮成男子，連夜出奔他鄉。花全聽聞女兒私逃，十分惱怒，認爲她敗壞門風，又吩咐二子速去尋拿，一旦找到，便取其首級來見。花懊儂出走後，不問東西南北，夜宿曉行，待遠離了家鄉，方敢駐足。日暮時分，主僕二人投宿旅店，遇書生賈維新。交談中，賈生聽聞懊儂欲訪學求自由，便勸其投赴自由學校。花懊儂聞此大喜。後懊儂主僕之行踪被江湖相士秦五樓識破，秦聽聞蔣天龍在蔣家嶺上慶賞元宵佳節，花氏兄弟亦在彼處游賞，便闖入酒樓，説明來意，以求重賞。蔣天龍答應尋到懊儂後，代花氏兄弟酬謝秦五樓白銀千兩。賈維新開辦自由學校，本指望收些學費做個場面，再娶個老婆，然學生太少，入不敷出，便捲款潛逃。而校長左慕陵不但未得到脩金，反被學生責打、債主逼債，十分狼狽。懊儂見其甚有學問，表示願籌措經費，自開學堂，祇求其繼續任教。然左慕陵此時已經魂膽俱喪，不肯登場。花懊儂無法，祇得再次奔走天涯。

武生扮賈維新，旦扮花懊儂，貼扮紅芸，老旦扮裘氏，四旦扮歌妓，净扮蔣天龍，副净扮花蠱，末扮木器鋪夥計，副末扮秦五樓，付扮酒保，丑扮花蝨，外扮花全、左慕陵，雜扮院子、壯丁、店家、家將、學生等。

本事待考。據其首刊時間，知是劇完成於光緒三十三年（1907）之前。

◆ 著錄、版本與收藏情況

《古典戲曲存目彙考》《莊一拂〈古典戲曲存目彙考〉補正》著錄。現存光緒三十二年（1906）至光緒三十三年（1907）《著作林》第1—5期本，藏中國藝術研究院圖書館，《傅惜華藏古典戲曲珍本叢刊》第112冊據之影印。

◆ 序跋、題詞與評語

闕名《〈自由花傳奇〉評語》（《傅惜華藏古典戲曲珍本叢刊》所收本《自由花》）：

寫花懊儂一腔熱血，激爲憤懣之言，直令天下女兒同聲一哭。而紅芸云"小姊寒不乏衣，飢不缺食，那般兒不自由著"數語，又足令人解頤。用筆之妙，幾無等倫。

【漿水令】一闋，分寫兩人改妝，妙在兩人互爲更衣，而仍令旦腳一口唱出，筆無重複，愈覺點染得宜。（第一齣《逼遁》末）

寫花全確肖老學究口吻，且又不失官氣，尤足發噱。寫老夫婦口角，又確肖婆子口氣。寫花氏兄弟又有一種怪氣。斯真喜笑怒罵皆成文章者。（第二齣《捕花》末）

寫主婢一路行來，狀況如畫，能使人憐。寫賈維新神景若繪，能令人笑。筆法何活潑乃爾！（第三齣《旅店》末）

出秦午（應爲"五"）樓一段，令人意想不到，而其口吻又確肖老江湖。且中間尤多令人發噱之處，調侃不少。

寫蔣天龍是一個豪杰，亦出人意表。《酒樓》一節，燈彩滿臺，其排場尤稱傳奇劇中獨絶。（第四齣《酒樓》末）

是極好一幅腐敗私學堂之活動寫真。（第五齣《鬧學》末）

《媚紅樓》

陳栩

◆ 劇情概要與本事

剧首題"寫情傳奇媚紅樓",署"天虛我生譜"。僅成三齣,依次爲《招宴》《談樽》《題扇》。寫林黛儂生具艷姿,長工織句,淹通吟咏,深負才名,恨雙親早亡,與弱弟居於舅父曾杰府中。曾杰欲爲黛儂擇一東床佳士,却未得合適之人。一日,年侄程夢邃來訪,携來《落花賦》一篇及《夕陽紅瘦樓詩詞鈔》一卷,曾杰知其是名士楚蝶寶所著,甚是欽敬,便折柬邀楚生過府小酌。楚蝶寶乃長洲人氏,隨祖父宦居浙江,不幸父、祖相繼謝世,祇得與母親寄食外祖胡公家。因功名未成,婚姻未就,甚是煩惱。他見曾杰相招,欣然前往,二人甚是投合。曾杰又見楚蝶寶器宇不凡,學優品重,前程無可限量,便認其爲義子,并安排其與黛儂相見。黛儂囑楚蝶寶爲其所著《媚紅樓詩稿》題序,并持畫扇囑爲題句。楚蝶寶對黛儂甚是企慕,不知從何下筆,伏几而眠,夢中黛儂前來索扇,遂題"願月長圓"四字相贈。這時竹爐湯沸,驚破楚生好夢。

小生扮楚蝶寶,旦扮林黛儂,末扮曾杰,副末扮楚義,雜扮僕人。登場人物尚有院子等,俱未分配脚色。

本事待考。按,陳小蝶《天虛我生紀念刊》之《著作目録》言:"《媚紅樓傳奇》爲群益書局之《月月小説》特撰,作於《花木蘭》後、《桐花箋》前。嗣以《月月小説》停刊,僅成三齣,未續。"知是劇未完成。

◆ 著録、版本與收藏情况

《古典戲曲存目彙考》著録。現存光緒三十四年(1908)四月《月月小説》第十六號所收本。

韓茂棠
(1880—?)

字伯憩，又作伯溪、伯谿、柏谿、百谿，號天嘯，別署湘靈子、蕺山居士、海天樓主，蕭山（今浙江杭州）人。光緒末補諸生。宣統元年（1909），輯秋瑾案資料爲《越恨》（載是年9月《女報》增刊第2號）。民國後，參編《之江日報》，入紹興燬社。民國三年（1914）在上海創辦《亞東小説新刊》，十一年（1922）任職上海大陸圖書公司，十六年（1927）在蕭山創辦《民治日報》《蕭山公報》。工詩詞，精於戲曲、彈詞、小説創作。著有雜劇六種：《軒亭冤》（1907）、《愛國泪》（1908，未完成）、《鐵血關》（1913）、《苦菜花》（1914，未完成）、《大陸夢》（1914，未完成）、《牡丹花》；彈詞一種：《曇花夢彈詞》（1914，未完成）；小説十多種，包括《桃花雪》《寡孀泪史》《名姬慘死》《官眷恨史》等。

按，《軒亭冤》作者原署"蕭山湘靈子著"。梁淑安《近代曲家考辨》（《作家報》1996年9月21日）認爲"蕭山湘靈子"即南社社員、浙江桐鄉人張長之筆名。左鵬軍《〈軒亭冤傳奇〉作者小考》確定"湘靈子"實爲蕭山人韓茂棠，可從。又，王煒常《秋瑾與蕭山》謂韓茂棠生卒年爲"1868—1939"；鄔國義《〈軒亭冤傳奇〉作者湘靈子考》認爲前説缺乏證據，將之生卒年定爲"1880—?"，今暫依鄔説。

傳記文獻：王煒常《秋瑾與蕭山》（王去病等主編《秋瑾革命史研究》，團結出版社1997年版）、左鵬軍《〈軒亭冤傳奇〉作者小考》（《古典文學知識》2000年第4期）、鄔國義《〈軒亭冤傳奇〉作者湘靈子考》（《中華文史論叢》2013年第2期）、鄔國義《湘靈子韓茂棠劇作小説考述》［《安徽大學學報》（哲學社會科學版）2015年第3期］等。

《軒亭冤》

全名《中華第一女杰軒亭冤傳奇》，又名《鑒湖女俠傳奇》《繪圖秋瑾含冤傳奇》。劇首署"蕭山湘靈子編，山陰杞憂子評，會稽惜秋生校"。凡八齣，依次爲《賞花》《演說》《游學》《卧病》《創會》《驚夢》《喋血》《哭墓》。寫山陰女子秋瑾，自幼熟讀詩書，才學出衆，憂時愛國，豪氣不讓鬚眉。好友徐振漢東渡日本前，贈她一株自由花。一日，自由花開，秋瑾約請沈愛群、陳宗黃同來自家花園賞玩。三人對花暢飲，說到法國女杰瑪利儂爲爭自由而壯烈獻身，認爲中國女子也應該有此勇敢精神。秋瑾表示要開辦女學，振興女權，眼前要先從反對女子纏足開始，遂在紹興開辦天足會。次日，秋瑾在學堂登臺演說，力數纏足之害，要求男女平等。後來，秋瑾爲增長見識，開拓視野，準備去日本游學。此舉受到丈夫和婆婆的反對、勸阻，但她毫不動搖。秋瑾很快來到日本橫濱，與徐振漢相見。徐振漢向秋瑾介紹了日本的明治維新。秋瑾聽後，對比中國的專制愚昧，感嘆頗多。爲凝聚革命力量，秋瑾邀請橫濱、東京的中國留學生，召開特別大會，自己上臺演說，闡述天賦民權的道理。這時傳來清廷預備立憲的消息，秋瑾認爲此舉不過是欺騙國民的空談。散會後，徐振漢告知秋瑾，寓居上海的吳競雄女士要辦一份宣傳女權的《女報》，欲請其去做主筆，秋瑾慨然應允。抵達上海後，秋瑾見到了吳競雄，彼此相見恨晚。《女報》出版後因内容豐富，報界甚予好評。然又因銷路遲滯，很快被迫停刊。秋瑾離開上海回到紹興後，受到大通學堂師生的歡迎。她創設體育會，以此強壯國人體魄、淬礪精神，在強權世界裏爭取民族生存。因母親突然中風病故，秋瑾急忙回家奔喪。秋瑾在睡夢中來到"野蠻國"，堂上坐着身穿朝服的官員，手拿上標"野蠻法律"四字的白紙，突然間半空起了霹靂，光明世界倏地變成一片黑暗，陸地也沉淪海底。她從夢中驚醒，覺得這是個不祥之兆。不久，體育會教員漢聲倉皇來告，言報紙上有徐錫麟在安慶刺殺巡撫恩銘失敗的新聞。秋瑾十分贊嘆徐錫麟爲革命不畏斷頭的男子氣概，認爲自己與此事不相關，并不懼怕受到牽連。這時紹興知府貴福接到浙江巡撫發來的電報，説秋瑾與徐錫麟一同主張革命，應立即將其捉拿，并查封大通學堂。秋瑾和學生五人被捕。紹興知府和山陰、會稽知縣三人一起開審。公堂上，秋瑾怒目而立，閉口不語，最後祇説了"秋風秋雨愁煞人"七個字。知府祇好叫來幕僚僞造供詞，次日將秋瑾押至軒亭口殺害。秋瑾殉難後，在上海的吴競雄萬分悲悼，尋到秋瑾墓前哭祭英靈，而在日本的虬髯客得知噩耗後，亦遠涉重洋，來打聽秋瑾冤獄的經過。兩人在墓地不期而遇，吴競雄向虬髯客稱贊秋瑾的文才、氣概和愛國志向。吴競雄寫了兩首詞，本想叫石工刻在碑上，但虬髯客以爲不若倩人做一部傳奇，將英雄事迹昭示後世。吴競雄知蕭山有個湘靈子，擅長詞曲，準備請他執筆。最後，虬髯客邀吴競雄東去扶桑，爲秋瑾召開追悼大會。

生扮王延鈞、惜秋生、黃强、胡姓，旦扮秋瑾，老旦扮沈愛群、王延鈞母、明道女學校長、隸役，小旦扮陳宗黃、徐振漢、吴競雄，貼扮婢女，净扮郡守，副净扮虬髯客、李統，末扮復明子、漢聲、會稽知縣、差官、丑扮小厮、水手、袁姓、桑良，外扮抱殘子、山陰知縣，雜扮商界十餘人、郵差、衆學生、輿夫、大通學堂學生、程毅等體育會學生、秋府家人、常備軍、禁子、劊子手等。

本事來自秋瑾（1875—1907）生平事迹，有所修改。按，光緒三十三年（1907），秋瑾與革命黨人徐錫麟相約在皖、浙同時起義，事泄被捕。七月十七日，就義於紹興古軒亭口。清古越嬴宗季女（生卒年不詳）《六月霜》傳奇、嘯廬（生卒年不詳）《軒亭血》傳奇、吴梅（1884—1939）《軒亭秋》雜劇等均演述同一題材。又，是劇末有作者《丁未九月九日〈軒亭冤傳奇〉告成，因題七絶八首於後》詩，丁未即光緒三十三年（1907），知是劇撰於此時。

● 著録、版本與收藏情況

《古典戲曲存目彙考》著録。現存光緒間上洋小説支賣社石印本，阿英編《晚清文學叢鈔・傳奇雜劇卷》（中華書局 1962 年版）據之收録，并參照《國魂叢編》；《女報》臨時增刊《越恨》第一卷第五號（宣統元年八月十五日，1909 年 9 月 28 日）本；民國元年（1912）上海振新圖書社石印本。

● 序跋、題詞與評語

韓茂棠《〈軒亭冤傳奇〉叙事》（《晚清文學叢鈔・傳奇雜劇卷》所收本《軒亭冤》卷首）：

秋瑾何爲而生哉？彼生於自由也。秋瑾何爲而死哉？彼死於自由也。自由爲彼而生，彼爲自由而死。秋瑾乎！秋瑾乎！中國規復女權第一女豪杰。

秋瑾字璿卿，又字瑜娘，自號鑒湖女俠，浙江紹興山陰縣人也。幼受家庭教育，及笄博通經史，能詩能文，嘗以法國女豪瑪利儂自比。每演説，議論風生，有旁若無人之概。與同里徐、沈、陳三女爲莫逆交。年十九，與王郎結婚，生一子一女。自庚子亂後，竄身於凄風苦雨中，以規復女權爲己任。凡一切書籍報章靡不披覽，以此洞明中國衰弱之原因，而受歐美風潮之鼓蕩亦漸深。於是開會演説，唱自由，講平權，一躍而爲熱心愛國之女豪。

甲辰夏，決意游學日本，典釵質釧，窘迫萬狀，子身走東瀛。長途觸暑，病莫能支。既之東，復因水土不服，抱病月餘。乙巳春，與志士盧某（即虯髯客）、女士徐某創設青年學會，贊成者頗衆。丙午秋東歸，過滬，創《女報》，嗣因經費不足，中止。已而聞母喪歸里，旋膺明道女學校之聘爲教員。未幾，在倉橋諸暨冊局創設體育會，外省報名者踵至。此女士平生最得意事也。統觀女士一生行事，夫豈柔弱之男兒所可同日語哉！抱不可一世之氣概，雄姿豪骨，視人間無復有艱難事，其氣足以薄風雲，其勇足以驚天地，其義足以格鬼神，其事業刺激於多數漢族之腦中。

丁未夏，徐生之獄起於皖，浙省大吏指秋瑾爲同黨，下令逮捕。法官以種種僞證，誣陷秋瑾，而秋瑾含冤不白，竟授首於軒亭口。紅顏錯殺，呼告徒勞；黑獄釀成，平反莫望。嗚呼冤哉！以熱心愛國之女豪，竟斷送於野蠻官吏之手，天地爲汝震怒，山川爲汝崩裂，國民爲汝飲血。一抔黄土，俠骨長埋，傷心慘目，有如是耶！

湘靈子曰：吾對於紹城冤獄，而覺有千萬不可思議之感想，橫梗於胸中，使吾怨，使吾怒；使吾歌，使吾舞；使吾懼，使吾哀。噫吁嘻，奇哉！眇眇一女子，何令吾驚心動魄一至於此也！將賦詩以寄恨耶？而恨已寄無可寄。將著論以辨誣耶？而誣亦辨不及辨。將作傳以寫怨耶？而怨實寫不勝寫。然則將奈何？無已，請譜之傳奇。

傳奇有益於女士耶？吾不得而知也。傳奇有損於女士耶？吾不得而知也。吾譜《軒亭冤》，恍若有眉軒軒、目炯炯、風致絕世、神光逼人之秋瑾靈魂侍立吾側，哀泪滂沱。吾熱血噴涌，吾於是一投筆，東向望越城，乃沈沈焉，暝暝焉，志其里居，詳其姓氏，叙其遺事，述其冤情。合古今未有之壯劇、怪劇、悲劇、慘劇，迭演於舞臺，以激勵我二百兆柔弱女同胞。

韓茂棠《丁未九月九日〈軒亭冤傳奇〉告成，因題七絶八首於後》（《晚清文學叢鈔·傳奇雜劇卷》所收本《軒亭冤》卷末）：

共道蛾眉命保全，誰知皖案竟株連。年來官界糊塗甚，又見霜飛六月天！
登壇演説涕沾胸，仿佛歐洲瑪利儂。祇恨沈冤無處洗，爲卿撞破自由鐘。
俠膽義肝聶隱娘，法庭長跪氣軒昂。滴來幾點傷心泪，化作庭前秋海棠。
東洋留學典釵環，腸斷離家泪暗潸。爲問九原秋女士，何堪重上望夫山。
軒亭慘死日無光，了却浮生夢一場。爲訪當年諸伴侶，芳魂冉冉渡東洋。
秋風秋雨滿庭皋，愁煞重泉一女豪。可有精魂來月夜，冤情細細告同胞。

獨留孤冢草青青，黃土沈埋碧血腥。可奈返魂終乏術，麗娘不見《牡丹亭》。

繪聲繪影樣翻新，描寫秋娘事事真。定在夜臺含笑說，讀君詞曲感君恩。

丁痴曇《〈軒亭冤傳奇〉序》（《晚清文學叢鈔·傳奇雜劇卷》所收本《軒亭冤》卷末）：

恨天難補，況乏媧皇；冤海空填，誰哀精衛？半生碌碌，幾無行樂之時；大地摶摶，絕少寄愁之所。贏得一支江筆，發泄雄心；那堪萬斛杞憂，沈埋壯志。哀女權之墜落，泪灑神州；痛女學之淪亡，駕回祖國。詎料令嚴逮捕，竟含不白之冤；劇憐案近牽連，空灑飛紅之淚。獄成七字，軒亭竟殺蛾眉；恨抱九原，報界力攻雀角。惹得男兒笑罵，代抱不平；摧殘女界英豪，激成公憤。縱异日平反黑獄，重泉莫返芳魂；痛今朝坑煞紅顏，抔土長埋俠骨。又何怪傷時碩彥，憫世奇英，吊愛國之靈魂，發痛心之社說也乎？

嗟嗟！危詞竦論，袛堪表白於一時；協律和音，自足流傳於後世。譜入留聲機器，死竟如生；演來優孟衣冠，呼之欲出。此湘靈子所以有《軒亭冤傳奇》之作也。事實情真，宮諧商叶。錦胸綉口，居然妙緒環生；麗句清辭，畢竟新聲獨創。一唱而韵隨風遠，再歌而響遏雲行。俠氣豪情，都來紙上；腦漿心血，交互毫端。煉詞則媲美施高，譜曲則追踪湯沈。繪聲繪影，描摹越郡奇冤；公是公非，仿佛秋娘歷史。

丁未中秋，同里痴曇序

蠹城劍俠《〈軒亭冤傳奇〉書後》（《晚清文學叢鈔·傳奇雜劇卷》所收本《軒亭冤》卷末）：

秋瑾奚爲而傳哉？秋瑾爲愛國之女豪，不可不傳也。秋瑾爲獨立之女豪，不可不傳也。秋瑾爲劃除奴性之女豪，不可不傳也。秋瑾爲主張平權之女豪，不可不傳也。湘靈子乃思所以傳之，乃皇皇然迫欲傳之，乃不辭勞瘁、舞文嚼墨吮筆以傳之。傳其生，明彼蒼之篤生女豪也；傳其死，明酷吏之坑煞女豪也。姓氏與日月并明，事業與河山并壽。於是乎秋瑾傳，於是乎秋瑾竟傳，即傳秋瑾之湘靈子亦傳。

蠡城劍俠

韓紫宸《秋女士贊（并序）》（《晚清文學叢鈔·傳奇雜劇卷》所收本《軒亭冤》卷末）：

嗚呼！女士何不幸爲黨案株連，身膺顯戮，遽蒙此不白奇冤耶？女士亦何幸爲黨案株連，身膺顯戮，竟傳此不朽令名耶？伏思女士自別家鄉，隻身東渡，脫簪珥以爲資斧，一種豪俠之氣，爲數千年來女界所未有。迨學成回國，創《女報》，辦體育，演平權之論說，樹獨立之風聲，真欲喚醒支那四萬萬同胞，愛國合群，放一光大文明之异彩。乃一班昏墨官吏，施其野蠻手段，殺及無辜，竟使熱心毅力之豪俠家，斷送於軒亭市口，豈不冤哉！

詎知湮没無聞，雖生猶死；流傳未艾，即死如生。彼居高位，握大權，袞袞群公，非不聲勢赫奕，一旦奄然物化，不與草木同腐也幾希。獨女士死於非命，霆電傳來，海内外男女英豪，莫不慟哭焉，追悼焉。或賦詩以寫怨，或著論以辨誣，更或有填詞譜曲，摛藻揚芳，撰小説以垂久遠者。一唱百和，衆口同聲，微特女士之冤可大白於天下，即女士之名亦永傳於後世矣。爰撫蕪詞，藉伸葵獻。

贊曰：維皇誕降，巾幗英雄。登壇演説，拍手雷同。會開體育，果毅可風。昏昏大吏，忽構兵戎。學堂騷擾，誤指匪通。禍連女杰，熱血流紅。同胞慟哭，名播寰中。天長地久，奕世無窮。

蕭山庸閑叟

謝企石《〈軒亭冤傳奇〉題詞（用秋女士原韵，詩見遺稿）》（《晚清文學叢鈔·傳奇雜劇卷》所收本《軒亭冤》卷末）：

妖氛毒霧障天昏，此日難將法律援。七字竟教誣黨獄，一言未許別家門。那堪嗚呼錢塘水，淘盡沈淪女界魂。料得詞人搖筆處，墨花飛濺泪珠痕。

東山後裔謝企石

古越庸閑叟《〈軒亭冤傳奇〉題詞（用秋女士原韵，詩見遺稿）》（《晚清文學叢鈔·傳奇雜劇卷》所收本《軒亭冤》卷末）：

支那世界久昏昏，陷溺誰教女手援？具見熱心扶社會，詎甘裹足守閨門。黨誣縱有詞供口，獄枉終無術返魂。一死軒亭千古恨，同胞姊妹滿啼痕。

古越庸閑叟

越州狂士《〈軒亭冤傳奇〉題詞（用秋女士原韵，詩見遺稿）》（《晚清文學叢鈔·傳奇雜劇卷》所收本《軒亭冤》卷末）：

冤氣衝天日月昏，捐軀片刻少人援。一腔熱血包寰宇，半夜寒潮咽海門。黃土無情埋俠骨，青鋒有恨泣幽魂。獨留荒冢誰瞻拜？秋雨秋風長蘚痕。

越州狂士

庚辰人日生《〈軒亭冤傳奇〉題詞（用秋瑾女士原韵，詩見遺稿）》（《晚清文學叢鈔·傳奇雜劇卷》所收本《軒亭冤》卷末）：

軒亭慘死斗牛昏，應悔當年結外援。一縷冤情沈海底，九原厲氣透天門。秋風漫灑英雄泪，夜月空歸俠女魂。曲譜傳奇垂後世，詎同春夢了無痕！

庚辰人日生

陳清泉《〈軒亭冤傳奇〉題詞（用秋女士原韻，詩見遺稿）》（《晚清文學叢鈔·傳奇雜劇卷》所收本《軒亭冤》卷末）：

慘霧黏天四海昏，吳鉤笑試不求援。熱心編輯《軒亭記》，俠氣沈埋越國門。三字獄成悲宋室，《九歌》詞壯吊詩魂。停車异日山陰道，忍見新題壁上痕。

味菊軒主陳清泉

折桂詞人《〈軒亭冤傳奇〉題詞（用秋女士原韻，詩見遺稿）》（《晚清文學叢鈔·傳奇雜劇卷》所收本《軒亭冤》卷末）：

野蠻法律宰官昏，黨案株連手孰援？七字沈沈冤下獄，九閽渺渺訴無門。鵑啼枉灑秋風泪，鶴化空歸夜月魂。幸有湘靈新譜曲，一編留得雪鴻痕。

折桂詞人

梁可榮《〈軒亭冤傳奇〉題詞（用秋女士原韻，詩見遺稿）》（《晚清文學叢鈔·傳奇雜劇卷》所收本《軒亭冤》卷末）：

風雨愁人日色昏，蛾眉慘死恨難援。空餘壯志浮滄海，誰訟煩冤入國門。黨禍株連成厲氣，自由花好泣芳魂。家庭革命糊塗案，忍見軒亭熱血痕。

浣花梁可榮

丁痴曇《〈軒亭冤傳奇〉題詞（用秋女士原韻，詩見遺稿）》（《晚清文學叢鈔·傳奇雜劇卷》所收本《軒亭冤》卷末）：

聰明無奈有時昏，大陸將沈欲手援。事合閔妃空愛國，詩成崔護漫題門。遺容許識春風面，剪紙空招月夜魂。贏得軒亭傳不朽，長留鴻雪爪泥痕。

小純丁痴曇

漱懷子《〈軒亭冤傳奇〉題詞（用秋女士原韻，詩見遺稿）》（《晚清文學叢鈔·傳奇雜劇卷》所收本《軒亭冤》卷末）：

雨雨風風一望昏，沈沈冤獄倩誰援？龍山嶺畔花無色，麟黨株連禍有門。底事家庭談革命，空餘寰海弔詩魂。殘碑落日山陰道，尋看他年墨血痕。

漱懷子

李麗泉《〈軒亭冤傳奇〉題詞（用秋女士原韻，詩見遺稿）》（《晚清文學叢鈔·傳奇雜劇卷》所收本《軒亭冤》卷末）：

萬丈陰霾女界昏，中朝政府苦無援。化龍難作豐城劍，逐兔空悲上蔡門。哀怨滿腔餘熱血，新詞一部慰幽魂。才人妙筆奇冤寫，泪漬濤箋點點痕。

閒雲館主李麗泉

韓茂棠《〈軒亭冤傳奇〉題詞（用秋女士原韻，詩見遺稿）》（《晚清文學叢鈔·傳奇雜劇卷》所收本《軒亭冤》卷末）：

暗殺風潮大陸昏，紅羊劫遇手難援。縱無赤血流寰宇，定有青蠅弔墓門。一部傳奇狂士筆，九原含笑美人魂。冤遭不白終須白，賴得同胞血泪痕。

湘靈子

陳鉢《〈軒亭冤傳奇〉題詞（用秋女士原韻，詩見遺稿）》（《晚清文學叢鈔·傳奇雜劇卷》所收本《軒亭冤》卷末）：

官吏太糊塗，謠聽市虎訛。山陰陰到底，誰在九閽呼？
我更觸鄉愁，枯腸枉自搜。而今翻擱筆，韵事讓荊州。
四海同聲哭，分明死亦生。傳奇千古壽，地下可心平？

惨絕浙東路，家家泪有痕。芳魂天上聽，聽譜《軒亭冤》。

鑄錯生陳鉢

惜秋女史《〈軒亭冤傳奇〉題詞（用秋女士原韵，詩見遺稿）》（《晚清文學叢鈔・傳奇雜劇卷》所收本《軒亭冤》卷末）：

禍福循環相倚生，奇冤何必憤難平。芳魂地下應含笑，留得千秋女俠名。同胞追悼賦新詩，珍重湘靈筆一枝。學士才人齊下拜，滿腔熱血付填詞。

惜秋女史

蠡城劍俠《〈軒亭冤傳奇〉題詞（調寄〈虞美人影〉）》（《晚清文學叢鈔・傳奇雜劇卷》所收本《軒亭冤》卷末）：

金光飛處寒光逗，斷送碧鬢紅袖。擲個頭顱如斗，血染軒亭口。　錢塘夜涌蛟龍吼，中外同胞眉皺。贏得傳奇垂後，名共河山壽。

蠡城劍俠

杞憂生《〈軒亭冤〉評語》（《女報》臨時增刊《越恨》第一卷第五號所收本《軒亭冤・賞花》齣末）：

劇本中多係子虛烏有，未有演實人實事者。有之，自飲冰主人《新羅馬傳奇》始。茲編搜查女士遺迹暨近今時事，其氣魄意境與《新羅馬》不相上下。

自由花爲秋女士寫照。

女士行事與羅蘭夫人相吻合，作者因賞花而叙述及之，針對後來秋瑾死事。每讀一句，浮一大白。

放足一事，爲女界開通之起點。偉哉秋瑾！我同胞當鑄銅像以祀之也。此甲辰年間事。女士抱愛國熱誠，嘗自比瑪利儂，故一言一語慷慨激烈，頗有英雄氣概。

　　作者於現今女界中最崇拜秋瑾，故極力描寫，語語均有寄托，閱者試細味之。

山陰杞憂生評

　　杞憂生《〈軒亭冤〉評語》（《女報》臨時增刊《越恨》第一卷第五號所收本《軒亭冤·演說》齣末）：

　　女士自號鑒湖女俠（一字瑜娘，又字璿卿），生平豪縱尚氣，有口辨。每演說，議論風發，有不可一世之概。閱者試觀此齣，語語逼肖女士口吻，真是繪聲妙手。

　　女士自吾所謂"革命"者，是家庭的革命，非政治的革命。西人所云"男女平權"是也。故女士每說"平權"兩字，輒嗚咽不能成聲。

　　自庚子拳亂後，列強之勢力日增，中國之國勢益弱，故當時女士演說均係實在情形。中國男兒約二萬萬人，其實此四種人最占多數，而求其卓然獨立、有愛國思想者，十無二三，豈不哀哉？作者描摩盡致，殆有諷而言。

山陰杞憂生評

　　杞憂生《〈軒亭冤〉評語》（《女報》臨時增刊《越恨》第一卷第五號所收本《軒亭冤·游學》齣末）：

　　寫王生如此其懦弱，寫秋娘如此其健強，真寫生妙手。振漢之名已見於《賞花》一齣，并非突如其來。

　　"你要去，祇管去罷了"，直捷痛快，省却多少浮烟漲墨。

　　演日本維新事，語語警闢，無一浮泛句。

　　作者每道及時事，輒痛哭流涕，語多激烈。茲獨含蓄不言，輕輕描寫，是有意立异處。

山陰杞憂生評

杞憂生《〈軒亭冤〉評語》(《女報》臨時增刊《越恨》第一卷第五號所收本《軒亭冤·卧病》齣末):

去年女士自東歸,自述留學艱苦狀。東渡時,長途觸暑,一病幾不起。既之東,又因水土不服,抱病一月餘,幸得同鄉某女士扶持云云。觀此齣,則茲齣亦係實在情形。按,女士十九歲與王郎結婚,生有一子一女。(見吳芝瑛女士所撰《秋女士傳》)當其東游時,曾送其子若女於外家,作者於第二齣已提及之。茲於病後寄懷兒女,亦人情所必有也。語云:"兒女私情,雖大英雄亦不能免。"信哉!

女士創設青年同志會,在初之東時已有此心,嗣因抱病中止。至丙午年始行成立。作者於此先提一筆,小說家所謂伏綫是也。

山陰杞憂生評

杞憂生《〈軒亭冤〉評語》(《女報》臨時增刊《越恨》第一卷第五號所收本《軒亭冤·創會》齣末):

此齣所演各事,繁雜異常,一經作者悉心布置,覺得層次井然,絲毫不漏。信乎才子之筆能奪天工!

創《女報》係丙午年事,嗣因經費不足中止。

吳競雄亦女界錚錚者,茲於創報時叙述及之,伏後來陰至墓前慟哭地步。

秋女士還鄉并不到家裏去,可見女士已與其夫離异。作者在前并不叙及,特爲女士隱去。

體育會設在倉橋諸暨册局,程毅等係體操專修科學生,現尚羈禁在獄,備受酷刑。天乎,何太惡!竟令如許青年志士足斷脛折,皮破肉綻,受此意外之慘禍。哀哉!

或謂女士語言激烈,近乎破壞一流人物,然其胸中實無此等思想。這事我可保的。

山陰杞憂生評

杞憂生《〈軒亭冤〉評語》（《女報》臨時增刊《越恨》第一卷第五號所收本《軒亭冤·驚夢》齣末）：

"驚夢"是女士將死之兆，乃女士不爲自己擔憂，反爲國家擔憂，何其愚也！雖然在女士作事光明正大，并沒有革命思想，後來慘死，實出意外。豈女士當時所及料哉？

四個人頭在陸上滾來滾去，閱者諒不知道一個是徐，一個是陳，一個是馬，一個就是女士的。嗚呼！當皖案未發時，夢中已有此現象，可畏哉！可畏哉！

明道女學者，女士同鄉徐某所創辦也。女士歸里後，即應明道女學之聘爲教員，此丙午秋間事，不久即辭職。按，女士自東歸過滬，聞母喪，倉皇歸里，乃作者於其返國時并不提及，未免失於檢查。兹於此處補出，亦無不可。

"登龍山"一曲頗有慷慨激昂、斫地悲歌之概，其餘各曲亦均有精神，非浮泛者所能望其肩背。

作者於詩詞是第一專家，雄健浩放，洵是文界革命巨子。閱者請觀其譜曲便知。

山陰杞憂生評

杞憂生《〈軒亭冤〉評語》（《女報》臨時增刊《越恨》第一卷第五號所收本《軒亭冤·喋血》齣末）：

女士被殺，天下冤之，有哭以詩者，有弔以文者，其餘如挽、如贊、如誄等，遍登各報，不一而足。然僅僅表白一時，曷若譜之傳奇，足以流傳於後世也。女士之名顯，女士之冤白，作者這點心血有功於女士者不少。

女士何爲而死哉？死於"秋風秋雨"七字也，而實死於"與我同黨"一語也。乃作者并不提及,亦一缺憾。余以嚴詞詰之,據云"恐有誤傳",故將此語隱去。

作者與女士同郡,故一切情形均極明白。公等不信,請讀本書,便知余言之不謬。

"便死了也難消",未死以前已作此等不祥語,慘死軒亭,其何能免?

丁未六月六日,紹府殺秋瑾於軒亭市口,女士臨刑時語言壯快,頗合女豪口吻。

女士向以女豪自命,雖面上毫無怨恨之形,而胸中實多怨恨之思,故當就縛時,亦不免有怨天恨人之聲。

此齣最難措筆,附和則實秋娘之罪,激烈則傷當道之心,故作者注定全神,一字一泪,一句一血,普天下錦綉才子定當首肯。

秋瑾果何罪耶?縱其心中有革命思想,然未見諸實行,烏得以革命目之也。且在法律上觀之,非首非從,而竟以"莫須有"殺之,一何闇於天理、拂於人情之甚耶。嗚呼!予欲無言。嗚呼!予欲無言。

山陰杞憂生評

杞憂生《〈軒亭冤〉評語》(《女報》臨時增刊《越恨》第一卷第五號所收本《軒亭冤·哭墓》齣末):

偉哉!女士之文字也;勇哉!女士之氣概也;大哉!女士之志願也。苟無人為之表白闡揚,則天下後世將有不知秋娘之行事者。此齣似乎畫蛇添足,其實必不可少。

虬髯客及吳競雄均與女士為莫逆交,閱者觀第五齣便知。

贊耶、誄耶、銘耶、挽詞耶、祭文耶,同胞大作幾如恒河沙數,刊不勝刊,讀此齣後均可免灾棗梨。

《哭墓》後但云"到東洋開追悼會",并不另生枝節,以此作結,省却多少浮烟漲墨。

近見某日報載有《軒亭復活記》。語云："死者不能復生。"安有身首異處，而能復活的道理？此等小説在迷信時代固不足責，乃竟明目張膽登諸報端，其不爲同胞所竊笑者幾希。茲編演實人實事，既非附會，又不臆造，較勝《軒亭復活記》，奚啻萬倍！

是書雖云游戲筆墨，然女士一生行事暨當時誣陷情形，均網羅其中矣。余謂此本當作秋女士歷史讀。

山陰杞憂生評

《愛國泪》

◆ 劇情概要與本事

劇首題"歷史小説愛國泪傳奇"，署"蕭山湘靈子編"。存二齣，依次爲《慟哭》《國會》，未完。寫匈牙利北方精布梭省人噶蘇士，係出清門，少抱天才。曾在卡文大學精研法律，平生篤信自由。匈牙利自路易第二戰死以後，成爲奧地利之屬地。奧相梅特涅以嚴辣手段倡壓制之謬論，匈牙利八百年之民權自由被摧陷殆盡。而匈牙利國民放弃責任，坐視種族之淪亡，個個俯首屈服在專制政體之下。噶蘇士念此，不免痛哭。他决心勇擔國民責任，絕不垂頭縮尾，偷活在黑暗世界。匈牙利激進派首領威哈林男爵亦不滿奧政府專用壓力，排斥自由。一日，他聯合温和派領袖沙志愛伯及愛國人士一同往議院協議大事，見前日提議七件有利匈民、無害奧王之議案均被奧王駁斥，非常不滿。奧王又派兵警將之逮捕。噶蘇士得知這一消息，决定與衆人組織一自由民黨，以承威哈林之志，抗奧王而保民權。

生扮噶蘇士，副净扮巴拉，末扮威哈林，副末扮瑪尼西，丑扮星拉黎，外扮沙志愛伯，雜扮議員十餘人、警兵十餘人。

是劇乃敷演匈牙利争取自由獨立的故事而成。據其首刊時間，知是劇完成當在宣統元年（1909）或之前。

◆ 著録、版本與收藏情況

現存宣統元年（1909）十二月九日至十六日《申報》連載本，藏浙江圖書館。

◆ 序跋、題詞與評語

韓茂棠《〈愛國泪傳奇〉叙事》（宣統元年十二月九日至十六日《申報》連載本《愛國泪》卷首）：

千八零二年四月二七號，匈牙利精布梭省中，有一幼兒揚呱呱之聲，以出現於世界。是即倡言自主，狂呼獨立之路易噶蘇士也。

噶蘇士天才奇特，有英雄氣概。十六歲卒業於卡文大學校，十七歲始研究法律，後爲精布梭省之名譽裁判官。鋤强扶弱，恤病憐貧，同胞悉崇拜之。常語人曰："丈夫志一立，何事不可成。"觀此，則噶蘇士實匈牙利一愛國大英雄。

彼何人哉？乃竟欲犧牲一身，以供國家，爲同胞謀自由幸福。千八三二年，被舉爲議員，倡言自主，狂呼獨立，奥政府頗深惡之。又復手寫報紙，震動全匈。奥相梅特涅乃用嚴辣手腕，下令逮捕，囚噶蘇士於布打城。獄中，幽囚三載，英雄氣短。後經國民與奥政府交涉，乃始有出獄之令下。時千八百四十年五月十六也。噶蘇士出獄之日，右手携一白髮老者，徐步而出，蓋即急進派首領威哈林也。（按，威哈林自千八二六年入獄，至是已幽囚四載矣。）噶蘇士既出獄，乃復龍跳虎躍，爲匈牙利造無窮之幸福。

千八四八年三月四日，以紙幣故，噶蘇士乃演説奥政府之罪惡，草國會决議案三十一件，布告國民。奥王既許之，而復反對之。於是斥噶蘇士爲叛徒。而匈奧之大戰爭以起，噶蘇士與古魯家議戰守，各存意見。噶蘇士恐兩雄衝突，不足以集事也，遂辭職，乃以軍國大事悉委於古魯家。而古魯家素懷貳心，竟賣國以圖自免。於是匈牙利仍爲奧大利奴隸矣。嗚呼！生存加里之心，没灑但丁之泪，英雄末路，孰有甚於噶蘇士哉？

　　千九百二年九月九日，匈牙利舉行（國父）誕生百年紀念，祭於布打城彼得斯京城。致保種之詞，唱愛國之歌，歡若雷動，觀者如堵。實匈牙利獨立以來，未有之盛典也。嗟乎！噶蘇士固有造於匈牙利，而匈牙利人之報之也亦厚矣哉。

王時潤
（1878—1959）

　　字啓湘，善化（今湖南長沙）人。光緒三十四年（1908），畢業於日本東京法政大學法律部，歸國後歷任江蘇、安徽、湖南各省立法政專門學校教員，南京民國法政大學、江蘇大學、北京清華學校教授，東北海軍航警學校教官，湖南旅寧公學校長等。後弃教從政，歷任江南陸軍第五師軍法處長，浙江鄞縣、杭縣各地方檢察廳檢察官，浙江高等檢察廳檢察官，江蘇江寧、吳縣各地方法院檢察官，國民政府司法部民事司第二科科長，東省特別區地方法院檢察官等。1949年後，曾在湖南文史館工作。精諸子之學，著有《商君書發微》《周秦名學三種》《鬼谷子校補》《公孫龍子發微》《説文段注補正》《説文研究法》《説文疑義舉例》等書。戲曲作品有《王粲登樓》。

　　按，據姚大懷《〈晚清民國傳奇雜劇文獻與史實研究〉商補——再與左鵬軍先生商榷》（《戲曲研究》2014年第3期）考證，"王時潤應生於光緒四年（1878）"；又根據王平《伯祖父一家》言其"活了八十二歲"之語，判斷其卒於1959年。

　　傳記文獻：《時人彙志》（《國聞周報》1933年第33期）、王時潤《太年伯張子鎔夫子（諱惟儁）贈詩二首》、王平《伯祖父一家》（《芙蓉》2021年第6期）等。

《王粲登樓》

◆ 劇情概要與本事

　　劇首題"聞鷄軒雜劇"，署"湖南善化王時潤"。一折。寫山陽人王粲，少工詞賦，長值離亂。曾任侍從之臣，後爲避亂，旅食荆州，暫依劉表。王粲見劉氏父子均屬庸才，非知天下大計之人，有心歸去，奈遍地皆兵，西京道阻，未能成行。一日，天氣晴明，途無泥滓，不免携琴童登樓騁望。但見頹垣敗瓦，滿目衰草，不由感嘆國之將亡、邦之將覆，却無人挽救。後見寒日落山，王粲黯然下樓。

生扮王粲。登場人物尚有琴童，未分配脚色。

本事見於王粲《登樓賦》。元鄭光祖（？—1324前）《醉思鄉王粲登樓》雜劇演述同一題材。

◆ 著録、版本與收藏情况

現存光緒三十三年四月初一（1907年5月12日）《法政學交通社雜志》第5號所收本。

俞天憤
(1881—1937)

原名承萊，字采生，一作采笙，號懺生，別署挽瀾、挽瀾詞人等，以筆名"天憤"行世，常熟（今江蘇常熟）人。著名文人俞鍾鑾（1851—1926）之長子。早歲肆力於經史，喜詩文、繪畫，歷任小學教員、校長等。辛亥革命時，曾率健兒百餘人保衛鄉里，爲人所稱道。進入民國後，因對時事失望，閉門著述。兼任《鳴報》《常熟日日報》編輯。晚年皈依佛教。民國二十六年（1937）12月，常熟淪陷，歿於避日寇途中。善作小說、戲曲，著有長篇小說《二月春風》《鏡中人》，以及短篇小說集《中國新探案》《中國偵探談》等。戲曲作品有《同情夢》《法國女英雄彈詞》等。

按，關於《同情夢》作者，阿英《晚清戲曲小說目》、傅惜華《清代雜劇全目》、蔡毅《中國古典戲曲序跋彙編》等依劇前題署，定爲"挽瀾"，然於其生平事迹等付闕。馬良春、李福田主編《中國文學大辭典》，梁淑安、姚柯夫《中國近代傳奇雜劇經眼錄》，齊森華等主編《中國曲學大辭典》以及左鵬軍《晚清民國傳奇雜劇考索》等斷定"挽瀾"即晚清革命烈士陳伯平（1882—1907），并對陳伯平之名號、生平等有所介紹。經查，陳伯平今存詩六首、傳記一篇、小說一篇、書劄兩通，無一署"挽瀾"或"挽瀾女士"者；而俞天憤《法國女英雄彈詞》署名"挽瀾詞人"，且《同情夢》正文及其評語中有關作者信息與俞氏相符，故將該劇歸於其名下。

傳記文獻：徐天嘯《俞天憤》（芮和師、范伯群、袁滄州等《鴛鴦蝴蝶派文學資料》上）、陸蔚明《俞天憤傳》（《吳中耆舊集——蘇州文化人物傳略》）。

《同情夢》

◆ 劇情概要與本事

劇首題"同情夢傳奇",署"挽瀾"。凡四折,依次爲《引夢》《入夢》《行夢》《醒夢》。第一折《引夢》前有"無真不是夢,大夢即爲真。是真是夢境,幻出自由神"四句。寫江南女子尤素心文通今古,交遍歐亞,痛同胞姊妹病弱昏沉,欲振興女權,警醒痴聾,奈孑然一身,無權無力,難以獲效,爲此倍感愁悶。一日歸棹琴水,泊舟虞山,蓬窗寂寞,倦意來襲,不覺沉沉睡去。虞山夢神感其愛國熱忱,乃就彼夢裏,欲警醒一番,以自醒醒人。夢中,素心先來到胭脂店、文綉店等,衆人紛紛向她兜售胭脂、名綉、珠翠、木底等物,素心認爲這些對女性而言均無用且有害,故憤然拒絕。又來到一家書店,店主推薦《女子世界》月刊,素心認爲這纔是一邑之光明所在。夢神又將素心引上一高臺,她站在臺上慷慨演說,痛斥纏足陋習對身體之殘害,宣講女性價值,勉勵姊妹們擔起家國責任,學習自强,爭取女權。演說剛畢,已有衙門差人前來抓捕,素心急忙躲避,遇自由神像,遂向神像哭訴女界之沉淪,以及自己爲救同胞所受之種種磨難。夢神恐其陷入魔道,將之喚醒。素心醒後,認爲此夢大可警人醒世,欲讓丈夫黃漢人撰成詞曲,付與《女子世界》出版。

小生扮半明圖書館店主,旦扮尤素心,老旦扮蘇州珠花婆,貼旦扮纏足女子,净扮虞山夢神,副净扮舟子,副末扮文綉店店主,丑扮揚州老兒,外扮胭脂店店主,小生、副末、老旦、小旦扮各色人,丑、副丑扮官差。

本事待考。第四折末劍光評語云:"通本不用正生上場,蓋正生即黃漢人,作者自謂也。"知是劇或來自作者對妻子思想和生活的理解。按,俞天憤之妻姚鴻茝(生卒年不詳),字婉瑩,爲常熟著名女詩人,著有《紉芳集》。

又，據刊發時間推斷，是劇當創作於光緒三十年（1904）或之前。

◆ 著録、版本與收藏情况

《清代雜劇全目》著録。現存光緒三十年（1904）《女子世界》第八期所收本，《中國近現代女性期刊匯編·女子世界》第二册（綫裝書局 2006 年版）據之影印。

◆ 序跋、題詞與評語

劍光《〈同情夢·引夢〉評語》（光緒三十年《女子世界》第八期所收本《同情夢·引夢》折末）：

劍光加評：
是曲因夢而作，故首句即曰"彼姝如夢"。惟以自恃醒人，適入此夢。
得夢而醒，醒人之夢。奇情奇事，得未曾有。
尤素心謂："如此佳景，被我一人消受。"此痛語，非快語。
振興女權，固非一人所能。量力而行，向實地上做去，非有心人不能道。

劍光《〈同情夢·入夢〉評語》（光緒三十年《女子世界》第八期所收本《同情夢·入夢》折末）：

劍光加評：
昏昏沈睡中，有外國兵隊殺來。此未來之實境，非過去之夢境。
尤氏生平最恨脂粉珠翠、裝頭飾足。夢中處處反對之影，乃實事，非夢境也。
半明圖書館之名，爲一邑之特色。可嘆！
《女子世界》所以驚醒人夢者，乃於夢中見之。夢耶？醒耶？夢者自知，醒者自知。

劍光《〈同情夢・行夢〉評語》（光緒三十年《女子世界》第八期所收本《同情夢・行夢》折末）：

劍光加評：

推波逐浪，其言恐；男女相將，其言感；羅蘭無望，其言痛；文蠻抵抗，其言激；吹潮激浪，其言怒。以無數之意見、無數之熱誠痛泪，而一氣呵成之。

放足方已有成驗，曲中特爲標出，幸勿輕視。

運動未達其志，縲絏已加其身，夢中之幻境耳。雖然，不夢者大有人在。

傳奇既以夢稱，故夢神爲通本之綫索。首折則全藉尤氏口中説夢。

劍光《〈同情夢・醒夢〉評語》（光緒三十年《女子世界》第八期所收本《同情夢・醒夢》折末）：

劍光加評：

天地一夢境耳，第患人之不知夢，尤患其知夢而不知醒。尤氏云："躍入萬丈濤，噴開五里霧。"似知醒矣。終以自由思想，幾入魔道。嗚呼！自由夢夢，奚獨尤氏哉！

玄黃血戰，血花飛濺，刀光閃鑠，是何等悲壯之境。乃因天半鐘聲，瞿然驚醒。惜不及見虛無黨成功之日。

通本不用正生上場，蓋正生即黃漢人，作者自謂也，觀首尾兩詩可知。

高 增
(1881—1943)

字迪雲，號澹安、澹庵、卓庵，別署卓公、筠庵、佛子、大雄、覺佛、岫雲、秋士、東亞憤人，室名自怡軒、嘯大廬等，金山（今上海）人。南社社員。光緒二十九年（1903）與兄高旭（1877—1925）、叔父高燮（1879—1958）等組織覺民社，創辦《覺民》雜志，并在《醒獅》《復報》等刊物上發表詩文、戲曲、小説、歌詞等。辛亥革命後，見時局混亂，甚感失望，遂回鄉隱居。民國二十六年（1937）移居上海。柳亞子言高增與其兄高旭、叔父高燮"都以詩文著名，人稱一門三俊"（《南社紀略·我和南社的關係》）。著有《澹庵詩存》《自怡軒詩鈔》《嘯天廬詞存》等。戲曲作品有《女中華》《俠客》《人天恨》《女英雄》《血海恨》《活地獄》等。

傳記文獻：郭建鵬、陳穎《南社史料輯存：南社社友録》，左鵬軍《傳統與變革：近代戲曲新論》。

《女中華》

● 劇情概要與本事

劇首題"女中華傳奇（徵文甲等之一）"，署"大雄"。一折。寫女子黃英雌酷愛平權，向往自由，痛恨裹足陋習，認爲男尊女卑等謬説剥去天賦人權，養成了服從之奴性，弄得種族衰落，宗邦淪陷，國家成病夫之國。爲此，她主張在這將要萬劫不復之時，女子應該向巾幗豪杰花木蘭、梁紅玉學習，重振旗鼓，新造山河，做一個女國民。然其所見現實是女子依然睡夢未醒，而平日作威作福的男子却當了异族的走狗。最後，黃英雌打算先從改良人格、恢復自由做起，使東西洋文明國人不敢輕看我們，反稱我們爲"女中華、女豪杰"。

旦扮黃英雌。

本事待考。據刊發時間推斷，是劇當創作於光緒三十年（1904）五月之前。

◆ 著録、版本與收藏情況

《清代雜劇全目》著録。現存光緒三十年五月十五日（1904 年 6 月 28 日）《女子世界》第 5 期所收本，夏曉虹《〈女子世界〉文選》（貴州教育出版社 2014 年版）亦收録。

高增

《俠客》

◆ 劇情概要與本事

劇首題"俠客傳奇"，署"大雄"。僅成第一齣《倡義》。寫志士俠客楊無畏感慨祖國千年以來爲强鄰踐踏，致江山無主，亡國之歌常奏。一日獨坐無聊，想到祖國近日又被無數异族欺辱，國人將做兩重奴隸，到時光復故國，恐怕更難。又想起美利堅曾血戰八年，方贏得自由開化，遂號召國人學習。然現實中國人醉生夢死，各自爲己，楊無畏對此甚是傷心、失望。最後决心獻身祖國，盡一份救國的責任。

生扮楊無畏。

本事待考。據刊發時間推斷，是劇當創作於光緒三十年（1904）五月之前。

◆ 著録、版本與收藏情況

現存光緒三十年五月二十五日（1904 年 7 月 8 日）《覺民》第 1—5 期合刊本。

《人天恨》

● 劇情概要與本事

劇首題"人天恨傳奇",署"秋士"。一折。寫亞東少年含辛子,幼習科舉,追求功名。自中日甲午戰爭後,驚心國恥,夢游文明,遂拋弃八股,講求實學,并發誓願救同胞。婚後,伉儷情深,自不待言,且與妻子同氣相求,自己不至曲高和寡。然不久愛妻病亡,含辛子悲痛萬分,追想不已。但目睹無數同胞受萬重壓制,大好河山淪於异族之手,仍然立志救國,準備鼓舞人心,除去异種,復興華夏。

生扮含辛子。

本事待考。據刊發時間推斷,知是劇當創作於光緒三十年(1904)五月之前。

● 著錄、版本與收藏情况

現存光緒三十年五月二十五日(1904年7月8日)《覺民》第8期所收本。

《女英雄》

● 劇情概要與本事

劇首題"女英雄傳奇",署"覺佛"。僅成《殺賊》一齣。寫宋代奇女子梁紅玉,少拋針綫,學習兵韜,後來自由擇婿,適大將韓世忠,夫妻同聲相應。近來北狄橫行,國威掃地,中原淪爲游牧之場。二人認爲正是昏君、奸相、亂臣等誤國、賣國，纔讓金人耀武揚威，終有今日之禍。時值開戰之期，梁紅玉往戰船中助丈夫一臂之力。最後用埋伏計，一鼓作氣，大敗敵人。

旦扮梁紅玉，净扮韓世忠，末扮金將，外扮金邦四太子。

本事見《宋史·韓世忠列傳》等。據刊發時間推斷，知是劇當創作於光緒三十年（1904）五月之前。

● 著録、版本與收藏情况

《清代雜劇全目》著録，署"覺佛撰"。現存光緒三十年五月二十五日（1904年7月8日）《覺民》第1—5期合刊本。

──────────┥《血海恨》┝──────────

● 劇情概要與本事

劇首題"血海恨傳奇"，署"佛子"。一折。寫晚明時期，嘉定書生劉清有志保衛祖國、拯救同胞，但未得施展懷抱。此後，天子昏庸，宦官肆虐，盗賊四起，朝中猶大殺黨人，致使清兵一路南下。劉清以耳聞目睹之事實，控訴清兵殺人屠城、奸淫婦女之種種惡行，痛斥投降异族的奸細之昧却天良、殺不可恕。

生扮劉清。

本事待考。據刊發時間推斷，知是劇當創作於光緒三十二年（1906）之前。

● 著録、版本與收藏情况

現存光緒三十二年（1906）《復報》第6期本。

《活地獄》

◆ 劇情概要與本事

劇首題"活地獄傳奇",署"覺佛"。一折。寫大哀國國民救苦人,感於當時"甘心異族欺凌慣,有幾男兒不馬牛"的狀況,歷數清軍入關之後殺人如麻、大興文字獄、大行催命政策等種種惡行,以及當時統治者搜括民間、賣土地與外國、國家將被瓜分的危急局勢,把清政府統治下的國家描繪成一座毫無生氣的活地獄,以揭露統治者的凶暴殘酷,呼喚同胞盡快覺醒。

生扮救苦人。

本事待考。據刊發時間推斷,是劇當創作於光緒三十年(1904)或之前。

◆ 著錄、版本與收藏情況

《清代雜劇全目》著錄。現存光緒三十年(1904)《中國白話報》第21—24期合訂本,藏上海圖書館。

龐樹柏
(1884—1916)

　　字檗子,號芭庵,別署綺庵、龍禪居士、劍門病俠等,常熟(今江蘇常熟)人。自幼聰明好學。光緒二十六年(1900),與兄樹松(1879—?)、鄉人黃振元(生卒年不詳)等在蘇州組織"三千劍氣文社"。光緒三十年(1904),肄業於江蘇師範學校,後任教於上海思益、澄衷等學堂。宣統元年(1909),與陳去病(1874—1933)、柳亞子(1887—1958)等在蘇州成立南社,被推爲詞選編輯,後入同盟會。武昌起義時,從上海返回家鄉,策動常、昭兩縣的獨立革命,任縣署秘書主任。不久,被迫離職,避走上海。民國二年(1913)參與策劃"二次革命",事敗後退出政界,執教於上海競雄女學。著有《龍禪室詩》《玉琤琮館詞》《抱香簃詩詞叢話》《今婦人集》《清代女紀》等。又有雜劇《碧血碑》。

　　按,《晚清戲曲小說目》《中國近代傳奇雜劇經眼錄》《古典戲曲存目彙考》均言其與歐陽淦合著《玉鈎痕》一種,誤。

　　傳記文獻:王德鍾《〈龐檗子遺集〉序》(《龐檗子遺集》)、蕭蛻《龐檗子傳》(《龐檗子遺集》)、龐鍾璐《海虞龐氏家譜》卷十三。

《碧血碑》

◆ 劇情概要與本事

　　劇首題"碧血碑雜劇",署"龍禪居士撰"。一齣。寫安徽桐城女子吳紫英乃秋瑾舊友。秋瑾自去年含冤死後,殘骨遺軀無人收拾,吳紫英甚是傷心。後她在西子湖邊、栖霞嶺側購得一塊墳地,將秋瑾重行埋葬。近日墳工已竣,吴紫英帶着丫鬟前往吊奠。回想往事，吴紫英倍感凄凉。湖邊大悲庵主持慧珠聽聞秋瑾墓竣工，特來瞻禮。見吴紫英在此，遂請其爲墓坊題柱聯，并索賜秋瑾遺像，以便挂在禪房，朝夕供養。天色已晚，吴紫英隨慧珠往禪堂小憩。

旦扮吴紫英，貼扮丫鬟，老旦扮慧珠，末扮船户。

是劇乃據當時實事改編而成。按，吴紫英即吴芝瑛（1867—1933），字紫英，別號萬柳夫人，桐城（今安徽桐城）人。爲秋瑾至交好友，曾冒死將秋瑾尸體"偷"出，埋葬於西子湖畔，書寫碑文，并勒石存世。又，據作者《〈碧血碑〉自叙》末所署"戊申三月，常熟龐樹柏龍禪父自叙"，戊申即光緒三十四年（1908），知是劇創作時間應不晚於此時。

◆ 著録、版本與收藏情况

《清代雜劇全目》《古典戲曲存目彙考》著録。現存光緒三十四年（1908）五月《小説林》第十一期排印本，阿英編《晚清文學叢鈔·傳奇雜劇卷》（中華書局1962年版）據之排印。

◆ 序跋、題詞與評語

龐樹柏《〈碧血碑〉自叙》（《晚清文學叢鈔·傳奇雜劇卷》所收本《碧血碑》卷首）：

秋女士殉戮，識與不識，無不冤之。其遺事已有同學吴君靈鶼及某女士撰爲樂府，自足播艷璇閨，流馨彤管矣。惟吴芝瑛夫人爲秋女士營葬一事，其義俠亦令人聞而欽敬。乃援吴君與某女士之例，作《碧血碑》，藉記其嬐。且豪竹哀絲之後，添此一段裊裊餘音，使天下傷心人讀之，尤足低徊慨想而不置也。吴夫人或不以余爲多事歟？

戊申三月，常熟龐樹柏龍禪父自叙

程嘉秀《夫子撰〈碧血碑〉成，題此三絕句》（《晚清文學叢鈔·傳奇雜劇卷》所收本《碧血碑》卷首）：

龐樹柏

湖山清響入哀詞，埋玉埋香不諱痴。如此深情兼俠骨，愧他男子號鬚眉。
棠梨落盡吊斜陽，一角棲霞暗斷腸。留得墓碑三尺在，青山青史自生香。
幽草幽花護殯宮，香芩薦罷怨東風。千年碧血千行淚，收入零絲斷笛中。

髫男程嘉秀書於靈芬閣

吳 梅
(1884—1939)

字瞿安，一字靈䳄，晚號霜厓，別署臞庵、厓叟、逋飛、呆道人等，長洲（今江蘇蘇州）人。光緒二十七年（1901），以第一名補長洲縣學生員，後兩赴鄉試均落第，遂轉赴上海，入東文學社學習日文。光緒三十一年（1905），得黃人（1866—1913）引介，入東吳大學堂任教。宣統元年（1909），加入南社。民國元年（1912）春，應南京第四師範學校之聘，次年轉入上海民立中學。民國六年（1917），入北京大學教授古樂曲，次年兼授北京高等師範學校課程。民國十一年（1922），攜家南歸，任東南大學國文系國學研究會指導員。民國十六年（1927）後，短暫任教於中山大學、上海光華大學。民國十七年（1928），東南大學復起，并易名爲中央大學，吳梅擔任教職。"八一三"事變起，吳梅攜家先後避居南京、武漢、桂林等地。工詩詞，精通曲理、曲律，主講詞曲三十餘年，著名詞曲研究者任訥（1897—1991）、盧前（1905—1951）、錢南揚（1899—1987）、王玉章（1895—1969）、唐圭璋（1901—1990）、王季思（1906—1996）等皆出其門下。著有《奢摩他室曲話》《顧曲麈談》《南北詞簡譜》《中國戲曲概論》《遼金元文學史》《詞學通論》《詞餘講義》《元劇研究 ABC》《霜厓詩錄》《霜厓詞錄》等。創作戲曲作品十餘種，今存傳奇《風洞山》《鏡因記》《鈞天夢》三種，雜劇《軒亭秋》、《落茵記》、《雙泪碑》、《暖香樓》（後易名《湘真閣》）、《無價寶》、《惆悵爨》六種等，其中《軒亭秋》《落茵記》《暖香樓》《雙泪碑》可歸於清代。

傳記文獻：鄭逸梅《南社叢談·南社社友事略》，張鐵叟《吳霜厓年表》（《江蘇文獻》第一卷第11、12期合刊），盧前編、徐益藩補《霜厓先生年譜》（《戲曲月輯》第一卷第三輯），王衛民《吳梅年譜》（《吳梅戲曲論文集》）。

《軒亭秋》

吳梅

● 劇情概要與本事

劇首題"軒亭秋雜劇四折"，署"長洲靈鶼撰"。今僅存《楔子》。寫浙江山陰縣女子秋瑾，幼習國文，頗通新理。十九歲時嫁給王郎，隨宦京師，讀書度日。後見戊戌變法失敗，義和團興起，國家竟淪落到如此地步，便脫簪毀妝，東渡游學。三年後學有所成，準備隻身回國，造福鄉里。同學朱玉虹、胡之芬備下酒水，唱曲爲之餞行。

旦扮秋瑾，搽旦扮朱玉虹，外旦扮胡之芬。

本事來自清末女杰秋瑾（1875—1907）事迹。清古越嬴宗季女（生卒年不詳）《六月霜》、嘯廬（生卒年不詳）《軒亭血》、韓茂棠（1880—?）《軒亭冤》等與此題材同。是劇創作於秋瑾犧牲後不久，即光緒三十三年（1907）十月刊發之前。按，篇末有灑蛩樓評語云："此劇開場……以學成歸國爲主，則以下受明道之聘，罹黨鋼之獄，皆無窒礙。而第四折《哭奠》之朱、胡，即於此處逗出，尤爲剔透玲瓏。"據此可知，評者所見之原稿本爲四折加楔子，惜今已不見其他内容。

● 著錄、版本與收藏情況

《古典戲曲存目彙考》著錄。現存光緒三十三年（1907）十月《小説林》第六期所收本，另有《吳梅全集》（河北教育出版社 2002 年版）排印本。

● 序跋、題詞與評語

灑蛩樓《〈軒亭秋〉評》（光緒三十三年十月《小説林》第六期所收本《軒亭秋》卷末）：

楔子非正文也，元人雜劇中多有之，大抵補正文所不逮。故其體裁與南曲之家門開場不同。《梧桐雨》之正末，《蕭淑蘭》之正旦，皆以全劇中主人翁出之。此劇止傳秋瑾，故以旦唱。

搽旦即南曲之貼旦，《宮詞》所謂"十三嬌小喚茶茶"也。末泥、狐狙皆爲番語，北曲之角名與南詞不同。

北曲之【幺篇】即南詞之【前腔】。【賞花時】一支，用於楔子者也。

細繹此劇開場，實難下筆。女士學識得力於東渡者至巨，若即以"航海"爲題，則下面正文多一阻礙，不能徑捷矣。茲以學成歸國爲主，則以下受明道之聘，罹黨錮之獄，皆無窒礙。而第四折《哭奠》之朱、胡，即於此處逗出，尤爲剔透玲瓏。

【賞花時】二支，妙在不自鋪張，若以新少年門面語實之，便是惡札。

開場道白似此恰好，"戊戌年"數語又爲蘊藉。或謂"送行"一曲激射下文，較勝於定場白，不知一以辭勝，一以質勝，其難易未可言也。

"熱心兒肯被這天風吹散""飛夢入家山""易水蕭蕭白日寒"數語，出語未見雄杰，而一入此處，却分外生動，筆墨都爲雲烟矣。

《落茵記》

● 劇情概要與本事

一名《落洇記》。一齣。寫浙江江山縣書生吳興，與故友周旦同往平康訪名妓劉素素。素素妙齡絕色，然説起平生經歷，泪灑當席。原來其出身名門，本是畫閣嬌女，自幼許配王家，後入學堂肄業，心醉自由，意欲自擇良緣，然父母決意不允。那時，劉素素與一位曾姓男子相投契，受其蠱惑，竟至失身。後來王家準備擇期迎娶，劉素素祇得與男子私奔，避居申江三年，又被携往日本。曾氏已先行娶妻，其妻趕至東京，將丈夫強押回國，而素素則被弃置他邦。此事傳遍東京，無人不知。幸得幾個同鄉親戚幫助，素素纔得以回國歸家，孰料又被爹娘趕出家門。劉素素祇得寄身乳母家中。乳母心生惡念，將她賣入烟花。劉素素至此後悔不已，認爲"自由"二字害人不淺。吴興知周旦最愛素素，建議周旦爲之贖身。

生扮吴興，小生扮周旦，旦扮劉素素。

本事待考。按，此劇《小説月報》所收本之《〈落茵記〉題記》末署"辛亥季冬，吴梅志於朧庵"，張氏敬蒼水館校刻本卷末栽芝評語有"辛亥季冬，老瞿以此劇見示"句，辛亥即宣統三年（1911），知是劇作於此年冬季前不久。

● 著録、版本與收藏情況

《古典戲曲存目彙考》著録。初載民國二年（1913）四月《小説月報》第四卷第一號，題《落茵記雜劇》，注"奢摩他室第三種曲"，《吴梅全集》（河北教育出版社2002年版）據之排印。又有民國五年（1916）張氏敬蒼水館校刻本，題《落溷記》，藏中國藝術研究院圖書館，《傅惜華藏古典戲曲珍本叢刊》第115册據之影印。

● 序跋、題詞與評語

吴梅《〈落茵記〉題記》（民國二年四月《小説月報》第四卷第一號所收本《落茵記雜劇》卷首）：

> 吾草此劇，吾重有所喟焉。方今女權淪溺，有識者議張大之，是矣。顧植基不固，往往脱羈夔駕，而身陷於邪慝。愚者又從爲之辭曰："不得意也。"嗚呼！守身未定，他何足道。一失千古，誰其恕之？北風怒號，瑟縮如猬。起視燈影，照我如墨。依譜成詞，貢諸大雅。
>
> 辛亥季冬，吴梅志於朧庵

吾詞不敢較玉茗，而差勝之者有故也。玉茗不能度曲，余薄能之。春鳥秋蟲，雖有高下，至滯齒掩噪之音，自知可免焉。江樓淒寂，獨弦不張。偶出酬接，交相怪罵，故秘諸篋中耳。飄茵、落溷，爲名花解惜者，有幾人哉？

壬子十月，吳梅又記

栽芝《〈落溷記〉評》（《傅惜華藏古典戲曲珍本叢刊》所收本《落溷記雜劇》卷末）：

辛亥季冬，老瞿以此劇見示，爲之細加評語。老瞿飲我酒，遂大醉不可支。蓋自藏園、倚殊（疑爲"晴"）而後，百年來無此樂矣。

栽芝漫題

張士樑《〈落溷記〉跋》（《傅惜華藏古典戲曲珍本叢刊》所收本《落溷記雜劇》卷首）：

朧安《落溷記雜劇》，專用本色語，無明人赤水、昌朝餖飣之習。且其旨意正大，足以針世俗之膏肓。余最喜誦之，即置玉茗、百子間亦足鼎立，彼趙、蔣輩不妨平視之也。先曾刊於海上，流傳未廣。余因爲之重梓，行款大小悉依《奢摩他室曲叢》之式。昌黎云："可憐無益費精神。"余與朧安，當相視而笑矣。雖然哀樂中年，正賴絲竹陶寫，舉世懵懂，我輩逍遙，何必如桓子野聞歌輒喚奈何耶？

丙辰三月，同里亦安張士樑校畢并識

香雪《〈落茵記〉跋》（民國二年四月《小說月報》第四卷第一號所收本《落茵記雜劇》卷末）：

辛亥季冬，老瞿以此劇見示，爲之點板，并倩九組歌之。予益喜，遂大醉不可支。蓋自藏園、倚殊（疑爲"晴"）而後，百年來無此樂矣。

香雪漫題

恽樹玨《〈落茵記〉題詞》（民國二年四月《小説月報》第四卷第一號所收本《落茵記雜劇》卷末）：

吳梅

> 文從字順思無邪，差勝臨川洵不誇。錦綉文章名教語，荊釵貧賤勝如花。
>
> 不堪回首已飄茵，兩字傷心是失身。終竟自由産歐土，逾淮逾泗橘非真。
>
> 歐亞禮化既殊，風尚亦异。一夫多妻，彼邦所謂干紀犯法，不齒社會者，吾國以爲富貴之標幟。語以一夫一妻之制，其賢者引"不孝無後"之言以自辨獲（應爲"護"），不肖者直悍然曰："寡人好色，汝窮酸，擁黄臉婆娘，出於無奈耳。"吾入世二十年來，默察社會心理，鮮不如此，以言婚姻自由，宜其圜（應爲"圓"）鑿方柄（應爲"枘"）。而今日開通，女子大有人盡可夫之雅，此又其反動力，難以理喻者矣。讀《落茵記》一過，爲之撫然，率題兩絶，并書所見。佛頭着糞之誚，所不計也。
>
> 鐵樵

《暖香樓》

◆ 劇情概要與本事

又名《暖香樓樂府》，後易名《湘真閣》。一齣。寫山東萊陽人姜垓本在京中任主事職，後辭官旅居金陵，與秦淮妓女李十娘相遇，兩情和好，寓居在暖香樓中。平時閉門謝客，對酒看花，消遣閑愁。一日清晨早起，姜垓替李十娘梳成盤龍高髻，然後二人同賞牡丹，飲酒談心，相憐相惜。不覺天色已晚，又陪十娘房中閑話。好友孫臨、方以智欲往暖香樓訪姜垓，又怕他不肯相見，便心生一計，假扮作强盜越墻直至床前。姜垓不明所以，赤膊伏地求饒，孫、方此時方表明身份。後姜垓與十娘擺下酒席，宴請二人。

生扮姜垓，老生扮方以智，旦扮李十娘，末扮孫臨，丑扮龜公。

本事取自清余懷（1616—1696）《板橋雜記》。按，姜垓（1614—1653），字如須,號仃石山人,萊陽(今山東萊陽)人。與方以智(1611—1671)同爲崇禎十三年(1640)進士,明末辭官後旅居蘇州等地。劇首高祖同《〈暖香樓樂府〉題詞》云:"歲丙午,又著第二種曲,曰《暖香樓》,以冶艷爲主。"丙午即光緒三十二年(1906),知是劇作於當年。

❖ 著錄、版本與收藏情況

《清代雜劇全目》《古典戲曲存目彙考》著錄。現存光緒三十三年(1907)《小說林》月刊第一期排印本;宣統二年(1910)刻長洲吳氏編《奢摩他室曲叢》第一集所收本,藏國家圖書館等,《奢摩他室曲叢》(國家圖書館出版社2012年版)第陸冊據之翻刻。另有日本東京大學東洋文化研究所藏本、國家圖書館鄭振鐸藏本。後易名《湘真閣》,現存民國十六年(1927)石印本、民國十九年(1930)刊《戲劇月刊》第一卷第四期排印本,均附工尺譜;民國二十一年(1932)刻《霜厓三劇》及《霜厓三劇歌譜》所收本,藏中國藝術研究院圖書館,《傅惜華藏古典戲曲珍本叢刊》第115冊據之影印。

❖ 序跋、題詞與評語

吳梅《〈暖香樓樂府〉題詞》(宣統二年刻《奢摩他室曲叢》第一集所收本《暖香樓》卷首):

歲丙午鄉居,杜門不出,雜取各家筆記讀之。高君梓仲命作新樂府,余曰:"傳奇者,以奇事可傳者也。事不奇非惟不傳,亦可不作。"梓仲乃取《板橋雜記》中姜如須事爲請。布局措詞,一日而畢,題曰《暖香樓》,蓋即李十娘所居也。

嗚呼!勝國末年,秦淮歌舞,甲於天下,不可謂不盛矣。乃江上師潰,喋血廣陵,而金陵舊院,鞠爲茂草。南朝士夫,爭以崖岸相高,究於天下事何補也?夫溺聲色而談氣節,君子羞之,故北里遺音,反多南朝野史,此邦人士，不其恧而？然則青溪一水，正足爲故家興廢之由。況蕩子狎客，又皆爲文人學士之所寄迹，不得已乃托諸兒女以自晦耶？果爾，則《暖香樓》之作，非獨寄艷情，亦且狀故國喪亂之態，雖謂之逸史可也。

　　古人云："不患才少，特患才多。"余自甲辰以來，頽唐抑鬱，江郎才盡矣。今以兒女之事，乃復盜我筆墨，馮婦下車，劉伶賭酒，豈故朝遺事，大足以醫我懶耶？然而寄托如斯，亦足自傷。或者謂："天不爲人之惡寒而輟其冬，人亦不爲窮困而劫其才。吾輩生於斯世，正賴絲竹陶寫。步兵隱於酒，秘演隱於浮屠，湯若士亦謂'其次致曲'，而子反以爲憂，夫子猶有蓬之心夫？"嗟乎！人世之事，猶桴鼓也，擊之則聲，勿擊則平。余不知何所感慨，而爲此言情之書也，抑亦有托而然也？以質梓仲，梓仲曰："然。"爲序之如此。

　　　　　　　　　　　　　　　　　　　　　　　　　　　　長洲吳梅

高祖同《〈暖香樓樂府〉題詞》（宣統二年刻《奢摩他室曲叢》第一集所收本《暖香樓》卷首）：

　　余之得交於吳君瞿盦有年矣。瞿盦年少倜儻，喜讀書，於書無所不覽。工於詩，溺於文，倚馬千言，洋洋若陸海潘江也。而平生所嗜者，尤以歌曲爲最。瀏覽元明諸家之作，而獨瓣香於臨川湯先生，故於玉茗《四夢》，實能登其堂而嚌其胾矣。歲甲辰，著第一種曲，曰《風洞山》，以悲哀爲主。歲丙午，又著第二種曲，曰《暖香樓》，以冶艷爲主。"暖香樓"者，名妓李十娘之所居也，爲姜如須事，載在《板橋雜記》中，非如子虛烏有之妄托而已。

　　夫明季以來，世丁末造，而秦淮金粉，尤盛於往時。故學士文人，纏頭爭擲，豈真藉溫柔鄉以終老耶？抑亦大丈夫不得已之所爲也？《暖香樓》之作，蓋悲其才，哀其遇，而獨艷其情。情之所鍾，兒女爲甚。語曰："英雄氣短，兒女情長。"其明季諸子之謂乎？且嬉笑怒罵，變幻百出，極其所至，雖盜跖之所爲，亦有所不避者，殆以愧夫當世士大夫歟？以彼攀附權門薰天之勢，竊恐亦盜跖之不若，而隱以慨長安棋局之不可問耶？抑別有所指歟？然而癯盦氣雄萬夫，區區詞曲，何足以盡其才？淳于髡之滑稽，東方朔之嫚罵，顧愷之之痴絕，阮嗣宗之狂傲，合四子之所為，而癯盦可見矣。後之讀者，當盡然流涕，而慨想其為人。

元和高祖同

朱錫梁《〈暖香樓樂府〉題詞》（宣統二年刻《奢摩他室曲叢》第一集所收本《暖香樓》卷首）：

舊院柳荒長板橋，秦淮嗚咽雜笙簫。開元天寶都陳迹，冶夢春懷寄翠翹。曲譜湘真李十娘，暖香樓上太郎當。憑君細數雙紅豆，回首鍾山已夕陽。

朱錫梁

沈修《〈暖香樓樂府〉題詞》（宣統二年刻《奢摩他室曲叢》第一集所收本《暖香樓》卷首）：

《八聲甘州》

佐秦淮韵冶幻虹雙，鶼雲攪鴛衾。笑文章廉盜，烟花貞色，疑寇疑淫。錯累嬌真裂膽，喚醒女蘿陰。聊狎紅梁飲，杯綠盈斟。　青史明窗偷咏，算粉樓戲劫，濁運將侵。護靈均香草，心識戀芳深。是中人、存亡皆徇，恨半天、離碧隱眉岑。憑君手、記銷魂事，冤海鈎沉。

沈修

張采田《〈暖香樓樂府〉題詞》（宣統二年刻《奢摩他室曲叢》第一集所收本《暖香樓》卷首）：

《八聲甘州》

怪隔江猶唱《後庭花》，飄零客悲秋。話南朝鉤黨，烏衣香第，金粉荒丘。誰譜《春燈》《燕子》，斜月十三樓。終古青谿水，嗚咽東流。　　我亦過江詞客，寫故裙白練，鄉冷溫柔。嘆尊前人老，無夢繞西洲。認長淮、秦鬟妝鏡，怕五湖、漁笛換扁舟。殘鵑淚、賭籠紗句，紅燭題愁。

吳梅

張采田

鄒福保《〈暖香樓樂府〉題詞》（宣統二年刻《奢摩他室曲叢》第一集所收本《暖香樓》卷首）：

一曲《春燈》《燕子箋》，江山如夢化秋烟。板橋衰柳青溪雨，留與詞人妙筆傳。

回首秦淮易夕陽，紅牙按拍淚沾裳。《桃花扇》後新詞出，不使香君獨擅場。

頓楊舊院自風流，潮落空江鷓鴣愁。試向氍毹翻笛譜，依然璧月照瓊樓。

南都往事偶重論，寫到風懷總斷魂。三百年來無此筆，而今吳苑有梅村。

江總持兼杜牧之，屯田玉茗繼填詞。六朝以後才人語，都作君家五色絲。

梨園雲散但空梁，風雅銷沉事可傷。安得涼宵新曲奏，高燒樺燭聽《霓裳》。

鄒福保

張茂炯《觀演〈湘真閣〉，次梅溪韵》（《傅惜華藏古典戲曲珍本叢刊》所收本《霜厓三劇》之《湘真閣》卷首）：

《壽樓春》

尋南朝餘芳。認朱樓翠户，低掩文窗。是處魂消桃渡，夢迷巫陽。偎倩影，縈纖腸。甚妒花、春風顛狂。笑繫馬情痴，驚鴛計巧，都爲醉來妝。

青溪逝，紅橋長。盡云亭按律，圓海裁腔。但剩湖山淒麗，管弦悲傷。金粉澤，溫柔鄉。付曲詞、今逢周郎。映猩色氍毹，濃歡未忘羅綺香。

元和張茂炯仲清

吳曾源《觀演〈湘真閣〉,次梅溪韻》(《傅惜華藏古典戲曲珍本叢刊》所收本《霜厓三劇》之《湘真閣》卷首):

《壽樓春》

過臺城探芳。更調脂弄粉,深掩文窗。祇剩吹簫涼韻,墜鞭斜陽。施健手,迴柔腸。撼夢醒、風狂人狂。甚露板輕傳,雲笙細語,依樣試啼妝。

春池皺,秋江長。有西崑麗格,南部新腔。況又丁簾鶯老,午朝鵑傷。金馬客,華胥鄉。誤約他、重來劉郎。算憐惜光陰,風懷便忘魂返香。

叔曾源伯淵

《雙泪碑》

● 劇情概要與本事

又名《雙泪碑傳奇》。四折,依次爲《初婚》《哭墓》《得書》《殉情》。寫蘇州人王岸,其父在日時,曾爲其問字於李氏碧娘。王岸後游學東瀛,授徒吳市,偶識汪女柳儂。汪柳儂丰姿秀麗,才德雙備,王岸一見鍾情,遂稟過母親,銷除與李氏之舊約,任其別締良緣;又向汪家求婚,擇定吉日,迎娶成親。新婚之夜,二人相約百年之期。李碧娘自得王岸退婚後,大病一場,其母欲興訟理論,碧娘則執意不從。時值清明,碧娘隨母親郊外掃墓,心中抑鬱,便在父親墓前哭訴一番。恰遇其父故友之子高義,高義勸其致書汪柳儂,探其情性,倘若王岸悔悟,不妨效英皇故事,成就此緣。汪柳儂接到李碧娘書信,方知原委,更感動其不怨王岸弃絶而將定親庚帖寄來,以免有礙兩家和氣。此時柳儂既恨王岸弃置髮妻,又感動他爲了自己,寧受薄幸之名,遂决定殉情,爲王岸補過。她從學校回到家中,趁王岸熟睡之際,做書與李碧娘、王岸,勸他們不介前怨,重續鸞膠。又寫信留別母親,後跂行床前,見了丈夫最後一面，吐血倒地而死。最後，王岸決定遵從妻子遺願，待喪事料理完畢，再往李家求婚。

生扮王岸，老生扮高義，旦扮李碧娘，貼扮汪柳儂，老旦扮陳氏，副净扮汪母、僕人，副末扮巫君、蒼頭，丑扮王母、王世成、女僕。登場人物尚有婢女二、樂人十二、汪柳儂之二妹等，俱未分配脚色。

本事取自陸秋心（1883—1927）《雙泪碑》小説。據作者《〈雙泪碑傳奇〉自序》云："辛亥之秋，偶讀秋心子《雙泪碑》，心竊喜之，以爲事奇而情合乎正，爲之填詞，尋又輟業。……今歲冬仲，索居寡歡，漫續成之。"知是劇始撰於宣統三年（1911）秋，續成於民國二年（1913）冬。

● 著録、版本與收藏情况

《古典戲曲存目彙考》著録。原載民國五年（1916）《小説月報》第七卷第四號、第五號，《吴梅全集》（河北教育出版社2002年版）據之排印。

● 序跋、題詞與評語

吴梅《〈雙泪碑傳奇〉自序》（民國五年《小説月報》第七卷第四號排印本《雙泪碑》卷首）：

余讀明人院本，輒作數日惡。托興閨襜，寄情蘭芍，美談極於利禄，麗藻等諸桑濮，托體不尊，其蔽一也。搜神志怪，幽眇無稽，長陵宛若，竟司赤繩，茶陵耆老，乃主東岳，導揚巫風，其蔽二也。南曲之工，莫如永嘉，而隸事協韵，時有乖舛。下逮臨川、松陵，各有獨擅。顧尋瘢索綻，論者牛毛，甚者且目爲野狐，悠悠之口，誰其雪之？

辛亥之秋，偶讀秋心子《雙泪碑》，心竊喜之，以爲事奇而情合乎正，爲之填詞，尋又輟業。而一時好事者，争相傳唱，旗亭賭勝，不讓"黄河白雲"焉。今歲冬仲，索居寡歡，漫續成之。既竭吾才，未知較明人何若？三風十愆，庶幾可免，而野狐之誚，聽之而已。嘗謂飲食男女，出於至性，乃飲食可薄，而男女之際，獨纏綿固結而不自止。王生之過，雖不可逭，而我國昏禮，可議者正多。黃土一閉，迦陵幷命，讀者兩恕之可也。

癸丑中冬，長洲吳梅書於腥庵

任光濟《〈雙淚碑傳奇〉序》（民國五年《小說月報》第七卷第四號排印本《雙淚碑》卷末）：

自家庭，而族黨，而社會，而極之四海內外，倫類至賾至繁，皆造端乎夫婦。夫婦之道得，乾坤以定，陰陽以序。《詩》三百篇，托始於《關雎》，王道本乎人情，一歸於正而已。洎乎叔季，禮崩樂壞，大道決防，野田蔓草之詠，桑中濮上之謳，君子憂之。何者？士女之苟合，足以證風運之污也。是故先王之定爲昏制也，納采而後問名，問名而後納吉，納吉而後納徵，納徵而後請期，請期而後親迎。非故爲是縟節，事誠有不容不慎且重者。若夫不待父母之命、媒妁之言，男女以意相授，而曰"予亦已有室家"，此其道在獉狉之民、儷皮未用之前，吾國固嘗有之，又何必詫爲夷狄之風哉？

長洲吳子瞿安，才氣卓犖。好讀書，於百氏多所瀏覽，而尤工詞學。以近所譜《雙淚碑傳奇》見示，且曰："王生以一念之誤，幾爲名教罪人，幸而所遇賢也。不幸而不賢，生雖愧悔無益，其何以處之？"又曰："婦人能捐軀以全所眷顧之人，不使陷於不義，其用心之苦，有什伯倍於孤嫠守節者。是宜寵之以聲，以愓薄俗也。"余受而讀之，其情實悉如君言。而文章之勝，格韻之高，又自有獨到之處。昔臨川湯若士，謂"予意所至，不妨拗揆天下人嗓子"；吳江沈寧庵，則謂"寧可讀之不成句，須歌之使協律者"。二公各有所偏如是。今瞿安以若士之筆，協寧庵之律，爲之不懈，其將執牛耳於騷壇也必矣。

余今歲來滬上，與同臥室，夜半輒不寐。瞿安睡方酣，忽開口而歌，泠乎其清,渢渢乎其移人,斷乎續乎,若可聞,若不可聞。然則君之技,其有契於神者乎?余於聲樂之事,未嘗肄習,不敢自附於知音,喜是作有當乎風人之旨,足使少年後進引以爲戒也,於是乎序。

吳梅

癸丑十月,宜興任光濟

王藴章
（1885—1942）

　　字蓴農，號西神等，別號與齋號衆多，金匱（今江蘇無錫）人。幼承家學，多才多藝。光緒二十八年（1902）入副貢，三十二年（1906）畢業於蘇垣高等學堂，任無錫西學堂英文教員。宣統二年（1910）任上海商務印書館編輯，創辦《小説月報》，同年參加南社，爲南社早期社員之一。次年，曾短暫任職於南京中華民國臨時政府。民國四年（1915）創辦《婦女雜志》，兼任主編。此外，還曾主筆於《新聞報》《明星畫報》等。又嘗任滬江大學、暨南大學、正風大學教授等。晚年生活艱困，以賣書度日。通詩文，精書法，善詞曲、小説。著述頗多，有《西神小説集》《雲外朱樓集》《然脂餘韵》《玉臺藝乘》《梁溪詞徵》《雪蕉吟館集》等。戲曲作品有《碧血花》《可中亭》《香桃骨》《霜華影》《玉魚緣》《緑綺臺》《鴛鴦被》《鐵雲山》《青年鏡》《錦樹林》《剪淞塊語》等十一種，還曾爲文鏡堂補續《蘇臺雪》雜劇。其中《碧血花》雜劇作於清末。

　　按，關於其生年，莊一拂《古典戲曲存目彙考》、左鵬軍《王藴章戲曲創作考述》等均定爲光緒十年（1884）；徐紅玲《王藴章戲曲研究》據《南社入社書》《漚社詞鈔·同人姓字籍齒録》等，考訂其生於光緒十一年（1885），可從。

　　傳記文獻：王西神《生平奇事》（《雲外朱樓集附編》）、薛福成《誥受奉直大夫户部雲南司主事王君墓志銘》（《庸庵文編》卷四）、鄭逸梅《詞章名手王西神》（《鄭逸梅選集》第6卷）、左鵬軍《王藴章戲曲創作考述》（《漢語言文學研究》2013年第4期）、徐紅玲《王藴章戲曲研究》（南京師範大學碩士學位論文，2019年）。

《碧血花》

● 劇情概要與本事

劇首題"碧血花傳奇",署"梁溪蕁農填詞"。四齣,依次爲《酒俠》《香盟》《殉俠》《吊烈》。寫明末桐城書生孫臨,自幼隨兄旅居京師,讀書萬卷,學劍十年,未遂凌雲之志。見國事日非,山河破碎,衆人酣夢依然,乃弃家浪游,流寓南京,混迹於酒旗歌扇之間。某日,閑暇無事,又往酒店痛飲消愁,想起舊日同游歌姬已歸他人,更添身世之感,便吩咐酒保備下筆硯,在壁間寫詩抒懷。好友余澹心尋至,見牆上題詩,已明瞭其心事,便言青樓女子葛蕊芳色藝無雙,可往其妝閣閑坐,以消寂寞。孫臨與葛蕊芳一見情深,遂結百年之好。孫臨一時沉湎於温柔鄉不能自拔。葛蕊芳見時局艱危,時常勸他以國事爲重,立功沙場,再造河山,并表示願隨其從軍,孫臨甚爲感動。老友楊文聰擢任右僉都御史,駐軍京口,招孫臨入幕,參贊軍務,孫、葛二人欣然起行。自來京口,噩耗頻傳,後國破家亡,二人又兵敗身囚。葛蕊芳已抱定必死決心,又勉勵丈夫殺身取義,以死殉國。敵將見葛蕊芳容貌艷麗,逼迫她隨順自己,反遭其痛駡。葛蕊芳持刀行刺不中,乃嚼舌含血唾其面。後余澹心約同舊院李湘貞共赴莫愁湖畔,臨風憑吊孫、葛夫婦。

生扮孫臨,小生扮余澹心,旦扮葛蕊芳,小旦扮李湘貞,副净扮將官,丑扮酒保、家僮、厮役,雜扮四軍士。

本事出自清余懷(1616—1696)《板橋雜記》。據發表時間,知是劇當創作於宣統三年(1911)或之前。

● 著録、版本與收藏情况

《清代雜劇全目》《古典戲曲存目彙考》著録。現存宣統三年閏六月二十五日（1911年8月19日）《小說月報》臨時增刊所收本；阿英編《晚清文學叢鈔·傳奇雜劇卷》（中華書局1962年版）所收本；黃希堅、俞爲民選注《近代戲曲選》（華東師範大學出版社1995年版）所收本；王筱雲等主編《中國古典文學名著分類集成·戲曲卷》（百花文藝出版社1994年版）所收本；殷夢霞選編《鄭振鐸藏古吳蓮勺廬抄本戲曲百種》（國家圖書館出版社2009年版）第25冊所收本。

● 序跋、題詞與評語

王蘊章《〈碧血花〉自識》（《小說月報》臨時增刊所收本《碧血花》卷末）：

溽暑初闌，積雨無俚，會心石自里門來，偕過菊影樓，見案頭有《板橋雜記》《桃花扇》等書，朗聲讀之，若有所感。心石屬以《雜記》中孫武公、葛蕊芳事譜爲傳奇。爇炬竟夕，達旦而成。以示心石，謂聲情、節拍庶幾近之。既泛覽曲譜及諸名家著述，始覺疵纇百出，業付手民，無緣藏拙。書此自懺，并望當世紅友、白石輩，示我倚聲齪律之正則也。

雙星渡河之夕，蓴農王蘊章識於篁冷軒

王蘊章《雨夜偶成》（《小說月報》臨時增刊所收本《碧血花》卷末）：

獨坐聽風雨，吟詩破寂寥。百年真草草，多病獨蕭蕭。歲月他鄉盡，音書故國遙。幾回愁絕倒，贏得酒頻澆。

陸恩煦
（1885？—？）

字采臣，錢塘（今浙江杭州）人，清末民初在世。生平事迹未詳。著有雜劇《血手印》《李範晉殉國》二種。

按，齊森華等主編《中國曲學大辭典》言其生年約爲 1885 年，暫從。

傳記文獻：陸恩煦《血手印》。

《血手印》

◆ 劇情概要與本事

劇首署"錢塘陸恩煦采臣倚聲"。一折。寫吴江人楊夏早承庭訓，即以兼愛爲心，後入福音醫院學習醫術，博施濟衆。今聽聞安徽灾狀，慘痛攖心，亟思拯救。爲募集賑灾款項，組織義演新劇《血手印》，楊夏亦在劇中扮演角色。劇中有竊賊以刀刺楊胸情節，不料登臺表演時，楊胸前所帶護胸板片滑落，致使刀刺入其胸膛，當場死亡，釀成悲劇。

小生扮楊夏，丑扮陳耀德，雜扮看客四人、巡捕。

本事來自當時實事。按，楊夏（1889—1911），名錫恩，字君謀，吴江（今江蘇蘇州）人。近代著名學者楊天驥（1882—1958）之弟。業醫，首創中國醫會。宣統二年十二月十四日（1911 年 1 月 14 日），因籌款賑灾，在蘇州閶門外大觀園參演新劇《血手印》，楊君謀扮演銀行大班濮樂士，被誤傷致死。詳見范庭衛《清末公益志士楊君謀》（《蘇州雜志》2018 年第 5 期）。是劇創作時間當爲宣統三年（1911）事故發生後不久。

◆ 著録、版本與收藏情況

《清代雜劇全目》《古典戲曲存目彙考》著録。現存宣統三年（1911）《小説月報》第二卷第四期所收本。

《李範晋殉國》

◆ 劇情概要與本事

劇首題"朝鮮李範晋殉國傳奇"。一折。寫出使俄國的朝鮮貴族李範晋，因感於日本侵吞朝鮮，遂在國外組織光復黨，以抵抗侵略，徐圖恢復。後起義不幸失敗，憂憤萬分，刺臂寫下血書，號召後人奮起鬥爭，又自刎殉國。

生扮李範晋，外扮僕人。

本事取自朝鮮史實。按，李範晋（1853—1911），字聖三，賜號川雲，本貫全州。朝鮮後期名臣李景夏（1811—1892）之庶長子，曾擔任大韓帝國派駐美國、俄國等國的公使。宣統二年七月十八日（1910 年 8 月 22 日），日本強迫大韓帝國簽訂《日韓合并條約》，吞并了朝鮮半島。消息傳到俄國首都聖彼得堡，李範晋痛苦不堪，於次年 1 月 26 日自殺殉國。是劇當創作於此後不久。

◆ 著録、版本與收藏情況

《清代雜劇全目》《古典戲曲存目彙考》著録，其中前者將劇名著爲"李晋範殉國"，誤。現存宣統三年（1911）《東方雜志》第八卷第二號所收本。

朱 山
(1886—1912)

一名昌時，字雲石，江安（今四川江安）人。幼時即敏慧過人，年十二應童子試，得案首。後因痛恨清王朝之腐朽，不再應試。年十八，赴重慶任《廣益叢報》記者。光緒三十一年（1905）就讀於成都知恥中學。宣統元年（1909）開辦《平論報》，明年任《蜀報》主筆，并加入同盟會。宣統三年（1911）參加四川保路運動。民國元年（1912）初，任江安縣首任知事，數月後又執教於叙屬聯中。不久即被袁世凱爪牙川督胡景伊（1878—1950）殺害。現存《賀新年》雜劇一種。

傳記文獻：丁既明《江安縣志》、黃稚荃《朱山事迹》（《成都文史資料選編·辛亥前後卷》）。

―――――《賀新年》―――――

● 劇情概要與本事

劇首題"賀新年昆曲"，署"朱山"。一折。寫蜀人艾國仁幼承通德，長負狂名，好談國事，常懷憂國憂民之心。宣統二年元旦，好友武士道、申明權來家中拜年。三人談起時政，艾國仁認爲國家已處於内憂外患、風雨飄搖之中，政府却還在以百姓血肉换取玩好；而民衆，無論是經商的、還是讀書的、有鄉望的，甚至講求新學的，都醉心功名、鑽營官場，毫無爲國爲人之心。所以，自家有事，萬不可仰望政府，亦不可依賴他人，祇得自己努力做事，方不負新年。

生扮艾國仁，小生扮武士道，末扮申明權。

本事待考，或取自作者對時事的認知。創作時間爲宣統二年（1910）。

◆ 著録、版本與收藏情況

現存宣統二年（1910）《廣益叢報》第二百二十五期排印本。

柳亞子
(1887—1958)

原名慰高，字安如；更名人權，字亞盧。後因慕宋代辛弃疾之爲人，改名弃疾，改號亞子。吳江（今江蘇蘇州）人。清末補諸生，爲南社創始人之一。曾任孫中山（1866—1925）總統府秘書、中國國民黨中央監察委員、上海通志館館長。抗日戰爭時期，與宋慶齡（1893—1981）、何香凝（1878—1972）等從事抗日民主活動。1949年出席中國人民政治協商會議第一屆全體會議，擔任中央人民政府委員、全國人大常委會委員等。早年參與戲曲改良活動，光緒三十年（1904），和陳去病（1874—1933）共同創辦了中國首個戲劇刊物《二十世紀大舞臺》。工詩詞，著述頗豐，有《柳亞子詩詞選》《磨劍室詩集》《磨劍室詞集》《磨劍室文集》。又有雜劇《松陵新女兒》一種行世。

傳記文獻：柳無忌《柳亞子年譜》、周廣秀《簫劍詩魂：柳亞子評傳》等。

《松陵新女兒》

◆ 劇情概要與本事

劇首署"安如"。僅成一折，名《俠感》。寫江蘇吳江縣女子謝平權，出身清門，夙受文明教育，思想開闊，不隨流俗。她悲嘆中華老大帝國積數千年專制淫威，將國民的天賦權利、自由天性剝奪乾凈，因此國運迍遭，民生憔悴。更控訴國中女性受謬教束縛摧殘，淪爲土偶玩物，致使女權蹂躪，女界沉淪。她認爲中國人應效仿西方，抖擻精神，廣開女智，收回女權，到時也會有一群女豪杰涌現出來，爲歷史添光彩。

旦扮謝平權。

本事待考。據夏曉紅《晚清戲曲中的"新女兒"——三篇傳奇內外的人物》(《中華文史論叢》2020 年第 2 期)考述,主人公謝平權當據柳亞子次妹柳平權(1895—1921)塑造,内容則爲作者新思想之表達。

◆ 著録、版本與收藏情況

《清代雜劇全目》著録。現存光緒三十年(1904)《女子世界》第二期所收本,後爲《中國近代文學大系(1840—1919)·戲劇集一》(上海書店出版社 2012 年版)及夏曉紅《〈女子世界〉文選》(貴州教育出版社 2014 年版)收録。

孫大武

別署蘅蕪清夢人，山陰（今浙江紹興）人。生平事迹未詳。今存雜劇《海棠夢》一種。

傳記文獻：孫大武《〈海棠夢〉題詞》（《海棠夢》）。

《海棠夢》

◆ 劇情概要與本事

劇首題"海棠夢傳奇"，署"花清月瘦君評點，蘅蕪清夢人填詞，海棠舊夢人校定"。正文六齣，依次爲《投府》《窺園》《定情》《夢別》《寄恨》《埋冤》；首有一齣《緣恨》。寫修江女子張桃芬出身名門，却頻遭灾患，父母相失，孤苦無依，祇得投靠舅氏。不料舅舅又一病而亡，多虧一位柳老爺施捨棺木將之安葬。張桃芬舉目無親，衣食全無，不得已，在鄰居楊媽媽的勸説下，投往柳府爲婢。柳府公子柳盈幼讀詩書，成年後不以功名爲意，終日網羅諸氏，考訂群經。自與張桃芬相逢，見其千般婀娜，神往不已；得知其悲慘身世後，更是憐惜。爲寄情思，柳盈在花園紫薇軒中寫下《浪淘沙》一首，恰被到此散心的桃芬看到。張桃芬從此視柳盈爲知己，萌生托付終身之念頭。後來，二人相約書房，互訴衷腸，私定終身。不料，消息泄露，人言籍籍。夫人得知此事後，爲責罰桃芬引誘公子，欲將之嫁於夏家。柳盈聞此，悔恨交加，痛苦不已。張桃芬亦連日啼哭，飲食不進，後托同伴杏芳將書信、羅裙、綉鞋、鈿盒等物帶與柳盈以訣別。不久，桃芬絕粒身亡，夏家將其藁葬。柳盈備下祭品，往其墳前哭祭。

生扮柳盈，旦扮張桃芬，小旦扮杏芳，正旦扮柳夫人，老旦扮楊媽媽，丑扮丫鬟、萬雲。

本事見清楊益之（生卒年不詳）《桃芬事略》。

◆ 著錄、版本與收藏情況

現存光緒十八年（1892）綠絲欄鈔本，藏中國藝術研究院圖書館，《傅惜華藏古典戲曲珍本叢刊》第111冊據之影印。

◆ 序跋、題詞與評語

孫大武《〈海棠夢〉叙》（《傅惜華藏古典戲曲珍本叢刊》所收本《海棠夢》卷首）：

夫衆音合縞，斯成文章；新聲謬迷，備茲煩怨。誰解《懊儂》，怕聽《子夜》。吳趨唱遍，春花慘紅；蜀錦歌殘，秋月舒白。六朝如夢，悵啼烏之聲淒；千古傷心，問驚鴻以老去。試撥銀琵，便揮玉箸。海棠館主，清愁若秋，深怨如訴，酒盞共把，琴心乃傳。

則有容華内侍，紫蘭宫人，儥豈兩環，家原碧玉，圓姿柔些，華質婉如。燕鬟初妝，鳳筝待綰；眉萼綻綠，含波送青。非宋玉之窺，异何蒙之遇。清月籠霧，艷絕提鞋；明河在天，浪傳解佩。愛憐方深，蕊茹斯起。羌鳴鳩以策勛，驚鴛鴦之斷夢。奪勘昆侖，將歸沙咤；奔無紅拂，殞痛綠珠。

嗟乎！瓊葩不春，素靈掩彩。墉宫天上，難招密香之魂；錦瑟人間，憐悵玉谿之句。哀矣怨矣，聞者淒欷。因彼綺情，發爲斯譜。蜜燭光冷，猊爐篆烟。時擊銅斗，繪其曼容；倘按紅牙，請付紫玉。庶幾曉風殘月，翻屯田之變聲；微雲秋山，唱淮海之別調云爾。

蘅蕪清夢人記

楊益之《〈海棠夢〉題詞》(《傅惜華藏古典戲曲珍本叢刊》所收本《海棠夢》卷首):

回首西州感不禁,新詞譜就劇多情。鴛鴦湖上凄涼路,怕聽紅牙按曲聲。
夢醒江湖不計年,東風幾度愴啼鵑。泥人錦瑟歸何處,舊事思量祇惘然。
鷓鴣聲中魂暗銷,匆匆話別忒無聊。海棠池館春無語,吹斷江南紫玉簫。
一鈎冷月漾罘罳,好夢如烟獨繫思。誰把雲和訴幽怨,水晶簾底立多時。
珠玉何年艷莫愁,酒旗歌扇惹新愁。可憐香火三生約,日暮蘅皋泪寒修。
綠窗人去夢惺忪,碧漢紅墻鎖萬重。聽遍梨花深夜雨,也應愁煞負情儂。
蕙心紈質慨飄零,清泪浪浪溢鏡屏。狼藉桃花渾不管,春風無力護樵青。
烟烏空啼亦太痴,春愁難縮惱游絲。鉛華拚盡轉無那,莫向東風舞柘枝。
《白紵》歌殘獨悄然,萬千愁夢愴難圓。玉璫莫寄雲羅信,盼斷青禽莫靄邊。
載酒江湖杜牧之,琴心幾疊最相思。紫雲老去空傳恨,惆悵三生我獨痴。
白楊蕭瑟莽淒淒,《子夜》歌殘烏亂啼。試問綺懷何處着,涼雲無色月痕低。
最是青楸冷裊霜,芝焚蕙嘆忒淒涼。匆匆埋玉從何說,檀板金樽總斷腸。
醴泉楊益之

湯之晉《〈海棠夢〉題詞》(《傅惜華藏古典戲曲珍本叢刊》所收本《海棠夢》卷首):

迷離香夢渺難圓,檀板聲聲唱可憐。錦瑟新思翻別調,青琴舊恨悵安弦。
烏啼夜月桃花泪,燕舞江風楊柳烟。試問綺懷何處著,紅牙按深碧雲天。
海棠睡醒劇堪憐,腸斷東風莫靄邊。流水落花空有怨,美人香草悵無緣。
行雲響遏悲青鳥,殘月魂歸泣杜鵑。珠閣銀欞春寂寂,那堪重聽唱《河傳》。
星沙湯之晉

楊霖《〈海棠夢〉題詞》（《傅惜華藏古典戲曲珍本叢刊》所收本《海棠夢》卷首）：

無端錦瑟數年華，舊事淒涼祇自嗟。打槳漫經桃葉渡，斷腸愁唱《後庭花》。

桃娘生小便工愁，纔學低眉已自羞。背立雙鬟呼欲出，怕歌《團扇》一停眸。

紫薇軒外漾晴烟，花瘦如人春可憐。讀罷新詞倍惆悵，鏡臺回首月華圓。
爐烟低颺翠罘罳，珠閣深沈玉漏遲。清霧滿身人悄立，隔牆花影夜來時。
落花飄泊怨春風，鸚鵡前頭語未通。淒絕雷聲車過去，門前溝水別西東。
繡履花鈿百蝶裙，縅情潛寄暗銷魂。可憐一幅鵝溪絹，灑盡斑斑血淚痕。
幽香三尺葬青泥，墓草萋芊沒馬蹄。祇恨芳魂招不得，郊原落日鬼車啼。
藏嬌漫說屋成金，九折迴腸百感侵。簾隱碧桃人已去，一窗風月剩孤吟。
銀床冰簟怕經秋，夢裏分明喚莫愁。一種離懷何處訴，海棠枝上月如鈎。
畫屏深鎖鳳簫寒，碎佩臨風響玉環。瘦盡燈花眠不得，□□□□□□。
金籠香透鸂鶒裘，十二朱簾半上鈎。絕憶曉風殘月冷，開窗嬌鳥喚梳頭。
按盡紅牙悵所思，東風愁損瘦腰肢。傷情荒草天涯遍，試唱東坡絕妙詞。

馬平楊霖

沈瀚《〈海棠夢〉題詞》（《傅惜華藏古典戲曲珍本叢刊》所收本《海棠夢》卷首）：

飄零身世若萍浮，靜鎖葳蕤燕子樓。煮茗添香甘淡泊，紫雲憔悴劇新愁。
空濛花霧捲湘簾，小憩園庭理翠鈿，驀見新詞情繾綣，更添愁緒上眉尖。
緋桃弱絮悟前因，羅綺魂銷嬌上春。花底潛來魚鑰顫，紫薇軒裏語曾親。
繁華事散轉成空，鵾鳩聲聲泣晚風。流水桃花春去也，一簾烟雨夢惺忪。

剩粉殘脂付彩箋，淒凉重認舊釵鈿。檀郎從此應添恨，莫把心情問碧天。
啼鳥聲聲亦太痴，桃花狼藉雨絲絲。忽忽死別何堪説，零落青衫不自持。
贏得蟬紗漬淚痕，亭亭倩女竟離魂。烏啼月落愁無那，炧盡蘭釭静掩門。
香銷珠碎劇堪憐，紫玉紅牙曲曲傳。薄命真成千古恨，曉風殘月泣啼鵑。

山陰沈瀚

孫大武《〈海棠夢〉題詞》（《傅惜華藏古典戲曲珍本叢刊》所收本《海棠夢》卷首）：

酒罷新愁黯似雲，篝燈細讀《瘗花文》。佳人命薄良緣短，不必重尋李少君。
碧玉銷沈劇斷腸，深深埋玉淺埋香。奇芬化作雙蝴蝶，長伴春陰護海棠。

山陰孫大武

蔡公采《〈海棠夢〉題詞》（《傅惜華藏古典戲曲珍本叢刊》所收本《海棠夢》卷首）：

十年清夢悲桃葉，一種風華閟鬢絲。我亦人間惆悵客，爲他兒女寫相思。
自拈紅豆譜新歌，有客當筵喚奈何。一曲曉風千古恨，玉笛聲裏淚痕多。

德清蔡公采

沈嫙美《〈海棠夢〉題詞》（《傅惜華藏古典戲曲珍本叢刊》所收本《海棠夢》卷首）：

挑燈偶讀《海棠詞》，旖旎溫柔總是痴。我亦閒情苦無奈，悔抛紅豆種相思。

南州沈嫙美

周培懋《〈海棠夢〉題詞》(《傅惜華藏古典戲曲珍本叢刊》所收本《海棠夢》卷首):

桃根仿佛見當年,嫵媚臨風絕世妍。漫唱王郎《打槳曲》,天涯有客淚如泉。

檀槽敲斷夢魂癡,落盡桃花悵所之。莫向東風怨憔悴,人間何處不相思。

善化周培懋

陶公簡《〈海棠夢〉題詞》(《傅惜華藏古典戲曲珍本叢刊》所收本《海棠夢》卷首):

黃泉碧落兩茫茫,說到春歸總斷腸。依舊王孫芳草暮,年年青冢有斜陽。

相思到此不能刪,人面桃花豈等閑。我識襄王也愁煞,忍將畫筆寫巫山。

南州陶公簡

楊益之《桃芬事略》(《傅惜華藏古典戲曲珍本叢刊》所收本《海棠夢》卷首):

桃芬姓張,小字圓圓,江西義寧州人。八歲遭髮逆亂,父母俱死於兵,芬隨舅氏避亂章門。稍長,丰神柔曼,姿態可人。年十四,舅氏卒,無以為葬,芬願自鬻以為葬費。於是歸於長安某氏,操作服役,處之裕如,其主亦不以侍兒等。某生於桃芬入門時,一見心許,如是者三年。

一夕,明月初上,芬衣紫羅衫,提金縷鞋,竟至生所。燈前私語,自訴生平,欷歔欲絕,并以終身托;既又知其不能,生百端慰藉,始已。帳暖芙蓉,春濃豆蔻,鳴雞一聲,即促生起,曰:"妾命薄如斯桃李,得侍君子,私衷誠幸,然後事茫茫,不知狼藉何如耳?"言之泣下數行,珍重而別。

芬性傲,不齒其群,至是共刺其陰事,泄於主,議將鬻之。芬聞之,一慟幾絕。生百端救解,竟不能免。芬知無如何,屢欲自裁。主防之嚴,不得,乃囑人致書於生，附以鈿盒一扇、羅裙一襲、綉履一雙，與之訣。生欲一見，竟爾不能。無何，芬竟歸於豪家。是夕，即自縊死，年僅十八。豪家藁葬之。生聞耗，直臨其冢，痛哭而已。嗚呼！芳草無情，落花多恨。吊美人於黃土，泣荒冢之青燐。傷如何之，悲可知矣。

孫大武

玉 橋

《古典戲曲存目彙考》言其"姓名、字號、里居均未詳"。著有《雲萍影》雜劇一種。

《雲萍影》

◆ 劇情概要與本事

劇首題"雲萍影傳奇",署"玉橋填詞"。分上、下二齣,依次爲《演鏡》《閨憤》。寫博士弟子員歪挨克目睹中國內憂外患,被列強欺凌,決定抛却辭華惡習,剃掉長髮,着新裝,佩西洋鏡,習染歐風美雨,開闊眼界,希望爲國家出一點力,爲國民盡一分職。一日,他携帶叢報數種,尋訪同樣關懷國事的華格斯女士。二人一起接受西方平等自由的文明思想,并吟誦詩壇革命家袞父先生詩作。

小生扮歪挨克,旦扮華格斯,貼扮丫鬟。

本事待考。按,劇中提及之"袞父先生",乃吴縣人汪榮寶(1878—1932)。汪榮寶,字袞父,號太玄。光緒二十三年(1897)拔貢。光緒二十六年(1900)入南洋公學堂,後畢業於日本早稻田大學。光緒三十四年(1908)任民政部右參議。宣統三年(1911)任資政院議員、協纂憲法大臣等職。民國元年(1912)任中華民國臨時參議院議員。民國二年(1913)任衆議院議員。民國三年(1914)出任駐比利時公使。民國四年(1915)任憲法起草委員。民國八年(1919)1月任駐瑞士公使。民國十一年(1922)任駐日本公使。工詩詞、考據,好書法。有《清史講義》《汪榮寶日記》行世。

◆ 著録、版本與收藏情況

《清代雜劇全目》著録。現存光緒三十年（1904）上海商務印書館出版之《綉像小説》第四十期本，藏國家圖書館。

感惺

姓名、字號、里居及生平事迹均不詳,約光緒、宣統間在世。著有雜劇《斷頭臺》《三百少年》二種。另有京調《賣貨郎》《木蘭從軍》及戲文《游俠記》等。

按,近代福建長樂人梁繼棟(生卒年不詳),字感惺,不知其是否爲戲曲家感惺,待考。

傳記文獻:齊森華等主編《中國曲學大辭典》。

《斷頭臺》

◆ 劇情概要與本事

劇首題"斷頭臺傳奇",署"感惺"。四齣,依次爲《黨争》《受讞》《伏刑》《餘情》。寫法王路易十六淫佚驕奢,又識見淺薄,衹知加賦增税,放任權貴們對百姓敲骨取髓,以致民不聊生,激起暴動。非色野之役,路易出居鳩爾利宮,後出奔中途復被捕獲,投至台姆普爾托獄中。山岳黨首領羅拔士比見廢王失德,想趁機將之付諸審判,將結果傳播大陸,然後再正典刑,一來彰顯平權主義,二來維護憲法權威。而盤踞内閣的狄郎的士黨及其黨首布利梭卿對此堅决反對,故羅拔士比在議會中痛斥布利梭卿爲個人榮華不惜祖護廢王。經過表决,多數議士贊成路易十六當刑。此時,狄郎的士黨人還在堅决反對,羅拔士比吩咐刀斧手將之悉數逮捕。廢王被帶到阿培審訊,議長在法庭上控訴其妨害人民之自由,侮辱、虐殺國民,反對憲法、國會,鎮壓革命,迫害黨人,以及恣吮公民之膏血等罪行。廢王雖極力否認,然證據確鑿,經多數國民決定，將其處以死刑。行刑之日，巴黎市民載歌載舞，都來圍觀。廢王被押上斷頭臺，方信公民萬不可犯、憲法萬不可違。其被斬首後，市民高呼"共和政治萬歲"，并將蘸上廢王之血的手巾挑在長竿上，送與廢后及廢太子觀看。羅拔士比又據公民意見，派人斬殺了廢太子及廢后馬利思得奈特。

生扮廢太子，小生扮路易十六，正武生扮歐耆華斯，幫武生扮桑特爾，旦扮馬利思得奈特，净扮羅拔士比，副净扮議長，副扮長桑松、馬特靈寺僧，末扮拍拉商、浮里耳，丑扮布利梭卿、馬拉，外扮丹頓，雜扮代議士、狄郎的士黨人及中央黨人、山岳黨人、刀斧手、巴黎男女老幼，衆扮辯護士、兵士等。

本事取自法國大革命史事。按，路易十六（1754—1793），法蘭西波旁王朝第五位國王。1789年法國大革命爆發後，其政治保守，在君主立憲等問題上搖擺不定，終於激怒革命黨和民衆，於1793年1月23日在巴黎革命廣場被執行死刑。

◆ 著錄、版本與收藏情况

《古典戲曲存目彙考》著錄。現存光緒三十年（1904）五月至六月《中國白話報》第十三、十四、十六、十八期所收本，阿英編《晚清文學叢鈔·傳奇雜劇卷》（中華書局1962年版）據之影印。

《三百少年》

◆ 劇情概要與本事

劇首署"感惺"。四折，依次爲《觀戰》《陷城》《芳感》《招魂》。寫日俄遼陽戰事中，書生樂平、虞有嬀及女士班又昭同入萬國紅十字會，赴前綫救護、觀戰。日軍水陸并進，勢如破竹，很快包圍遼陽，俄軍大敗，弃城而走。

感惺

俄國愛護本國國民，却將异族百姓當作炮灰，故其前隊皆爲波蘭、猶太人，還有不少中國人，這些人多慘死沙場。樂平等對此感到傷感無奈。日軍將入遼陽城，中國官員雇人打掃街道迎接，華人順民及地方官跪迎日本黑木大將入城，爲日軍所不齒。班又昭在病院充當護士，查問傷亡情況，知死者中有三百名中國少年。她認爲中國人充當了帝國主義侵略戰爭的犧牲品，十分可哀可嘆，遂與同伴將之埋葬在崖壁之下，并爲死者招魂。

生扮虞有媯，武生扮樂平，旦扮班又昭，副净扮十字軍隊長，黑净扮黑木大將，白净扮苦魯巴金將軍，丑扮地方、四工人，小丑扮夏疏，外扮順民，雜扮列國從軍者、受傷兵士。

本事不詳，應據日俄遼陽會戰敷演而成。按，遼陽會戰是光緒三十年（1904）日俄戰爭中的第一次重大戰役，揭開了俄國陸軍在中國東北全面崩潰的序幕。會戰持續兩個月之久，大量中國人被招募參加戰鬥，死傷或不止三百人。是劇創作時間當爲光緒三十年（1904）九月許。

◆ 著録、版本與收藏情況

《清代雜劇全目》著録，題爲"憾星"，誤。現存光緒三十年八月二十九日（1904年10月8日）《中國白話報》第二十一至二十四期合刊本，前二折又有光緒三十一年（1905）《浙源匯報》第2期本。

虞 名

字號、籍貫、生平均不詳。清末至民國間在世。著有雜劇《指南公》一種。

《指南公》

◆ 劇情概要與本事

劇首題"指南公傳奇",僅存第一齣《舉義》。寫文天祥平生恪遵母訓。弱冠即中狀元後,每恨朝無正士,邊防不力,致使异族暗渡陰山,策馬中原,殺人侵地。爲蕩盡腥膻,鏟除非種,其散盡家財,招募吉贛壯士,準備孤注一擲。這時,下人告知他祖母突然病逝。文天祥聞訊痛哭,然因處非常之時,殮殯之事也顧不得遵照古禮。葬畢,文天祥往後堂拜別母親,母親勸他爲國盡忠。雖然決定移孝作忠,往赴國難,然母子之情亦難以割捨。此時,長班來報,言吉贛士民同仇敵愾,踴躍從軍,已招齊三萬人馬。文天祥大喜,與衆人約定,明日早朝會齊,晌午出師。

外扮文天祥,貼扮下人,丑扮長班,雜扮僕人。登場人物尚有兵士,未分配脚色。

本事見《宋史》卷四百一十八《文天祥傳》。清筱波山人(生卒年不詳)《愛國魂傳奇》、無名氏《指南夢傳奇》與此題材同。

◆ 著錄、版本與收藏情況

《清代雜劇全目》《古典戲曲存目彙考》著錄。現存光緒三十三年十二月二十九日(1908年2月1日)《河南》第2期所收本。

碩 果

名號、里籍、生卒及生平事迹均不詳。著有雜劇《一家春》一種。

《一家春》

● 劇情概要與本事

劇首題"一家春傳奇"。一折,折名《憂亂》。寫切國國王見國民近來心醉外間學問,不比從前安分守己,東也謀反、西也橫議,看涓滴將成江河之勢,甚為憂心,於是遣人傳來千歲附末光商議對策。附末光自稱老邁,對此無能為力,請國王另聘能員。這時,豹留皮前來為國王解憂,言欲弭內亂,強權既不可施,名分又籠不住,不如派人前往鄰邦,假意參考學習,以穩定人心。國王認為此計甚妙,馬上吩咐照辦。

生扮豹留皮,貼扮內侍,丑扮切國國王,外扮附末光,雜扮狗阿哥、毛阿哥、羊阿哥。

本事未詳,應為影射清末政治而創作。據首刊時間推斷,是劇當創作於光緒三十二年(1906)。

● 著錄、版本與收藏情況

《清代雜劇全目》《古典戲曲存目彙考》著錄。現存光緒三十二年(1906)《復報》第1期本。

朗

姓名、里籍、生卒年及生平皆不詳。著有雜劇《窮途泪》《炎凉鏡》二種。

《窮途泪》

◆ 劇情概要與本事

劇首題"窮途泪傳奇",署"朗"。僅成一齣,似未完成。寫汪雲生家住維揚,少受庭訓,長習詩文。本欲投筆從戎,却見世事日非,外交多故,遂氣憤填胸。又想東渡扶桑,博得一長一藝,爲祖國增光,然家貧如洗,收拾行李後,頗覺竭蹶。幸田公念與其父同宦之誼,分金資助,遂得成行。來到日本,汪雲生專心學習,却被革命黨誣爲偵探,不能再住日本,從此廢學。日月如流,不覺汪雲生已二十六歲。近來其兄汪蘇生營業滬上,雲生因事到申,卜居已定,前去探望。

小生扮汪雲生。

本事不詳,應據作者經歷敷演而成。從發表時間推斷,是劇當創作於宣統元年(1909)。

◆ 著録、版本與收藏情況

《清代雜劇全目》著録。現存宣統元年五月初一(1909年6月18日)《申報》所收本。

《炎凉鏡》

◆ 劇情概要與本事

劇首題"炎凉鏡傳奇(續)"。分上、下二齣,依次爲《應試》《榮歸》。寫李又華與文運通有志功名,正趕上朝廷體恤寒儒,開科考試,遂欣然買棹赴省應舉。他們炎天奔走,旁人笑其熱衷於此,新黨譏其頑固。四場過後,李又華得優,文運通得拔,二人歡喜無量。進謁宗師,備蒙獎勵。後榮歸故里,敬拜祖先,虔謝天地,甚是榮耀。後二人又迫不及待商議朝考事宜,準備同行入都。

生扮文運通,老生扮李又華,雜扮船家。登場人物尚有奚童,未分配脚色。

本事待考。據發表時間推斷,是劇當創作於宣統元年(1909)。

◆ 著錄、版本與收藏情况

《清代雜劇全目》著錄。現存宣統元年六月十一日(1909年7月27日)《申報》所收本。

附錄一：雜劇作品失傳之作者小傳（上）

三餘子
（1589—？）

字三餘，名、號不詳，無錫（今江蘇無錫）人。明諸生。有雜劇《仙霞》一種，未見著錄，亦未見傳本。

按，葉德均《曲目鈎沉錄》疑其爲丁大任，未做確認。陸萼庭亦認同此說，主要依據顧樞（1602—1668）《仙霞討賊歌序》："《仙霞》雜劇，友人三餘子爲周、雷二公及阮賊大鋮作也。生面重開，熱腸如寫，澆予塊壘多矣，歌以志之。"顧光旭《梁溪詩鈔》卷十六選錄了"丁秀才大任"的詩，稱其字"三餘"，明諸生。鄧長風《十四位明清戲曲家生平著作拾補》據《荊駝逸史》叢書所收丁大任《入長沙記》和《永曆紀事》發現了新證據，即《入長沙記》開首云："是年三餘子周甲又五矣，遠游非得已也。"又，其認爲《永曆紀事》"當是丁氏在長沙期間得之傳聞者"。

《仙霞》：當取自明末阮大鋮（1587？—1646）亂政、迫害忠良，後引兵攻打仙霞關的故事。關於阮大鋮的死因，有多種說法。根據他的同鄉和親戚錢澄之（1612—1693）《皖髯紀略》的記載，其曾隨清軍攻打仙霞關，"上嶺，大鋮獨下馬徒步而前。諸公呼曰：'嶺路長，且騎，俟到險峻處乃下。'大鋮左牽馬，右指騎者曰：'何怯也，汝看我筋力，百倍於汝後生。'蓋示壯以信其無病也。言訖，鼓勇先登，不復望見。久之，諸公始至五通嶺，爲仙霞最高處，見大鋮馬拋路口，身踞石坐，喘息始定。呼之騎不應，馬上以鞭掣其辮，亦不動，視之，死矣"。本劇或演繹了這一史實。

傳記文獻：顧樞《仙霞討賊歌序》（顧光旭《梁溪詩鈔》卷十二）、錢澄之《皖髯紀略》（《藏山閣文存》卷六）、葉德均《曲目鈎沉錄》（《戲曲小說叢考》）、鄧長風《十四位明清戲曲家生平著作拾補——美國國會圖書館讀書札記之十五》（《明清戲曲家考略全編》上）。

傅齡文
（1600？—1653）

　　字長質，義烏（今浙江義烏）人，後定居錢塘（今浙江杭州）。（嘉慶）《義烏縣志》卷十三云其"少爲諸生，弃不試，作詩以敗筆書壁間嘗滿"。父傅岩（？—1646）任歙縣令，從朱大典（1581—1646）駐守金華。清軍來攻，傅岩與子齡熙（？—1646）、齡發（？—1646）皆死於難。齡文遷其柩歸杭，後亦困窘而死。戲曲有《魚服泣綃》《雌雄兄弟》《復楚》三種，疑爲雜劇，今未見。

　　按，鄧長風《關於〈方志著錄元明清曲家傳略〉中若干清代曲家的生平材料》認爲其生年"可能在萬曆二十八年（1600）前後"。

　　傳記文獻：（嘉慶）《義烏縣志》卷十三《忠臣》、吳顥《國朝杭郡詩輯》卷三、鄧長風《關於〈方志著錄元明清曲家傳略〉中若干清代曲家的生平材料——美國國會圖書館讀書札記之三十三》（《明清戲曲家考略全編》上）。

張 怡
(1608—1695)

一名遺，又名薇，字瑶星，號白雲道者、白雲山人，上元（今江蘇南京）人。世爲軍籍，崇禎時曾爲錦衣衛千户。順治元年（1644），李自成軍陷京師，受刑不屈。南明弘光時任錦衣衛指揮使，入清後隱居。著有《白雲學詩》《玉光劍氣集》等。據《白雲道者自述》，有《標意堂雜劇》五種，今未見。孔尚任（1648—1718）《桃花扇》傳奇中的張瑶星道士，原型即張怡。

傳記文獻：張怡《白雲道者自述》、《清史列傳》卷六十六、李桓《國朝耆獻類徵初編》卷五十六、佚名《皇明遺民傳》卷一、方苞《白雲先生傳》（《望溪文集》卷八）、張符驤《白雲山人傳》（《依歸草》卷一）等。

張彝宣
（1610？—1661？）

字大復，一字心其，亦作星期、心期，自號寒山子，長洲（今江蘇蘇州）人。一生清苦，好填詞，精音律。與馮夢龍（1574—1646）、李玉（1602？—1676？）、鈕少雅（生卒年不詳）等曲家交好，共同切磋技藝。《曲海總目提要》云其"居閶關外寒山寺，自號寒山子。粗知書，好填詞，不治生産，性淳樸，亦頗知釋典"。著有《寒山堂曲譜》《南詞便覽》等南曲格律譜數種；傳奇二十多種，存十一種，均收入《古本戲曲叢刊三集》，另有四種僅餘殘齣佚曲；雜劇共六種，首見於其所作《寒山堂曲譜》，統稱爲"萬壽大慶承應雜劇"：《萬國梯航》《萬家生佛》《萬笏朝天》《萬流同歸》《萬善合一》《萬德祥源》，均未見，當屬於專供皇家欣賞的作品，應主要是花團錦簇的形式、喜慶祝福的内容。其傳奇具有較强的舞臺意識，非常適合演出，其雜劇作爲承應戲，估計也不會偏離這一宗旨。

傳記文獻：（民國）《吳縣志》卷七十五、周鞏平《張大復戲曲作品考辨》（《戲曲研究》第19輯，1986年）等。

金　堡
(1614—1680)

　　字道隱，一字澄印，號衛公，又號澹歸上人、舵石翁、甘蔗生、茅坪衲僧、借山野僧等，仁和（今浙江杭州）人。崇禎十三年（1640）進士，授臨清知州，後移疾歸里。南明時曾起兵抗清。永曆時官禮科給事中，因深陷黨爭而離開。順治七年（1650）削髮爲僧。皰夫《唧啾漫記·金堡》云："尋走端州從桂王，復以言事獲譴，遂披緇入桂林山中，又入羅浮，自號澹歸上人。"著有《徧行堂集》，今《四庫禁毀書叢刊》收有《徧行堂集》四十九卷目錄二卷、《徧行堂續集》十六卷，所收本均據乾隆九年（1744）刻本影印。又有《徧行堂雜劇》，曾附錄於全集中，未知劇目，今不存。《清代禁書總目》、王國維《曲錄》著錄。

　　傳記文獻：澹歸和尚《徧行堂集》、王夫之《金堡列傳》（《永曆實錄》）、釋成鷲《舵石翁傳》（《咸陟堂文集》卷六）、錢澄之《所知錄》。

沈 槎
（1615—1679）

　　字星浮，號墨亭，桐鄉（今浙江桐鄉）人。明末諸生，曾與同里張超（生卒年不詳）、孔自洙（生卒年不詳）、張方起（生卒年不詳）結社，號爲"桐川四子"。順治八年（1651）貢生。（光緒）《桐鄉縣志》言其："癸巳（順治十年，1653），以恩貢入北雍，明年下第歸，牢騷憤懣。終歲坐卧一小樓，每發狂疾，輒經月不省人事。愈時，仍博涉經史，謳吟不輟。"工詩文，善填詞。著有《墨亭詩鈔》等。戲曲有《補廣陵散》《續逍遥游》雜劇，皆不存。盛楓《嘉禾徵獻録》云："槎喜填詞，有《補廣陵散》《續逍遥游》等劇。李杲堂嘆其與《漁陽鼓史》連鑣并席。"李杲堂即李鄴嗣（1622—1680），名文胤，號杲堂，鄞縣（今浙江寧波）人，入清爲明遺民。

　　按，《古典戲曲存目彙考》將沈槎歸入明代，不確。（光緒）《桐鄉縣志》存其小傳，該志卷二十四《撰述志》又收其《溪南草堂詩文叙》一文，署"國朝沈槎"。鄧長風《十四位清代浙江戲曲家生平考略》據此文考證其生卒年爲"1615—1679"，可從。

　　傳記文獻：沈季友《檇李詩繫》卷二十五，（光緒）《嘉興府志》卷六十一，（嘉慶）《桐鄉縣志》卷七，（光緒）《桐鄉縣志》卷十五、十九，鄧長風《十四位清代浙江戲曲家生平考略——美國國會圖書館讀書札記之十二》（《明清戲曲家考略全編》上）。

余 懷
(1616—1696)

字澹心，又字無懷、廣霞，號鬘翁、鬘持老人、曼堂等，莆田（今福建莆田）人。寓居江寧（今江蘇南京），晚年隱居蘇州。卓爾堪《遺民詩·余懷》云其"讀書破萬卷，倜儻風流，交多賢豪"。文名爲南都之冠，與黃岡杜濬（1611—1687）、江寧白夢鼐（生卒年不詳）齊名，人稱"余杜白"。曾參與江南一帶的秘密抗清活動。著有《味外軒稿》《江山集》《板橋雜記》等。戲曲有傳奇《鴛鴦湖》《溫柔鄉》、雜劇《集翠裘》。

《集翠裘》：今未見。周亮工《復余澹心》云："近日新詞競出，非不靡靡可聽，但賓白益工，詞曲益艷，其去元人日益遠。讀廣霞君《集翠裘》，覺馬致遠、喬夢符一燈猶未滅也。純用本色，絕去纖巧，廣霞君不屑與世人鬥巧爭能，祇欲以'本色'二字挽回風氣耳。"可知此劇可能本自唐薛用弱《集異記》，譜寫狄仁傑、張昌宗雙陸賭裘事。按，裘璉（1644—1729）有同名雜劇作品。陸萼庭《清代戲曲家叢考》、莊一拂《古典戲曲存目彙考》認爲此劇是雜劇，亦有指認其爲傳奇者。

傳記文獻：《清史列傳》卷七十、李桓《國朝耆獻類徵初編》卷四百二十八、錢林《文獻徵存錄》卷一、（乾隆）《江寧縣新志》、周亮工《復余澹心》（《尺牘新鈔》卷十二）等。

丘 園
(1617—1690)

字嶼雪，號塢丘山人，常熟（今江蘇常熟）人。雍正後因避諱又署作邱園。長期隱居於塢丘山，與吳偉業（1609—1672）、尤侗（1618—1704）、李玉（1602?—1676?）等交往較多，其他經歷不詳。工詩善畫，精於度曲。《海虞畫苑略》云其"縱情詩酒，尤善度曲，撰《雙鳬影》《蜀鵑啼》《歲寒松》諸傳奇，有元人風度。所寫山水，潑墨濃重，別自成家"。《海虞詩苑》卷五説丘園"於音律最精，分刌節度，累黍不差，梨園弟子畏服之，每至君里，心輒惴惴，恐一登場，不免爲周郎所顧也"。著有《既耕堂草》《梅圃詩餘》等，已佚。李玫《明清之際蘇州作家群研究》認爲其創作有傳奇十種，存四種，其中之《歲寒松》《鬧勾欄》《雙鳬影》《一文錢》，有學者認爲屬於雜劇。因作品已佚，不知確否。

按，關於其生卒年，爭論頗多。張增元《明末戲曲作家新考》據《丘畫紀年》，定其生年爲1617，又據《海虞詩苑》載丘園"享年七十有四"，得其卒年爲1690。可從。

傳記文獻：王應奎、瞿紹基《海虞詩苑·海虞詩苑續編》卷五，李浚之《清畫家詩史》乙上，（同治）《蘇州府志》，張增元《明末戲曲作家新考》[《揚州師院學報》（社會科學版）1993年第1期]，李玫《明清之際蘇州作家群研究》。

吳 綺
（1619—1694）

　　字薗次（或作"園次"），一字豐南，號綺園，又號聽翁、紅豆詞人，先世居安徽歙縣，後徙江都（今江蘇揚州）。順治十一年（1654）拔貢生，薦授秘書院中書舍人，遷兵部主事，歷官工部郎中等。康熙五年（1666），出知湖州。因多風力、尚風節、饒風雅，時人稱爲"三風太守"。王方岐《吳園次後傳》云："當時好士者，在内推龔合肥，在外稱吳吳興。"康熙八年（1669），被劾罷職，僑居蘇州數年，後歸里。工詩文，善作曲，駢文與陳維崧（1625—1682）齊名。著有《林蕙堂集》《藝香詞》等。戲曲有傳奇《忠愍記》、雜劇《嘯秋風》《繡平原》，雜劇已佚。王方岐《吳園次後傳》云："少好詩賦，尤工九宮新聲。章皇帝命譜楊椒山事，先生按律寫之，忠憤之氣，如忠愍復生。每奏一齣，上未嘗不稱善也。又譜《嘯秋風》《繡平原》院本，皆有其深情蓄於内，奇遇薄於外，輪囷結轖，藉以發之，不第工於聲調而已。"

　　傳記文獻：《清史稿》卷四百八十四、《清史列傳》卷七十一、李桓《國朝耆獻類徵初編》卷二百十七、李元度《國朝先正事略》卷三十九、王方岐《吳園次後傳》（《碑傳集補》卷二十一）、張維屏《國朝詩人徵略》卷十三等。

顧大申
（1620—1674）

本名鏞，字震雄，號見山，華亭（今上海）人。順治九年（1652）進士，授工部主事，擢郎中。康熙十二年（1673），升陝西洮岷道僉事，卒於官。王士禛《古夫于亭雜錄》卷六云其"善丹青，尤工設色，爲詩精深華妙，兼有寄托，在松江派中，大樽之下，諸人之上"。（光緒）《華亭縣志》也有類似記載："博雅喜文辭，善書畫。"與戲曲作家嵇永仁（1637—1676）友善。著有《鶴巢詩選》、《堪齋詩存》（八卷）。編有《詩原》二十五卷，見《四庫全書總目》《清史稿·藝文志》等。雜劇有《東溪》一種。

按，關於其生卒年，《清代雜劇全目》云："惟知爲清乾隆以前時人。"《古典戲曲存目彙考》云："名號不詳，松江人，順治壬辰進士。"鄧長風《五位明清上海戲曲作家的生平及其著作》等考訂其生卒年爲"1620—1674"，可從。

《東溪》：四齣，未見。馬駿《張鞠存吏部招集東溪偕顧見山工部》詩有云："歡場酒賦逐歌伶。醉來誰發江淹夢，彩筆生花爛錦屏。"其小注云："時度見山所譜《東溪》四齣。"（載丁晏《山陽詩徵》卷十四）

傳記文獻：顧大申《堪齋詩存》卷八、《清史列傳》卷七十、李桓《國朝耆獻類徵初編》卷二百〇七、馮金伯《國朝畫識》卷二、李浚之《清畫家詩史》甲下、（嘉慶）《松江府志》卷五十六、（乾隆）《婁縣志》卷二十五、（光緒）《華亭縣志》卷十六、鄧長風《五位明清上海戲曲作家的生平及其著作》（《明清戲曲家考略全編》上）。

朱素臣
（1620？—1701後）

名㕲，字素臣，號笙庵，以字行，吳縣（今江蘇蘇州）人。生平不詳。喜度曲，善吹笙。著有傳奇十七種，其中包括《十五貫》《錦衣歸》《未央天》《翡翠園》等，另與李玉（1602？—1676？）等合作《清忠譜》傳奇，與朱佐朝（？—1690？）等合作《四奇觀》傳奇，與丘園（1617—1690）等合作《四大慶》傳奇等。所作雜劇三種：《杜少陵獻三大禮賦》《琴操問禪》《楊升庵伎女游春》，未見傳本。沈德潛《凌氏如松堂文宴觀劇》詩"酒酣樂作翻新曲"句，有注云："時朱翁素臣製曲，有《杜少陵獻三大禮賦》《琴操問禪》《楊升庵伎女游春》諸劇。"

按，吳新雷《李玉生平、交游、作品考》推其爲康熙年間人；蔣星煜《論朱素臣校訂本〈西廂記演劇〉》認爲其康熙二十七年（1688）仍在世；康保成《李玉、朱素臣、丘園生平史料的新發現》則依據沈德潛《歸愚詩鈔》卷十之相關文獻，考證得出其應於1701年之後離世。

傳記文獻：沈德潛《歸愚詩鈔》卷十、（民國）《吳縣志》卷七十五、吳新雷《李玉生平、交游、作品考》（《昆曲史考論》，上海古籍出版社2015年版）、蔣星煜《論朱素臣校訂本〈西廂記演劇〉》（《〈西廂記〉的文獻學研究》，上海古籍出版社1997年版）、康保成《李玉、朱素臣、丘園生平史料的新發現》[《中山大學研究生學刊》（社會科學版）1987年第2期]。

李式玉
(1622—1683)

　　字東琪，又作東璣，號魚川，錢塘（今浙江杭州）人。年十七即補諸生，屢試不第，遂專力著述。吳顥《國朝杭郡詩輯》卷六云其"久居長安，終無所遇合"。著有《南蕭堂申酉集》八卷、《魚川初集》、《魚川二集》、《巴餘集》十卷。亦工詞曲，《國朝杭郡詩輯》著錄傳奇《女董永》《香夢樓》兩種。《巴餘集》卷首有周亮工序，卷八有"論曲"十三則，卷末所附書目則有傳奇、雜劇各五種，於雜劇僅云："雜劇五種，嗣梓。"故具體名稱不詳。

　　按，據毛際可《東琪李君墓誌銘》，可斷定其生卒年為"1622—1683"。

　　傳記文獻：李式玉《南蕭堂申酉集》，毛際可《東琪李君墓誌銘》（《安序堂文鈔》卷十五），阮元、楊秉初《兩浙輶軒錄》卷六，吳顥《國朝杭郡詩輯》，（康熙）《浙江通志》卷三十七，（乾隆）《杭州府志》卷九十四等。

丁 澎
（1622—1690?）

　　字飛濤，號藥園，仁和（今浙江杭州）人。回族。明末舉人，順治十二年（1655）進士。任禮部主事、郎中等。順治十四年（1657），主河南鄉試，因涉嫌以墨筆竄改考生文句，被劾科場違例。順治十七年（1660），被流放遼東尚陽堡（今吉林省洮安縣），《清史稿》云其"躬自飯牛，吟嘯自若。所作詩多忠愛，無怨誹之思"。康熙二年（1663），返歸鄉里，後流寓蘇州等地。有雋才，與弟景鴻（生卒年不詳）、瀠（生卒年不詳）號爲"鹽橋三丁"。與同里之陸圻（1614—?）、柴紹炳（生卒年不詳）、毛先舒（1620—1688）等號稱"西泠十子"。又與宋琬（1614—1674）、施閏章（1618—1683）等號稱"燕臺七子"。著有《扶荔堂詩集選》《扶荔堂集》及雜劇《演騷》一種。

　　按，鄧長風《丁澎和他的〈扶荔堂詩稿〉》據高士奇、毛奇齡的相關詩文推測其卒於1690年或稍後。

　　《演騷》：《今樂考證》著錄，文本未見。丁澎《〈讀離騷〉題詞》云："余居東無事，嘗傳喬補闕《綠珠篇》軼事，亦作《演騷》一劇以寄志，今視尤子（指尤侗），未免有大巫之嘆。"可見該劇作於流放中。徐釚《續本事詩》卷九云丁澎"嘗著雜劇以自況，故僕有'東岡舊恨題華表，南部新詞托管弦'之句"。該劇本事見《隋唐嘉話》："補闕喬知之有寵婢，爲武承嗣所奪。知之爲《綠珠篇》以寄之，末句云：'百年離別在高樓，一旦紅顏爲君盡。'寵婢結於衣帶上，投井而死。承嗣見詩，大恨，知之終遭構陷亡。"關漢卿（生卒年不詳）有《金谷園綠珠墜樓》雜劇，與之題材相類。

　　傳記文獻：丁澎《扶荔堂詩集選》、《清史稿》卷四百八十四、《清史列傳》卷七十、李桓《國朝耆獻類徵初編》卷一百四十、張維屏《國朝詩人徵略》卷四、李元度《國朝先正事略》卷三十七、吳顥《國朝杭郡詩輯》卷一、錢林《文獻徵存錄》卷六、鄧長風《丁澎和他的〈扶荔堂詩稿〉》(《戲劇藝術》1991年第3期)。

陳祚明
(1623—1674)

字胤倩，因避雍正諱改字允倩，號稽留山人，仁和（今浙江杭州）人。"燕臺七子"之一，以布衣游走其中。本以教讀爲生，後到嚴沆（1617—1678）、龔鼎孳（1616—1673）等高官署中作幕，曾卜居吳中。黃模《武林先雅》云："胤倩長髯如戟，雙眸若電，博學通方。諸公請作奏章言事，輒報可，以故貴游側屣，號'白衣臺省'。其才思敏洽，每當霜檐星馭，燈炧酒闌，頓十指而應之，無不屬厭人意。二十年名滿長安，座無陳公不樂。"工詩，門人翁嵩在《采菽堂古詩選》云："其（指陳祚明）所爲詩，不屑追踪漢魏以下，而志趣之於古人可以相方者，晉則陶元亮，唐則孟襄陽，而明則謝茂秦也。"著有《稽留山人集》（一名《敝帚集》）、《采菽堂集》等。雜劇有《擲米集》，今未見。

《擲米集》：《國朝杭郡詩輯》卷三記載其著作云："己未（康熙十八年，1679）刻詩文，有《床頭集》三十卷、擬李長吉詩三卷、前集十卷。又，評選古詩文爲《駢拇集》，效元人雜劇爲《擲米集》。"此劇未見著錄。陸萼庭《清代戲曲家叢考》認爲其是雜劇總集名，包括短劇數種。莊一拂《古典戲曲存目彙考》亦認爲其是總集名，包括不止一種雜劇。

傳記文獻：吳顥《國朝杭郡詩輯》卷三、王士禛《漁洋山人感舊集》卷十四、陳石遺《感舊集小傳拾遺》卷四、黃模《武林先雅》等。

陸 舜
(？—1692)

字元升，號吳州，泰州（今江蘇泰州）人。《清代雜劇全目》《古典戲曲存目彙考》均以"陸吳州"出目，言其名號、生平等不詳，不確。崇禎十四年（1641），曾與張幼學（生卒年不詳）、張一僑（生卒年不詳）結曲江社。順治十一年（1654）舉人，康熙三年（1664）進士，由刑部郎中歷浙江提學道。以病乞休，家居二十年。張慧劍《明清江蘇文人年表》言其卒於康熙三十一年（1692）。著有《吳州文集》（一作《雙虹堂集》）。另據《泰縣著述考》，《吳州文集》總目中有傳奇七種，因未刻竣，劇作未及載入。焦循《劇説》云："泰州張良御太史作《陸吳州墓碑》云：'公以餘力作爲詞曲，《一帆》《雙鳶》，流傳名部，皆取辦於杯茗立談之間。'"可見《一帆》《雙鳶》或爲雜劇。

傳記文獻：焦循《劇説》、（宣統）《續纂泰州志》、李集《鶴徵錄》卷四、秦瀛《己未詞科錄》卷五、張慧劍《明清江蘇文人年表》、陸銓《泰縣著述考》。

王抃
(1628—1702)

　　字鶴尹，一字懌民，號巢松，太倉（今江蘇太倉）人。明代戲曲家王衡（1562—1609）之孫、書畫家王時敏（1592—1680）第五子。曾從吳偉業（1609—1672）游，爲"婁東十子"之一。屢應鄉試，未中，好爲山水之游。著有《北游草》《巢松集》等。傳奇有《籌邊樓》《浩氣吟》等，雜劇有《侯夫人玉階怨》《戴花劉》。晚年結集爲《巢松樂府》，葉燮（1627—1703）爲之作序。《王巢松年譜·總述》云："壬子年（康熙十一年，1672）後，因久困徵車，精力物力，盡耗於其中，從此無意進取，乃戲爲樂府。……皆不無寄托也。"王士禎《香祖筆記》稱之爲"詞曲之董狐"，云："吾宗鶴尹兄抃，工於詞曲。作《籌邊樓》傳奇，一褒一貶，字挾風霜。至於維州斷案，描摹情狀，可泣鬼神。傳奇小技，足以正史家論斷之謬訛也。"

　　按，關於其卒年，說法不一。鄧之誠《清詩紀事初編》卷三云："未知卒於何年。"葉德均《戲曲小說叢考》云："據譜後裔孫懋初跋文，謂卒於康熙三十一年壬申，年六十五。生卒年代是1628—1692。"周妙中《歷代曲家年里字號室名綜表》記作"1628—1702"，但未注明出處。《王巢松年譜》云："公自爲年譜至六十止，而公享年七十有五，後十五年譜缺如也。公歿於清康熙三十一年壬申閏六月十二日卯時，奠二十五都四圖辰字圩塋主穴。"這裏的"康熙三十一年"應爲康熙四十一年（1702），證據有三：（1）康熙三十一年無閏月，而四十一年恰有閏六月；（2）唐孫華《東江詩鈔》卷六有《王鶴尹挽詩》七律三首，作於康熙四十一年（1702）；（3）（嘉慶）《直隸太倉府志》卷三十六云："抃字鶴尹，時敏第五子。天資英邁，神采斐然。爲詩善樂府體。卒年七十五。"

　　《侯夫人玉階怨》：一折。《清代雜劇全目》著錄，文本未見。《王巢松年譜》"康熙十二年（1673）"條云："是年冬，始作樂府，有《侯夫人玉階怨》一折矣。"《王巢松年譜》末尾八世孫王書跋曰："《戴花劉》《玉階怨》數種，爲詞家所推重。咸豐庚申，遭洪楊兵燹，付之一炬。"

《戴花劉》：一折。《清代雜劇全目》著錄，文本未見。本自司馬光《洛陽耆英會序》，寫劉幾事。《王巢松年譜》"康熙十三年（1674）"條云："是時大人偶查《耆英會》故事，見劉幾簪花暢飲，心甚悅之。命余作一雜劇，於數日內草成呈覽，名曰《戴花劉》。"

王攄《觀鶴尹兄〈玉階怨〉〈戴花劉〉新劇》："促席明燈夜未央，新翻樂府奏霓裳。死辭玉枕題秋扇，老跨青牛覓醉鄉。畫裏蛾眉緣失路，花間鶴髮爲高唐。慚余亦有昭陵淚，不共斑衣舞一場。"（載《蘆中集》卷二，康熙刻本）按，王攄（1635—1699），字虹友，號汲園，王抃弟、王時敏第七子。

傳記文獻：王抃《王巢松年譜》、李桓《國朝耆獻類徵初編》卷四百二十五、李元度《國朝先正事略》卷三十八、（乾隆）《鎮洋縣志》卷十二等。

萬 樹
(1625? —1688)

　　字考承，又字紅友、花農，自號三野先生，晚號山翁、山農，別署圩豆村山人，宜興（今江蘇宜興）人。少育於母家，常聞舅父吳炳（1595—1648）教授家伶。後家道中落，生活貧困，歷游燕、晋、楚等地。康熙十七年（1678），入福建巡撫吳興祚（1632—1698）幕，又入其兩廣總督幕。公務之暇，常爲吳府家班作劇。（嘉慶）《增修宜興縣舊志》卷八載："吳大司馬興祚總督兩廣，愛其才，延至幕，一切奏議，皆出其手。暇則製曲爲新聲，甫脱稿，大司馬即令家伶捧笙璈，按拍高歌，以侑觴。"康熙二十七年（1688），吳降職離任，萬樹扶病還鄉，逝於西江舟次。著有《堆絮園集》《花農集》《璚璣碎錦》等。所作傳奇有《擁雙艷三種》，包括《風流棒》《空青石》《念八翻》，存康熙刻本，又有若干劇作已佚。雜劇有《珊瑚珠》《舞霓裳》《藐仙姑》《青錢賺》《焚書鬧》《罵東風》《三茅宴》《玉山庵》，均未見。吳秉均《風流棒序》指出："所譜諸劇，無不推陳標新，另闢生面，不襲元人之貌，而實徹元人之髓。"吳棠楨《空青石》第十二齣眉評云："紅友之曲，原從沉酣於元詞而出，故其所著北調，或正本雜劇，或散套小令，皆能得古人神韵。"

　　傳記文獻：（民國）《宜興萬氏宗譜》、（嘉慶）《增修宜興縣舊志》卷八。

閔南仲
（1630？—1693）

字子襄，又字湘人，號耐庵，又號石漁、漁湖，吴興（今浙江湖州）人。與同鄉曲家董説（1620—1686）等交往甚多。（光緒）《烏程縣志》卷十六存其小傳，云："博綜經史，務求貫穿。性豪邁，不事生産，家中落，自晟舍遷南潯，至不聊生……好音律，工詞曲，嗜吟咏，操管立就。其詩以新穎爲宗，體格近金元。著述頗富。"著有《碎金集》二卷、《寒玉居集》二卷等。又有雜劇《霸陵》《夜獵》《諸常》三種。

按，鄧長風《十九位明清戲曲家的生平材料》據《潯溪詩徵》提供的綫索考訂其卒年爲1693，生年則爲1630前後。

《霸陵》《夜獵》《諸常》：（咸豐）《南潯鎮志》卷三十"著述二"云："曲本則有陳忱《痴世界》，閔南仲《霸陵》《夜獵》《諸常》傳奇三種，董恂《南柯夢》。"學者多將三劇定爲雜劇，葉德均《曲目鉤沉録》云："清人之作從無用冗長劇名者，就目論之，當爲雜劇。"《古典戲曲存目彙考》則依（光緒）《烏程縣志》文意徑訂爲傳奇。待考。另，陳芳《清初雜劇研究》將《霸陵夜獵諸常》記爲雜劇一種，誤。

傳記文獻：（咸豐）《南潯鎮志》卷三十、（光緒）《烏程縣志》卷十六、鄧長風《十九位明清戲曲家的生平材料——美國國會圖書館讀書札記之三十八》（《明清戲曲家考略全編》下）、陳芳《清初雜劇研究》。

汪士鉉
（1632—1704）

  一作士鋐，原名徵遠，字扶晨，一字栗亭，歙縣（今安徽歙縣）人。歲貢生，工於詩，有王維、韋應物之風。喜交游，篤風誼，一度流寓蘇州、揚州間，與黃宗羲（1610—1695）、屈大均（1630—1696）相善，與施閏章（1618—1683）、王士禛（1634—1711）、吳綺（1619—1694）、吳嘉紀（1618—1684）等爲詩友，時相唱和。著有《栗亭詩集》《黃山志續集》《四顧山房集》《穀玉堂集》。又有雜劇四種：《平津閣》《十錦堤》《鐵漢樓》《滄浪亭》，今皆未見。《清代雜劇全目》《古典戲曲存目彙考》著錄。

  按，《清代雜劇全目》《古典戲曲存目彙考》均以"蕊栖居士"出目，并言其姓名、字號、里居均未詳。汪效倚《蕊栖居士是誰？——〈滄浪亭〉雜劇作者考》考證蕊栖居士乃汪士鋐，并云其生卒年爲"1632—1706左右"。鄧長風《十一位明清戲曲作家的生平材料》據趙吉士《甲申匜歲雜感迭韵詩》中《都門聞扶晨汪徵君訃寄詩吊之》四首，定其卒年在康熙四十三年（1704）。另，杜信孚等《著者別號書錄考》認爲蕊栖居士是宋犖。宋犖（1634—1713），字牧仲，號漫堂，商丘（今河南商丘）人。著有《滄浪亭小志》《西陂漫稿》。此說有誤，據鄭良樹《讀僞書通考》考證，宋犖爲《滄浪亭》傳奇之作者，非同名雜劇作者。

  傳記文獻： 趙吉士《甲申匜歲雜感迭韵詩》（《萬青閣全集》）、張潮《尺牘友聲集·新集》、汪效倚《蕊栖居士是誰？——〈滄浪亭〉雜劇作者考》（《戲曲研究》第8輯，文化藝術出版社1983年版）、鄧長風《十一位明清戲曲作家的生平材料——美國國會圖書館讀書札記之三十五》（《明清戲曲家考略全編》上）。

汪楫
(1636—1699)

　　字舟次，一字耻人，號悔齋，又號方伯，休寧（今安徽休寧）人，寄籍江都（今江蘇揚州）。其門人唐紹祖（1669—1749）撰寫之墓志銘云："公少負才氣，慨然以功業爲己任，屢舉進士不第，以明經爲淮安之贛榆縣教諭。"康熙十八年（1679），舉博學鴻詞一等，爲翰林院檢討，充《明史》纂修官，兼修《崇禎實錄》。康熙二十一年（1682），賜一品服奉使琉球國，歸後作《中山沿革志》《琉球使錄》。歷任河南知府、福建按察使、布政使等。工詩文，與汪懋麟（1640—1688）并稱"二汪"。著有《悔齋集》《山聞詩》《山聞續集》《京華詩》《觀海集》《消寒集》。又有《補天石》雜劇，《古典戲曲存目彙考》著錄，未見傳本。

　　按，據唐紹祖撰寫之墓志銘，推其生卒年爲"1636—1699"。《古典戲曲存目彙考》記爲"1626—1689"，不確。

　　傳記文獻：唐紹祖《通奉大夫内升福建布政使加二級汪公墓志銘》（《改堂先生文鈔》卷下）、朱彝尊《通奉大夫福建布政司使内升汪公墓表》（《曝書亭集》卷七十三）、《清史列傳》卷七十一、朱琦《史館擬文苑傳》（《小萬卷齋文稿》卷十九）、鄭方坤《國朝名家詩鈔小傳》卷二、李桓《國朝耆獻類徵初編》卷一百六十二、張維屏《國朝詩人徵略》卷十一、李元度《國朝先正事略》卷三十九、李集《鶴徵錄》、鄧之誠《清詩紀事初編》卷四等。

劉蔭樞
(1637—1723)

字相斗，別字喬南，晚號秉燭子，韓城（今陝西韓城）人。康熙八年（1669）舉人，十五年（1676）進士，曾任河南蘭陽知縣，吏部、刑部給事中，江西、雲南按察使，廣東、雲南布政使，貴州巡撫等。爲官清廉勤謹，有政聲。著有《春秋蓄疑》《周易蓄疑》《梧垣奏議》《宜夏軒雜著》等。又有雜劇若干種，名目不詳，俱未見。據《明清進士題名碑錄索引》，康熙十五年丙辰科進士第三甲中有"劉應樞"之名，應爲同一人。

傳記文獻：錢儀吉《故資政大夫貴州巡撫劉公事狀》（《衍石齋記事稿》卷八）、孫勷《巡撫貴州都察院右副都御史韓城劉公家傳》（《鶴侶齋文稿》卷三）、方苞《都察院副都御史巡撫貴州劉公墓表》（《望溪集外文》卷七）等。

陳學泗
(1638—1712 後)

字右原，長洲（今江蘇蘇州）人。諸生。與兄學洙（生卒年不詳，人稱西田先生）皆以才名聞於康熙間。著有《梅莊詩集》四卷。沈彤《刻梅莊詩集序》云："梅莊詩，古體追晉宋，今體逼唐，間亦關涉風教，并仿佛西田。"又有《女當壚》雜劇。《清詩紀事初編》卷三言其"以諸生久不第，奔走四方，鬱勃之氣，時露於字裏行間。尤工曲子，嘗於病榻撰《女當壚》樂府，穎落紙滿，甫兩日而成"。今未見其傳本，《清代雜劇全目》《古典戲曲存目彙考》亦未著錄。鄧長風《十位清代蘇州戲曲家生平考略》推測其或爲雜劇。

按，鄧長風《十位清代蘇州戲曲家生平考略》定其生年爲1638，并據李果《陳學士傳》一文，推知其於康熙五十一年（1712）時尚在世。

傳記文獻：李果《陳學士傳》（《在亭叢稿》卷七）、沈彤《刻梅莊詩集序》（《果堂集》卷五）、鄧之誠《清詩紀事初編》、鄧長風《十位清代蘇州戲曲家生平考略——美國國會圖書館讀書札記之三十一》（《明清戲曲家考略全編》上）。

張令儀
（1668—1752）

　　字柔嘉，號蠧窗主人，桐城（今安徽桐城）人。大學士張英（1637—1708）之女，張廷玉（1672—1755）之姊，嫁同縣士人姚士封（生卒年不詳）。著有《蠧窗詩集》《蠧窗二集》等。雜劇有《乾坤圈》《夢覺關》，均未見，僅《蠧窗詩集》收録了作者的自題辭。

　　按，王永寬《明清女戲曲作家生平資料補正》考其生卒年爲"1669—1747"，鄧長風《桐城戲曲家張曾虔（蠧秋）家世生平考略》據其《蠧窗詩文集》則考爲"1668—1746"。皆不確。鄧丹《三位清代女劇作家生平資料新證》據民國十年（1921）姚聯奎修、姚國禎纂《桐城麻溪姚氏宗譜》卷九，定其生年爲康熙七年（1668），卒年爲乾隆十七年（1752），年八十五。可從。

　　《乾坤圈》：演黄崇嘏女扮男裝高中狀元事，但作者不滿徐渭《女狀元辭凰得鳳》中黄出嫁宰相之子的結局，"寧復調朱弄粉，重執巾櫛，向人乞憐乎"，而安排她出世，逍遥自在，做了神仙，"故托以神仙作閑雲高鳥，不受乾坤之拘縛"，表達了作者追求自由、超凡脱俗之思。

　　《夢覺關》：當據無名氏小説《歸蓮夢》改編，宣揚佛法、表達皈依佛門之念的意圖十分明顯。作者自題云："見其痴情幻境，宛轉纏綿，幾欲隨紫玉成烟，白花飛蝶。忽而明鏡塵空，澄潭心微。藉老僧之棒喝，挽倩女之離魂。得證無上菩提，登彼覺岸。于是叟其無械，編爲劇本，名曰《夢覺關》。"

　　附張令儀《〈乾坤圈〉自序》（胡文楷《歷代婦女著作考》卷一四"清代八"，上海古籍出版社1985年版）：

　　造物忌才，由來久矣！自古才人淪落不偶者，可勝言哉！至若閨閣塗鴉，雕蟲小伎，又何足道？以致窮困以老，甚而轗軻失意，顛沛流離，豈非造物不仁之甚歟？……因嘆崇嘏具如此聰明才智，終未竟其業，卒返初服。寧復調朱弄粉，重執巾櫛，向人乞憐乎？故托以神仙作閒雲高鳥，不受乾坤之拘縛，乃演成一劇，名曰《乾坤圈》，使雅俗共賞，亦足爲蛾眉生色，豈不快哉？

按，該序作於康熙五十六年丁酉（1717）仲秋。

傳記文獻：張廷玉《〈錦囊冰鑒〉序》(《澄懷園文存》卷八)，姚聯奎修、姚國禎纂《桐城麻溪姚氏宗譜》卷九，《清代閨閣詩人徵略》卷三，王永寬《明清女戲曲作家生平資料補正》(《戲曲研究》第34輯，文化藝術出版社1990年版)，鄧長風《桐城戲曲家張曾虔（蠡秋）家世生平考略》(《明清戲曲家考略全編》下)，鄧丹《三位清代女劇作家生平資料新證》(《戲曲藝術》2007年第3期)。

李天根
（1680？—1753？）

  原名大本，字天根，號雲墟，以字行，江陰（今江蘇江陰）人，後移居江蘇無錫。好文史，不應科舉。《江陰縣續志·李崧傳》云其"生平不妄言，不疾行，硜硜自守。人有假其名具呈當事者，知之，曰：'污我名矣。'遂易之"。編有《爝火錄》三十二卷，紀南明事。另著有《雲墟小稿》《艷雪詞》。

  按，鄧長風《十五位明清戲曲作家的生平史料》認爲其生卒年約爲"1680—1753"。關於李天根劇作之存佚、性質等，多有爭論。錢俊選《雲墟李先生傳》著録其戲曲四種，即《紫金環》《顛倒鴛鴦》《芙蓉屏》《擷芳班》；（民國）《江陰縣續志》卷二十載其《李雲娘》一劇；莊一拂《古典戲曲存目彙考》據姚燮《今樂考證》，著録其《紫金環》《白頭花燭》《顛倒鴛鴦》三種，歸入雜劇，并認爲劇本已散佚；繆荃孫《藝風堂文漫存·乙丁稿四·爝火録跋》云其著有《紫金環》《白頭花燭》《顛倒鴛鴦》三傳奇；倉修良、魏得良《李天根與〈爝火録〉》據繆説亦將諸劇定爲傳奇。據黃勝江《李天根暨〈白頭花燭〉傳奇》一文，知《白頭花燭》存有鈔本，現藏於國家圖書館，凡二卷二十齣，實爲傳奇，非雜劇，取材於明代歸安烈女倪氏與陳敏事，非康熙時程允與劉氏事。

  傳記文獻：錢俊選《雲墟李先生傳》，顧光旭《梁溪詩鈔》卷三十八，（民國）《江陰縣續志》卷二十《李崧傳》，繆荃孫《藝風堂文漫存·乙丁稿四·爝火録跋》，鄧長風《十五位明清戲曲作家的生平史料》（《明清戲曲家考略全編》上），倉修良、魏得良《李天根與〈爝火録〉》［《杭州大學學報》（哲學社會科學版）1994 年第 3 期］，黃勝江《李天根暨〈白頭花燭〉傳奇》（《浙江藝術職業學院學報》2010 年第 1 期）等。

李 鍇
(1686—1753)

　　字鐵君，一字眉山，號焦明子、幽求子、廌青山人、後髯生等，鐵嶺（今遼寧鐵嶺）人。生於蜀，常居通州（今江蘇南通）。漢軍正黃旗籍。監生。"幼通四聲，辨小篆"，長於經史。乾隆元年（1736）應博學鴻詞考試，未果。後因子貴封爲户部主事。隱居盤山二十年。著有《睫巢集》六卷、《睫巢後集》一卷、《舍中集》、《江蘭社詩》、《廌雅菊譜》、《尚史稿》等。（乾隆）《通州志》卷八言其"以少精音律，亦間仿元曲云"，可知他尚有雜劇作品，今未見。

　　按，關於其生卒年，各家多不著錄。《清人別集總目》著錄爲"1686—1755"，1755當爲1753之誤。（乾隆）《通州志》卷八云其"癸酉六月五日卒於通州寓舍，年六十有八"，可推算其生於康熙二十五年（1686）。

　　傳記文獻：方苞《二山人傳》（《望溪文集》卷八）、陳梓《李眉山生壙志》（《删後文集》）、（乾隆）《通州志》卷八、《清史稿》卷四百八十五、《清史列傳》卷七十一、李桓《國朝耆獻類徵初編》卷一百四十四、錢林《文獻徵存錄》卷三等。

程 崟
(1687—1767)

　　字夔州，號南陂，又號二峰，歙縣（今安徽歙縣）人，居儀徵（今江蘇儀徵）。康熙四十七年（1708）舉人，五十二年（1713）進士。曾官刑部福建司郎中。（道光）《重修儀徵縣志》云其"中年解組，居儀徵城南倉巷，潛心經籍，謝絕交游"。（嘉慶）《江都縣續志》卷六《人物》言其"嗜音律，顧曲之精，爲吳中老樂工所不及。凡經指授者，皆出擅重名，遂爲法部之冠，至今傳道之"。著有《二峰詩稿》《二峰文稿》等。又有雜劇《拂水劇》，今未見。

　　《拂水劇》：程晉芳（1718—1784）《勉行堂詩集》卷九《家南陂兄招觀所譜〈拂水劇〉漫賦二首》，其中有"紅豆離離發故枝，尚書頭白有餘悲"句，陸萼庭《清代戲曲家叢考》推測其講叙的可能爲錢謙益、柳如是之間的故事。因錢謙益的拂水山莊很有名，鄧長風在《十九位明清戲曲家的生平材料》中對此給予進一步肯定。

　　傳記文獻：徐世昌等《清儒學案》卷六、劉聲木《桐城文學淵源撰述考》卷二、（光緒）《淮安府志》卷三十三、（乾隆）《歙縣志》卷十一、（道光）《重修儀徵縣志》卷三十九、（嘉慶）《江都縣續志》卷六《人物》、程晉芳《家南陂兄招觀所譜〈拂水劇〉漫賦二首》（《勉行堂詩集》卷九）、鄧長風《十九位明清戲曲家的生平材料——美國國會圖書館讀書札記之三十八》（《明清戲曲家考略全編》下）等。

汪 軔
(1710—1767)

　　字輦雲，號魚亭，武寧（今江西武寧）人，祖籍河南新安。幼孤貧。乾隆十二年（1747），薦而不售，遂浪游四方。乾隆二十五年（1760），入貲貢太學，應京兆試，仍被放。後又賣田入貲，授吉水縣儒學訓導，歷三月而卒。蔣士銓《汪魚亭學博傳》言其"性伉直，平生以妻子友朋爲性命。凡奔赴友喪，哀慟如骨肉，以是與軔交者，胥弗忍相負"。又，"獨好爲詩，五言古體力追漢、魏，近體師太白、襄陽，皆尚高格。"與蔣士銓（1725—1785）、楊垕（生卒年不詳）、趙由儀（1725—1747）有"江右四才子"之目。著有《魚亭詩鈔》《藻香館詞》等。據蔣士銓《汪魚亭爲亡友趙山南由儀作〈芙蓉城〉雜劇題詞四首》詩，知汪軔尚有《芙蓉城》雜劇一種，今佚。

　　按，關於其卒年及得年，魯九皋《汪魚亭墓志銘》言其"得年五十有八，以乾隆三十二年三月卒"，蔣士銓《哭汪魚亭訓導》亦作於此年夏。鄧長風《〈忠雅堂集校箋〉訂補——兼談陳維崧及其著作的刊刻》據（光緒）《吉水縣志》等，考訂其生於康熙四十九年（1710），卒於乾隆三十二年（1767），得年五十八，可從。

　　傳記文獻：魯九皋《汪魚亭墓志銘》（《魯山木先生文集》卷十），蔣士銓《汪魚亭學博傳》（《忠雅堂文集》卷四）、《汪魚亭爲亡友趙山南由儀作〈芙蓉城〉雜劇題詞四首》（《忠雅堂詩集》卷十）、《哭汪魚亭訓導》（《忠雅堂詩集》卷十六），（光緒）《吉水縣志》卷二十五，鄧長風《〈忠雅堂集校箋〉訂補——兼談陳維崧及其著作的刊刻》（《明清戲曲家考略全編》下）等。

敦　誠
(1734—1791)

　　字敬亭，號松堂，別號閑慵子，愛新覺羅氏，英親王阿濟格（1605—1651）五世孫。十一歲，入右翼宗學就讀。二十二歲，以宗人府筆貼式記名。乾隆三十一年（1766），補宗人府筆貼式，擔任太廟獻爵之職。三年後，以病告歸。家有西園，頗具名勝，常與友人詩酒其間。著有《四松堂集》。又有雜劇《琵琶亭》一種，今佚。楊鍾義《雪橋詩話續集》云："敬亭嘗爲《琵琶亭》一折，曹雪芹題句有云：'白傅詩靈應喜甚，定教蠻素鬼排場。'"敦誠《鷦鷯庵雜志》亦云："余昔爲白香山《琵琶行》傳奇一折，諸君題跋，不下數十家。"

　　按，《清代雜劇全目》僅言其爲乾隆時人，《古典戲曲存目彙考》亦未記其生卒年。

　　傳記文獻：敦誠《鷦鷯庵雜志》（《四松堂集》卷五）、敦敏《敬亭小傳》、楊鍾義《雪橋詩話續集》等。

朱依真
(1743—?)

　　字小岑，號癸水潛夫，臨桂（今廣西桂林）人。父朱若炳（1715—1755）爲乾隆二年（1737）進士，官至江蘇糧儲道。父、兄早卒，後家道中落，生活貧困。朱依真髫齡即嗜聲律，六經諸子及百工技藝，各詣其極。然不喜舉業，以布衣終身。嘉慶三年（1798），曾與桐城胡虔（生卒年不詳）總纂《臨桂縣志》。與袁枚（1716—1798）交游密切，袁枚推之爲"粤西詩人之冠"。著有詩集《九芝草堂詩存》（存）、詞集《紀年詞》（佚）。另，鄧顯鶴《朱小岑詩存序》云："小岑著作甚富，兼工詞曲，其《紀年詞》及《分綠窗》《人間世》雜劇，皆可傳。身後散佚過半，今所刊存無幾。"知朱依真曾作雜劇《分綠窗》《人間世》二種，今無傳本。又，陳壽祺《贈桂林朱小岑布衣依真》詩注云："小岑工填詞，有《人間世》傳奇、《分綠窗》雜劇數種，其《弔柳》一折，尤爲南北名流所激賞。"其言《人間世》爲傳奇，待考。

　　傳記文獻：李秉禮《九芝草堂詩存序》、鄧顯鶴《朱小岑詩存序》（朱依真《九芝草堂詩存》）、陳壽祺《贈桂林朱小岑布衣依真》、廖鼎聲《拙學齋論詩絕句考略》、謝德裕《清嘉慶〈臨桂縣志〉布衣總纂朱依真》（《廣西地方志》2014年第2期）。

王曇
(1760—1817)

　　後改名良士，字仲瞿，號昭明閣外史、瓶山，秀水（今浙江嘉興）人。早慧，有"神童之目"。及長，博通經史及百家。乾隆五十九年（1794）中舉，同年續娶才女金禮嬴（1772—1807），二人情投意合，一時傳爲佳話。嘉慶四年（1799），左督御史吳省欽（1730—1803）以善掌心雷術薦舉王曇，後因陳奏荒謬、交接和珅（1750—1799）等罪被革職，王曇亦受牽連。後屢試不第，廢弃終身，晚年妻妾又相繼病逝，孤困潦倒，鬱鬱而終。王曇負其才，狂放不羈。錢泳《〈烟霞萬古樓文集〉序》云："仲瞿好游俠，兼通兵家言，善弓矢，上馬如飛，慷慨悲歌，不可一世。"所作詩文奇肆，與孫原湘（1760—1829）、舒位（1765—1815）合稱"乾隆後三家"。著述繁富，惜多散佚。今存《烟霞萬古樓詩選》《烟霞萬古樓文集》《仲瞿詩録》等。錢泳《〈烟霞萬古樓文集〉序》云其創作"《歸農樂》傳奇九齣、《玉鉤洞天》傳奇四十八齣、《萬花緣》傳奇四十八齣、《遼蕭皇后十香》傳奇十二齣、《魚龍爨》傳奇四十八齣"，皆未見。其中《歸農樂》可歸爲雜劇。

　　傳記文獻：龔自珍《王仲瞿墓表銘》（《龔自珍全集》第二輯）、錢泳《〈烟霞萬古樓文集〉序》（王曇《烟霞萬古樓文集》）、（光緒）《寶山縣志》卷十、（光緒）《嘉興府志》卷五十三等。

黄濬
(1779—1860?)

一名學濬，字睿人，號壺舟，台州太平（今浙江温嶺）人。戲曲家黄治（1801—1850）兄。自幼博覽詩書，深爲士林器重。道光二年（1822）中進士，歷任江西萍鄉、雩都、臨川、東鄉、贛縣、彭澤等地知縣，署南安府同知。興利除弊，寬政教民。道光十一年（1831），因任職彭澤期間，境内客舟遭風吹覆，溺死者甚衆，且失銀嚴重，其政敵誣説此乃江上行劫所致，因此落職。道光十八年（1838），又遭陷害，被流放烏魯木齊。自題貶所爲"四素堂"，自稱"四素老人"，以示淡泊名利，安之若素。道光二十二年（1842），林則徐（1785—1850）因鴉片戰爭，遭革職遣戍烏魯木齊，與之邂逅，二人結爲知音，酬唱不絕。道光二十五年（1845）遇赦，與林則徐結伴而返。晚年主黄岩萃華書院、太平宗文書院與鶴鳴書院講席，教學之餘，吟詩作賦，著書立説。著有《壺舟詩存》《壺舟文存》《音韵集》《紅山碎葉》《漠事里言》《倚劍詩譚》《東還紀程》等。按，黄治《〈味蔗軒春燈新曲〉自序》言："此編乃予於乙未歲暮，偕伯兄壺舟旅泊維揚時所作也。客中無冗，各拈二事，爲燈劇八折。兄得蕭史、柳毅事，予得蘇子卿、明武宗事。既成，彼此欣賞過，即弃諸故篋中，不復省覽久矣。"可知黄濬曾於道光十五年（1835）冬撰雜劇二種，各四折，分别寫蕭史弄玉、柳毅傳書事，惜不傳，名亦未詳。

傳記文獻：《温嶺黄氏兄弟》（《台州會要》第七編）、辛夷《黄濬年譜》（《温嶺文史資料》第 3 輯）。

周星譽
（1826—1884）

字畇叔，一字叔雲、叔芸，原名普潤，榜名譽芬，號鷗堂，別署東鷗、東歐生、東甌主人、漚堂、漚公、鷗公、甲寅人、芝薌等。原籍祥符（今河南開封），世居山陰（今浙江紹興）。幼即能詩文及駢文，驚才絕艷，傾動一時。道光二十四年（1844）舉人，三十年（1850）進士。改庶吉士，授編修。後丁父母憂，鄉居九年，創益社，李慈銘（1830—1894）等咸隸社籍。服除，歷日講起居注官、江南道監察御史、禮科給事中、廣西右江道、桂平梧鬱道等，有直聲，多善政。光緒八年（1882）升兩廣鹽法道，兼署廣東按察使。中法戰爭（1883—1885）時，徵兵籌餉尤力。工詩詞，尤善丹青。著有《鷗堂日記》《入都日記》《漚堂剩稿》《傅忠堂古文》《東甌草堂詞》。曾作有雜劇，已佚。李慈銘《〈桃花聖解盦樂府外集〉自記》云："庚申初秋，閑居京師。風雨積晦，賓客不來，當門草長，沒砌苔迹。日與東鷗主人分據敗榻，琅琅讀書聲，與窗外老樹數十株，自爲秋籟相答和。時江浙日警至，家書杳然，念輒心悸。因讀稍倦，則分題作樂府雜劇，以延寸晷之景。……會海上事又急，夷舶入據津門，都人士相率避去，而兩人益讀且作不已。每一篇成，互相嘆賞，絕不以時事參懷。"庚申即咸豐十年（1860），可知周氏所作雜劇名目及數量不詳。又曾增補陳壽祺（1829—1867）《哭張郎》劇。李慈銘《越縵堂日記》"咸豐十年（1860）七月十三日"條云："晴，大風。陳珊士近作《哭張郎》樂府，叔子嫌其未盡，爲填《酹梅》一齣。"《哭張郎》，今未見。

傳記文獻：冒廣生《運使伯外祖周公畇叔行狀》（《小三吾亭文》甲集）、金武祥《二品頂戴兩廣鹽運使周公傳》（《粟香室文稿》）、陳衍《周星譽小傳》（《近代詩鈔》第四冊）、劉于鋒《"東鷗主人"即戲曲家周星譽考》（《中國典籍與文化》2015年第4期）等。

平步青
（1832—1895）

字景孫，一作景蓀，號棟山，別署霞外、霞侶、棟山樵、霞偶、常庸、侶霞、三壺佚史、鑒湖飲恨生等，山陰（今浙江紹興）人。咸豐五年（1855）舉人，同治元年（1862）進士，改翰林院庶吉士，授編修，後入值南書房等。同治六年（1867），補授江西督糧道，又升任江西布政使等。同治十一年（1872），引疾歸。此後二十餘年，校輯群書，專力著述。有《棟山日記》《霞外攟屑》《樵隱昔寱》《安越堂外集》《兩負堂劄記》等行世。《霞外攟屑》第九卷爲《小栖霞説稗》，對衆多戲曲、小説本事及來源多有考述。平步青所作戲曲凡五十九種，總題《蜆斗蒒樂府》，其中四齣到十六折不等，今未見。

按，關於平步青卒年，有二説：謝國楨《平景孫事輯》定爲1896年；鄧長風《孟稱舜的生年及〈蜆斗蒒樂府〉的作者》據《樵隱昔寱》中楊越（生卒年不詳）的跋語，認定其卒於1895年。楊越從平步青游二十年，其言可從。

平步青《樂府本事》云："光緒丙子秋，薄游吳門，邂逅符涉江，別五年矣。涉江意收書，亦好鈔書，詢其別後所得，出傳奇鈔本數十册，署曰《蜆斗蒒樂府》。問何人纂，曰'同邑某太史外集'也。官中外數年，意有所感，不曾強仕已歸田，謝客杜門，取短書小説演作傳奇。易舊事以新詞，多者十六折，少或四齣，謹守元人矩矱，不屑如湖上笠翁之等冗長也。讀之數晝夜，悥其筆舌互用，層見叠出，奇警處不下藏園，若忘其爲稗販也者。惜卷如束筍，不暇傳録。僅取本事二卷録之。"

《樂府本事》所載劇目摘録如下：

《楊華媾》《退紅衫》《雨雪媒》《埽花游》《花塞修》《酪奴夢》《偵到緣》《比翼鶼》《躑躅花》《雙飛劍》《補東床》《香烏瓢》《峽山會》《晾脚會》《九

連環》《商燈記》《水紅衫》《續會真》《青衣俠》《鳳烏緣》《紫雲迴》《琴隱園》《意外緣》《珠玉緣》《折桂緣》《盛霞盦》《雙珠犀》《演秘圖》《姊妹花》《珠彈圖》《青樓俠》《玉蟬緣》《仙舟夢》《槁砧錯》《墦間游》《不動尊》《梱閑綯》《連柯里》《雪裏蕻》《雙仙庵》《迴心院》《香雪緣》《玉藕佩》《浣花箋》《七寶鞭》《真珠烏》《蓮塘隱》《黑牡丹》《雙珠佩》《羅浮夢》《香國夢》《碧玉蟾》《同心蘭》《油壁車》《鏡中緣》《麗人潭》《補園隱》《畫中緣》《棗糕緣》。

傳記文獻：平步青《棟山日記》《安越堂外集》等、謝國楨《平景孫事輯》（《明清筆記談叢》）、楊越《樵隱昔寱》跋語（平步青《樵隱昔寱》卷末）、鄧長風《孟稱舜的生年及〈蜆斗薖樂府〉的作者——美國國會圖書館讀書札記之三十九》（《明清戲曲家考略全編》下）等。

張雲驤
(1848—?)

　　原名毓楨，字南湖，別署南湖居士、紅豆主人，又自號三十六鴛鴦主人，文安（今河北文安）人。同治十二年（1873）拔貢。光緒元年（1875），官內閣中書。明年返里，丁母憂。光緒三年（1877），受邀入濟東泰武臨道道員豫山（？—1890）幕；五年（1879）秋，赴遼東，旋返；六年（1880），復任職內閣中書；十二年（1886），入湖南按察使崧蕃（？—1905）幕，後隨之由湘入蜀，轉四川布政使幕。卒年不詳。王璞（1819—1888）《見山樓詩稿序》言其"生抱奇質，幼歲能屬文，觀書具特識，論理有確見，落筆無凡響，出語必驚人"。詩、文、詞、曲作均有傳世，其中有《冰壺詞》六卷、《南湖詩集》十一卷、《鐵笛樓詩》六卷、《見山樓詩稿》不分卷、《浩然堂文集》二卷、《筤厂筆記》五卷。戲曲有《芙蓉碣》傳奇二卷，今存。又有雜劇《桃花源》一種，未見傳本。王璞《見山樓詩稿序》又言其"十五齡著《武陵春》填詞"，且題《芙蓉碣》傳奇有句"武陵春水唱桃花"，注云"南湖十七歲時，譜《桃花源》雜劇，詞甚瑰麗"。張雲鴻《見山樓詩稿題詞》"流水桃花下武陵"句注亦云其"前有《武陵春》院本"。據上述材料可知《桃花源》雜劇又名《武陵春》，作於同治二年（1863）左右。

　　按，吳秀華爲《清雜劇傳奇九種》所撰《前言》、許慶江爲《北京師範大學圖書館藏稀見清人別集叢刊》所收《南湖詩集》所撰解題等云張雲驤"光緒元年（1875）拔貢"，誤。今查《明經通譜（同治十二年癸酉科）》直隸卷、《大清縉紳全書》"額外中書舍人"條均言其"癸酉拔貢"，"癸酉"即同治十二年（1873）。另，張氏《見山樓詩稿》所記"同年"者俱是在同治十二年拔貢或中舉，如蔣師轍（1846—1904）、陸鍾琦（1848—1911）、劉傳任（生卒年不詳）、曹作霖（生卒年不詳）等爲此年貢士，王夢湘（1855—

1921)、鐵齡（1851—1891）等爲此年舉人，亦可證張氏拔貢時間在同治十二年（1873）。

傳記文獻：張雲驤《見山樓詩稿》、王璞《〈芙蓉碣傳奇〉題詞》（張雲驤《芙蓉碣》傳奇）、馬鍾琇《古燕詩紀》卷十、《明經通譜（同治十二年癸酉科）》直隸卷、（民國）《文安縣志》卷四《人民部·選舉志》、《大清縉紳全書》（第2冊）等。

金綬熙
(1857—1914後)

字紱青,又字芙青、黼青等,號勺園,又號綺佛,桐鄉(今浙江桐鄉)人。曾官補用知府。與沈宗畸(1857—1926)、袁祖光(1868—1930)等交善,參與組建著涒吟社,并參與籌辦《國學萃編》。著有《清雅堂詩文集》《艷雪詞鈔》,均未知存否。戲曲有《可憐蟲傳奇》、《青樓烈傳奇》(又名《黑海蓮》)、《隔葉花傳奇》、《紫雲回雜劇》、《梁園雪雜劇》等,《青樓烈傳奇》存,其他未見。

按,《古典戲曲存目彙考》以"勺園主人"出目,言其"姓名、字號、里居均未詳",不確。袁祖光《綠天香雪簃詩話》云:"某氏婦以私鄰生有娠,咽阿芙蓉死。鄰生悲之,飲鴆入婦家,撫棺一哭,亦死。其夫恨而合葬之。好事者爲之題碣曰:'一對可憐蟲之墓。'金勺園綬熙爲作《可憐蟲》劇本,極其哀艷。"又,袁祖光有《題金勺園〈可憐蟲〉劇本》詩二首,可知"勺園主人"即金綬熙之號。

傳記文獻:張文森《著涒吟社同人小傳》(《清末民國舊體詩詞結社文獻彙編》)、袁祖光《綠天香雪簃詩話》等。

黃 人
（1866—1913）

　　原名振元，字慕庵，一作慕韓，中年易名黃人，字摩西，別署蠻、野蠻、野黃、詩虎等，昭文（今江蘇常熟）人。父早逝。自幼聰明好學，過目成誦。光緒七年（1881）補諸生，後屢試不第，受聘爲縣衙書吏。光緒十六年（1890）補廩膳生。光緒二十六年（1900）受聘爲東吳大學教授。光緒三十一年（1905）參加創辦小説林書社，三十三年（1907）主編《小説林》雜志。後參與創辦國學扶輪社，編集《國朝文匯》，又創辦《獨立報》《雁來紅叢報》等。民國二年（1913），突發狂疾去世。平生清狂好游，不拘小節，行爲奇特，素有"奇士"之名。博學多能，金鶴翀《黃慕庵家傳》言其"於書無所不讀，經史之學及小説，今之名學、法律、醫藥之説，催眠之術，莫不究"。著有《石陶梨烟室詩稿》（不分卷）、《爾爾集》二卷、《摩西詞》、《中國文學史》、《小説小話》等。又有雜劇三種：《紅勒帛》《雁來紅》《紫雲回》，均未見傳本。吳梅《蠡言》略云："君有《紅勒帛》《雁來紅》《紫雲回》樂府三種，余未之見。"

　　傳記文獻：金鶴翀《黃慕庵家傳》、金天羽《奇人黃摩西傳》（《黃人評傳・作品選》），金病鶴《黃摩西哀辭》，吳梅《黃人摩西》，龐樹柏《哭黃摩西先生即題其遺稿》，吳梅《蠡言》（《吳梅全集・理論卷・筆記》，河北教育出版社 2002 年版）。

附錄一:雜劇作品失傳之作者小傳(下)

王仝高

　　字叔廬、菽廬，蕭山（今浙江杭州）人。明末清初在世。諸生。與遺民方以智（1611—1671）友善。所著戲劇有《野寺飛磚》《旗亭畫壁》兩種。又，毛奇齡《擬元兩劇序》云："蕭山王叔廬曾譜唐人事，擬元詞兩劇……一傷蓮勺弃故劍，一慨武成主者并不識司空世族，皆有爲而發，原非泛泛。"可知其爲雜劇作家，但所言本事與劇名有异，故其劇或爲多種，待考。趙景深、張增元所編《方志著錄元明清曲家傳略》著錄其名王同高、其弟王余高，誤。由其弟名"余高"，知其必爲"仝高"。莊一拂《古典戲曲存目彙考》在毛奇齡名下記載"王叔廬"作劇事，并"因王作無劇名，錄附毛氏後"。

　　傳記文獻：（民國）《蕭山縣志稿》卷十六《人物·列傳三》，毛奇齡《擬元兩劇序》（《西河文集》卷五十五），趙景深、張增元《方志著錄元明清曲家傳略》。

碧虛仙史

生平不詳，僅知其爲毛奇齡（1623—1713）同館生。有雜劇《盎中花》一種，演述毛奇齡妾曼殊事，未見。毛奇齡《曼殊別志書樽》言："曼殊之死，京朝爭作挽吊，自梁司農夫子，暨張、曹諸學士下，詩詞文賦，不可勝紀。又有作鼓子詞，同韵唱和成帙，如雲間李穉、李榛、顧士元、馬左，西泠何源長，魏里周珂，同郡成肇璋、達志、金振甲、馬會嘉、王麟游、陶篁、劉義林諸君。至同館生有托碧虛仙史作《盎中花》雜劇者，皆彙載别集。"梁廷枏《〈曇花夢〉自序》亦云毛西河愛妾曼殊逝後，"同館生有托碧虛仙史作《盎中花》雜劇"。

傳記文獻：毛奇齡《曼殊別志書樽》（《西河文集》）、梁廷枏《〈曇花夢〉自序》（《曇花夢》）。

陳陛謨

字淳洋,號雷池,一號踽踽子,孝感(今湖北孝感)人。廩生,屢擯於有司。學識廣博,善詩及古文、時文。(乾隆)《漢陽府志》卷之四十一其小傳云:"讀書目數行下,閱廿一史凡六過,諸子百氏及道篆、佛經,無不漁獵。生平爲制藝幾萬首,詩古文稱是。昌黎云:'朝爲百賦猶鬱怒,暮作千詩轉遒緊。'陛謨有焉。"早卒,年僅三十有五。著有《擒思錄》《四書存真》《易經存真》《書經存真》等,其中《擒思錄》爲督學潘宗洛(1657—1716)、董思凝(1663—1723)所激賞。又有雜劇《書齋四種藥》,共四種,分別爲《春日明目丹》《夏日清凉散》《秋日發汗散》《冬日補中湯》。《古典戲曲存目彙考》著錄,稱其爲《書齋四種藥雜劇》,并云藏吳曉鈴處。未見其他著錄。劇本應存世,尚未見。

按,《古典戲曲存目彙考》等言其生卒年不詳,今查其《消閑集序》末署"康熙辛巳歲踽踽子漫題於炮鱔堂",辛巳即康熙四十年(1701),知其爲康熙間人。

傳記文獻:(乾隆)《漢陽府志》卷之四十一、(光緒)《孝感縣志》卷十五、《湖北文徵》第七卷。

陳元林

字西園，號墨溪，鎮海（今浙江寧波）人。諸生。董沛（孟如）、忻江明《四明清詩略》卷十三引《鎮海縣志》云："元林善畫，工詩詞，以數奇不遇，自譜明張靈《乞食圖》曲以寓意。性好義，友李某家貧，親柩停十餘年，爲斂資營葬。某卒，復經濟其喪，恤其子，人以是高之。"有《西園稿》。精於音律，戲曲作品有《乞食圖》，未見，陸萼庭《清代戲曲家叢考》認爲其可能爲雜劇。錢維喬（1739—1806）有同名傳奇。

按，鄧長風《十一位明清戲曲作家的生平材料》據（民國）《鎮海縣志》卷二十三推測其生年或在乾隆初。

傳記文獻：（民國）《鎮海縣志》卷二十三，董沛、忻江明《四明清詩略》卷十三，鄧長風《十一位明清戲曲作家的生平材料——美國國會圖書館讀書札記之三十五》（《明清戲曲家考略全編》上）。

范性華

名號不詳，錢塘（今浙江杭州）人。生平事迹不詳，曾在京師坐館。杜濬（1611—1687）《雜劇題詞》云："吾友錢塘范性華，自燕邸數千里寓書，屬余題其譜田生、鮑姬事傳奇四齣，并寄示其自爲題詞，盛稱鮑十一娘之俠爲女中所僅見。"據此，知范氏曾創作雜劇，今未見。是劇似如葉承宗《十三娘》一類表彰女俠的雜劇作品，或云爲自寫經歷之作，取自范性華與妓女陳小憐相戀的實事。陳小憐不憚"時宦"之淫威，公開表示對范性華的鍾情，可惜并非團圓結局。詳見杜濬《陳小憐傳》。另，查慎行有《范性華徵君屬題陳憐小影》詩："小像沉香手自熏，前期如夢却疑真。五湖忍負閑風月，爲少扁舟共載人。"

傳記文獻：杜濬《雜劇題詞》（《變雅堂文集》卷四）、杜濬《陳小憐傳》（《變雅堂文集》卷三）、查慎行《范性華徵君屬題陳憐小影》（《敬業堂詩集》卷六）。

李茂英

　　字君玉，高淳（今江蘇南京）人。庠生。生平事迹不詳。朱緒曾《國朝金陵詩徵》卷四言："茂英，高淳庠生。有《居閑草》《木鐸餘音》《南湖五種曲》。"《南湖五種曲》，具體名目不詳，劇本亦未見，《古典戲曲存目彙考》懷疑其爲短劇。

　　按，關於其生卒年，《古典戲曲存目彙考》著錄爲"約順治中前後在世"，陸萼庭《清代戲曲家叢考》認爲其乃"順康間人"。

　　傳記文獻：（乾隆）《高淳縣志》卷十八、朱緒曾等《國朝金陵詩徵》卷四等。

馬 萬

字士延，昆山（今江蘇昆山）人。《清人别集總目》又記其爲長洲（今江蘇蘇州）人，待考。曾流寓嘉定（今上海），以授徒爲生。（民國）《昆新兩縣續補合志》卷十二云其"積學善詩，尤工戲曲"，品性孤介，"竟以窮餓死"。著有《風人近稿》《青蓮閣風人稿》《旃檀閣集》等。（民國）《昆新兩縣續補合志》又言其有《西山拾翠》《虎阜芳踪》填詞，今未見傳本，鄧長風《二十三位明清戲曲家的生平材料》推測其是雜劇。

傳記文獻：徐達源《吴郡甫里人物考》卷九、（光緒）《嘉定縣志》卷二十、（民國）《昆新兩縣續補合志》卷十二、鄧長風《二十三位明清戲曲家的生平材料——美國國會圖書館讀書札記之四十五》（《明清戲曲家考略全編》下）。

阮麗珍

生卒年、字號等不詳,懷寧(今安徽懷寧)人。阮大鋮(1587?—1646)之女。柴小梵《梵天廬叢錄》卷十六云:"阮圓海之《燕子箋》,即鄙薄其人如吳應箕、侯朝宗輩,僉許爲才人之筆,不知實其女所作,圓海特潤色之。女名麗珍……所撰尚有《夢虎緣》(梁紅玉事)、《鸞帕血》等曲,今皆不傳。"可知阮麗珍有《夢虎緣》《鸞帕血》二劇,或爲雜劇,今未見。

按,關於其生平事迹有多種異説。柴小梵《梵天廬叢錄》卷十六"阮大鋮女"條云:"女名麗珍,字楊龍友之幼子名作霖者。……阮降清,女爲某親王所得,甚寵愛之。後爲福晉所嫉,鴆死。陽湖張上主備記其事。"顧起元《盛唐阮公墓志銘》言其"許聘太僕少卿方公大美孫某"。阮易路重修(道光)《阮氏宗譜》卷二"阮大鋮"名下注釋云:"無嗣,女一,適曹臺望。奉内院洪批,議將曹臺望第三子樫繼立爲嗣孫。"鄭雷《阮大鋮叢考(下)》辨析諸説,認爲阮麗珍嫁曹臺望之説似更爲可靠。

傳記文獻:柴小梵《梵天廬叢錄》卷十六、顧起元《盛唐阮公墓志銘》(《懶真草堂集》卷二十二)、阮易路重修(道光)《阮氏宗譜》卷二、鄭雷《阮大鋮叢考(下)》[《華僑大學學報》(哲學社會科學版)2006年第4期]。

吳秉鈞

山陰（今浙江紹興）人。兩廣總督吳興祚（1632—1698）子。馬廉《馬隅卿小說戲曲論集》言其"字子魚，號琰青子，一作炎青"。《古典戲曲存目彙考》言其字琰青。工詞，有《課鵡詞集》。曾從萬樹（1625?—1688）學習戲曲，并爲萬氏《風流棒》傳奇作序。姚燮《今樂考證》著錄其雜劇《電目書》一種，馬廉則認定此劇爲傳奇。

傳記文獻：姚燮《今樂考證》、馬廉《馬隅卿小說戲曲論集》等。

吳棠楨

字伯憩,號雪舫,山陰(今浙江紹興)人。曾入兩廣總督吳興祚(1632—1698)幕。商盤《越風》云:"雪舫以徐、庾風華,作琳、呆書記,題襟飛檄,傳誦一時,未易得也。"著作有《雪舫詩集》《吹香詞》,未見。雜劇有《赤豆軍》《美人丹》,見吳秉鈞爲萬樹《風流棒》傳奇所作序。趙興勤《莊一拂〈古典戲曲存目彙考〉補正》據吳氏《粉蝶兒慢·〈樊川譜〉傳奇編成,喜萬鵝洲爲余改訂,賦此奉謝》一詞,推其作有《樊川譜》傳奇一種;另據金烺《漢宫春·讀吳雪舫新製四種傳奇》詞,推測吳氏至少有劇作四種。

按,宋長白《柳亭詩話》卷五"雪舫"條記載其在《松風集》刊刻過半時去世。《柳亭詩話》成書於康熙四十四年(1705),據此可知其卒於是年之前。鄧長風《十四位清代浙江戲曲家生平考略》據此推斷他卒於康熙中期。

傳記文獻:宋長白《柳亭詩話》卷五,吳棠楨《空青石序》(萬樹《空青石》傳奇)、《風流棒序》(萬樹《風流棒》傳奇),商盤《越風》,鄧長風《十四位清代浙江戲曲家生平考略——美國國會圖書館讀書札記之十二》(《明清戲曲家考略全編》上),《全清詞·順康卷》第十四册(中華書局 2002 年版)。

退耕老農

　　姓名不詳，生平不詳，江都（今江蘇揚州）人。錢仲聯《清詩紀事》云："退耕老農，江都人。康熙末，官刑部主事，告歸。喜填曲子，有《楚江晴》《再生緣》諸雜劇。撰《瓿餘集》一卷、續集一卷，多感慨盛衰之作，廋詞二十首，皆有所指，不止自傷身世。"《楚江晴》《再生緣》二劇，未見傳本。退耕老農有《〈再生緣院本〉壬子所作，距壬戌復加改竄，校竣漫弁八截於首》詩。按，壬子即雍正十年（1732），《再生緣》當作於此時；壬戌即乾隆七年（1742），《再生緣》當於此年校定。

　　傳記文獻：退耕老農《瓿餘集》、錢仲聯《清詩紀事》卷四。

田 民

生平事迹不詳。傅惜華《清代雜劇全目》認爲其"當爲清乾隆以前時人"。有雜劇《蓬島瓊瑤》《花目題名》二種，總名《種鱗書屋外集》。焦循《劇説》卷四云："偶於市間得一寫本《種鱗書屋外集》，兩劇：一、《蓬島瓊瑤》，爲余本忠收服海寇事；一、《花目題名》，則品題花目，以郁李爲狀元，海桐爲榜眼，紅梅爲探花，木樨爲傳臚，杜鵑下第，而以丁香配郁李，卷首題田民撰。"《曲考》《重訂曲海總目》《曲録》等著録，文本未見。

吳業溥

字立三，號且庵，山陰（今浙江紹興）人。生卒年不詳，約爲雍正、乾隆年間人。曾爲幕僚。著有傳奇《鴛鴦俠》一種、雜劇《歲寒交》《風車慶》二種，《古典戲曲存目彙考》著録，未見傳本。

倪蜕（1668—1748）序《歲寒交》云："我友立三，延陵伯氏，慨彝倫之攸斁，致交道之難言。要以歲寒，譬諸草木：五大夫隆棟之吉，不屑秦封；孤竹君清聖之操，寧甘周粟。一天冰雪，共守堅操；滿地蒿萊，問安直節。歷四時而不變，亘千古以常存。……凡此托言，俱關理道，是豈僅矜一字於宮商之末，寄閑情於楮墨之間！"按，由此序知是劇情節乃將松、竹、梅歲寒三友人格化，以喻人世之交誼者也。倪氏《吴立三〈風車慶〉劇本跋》云："吴子立三有經世之志，而奔走衣食，屈首春廡。見連年旱甚，官民祈禱，不遺餘力；天亦若有叶應者。吴子曰：法施於民，則祀之……乃托風車之説，以爲軌度。庶幾得講於水利之道，爲斯民法。"知此劇當假風車之事言水利之作也。

傳記文獻：倪蜕《吴立三〈歲寒交〉劇本序》（《蜕翁草堂全集·文集》卷一）、《吴立三〈風車慶〉劇本跋》（《蜕翁草堂全集·文集》卷二）等。

伊小痴

疑爲雍正、乾隆間人，其他均不詳。雜劇有《一笑回春》，《古典戲曲存目彙考》著錄，未見。黃圖珌（1699—1752）《伊小痴〈一笑回春樂府〉序》云："吾友小痴，才傾洛下，名滿寰中。……每於研煉之餘，譜爲樂府；花月之下，按作新聲……其藻思橫流，精靈特出者，尤見於《一笑回春》之樂府也。"按，《看山閣集》刊刻於乾隆十年（1745），故葉德均《戲曲小説叢考》認爲該劇最遲作於乾隆初。

傳記文獻：黃圖珌《伊小痴〈一笑回春樂府〉序》（《看山閣集·序》卷二）、葉德均《戲曲小説叢考》。

周元公

　　生卒年、里居、經歷等皆不詳。有雜劇《謨觴閣破愁》，主要演繹酒、色、財、氣之危害。焦循《劇説》卷五云："《謨觴閣破愁》四劇，周元公作，謂酒、色、財、氣也。沈湎者，酒化血；宣淫者，女化骷髏；慳悋者，銀化紙錠；健訟行賄者，囚化木。事可解頤，詞頗醒世。"可見此四種作品有説教之特徵。《古典戲曲存目彙考》以"破愁四劇"出目。

　　傳記文獻：焦循《劇説》卷五。

方外畸人

　　姓名、字號、里居均未詳。姚燮《今樂考證》著錄其《相思鏡》雜劇一種,今未見。

林奕構

字號、籍里俱不詳。生平事迹待考。《清代雜劇全目》據《今樂考證》著錄其雜劇二種:《奔月》《畫薔》,言其爲嘉道時人。《奔月》《畫薔》,未見傳本。

樸 心

姓名、字號未詳,諸暨(今浙江諸暨)人。蔣瑞藻《花朝生筆記》言:"樸心先生,曾作《葵精記》雜劇。年祀綿遠,書已失傳,今且鮮知其名者矣。馮夢祖召系爲撰序文,存《蒼源剩草》中。"知其有雜劇《葵精記》一種,《古典戲曲存目彙考》著錄,今未見。

傳記文獻:蔣瑞藻《花朝生筆記》。

沈懋德

字寅恭，桐鄉（今浙江桐鄉）人。廩貢生。少倜儻，有大志，工詩文，尤善詞曲。幕游山右，暮年歸里，遂號"歸鋤"。所作詩文均已散佚。（民國）《濮院志》卷二十四《藝文志》在其名下著錄戲曲四種：《香雪緣傳奇》《補紅樓夢傳奇》《旌烈記傳奇》《後白蛇傳傳奇》。《古典戲曲存目彙考》認爲：《香雪緣》係傳奇，《旌烈記》疑即《奇烈》異名，《補紅樓夢》係小説，故將《奇烈記》《後白蛇傳》著錄爲雜劇，今未見傳本。《奇烈記》據時事撰成。沈廷瑞《東畲雜記》云："歸鋤所譜《奇烈記》，乃道光十四年濮院發光庵烈尼妙圓死節事。"

傳記文獻：沈廷瑞《東畲雜記》、（民國）《濮院志》卷二十四等。

吴金鳳

一名今鳳,字桐仙,别署吴下阿鳳,蘇州(今江蘇蘇州)人。道光時爲北京春臺班旦色演員,"春臺十子"之一,人稱"書呆子"。擅書畫,能製曲。所演崑曲,卓絶一時。著有《香山》《快人心》《增利圖》三種。

楊懋建《丁年玉笋志》載:"先是,同師者有學《漁陽摻撾》,爲禰正平駡阿瞞。……桐仙乃竭一夜之力,篝燈按譜,摹仿爲岳雲駡秦檜劇,命名曰:《快人心》。詞曲賓白,科諢爨弄,悉與《漁陽摻撾》异,非依樣胡盧也。桐仙以一夕成之,花君即以一夕習之。"《清代雜劇全目》《古典戲曲存目彙考》著録《快人心》爲雜劇,其他二種未見著録,體式不詳。

傳記文獻:楊懋建《丁年玉笋志》(《京塵雜録》卷三)。

吴孝緒

　　字雲在，上元（今江蘇南京）人。《清代雜劇全目》言其爲"咸同時人"，有雜劇《雙燕樓》《鶒鶋裘》二種。吴孝緒跋張雲驤《芙蓉碣》傳奇謂："余留心於音律，幾三十年，嚮有《雙燕樓》《鶒鶋裘》雜劇二種。南京之亂，毀於兵燹。"《清代雜劇全目》《古典戲曲存目彙考》著録其二種，今未見傳本。

　　傳記文獻：吴孝緒《〈芙蓉碣〉跋》（張雲驤《芙蓉碣》傳奇）。

吳仲甫

未詳其名,山陰(今浙江紹興)人。生平事迹無考。《南窗餘錄》云:"山陰吳仲甫,精音律,擅詞曲,所作雜劇院本,詞采俊逸,有《瀟湘怨》《箜篌夢》《子夜歌》。"《古典戲曲存目彙考》著録其雜劇《瀟湘怨》《箜篌夢》《子夜歌》三種,今未見傳本。

惜春主人

《清代雜劇全目》言其"姓名、字號、籍里,均不詳。生平事迹待考。惟知爲清道光以前時人。所作雜劇一種,不傳於世"。有《魚水夢》雜劇一種,《今樂考證》著錄,未見傳本。

德　成

　　字玉峰，生卒、里籍不詳。蒙古族，張嘉特氏。嘉慶、道光間人。進士，曾任國史館校對官，敕授文林郎。道光十五年（1835），任福建南靖知縣。吴曉鈴《"國立中央研究院"歷史語言研究所善本劇曲目録》著録其雜劇九種爲《放鸚》《標塔》《尋碑》《辨龍》《知驥》《訪石》《紀姬》《修樓》《觀海》，並言："前録九劇均張嘉特氏所撰，氏蒙古人，道光間嘗宰福建南靖，每劇皆衍其居官時之韵事及游踪，有類徐爔之《寫心雜劇》。以作法論，可謂别開生面，惟惜遣詞較拙爲不稱耳。"此九種，抗戰間毁於水。

　　按，《清代雜劇全目》《古典戲曲存目彙考》均以"張嘉特"出目，誤。張嘉特僅指作者蒙古姓氏，非其姓名。

　　傳記文獻：德成《文昌塔碑記》、吴曉鈴《"國立中央研究院"歷史語言研究所善本劇曲目録》。

附錄二：作家索引

B

畢華珍　620
碧蕉軒主人　017，018，1101
碧虛仙史　955，1514
邊汝元　121，123，128，129

C

蔡榮蓮　834，1051—1053，1327
曹錫黼　068，464，511，512，517，518
曹　寅　013，246，251—253
車江英　012，217，221，536
陳陛謨　1515
陳　棟　824，826—829
陳　烺　117，824，1108—1111
陳夢雷　238—240
陳時泌　1313—1315，1319
陳天華　1360，1361
陳　獬　1085，1086
陳　栩　1390
陳學泗　1492
陳于鼎　009，010
陳元林　1516
陳祚明　1483
程　端　210—212，216
程居易　702，703

程　崟　1497
褚龍祥　877
春　橋　704—706
崔應階　340，341，352
存　華　891

D

德　成　1536
鄧祥麟　915，917
丁秉仁　670—673，685
丁傳靖　1342，1344
丁　澎　077，088，1481，1482
東　仙　1090，1092，1093
堵廷棻　019
敦　誠　1499

F

范　駒　154，804，855
范希哲　021，026
范性華　1517
范元亨　1069，1071，1072
方外畸人　1528
方疑子　027
馮　焕　1384—1386
傅齡文　1470
傅　山　042，043，045，047，201，

　　　　　　　583，1348
傅廷標　273，274

G

感悸　1458，1459
高　增　1418
顧　彬　045，048，200，202，583，
　　　　　1348
顧　彩　198，200，207—209，1043
顧大申　1478
顧太清　1013—1016
管庭芬　938，982—984
桂　馥　335，568，572，577—580，
　　　　　779

H

韓茂棠　1247，1394，1397，1398，
　　　　　1403，1410，1427
韓錫胙　444，447，449，670
何珮珠　1075，1076
何　鏞　1215，1217
何兆瀛　1064—1066
和　瑛　624，625
賀良樸　1311
洪炳文　1259—1262，1265—1270，
　　　　　1273—1275，1278—1283，
　　　　　1285，1288—1300
洪　昇　193，195，196，246，250，
　　　　　251，259，277，311，312，
　　　　　334，386，661，869，943
胡盍朋　1143，1145，1146，1148，
　　　　　1154，1155
胡薇元　1303，1304，1308
胡　重　667，668
華亭鶴史　241，243
黃　濬　1033，1502
黃　人　063，1387，1426，1509
黃燮清　491，1055，1058—1060，
　　　　　1602，1603，1112
黃之雋　261，829，870
黃　治　1033—1036，1502
黃周星　063，065

J

擊壤民　920
嵇永仁　072，074，136，137，139，
　　　　　141，143，233，236，263，
　　　　　371，829，1192，1478
江大鍵　272，506
姜　城　154，854
蔣景緘　1245—1248
蔣士銓　147，148，308，323，325，

	326，401，467—475，482，	廖　燕	152—155，856
	485，486，491—495，503—	林奕構	1529
	505，605，1110，1498	劉伯友	978
蔣學沂	888，890，897	劉恭璧	1100—1102
蔣倬章	1301	劉　鼆	458—460
金　堡	1473	劉龍貤	337，508，1096，1187，
金連凱	1018—1029		1239，1241
金綬熙	1375，1508	劉清韵	1218—1220，1222，1223，
			1225，1226，1228，1229，
	K		1231，1232
孔廣林	660—665	劉蔭樞	1491
孔昭虔	857—861	劉永安	732
		劉　鈺	1329，1334—1336
	L	柳亞子	1379，1418，1423，1447，
朗	1463		1448
李崇恕	337，1095—1097，1187	龍繼棟	1251，1254，1257，1258
李慈銘	1156—1159，1503	龍　燮	145—148
李　鍇	1496	陸恩煦	1443
李茂英	1518	陸繼輅	850，851，888
李式玉	1480	陸世廉	003
李天根	1234，1495	陸　舜	1484
厲　鶚	329，330，359，360	陸　曜	211，214，215
梁廷枏	472，538，543，544，698，	吕星垣	725，726
	779，941，955，957，1514		
廖恩燾	1323，1324		**M**
廖景文	417—419，421，426，427	馬世俊	048，050，051，200，202

馬　萬　1519
麥仲華　1382
毛奇齡　111—113，223，944，945，
　　　　955，957，1481，1513，
　　　　1514
閔南仲　1488

O

歐陽淦　1243，1387，1388，1423
鷗波亭長　962，964

P

潘　炤　594，601—603，741
龐樹柏　1388，1389，1423，1424，
　　　　1509
龐樹松　1243，1244，1387，1388
彭體元　838
平步青　616，1156，1504，1505
蒲松齡　149—151，1063，1112，
　　　　1113，1128，1131，1223，
　　　　1225
樸　心　1530

Q

秦　雲　1172—1174
青霞寓客　611

丘　園　1476，1479
秋緑詞人　613，615
裘　璉　156，159，162—164，166，
　　　　168，172，1475
瞿　頡　626
全　德　565—567

R

阮麗珍　1520

S

三餘子　1469
單瑤田　875
沈　槎　1474
沈戀德　1531
沈壽生　1008
沈玉亮　205，222
石韞玉　037，312，334，335，508，
　　　　573，594，697，698，776，
　　　　781，782，797，943，960，
　　　　1048，1096，1187
舒　位　464，512，620，621，831，
　　　　836，1052，1327，1501
碩　果　1462
四費軒主人　616，619
宋　琬　077，078，105，215，1481

蘇　源　1346，1348，1350，1351
孫大武　1449，1450，1453
孫寰鏡　1379

T

談小蓮　1249
湯貽汾　687，880，881，885，886
唐　英　138，159，277，308，316，
　　　　322—327，334，899，1036
唐咏裳　834，1052，1326，1328
田　民　1524
退耕老農　1523

W

萬　樹　1487，1521，1522
汪　楫　1490
汪　軔　479，1498
汪士鈜　1489
汪應培　745，746，748，749，755，
　　　　757，758，761—765，788
汪　柱　272，312，334，696，699，
　　　　778，779，943
汪宗沂　1163，1202
王　抃　1485，1486
王夫之　100，103，104，1473
王　復　1088，1089
王懋昭　654，656，657，678—681
王時潤　1412
王　墅　229
王　曇　1501
王仝高　1513
王文治　322，489，538，539
王　訢　595，596，741
王蘊章　1440，1442
衛大壯　745，771，788，789
魏荔彤　271，1187
吳寶鎔　1212
吳秉鈞　1521，1522
吳　城　329，330，359
吳金鳳　1532
吳　梅　053—055，058，059，072，
　　　　074—076，082，087，089，
　　　　091，093，095—097，143，
　　　　197，230，235，237，397—
　　　　399，491，492，573，574，
　　　　581，825，826，828，830，
　　　　836，837，939，940，1059，
　　　　1342，1343，1345，1396，
　　　　1426，1427，1429，1430，
　　　　1432，1433，1437，1438，
　　　　1509
吳　綺　089，093，206—209，

	1477,1489	許善長	1049,1050,1126,1128,
吳棠楨	1487,1522		1139—1141,1163,1164,
吳偉業	019,052—054,057,061,		1168,1169
	083,084,237,1476,	許廷錄	276,277,280—282
	1485	薛　旦	013,090,109,899
吳孝緒	1533	雪樵居士	622
吳業溥	1525		
吳　藻	971—973	**Y**	
吳仲甫	1534	嚴保庸	930,931,939
		嚴廷中	922—925,929
X		楊潮觀	367,390,396,398—400,
惜春主人	1535		572
熊　超	045,201,582,587,591,	楊恩壽	032,057,061,914,
	593,1348		1178—1180,1184,1186—
徐　鄂	1233,1235,1236		1188
徐石麒	070,073,074,076,139,	楊宗岱	520,522,529,532
	1042,1192	葉承宗	035—037,040,368,
徐　爔	293,545,550,552,555,		780,856,1517
	556,1536	葉奕苞	115
徐　信	863	伊小痴	1526
徐旭旦	259	永　恩	535
許鴻磐	785,790—801,803,867,	尤　侗	013,069,081—083,086,
	960		090,092,094,097,119,
許名崙	282—284,286,290,		138,154,235,237,254,
	292—294,297—299,		255,272,310,321,697,
	301,304,306		855,899,945,1476,1481

佑　善	1175	張興仁	1049，1050
余　懷	158，1431，1441，1475	張　怡	1471
俞天憤	1383，1414，1415	張彝宣	1472
俞　樾	1079—1081，1084，1114，1117，1118，1124，1125，1215，1218，1227	張雍敬	110，173，174，179—188，190，191
		張雲驤	337，1506，1507，1533
虞　名	1461	張曾虔	631，639，646，1493，1494
玉　橋	1456		
袁　棟	312，331，338，339，570，779	趙對澂	986，1006
		趙進美	105，106
袁祖光	938，1362，1363，1366，1367，1370，1371，1374，1376，1508	趙式曾	485，604，606
		趙文楷	709，821，822
		鄭由熙	1129，1141，1163，1165，1168，1169
雲卧山人	451，453，454	鄭　瑜	011，066—069，082，083，514，900

Z

曾衍東	707	仲振奎	645，687，689，785，797，806，960
查繼佐	009，032，033，1101		
張　潮	065，158，203—205，207，209，443，1489	仲振履	687，806，808，820
		周　淦	658，1044
張令儀	1493	周樂清	014，110，889，893，904，905，925，926，929，1299
張戀幾	1189-1193，1197—1199		
張聲玠	071，199，659，1041，1048	周如璧	029，030
		周　樹	131，132，135
張　韜	096，138，143，232，233，235，236，403	周星譽	1157，1160，1161，1503
		周　壎	234，401，408

周　宜	785，797，959	朱素臣	1479
周元公	1527	朱依真	1500
朱鳳森	195，262，745，765，766，795—797，867，869—872	鄒式金	005—009，011，018，034，069，110
朱景英	463—466，512	左　潢	709，711，714—716，718，719，721，723，724
朱　山	1445		

附錄三：劇名索引

A

《愛國淚》 1394，1409，1410
《愛梅錫號》 312，334，696，698，779，943
《安樂窩》 1379
《安市》 659，1041，1044，1046—1048
《暗藏鶯》 1363，1365，1367
《傲妻兒》 121，122，125，127

B

《八仙慶壽》 042，047，238，239
《白頭新》 1233，1235—1238
《白玉樓》 331，335，337，570
《百靈效瑞》 329，359，363
《拜石丈》 203，205，208，209
《拜針樓》 229，230
《半臂寒》 009—011
《悲鳳曲》 1108，1113，1125
《北紅拂記》 246，252—258
《北孝烈》 611
《逼月》 1090，1091
《筆歌》 203，206，209
《筆談》 1172—1174
《碧桃記》 850，851
《碧血碑》 1423—1425
《碧血花》 1440—1442
《碧玉玲瓏》 702
《避債臺》 915—918
《砭真記》 444，446，447，449
《鞭督郵》 121—125
《冰心冊》 732—737
《兵解》 1245，1247
《波弋香》 894，903，908，914
《伯嬴持刀》 1133
《博望訪星》 831，833，834，836，1052，1327
《補天石傳奇》 893—896，898—900，902—914，929
《不垂楊》 746，756—759
《不放偷》 111—113
《不了緣》 017，018，1101，1390
《不賣嫁》 111，112

C

《采蘭紉佩》 696，697
《采石磯》 467，503，504
《草堂瘧》 624
《茶圍》 649，650
《柴桑樂》 272，506—509
《柴舟別集》 152

《長公妹》 009，011
《長門宮》 115，116，118
《長生殿補闕》 277，308，311，334
《長生籙》 467，469，472，492
《稱周》 1175
《乘龍佳話》 1215，1217
《痴和尚街頭笑布袋》 137，138，143
《痴祝》 545，548，561
《斥堠》 1329，1331，1336，1339
《酬紅記》 986，988—1007
《酬魂》 545，550，559，561
《催生帖》 746—753
《翠鈿緣》 009，015
《翠微亭卸甲閑游》 368，387，394
《錯姻緣》 1108，1112，1115，1116，1124，1125，1390

D

《大葱嶺隻履西歸》 368，386，394
《大忽雷》 198，199，1044
《大江西小姑送風》 367，368，390
《大轉輪》 070，071，074—076，139，143，905，907，1192

《戴院長神行薊州道》 232，233，236，237
《鉽如鼓》 894，902，913
《蕩婦秋思》 857，859，860
《忉利天》 467，469，472
《蹈海》 1329，1332，1340
《悼花》 545，552，559，561
《燈賦》 246，247，250
《燈燃法界》 538，541
《燈游》 401，402，408，409，1175，1177
《燈月閑情》 308
《砥石齋韵品雜齣》 696，699
《第二碑》 467，492—502，1110，1292
《點鬼簿》 1189—1193，1195—1199
《電球游》 1259，1277—1282
《吊琵琶》 013，081，084，086，087，090—092，321，899
《吊湘》 854
《定天山》 658，1044
《定中原》 894，895，904，913
《東郭傳》 1346，1348，1350—1358

《東家顰》 1363，1367，1371，
　　　　　 1375，1376
《東萊郡暮夜却金》 368，380，
　　　　　 390，392
《董孝》 616，618，619
《動文昌狀元配瞽》 368，378，392
《豆棚閑戲》 022，023，025
《讀離騷》 081—084，086—089，
　　　　　 976
《杜秀才痛哭霸亭廟》 138，232，
　　　　　 233，236
《杜秀才痛哭泥神廟》 137，233，
　　　　　 371
《度藍關》 535
《斷頭臺》 1458
《斷緣夢》 941，946，957
《對山救友》 776，780，782，783

E

《鵝籠書生》 331，336，337
《二奇合傳》 1079，1081

F

《樊川夢》 1303，1305
《樊姬擁髻》 831，832，834，835
《繁女救夫》 1133，1138

《泛月》 632，633，639
《放楊枝》 568，573，574，577—
　　　　　 579，779
《非熊夢》 1313，1318—1321
《飛虹嘯》 1218，1223
《憤司馬夢裏罵閻羅》 072，074，137，
　　　　　 138，143，371，
　　　　　 1192
《風花雪月》 246，248
《風流冢》 006—008
《風月空》 1249
《豐登大慶》 246，249，252
《馮驩市義》 131，133，135
《佛輪》 401，407，408，415
《伏生授經》 776，777，781，783
《芙蓉城記》 145，147，148
《芙蓉孽》 1259，1263，1265—
　　　　　 1270
《浮西施》 070，073—076
《負薪記》 1108，1111，1115，
　　　　　 1116，1123，1124
《賦棋》 1090
《賦詩》 1175，1176
《覆墓》 545，553

G

《感天后神女露筋》 368，388，394

《葛嶺丹爐》 538，539，541

《公車》 632，637，986

《公宴》 746，753

《狗咬呂洞賓》 035，039，040

《孤鴻影》 029

《古其風留人眼小説》 048，202

《古殿鑒》 1259，1287—1289

《管仲姬畫竹留清韵》 193，195

《灌口二郎初顯聖》 368，377，392

《廣陵勝迹》 401

《飯禪》 632，639，647

《閨餞》 746，754

《歸去來辭》 086，271，507

《鬼磷寒》 1379，1380

《姽嫿封》 1178—1180

《桂花塔》 709，711—724

《桂香雲影》 613

《桂苑》 649，650

《桂枝香》 1178，1180，1182，1184

H

《海濱夢》 1143—1148，1151

《海棠夢》 1449—1454

《海天嘯》 1329，1334—1340

《海屋添籌》 667

《海雪吟》 1108，1110，1115，1120—1123

《海宇歌恩》 538—540

《邯鄲郡錯嫁才人》 367，372，391

《韓文公雪擁藍關》 368，381，393

《河梁歸》 889，894，896，913

《荷花蕩將種逃生》 368，376，392

《賀蘭山謫仙贈帶》 367，373，391

《賀新年》 1445

《黑白衛》 081，086，087，094—096，1114

《紅樓佳話》 785，797，959—961

《紅樓夢》 399，776，783，786，787，797，877，879，960

《紅羅鏡》 042—044

《紅牙小譜》 565，567

《後懷沙》 1259，1282，1283

《後四聲猿》 568，571—580

《後緹縈》 1202，1204，1206—1211

《弧祝》 654，657

《壺庵五種曲》 1303，1306—1308

《湖山小隱》 545，550，561

《虎夢》　401，405，408，413
《花間九奏》　776，781—783，1048
《花裏鐘》　978，980，981
《花瑞》　401，403，408，410
《華表柱延陵挂劍》　368，379，392
《畫隱》　1041，1043，1046—1048
《畫竹傳神》　696，698
《懷肉》　1175，1176
《換扇巧逢春夢婆》　368，384，393
《浣紗》　632，635，639，1306
《黃帝魂》　1312，1360
《黃鶴樓》　066，067，069
《黃石婆授計逃關》　367，370，390
《迴流記》　1108，1109，1115，1119，1120
《活地獄》　1418，1422
《貨郎擔》　246，249

J

《汲長孺矯詔發倉》　367，375，391
《集翠裘》　157，158，162，164—166，1475
《祭皋陶》　077—080
《祭牙》　545，550，562
《家宴》　632，636，639，1223
《笳騷》　308，321，327，899

《嘉禾獻瑞》　667，668
《賈島祭詩》　037，335，776，779，782，783
《賈閬仙》　035，037，038，040，041，780
《鑒湖隱》　157，158，162，166—168
《鑒花亭》　1175
《江采蘋》　312，331，333，779
《江梅夢》　698，779，941，942，947，948
《絳綃記》　1055，1062
《驕其妻妾》　042，046，201，583，1348
《教戲》　649，651
《金石錄》　195，867—869，871，872
《錦歸》　746—748
《京兆眉》　009，014
《荊駝憾》　1259，1299
《經鋤堂樂府》　115，116
《驚寒》　649，651
《警黃鐘》　1259，1271，1273—1275，1302，1312
《鏡花亭》　152，154，155
《鏡中圓》　1218，1225

《救俠》 1329，1333，1336
《菊花新夢稿》 821
《拒烟》 1245，1246
《拒友》 1329，1332，1340
《捐金》 632，646
《卷石夢》 282，283，293—296，298—304，306，307
《訣兒》 1329，1330，1337
《絕交》 854，855
《鈞天樂》 081，086，138，154，310，855，937，1371，1372，1375

K

《開場》 246，247，250
《開金榜朱衣點頭》 367，374，391
《凱歌》 203，204
《看真》 1041，1044，1046—1048
《康衢樂》 467，468，472
《康衢新樂府》 725，730，731
《空山夢》 1069，1071—1074
《孔方兄》 035，036，040，041，856
《寇萊公思親罷宴》 368，386，390，394，400
《哭弟》 545，549，561

《快活山樵歌九轉》 367，370，391
《寬大詔》 741—743
《昆明池》 157，162—164

L

《臘盡春回》 273—275
《藍關雪》 217，221，536
《藍橋驛》 261，264，267，269，270
《懶閑天籟》 1239，1241
《老客婦》 115，116，118
《老圓》 1079—1081
《樂天開閣》 573，776，779，782，783
《梨花夢》 1075，1077，1078
《離騷影》 520—532
《驪山傳》 1081
《李白登科記》 081，086，096—099
《李範晉殉國》 1443，1444
《李翰林醉草清平調》 232，234，237
《李衛公替龍行雨》 367，369，390
《李易安鬥茗話幽情》 193，195，869
《立地成佛》 105，107，108

《儷筵》 746，755

《憐春閣》 687—695

《簾外秋光》 745，746，760—768

《梁上眼》 308，315，321

《列子御風》 620

《烈女記》 1251—1254，1256

《臨春閣》 052—055，057，058，689，691

《靈秋會》 259

《靈媧石》 1126，1133，1139—1142

《凌波影》 1055，1059—1062

《劉國師教習扯淡歌》 137，142

《柳州烟》 217，218，221

《六觀樓北曲六種》 790，798—801，803

《龍江守歲》 891，892

《龍井茶歌》 538，539

《龍袖驕民》 246，248

《龍舟會》 100，102，103，1081，1363，1367

《蘆花絮》 308，317，325

《廬山會》 467，504

《魯仲連單鞭蹈海》 368，376，392

《論錢》 854，856

《羅敷采桑》 776，777，781，783

《洛城殿無雙艷福》 922，924，925，929

《落茵記》 1426，1428，1431

M

《馬家河尋兄》 1085—1087

《買花錢》 070，071，074—076，1042

《賣痴呆》 246，249，252

《賣詹郎》 1363，1365

《梅妃作賦》 312，334，698，776，778，782，783，943

《梅花引》 1013，1015—1017

《梅龍鎮》 308，318，322，1036

《媚紅樓》 1390，1393

《盟心》 632，638，639

《夢花影》 594—597，741

《夢華因》 962

《夢幻緣》 029，030

《夢揚州》 261，263，269，270，830

《汨羅江》 066，067，069，082，083，900

《覓地》 545，554

《麵缸笑》 308，319

《明翠湖亭四韵事》 156，160—162

《冥鬧》　　1301，1312
《鳴冤》　　1175，1176
《命字》　　632，638
《牡蠣園》　622，623

N

《南山法曲》　444，445，670
《南唐》　　982—985
《鬧館》　　149
《拈花悟》　1218，1231
《拈花笑》　070，072—076
《聶姊哭弟》　1133，1137
《孽海花》　1363—1365
《凝碧池忠魂再表》　368，385，393
《女彈詞》　308，311，322
《女英雄》　1418，1420
《女雲臺》　790，793，799
《女中華》　1418
《女專諸》　660，663，664
《暖香樓》　1426，1431—1435

P

《蓬壺院》　276—281
《琵琶行》　485，486，489，491，604—606，1499
《琵琶語》　014，110，894，898，913

《品詩》　　632，634
《平濟》　　1090，1091
《平錁記》　867，870—872
《瓶笙館修簫譜》　831，837
《破牢愁》　699
《普天慶》　1259，1289
《譜定紅香傳》　451，453—457

Q

《七襄機》　834，1052，1326，1328
《妻梅子鶴》　699
《齊婧投身》　1133，1135
《齊人記》　045，048，050，051，200，201，582—585，587—591，593，1348
《齊人乞食》　042，045，046，201，583，1348
《奇男子》　115—117
《旗亭館》　157，158，162，168—170
《麒麟閣》　888，890，897
《乞巧文》　203，205，207，208
《千秋泪》　1218，1226
《千秋慶·獻壽》　594，602
《喬影》　　971—977，994
《琴別》　　1041，1042，1046—1048

《琴操參禪》　776，780，782，783
《青樓濟困》　545，549，561
《青衫淚》　484，485，491，605，1049，1050
《青溪笑》　631，632，639—646
《青霞夢》　1303，1304
《清忠譜正案》　308，320，326
《情中幻》　340，341，343，344
《窮阮籍醉罵財神》　367，371，391
《窮途哭》　203，204，207
《窮途淚》　1463
《秋海棠》　1069，1259，1296—1299
《秋夢》　484，1156—1158，1160，1161
《秋聲譜》　922，929
《瞿園雜劇》　1362，1363，1366—1370
《瞿園雜劇續編》　1362，1371，1374
《曲水宴》　511，513，518
《勸美》　649
《雀羅庭》　511，512，518
《鵲華秋》　1303，1304
《群仙祝壽》　329，330，359，363

R

《人天恨》　1418，1420
《紉蘭佩》　894，899，913
《日本燈詞》　246，249，251
《儒吏完城》　790，795，801，867
《入山》　545，554
《瑞獻天台》　538，542

S

《三百少年》　1458，1459
《三釵夢》　785，790，796，797，803，960
《三割股》　1371，1374，1375，1377，1378
《三幻集》　021，022，025，026
《三農得澍》　538，539
《三元報》　308，313，323
《山水清音》　246，247
《傷春》　632，636，639
《賞花》　309，1175，1176，1395，1405
《賞菊傾酒》　272，696，697，778
《賞心幽品》　696
《賞中秋》　1384，1385
《神鏡》　401，406，408，414
《神怒》　1175，1176

《神山引》　1126—1131
《神宴》　654，657
《沈媚娘秋窗情話》　922，923，929
《升平瑞》　467，470，472
《詩籠》　401，402，408，409
《虱談》　545，548
《十快記》　1008，1010—1012
《十三娘笑擲神奸首》　035，038
《十字坡》　308，312
《識俊》　632，638
《試官述懷》　063，064
《壽甫》　1041，1045，1047，1048
《壽言》　545，553
《授徒》　1329，1331，1338
《述夢》　545，546，559，561
《述意》　707，708
《雙泪碑》　1426，1436—1438
《雙龍珠》　838，839，841
《雙鴛祠》　806，808，809，811—820
《霜天碧》　1342—1345
《悅慶》　654，655，657
《說艷》　452，632，636，639，649
《四才子奇書》　261，265—267
《四嬋娟》　193，196，197
《四愁吟樂府》　154，854
《四名家傳奇摘齣》　217，220，221

《四時春》　875
《四時樂》　1259，1299，1300
《四喜緣》　704—706
《四弦秋》　467，484—492，605，607，1080，1193，1259
《松陵新女兒》　1447
《松年引》　660，665
《送窮》　154，804，854，855
《訴琵琶》　152，153，155
《碎胡琴》　199，1041，1043，1046—1048
《碎金牌》　894，900，907，913

T

《撻秦鞭》　1259，1267—1269，1290—1296
《太平樂事》　246，247，250—252
《太平有象》　246，247
《太守桑》　1212—1214
《曇花夢》　941，944，955，957，1514
《坦庵詞曲六種》　070，073，074，1042
《嘆老》　1302，1311
《探獄》　1245，1246
《堂宴》　401，404，408，412

《棠宴》 746，769—775
《桃花聖解盦樂府》 1156，1159—1161
《桃花吟》 464，511，512，514—518
《桃花緣》 337，463，464，512
《桃花源》 081，085—087，092，093，272，331，337，508，697，1096，1097，1178，1186，1187，1239，1506
《桃花源記》 084，092，337，778，1095—1099，1187，1240，1241
《桃葉渡江》 776，777，781，783
《桃醫》 401，406，408，414
《桃園記》 1013—1016
《桃源漁父》 508，697，776，778，782，783，1096，1187
《陶然亭》 282—284，286，290，292
《陶朱公》 331，337
《滕王閣》 066，068，069，514，519
《藤花秋夢》 1363，1367，1370
《題肆》 071，1041，1042，1046—1048

《題園壁》 568，569，571，573，578，580
《天風引》 1222
《天感孝》 838，846，848，849
《天戮》 1175，1177
《通天臺》 052，054，055，057—059，061
《同谷歌》 511，514，516，519
《同情夢》 1414，1415
《同亭宴》 1108，1115，1117，1118
《偷桃捉住東方朔》 368，383，393
《投園中》 335，568，570，573，579

W

《外國人查鼠疫》 1384，1385
《萬寶屢豐》 725，727
《萬福朝天》 725，727
《萬古情》 022，025
《萬國梯航》 725，729，730，1472
《萬花先春》 725，727
《萬家春》 022，023，025
《萬卷瑯嬛》 725，728，730
《萬里安瀾》 725，728，730
《萬年輯瑞》 725，726

《萬騎騰雲》　725，728
《萬壽蟠桃》　725，726，729
《萬壽圖》　920
《萬壽無疆升平樂府》　156，170
《萬舞鳳儀》　725，729
《王粲登樓》　1412
《王節使重續木蘭詩》　232，234，236，403
《輞川樂事》　565，566
《輞川圖》　262，867，869，871，872，874
《望夫石》　1371，1373，1375—1377
《望洋嘆》　1218，1228，1230
《維揚夢》　824，826，828—830
《闈窘》　149，150
《味蔗軒春燈新曲》　1033，1034
《衛花符》　019
《衛茂漪簪花傳筆陣》　193，194
《魏負上書》　1133，1137，1141
《魏徵破笏再朝天》　368，378，392
《溫太真晉陽分別》　367，372，391
《問卜》　545，551，1052
《無鹽拊膝》　1133，1134
《武陵春》　1187，1313—1318，1506

《武則天風流案卷》　922，923，929

X

《西江祝嘏》　467—472
《西遼記》　790，791，798
《西塞山漁翁封拜》　368，385，393
《西臺記》　003，005
《西子捧心》　1133，1138
《奚妻鼓琴》　1133，1136
《惜花報》　063—065
《俠客》　1418，1419
《俠女魂》　1245
《下江南曹彬誓眾》　368，380，393
《仙合》　1064—1066
《仙人感》　1363，1367
《仙醖延齡》　538，541
《峴山碑》　211，214，215
《香夢》　746，747
《祥徵冰繭》　538—540
《襄陽獄》　877，878
《逍遙巾》　706，880，881，883，885
《小滄桑》　594，600—602
《小蓬萊傳奇》　1218
《小四夢雜劇》　941—945
《孝感天》　838，842，844，845

《孝女存孤》 790，794，797，800
《寫心雜劇》 293，545，555—564，1536
《謝道韞咏絮擅詩才》 193，194
《新調思春》 565，566
《新豐店馬周獨酌》 367，368，390
《新上海》 1243
《信陵君義葬金釵》 368，382，393
《信香夢》 1259—1262，1279
《醒芳》 649，652
《醒鏡》 545，547，562
《繡錦臺》 670，672—677，681，682，684，685
《徐吾會燭》 1133，1136
《續離騷》 072，136—143，236
《續青溪笑》 631，649
《續四聲猿》 232，233，235—237
《續訴琵琶》 152，153，155，856
《續西廂》 032—034，1101，1103
《續西廂記》 1100—1106
《軒亭秋》 1396，1426，1427
《軒亭冤》 1247，1394，1395，1397—1404，1427
《璇璣錦》 660—663
《懸嶴猿》 1259，1283，1285，1286
《學海潮》 1323，1324

《血海恨》 1418，1421
《血海花》 1382
《血手印》 1443
《荀灌娘圍城救父》 368，382，393
《訓子》 1228，1329，1330，1338
《訊盼》 1041，1046—1048

Y

《烟花債》 340，351，353，356
《炎涼鏡》 1463，1464
《炎涼券》 1218，1219
《宴金臺》 894，907，913
《宴滕王》 511，513，518
《雁帛書》 790，792，799
《雁門秋》 626—630
《雁鳴霜》 1163—1169
《雁書記》 1034，1037
《燕子樓》 115—117，1108，1114
《艷禪》 1088，1089
《楊狀元進諫謫滇南》 458
《養怡草堂樂府》 1090，1092—1094
《姚平仲》 331，334，337
《瑤池宴》 203，204，206，207
《瑤臺夢》 105，106
《夜香臺持齋訓子》 367，374，391

《業海扁舟》	1018，1020—1022，1024—1031	《酉陽修月》	831，833，835
《謁府帥》	568，569，574，578	《盂蘭夢》	930—933，935—939
《一家春》	1462	《虞山碑》	210—212，216
《一片石》	467，472，474—483，492—494，497，1110，1193，1292	《虞兮夢》	138，308，309，322
		《玉鈎痕》	1243，1244，1387—1389，1423
《一綫天》	1371，1372，1375	《玉獅堂傳奇十種》	1108，1113，1114，1116—1125
《遺臭碑政績》	863—866		
《遺真記》	417，419—440	《玉田春水軒雜齣》	071，199，659，1041，1046—1048
《頤情閣五種》	511		
《倚玉》	632，633	《玉田樂府》	331，338，339
《氤氳釧》	1218，1220	《玉簪記》	1034，1035
《吟風閣雜劇》	367，390，394，395，397	《芋佛》	1090
		《豫忠》	616，618
《吟秋》	632，634，639	《鬱輪袍》	261，262，268—270，869，870，872，874，1046，1122，1196，1369
《飲中仙》	261，263，266，269，270		
《英雄報》	308，310		
《鸚鵡洲》	066，069	《鴛鴦鏡》	1055—1059，1061
《瀛波清晏》	538，542	《鴛鴦史》	241，243—245
《郢中四雪》	066，069	《鴛鴦冢》	222，224—226
《傭中人》	308，314，323，324	《鴛鴦墜》	027
《游赤壁》	012，217，219，221	《元正嘉慶》	238
《游湖》	417，545，546，561，622	《袁浦花》	1189，1190
《游梅遇仙》	545，547，561	《原情》	545，551
《游山》	1041，1045，1047，1048		

《圓香夢》 941，943，949，951—954
《月下談禪》 545，551
《雲萍影》 1456
《韞山六種曲》 801，802，867，871

Z

《葬花》 687，783，857，861，862，1231
《贈蝶》 632，635
《贈金》 1245，1248
《昭君夢》 013，090，109，110，899
《浙江迎鑾樂府》 538
《珍舊》 649，652
《鄭虎臣》 331，336，337，339
《鄭裒教鼻》 1133，1138
《支機石》 834，1051—1054，1327，1362，1366
《指南公》 1461
《擲釧》 632，634
《中郎女》 009，013，014，321
《忠妾覆酒》 1133，1134
《鍾妹慶壽》 149，151
《舟靚》 1156，1159，1160
《諸葛亮夜祭瀘江》 368，388，394
《苧蘿夢》 824，826，828
《賺蘭亭》 331，332
《莊佺伏幟》 1133，1135
《追父》 1329，1336
《卓女當壚》 831，834
《梓潼傳》 1081，1082
《紫姑神》 824，826—828
《紫芝緣》 241—243
《自由花》 1390—1392
《足冤》 1245，1248
《醉高歌》 173，174，178—180，192
《醉畫圖》 152，154，155
《醉翁亭》 217，219，221
《醉月》 788

主要參考文獻
(按書名音序排列)

一、基本文獻類

A

《愛新覺羅宗譜》，愛新覺羅·常林修纂，北京：學苑出版社，1998年。

《安序堂文鈔》，毛際可撰，康熙二十八年（1689）刻本。

《安越堂外集》，平步青撰，載《清代詩文集彙編》第720冊，上海：上海古籍出版社，2010年。

《闇公文存》，丁傳靖撰，民國三十五年（1946）油印本。

B

《八旗滿洲氏族通譜》，弘晝等編纂，載北京圖書館編《北京圖書館藏家譜叢刊·民族卷》第2—10冊，北京：北京圖書館出版社，2003年。

《八旗文經》（影印本），盛昱、楊鍾羲撰，馬甫生等標校，瀋陽：遼瀋書社，1988年。

《白雲道者自述》，張怡撰，清初抄本。

《半可集》，戴廷栻撰，載《清代詩文集彙編》第64冊，上海：上海古籍出版社，2010年。

《碑傳集》，錢儀吉纂，靳斯校點，北京：中華書局，1993年。

《北涇草堂集》，陳棟撰，道光三年（1823）周之琦劍南室刻本。

《北游錄》，談遷撰，汪北平點校，北京：中華書局，1960年。

《本事詩》，徐釚撰，張寅彭編纂，楊焄點校，載《清詩話全編》第2冊，上海：上海古籍出版社，2018年。

《碧聲吟館談麈》，許善長撰，民國元年（1912）西泠印社鉛印本。

《變雅堂詩文集》，杜濬撰，同治九年（1870）重刊本。

《徧行堂集》，澹歸和尚著，段曉華點校，廣州：廣東旅游出版社，2008年。

《不登大雅文庫珍本戲曲叢刊》，北京大學圖書館編輯，北京：學苑出版社，2003年。

C

《采菽堂古詩選》，陳祚明評選，李金松點校，上海：上海古籍出版社，2019年。

《蠶尾文集》，王士禛著，載袁世碩主編《王士禛全集·詩文集》第三冊，濟南：齊魯書社，2007年。

《藏山閣文存》，錢澄之撰，載錢澄之撰、湯華泉校點《藏山閣集》，合肥：黃山書社，2004年。

《陳君天華行狀》，楊源浚撰，載《陳君天華絕命書》，東京：新化自治會，1906年。

《陳廷敬集》，陳廷敬撰，張建偉點校，太原：三晉出版社，2015年。

《陳維崧集》，陳維崧撰，陳振鵬標點，李學穎校補，上海：上海古籍出版社，2010年。

《成都文史資料選編·辛亥前後卷》，成都市政協文史學習委員會編，成都：四川人民出版社，2007年。

《澄懷園文存》，張廷玉著，載沈雲龍主編《近代中國史料叢刊》第52

輯，臺北：文海出版社，1966年。

《尺牘新鈔》，周亮工輯，米田點校，長沙：岳麓書社，2016年。

《尺牘友聲集》，張潮編，王定勇點校，合肥：黃山書社，2020年。

《重編桐庵文稿》，鄭敷教撰，趙詒琛重編，民國七年（1918）刻本。

《崇百藥齋文集》，陸繼輅撰，載《清代詩文集彙編》第506冊，上海：上海古籍出版社，2010年。

《崇川咫聞錄》，徐縉、楊廷撰，道光十年（1830）刻本，北京師範大學圖書館藏。

《疇人傳合編校注》，阮元等撰，馮立昇等校注，鄭州：中州古籍出版社，2012年。

《釧影樓回憶錄》，包天笑著，上海：上海三聯書店，2014年。

《吹網錄　鷗陂漁話》，葉廷琯撰，黃永年校點，瀋陽：遼寧教育出版社，1998年。

《春融堂集》，王昶撰，載《續修四庫全書》集部第1438冊，上海：上海古籍出版社，2002年。

《春在堂雜文》，俞樾著，胡文波等整理，南京：鳳凰出版社，2021年。

《詞林輯略》，朱汝珍輯，臺北：明文書局，1985年。

《詞餘叢話》，楊恩壽撰，載《中國古典戲曲論著集成》第九冊，北京：中國戲劇出版社，1959年。

《詞綜補遺》，林葆恒輯，張璋整理，上海：上海古籍出版社，2005年。

《存吾文稿》，余廷燦撰，載《續修四庫全書》集部第1456冊，上海：上海古籍出版社，2002年。

D

《大清畿輔先哲傳》，徐世昌撰，北京：北京古籍出版社，1993年。

《大清縉紳全書》，道光二十五年（1845）刻本。

《澹盦閑贅》，談珵熙編輯，吉林：吉東印刷社，1911年。

（道光）《重修儀徵縣志》，王檢心修，劉文淇、張安保纂，載《中國地方志集成·江蘇府縣志輯》第45冊，南京：鳳凰出版社，2008年。

（道光）《海昌備志》（點校本），錢泰吉等修纂，載《海寧珍稀史料文獻叢書》，北京：方志出版社，2017年。

（道光）《徽州府志》，馬步蟾纂修，載《中國地方志集成·安徽府縣志輯》第48—50冊，南京：江蘇古籍出版社，1998年。

（道光）《濟寧直隸州志》，徐宗幹修，許瀚纂，盧朝安續纂修，載《中國地方志集成·山東府縣志輯》第77冊，南京：鳳凰出版社，2004年。

（道光）《綿竹縣志》，劉慶遠修，沈心如纂，道光二十九年（1849）刻本。

（道光）《南雄直隸州志》，余保純等修，黃其勤纂，戴錫綸續纂修，載《中國地方志集成·廣東府縣志輯》第10冊，上海：上海書店，2003年。

（道光）《阮氏宗譜》，阮易路重修，道光十年（1830）文煥堂木刻活字印本。

（道光）《歙縣志》，勞逢源修，沈伯棠等纂，道光八年（1828）刻本。

（道光）《宿州志》，蘇元璐修，徐用熙纂，道光五年（1825）刻本。

（道光）《泰州志》，王有慶等纂，載《中國地方志集成·江蘇府縣志輯》第50冊，南京：江蘇古籍出版社，1991年。

（道光）《桐城續修縣志》，廖大聞修，金鼎壽纂，潘忠榮點校，合肥：黃山書社，2017年。

（道光）《休寧縣志》，何應松修，方崇鼎纂，載《中國地方志集成·安徽府縣志輯》第52冊，南京：江蘇古籍出版社，1998年。

《德清縣新志》，程森總纂，民國二十一年（1932）鉛印本。

《德清許氏族譜》，許祖京輯，清石印本。

《滇南碑傳集》，方樹梅纂輯，李春龍等點校，昆明：雲南民族出版社，2003年。

《東江詩鈔》，唐孫華撰，載《清代詩文集彙編》第136冊，上海：上海古籍出版社，2010年。

《東畬雜記》，沈廷瑞撰，光緒十三年（1887）刻本。

《東野軒詩》，許廷錄撰，乾隆十一年（1746）刻本。

《東野軒暇集》，許廷錄撰，稿本。

《棟山日記》，平步青撰，清稿本。

《獨學老人年譜》，吳蕚撰，道光間刻本。

《獨學廬文稿》，石韞玉撰，董粉和點校，上海：上海古籍出版社，2020年。

《讀畫輯略》，玉獅老人編撰，北京：商務印書館，1915年。

《讀書敏求記校證》，錢曾撰，管庭芬、章鈺校正，佘彥焱標點，上海：上海古籍出版社，2019年。

F

《梵天廬叢錄》，柴小梵輯，北京：中華書局，1936年。

《鳳池集》，沈玉亮、吳陳琰編撰，載《四庫全書存目叢書》集部第402冊，濟南：齊魯書社，1997年。

《扶荔堂詩集選》，丁澎撰，載《清代詩文集彙編》第78冊，上海：上海古籍出版社，2010年。

《芙蓉山館文鈔》，楊芳燦撰，光緒十七年（1891）刻本。

《復初齋集外文》，翁方綱撰，民國吳興嘉業堂刊本。

《傅惜華藏古典戲曲珍本叢刊》，王文章主編，北京：學苑出版社，2010年。

G

《改堂先生文鈔二卷》，唐紹祖撰，濟南：齊魯書社，1997年。

《甘泉鄉人稿》，錢泰吉撰，同治十一年（1872）重刻本。

《感舊集小傳拾遺》，陳石遺著，台北：廣文書局，1968年。

《庚子事變文學集》，阿英編，北京：中華書局，1959年。

《躬恥齋文鈔》，宗稷辰撰，載《清代詩文集彙編》第577冊，上海：上海古籍出版社，2010年。

《龔自珍全集》，龔自珍著，上海：上海人民出版社，1975年。

《觚賸》，鈕琇撰，南炳文、傅貴久點校，上海：上海古籍出版社，1986年。

《古本戲曲叢刊八集》，中國社會科學院文學研究所編，北京：國家圖書館出版社，2019年。

《古本戲曲叢刊六集》，中國社會科學院文學研究所編，北京：國家圖書館出版社，2016年。

《古本戲曲叢刊七集》，中國社會科學院文學研究所編，北京：國家圖書館出版社，2018年。

《古本戲曲叢刊十集》，中國社會科學院文學研究所編，北京：國家圖書館出版社，2020年。

《古夫于亭雜錄》，王士禎撰，趙伯陶點校，北京：中華書局，1988年。

《古歡堂集》，田雯撰，載《清代詩文集彙編》第138冊，上海：上海古籍出版社，2010年。

《古雪齋文集》，曹錫寶著，宣統二年（1910），曹驤鉛印本。

《古燕詩紀》，馬鍾琇編，民國三年（1914）稿本。

《顧氏宗譜》，顧玉書等纂修，載《無錫文庫》第三輯，南京：鳳凰出版社，2011年。

《顧太清奕繪詩詞合集》，顧太清、奕繪撰，張璋編校，上海：上海古籍出版社，1998年。

《管庭芬詩文集》，管廷芬撰，虞坤林點校，杭州：浙江古籍出版社，

2018 年。

（光緒）《寶山縣志》，梁蒲貴、吳康壽修，朱延射、潘履祥纂，載《中國地方志集成·上海府縣志輯》第 9 冊，上海：上海書店出版社，2010 年。

（光緒）《慈溪縣志》，楊泰亨等修纂，載《中國地方志集成·浙江府縣志輯》第 35—36 冊，上海：上海書店出版社，1993 年。

（光緒）《常昭合志稿》，鄭鍾祥等修，龐鴻文等纂，載《中國地方志集成·江蘇府縣志輯》，南京：江蘇古籍出版社，1991 年。

（光緒）《重修安徽通志》，沈葆楨、吳坤修等修，何紹基、楊沂孫等纂，載《中國地方志集成·省志輯·安徽》，南京：鳳凰出版社，2011 年。

（光緒）《重修華亭縣志》，楊開第等修纂，載《中國地方志集成·上海府縣志輯》第 4 冊，上海：上海書店出版社，2010 年。

（光緒）《丹徒縣志》，何紹章、馮壽鏡、張玉藻修，呂耀斗等纂，載《中國地方志集成·江蘇府縣志輯》第 29—30 冊，南京：鳳凰出版社，2008 年。

（光緒）《道州志》，李鏡蓉、盛賡修，許清源、洪廷揆纂，載《中國地方志集成·湖南府縣志輯》第 48 冊，南京：江蘇古籍出版社，2002 年。

（光緒）《鳳凰廳續志》，侯晟、耿維中修，黃河清纂，載《中國地方志集成·湖南府縣志輯》第 72 冊，南京：江蘇古籍出版社，2002 年。

（光緒）《廣德州志》，胡有誠修，丁寶書等纂，載《中國地方志集成·安徽府縣志輯》第 42 冊，南京：江蘇古籍出版社，1998 年。

（光緒）《華亭縣志》，姚光發纂修，光緒五年（1879）刻本。

（光緒）《淮安府志》，高延第、吳昆田纂，載《中國地方志集成·江蘇府縣志輯》第 54 冊，南京：江蘇古籍出版社，1991 年。

（光緒）《吉水縣志》，彭際盛等修，胡宗元等纂，載《中國地方志集成·江西府縣志輯》第 65 冊，南京：鳳凰出版社，2013 年。

（光緒）《嘉定縣志》，程其鈺修，楊震福纂，載《中國地方志集成·上海府縣志輯》第 8 冊，上海：上海書店出版社，2010 年。

（光緒）《嘉祥縣志》，章文華、官擢午纂修，載《中國地方志集成·山東府縣志輯》第 79 册，南京：鳳凰出版社，2004 年。

（光緒）《嘉興府志》，許瑶光修，吳仰賢等纂，北京：國家圖書館出版社，2016 年。

（光緒）《蓬萊縣續志》，鄭錫鴻、江瑞采修，王爾植等纂，載《中國地方志集成·山東府縣志輯》第 50 册，南京：鳳凰出版社，2004 年。

（光緒）《蒲江縣志》，孫清士、陸汝衛修，解瑛、徐元善纂，載《中國地方志集成·四川府縣志輯（新編）》第 11 册，成都：巴蜀書社，2017 年。

（光緒）《青田縣志》，雷銑等修纂，載《中國地方志集成·浙江府縣志輯》第 65 册，上海：上海書店出版社，1993 年。

（光緒）《曲江縣志》，張希京等修纂，載《中國地方志集成·廣東府縣志輯》第 9 册，上海：上海書店出版社，2003 年。

（光緒）《三續掖縣志》，魏起鵬修，王續藩纂，載《中國地方志集成·山東府縣志輯》第 46 册，南京：鳳凰出版社，2004 年。

（光緒）《壽州志》，曾道唯等修，葛蔭南等纂，載《中國地方志集成·安徽府縣志輯》第 21 册，南京：江蘇古籍出版社，1998 年。

（光緒）《台州府志》，趙亮熙修，王彥威、王舟瑶纂，王佩瑶校定，民國十五年（1926）鉛印本。

（光緒）《桐鄉縣志》，嚴辰纂，載《中國地方志集成·浙江府縣志輯》第 23 册，上海：上海書店出版社，2011 年。

（光緒）《烏程縣志》，潘玉璿、馮健修，汪曰楨、周學浚纂，載《中國地方志集成·浙江府縣志輯》第 26 册，上海：上海書店出版社，1993 年。

（光緒）《武進陽湖縣志》，王具淦、吳康壽修，湯成烈等纂，載《中國地方志集成·江蘇府縣志輯》第 37 册，南京：鳳凰出版社，2008 年。

（光緒）《湘潭縣志》，陳嘉榆、王闓運等修纂，長沙：岳麓書社，2010 年。

（光緒）《新寧縣志》，張葆連修，劉長佑、劉坤一纂，載《中國地方志集成·湖南府縣志輯》第41冊，南京：江蘇古籍出版社，2002年。

（光緒）《宣平縣志》，皮樹棠修，皮錫瑞纂，載《中國方志叢書·華中地方·第182號》，臺北：成文出版社，1975年。

（光緒）《增修甘泉縣志》，徐成敉等修，陳浩恩等纂，載《中國地方志集成·江蘇府縣志輯》第43—44冊，南京：江蘇古籍出版社，1991年。

《廣陵詩事》，阮元撰，王明發點校，揚州：廣陵書社，2005年。

《廣清碑傳集》，錢仲聯主編，蘇州：蘇州大學出版社，1999年。

《歸愚詩鈔》，沈德潛撰，載《清代詩文集彙編》第234冊，上海：上海古籍出版社，2010年。

《歸愚文鈔餘集》，沈德潛著，載潘務正、李言校點《明清別集叢刊：沈德潛詩文集》第3冊，北京：人民文學出版社，2011年。

《國朝詞綜續編》，黃燮清輯，載《四部備要·集部》，上海：中華書局，1920年。

《國朝閨秀正始集》，惲珠輯，道光十一年（1831）紅香館刻本。

《國朝漢學師承記》，江藩撰，鍾哲整理，北京：中華書局，1983年。

《國朝杭郡詩輯》，吳顥輯，吳振棫重編，杭州圖書館整理，北京：國家圖書館出版社，2020年。

《國朝畫識》，馮金伯撰，載《三十三種清代人物傳記資料彙編》第42冊，濟南：齊魯書社，2009年。

《國朝金陵詩徵》，朱緒曾等輯，光緒十三年（1887）刻本。

《國朝名家詩鈔小傳》，鄭方坤撰，載《三十三種清代人物傳記資料彙編》第41冊，濟南：齊魯書社，2009年。

《國朝耆獻類徵初編》，李桓輯，臺北：文海出版社，1966年。

《國朝詩人徵略》，張維屏編撰，陳永正點校，蘇展鴻審定，廣州：中山大學出版社，2004年。

《國朝書畫家筆錄》，竇鎮輯，載宋志英、潘竹選編《金石書畫人物傳記資料叢刊》第 11 册，北京：國家圖書館出版社，2015 年。

《國朝松陵詩徵》，袁景輅編，載《歷代地方詩文總集彙編》第 73 册，北京：國家圖書館出版社，2016 年。

《國朝先正事略》，李元度纂，易孟醇校點，長沙：岳麓書社，2008 年。

《果堂集》，沈彤撰，載《清代詩文集彙編》第 264 册，上海：上海古籍出版社，2010 年。

H

《海鹽縣志》，王彬修，徐用儀纂，光緒三年（1877）刻本。

《海虞畫苑略補遺》，魚翼撰，載《金石書畫人物傳記資料叢刊》第 33 册，北京：國家圖書館出版社，2015 年。

《海虞龐氏家譜》，龐鍾璐纂修，同治十二年（1873）刻本。

《海虞詩苑·海虞詩苑續編》，王應奎、瞿紹基編，上海：上海古籍出版社，2013 年。

《韓湘巖先生年譜》，劉耀東纂，載北京圖書館編《北京圖書館藏珍本年譜叢刊》第 99 册，北京：北京圖書館出版社，1999 年。

《韓齋文稿》，孔憲彝撰，道光咸豐間刻本。

《鶴侶齋詩》一卷、《文稿》四卷，孫襄撰，載《四庫全書存目叢書》集部第 254 册，濟南：齊魯書社，1997 年。

《鶴徵後録》，李富孫輯，載《三十三種清代人物傳記資料彙編》第 43 册，濟南：齊魯書社，2009 年。

《鶴徵録》，李集輯，載《三十三種清代人物傳記資料彙編》第 43 册，濟南：齊魯書社，2009 年。

《橫山先生年譜》，裘姚崇編，載裘璉撰《橫山文集》附録，民國三年（1914）鉛印本。

《紅樓夢戲曲集》，阿英編，北京：中華書局，1978 年。

《紅樓夢新證》，周汝昌著，南京：譯林出版社，2012年。

《洪炳文集》，洪炳文撰，沈不沉編，上海：上海社會科學院出版社，2004年。

《胡菊圃殘稿》，胡重撰，清抄本，國家圖書館藏。

《畫舫餘譚》，捧花生撰，揚州：江蘇廣陵古籍刻印社，1987年。

《話雨齋詩鈔》，張興仁撰，同治二年（1863）刻本。

《淮海英靈集 附淮海英靈續集》，阮元、阮亨纂，萬仕國、盧嫻點校，揚州：廣陵書社，2021年。

《槐塘詩稿》，汪沆撰，載《清代詩文集彙編》第301冊，上海：上海古籍出版社，2010年。

《槐塘文稿》，汪沆撰，載《清代詩文集彙編》第301冊，上海：上海古籍出版社，2010年。

《皇明遺民傳》，佚名撰，載《二十五史外人物總傳要籍集成》，濟南：齊魯書社，2000年。

《皇清書史》，李放撰，瀋陽：遼瀋書社，1985年。

《黃賓虹文集》，黃賓虹著，上海書畫出版社、浙江省博物館編，上海：上海書畫出版社，1999年。

《黃周星集 王岱集》，黃周星、王岱撰，謝孝明、馬美著校點，長沙：岳麓書社，2013年。

J

《積山先生遺集》，汪惟憲撰，載《清代詩文集彙編》第250冊，上海：上海古籍出版社，2010年。

《嵇氏宗譜》，嵇有慶修纂，同治十年（1871）刻本。

《己未詞科錄》，秦瀛撰，載《三十三種清代人物傳記資料彙編》第43冊，濟南：齊魯書社，2009年。

《記年記事編》，丁秉仁編，嘉慶二十一年（1816）濤音書屋刻本。

《嘉禾徵獻錄》，盛楓撰，載《續修四庫全書》史部第544册，上海：上海古籍出版社，2002年。

（嘉慶）《常德府志》，應先烈修，陳楷禮纂，載《中國地方志集成·湖南府縣志輯》第76册，南京：江蘇古籍出版社，2002年。

（嘉慶）《重修揚州府志》，阿克當阿修，姚文田、江藩纂，載《中國地方志集成·江蘇府縣志輯》第41—42册，南京：江蘇古籍出版社，1991年。

（嘉慶）《江都縣續志》，王逢源修，李保泰纂，載《中國地方志集成·江蘇府縣志輯》第66册，南京：鳳凰出版社，2008年。

（嘉慶）《井研縣志》，張寧陽等修，陳獻瑞、胡元善纂，嘉慶元年（1796）刻本。

（嘉慶）《溧陽縣志》，李景嶧、陳鴻壽修，史炳、史津纂，載《中國地方志集成·江蘇府縣志輯》第32册，南京：江蘇古籍出版社，1991年。

（嘉慶）《南陽府志》，孔傳金纂修，載《中國地方志集成·河南府縣志輯》第56册，上海：上海書店出版社，2013年。

（嘉慶）《如皋縣志》，楊受廷等修，馬汝舟等纂，載《中國方志叢書·華中地方·第9號》，臺北：成文出版社，1970年。

（嘉慶）《上海縣志》，王大同等修纂，載《浙江圖書館藏稀見方志叢刊》第5—7册，北京：國家圖書館出版社，2011年。

（嘉慶）《四川通志》，常明、楊芳燦等纂修，載《中國西南文獻叢書》第一輯，蘭州：蘭州大學出版社，2003年。

（嘉慶）《松江府志》，宋如林修，孫星衍、莫晋纂，載《中國地方志集成·上海府縣志輯》第1—3册，上海：上海書店出版社，2010年。

（嘉慶）《桐鄉縣志》，李廷輝修，徐志鼎纂，嘉慶四年（1799）刻本。

（嘉慶）《無錫金匱縣志》，韓履寵、齊彥槐修，秦瀛纂，載《無錫文庫》第一輯，南京：鳳凰出版社，2011年。

（嘉慶）《蕪湖縣志》，余誼密等修，鮑實等纂，載《中國方志叢書·華中地方·第88號》，臺北：成文出版社，1985年。

（嘉慶）《吳門補乘》，錢思元纂，載天津圖書館編《天春園藏善本方志選編》第50冊，北京：學苑出版社，2009年。

（嘉慶）《義烏縣志》，諸自谷、程瑜、李錫齡著，義烏市志編輯部，2001年。

（嘉慶）《禹城縣志》，董鵬翱修，牟應震纂，載《中國地方志集成·山東府縣志輯》第10冊，南京：鳳凰出版社，2004年。

（嘉慶）《增修宜興縣舊志》，李先榮原本，阮升基增修，寧楷等增纂，載《中國地方志集成·江蘇府縣志輯》第39冊，南京：江蘇古籍出版社，1991年。

（嘉慶）《直隸綿州志》，李在文、范紹泗修，潘相、孫文煥纂，嘉慶十九年（1814）刻本。

（嘉慶）《直隸太倉州志》，鰲圖、汪廷昉修，王昶纂，上海：上海古籍出版社，2015年。

《見山樓詩稿》，張毓楨撰，載陳紅彥、謝冬榮、薩仁高娃主編《清代詩文集珍本叢刊》第496冊，北京：國家圖書館出版社，2017年。

《見聞隨筆》，齊學裘撰，同治十年（1871）刻本。

《江安縣志》，丁既明主編，江安縣志編纂委員會編纂，北京：方志出版社，1998年。

《江表忠略》，陳澹然撰，載沈雲龍主編《近代中國史料叢刊》第20輯，臺北：文海出版社，1966年。

《江蘇詩徵》，王豫輯，載《歷代地方詩文總集彙編》第42—53冊，北京：國家圖書館出版社，2016年。

《蕉窗詩鈔》，齊學裘撰，道光十一年（1831）刻本。

《鮚埼亭集》，全祖望撰，載王雲五主編《萬有文庫：第二集七百種》

（484），上海：商務印書館，1936 年。

《鮚埼亭集外編》，全祖望著，載沈雲龍選輯《明清史料彙編》五集第 6—9 册，臺北：文海出版社，1973 年。

《今傳是樓詩話》，王揖唐撰，張金耀校點，瀋陽：遼寧教育出版社，2003 年。

《今樵詩存》，黄治撰，載《清代詩文集彙編》第 606 册，上海：上海古籍出版社，2010 年。

《今樂考證》，姚燮撰，載《中國古典戲曲論著集成》第十集，北京：中國戲劇出版社，1959 年。

《金兆燕集》，金兆燕撰，吕賢平輯校，北京：人民文學出版社，2018 年。

《京江耆舊集》，張學仁纂，載《歷代地方詩文總集彙編》第 150—151 册，北京：國家圖書館出版社，2016 年。

《敬業堂詩集》，查慎行著，周劭標點，上海：上海古籍出版社，2015 年。

《鏡虹吟室詩集》，孔昭虔撰，載《清代詩文集彙編》第 514 册，上海：上海古籍出版社，2010 年。

《九朝東華録》，王先謙撰，光緒十年（1884）刻本。

《九芝草堂詩存校注》，朱依真著，周永忠、梁揚校注，成都：巴蜀書社，2014 年。

《居業堂文集》，王源撰，載《清代詩文集彙編》第 121 册，上海：上海古籍出版社，2010 年。

《劇説》，焦循撰，載《中國古典戲曲論著集成》第八集，北京：中國戲劇出版社，1959 年。

K

《堪齋詩存》，顧大申撰，載《清代詩文集彙編》第 70 册，上海：上海古籍出版社，2010 年。

《看山閣集》，黃圖珌撰，載《清代詩文集彙編》第 288 冊，上海：上海古籍出版社，2010 年。

《衎石齋記事稿》，錢儀吉撰，載《清代詩文集彙編》第 541 冊，上海：上海古籍出版社，2010 年。

(康熙)《常熟縣志》，高士鸛、楊振藻修，錢陸燦等纂，載《中國地方志集成·江蘇府縣志輯》第 21 冊，南京：江蘇古籍出版社，1991 年。

(康熙)《常熟縣志》，章曾印論定，王震、曾倬等同輯，康熙五十一年（1712）刻本。

(康熙)《繁昌縣志》，梁延年修，閔燮纂，載《上海圖書館藏稀見方志叢刊》第 120 冊，北京：國家圖書館出版社，2011 年。

(康熙)《徽州府志》，丁廷楗、盧詢修，趙吉士纂，康熙三十八年（1699）刻本。

(康熙)《曲沃縣志》，潘錦修，仇翊道纂，載《吉林大學圖書館藏稀見方志叢刊》第二冊，北京：國家圖書館出版社，2013 年。

(康熙)《吳江縣志續編》，王前修，錢霨纂，載《南京圖書館藏稀見方志叢刊》第 45 冊，北京：國家圖書館出版社，2012 年。

(康熙)《陽曲縣志》，戴夢熊等修纂，康熙二十一年（1682）刻本，國家圖書館藏。

(康熙)《永明縣志》，周鶴修，王纘纂，載《中國地方志集成·湖南府縣志輯》第 49 冊，南京：江蘇古籍出版社，2002 年。

(康熙)《浙江通志》，王國安修，黃宗羲纂，載《中國地方志集成·省志輯·浙江》第 1—2 冊，南京：鳳凰出版社，2010 年。

《孔氏大宗譜·孔氏敦本堂支譜》，孔昭薪重修，孔慶餘校補，同治十二年（1873）刻本。

L

《懶真草堂集》，顧起元撰，載王鍾翰主編《四庫禁毀書叢刊補編》第68—69冊，北京：北京出版社，2005年。

《李塨文集》，李塨撰，鄧子平、陳山榜點校，石家莊：河北人民出版社，2011年。

《歷代畫史彙傳》，彭蘊璨編，載《金石書畫人物傳記資料叢刊》第22—28冊，北京：國家圖書館出版社，2015年。

《笠洲文集》，瞿源洙撰，載《北京師範大學圖書館藏稀見清人別集叢刊》第9冊，桂林：廣西師範大學出版社，2007年。

《梁溪詩鈔》，顧光旭輯，南京：鳳凰出版社，2011年。

《兩般秋雨盦隨筆》，梁紹壬撰，莊葳點校，上海：上海古籍出版社，1982年。

《兩浙輶軒錄》，阮元、楊秉初輯，夏勇等整理，載《浙江文叢》，杭州：浙江古籍出版社，2012年。

《兩浙輶軒續錄》，潘衍桐編，夏勇、熊湘整理，載《浙江文叢》，杭州：浙江古籍出版社，2014年。

《聊齋志异戲曲集》，關德棟、車錫倫編，上海：上海古籍出版社，1983年。

《廖燕全集》，廖燕撰，林子雄點校，上海：上海古籍出版社，2005年。

《靈台小補》，金連凱撰，道光十四年（1834）刻本。

《劉師培全集》，劉師培著，北京：中共中央黨校出版社，1997年。

《留溪外傳》，陳鼎撰，載《四庫全書存目叢書》史部第122冊，濟南：齊魯書社，1996年。

《柳亭詩話正集》，宋長白撰，上海：新文化書社，1935年。

《柳亞子年譜》，柳無忌編，北京：中國社會科學出版社，1983年。

《六觀樓文存》，許鴻磐撰，民國十三年（1924）濟寧許鍾璐排印本。

《龍燮公年譜》，龍燮撰，陸林點校，載《皖人戲曲選刊·龍燮卷》附錄，合肥：黃山書社，2009年。

《魯山木先生文集》，魯九皋撰，載《清代詩文集彙編》第378冊，上海：上海古籍出版社，2010年。

《綠天香雪簃詩話》，袁祖光撰，載《清詩話三編》第10冊，上海：上海古籍出版社，2014年。

《螺齋詩鈔》，傅廷標撰，道光十八年（1838）刻本。

M

《梅村先生年譜》，顧師軾撰，載《清初名儒年譜》第3冊，北京：北京圖書館出版社，2006年。

《夢溪嚴氏宗譜》，嚴汝純等纂修，民國十年（1921）錫類堂木活字本。

《勉行堂詩集》，程晉芳撰，載《清代詩文集彙編》第343冊，上海：上海古籍出版社，2010年。

《繆荃孫全集》，繆荃孫撰，張廷銀、朱玉麒主編，南京：鳳凰出版社，2014年。

（民國）《安徽通志稿》，安徽通志館纂修，民國二十三年（1934）鉛印本。

（民國）《重修常昭合志》，常熟市地方志編纂委員會辦公室標校，上海：上海社會科學院出版社，2002年。

（民國）《重修鄲都縣志》，黃光輝等修，郎承詵等纂，載《中國地方志集成·四川府縣志輯》第47冊，成都：巴蜀書社，1992年。

（民國）《重修沭陽縣志》，錢崇威等纂，民國十五年（1926）抄本，國家圖書館藏。

（民國）《大庾縣志》，吳寶炬修，劉人俊等纂，載《中國地方志集成·江西府縣志輯》第86冊，南京：江蘇古籍出版社，1996年。

（民國）《德興縣志》，沈良弼修，董鳳笙纂，載《中國地方志集成·江西府縣志輯》第 32 冊，南京：江蘇古籍出版社，1996 年。

（民國）《福山縣志》，王陵基修，于宗潼纂，烟臺：烟臺福裕書局，民國二十年（1931）稿本。

（民國）《貴定縣志稿》，段兆鰲纂，貴陽：貴州人民出版社，2019 年。

（民國）《海寧州志稿》，李圭修，許傳霈纂，載《中國地方志集成·浙江府縣志輯》第 22 冊，上海：上海書店出版社，2011 年。

（民國）《杭州府志》，陳璚等修纂，載《中國地方志集成·浙江府縣志輯》第 1—3 冊，上海：上海書店出版社，1993 年。

（民國）《嘉定縣續志》，陳傳德修，黃世祚纂，民國十九年（1930）鉛印本。

（民國）《江陰縣續志》，陳思修，繆荃孫纂，載《中國地方志集成·江蘇府縣志輯》第 25 冊，南京：江蘇古籍出版社，1991 年。

（民國）《昆新兩縣續補合志》，連德英修，李傳元纂，載《中國地方志集成·江蘇府縣志輯》第 17 冊，南京：鳳凰出版社，2008 年。

（民國）《萊陽縣志》，梁秉錕修，王丕煦纂，載《中國地方志集成·山東府縣志輯》第 53 冊，南京：鳳凰出版社，2004 年。

（民國）《臨海縣志》，孫熙鼎等修纂，載《中國地方志集成·浙江府縣志輯》第 46 冊，上海：上海書店出版社，2011 年。

（民國）《凌雲縣志》，蒙啓光、何景熙修，王由賢、王彭年、羅增麒纂，載《中國地方志集成·廣西府縣志輯》第 77 册，南京：鳳凰出版社，2014 年。

（民國）《濮院志》，夏辛銘纂輯，北京：中華書局，2018 年。

（民國）《三河縣新志》，曹楨、蘇士俊修，吳寶銘、韓琛等纂，載《中國地方志集成·河北府縣志輯》第 25 冊，上海：上海書店出版社，2006 年。

（民國）《歙縣志》，石國柱、樓文釗修，許承堯纂，載《中國地方志集成·安徽府縣志輯》第 51 冊，南京：江蘇古籍出版社，1998 年。

（民國）《順德縣志》，周之貞、馮葆熙修，周朝槐、何藻翔、歐家廉、盧乃潼等纂，順德市地方志辦公室點校，載《順德縣志（清咸豐民國合訂本）》，廣州：中山大學出版社，1993 年。

（民國）《太和縣志》，丁炳烺主修，吳承志纂修，鄧建設點校，合肥：黃山書社，2013 年。

（民國）《太湖縣志》，高壽恒修，李英纂，載《中國地方志集成·安徽府縣志輯》第 16 冊，南京：江蘇古籍出版社，1998 年。

（民國）《（桐城）張氏宗譜》，張志穎、張家益等修，民國二十二年（1933）木活字本。

（民國）《文安縣志》，陳楨修，李蘭增、陳德沛纂，載《中國地方志集成·河北府縣志輯》第 29 冊，上海：上海書店，2006 年。

（民國）《文登縣志》，李祖年修，于霖逢纂，光緒二十三年（1897）修、民國二十二年（1933）重刊本。

（民國）《吳縣志》，曹允源、李根源纂，載《中國地方志集成·江蘇府縣志輯》第 11—12 冊，南京：江蘇古籍出版社，1991 年。

（民國）《蕭山縣志稿》，彭延慶等修，姚瑩俊纂，張宗海續修，楊士龍續纂，載《中國地方志集成·浙江府縣志輯》第 11 冊，上海：上海書店出版社，1993 年。

（民國）《新塍鎮志》，朱士楷等修纂，載《中國地方志集成·鄉鎮志專輯》第 18 冊，上海：上海書店出版社，1992 年。

（民國）《新鄉縣續志》，田芸生纂，韓邦孚、蔣澘川修，民國十二年（1923）刊本。

（民國）《新纂雲南通志》，龍雲、盧漢修，周鍾嶽、趙式銘主修，袁嘉穀纂，昆明：雲南人民出版社，2007 年。

（民國）《續修歷城縣志》，毛承霖等修纂，載《山東歷代方志集成·濟南卷》第8—9冊，濟南：齊魯書社，2016年。

（民國）《續修曲阜縣志》，孫永漢修，李經野、孔昭曾纂，載《中國地方志集成·山東府縣志輯》，南京：鳳凰出版社，2004年。

（民國）《續纂泰州志》，胡為藩修，韓國鈞、王貽牟總纂，載《中國地方志集成·江蘇府縣志輯》第50冊，南京：鳳凰出版社，2008年。

（民國）《宜良縣志》，王槐容等修，許實纂，載《中國地方志集成·雲南府縣志輯》第23—24冊，南京：鳳凰出版社，2009年。

（民國）《宜興萬氏宗譜》，萬驕等修，民國五年（1916）木活字本。

（民國）《榆次縣志》，晉中市榆次區史志研究室整理，盧海亮主編，太原：三晉出版社，2017年。

（民國）《鎮海縣志》，洪錫範、盛洪燾修，王榮商、楊曾敏纂，載《中國地方志集成·浙江府縣志輯》第34冊，上海：上海書店出版社，2011年。

《閩中紀略》，許旭撰，載《叢書集成續編》第279冊，臺北：新文豐出版公司，1989年。

《名媛詩話》，沈善寶著，民國十二年（1923）鉛印本。

《明季南略》，計六奇撰，任道斌、魏得良點校，北京：中華書局，1984年。

《明清抄本孤本戲曲叢刊》，首都圖書館編，北京：綫裝書局，1995年。

《明清婦女戲曲集》，華瑋編輯、點校，臺北："中研院"·中國文哲研究所，2003年。

《明清孤本稀見戲曲彙刊》，黃仕忠編校，桂林：廣西師範大學出版社，2014年。

《明清女性戲曲作品集》，劉奇玉輯校，長沙：岳麓書社，2019年。

《明書》，查繼佐撰，載《二十五別史》第18—21冊，濟南：齊魯書社，2000年。

《明遺民錄》，孫靜庵編著，趙一生標點，杭州：浙江古籍出版社，

1985年。

《明志齋詩草》，蔡嘉佺撰，載江曉敏主編《南開大學圖書館藏稀見清人別集叢刊》第21冊，桂林：廣西師範大學出版社，2010年。

《墨林今話》，蔣寶齡撰，程青岳批注，李保民校點，上海：上海古籍出版社，2015年。

《墨緣小錄》，潘曾瑩撰，民國十一年（1922）西泠印社。

N

《南村草堂文鈔》，鄧顯鶴撰，弘徵點校，長沙：岳麓書社，2008年。

《南蕭堂申酉集》，李式玉撰，載《清代詩文集彙編》第78冊，上海：上海古籍出版社，2010年。

《念宛齋詩集》，左輔撰，民國間鉛字排印本。

P

《龐檗子遺集》，龐樹柏撰，載《清代詩文集彙編》第797冊，上海：上海古籍出版社，2010年。

《毗陵畫徵錄》，李寶凱編輯，上海：文化書局，1932年。

《毗陵呂氏族譜》，呂繼午纂修，光緒四年（1878）木活字印本。

《平陽汪氏遷杭支譜》，汪怡、汪詒年纂修，民國二十一年（1932）鉛印本。

《蒲江縣志》，四川省蒲江縣志編纂委員會編，成都：四川人民出版社，1992年。

《曝書亭集》，朱彝尊撰，載《國學基本叢書》，上海：商務印書館，1935年。

Q

《祁寯藻集》，祁寯藻著，任國維主編，太原：三晉出版社，2011年。

（乾隆）《長洲縣志》，李光祚等修纂，載《中國地方志集成·江蘇府縣志輯》第13冊，南京：江蘇古籍出版社，1991年。

（乾隆）《重修固始縣志》，謝聘、洪亮吉等修纂，乾隆五十一年（1786）刻本，上海圖書館藏。

（乾隆）《福寧府志》，李拔等修纂，載《中國地方志集成·福建府縣志輯》第12冊，上海：上海書店出版社，2000年。

（乾隆）《福州府志》，徐景熹修，魯曾煜、施廷樞纂，載《中國地方志集成·福建府縣志輯》第1—2冊，上海：上海書店出版社，2000年。

（乾隆）《高淳縣志》，朱紹文修，盛業纂，載《中國地方志集成·善本方志輯》第1輯第36冊，南京：鳳凰出版社，2014年。

（乾隆）《杭州府志》，鄭澐修，邵晉涵纂，載《續修四庫全書》史部第701—703冊，上海：上海古籍出版社，2002年。

（乾隆）《江南通志》，黃之雋等編纂，趙弘恩等監修，載《景印文淵閣四庫全書》第507—511冊，臺北：臺灣商務印書館，2008年。

（乾隆）《江寧縣新志》，袁枚纂修，載《金陵全書·甲編·方志類·縣志》，南京：南京出版社，2013年。

（乾隆）《金匱縣志》，王允謙修，華希閔等纂，載《無錫文庫》第一輯，南京：鳳凰出版社，2011年。

（乾隆）《歷城縣志》，胡德琳等修纂，載《中國地方志集成·山東府縣志輯》第4冊，南京：鳳凰出版社，2004年。

（乾隆）《婁縣志》，謝庭熏修，陸錫熊纂，載《中國地方志集成·上海府縣志輯》第5冊，上海：上海書店出版社，1991年。

（乾隆）《滿城縣志》，張煥等修纂，載《故宮珍本叢刊（稀見方志類）》第8冊《河北府州縣志》，海口：海南出版社，2001年。

（乾隆）《任丘縣志》，劉統等修纂，載《中國地方志集成·河北府縣志輯》第 48 册，上海：上海書店出版社，2006 年。

（乾隆）《山東通志》，丘濬等修纂，乾隆元年（1736）刻本。

（乾隆）《上海縣志》，李文耀等修纂，載《稀見中國地方志彙刊》第 1 册，北京：中國書店，1992 年。

（乾隆）《歙縣志》，張佩芳修，劉大櫆纂，載《中國方志叢書·華中地方·第 232 號》，臺北：成文出版社，1985 年。

（乾隆）《蘇州府志》，雅爾哈善修，習寯纂，乾隆十三年（1748）刻本。

（乾隆）《通州志》，高天鳳修，金梅纂，載《通州方志集成》第 6—8 册，北京：北京聯合出版公司，2017 年。

（乾隆）《望江縣志》，鄭交泰等修纂，載《中國地方志集成·安徽府縣志輯》第 13 册，南京：江蘇古籍出版社，1998 年。

（乾隆）《無錫縣志》，王鎬等修，華希閔等纂，乾隆十六年（1751）刻本。

（乾隆）《永春州志》，杜昌丁修，黃任、黃惠纂，載《中國地方志集成·福建府縣志輯》第 26 册，上海：上海書店出版社，2000 年。

（乾隆）《鎮江府志》，高得貴等修纂，載《中國地方志集成·江蘇府縣志輯》第 27—28 册，南京：江蘇古籍出版社，1991 年。

（乾隆）《鎮洋縣志》，金鴻修，李鏻纂，太倉市史志辦公室整理，上海：上海古籍出版社，2016 年。

（乾隆）《淄川縣志》，張鳴鐸等修纂，載《中國地方志集成·山東府縣志輯》第 6 册，南京：鳳凰出版社，2004 年。

《樵隱昔寱》，平步青撰，民國六年（1917）刻本。

《琴隱園詩集》，湯貽汾撰，載《清代詩文集彙編》第 526 册，上海：上海古籍出版社，2010 年。

《青浦詩傳》，王昶輯，載《歷代地方詩文總集彙編》第 40 册，北京：國家圖書館出版社，2016 年。

《青烟録》，王訢撰，清嘉慶十年至十一年（1805—1806）刻本。

《清稗類鈔》，徐珂編撰，北京：中華書局，2010年。

《清朝書畫家筆録》，竇鎮輯，民國十二年（1923）鉛印本。

《清詞珍本叢刊》，張宏生編，南京：鳳凰出版社，2007年。

《清詞綜補》，丁紹儀輯，北京：中華書局，1986年。

《清代碑傳合集》，錢儀吉、繆荃孫、閔爾昌、汪兆鏞編，揚州：廣陵書社，2016年。

《清代官員履歷檔案全編》，秦國經主編，上海：華東師範大學出版社，1997年。

《清代畫史補録》，汪銘輯，民國十一年（1922）鉛印本。

《清代畫史增編》，盛叔清輯，臺北：臺灣明文書局，1985年。

《清代毗陵名人小傳稿》，張惟驤著，蔣維喬增補，朱雋點校，南京：鳳凰出版社，2017年。

《清代七百名人傳》，蔡冠洛編纂，北京：北京圖書館出版社，2008年。

《清代學者像傳》，葉衍蘭、葉恭綽編著，上海：上海書店出版社，2001年。

《清代雜劇選》，王永寬、楊海中、幺書儀選注，鄭州：中州古籍出版社，1991年。

《清末民國舊體詩詞結社文獻彙編》，南江濤選編，北京：國家圖書館出版社，2013年。

《清綺集》，廖景文撰，乾隆三十六年（1771）刻本，上海圖書館藏。

《清人雜劇百廿種》，鄭振鐸編，北京：國家圖書館出版社，2022年。

《清人雜劇初集》，鄭振鐸選編，長樂鄭氏印行，1931年。

《清人雜劇二集》，鄭振鐸選編，長樂鄭氏印行，1934年。

《清儒學案》，徐世昌等編纂，沈芝盈、梁運華點校，北京：中華書局，2008年。

《清史稿》，趙爾巽等撰，北京：中華書局，1998年。

《清史列傳》，王鍾翰點校，北京：中華書局，1987年。

《清溪風雨錄》，雪樵居士撰，嘉慶二十四年（1819）一枝山房刻本。

《秋水集》，嚴繩孫撰，載《清代詩文集彙編》第86冊，上海：上海古籍出版社，2010年。

《曲海燃藜》，周貽白著，北京：中華書局，1958年。

《全浙詩話（外一種）》，陶元藻輯，蔣寅點校，載《浙江文叢》，杭州：浙江古籍出版社，2017年。

《全祖望集彙校集注》，全祖望撰，朱鑄禹彙校集注，上海：上海古籍出版社，2021年。

《闕里孔氏詩鈔》，孔憲彝輯，道光二十三年（1843）曲阜孔氏刻本。

R

《染月山房全集》，范駒撰，道光十二年（1832）重刻本。

《日本所藏稀見中國戲曲文獻叢刊》第二輯，黃仕忠、［日］金文京、［日］真柳誠、朱鵬、［日］岡崎由美、［日］芳村弘道合編，桂林：廣西師範大學出版社，2006年。

《日本所藏稀見中國戲曲文獻叢刊》第一輯，黃仕忠、［日］金文京、［日］喬秀岩編，桂林：廣西師範大學出版社，2006年。

《柔橋文鈔》，王棻撰，載《台州文獻叢書》，上海：上海古籍出版社，2019年。

《瑞安縣志稿》，瑞安縣修志委員會纂修，民國二十七年（1938）鉛印本。

S

《三州學錄》，胡薇元撰，民國胡氏玉津閣刻本。

《山陽詩徵》，丁晏原輯，周桂峰點校，西安：陝西人民出版社，2009年。

《删後文集》，陳梓撰，載《清代詩文集彙編》第254册，上海：上海古籍出版社，2010年。

《上海曹氏續修族譜》，曹浩修，民國十四年（1925）鉛印本，國家圖書館藏。

《沈德潛詩文集》，沈德潛著，潘務正、李言校點，北京：人民文學出版社，2011年。

《詩辯坻》，毛先舒撰，載《四庫全書存目叢書》補編第45册，濟南：齊魯書社，2001年。

《施愚山集》，施閏章撰，何慶善、楊應芹校點，合肥：黄山書社，2018年。

《世經堂初集》，徐旭旦撰，載《清代詩文集彙編》第197册，上海：上海古籍出版社，2010年。

《恕谷後集》，李塨著，馮辰校，載王雲五主編《叢書集成初編》第2488—2490册，上海：商務印書館，1936年。

《四庫全書總目》，永瑢等撰，北京：中華書局，1965年。

《四明清詩略》，董沛、忻江明輯，袁元龍點校，袁良植、袁慧參校，寧波：寧波出版社，2015年。

《四松堂集》，愛新覺羅·敦誠撰，載《清代詩文集彙編》第383册，上海：上海古籍出版社，2010年。

《松陵文録》，凌淦編，同治十三年（1874）刻本。

《松滋縣志》，吕縉雲、李勗修，羅有文、朱美變纂，同治八年（1869）刻本。

《宋教仁集》，陳旭麓主編，北京：中華書局，1981年。

《宋琬年譜》，汪超宏著，載《新編清人年譜叢刊》，北京：人民文學出版社，2010年。

《粟香室文稿》，金武祥撰，載《清代詩文集彙編》第747册，上海：上古籍出版社，2010 年。

《綏中吳氏藏抄本稿本戲曲叢刊》，吳書蔭主編，北京：學苑出版社，2004 年。

《遂初堂文集》，潘耒撰，載《清代詩文集彙編》第 170 冊，上海：上海古籍出版社，2010 年。

T

《台州經籍志》，項士元編，上海：上海古籍出版社，2019 年。

《太湖趙氏家集叢刻》，趙寶初輯，載沈雲龍主編《近代中國史料叢刊》第 59 輯，臺北：文海出版社，1966 年。

《坦園日記》，楊恩壽撰，陳長明標點，上海：上海古籍出版社，1983 年。

《湯貞愍公年譜》，陳韜編，載《北京圖書館藏珍本年譜叢刊》第 135 冊，北京：北京圖書館出版社，1999 年。

《唐俊公先生陶務紀年表》，唐英、郭葆昌編，載《北京圖書館藏珍本年譜叢刊》第 91 冊，北京：北京圖書館出版社，1999 年。

《陶樓文鈔》，黃彭年撰，民國十二年（1923）黔南叢書本。

《陶廬文集》，王樹枏撰，載《民國文集叢刊》第 11 冊，臺中：文聽閣圖書有限公司，2008 年。

《陶澍全集》，陶澍著，陳蒲清主編，長沙：岳麓書社，2010 年。

《鐵莊文集》，陸楣撰，載《清代詩文集彙編》第 176 冊，上海：上海古籍出版社，2010 年。

《聽秋聲館詞話》，丁紹儀撰，同治八年（1869）刻本。

（同治）《長沙縣志》，劉采邦等修，張延珂等纂，同治十年（1871）刊本。

（同治）《長興縣志》，趙定邦等修纂，載《中國地方志集成·浙江府縣志輯》第 28 冊，上海：上海書店出版社，1993 年。

（同治）《重修成都縣志》，李玉宣等纂，同治十二年（1873）刻本。

（同治）《大庾縣志》，陳蔭昌等修，石景芬等纂，載《中國方志叢書·華中地方·第747號》第3期，臺北：成文出版社，1989年。

（同治）《德化縣志》，陳鼒修，吳彬等纂，載《中國地方志集成·江西府縣志輯》第11冊，南京：江蘇古籍出版社，1996年。

（同治）《贛州府志》，魏瀛修，魯琪光纂，載《中國地方志集成·江西府縣志輯》第73—74冊，南京：鳳凰出版社，2013年。

（同治）《江夏縣志》，王庭楨纂修，載《中國地方志集成·湖北府縣志輯》第32冊，南京：江蘇古籍出版社，2001年。

（同治）《九江府志》，達春布修，黃鳳樓、歐陽燾纂，載《中國地方志集成·江西府縣志輯》第9—10冊，南京：江蘇古籍出版社，1996年。

（同治）《臨川縣志》，童範儼修，陳慶齡等纂，載《中國地方志集成·江西府縣志輯》第48冊，南京：江蘇古籍出版社，1996年。

（同治）《龍泉縣志》，王肇渭等修，郭崇輝纂，載《中國地方志集成·江西府縣志輯》第68冊，南京：江蘇古籍出版社，1996年。

（同治）《欒城縣志》，陳詠修，張惇德纂，載《中國地方志集成·河北府縣志輯》第9冊，上海：上海書店出版社，2006年。

（同治）《南昌府志》，許應鑅、王之藩修，曾作舟、杜防纂，載《中國地方志集成·江西府縣志輯》第1—3冊，南京：江蘇古籍出版社，1996年。

（同治）《蘇州府志》，李銘皖等修，馮桂芬纂，載《中國地方志集成·江蘇府縣志輯》第7—10冊，南京：江蘇古籍出版社，1991年。

（同治）《武陵縣志》，惲世臨等修，陳啓邁纂，載《中國地方志集成·湖南府縣志輯》第75冊，南京：江蘇古籍出版社，2002年。

（同治）《象州志》，李世椿修，鄭獻甫纂，載《中國地方志集成·廣西府縣志輯》第32冊，南京：鳳凰出版社，2014年。

（同治）《新建縣志》，承霈修，杜友裳、楊兆崧纂，載《中國地方志集成·江西府縣志輯》第5—6冊，南京：江蘇古籍出版社，1996年。

《桐城麻溪姚氏宗譜》，姚聯奎修，姚國禎纂，民國十年（1921）活字本。

《痛思堂南行日記略》，黃鉽撰，稿本。

《痛思堂日記》，黃鉽撰，稿本。

《退庵筆記校注》，夏荃撰，徐進、周宏華、李華校注，南京：鳳凰出版社，2011年。

《蛻翁草堂全集》，倪蛻撰，民國三年（1914）刻本。

W

《晚清文選》，鄭振鐸編，上海：上海書店，1987年。

《晚清文學叢鈔·傳奇雜劇卷》，阿英編，北京：中華書局，1962年。

《晚晴簃詩匯》（影印本），徐世昌輯，北京：中國書店出版社，1988年。

《晚學集》，桂馥撰，北京：中華書局，1985年。

《晚學齋集》，鄭由熙撰，光緒二十四年（1898）刊本。

《皖志列傳稿》，金天翮撰，載《北京大學圖書館藏稀見方志叢刊》第147冊，北京：國家圖書館出版社，2013年。

《萬卷樓文稿》，顧棟高撰，載《國家圖書館藏鈔稿本乾嘉名人別集叢刊》第1—2冊，北京：國家圖書館出版社，2010年。

《萬青閣全集》，趙吉士撰，載《清代詩文集彙編》第110冊，上海：上海古籍出版社，2010年。

《汪宗沂事略》，汪福熙撰，清鈔本。

《王巢松年譜》，王抃撰，蘇州：江蘇省立蘇州圖書館校印，1939年。

《王船山先生年譜》，劉毓崧撰，載《清初名儒年譜》第7冊，北京：北京圖書館出版社，2006年。

《王夫之年譜》，王之春撰，汪茂和點校，北京：中華書局，1989年。

《王士禛全集》，王士禛著，袁世碩主編，濟南：齊魯書社，2007年。

《望溪集外文》，方苞撰，咸豐元年（1851）刻本。

《望溪文集》，方苞撰，臺北：臺灣中華書局，1972年。

《溫經樓年譜》，孔廣林編，稿抄本。

《文獻徵存錄》，錢林編，載《續修四庫全書》史部第540冊，上海：上海古籍出版社，2002年。

《文獻徵存錄》，錢林輯，咸豐八年（1858）南通州王氏嘉樹軒刻本。

《問園詩鈔》，范元亨撰，咸豐七年（1857）高心夔南昌刻本，南京圖書館藏。

《翁鐵庵年譜》，翁叔元撰，載《清初名儒年譜》第14冊，北京：北京圖書館出版社，2006年。

《吳江徐氏宗譜》，徐書城纂修，北京：綫裝書局，2002年。

《吳郡甫里人物考》，徐達源撰，清抄本。

《吳郡甫里志》，彭方周纂修，載《中國地方志集成·鄉鎮志專輯6》，南京：江蘇古籍出版社，1992年。

《吳汝綸文集》，吳汝綸著，朱秀梅校點，上海：上海古籍出版社，2017年。

《吳興周氏藏言言齋曲目》，周越然著，上海圖書館藏。

《梧門詩話合校》，法式善著，張寅彭、強迪藝編校，南京：鳳凰出版社，2005年。

《午亭文編》，陳廷敬著，王道成點校，北京：人民出版社，2017年。

《武城曾氏重修族譜》，曾衍咏等纂修，嘉慶十一年（1806）木活字本。

《武林坊巷志》，丁丙輯，杭州：浙江古籍出版社，2018年。

X

《西河文集》，毛奇齡撰，載《清代詩文集彙編》第88冊，上海：上海古籍出版社，2010年。

《西泠閨咏》，陳文述撰，載《武林掌故叢編》第5冊，臺北：台聯國風出版社，1967年。

《西神叢話》，黃蛟起撰，載《叢書集成續編》第228冊，臺北：新文豐出版公司，1989年。

《惜抱軒詩文集》，姚鼐著，劉季高標校，上海：上海古籍出版社，1992年。

《錫山歷朝著述書目考》，高鑅泉撰，載《地方經籍志彙編》第15冊，北京：北京圖書館出版社，2008年。

《硤川續志》，王德浩纂，曹宗載重訂，載《中國地方志集成·鄉鎮志專輯》第20冊，上海：上海書店，1992年。

《霞外攟屑》，平步青撰，上海：上海古籍出版社，1982年。

（咸豐）《重修興化縣志》，梁園棣修，薛樹聲等纂，載《中國地方志集成·江蘇府縣志輯》第48冊，南京：江蘇古籍出版社，1991年。

（咸豐）《大庾縣續志》，余光壁原纂修，汪抱閨等續修，譚習纂等續纂，咸豐元年（1851）修本。

（咸豐）《古海陵縣志》，王葉衢纂，載《中國地方志集成·江蘇府縣志輯》第53冊，南京：鳳凰出版社，2008年。

（咸豐）《南潯鎮志》，汪曰楨纂，載《中國地方志集成·鄉鎮志專輯》第22冊，上海：上海書店，1992年。

（咸豐）《順德縣志》，郭汝誠修，馮奉初纂，順德市地方志辦公室點校，載《順德縣志（清咸豐民國合訂本）》，廣州：中山大學出版社，1993年。

（咸豐）《天全州志》，陳松齡等修纂，載《中國地方志集成·四川府縣志輯》第63冊，成都：巴蜀書社，1992年。

（咸豐）《興義府志》，張鍈修，鄒漢勛、朱逢甲纂，宣統元年（1909）鉛印本，上海圖書館藏。

《鹹酸橋屋詞》，唐咏裳撰，民國十三年（1924）鉛印本。

《咸陟堂文集》，釋成鷲撰，載陳紅彥、謝東榮、薩仁高娃主編《清代詩文集珍本叢刊》第130—131冊，北京：國家圖書館出版社，2017年。

《冼玉清文集》，冼玉清著，黃炳炎、賴適觀主編，廣州：中山大學出版社，1995年。

《香南雪北詞》，吳藻撰，道光二十四年（1844）刻本。

《湘瑟詞》，錢芳標撰，載《續修四庫全書》集部第1725冊，上海：上海古籍出版社，2002年。

《簫劍詩魂：柳亞子評傳》，周廣秀著，北京：中國社會科學出版社，2002年。

《小倉山房文集》，袁枚著，周本淳標校，上海：上海古籍出版社，1988年。

《小黛軒論詩詩》，陳芸著，民國三年（1914）刻本。

《小豆棚》，曾衍東著，杜貴晨校注，鄭州：中州古籍出版社，1989年。

《小樓詩集》，王嵩高撰，載《清代詩文集彙編》第387冊，上海：上海古籍出版社，2010年。

《小蓬萊仙館詩鈔》，劉清韵撰，光緒庚子（1900）上海藻文書局石印本。

《小三吾亭文》，冒廣生輯，光緒至民國間如皋冒氏刻本。

《小腆紀傳》，徐鼒撰，徐承禮補遺，北京：中華書局，2018年。

《小萬卷齋文稿》，朱琦撰，載《清代詩文集彙編》第494冊，上海：上海古籍出版社，2010年。

《嘯亭雜錄》，昭槤撰，何英芳點校，北京：中華書局，1980年。

《嘯岩吟草》，王訢著，嘉慶十年至十一年（1805—1806）刻本。

《辛亥革命江蘇地區史料》，揚州師範學院歷史系編，南京：江蘇人民出版社，1961年。

《續碑傳集》，繆荃孫編，王興康整理，上海：上海人民出版社，2019年。

《續漢州志》，張超修，曾履中等纂，同治八年（1869）刻本。

（宣統）《（桐城）左氏宗譜》，宣統三年（1911）刻本。

（宣統）《續纂泰州志》，胡維藩修，韓國鈞、王貽牟總纂，南京：鳳凰出版社，2014年。

《學餘堂文集》，施閏章撰，載《景印文淵閣四庫全書》第1313冊，臺北：臺灣商務印書館，2008年。

《雪橋詩話》，楊鍾羲撰集，劉承幹參校，北京：北京古籍出版社，1989年。

《遜學齋文續鈔》，孫衣言撰，清光緒間刻本。

Y

《烟霞萬古樓文集》，王曇撰，載《叢書集成初編》，北京：中華書局，1985年。

《延秋閣剩稿》，趙景淑撰，載肖亞南主編《清代閨秀集叢刊續編》第二十冊，北京：國家圖書館出版社，2018年。

《嚴問樵雜著》，嚴保庸撰，載《清代詩文集彙編》第591冊，上海：上海古籍出版社，2010年。

《揅經室集》，阮元撰，載《續修四庫全書》集部第1478冊，上海：上海古籍出版社，2002年。

《燕石觚翰》，馮煥著，上海：世界書局，1929年。

《揚州畫舫錄》，李斗撰，汪北平、涂雨公點校，北京：中華書局，1997年。

《揚州足徵錄》，焦循撰，載《北京圖書館古籍珍本叢刊》第25冊，北京：書目文獻出版社，1991年。

《楊恩壽集》，楊恩壽著，王婧之點校，長沙：岳麓書社，2010年。

《楊懋建集》，楊懋建著，杜桂萍、任剛整理，載《中國近現代稀見史料叢刊》第六輯，南京：鳳凰出版社，2019年。

《養一齋文集》，李兆洛撰，載《清代詩文集彙編》第493冊，上海：上海古籍出版社，2010年。

《姚正甫集》，姚興撰，清刻本，蘇州圖書館藏。

《一山文存》，章梫著，載沈雲龍主編《近代中國史料叢刊》第33輯，臺北：文海出版社，1966年。

《依歸草》，張符驤撰，載陳紅彥、謝東榮、薩仁高娃主編《清代詩文集珍本叢刊》第202冊，北京：國家圖書館出版社，2017年。

《宜都縣志》，崔培元、朱甘霖修，龔紹仁纂，同治五年（1866）刻本。

《宜興亳里陳氏家乘》，咸豐間刻本，宜興檔案館藏。

《遺愛集》，程瑞編纂，康熙間上壽堂刊本。

《遺民詩》，卓爾堪編，上海：華東師範大學出版社，2013年。

《藝風堂文漫存》，繆荃孫撰，載《清代詩文集彙編》第756冊，上海：上海古籍出版社，2010年。

《藝風堂文續集》，繆荃孫撰，載《清代詩文集彙編》第756冊，上海：上海古籍出版社，2010年。

《憶存齋詩稿》，姜城撰，道光二十六年（1846）刻本。

《憶存齋文稿》，姜城撰，道光二十六年（1846）刻本。

《囈餘耳語》，四費軒編，清末刻本，慕湘圖書館藏。

《囈語志略》，衛大壯撰，道光十一年（1831）刻本。

《庸庵文編》，薛福成撰，載《清代詩文集彙編》第738冊，上海：上海古籍出版社，2010年。

（雍正）《連平州志》，盧廷俊等修纂，載《中國地方志集成·廣東府縣志輯》第17冊，上海：上海書店出版社，2003年。

（雍正）《寧波府志》，曹秉仁等修纂，載《中國地方志集成·浙江府縣志輯》第30冊，上海：上海書店出版社，1993年。

《永曆實錄　所知錄》，王夫之、錢秉鐙撰，余行邁、吳奈夫、何榮昌點校，上海：上海古籍出版社，1987年。

《永曆實録》，王夫之著，長沙：岳麓書社，1982年。

《尤侗集》，尤侗著，楊旭輝點校，載《蘇州文獻叢書》第三輯，上海：上海古籍出版社，2015年。

《俞樾全集》，俞樾撰，趙一生主編，杭州：浙江古籍出版社，2017年。

《漁洋山人感舊集》，王士禛輯，上海：上海古籍出版社，2014年。

《虞初新志》，張潮輯，王根林點校，上海：上海古籍出版社，2012年。

《袁枚全集新編》，王英志編纂、校點，杭州：浙江古籍出版社，2018年。

《越風》，商盤編著，北京：國家圖書館出版社，2016年。

《雲石山房剩稿》，陳焌撰，清稿本。

《雲外朱樓集附編》，王西神著，上海：中孚書局，1934年。

《韞山詩稿》，朱鳳森撰，載《清代詩文集彙編》第517册，上海：上海古籍出版社，2010年。

Z

《雜劇三集》，鄒式金編選，北京：中國戲劇出版社，1956年。

《在亭叢稿》，李果撰，載《清代詩文集彙編》第244册，上海：上海古籍出版社，2010年。

《查東山先生年譜》，沈起撰，載《北京圖書館藏珍本年譜叢刊》第67册，北京：北京圖書館出版社，2010年。

《查慎行集》，查慎行撰，張玉亮、辜艷紅點校，杭州：浙江古籍出版社，2014年。

《張廷玉全集》，張廷玉撰，江小角、楊懷志點校，合肥：安徽大學出版社，2015年。

《章太炎全集：太炎文録初編》，徐復點校，上海：上海人民出版社，2014年。

《昭代名人尺牘小傳》，吳修撰，載《叢書集成續編》第28册，上海：上海書店出版社，1994年。

《昭代名人尺牘續集小傳》，陶湘編，載《清代傳記叢刊·學林類》第50冊，周駿富輯，臺北：明文書局，1985年。

《趙執信全集》，趙執信著，趙蔚芝、劉聿鑫校點，濟南：齊魯書社，1993年。

《正誼堂文集》，張伯行撰，載《清代詩文集彙編》第182冊，上海：上海古籍出版社，2010年。

《鄭氏續修大統宗譜》，鄭炳泉纂修，民國二十九年（1940）書帶草堂木活字本。

《鄭逸梅選集》，鄭逸梅著，哈爾濱：黑龍江人民出版社，1991年。

《鄭振鐸藏古吳蓮勺廬抄本戲曲百種》，殷夢霞選編，北京：國家圖書館出版社，2009年。

《鄭振鐸藏珍本戲曲文獻叢刊》，劉禎、程魯潔編，北京：國家圖書館出版社，2017年。

《中國古典戲曲論著集成》，中國戲曲研究院編，北京：中國戲劇出版社，1959年。

《忠雅堂詩集》，蔣士銓撰，載《清代詩文集彙編》第356冊，上海：上海古籍出版社，2010年。

《忠雅堂文集》，蔣士銓撰，載《清代詩文集彙編》第356冊，上海：上海古籍出版社，2010年。

《周秦名家三子校詮》，王啟湘著，北京：古籍出版社，1957年。

《朱柏廬詩文選》，朱柏廬著，陸林、吳家駒選注評析，南京：江蘇古籍出版社，2002年。

《朱彝尊全集》，朱彝尊著，沈松勤主編，杭州：浙江大學出版社，2021年。

《樗山詩話》，黃承增著，載《今詩所見集選》，嘉慶寄鷗閑舫刊本。

《拙學齋論詩絕句考略》，廖鼎聲撰，朱奇元考略，民國二十五年（1936）鉛印本。

《紫硤文獻錄》，曹宗載編，載《中國古代地方人物傳記彙編》，北京：北京燕山出版社，2008年。

《自然好學齋詩集》，汪端撰，載蔡殿齊編《國朝閨閣詩鈔》，道光二十四年（1844）蔡氏娜嬛別館刻本，國家圖書館藏。

《鄒氏宗譜》，鄒仁溥纂修，光緒二十九年（1903）中和堂木活字本。

《檇李詩繫》，沈季友輯，載沈紅梅、黃顯功主編《檇李詩文合集》第39—44冊，北京：國家圖書館出版社，2020年。

《尊瓠室詩話》，陳詩撰，民國二十九年（1940）鉛印本。

《左盦外集》，劉師培撰，載《清代詩文集彙編》第797冊，上海：上海古籍出版社，2010年。

《左宗棠全集》，左宗棠撰，劉泱泱等校點，長沙：岳麓書社，2014年。

二、研究著作類

C

《曹寅評傳·曹寅年譜》，方曉偉著，揚州：廣陵書社，2010年。

《懺玉樓叢書提要》，吳克岐輯，北京：北京圖書館出版社，2002年。

《傳統與變革：近代戲曲新論》，左鵬軍著，廣州：中山大學出版社，2018年。

D

《當代人物評述》，王韶生著，香港：里仁書局，1974年。

F

《方輿考證》，許鴻磐撰，北京：國家圖書館出版社，2014年。

《方志著録元明清曲家傳略》，趙景深、張增元編，北京：中華書局，1987年。

G

《古本戲曲劇目提要》，李修生主編，北京：文化藝術出版社，1997年。
《古典戲曲存目彙考》，莊一拂編著，上海：上海古籍出版社，1982年。

H

《河北古今編著人物小傳》，馬保超編撰，石家莊：河北人民出版社，1991年。
《洪昇年譜》，章培恒著，上海：上海古籍出版社，1979年。
《湖南文徵》，羅汝懷編纂，鄧洪波主編，長沙：岳麓書社，2020年。
《花朝生筆記》，蔣瑞藻著，載朱一玄編《明清小説資料選編》，濟南：齊魯書社，1990年。
《黃人評傳·作品選》，湯哲聲、涂小馬編著，北京：中國文史出版社，1998年。

J

《近代詞人考録》，朱德慈著，北京：中國社會科學出版社，2004年。
《近代名人小傳》，沃丘仲子著，武漢：崇文書局，民國七年（1918）鉛印本。

L

《老上海三十年見聞録》，陳無我著，上海：上海書店出版社，1997年。
《洛陽市戲曲志》，《洛陽市戲曲志》編輯部編輯，《中國戲曲志·河南卷》編委會出版，1988年。

M

《馬隅卿小說戲曲論集》，馬廉著，劉倩編，北京：中華書局，2006年。

《民國人物小傳》，劉紹唐主編，上海：上海三聯書店，2014年。

《明代劇作家研究》，〔日〕八木澤元著，臺北：中新書局，1977年。

《明清筆記談叢》，謝國楨著，上海：上海書店出版社，2004年。

《明清傳奇史》，郭英德編著，北京：人民文學出版社，2012年。

《明清傳奇綜錄》，郭英德編著，石家莊：河北教育出版社，1997年。

《明清江蘇文人年表》，張慧劍著，上海：上海古籍出版社，2008年。

《明清曲家考》，汪超宏著，北京：中國社會科學出版社，2006年。

《明清曲談　戲曲筆談》，趙景深著，北京：中華書局，1959年。

《明清曲談》，趙景深著，江巨榮編，上海：復旦大學出版社，2015年。

《明清戲曲家考略全編》，鄧長風著，上海：上海古籍出版社，2009年。

N

《南京圖書館藏孤本戲曲叢考》，孫書磊著，北京：中華書局，2011年。

《南社叢談》，鄭逸梅編著，上海：上海人民出版社，1981年。

《南社史料輯存：南社社友錄》，郭建鵬、陳穎編著，張夷主編，上海：上海大學出版社，2017年。

P

《蒲松齡年譜》，路大荒著，李士釗編輯，濟南：齊魯書社，1980年。

《蒲松齡生平事迹著述新考》，袁世碩著，濟南：齊魯書社，1988年。

Q

《青浦詩傳》，王昶輯，乾隆五十九年（1794）刻本。

《清初雜劇研究》，陳芳著，臺北：臺灣學海出版社，1991年。
《清初雜劇研究》，杜桂萍著，北京：人民文學出版社，2005年。
《清代樸學大師列傳》，支偉成著，長沙：岳麓書社，1986年。
《清代戲曲家叢考》，陸萼庭著，上海：學林出版社，1995年。
《清代戲曲考論》，王漢民著，北京：中國戲劇出版社，2019年。
《清代戲曲史》，周妙中著，鄭州：中州古籍出版社，1987年。
《清代雜劇全目》，傅惜華著，北京：人民文學出版社，1981年。
《清洪昉思先生昇年譜》，曾永義著，臺北：臺灣商務印書館，1981年。
《清畫家詩史》，李浚之編，毛小慶點校，杭州：浙江人民美術出版社，2019年。
《清末藝壇二杰——現代軍樂創始人李映庚與中國劇壇第一才女劉清韵研究》，李志宏、周龍斌、周俊超編著，澳門：澳門文星出版社，2003年。
《清人雜劇論略》，曾影靖著，黃兆漢校訂，臺北：臺灣學生書局，1995年。
《清詩紀事初編》，鄧之誠撰，上海：上海古籍出版社，2013年。
《清詩紀事》，錢仲聯主編，南京：江蘇古籍出版社，1987年。
《曲海總目提要》，董康編著，北嬰補編，北京：人民文學出版社，2014年。

S

《三味書屋與壽氏家族》，壽永明、裘士雄編著，杭州：浙江大學出版社，2010年。

T

《泰縣著述考》，陸銓撰，《泰州文獻》編纂委員會編，南京：鳳凰出版社，2014年。
《桐城文學淵源撰述考》，劉聲木撰，徐天祥點校，合肥：黃山書社，

1989年。

W

《晚清民國傳奇雜劇考索》，左鵬軍著，北京：人民文學出版社，2005年。

《晚清戲曲小說目》，阿英編，上海：上海文藝聯合出版社，1954年。

《無錫名人辭典》，趙永良主編，南京：南京大學出版社，1989年。

《吳梅村年譜》，馮其庸、葉君遠著，北京：文化藝術出版社，2007年。

《吳梅全集·理論卷》，吳梅著，王衛民編校，石家莊：河北教育出版社，2002年。

《吳梅戲曲論文集》，王衛民編，北京：中國戲劇出版社，1983年。

《吳曉鈴集》，吳曉鈴著，石家莊：河北教育出版社，2006年。

《吳中耆舊集——蘇州文化人物傳略》，江蘇省政協文史資料委員會編，南京：江蘇文史資料編輯部，1991年。

X

《戲曲小說叢考》，葉德均著，北京：中華書局，2004年。

《香港文學作家傳略》，劉以鬯主編，香港：市政局公共圖書館，1996年。

《辛亥革命志士——蔣六山》，中共蘭溪市柏社鄉委員會編，內部排印本，2015年。

《新編傅山年譜》，尹協理編著，太原：山西人民出版社，2016年。

Y

《鴛鴦蝴蝶派文學資料》，芮和師、范伯群、鄭學弢、徐斯年、袁滄州編，福州：福建人民出版社，1984年。

《元明清戲曲論集》，嚴敦易著，鄭州：中州書畫社，1982年。

Z

《中國古典文學論叢》(第一輯),人民文學出版社古典文學編輯室編,北京:人民文學出版社,1984年。

《中國古典戲劇論集》,曾永義著,臺北:臺灣聯經出版事業公司,1975年。

《中國古典戲曲序跋彙編》,蔡毅編著,濟南:齊魯書社,1989年。

《中國古典小說戲曲論集》(第二輯),趙景深主編,上海:上海古籍出版社,1985年。

《中國近代傳奇雜劇經眼錄》,梁淑安、姚柯夫著,北京:書目文獻出版社,1996年。

《中國近代文學大系·散文集 1840—1919》第 3 集,任訪秋主編,上海:上海書店出版社,1992年。

《中國文言小說家評傳》,蕭相愷主編,鄭州:中州古籍出版社,2004年。

《莊一拂〈古典戲曲存目彙考〉補正》,趙興勤著,北京:人民文學出版社,2019年。

《鄒容 陳天華評傳》,馮祖貽撰,鄭州:河南教育出版社,1986年。